盘破门

黄 勇 著

四川文艺出版社

图书在版编目（CIP）数据

盘破门 / 黄勇著. — 2版. — 成都：四川文艺出
版社, 2019.3
ISBN 978-7-5411-5250-4

Ⅰ.①盘… Ⅱ.①黄… Ⅲ.①长篇小说—中国—当代
Ⅳ.①I247.5

中国版本图书馆CIP数据核字（2019）第027889号

PAN PO MEN

盘 破 门

黄 勇 著

责任编辑　孙学良
封面设计　叶　茂
内文设计　史小燕
责任校对　文　诺

出版发行　四川文艺出版社（成都市槐树街2号）
网　　址　www.scwys.com
电　　话　028-86259285（发行部）　028-86259303（编辑部）
传　　真　028-86259306

邮购地址　成都市槐树街2号四川文艺出版社邮购部　610031
印　　刷　三河市华东印刷有限公司
成品尺寸　168mm×235mm　　　开　本　16开
印　　张　26.5　　　　　　　　字　数　430千
版　　次　2019年3月第二版　　　印　次　2019年3月第一次印刷
书　　号　ISBN 978-7-5411-5250-4
定　　价　68.00元

目 录

第二卷　木棉袈裟

第一卷 ◎ 刺杀端方

引子◎深夜密谋

1911年（清宣统三年）11月中旬，深夜。四川资州（今四川省资中县）罗泉镇。

嗒嗒嗒，夜色里传来一阵脚步声，急促而轻盈。一个头戴斗笠、身材瘦削的身影从大街上奔入一条小巷，驻足静听片刻，迅速拐过墙角，来到一户人家门口，又左右看看，方才敲响了木门。门开了一条缝隙，身影迅即闪了进去。

屋内三人立即站了起来。四十多岁、身材魁梧的龙建伟上前两步，一边接过黑影手里的斗笠，一边说："马齐，辛苦你了。"给马齐开门的王人杰拍拍马齐的肩膀说："坐下，先喝口水再说。"

马齐也不客气，一屁股坐在凳子上，端起桌子上的一个茶杯猛喝了几口。身材壮实、满脸络腮胡的王成凑近马齐，急切地问道："打听到没有？"马齐点点头说："端方明天到资州。"王成一拳砸在桌子上："这下好了！"另一个叫黄天民的年轻人连忙竖起手指在嘴边："嘘，别让人听到了！"

龙建伟原本凝重的脸上也露出了一丝惊喜："消息确切，我们就按计划行事。"王人杰似乎有些疑虑，问道："端方带了多少人马？"马齐皱着眉头说："具体多少不是很清楚，有的说是一千多人，也有的说是两千多人。"

龙建伟吃惊地说："那么多人？即使往少了说，也至少有一千人。这些新军，战斗力可比那些巡防营清兵强多了，人人都有新式枪支，比刀剑、火枪的杀伤力不知强多少倍。"

王成满不在乎地说："人再多又能咋的？端方会把所有人马都带在身边？他住的地方，最多也就一些护卫而已。我们趁黑摸进去，只要不被发现，杀那老贼，还不容易？"

马齐对王成的话深表赞同："是啊，我们盘破门的武功，又不是花架子。我和王成执行这次任务，保证没问题。"王成有了马齐的附和，说话更是毫无遮拦了："别看你们的书读得比我和马齐多，但在打架杀人方面，你们就是外行了。"

王人杰对王成这个侄子的话向来只信三分，他觉得龙建伟的疑虑是有道理的："刺杀端方，不是儿戏。端方从武汉一路走到资州，沿途都没出过事，想必他的护卫应该相当森严。他的那些人马，也不可能驻扎得太远。"

黄天民说："如此说来，为了给王成和马齐减轻压力，得先想办法把端方的人马调离一些？"王人杰说："对。但要能把端方的人马调走，资州的革命力量是不行的，得借助外力。龙哥，能否让荣县那边帮一下忙？"

龙建伟面有难色地说："荣县起义独立以来，军政府受到的各方压力很大。他们都自顾不暇，哪里还有兵力帮助我们？"黄天民说："荣县那边看来是指望不上了，一切只有靠我们。成功了，我们就为革命做出了巨大贡献，每个人都会在历史上记下一笔；失败了，我们牺牲事小，如果因此阻碍了革命事业的发展，那就得不偿失了。"

王成冷哼一声："你不想干了？"黄天民有些动怒道："只要能杀得了端方，我愿意把命赔上！"王成说："那你还前怕狼后怕虎的干什么？"黄天民大声说道："贸然出击，那是莽夫所为！"

王成还想接着说，王人杰低声喝道："王成，你给我少说两句！"王成喉结滚动了一下，瞪了黄天民一眼。王人杰转头问马齐："端方到资州后，住在什么地方？"马齐说："端方的行辕在湘园。那地方前两天就戒严了。"

龙建伟说："那个地方，符合端方钦差大臣的身份。"马齐说："我以前去过湘园几次，对里面的情况比较熟悉。趁着黑夜，我们完全可以神不知鬼不觉地摸进去。"

王成眉飞色舞起来："我们进去了，杀端方是眨眼间的事情。"黄天民说："别吹牛，端方的护卫可不是吃素的。"王成不高兴了："你也是盘破门的弟子，怎么老是说丧气话呢？"

龙建伟挥手制止说："别扯远了，说正事。人杰和天民的担心不是没有道理，王成和马齐的自信也很有必要。我们这次的行动是'斩首'，不是打仗。只要你们动作干净利落，胜算还是很大的。"

王成受到龙建伟的肯定，脸上露出得意的笑容，王人杰和黄天民对龙建伟的话也表示赞同。龙建伟对王成和马齐说："你们到资州后，一定要踩好点。我再次提醒一句，你们没有任何后援，全靠自己。"

王成拍着胸脯说："袍哥人家，绝不拉稀摆带！"龙建伟对王成和马齐说：

"事成之后，我一定给你们请功！来，我们再梳理一下行动计划，看还有什么疏漏的地方……"

夜色渐淡，这个以产盐闻名的古镇还在沉睡中。天空中隐现的几颗星星，犹如汪洋大海中的几叶小舟，无助地晃动着，随时可能被黎明吞没。四下里一片静谧，偶尔一两声犬吠，在大街小巷里回荡，很快消失得无影无踪。

第一章◎进驻资州

资州建春门（正东门）内外，三步一岗五步一哨，戒备森严。从建春门到湘园一路，所有店铺大门紧闭，街上看不到任何闲杂人等，只有全副武装的巡防营清兵。

知府罗文山身穿崭新的官服，站在建春门城楼上，眯缝着眼睛眺望城外东大路，满脸焦急，但又闪烁着一丝不易察觉的激动。按理说，钦差大人驾到，他应该去城外十里长亭迎候。但这个钦差大人作风有点不一样，早早派人前来告知，不许搞迎接仪式，甚至不许知府在城门出现。尽管如此，罗文山还是决定到建春门去等候，希望能暗中一睹钦差大人仪仗的风采。

一名清兵飞奔而来，罗文山急忙走下城楼。那清兵来到罗文山面前，喘着粗气禀报："钦差大人到了！"罗文山点点头，手一挥，报信清兵走到城门口站定。罗文山朝身边一名清兵的屁股踢了一脚，清清嗓子喊道："你们听好了，都给我精神些！"说完，罗文山悄悄走到城门角落，像做了错事的小孩子一样，站在那里一声不吭。

不久，东大路上旌旗招展，全副武装的新军两人一列，排成整齐的队伍出现在众人眼里。领队的是标统刘云凤，身材魁梧，国字脸，神情冷峻，气宇轩昂。到了建春门，刘云凤没有停下，策马继续往前走。一名清兵在前领路，整支新军队伍从建春门下鱼贯而入，直奔城里的鼓楼坝广场。

新军队伍中间，是一台八乘大轿，里面坐着钦差大人端方。大轿前面，一个满脸络腮胡的彪形大汉骑在马上，眼睛不住地四下观察着。大汉是端方的贴身护卫宝廷，武艺高强，擅使一把二十多斤的厚背砍刀，平时刀不离身，睡觉时都把刀放在床边。尽管端方给他配了一把手枪，但宝廷几乎没用过那洋玩意儿。

大轿两侧，是端方的护卫队。大轿后面，是端方护卫队队官张春生。张春生一张俊朗的脸上，散发着蓬勃的朝气，不仅是因为年轻，更是因为如此年轻就受到重用而由内到外散发出着自信和优越感。

看到建春门越来越近，张春生的心逐渐激动起来。四年前，他就是从这个城门走出去的，当时他发誓，一定要风光地走回来。没想到，短短四年时间，他就回来了，而且的确是风风光光回来的。

张春生的身后，是一长溜挑着箱子的民夫。那些箱子里装的是端方的私人物品。不是金银财宝，而是端方辛辛苦苦收藏的书画金石。端方和其他大臣不同，他醉心于古玩收藏，也喜欢藏书，且收藏颇丰，精品甚多。端方在金石方面的学识相当深厚，在金石学界享有极高的声望。

坐在八乘大轿中的端方，此时可没有心思顾及身后的那些宝贝。他神情严肃，手里拿着最心爱的紫砂茶杯，思绪万千。自接到命令从武汉出发到现在，一路行来，已有两个多月了。在这两个多月里，局势的迅速发展让人始料不及。

这一切，还得从几个月前的四川保路风潮说起。

1911年5月18日，一直坐着冷板凳的端方被委任为川汉、粤汉铁路督办大臣。正是这两条铁路，让清廷陷入一场巨大的危机中。

欧美列强进入中国后，修建铁路成了他们攫取中国财富的一个便捷手段。中国人意识到了由列强修建铁路带来的巨大灾难，要求清廷收回铁路修筑权的呼声日益高涨。

1903年9月，清廷允许招商局集商股成立铁路、矿务、工艺、农务等公司。此后，各省铁路公司陆续成立，商办铁路开始兴建。同年，四川新任总督锡良，在川人的强烈要求下，向光绪奏请自办川汉铁路，光绪欣然同意。次年，四川成立川汉铁路公司，成为中国第一家没有外资的省级官办铁路公司。

为了不让川汉铁路的修筑权落在列强手里，川人采用征集"民股"的办法，由地方政府在税收项下附加租股、米捐股、盐捐股、房捐股等，筹集筑路的资金。经过几年筹集，不仅绅商、地主成了股东，一些农民也握有股票。

川汉铁路公司成立后，粤汉铁路开始修筑，川汉铁路从湖北宜昌到四川万县（今重庆市万州区）的一段已动工。湖南、湖北、广东三省绅商看到川汉铁路主权被成功收回，也借鉴四川的做法，收回了粤汉铁路的修筑主权。

川汉、粤汉铁路是沟通中国南北和深入内地的两条重要干线，这块肥肉被中国人收回，让欧美列强很不甘心。为抢夺铁路修筑权，列强想出一个"绝妙"的办法，要求清廷偿还在上海橡胶股票风暴中的借款，否则就以获取铁路修筑权为交换条件。这一狠招，把本来就财政困难的清廷逼上了一条绝路。

上海橡胶股票风暴，是中国证券业早期的一次巨大股灾，也是一场著名的金融风暴。1903年，英国犹太裔商人大班·麦边旗下的麦边轮船公司破产，麦边决定在上海空手套白狼捞回损失。针对上海滩投资者对于股市疯狂的赌博心理，麦边利用当时新鲜又热门的橡胶概念，精心构筑了一起骗局。

麦边注册成立了上海蓝格志拓植公司这家皮包公司，佯称公司在东南亚和澳洲热带雨林拥有橡胶园，开始推销橡胶股票。经过炒作，橡胶股价直线攀升，引来无数人追捧。1910年7月，麦边等人在橡胶股票涨到无法再涨时，将所有股票尽数抛出，然后带着骗来的两千多万两白银，一夜之间消失得无影无踪。

消息传来，橡胶股票变得一文不值。倾家荡产的投资者被迫跳江、跳楼、服毒自杀的，将近100人。事态发展严重，清廷不得不向列强借款平息这场风暴。

好不容易平息了上海橡胶股票风暴，还没喘过气来的清廷又遭到列强上门逼债。其实，列强给清廷出的是一道选择题，而不是是非题，更不是问答题。既然是选择题，就限制了选择条件，只能从给出的备选答案中选择。

正如人在面临艰难选择时，总是要选择利多害少的答案一样，国库空空的清廷最终选择了可以进行交换的条件——把铁路修筑权让给列强。1911年5月9日，清廷责任内阁颁发"上谕"，实行"铁路国有"政策，宣布各省原已准交商办的铁路干线，一律收归国有。

5月18日，清廷任命端方为督办粤汉、川汉铁路大臣，要他强行去接收湖南、湖北、广东、四川四省的商办铁路公司。5月20日，邮传部大臣盛宣怀同英、美、德、法四国银行团签订600万英镑的《湖北湖南两省境内粤汉铁路、湖北境内川汉铁路借款合同》，把粤汉铁路和川汉铁路的修筑权卖给列强，而且还要以湖南、湖北两省的盐税厘金作为抵押。

清廷"铁路国有"的政策一出，湖南、湖北、广东的保路风潮连成一片，声势浩大。最终把事情闹大并导致一系列流血冲突事件的，还是四川。

1911年6月1日，盛宣怀和端方联名向四川总督王人文发电，告以邮传部决定的川汉铁路股款处理办法：对川汉铁路公司已用的款项和公司现存的款项，由清廷一律换发给国家铁路股票，概不退还现款。意思就是说，清廷不但要把铁路修筑权收回来，还要把此前川人的集资款收归国有。

王人文知道，如果这个电文被公开，势必导致全省大乱，因为谁也不愿意接受这么一个血本无归的结果。王人文私自做主，把电文强行压下不宣。没想到，6月7日，盛宣怀、端方又直接发电文给川汉铁路公司驻宜昌总理李稷勋，询问其是否见到此前发给王人文的电文。丈二和尚摸不着头的李稷勋，立即致电成都总公司要求查看电文，总公司转而询问总督府，王人文只得将电文抄示给公司。

此事被成都《蜀报》主编邓孝可得知，邓孝可在《蜀报》上将电文公开刊发，四川全省舆论顿时一片哗然。四川咨议局议长蒲殿俊和副议长罗纶，以咨议局和铁路公司的名义分呈王人文代奏，请求清廷收回成命。清廷拒绝四川绅民的请愿，仍坚持铁路国有的政策。

川人绝望了。6月16日，铁路公司举行紧急会议，决定马上组织保路同志会。6月17日，保路同志会在成都岳府街正式成立，蒲殿俊任会长，罗纶任副会长。全川142个州县的各界人士都投身到保路运动中，不到十天就发展到十万会员。

保路同志会由罗纶领衔，联合绅民两千四百余人签注批驳川汉、粤汉铁路借款合同。清廷不仅不接受川人的请愿，反而把王人文革职，另派赵尔丰接任总督。8月24日，保路同志会再次在岳府街召开川路股东全体大会，罢市、罢课遍及全川。

越闹越大的四川保路风潮使清廷感到了巨大的危机，清廷饬令赵尔丰弹压川人，赵尔丰开始部署镇压计划。9月7日上午，赵尔丰派人给蒲殿俊、罗纶等人传信，说邮传部针对四川的保路运动回电了，请他们去总督府看电文，并商讨有关事宜。蒲殿俊、罗纶等九人刚进总督府，就被赵尔丰下令拘捕。

消息传开后，大家奔走相告，数万人到总督府门前请愿，要求放人。赵尔丰不但不放人，反而下令军警开枪。一时间，枪弹如雨，哭喊声震天，当场打死三十多人，打伤数百人。这就是保路运动中震惊全国的"成都血案"。

在镇压请愿的同时，赵尔丰还下令成都全城戒严，城门紧闭，城墙上重兵把守，封锁邮电交通。整个成都城成了一个孤岛。赵尔丰自以为如此一来，就能将事态逐渐镇压下去。但他没想到的是，危急关头，革命党人站了出来。

四川的保路风潮一开始，革命党人就意识到了里面潜藏着的巨大机遇。每一次运动波澜，都有革命党人暗中助力。赵尔丰封城后，如何把成都发生的巨变和血案的消息传出去？

　　当晚，在成都任教的革命党人龙建伟趁着夜幕，悄悄来到城墙边。看到巡逻的清兵走远后，他爬上城墙，拿出事先准备好的绳索，绑住城垛，缒城而出，一路狂奔到锦江江畔的九眼桥农事试验农场。

　　革命党人曹笃、朱国琛正在农场焦急地等待城里的消息。龙建伟到来后，三人立即商讨对策并迅速达成一致，就是尽快将被封锁的真相告知天下、鼓动各州县群起抵抗。

　　但是，怎样将真相迅速地告知省内各地呢？龙建伟想出了一个好办法：用木片代替电报、信件，从锦江发"水电报"！三人找来木板，锯成数百块木牌，上写"赵尔丰先捕蒲罗，后剿四川，各地同志速起自保自救"字样，涂上桐油以确保字迹不会因长时间浸泡水中而模糊或消失后，投入水中。

　　各地接到水电报后，成都血案的消息很快传遍沿江各州县，保路同志军纷纷揭竿而起，仅宜宾县就有数万人，并有一部分向成都进军。消息传到革命党人、华阳袍哥会首领秦载赓耳里，当晚，秦载赓聚众千余人，在华阳中兴场誓师起义，冒着滂沱大雨向成都进军。第二天早上，华阳同志军抵达成都东门外，与清军在牛市口、大面铺等地展开战斗。

　　9日，成都周边的温江、郫县、邛崃、金堂、广汉等十多个县州的同志军队伍云集成都城下，与守城清军激战。离成都较远的三台、峨边、井研以及屏山等州县的同志军也急奔而来。一时之间，攻打成都的同志军达二十多万人，与清军作战不下数百次。

　　为尽快平息四川的失控局势，清廷赶紧下令革除赵尔丰的四川总督职务，委任端方为钦差大臣，进川署理四川事务。端方接令后，率湖北新军第八镇第十六协第 31 标及 32 标一部两千余人入川。

　　端方还在路上时，四川和武汉又接连发生两起重大事件。

　　先说四川，早在 8 月 4 日，革命党人在资州罗泉镇召开秘密会议，决定武装起义。9 月 25 日，一支同志军在围攻成都无果后转攻荣县，并获得成功，宣布荣县独立，成立荣县军政府，成为全中国第一个脱离清廷的政权。

再说武汉。端方调走湖北新军两千多人后，武汉兵力空虚，防御力量大为减弱，革命党人决定发动起义。10 月 10 日晚，武昌新军工程第八营的革命党人打响了第一枪，汉阳、汉口的革命党人闻风而动。起义军掌控武汉三镇后，成立了湖北军政府。

唯一让端方感到欣慰的"好消息"是，四川的保路同志军围攻成都，看起来声势浩大，但缺乏统一的组织指挥和作战经验，而且武器装备又不足，大多是锄头大刀之类的兵器，最终没能攻下成都，很快就"作鸟兽散"了。

听到这个"好消息"，端方心情大好，立即叫来好酒好肉，把标统刘云凤和曾东海叫来，告诉他们这个好消息。两个标统闻言大喜，连声说这是"皇天有眼"，表示一定不负圣恩，同心戮力，协助端方控制住四川的局势。

到了重庆后，端方又接到上谕，任命他为四川总督，接替赵尔丰。钦差大臣变成四川总督，这样的好事，让端方着实兴奋了起来。端方知道，朝廷对他委以重任，是看中了他的能力。

在官场上，流传着一句话："岑春煊不学无术，张之洞有学无术，袁世凯不学有术，端方有学有术。"这里的学指"学问"，术指"权术"。端方对这句话早有耳闻，对大家的评价不置可否。他很清楚自己的本事有多大，不需要别人指手画脚，评头论足。

如今，多次经历宦海沉浮的端方，知道被委任为四川总督意味着什么。清王朝的确到了危急关头，全国各地动乱频发，乱世征兆日益凸显。但越是乱世，越能让能者出人头地。端方自信，如能迅速剿杀革命党，平息四川的动乱，一定能使自己的地位不断抬升。

端方希望能尽快到达成都，把总督大印从赵尔丰手里接过来，然后大显身手，把四川治理为一片祥和安宁的乐土。可他得到消息，赵尔丰正在上下活动，希望朝廷能恢复他的官职。

早知今日，何必当初。端方心中一阵冷笑，赵尔丰此举必然徒劳无功。既然朝廷对赵尔丰已经失去信任，还有谁敢提议恢复赵尔丰的职务？既然赵尔丰不是那么心甘情愿地交出总督大印，端方心里也不着急，只有在到达成都之前做出让世人侧目的功绩，才是王道。

端方心里已有了一个宏伟的规划。资州距成都不过三百多里，一两天的路程。资州自古以来就是成渝的交通要道，兵家必争之要塞。如能驻扎在资州，先行将荣县乱党镇压下去，再把资州附近的匪患清除干净，然后挟此胜绩风风光光进抵成都履职，看他赵尔丰还有何颜面赖着不走！

想到这些，端方心里不觉安稳了许多。他浑然不知，大轿已进入湘园，这是罗文山特地给端方安排的行辕。大轿停下来后，端方就听到宝廷在轿外禀报："大人，行辕到了。"

湘园，原名廖家花园，是资州廖姓家族的庄园，建于清嘉庆年间，因廖姓家族的先祖来自湖南，故名湘园。湘园结构为四进复式四合院，院内楼台亭榭，假山嶙峋，竹秀树高，景致很是幽深典雅。到光绪年间，廖姓家族中落，湘园一分为二，东边为廖家祠堂，西边改为童生考秀才的考棚。后来，又改为过往官员暂住的馆驿。

接到新任总督兼钦差大人端方将从资州路过的消息后，罗文山立即令人将湘园进行整饬，设为端方的行辕。

端方下了八乘大轿，信步走进湘园，一边看一边暗自点头。四川民居，果然名不虚传，特别是这种带有川南特色的庄园，更是让端方赞叹不已。相比江南园林，川南庄园中那随风轻拂的秀竹，华盖虬枝的古树，独具匠心的雕窗，行走其间，更让人感到心旷神怡，宁静至极。

进入后花园，端方看到，住所前栽种着一丛秀竹，推窗竹影入眼帘，闭户卧听风涛声。看得出来，修建这湘园的人，也是一个大雅之士。端方爱竹，竹能让端方在脱下官服后，感到自己还是一个治学之人。若能在竹下舞上几剑，更是无比的舒泰惬意。

端方脸上露出笑容。眼睛掠过竹丛后，立即被后花园硕大的假山所吸引。端方一生见过园林无数，还从来没见过如此磅礴大气的假山。近三丈长、高一丈多的假山三面环水，灌木葱郁，亭台逼真，阶梯掩映在树丛、山石中，俨然一幅生机盎然的中国山水画。整个构架复杂而巧妙，有如仙境一般。

端方暗叹，没想到蜀中还有这等殷富家族，仅这个假山，造价就相当不菲。自古说天府之国富甲一方，由此看来，此言非虚。端方伫立在假山前，久久观赏把玩。胸中积郁多日的烦恼，竟悄无声息地化解开去。

良久，端方才举步朝住所走去。进入房内，迎面是一块屏风，绕过屏风，里面极为宽敞，一张案桌摆放在屋子中间，墙角堆放着端方视为宝贝的几十个箱子。

案桌上，宝廷早已把端方的文房四宝摆放整齐，还新沏了一杯茶。端方走到案桌后，坐到椅子上，端起茶杯，轻轻啜了一口。看到屋内的摆设，端方很是满意。这个资州知府，果然是一个善解人意之人，把自己的心思揣摩得如此到位。

正在这时，宝廷从屏风后走到案桌前禀报说："资州知府罗文山求见。"端方正在心中赞叹罗文山做事周密，没想到他竟如此恰逢其时地前来求见，于是冲宝廷挥挥手说："叫他进来吧。"

宝廷走到屏风边，朝外面轻轻招手。罗文山小步走进来，向端方行大礼跪下，朗声说道："川南永宁道亘隶资州正堂罗文山，叩迎钦差大人。"端方哈哈笑着，来到罗文山面前，伸手把罗文山轻轻扶起来说："罗大人，快快请起，不必多礼。"然后对宝廷说："上茶。"宝廷应诺一声，转身出去。

"谢大人。"罗文山起身，抱拳作揖说，"卑职迎接礼数不周，还望大人恕罪。"端方说："罗大人做事周全，心思缜密。端某初到贵地，人生地不熟，还请罗大人多多指点才是啊。"

罗文山连忙惶恐地说道："卑职不敢，不敢。"想到端方对自己的赞扬，罗文山又说道："大人此次率领大军入川，我资州百姓奔走相告，都说大人乃救世良才，大清栋梁。大人这一路行来，有如甘霖普降，真是我大清之幸，百姓之福啊！"

端方拈着胡须，微笑着说："想我端某何德何能，资州百姓能这样待我，端某实在惭愧得很。我带来的人马，都安置好了吗？"罗文山说："回大人：卑职将大军安排在天上宫、禹王宫和东岳庙，粮草供应，都没有问题。"端方说："你这个知府当得好，像你这样的人才，太少了。"

罗文山再次受到端方的表扬和鼓励，心里犹如吃了蜜一样，甜腻得差点晕过去，一张核桃般的老脸顿时漾满了红晕。他急促地搓着手，嗫嚅着，不知该如何回答端方的话。

端方接着问道："你在资州任职多少年了？"罗文山答道："卑职是宣统元年到资州赴任的，算下来，已有三年了。"端方点点头说："罗大人为官一方，治下清明，又如此能干，理应得到更高的任用才是。"端方此话的意思，再明白不过了。罗文山激动得差点哭出来，正要向端方表达感恩戴德之情，宝廷端着茶水走了进来，放在案桌上。

端方对罗文山说："别站着，坐下喝茶。"钦差大人发话，罗文山不敢不听，但又不敢托大，只得小心翼翼地侧坐在案桌前的凳子上，端起茶杯，象征性地啜了一口。

端方说："罗大人，资州可是文化名城啊！"罗文山不住点头说："大人所言极是。资州历史悠久，人杰地灵，出过两个状元，一个是宋朝的赵逵，另一个是本朝的骆成骧骆状元。卑职作过统计，到目前为止，除了两个状元，资州还出了216名进士、220名举人、102名贡生。最重要的是，孔圣人的老师苌弘就是资州人……"

端方打断罗文山的话说道："端某久闻资州文庙是成渝线上唯一的一座文庙，而且是州级级别，规格很高，一直想去拜祭。不知文庙离这里可远？"罗文山连忙说："不远，就一盏茶的工夫。只是，大人舟车劳顿，还是先歇息几日再去不迟。"端方摆摆手说："无妨。你我都是读书人，拜祭孔圣人是首要之务。"

罗文山起身道："卑职马上就去安排，请大人稍等。"端方站起来说："不用惊动大家，端某等会便衣出行即可。"罗文山怔住了："大人，您到资州，卑职可得为您的安全负责啊。"端方笑着说："我都不怕，你怕什么呢？"

罗文山见端方话说到这个份上，也就不再坚持："卑职认为，还是去文庙安排一下为好。"端方点点头说："这样也好，你先去文庙吧，等会我过来就是了。"罗文山后退几步，转身小步跑了出去。

宝廷小声说道："还是再派两个人一同前往比较好。"端方想了想说："叫春生带个人跟我们一起去，都穿便装，从后花园后门出去。春生是本地人，认识路。"

宝廷出去找张春生，张春生叫上护卫队的安广南，换上便装，跟随宝廷一起来到后花园。此时，端方已穿好便装，晃眼一看，俨然一个商人。宝廷也赶紧换上便装，四人打开后花园的门，悄悄走了出去。

因为端方入驻湘园，湘园四周的街道都被戒严，不许闲杂人等进入，后花园的那条小巷冷冷清清，没有人影。四人来到大街上，发现街上人潮涌动，煞是热闹。端方来到这等市井生活气息浓厚的所在，很有兴致，东瞧瞧西看看。

不远处，两双眼睛一直看着他们。

资州文庙，始建于北宋雍熙年间，当时庙址在大东街。明正统、天顺年间，因年久失修而重建。明嘉靖二十一年（1542年），沱江突发大水，资州县城被淹，文庙未能幸免于难，被毁。时任县令孙之谋修复。明末清初，因战乱多年，文庙倒塌，再次被毁。清康熙二十三年（1684年），县令朴怀德将文庙迁到内十字街重建。雍正五年（1727年），文庙又迁回大东街。乾隆元年（1736年）、五十六年（1791年），又两次培修。

道光九年（1829年），资州州牧张海澜认为，文庙所处街道喧闹嘈杂，有失儒家传统尊严，加之文庙殿堂低窄潮湿，提议迁建。张海澜的倡议得到士绅响应，大家集资募捐，把文庙迁建到北关外南宋状元赵逵居游过的洗墨池。整个工程耗时六年，道光十五年（1835年）竣工。此后又多次增建，遂成如今的规模。

端方一行一路走来，张春生指着前方对端方说："大人，文庙到了。您看，罗大人来了。"端方举目看去，罗文山带着一个人匆匆迎了上来。到了跟前，罗文山要向端方行礼，端方连忙说道："我们都穿的便装，不必多礼。"罗文山向端方引见跟随前来的人说："大人，这是文庙的管事孔衍贤。"

孔衍贤连忙上前，端方拉着他，笑着说："莫非你是孔圣人之后？"孔衍贤脸红到了耳根，支吾着说："听家父说起，好像和孔圣人有一点亲缘关系。"端方也不再问，对罗文山说道："你在前方带路。"罗文山点头哈腰，侧着身子碎步引路。

行了几步，前面出现一道高高的朱红色宫墙，高有两丈多，长近二十丈，气势雄伟，大气磅礴，墙上用瓷砖镶嵌着"万仞宫墙"四个大字。端方肃然起敬道："其他地方的文庙都是数仞宫墙，为何资州文庙却是万仞宫墙？"

罗文山答道："资州是孔圣人老师苌弘的家乡，所以文庙的宫墙与别处不同。之所以叫万仞宫墙，是取自子贡所言'夫子之墙数仞，不得其门而入，不见宗庙之美，百家之富'的意思。"

宫墙下面，是一个半月形水池，端方微笑着说："罗大人所言极是。这个池子，想来就是洗墨池了？"罗文山连忙回答说："是的。这就是传说中赵逵的洗墨池。"

洗墨池右面右廊上有两条石柱，端方说道："这就是华表。华表也称桓表、表木或诽谤之木，是一种传统建筑形式。古代用以表示王者纳谏或指路的木柱。

孔圣人是‘文宣王’，文庙树立华表，代表着孔圣人‘王者之尊’。”罗文山连忙说道："大人果然博学多才，让我们又长知识了。"端方微笑不语。

走了两步，罗文山说："大人，这是文庙的照壁。"端方看到照壁，眼睛都瞪圆了。只见这道照壁，高约二丈，长约六丈，壁中有七个圆孔，每孔直径半丈有余，镶嵌着镂空雕塑立体图案，有水宫龙府、龙凤呈祥、鱼翔浅底、亭塔园林、鹰翔鱼跃、鱼跳龙门等，栩栩如生，美轮美奂，精彩绝妙。端方赞道："太精美了，简直和北京城的九龙壁有异曲同工之妙。这个是鲤鱼跳龙门吧？"

罗文山点头说道："是的，是的。"端方看了半晌问道："这不像是鲤鱼啊，怎么会有这么长的胡须？"罗文山笑道："大人果然好眼力！这上面的鱼，的确不是鲤鱼，鲤鱼的头和嘴没有这么大，这鱼是资州特产球溪河鲶鱼。"

端方奇道："球溪河鲶鱼？这里又有什么讲究？"罗文山说："这种鲶鱼是资州的一大特产，它们生活在球溪河里。说来也怪，整个资州，只有球溪河里有这种鱼，别的江河都没有。到资州的外地人，都以吃到球溪河鲶鱼为荣。"

端方哈哈大笑起来："你一定吃了不少吧？"罗文山讪讪笑道："卑职只是尝了尝，味道果然有独到的妙处。"端方说："听你介绍得这么好，端某也想尝一尝。"罗文山赶紧说道："大人放心，卑职已经安排下去了。"

走过照壁，前面是半圆形的泮池。泮池正中建有一座三洞拱桥，桥栏镂雕了两条龙首向北的石龙，叫"双龙朝圣"。

泮池两边有两排厢房，东边是乡贤祠，西边是名宦祠。端方朝乡贤祠走去，到一块高大的石碑前停了下来。罗文山连忙说："这就是在书法界备受关注的‘成化碑’，是前朝宪宗朱见深在成化四年（1468年）书刻的《御制重修孔庙碑》。"端方也是书法名家，对成化碑早有所闻，今天得以亲见，不禁在碑前驻足。端方揣摩着成化碑上的字迹，心中赞叹不已。

端方恋恋不舍地离开成化碑，走进乡贤祠。乡贤祠是供祀历代在朝为官或治学有成的资州籍人士，如南宋状元赵逵、宰相赵雄、大儒黄泽等，共供祀了24人。看完乡贤祠，端方来到西边的名宦祠。名宦祠前面也立着一块和成化碑同样大小的石碑，是康熙在40岁时书写的《四书·大学篇》。笔道刚劲豪放，颇具唐人气韵。

顺着泮池，是大成门，又叫戟门。大成门左右两边各有一道小门，左边的小门叫金声，右边的叫玉振。走进小门，里面是个幽雅静谧的庭院。两边厢房一式五间，东边的叫东庑，对面叫西庑。

东庑里，供祀着40位先贤，38位先儒；西庑里供奉着39位先贤，37位先儒。此外，东、西庑中，还设有忠孝祠、节孝祠和昭忠祠，所供奉的忠臣、孝子、节妇、义士，都是资州人。

端方在罗文山的引领下，来到文庙的中心大成殿前。端方看到，此殿高有六丈多，宽近十丈，顶上是九脊重檐歇山式，彩陶脊，正脊饰宝鼎、蟠龙，翼角飞翘，轻盈飘逸，琉璃黄瓦，显得金碧辉煌，巍峨雄丽，宏大壮观。大殿前面是用条石砌成的一个高大宽敞的平台，是祭孔时举行八佾盛典的地方。

端方叹道："可惜端某来得不是时候，无缘见到八佾盛典的壮观场面。"罗文山说："八佾盛典每年春秋各举行一次，春季在二月初四，秋季在八月初四。大人此次无缘见到，等明年春季举行八佾盛典时，卑职一定邀请大人前来主持。"端方笑了笑。

进入大成殿，端方首先看到的是孔圣人的塑像。殿堂上，高挂着八块匾额，是清朝的八个皇帝书写的。端方毕恭毕敬地一块块匾额看下来。正中最高的一块，是康熙帝于康熙二十三年（1684年）题写的"万世师表"，第二块是雍正帝在雍正三年（1725年）题写的"生民未有"，第三块是乾隆帝在乾隆三年（1738年）题写的"与天地参"。门口一面是嘉庆帝在嘉庆七年（1802年）题写的"圣集大成"，以及道光帝写的"圣协时中"、咸丰帝写的"德齐帱载"、同治帝写的"圣神天纵"、光绪帝写的"斯文在兹"。

端方看毕，点头叹道："资州文庙，能得到我大清八位先帝亲笔题写的匾额，真是圣恩浩荡啊！"罗文山附和道："圣恩眷顾，是资州文庙的莫大荣幸。大人，卑职带您去看孔圣人牌位，那是我大清王朝独一无二的最高大、最古老、最精致、最奇特的一块孔圣人神位。"端方顿时来了兴趣："快带我去看看。"

罗文山引领着端方来到西庑堂。端方看到那块上面写着"至圣先师孔子神位"八个金底黑字、四周镂空雕刻着九龙二凤图案、以人还高一大截的神位，不由得睁大了眼睛，仔细端详起来。罗文山在一旁不失时机地说，这个牌位已有近四百年历史，制作于明嘉靖九年（1530年）。

那年，明朝礼部议奏，认为"人以圣人为至，圣人以孔子为至"，孔子是至圣，但毕竟是人臣，所以应给他"正名分"，去掉"文宣王"的王号，改称"至圣先师"，孔门弟子也只能称为"先儒"、"先贤"，不宜再以公侯相称。嘉靖觉得有理，下诏封孔子为"至圣先师"，全国文庙"去塑像，设木主，罢封爵，改大成殿为先师庙，门为庙门"。这块孔子神位，就是当时为替代孔子塑像制作而成的。

但为什么这块神位如此之大呢？罗文山想到这么长时间都是自己在为端方解说，冷落了孔衍贤，就叫孔衍贤给端方说说这里面的缘故。孔衍贤感激地看了看罗文山，清了清嗓子，说了起来。

当初嘉靖还规定了全国各地文庙制作的孔子神位要统一尺寸，要求神位"高二尺三寸七分，阔四寸，厚七分；底座高四寸，长七寸，厚三寸四分"。不能大，也不能小，必须严格执行规定。但资州文庙的这块神位，却大大超出了规定：通高八尺八寸六分，宽三尺一寸八分，厚五寸二分，座高一尺二寸，宽四尺二寸，厚七寸五分。

孔衍贤说了半天，还是没有解释资州文庙这块神位为什么会超出标准那么多的原因。端方打断孔衍贤的话问道："这块神位为什么会超出规定呢？"孔衍贤一时语塞，挠着脑袋支吾起来。罗文山打圆场说："目前能查阅的书籍，的确没有有关这个问题的记载。卑职推测，可能还是因为资州是苌弘的故乡，所以就特例了吧。"孔衍贤连声附和着说："我们都是这么推测的。"

端方轻轻地点点头，盯着神位看了一会儿，突然问道："你们仔细看，这八个字是用黑漆写在涂金的楠木板上的。据我所知，孔圣人的神位须是朱底金书，但这块神位却是金底黑字，这是为何？还有，此神位四周镂空雕刻着九条龙、两只凤，外围饰以花瓣和海涛，龙凤盘旋缠绕其间，真是栩栩如生，呼之欲出啊！你们能说说是什么原因吗？"

罗文山和孔衍贤没想到端方会问出这么细致的问题，不禁互相看了看，瞠目结舌。端方见两人这般模样，也就不再为难他们，说道："我们出去吧。"

众人走出文庙，端方停下脚步，指着前方问罗文山："前面盖着绿色琉璃瓦的又是什么所在？"罗文山说道："那是资州武庙，大人如有兴趣，卑职愿陪大人去看看。"端方把手一挥："那就去吧！"

端方正要迈步，张春生上前两步对端方说："大人，武庙来往人多，不比文庙清净，要不先让属下去清理一下？"罗文山被张春生的话点醒了，也连忙说道："张大人所言极是。为了大人安全着想，请容许卑职派人先去安排一下。"

端方笑着说："你们都多虑了，不用那么麻烦。现在时间也不早了，我看那边也没有多少人，况且我们穿的都是便装，老百姓也不会对我们另眼相看。倒是罗大人一身官服，有点不合时宜……"罗文山闻言，老脸涨得通红，他看了看孔衍贤，把孔衍贤拉到大门里去。一会儿，罗文山出来，大家都乐了。

只见罗文山一身官服变成了孔衍贤身上的衣服，虽然有些滑稽，不过倒也贴身。罗文山不愧久在官场，脑子灵活，听出端方话里的意思，就想出和孔衍贤换衣服的妙招。端方笑了两声，背着手迈开步子，朝武庙走去。罗文山一边走，一边招来一个随从，小声吩咐了两句，那个随从从旁边跑向武庙张罗去了。

从武庙出来，时辰已经不早了。端方兴致颇高，对罗文山说："这里离湘园也不算远，我们仍旧走路回去，你先去忙吧。"

第二章 ◦ 木棉袈裟

端方在张春生等人的陪伴下，从另一条街往湘园走去。走了一会儿，前方突然传来一阵嘈杂声，一群人围在一家店铺外似乎在看热闹。宝廷眼尖，看到人群中有两个穿新军服装的人，悄声对端方说："那里有我们的人。"端方眉头紧皱，对宝廷说："你去看看。春生，我们先走。"宝廷得令，匆匆走上去。

宝廷拨开人群，走了进去。两个新军看到宝廷，立正敬礼。宝廷呵斥道："你们不在营地里待着，跑出来干什么？"一个壮实的新军回答道："曾标统叫我们出来买点东西。"

宝廷知道，他们嘴里的曾标统是曾东海。宝廷点点头说道："为何在这里吵闹？"壮实新军指着被另一个干瘦新军揪着衣服的人说："我们抓到了一个乱党分子！"

那个被抓着的人嚷道："我是本分的生意人，你不要血口喷人，你才是乱党。"干瘦新军冲着那人腹部就是一拳："你小子还嘴硬，刚才你说什么来着？"新军出手打人，周围看热闹的人不干了，大声叫嚷起来："不许打人！"几个年轻气盛的人，说着就朝里面挤来。

眼看宝廷三人要被围住，这时，外面有人大声叫喝："干什么呢？干什么呢？"人群让开一条路，几个清兵走了进来。为首的清兵看到两个新军，立即满脸堆笑地说道："出什么事了？"

宝廷见到几个清兵来到，心里松了一口气。他并非害怕周围的当地人，而是希望尽量不要与当地人发生冲突，不然的话，正在各地树立良好形象的端方怪罪下来，就吃不了兜着走了。宝廷说："一时半会说不清楚。"

为首的清兵会意，把手一挥，几个清兵上前拉住那人就走。那人不愿意走，嘴里叫嚷着说："我是生意人，你们抓错人了。"一个清兵给了他一个嘴巴："老实点，去了州衙再说。"那人挨了一个嘴巴，果然老实多了。宝廷对两个新军说："你们也一起去。"两个新军尽管很不情愿，但知道宝廷的身份，只得乖乖地跟着宝廷一起走。

到了州衙，两个新军和那人你一言我一语，向宝廷说了事情的经过。曾东海叫两人出来买酒，两人来到一个店铺，选中了两罐好酒。付钱的时候，两人觉得酒太贵了，叫店主便宜点。店主看两人穿的是新军服装，就没好气地说，这几天为了迎接新军，知府把整个资州城弄得鸡飞狗跳，生意受到很大影响，不可能便宜卖酒。最后，店主多了一句嘴："现在天下都乱成这样，你们这些当兵的，就不要来压榨我们小老百姓了。"

　　两个新军觉得店主这话不该说，尤其是不该说"天下乱"，就质问店主凭什么说天下乱，现在是大清的天下，哪里乱了？店主不服气地说："革命党在荣县闹独立，你们怎么不去荣县，跑到资州来干什么？"两个新军听到店主嘴里说出"革命党"的字眼，顿时警惕起来。

　　干瘦新军叫道："好哇，你就是革命党！"店主也不畏惧，梗着脖子说："我是革命党又怎么啦？"壮实新军把提着的酒罐往地上一摔，上前抓住店主的衣领说道："我们抓的就是乱党分子！"说着，壮实新军把店主拖出店铺，来到大街上。店主这才慌了神，大叫起来，引来了周围的人。就在这时，宝廷赶到了。

　　事情经过明了，店主跪在地上，痛哭流涕地说："各位军爷，小人知错了，你们饶过我吧！"宝廷冷冷地说道："这次钦差大人来到资州，就是要捉拿乱党。没想到，你这个乱党主动撞上了枪口！"

　　宝廷对那个为首的清兵说："好好拷问，把资州的乱党分子都挖出来，好处少不了你们！"那个清兵满脸媚笑，点头哈腰地说："小的一定照办！"说着，吩咐人把店主打进大牢，进一步拷问同党。

　　回到湘园，宝廷向端方禀报了此事。端方拈着胡须说："你做得很好。算是我们到资州后，对乱党开了第一刀。"宝廷得到端方的肯定和褒奖，也是满心欢喜。

　　端方看了看堆在屋角的那些箱子，转过头来说："我有一个事情要做，你看派谁去比较好？"宝廷愣住了。端方在他面前，虽然一直没有什么架子，但用这种商量的口吻和他说话，还是第一次。宝廷知道，这个事情一定很机密，不然端方不会这样征求他的意见。

　　端方想了想，问宝廷："你知道资州有个宁国寺吗？"宝廷摇摇头。端方接着说："这个宁国寺，有一件镇寺之宝，叫木棉袈裟。据说，这件木棉袈裟，是佛祖释迦牟尼身上穿过的圣物。我，很想看看这件圣物究竟是什么样子的。"

宝廷恍然大悟："小人明白。"端方笑了笑说："你去找春生，叫他找几个可靠的人。明天，你带他们悄悄去宁国寺。"宝廷有些迟疑地说："我走了，您的安全怎么办？"端方挥挥手说："我都不担心，你还担心什么？记住：千万不能对寺里的僧人动粗！"

宝廷应诺一声，走了出来。他刚走出后花园，看到张春生站在门口，就走过去说："我找你有点事。"张春生看宝廷一脸神秘的样子，就对宝廷说："到我房间去说？"宝廷点点头。进了门，张春生把门关上。宝廷对张春生说："明天借你几个人用用。"张春生有些惊讶地说："您这话就太客气了，有什么吩咐，尽管说就是了。"

宝廷低声说道："你给我找几个可靠的弟兄，嘴巴严的，明天我要替大人去办个事情。"张春生点点头说："没问题。宝爷，明天准备去哪里啊？我心里有底，也好叫弟兄们准备准备。"

宝廷摇摇头说："不能说。"张春生笑了笑说："您可是大人的贴身侍卫啊，您明天出去，万一有什么事，我到时到哪里找您呢？您不用给我说什么事，只告诉我您去哪里就行。您放心，我嘴巴严着呢。"

宝廷欲言又止，看了张春生一会儿，似乎下定了决心，向张春生招了招手。张春生把耳朵凑过去，宝廷轻声说道："宁国寺。"张春生眼里闪过一丝惊讶。

宁国寺，坐落在资州城北外郊的栖神山上。始建于东汉建安五年（200 年），当时名为德纯寺。宋朝将德纯寺更名为宁国寺。

木棉袈裟，又称达摩袈裟，系佛教禅宗传宗法信，代表了禅宗世系的传承，是佛法的象征，甚至有人说"得其衣者，得天下"。如此珍贵的法物，怎么会和宁国寺搭上边呢？说起来，这里有一个曲折的故事。

相传，木棉袈裟原本是释迦牟尼的金缕袈裟，因为迦叶会意了释迦牟尼拈花不语而微笑，得到释迦牟尼的赏识，继承了这件法物。这件袈裟，就是后代佛门弟子顶礼膜拜的禅宗信衣——木棉袈裟。

木棉袈裟传到菩提达摩时，已是第 28 代了。南北朝时期，达摩来中国传教，把木棉袈裟带到中国，成为继承人的传承圣物。木棉袈裟相继传于禅宗的几代祖师——惠可、僧璨、道信、弘忍后，到了六祖惠能手里。

武则天称帝后，尊崇佛教，传旨请五祖弘忍座下的弟子惠能、神秀、智诜、玄约、老安、玄赜等十大高僧入朝，供奉于皇家道场，尊为国师。因弘忍在传位时，座下弟子发生内讧，尤以神秀和惠能之间的关系最为微妙。惠能托病，多次抗旨不入朝。

武则天知道惠能手里有木棉袈裟，就请求将木棉袈裟送朝廷供养。惠能没有办法，只得把木棉袈裟交给武则天的使臣。武则天见到木棉袈裟，迎入内廷供奉起来。

智诜禅师来自资州德纯寺，与神秀、慧能齐名。智诜颇具文学根底，弘忍说他"兼有文性"，同门中他与神秀等"道德最著"。智诜禅师俗姓周，随祖做官到了四川。小时候的他，喜欢佛教，不食薰莘，志操高标。13岁时，削发出家。

据说，一天晚上，智诜梦到一个神仙，神仙对他说："你现在出家的这家寺庙，不是高僧住的地方。资州城北有座栖神山，那里才是你的洞天福地。"说完，神仙化作一团火炬，引着智诜来到德纯寺。从此，智诜在德纯寺修行了20年。

玄奘西天取经归来时，智诜已经40岁了。他到了大慈恩寺，拜在玄奘门下。八年后，精通佛典中的经藏和论藏的智诜辞别玄奘，又拜到黄梅东山寺五祖弘忍门下。智诜从此澄心静虑，升堂入室，成为弘忍的十大弟子之一。智诜学成后，回到德纯寺，弘扬禅法30年，声名远播。

武则天登基称帝后，派使臣到资州迎请智诜。此时，智诜已经88岁高龄，推托不过，带着弟子处寂来到长安，接受供养。住了几年，智诜想要归乡，心有少忧。然而武则天再三挽留，智诜难以脱身。

一天，武则天向几位高僧大德参问说："禅师，你们有欲吗？"神秀、玄约等异口同声说无欲，只有智诜沉默不语。武则天问智诜："禅师，你有欲吗？"智诜顺着武则天的意思回答说："有欲。"武则天又问："为何有欲？"智诜说："生则有欲，不生则无欲。"

武则天觉得智诜是个"说实话的和尚"，智诜趁机向武则天奏请还乡。武则天欣然同意，钦赐新译《华严经》一部，弥勒绣像及幡花等一套，又把木棉袈裟赐给他说："你带回故乡永为供养。"

智诜回到德纯寺颐养天年，于长安二年（702年）去世，享年94岁。智诜圆寂前一个月，将木棉袈裟交付处寂。处寂禅师圆寂前，把木棉袈裟秘密交给俗家身份为新罗国（今韩国）国王第三子的无相禅师。无相禅师后来又传给无住禅师。木棉袈裟就这样一代又一代在宁国寺供奉着。

后来，因为兵荒马乱，木棉袈裟被宁国寺僧人秘密供奉在一个地方，对外宣称说已经失传了。

这天深夜，宁国寺住持德清禅师正在禅房闭目打坐。忽然，德清睁开双眼，轻声说道："外面冷，风大，施主，请进来吧。"德清说完，又闭上双眼。门被轻轻推开，一个身穿黑衣、黑巾蒙面的人闪进房间，拜倒在地。

蒙面人直起身子，拉下蒙在脸上的黑巾，现出一张年轻英俊的脸来。年轻人说道："禅师，您还记得我吗？"德清眯缝着两眼，仔细打量着面前的年轻人，点点头说："阿弥陀佛，一别四年，可好？"年轻人哽咽起来："感谢您四年前出手相救，让我有了今天。"

德清说："一切佛法皆有因缘，四年前我出手救下你，那是我佛慈悲，出家人岂有见死不救之理？"年轻人说："不管怎么说，我对您的恩德将永远铭记在心。"

德清微微颔首，问道："施主黄夜到访本寺，不知有何贵干？"年轻人恭恭敬敬回答说："深夜打扰您，实属无奈，请禅师恕罪。"德清说："出家人以慈悲为怀，怎能随意降罪？"年轻人说："贵寺所供奉的法物木棉袈裟，被刚到资州的钦差端得知。他明日将遣人前来抢夺袈裟，请禅师早作安排为妙。"

德清的眼皮跳动了几下，盯着年轻人看了半晌，喟然长叹道："是福不是祸，是祸躲不过，宁国寺终将有此一劫。你的心意，老衲已经明了。"年轻人站起身来，朝德清抱拳说道："禅师，请多保重！"说完，年轻人把黑巾拉上盖住面孔，往后退了几步，转身出门。

第二天早上，宁国寺的僧众如往常一样在大殿做早课，德清端坐蒲团闭目念经。突然，一个十四五岁的小和尚匆匆跑进来，来到德清面前，欲言又止，一脸焦急。德清停止念经，睁眼问道："释能，何事如此慌张？"

释能赶紧站定，双手合十，低头说道："住持，外面来了一群当兵的，说要见您。"德清心中暗道，昨晚蒙面人说的事情果然发生了。德清起身对释能说：

"你带我去见见他们。"

刚走到门口，德清就看到一个背着大砍刀、腰挎洋枪、满脸络腮胡的彪形大汉走了过来。大汉见到德清，扯开嗓门吼道："那和尚，你是不是宁国寺当家的？"德清双手合十说道："阿弥陀佛，老衲正是本寺住持德清。"

大汉走到德清身边轻声道："老和尚，赶紧把那个叫什么、什么木棉袈裟交出来。我拿到宝贝就走，绝对不会动你宁国寺一草一木。否则，就别怪宝爷我不讲情面！"

德清摇着头说："你说的木棉袈裟，老衲只是听说过，从没见过。"宝廷说："既然听说过，就知道袈裟藏在哪里了。说吧，藏在哪里？我去取，不用劳烦你。"

德清再次摇头说："你没听明白老衲的意思。老衲不仅没有见过袈裟，也不知道袈裟在哪里。"宝廷沉下脸来说道："老和尚，你别敬酒不吃吃罚酒。来人啦！"宝廷话音刚落，呼啦啦从外面冲进十个荷枪实弹的新军。宝廷把手一挥："弟兄们，把庙门给我封了，把庙里的和尚全部赶到这里来。宝爷我就不相信，今天拿不到宝贝！"

十个新军得令，立即分头行动。很快，庙里关门声四起，所有的僧人都被赶到大殿前的院子里。德清站着一动不动，闭着眼，捻着佛珠，嘴里念着经。释能站在德清身边，一脸惊恐地看着四周。宝廷两手叉腰，脸上挂着冷笑。

所有僧人都被赶到一起，新军端着枪站在四周，瞄准众人。众人哪里见过这种场面，个个吓得脸色苍白，浑身发抖。宝廷清清嗓子，走到德清面前说道："老和尚，我再给你一次机会：木棉袈裟到底藏在哪里？"

德清似乎没有听到一般，嘴里只管念经。宝廷脸都气黑了，拔出大砍刀，走到释能面前，将他拉出来，用刀架在脖子上。释能吓得大声叫喊起来："住持，救我，救我啊！"德清的脸皮抽动了一下，仍然没有作声。

宝廷见德清还不为所动，把砍刀的刀刃竖起，在释能的耳朵上轻轻一削，释能的右边半个耳朵被削落在地。释能发出撕心裂肺的惨叫，捂着伤口，鲜血从指缝流出，滴落在肩膀上，很快，衣服被鲜血浸透了一大片。

有的僧人昏倒在地，其余人腿脚发软，跟着扑通扑通都跪在了地上。唯有德清仍站立不动，嘴里快速地念着经。宝廷把砍刀换到释能的左肩膀，喊道："老和尚，你到底说不说？你再不说，这个小和尚的另一只耳朵，宝爷就要削下来下酒吃了！”

德清停止了念经，长叹一声，睁开双眼说道："孽障，休要继续作孽！既然你铁了心要找木棉袈裟，那我就告诉你吧！但我要你给端方转达一句话：法物只给有佛缘的人，没有佛缘，偷、抢、夺、骗，都是没有用的。"

宝廷嘿嘿笑着，收回砍刀，把释能一把推到地上。有机灵一点的僧人马上跑过来，把释能扶到众人中间，七手八脚给释能包扎伤口。宝廷走到德清面前说道："老和尚，这就对了嘛。你要是早点配合宝爷，宝爷也不会伤你的人，你说对不对？"说着，宝廷做出一个请的手势。

德清没有动，对宝廷说道："上天有好生之德，还请施主能答应老衲一个条件。"宝廷不耐烦地挥挥手说："老和尚，你真是啰唆。说吧，什么条件？是不是要宝爷我对你的弟子不再动手？"德清说道："我带你去，不管结果如何，你不许再对宁国寺做任何伤天害理的事情！"

宝廷挠挠脑袋说："我答应你。其实，我也不想对你的弟子动手啊，端大人是讲道理的大官，我也是讲道理的人。端大人特别吩咐我，不许对你们动粗。只要你让我拿到木棉袈裟，我才不想动你这个破庙呢！"

德清回头看了看众僧，说道："你们都在这里好好地待着，不管发生什么事情，你们都不要动。我们做的任何事情，佛祖都看着的，佛祖自然会分清善恶。"说完，德清迈步朝庙门走去。宝廷留下两个新军看管众僧，带着其他新军跟在德清后面。

出了庙门，来到一座石塔前。德清对宝廷说："我年轻的时候曾听师父说过，木棉袈裟就在这座石塔下的一个深洞里。至于是真是假，我也不知道。"说完，德清盘腿坐下，闭上双眼，捻珠念佛，不再理睬宝廷等人。

宝廷叫两个新军找来工具，撬开石塔，里面果然现出一个洞来。宝廷把头伸进石塔朝下看，洞黑黢黢的，一股腥臭的气味传了上来。宝廷扔进一块小石头，过了一会儿才传来石头落地的声音。这表明，洞的确很深。宝廷叫人做了一个火把，点燃，扔进洞里。火把掉进洞里后，仍在燃烧，借着火光，宝廷还是看不清楚下面到底是怎样的情景。

宝廷想了想，叫人找来一根粗大的绳索，一头绑在自己腰间，另一头叫几个新军拉着，把他从洞口放下去。宝廷左手拿火把，右手拿砍刀，顺着洞慢慢地往下行。深洞洞口比较狭小，越往下越开阔，到了洞底则非常宽敞。宝廷举着火把四下张望。火光映着洞壁，宝廷看到，这里有两个房间大小，靠近左侧洞壁，有一个石头方台，上面有一个石盒。宝廷暗道，木棉袈裟可能就在那石盒里。

宝廷心下大为宽慰，看来，老和尚的确没有说假话。宝廷举着火把，一步步朝方台走去。走到方台面前，宝廷看到，这个方台有一张桌子大小。宝廷把砍刀放在方台上，仔细观察着石盒。石盒上面刻着一些宝廷看不懂的文字和花纹，他用手试着去推石盒，石盒纹丝不动。

宝廷拿出匕首，沿着石盒的缝隙，把石盒上面的石板撬开。打开石盒后，里面有一个用黄色绸缎包裹着的东西。宝廷解开绸缎，现出一个檀香木做成的精致木盒。打开木盒，宝廷眼前一亮：木棉袈裟！

宝廷兴奋得差点笑出声来。他急忙把木盒合上，用绸缎胡乱地把木盒包裹起来，塞进怀里，拿起方台上的砍刀，准备往回走。这时，宝廷感到一股强劲的阴风吹来，风里夹杂着一股浓烈的腥臭气息，阴风险些把手里的火把吹灭。宝廷急忙靠在洞壁，紧捏住砍刀，朝阴风吹来的方向看去。

这一看不打紧，宝廷差点被吓晕过去。只见两只铜铃般大小的"灯笼"在眼前晃动，一条身子比水桶还粗的巨蟒拦在他的身前，挡住去路。这只巨蟒头顶套着一个黑乎乎的"头盔"，身上的鳞片在火光的照耀下闪着寒光。宝廷感到背脊发凉，冷汗湿透衣衫。刚才下到洞底时，他还特意看了四下洞壁，没有发现任何洞穴，这个东西是从什么地方冒出来的呢？而且如此庞大的躯体，钻出来时居然悄无声息，只有一阵阴风！

容不得宝廷多想，巨蟒张开大嘴，冲着宝廷袭击过来。宝廷一声呐喊，矮下身子，举刀朝巨蟒砍去。当的一声，砍刀砍在巨蟒的头上，迸出火星。宝廷感到手上发麻，差点没捏稳砍刀。与巨蟒交手后，宝廷大喊一声："拉！"就感觉腰间一紧，绳索开始向上拉动了。

宝廷被绳索拉动着，腾空而起。巨蟒灵巧地转过身子，腾起身子，张开大嘴再次朝宝廷咬来。宝廷下意识地挥动砍刀去砍巨蟒，这一次，宝廷的砍刀落了空。但巨蟒的嘴把宝廷的衣角咬住了，只听嚓的一声，宝廷的衣服被巨蟒撕咬开裂，怀里的木盒掉了出来。宝廷扔掉火把，伸手去抓木盒，却没抓住，木盒直直地朝洞底落去。巨蟒不等木盒落地，张嘴把木盒吞了进去。

宝廷急得大叫，想下去和巨蟒拼命，要把木盒抢回来。就见巨蟒再次立起身子，猛地一弹，腾空跃起，张开大嘴再次向宝廷咬来。宝廷吓得大吼一声，双脚抬起，巨蟒的大嘴擦着宝廷的屁股而过。

新军把宝廷七手八脚地拉上地面，宝廷见到外面暖融融的阳光，脸色土灰，喘着粗气，瘫软在地。德清似乎没有看到宝廷的狼狈相，仍然镇定自若地坐在那里闭目念经。

尽管面临的形势非常严峻，但端方游山玩水的兴致似乎一点也没有消减。上午，端方在罗文山的陪同下，到资州的风景名胜区重龙山游玩。

重龙山，位于资州城东北。山顶平坦开阔，树木葱茏，状如重龙，隐若龙转。西南山腰，有一个好去处叫北岩，那里集中雕刻了162龛1652个佛像。因北岩摩崖造像集中，颇具灵气，故又名灵岩。灵岩下有山泉，名君子泉，泉水落入岩下潭中，叮咚有致，文人骚客名之泉韵。灵岩和泉韵组成重龙山的一个风景，历代名人雅士常来此观赏，赋诗，题字。

罗文山陪着端方来到灵岩泉韵游玩。看到端方兴致颇高，罗文山的话也滔滔不绝："大人，资州北岩石窟开凿的年代比较早。据卑职所知，唐建中四年（783年），这里就开始有佛像出现了。后来，唐武宗灭佛，这里遭到破坏。唐宣宗时，又重新开凿。到唐咸通六年（865年），北岩佛像已经很具规模了，基本上和现在差不多。这一尊观音像，是宋朝大中祥符三年（1010年）修凿的……"

端方一边观看一边不断地点头，对罗文山的详细介绍很是赞许："你说得很好啊，你是下了苦功夫的。"罗文山媚笑着说道："卑职为官一方，当然要对当地的一草一木了如指掌才行啊。"

登上重龙山山顶，阳光暖融融地照在身上。看着山下的资州城，端方感叹道："资州真是一个好地方啊！"罗文山指点着城里，向端方介绍着这里是什么地方，那里又是什么地方。端方微笑着点头称是，不时地赞叹几句。

端方忽然对罗文山说道："资州依山临水，钟灵毓秀，人杰地灵。如此一座文化古城，如果出现匪乱，遭到破坏，让百姓生灵涂炭，流离失所，我们这些为官一方的人，可就要成为历史的罪人啊！"

端方的这番话，来得实在太突然，让罗文山的脑子一时没转过来。他只感觉一股冷气从背脊冒了上来，脸色顿时变得苍白，额头渗出细密的汗珠，张口结舌地说道："这……是啊，大人……"

端方叹了一口气说："现今天下难宁，外有列强虎视眈眈，内有乱党兴风作浪。越是这个时候，越需要我等食朝廷俸禄者，殚精竭虑，奋发有为，扫除乱党，抗御外侮，为大清王朝分忧解难，保黎民百姓安居乐业。即使我等粉身碎骨，抛头颅洒热血，也在所不辞！"

端方一席话说得大义凛然，慷慨激昂，站在一边的张春生听得心潮起伏，难以平静。眼前这个端方，可以说是大清王朝不可多得的栋梁之臣，虽无曾国藩、李鸿章的经世大才，但也不乏雄才大略，与袁世凯不相上下。从某种角度来说，端方比袁世凯更有魅力，更有才干。但端方的弱点和优点都集中在一点：对大清王朝忠心耿耿，看不清当前的形势。或许，端方看清了形势，只是不愿面对而已。

作为一个头脑灵活的青年人，张春生很清楚大清王朝如今所面临的复杂局势。腐败没落，外侮内乱，任何一个有识之士都看得很清楚。但沧海横流，方显英雄本色。正因为乱世，才有出人头地的可能。跟谁干不重要，重要的是在跟着干的过程中寻找机会，把自己的力量壮大起来。在这方面，自己的经历足以证明。

四年前，张春生迈出罗泉那个小镇的第一步，他的人生就发生了巨变。不错，如果当初他不离开罗泉，也许现在也能做出一番成就来。但相比如今的自己，那点成就简直不值一提。虽然在这四年中，历经千辛万苦，甚至差点丢掉性命，但他活过来了，而且活得很好，成为一个前途无量的少壮军官。

一个懵懂少年，怀揣着做一番大事业的梦想，一头闯进前途未卜的社会，这需要巨大的勇气，也需要运气和机遇。当背着行囊走在资州街头时，他好奇地张望着，贪婪地吸取着这个世界能让他感到兴奋的能量。然而，他一点也没发觉，在扑进这个社会时，这个社会就给他上了深刻的一课。

背囊里的盘缠被人偷了。其实，以他的武功，是能察觉到背囊出现异常的。事后，他努力回忆在什么时候被人偷走盘缠的，但的确想不起来。他太兴奋了，对眼前的花花世界太着迷了，以致忘了人世间还有这么丑恶的事情。

没有银两，张春生慌了。他不知如何是好，肚子饿得咕咕直叫，那热气腾腾的馒头，还有餐馆里飘出的饭菜香味，让他感到头晕。他想到了家，虽然不是真正的家，但毕竟是一个温暖的、能让他吃得饱穿得暖的地方。但他严厉地警告自己,既然走出来了,就没有回去的可能。宁可在外面当乞丐,也不愿灰溜溜地回去。

他在大街上漫无目的地游荡,寻找着可以充饥的食物。但他放不下脸面去和衣衫褴褛的乞丐争那些残羹剩饭,更不好意思开口向人讨饭。童年时的那一段经历,他不愿再次上演。虽然有一身的武功,但此时才知英雄无用武之地。

在资州城里晃悠了几天后,那天晚上,实在饿得不行了,他跌跌撞撞地朝城外走去。不知不觉中,他来到一处寺庙门口,后来才知道这就是宁国寺。他知道,寺庙的僧人心地善良,或许能在这里讨得一口饭吃。离庙门还有数丈之远,他又累又饿,倒在地上。就这么躺着,是很舒服的。可如果真的就这么躺着,他也许就永远都起不来了。

他咬紧牙关,努力地朝庙门爬过去。平常只需要轻轻几步的距离,他觉得自己爬了几十年。终于爬到了门口,他用尽全身力气使劲地敲着庙门。敲了几下后,他顿觉眼前一黑,晕厥过去。

命运之神再次眷顾了他,就像11年前他在雪地里晕倒后被救醒一样。他睁开眼睛,发现自己躺在一张简朴干净的床上,一个小和尚憨笑着注视着他。后来得知,这个小和尚叫释能。释能看到他醒来,跑出去叫来一个慈眉善目的老和尚。老和尚叫德清,是宁国寺的住持。

喝下一碗此生感觉最香的稀饭后,他浑身上下又充满了活力。他把自己的身世原原本本告诉了德清,就像面对一个知心朋友那样。德清没有多说什么,让他在寺里住下来。几天后,他决定离开。向德清告辞时,德清没有挽留他。

德清告诉他:"你这一辈子,注定要做一番事业。世间一切皆有因果,世间万事有正有邪,你要分清是非,辨别敌友。你我也不会就此无缘,我们还会见面的。"德清给了他一笔盘缠,他洒泪告别宁国寺,走向资州城。

可接下来何去何从,他并不清楚。他在街头一个面摊吃面时,听到旁边有人说武汉在招收新军。新军?这是什么兵?他果断地把那人的面钱付了,那人热情地向他介绍了什么是新军。

当他离开面摊时,感觉眼前一片开阔。从军去!只有当兵,才能施展才干,发挥自己一身武艺的长处,才能让自己出人头地。走出建春门,他停下脚步,转身仔细看着这个积淀着深厚历史的城门。

资州是一座有着两千多年悠久历史的古城。公元前221年秦统一中国后,在全国实行郡县制，改蜀国为蜀郡，蜀郡下辖成都县、广都县、梓潼县、资中县、汉阳县等19个县。553年，西魏进占益州后，将资中县置为资州。

资州全城有九个城门，正东门名建春门（大东门），正西门名咸丰门，正南门名迎薰门，正北门名拱宸门，南隅叫通津门，其余四门规模较小，分别是紫气门（小东门）、平波门、安澜门、达江门（瓮城子）。城内有小河，由拱宸门侧流入，穿城至紫气门侧流出。

建春门初建于南宋，是用统一规格的条石镶砌而成的瓮门。建春门是成渝古驿道（官道）东大路的通道，建有雄伟的城楼，古称台星楼，是南宋孝宗右丞相、资州人赵雄所建。

张春生心中暗自发誓：建春门，你等着，我一定会风风光光再回来的！

他一路走一路问，从资州走到重庆，然后乘船到了武汉。德清给他的盘缠太少，他不得不拉下脸面做苦力，尝尽了艰辛。德清叫他要吃苦耐劳，他做到了。不吃苦中苦，难为人上人。他如愿以偿地穿上了新军戎装，成为清王朝最为先进的军种中的一员。靠着本事，他迅速地露出头角，成为钦差大人端方的护卫队队官，回到离别四年的家乡。

张春生脑子里思潮翻滚，但他一点也没放松警惕。他深知职责所系，宝廷今天一天都不见影子，带着十个弟兄出城去了。想到这里，张春生嘴角露出一丝不易被人察觉的微笑。

端方回到湘园，换上便装，先舒展了一下筋骨，然后在案桌上铺开纸墨，挽起袖子，准备写一写字。端方几乎每晚都要练字，这是他几十年如一日的爱好。一天不写字，他就感觉浑身不自在，就像每天早上不练一练拳脚一样。

端方凝神静气，正准备提笔时，宝廷一身狼狈地闯进来跪倒在地。端方大惊，放下毛笔，来到宝廷面前，伸手把宝廷扶起。只见宝廷虬髯上沾着泥土和一些黏糊糊的东西，衣服破烂，透着一股腥臭发霉的味道。所幸身上没有什么伤痕，只是神态之间煞是狼狈。

宝廷低垂着头，嘟哝着说："大人，请降罪，我没有完成任务……"端方关切地问道："难道宁国寺的僧人敢和我们对着干？"宝廷摇头说道："我遇到了一件怪事，差点把小命丢在那里。"

端方听宝廷这么一说，愈加感到奇怪。端方让宝廷坐下，叫他把事情经过详细说来。宝廷哪敢在端方面前坐下，站在那里，把事情经过原原本本说了出来。

宝廷从深洞里死里逃生出来后，倒在地上喘了半天粗气，心中越想越怒。那几个新军站在一边，个个面面相觑，大气都不敢出一口。宝廷腾地站起来，走到德清面前，指着德清大声吼道："老和尚，你为什么不告诉我下面有一条巨蟒？害得宝爷我差点把命丢了！"

几个新军听说下面有巨蟒，一个个惊得目瞪口呆。德清慢慢睁开眼睛，直视着前方，缓缓说道："阿弥陀佛。供奉佛门法物的地方，自然有灵物保护。端大人见多识广，他都没告诉你这点基本常识？"

宝廷被德清一番不软不硬的话说得瞠目结舌，一时之间不知如何是好。愣了半晌，宝廷鼻子里发出一声冷哼，抢过一名新军手里的枪，拉动枪栓，走到深洞洞口，朝里面射击。枪声在洞里发出巨大而沉闷的响声，宝廷从枪声中判断，子弹打在洞底的泥里，而巨蟒并没有吃到子弹。宝廷把枪扔掉，拔出腰间的洋枪，把所有子弹又打了下去。

打完后，宝廷回过头来，指着一名新军命令道："你，下去看看！"那名新军刚才听到宝廷嘴里念出"巨蟒"二字，又看到宝廷一身狼狈地从洞里出来，知道自己下去，肯定凶多吉少，不由得倒退几步，连连摆手说道："宝爷，您不能让我下去送死啊！"

宝廷骂道："你他娘的平时就知道咋咋呼呼，到关键时候就下软蛋了。大个子，你去！"另一个被宝廷指中的大个子新军比前一个新军更软蛋，他跪倒在宝廷面前，不断地作揖说："宝爷，俺家上有老下有小，都指望着俺养活他们呢。宝爷，俺的亲爷，俺给您磕头啦！"

宝廷气得嘴都歪了，目光从其余几个新军脸上扫过。那几个新军，个个缩着头，低着眼，不敢看他。宝廷一顿脚："你们都不敢下去？那好，你，马上回城去，把炸药抱来，宝爷我要把这个洞炸掉，把那头畜生炸碎！"

一个新军凑上来说道："炸药不行啊！这么一个洞，炸药下去，还不把洞都给埋了？即使把那条巨蟒炸死，您要的东西也拿不出来了啊。"宝廷想了想，觉得此话有理。也许，到时不但没把木棉袈裟弄到手，还会把这里弄得一团糟，要是被人知道了，端方的名声就受损了。端方到时一发怒，什么责任都推到他身上，他就成了替罪羊，说不定会被端方咔嚓一下把吃饭的家伙给卸了。

宝廷心下愈加烦恼，又听见肚子咕咕直叫，这才发现刚才进洞那么折腾后，体力消耗巨大。他抬头看看太阳，对两个新军说道："你们两个，在这里好好看着。我们进去，先把肚子填饱再说。"

宝廷大步朝寺里走去，两个新军押着德清，其余人跟在身后。众僧看到德清毫发未伤，个个都长长地出了一口气。宝廷叫人端来一把椅子，坐在大殿前晒太阳喝茶压惊。此前，已有两个新军押着几个火头僧去做饭了。

德清盘腿坐着，继续捻着佛珠念经，四周荷枪实弹的新军，似乎对他根本没有造成任何影响。其他僧人见住持如此，也都跟着盘腿打坐念经。

饭做好后，尽管都是素菜，但宝廷吃得很香，也很多。吃饱后，宝廷躺在椅子上，晒着太阳，不知不觉中瞌睡袭来，昏昏沉沉就睡过去了。

迷迷糊糊中，宝廷再次进入深洞，那条巨蟒仍盘在洞底。看到宝廷下来，巨蟒两眼放光，口中吐着芯子，昂着头，怒视着宝廷。宝廷拔出洋枪朝巨蟒射击，不料，枪里没子弹了。宝廷急了，抖索着去摸口袋里的子弹装枪。巨蟒哪里给他机会，头一伸，朝宝廷咬了过来。宝廷吓得朝一边躲闪，巨蟒扑了空，转头又朝宝廷袭来。宝廷只得东躲西窜，在洞里和巨蟒藏起了猫猫。

时间一长，宝廷熬不住了，脚下慢了起来。巨蟒嘴里发出一阵得意的笑声，把宝廷逼到一个角落。宝廷吓得大声喊叫，但地面上的弟兄似乎没听到，不但没有绳索垂下洞来，连个回应都没有。宝廷绝望地看着巨蟒的血盆大口逼来，他想把大刀拔出来捅进巨蟒嘴里，但伸手一摸，大刀不知什么时候掉了。巨蟒的大嘴猛地朝宝廷伸过来，宝廷绝望地大叫一声。

宝廷睁开眼，发现自己从椅子上弹跳了起来，浑身上下冷汗淋漓，像洗了澡似的。宝廷这才知道，刚才做了一个噩梦。除了德清，僧众和新军都看着他。宝廷自知失态，连忙站住脚步，威严地咳嗽几声，强迫自己镇定下来。

现在怎么办？是灰溜溜地打道回资州见端方，还是继续找木棉袈裟？宝廷自从跟了端方以后，还没出过这么大的洋相。宝廷决定，今天一定要把木棉袈裟找到！但派谁下去和巨蟒拼命呢？靠带来的这十个贪生怕死的弟兄，恐怕是不行的。

宝廷灵机一动，指着释能说道："小和尚，你跟我走一趟！"两个新军会意，上前把释能从僧众中拉出来。释能急得大叫："住持，救我呀！"德清念了一句

"阿弥陀佛"后，对释能说道："有佛祖保佑，你会没事的。"

听了德清的话，释能没再大呼小叫，泪眼汪汪地跟着宝廷走到寺外。宝廷命人用绳索把释能的腰捆上，交给他一把大刀说："你下去把那条巨蟒杀掉，我们就把你拉起来。不然的话，你就喂巨蟒得了。"宝廷有个非常得意的计划，他想把寺里的和尚赶下去喂巨蟒，等巨蟒吃饱了，身子笨拙了，他再下去干掉巨蟒，从巨蟒肚里把木盒掏出来。宝廷又叫两个新军去寺里再抓几个和尚出来，就催促释能赶紧下去。

两个新军推着释能来到洞边，一个新军把火把点燃交给他。到了洞底，释能举着火把四下察看，发现洞里除那张石桌外，什么都没有！释能又仔细察看一番，还是什么都没有。

释能仰头大声叫道："洞里什么都没有！"宝廷听到释能这么一说，心下大惊，奇怪了，巨蟒去哪里了？不会是小和尚在说谎吧？但是，小和尚既然还活着，说明巨蟒要么真的不见了，要么就是嫌小和尚太瘦太小，不想吃他。可这也不对，小和尚的声音里没有丝毫害怕紧张，如果巨蟒还在，小和尚肯定早就被吓得半死了。

宝廷吩咐两个新军把释能拉起来。释能上来后，浑身上下毫发未伤。宝廷再次严厉询问释能，释能一口咬定说下面什么都没有。宝廷愣了半晌，眼珠一转，决定自己下去看个究竟。他把洋枪装满子弹，背着大刀，举起火把，再次下到洞底。果然，一切如小和尚所说，什么都没有，那个木盒和巨蟒都不见了。

宝廷不信邪，举着火把沿着洞壁仔细察看，希望能找出隐藏着的洞穴来。但他转了几圈，什么都没有发现。如此巨大的蟒蛇凭空消失了，宝廷无论如何都想不出个所以然来。

宝廷没辙了，只得回到地面。他把疑惑向弟兄们说了，大家听了也是惊奇不已。一个弟兄悄声说道："宝爷，此地不宜久留，早点撤走为妙。"宝廷觉得的确如此，便带着十个弟兄灰溜溜地打道回府。

听完宝廷的讲述，端方确信宝廷没有说谎。对巨蟒的神秘出现和神秘消失，端方也觉得奇怪，但他也想不出原因来。良久，端方长叹一声说道："木棉袈裟本是佛门珍贵的法物，和佛祖舍利子不相上下，我等凡夫俗子，哪有缘分与木棉袈裟相见呢？既然如此，这事就此作罢。宝廷，你能活着回来见我，也算是佛祖开眼，网开一面了，下去吧。"

宝廷转身要走。端方忽然想起了什么，皱着眉头把宝廷叫住："你今天带了多少人去宁国寺？"宝廷回答说："带了十人。"端方点点头："千万要封住他们的嘴巴。"宝廷说："大人请放心，属下已经对他们封口了。"

宝廷急匆匆朝花园外自己的房间走去。刚走出花园，正好碰到张春生。张春生见到宝廷，热情地招呼着说："宝爷，今天的事情办得还顺利吧？"宝廷此时最不想见到的就是张春生，支吾了两句，逃也似的钻进了房里。

张春生乐得想笑。从宝廷的表现来看，这次去宁国寺，一定什么事情都没办成。昨天他想尽办法从宝廷嘴里撬出"宁国寺"三个字后，心中不禁大惊，不由得想到四年前宁国寺僧众对他的救命之恩。虽然没从宝廷嘴里打听到端方叫他去干什么，但根据端方的兴趣爱好，肯定是要他从宁国寺里取得什么珍贵的东西。

四年前在宁国寺暂住的时候，张春生在翻阅寺里的书籍时，发现书上记载说，寺里有一件稀世法物木棉袈裟。端方此次叫宝廷去宁国寺，必然是冲着木棉袈裟去的。木棉袈裟，那可是宁国寺的镇寺之宝，千万不能让端方夺去。

宁国寺有难，一定要想办法通知住持德清禅师才是。夜深人静时，张春生穿上夜行衣，悄悄摸出资州城，来到宁国寺。夜色中的宁国寺，神圣而庄严。张春生不想敲门，不然势必惊动寺里僧众。他翻进寺墙，来到德清的门口。不料，刚到门口，就被德清发现了。他把自己的推测告诉德清，希望德清能赶在宝廷到来前做好准备。

尽管张春生不知道昨晚离开宁国寺后，德清是否做了准备，但宝廷的表现已经明白无误地告诉他，木棉袈裟还在宁国寺。想到对宁国寺报了救命之恩，张春生的心里无比痛快。

护送端方从重龙山回到湘园后，张春生想起了罗泉的那个家。四年了，一直没有家的音信，干爹、干妈一定很挂念自己，还有大哥、二哥和小妹，他们也是自己这几年魂牵梦绕的亲人。

这次既然机缘凑巧回到了资州，无论如何，一定要找个机会回家去看看他们。不是偷偷摸摸地回去，而是正大光明、衣着光鲜地回去。这不是衣锦还乡，但比衣锦还乡更重要。他要让大家看到，他出去闯荡了四年，闯出了名堂，闯出了成就。

想定后，张春生走进后花园，来到端方门前，轻轻地敲了敲门。门虚掩着，端方在里面说道："进来吧。"张春生进屋，看到端方提着笔似乎在沉思，笔尖上的墨汁已经滴到纸上，而端方一点也没有察觉。端方把笔放在砚台上，搓了搓手，抬起头，看到是张春生，脸上露出一丝微笑。

端方问道："有什么事吗?"张春生垂手低头答道："大人，属下有事相求，还请大人恩准。"端方笑了笑说："你今天怎么像个大姑娘一样? 有什么事就说出来，不要吞吞吐吐的。"

张春生在见到端方那一刹那，心里有些犹豫了。现在正是关键时刻，作为护卫队队官，却要请假回家省亲，多少有些说不出口。但既然已经进来了，只有硬着头皮说下去。说了，也许还有机会;不说，连一点机会都没有。

张春生下定决心说道："属下离开家乡已有四年了，这次回到资州，想抽个时间回家看看。请大人恩准!"端方愣了一下，猛然醒悟道："哎呀，你不说，我还真的忘了你是资州本地人呢。你想什么时候回去?"

张春生听端方的意思，似乎已经答应了，心里顿时大为宽慰，连忙说："我想明天请一天假。"端方呵呵笑道："好，准了。"张春生大喜道："谢大人!"端方说道："明天也不用急着赶回来，还是在家里住一宿，多点时间陪陪父母。"

张春生应诺一声，转身要走。端方又把他叫住："你明天可别空着手回家，今天晚上你去买点礼物，不用巡查了，我叫宝廷替代你。"张春生没想到端方想得这么周到，很是感动："大人，我，我……很感谢您。"

走到宝廷的住处外，张春生想了想，走了进去。宝廷已经换好衣服，正在喝茶。张春生把请假的事情和端方的吩咐告诉了宝廷，又闲聊了几句，告辞出来。刚走几步，张春生看到曾东海阴沉着脸，急匆匆地朝后花园走去。

曾东海进入房间，行过礼后，端方让他坐下说话。曾东海和端方一向关系亲密，相互之间随意得多，也不客气，一屁股坐下。端方关切地问道："情况怎样?"曾东海叹了一口气说："赵尔丰不想让您进成都啊!"

端方对赵尔丰这一招早已料到，但仍想知道具体情况："这话怎么说?"曾东海说："昨天，我按您的吩咐，派出几人往成都方向打探情况。结果，他们在龙泉被赵尔丰的人拦住了。"

端方问道："难道你的人没有向赵尔丰的人表明身份？"曾东海说："我的人表明了身份，反而被赵尔丰的人嘲讽了一番。"端方眉毛一挑："怎么嘲讽的？"曾东海变得吞吞吐吐起来。

端方把手一挥说："说吧，我端方不是赵尔丰那种小肚鸡肠的人。"曾东海这才说道："赵尔丰的人说，您不就是想急着去成都接任赵尔丰吗？现在赵尔丰已经把成都的局势控制下来了，不需要大人您了，叫您从哪里来就回哪里去。还说，还说……"

端方的脸色有些难看了，但仍语气平静地问道："还说了什么？"曾东海只得继续说下去："他们还说，现在您在资州，资州周围乱党猖獗，要是您有本事，就先去把乱党收拾干净，再去成都接任赵尔丰。"端方冷笑几声说道："这个赵尔丰，他是被皇上免的，不是我端某免的，端某不过是奉命前往接任他，他凭什么和我叫板？他就不怕我参他一本？"

端方气得在房间里来回踱步。曾东海见端方发怒，不敢坐着，赶紧站起来，低眉垂手，静等端方发话。端方转了几圈后，语气平和地说："回去吧。"

曾东海走后，端方又呆呆地站了一会，心里不住地叹气。这个大清王朝真的变了，连被免了职的总督都敢抗命不遵。如今的局势，虽然不能说是天下大乱，但离大乱已经不远了。大清王朝，已到了岌岌可危的关键时刻。对这个王朝，他忠心耿耿、毫无二心。

客观地说，在大清这帮重臣中，端方算是思想比较开明的人。可就是这么一个人，却在宦海沉浮多年，难以一展胸中的雄心壮志和远大抱负。回想这么多年来的经历，端方不禁摇头叹息。

21岁那年，他考中举人。不巧的是，刚入仕，父母相继去世，按例只能在家居丧守制，28岁才正式受命做官。37岁时，他获任直隶霸昌道。在翁同龢与刚毅的保荐下，他第一次被光绪召见，获得光绪的青睐。

不久，光绪在康有为等人的鼓动下，开始维新变法。端方对变法表示拥护，对光绪的锐意改革感到欢欣鼓舞。光绪在北京创办农工商局，将他召回京城主持局务，他提出一系列振兴农业和工商业的具体方案，曾一天连上三折。那段时间，他虽然很忙碌，但过得很充实。

可好景不长，他提出的方案还没来得及实施，变法失败，那些维新人士血洒京都，参与变法的官员也受到惩罚。他督理的农工商局被撤销，面临被牵连惩罚的危险。多亏他平日与荣禄和李莲英关系不错，加上是旗人，又向刚毅送厚礼说自己参与新政是为了刺探康有为等人的消息，最终只受到撤职的处分。

为了维持政治生命，他四处打点，慈禧太后不仅没有继续追究他在变法中的过错，还任命他为陕西按察使。在按察使的位子上没坐多久，端方又被任命为陕西布政使，代理陕西巡抚。光绪二十六年（1900年），八国联军占领北京，慈禧带着光绪出逃到陕西。端方闻讯前往接驾，护卫周到。慈禧很是满意，将他调任河南布政使，后升任湖北巡抚。过了两年，代理湖广总督。又过了两年，代任两江总督。

一年后，端方被召回北京，升任闽浙总督。还没去上任，就受命与其他大臣出使西方考察宪政，预备制定宪法。他历访了日本、美国、英国、法国、德国、丹麦、瑞典、挪威、奥地利、俄国十个国家，次年8月回国。回国后，他总结考察成果，上书《请定国是以安大计折》，力主以日本明治维新为学习蓝本，尽快制定宪法。

不久，他出任两江总督。宣统元年（1909年）调直隶总督。结果，他在直隶总督的位上屁股还没坐热，就因在慈禧出殡拍照惊扰隆裕皇太后被罢官。说起来，这里还有个渊源。

端方从西方考察回来后，带回两件西洋玩意儿：电影放映机和照相机。回国后不久的中秋节，他举办家宴，邀请了镇国公载泽、户部尚书荣庆等一群名公巨卿。为了助兴，他叫人拿出放映机请大家欣赏。影片是美国片，说的全是英语，但有通判何朝桦解说，大家还是看得津津有味。正在高兴时，一声巨响，放映机突然爆炸，坐在放映机周围的何朝桦等人被当场炸死，名公巨卿们吓得心惊肉跳，狼狈而逃。载泽因为惊吓过度，回家后大病了一场。

事也凑巧，早在慈禧太后七十寿辰时，英国驻北京公使放电影祝寿，也发生过马达炸裂的事情。端方放电影爆炸的事情很快被朝廷知晓，大家议论纷纷，都说放映机这洋玩意儿是不祥之物。朝廷就下令，严禁放映。

端方在放电影这个事情上吃了一亏，但毕竟没有触动他的官职。不看电影也罢，听戏也是一样的逍遥快乐。但他带回的另一件洋玩意儿照相机，却给他带来了更大的祸害，甚至差点把命都丢了。

1908 年（光绪三十四年）11 月 25 日，慈禧太后在西苑中南海仪鸾殿去世，享年 74 岁。为使她的奉安葬礼显得风光体面，在慈禧"皇媳"隆裕太后的主持下，这个葬礼准备了一年的时间。在此期间，1909 年（宣统元年）6 月，端方调任直隶总督。11 月初，隆裕太后任命亲信太监小德张，坐镇玉田县城，监督和检查由北京到东陵的灵道事宜。

小德张虽然是个太监，但因受到隆裕太后的恩宠，很是得势。端方现在想来，自己当时的确太大意了，一点没注意到这个小德张是个睚眦必报的小人。他和小德张不认识，但手下人张勋和小德张交情不错。一天，他和张勋等人去拜访小德张。

端方是个不拘小节的人，而小德张却特别看重礼数。与小德张见面时，张勋来了个大鞠躬，端方只是略微动了一下胳膊以示行礼。在和小德张交谈中，端方一会儿坐在沙发上，一会儿坐在椅子上，有时还跷腿伸足，给小德张留下了"轻佻、傲慢、无礼"的坏印象。

11 月 15 日，慈禧奉安大典举行，端方参加了葬礼。参加葬礼前，端方突发奇想，如果能把这盛大的场面拍摄下来作为纪念，那一定是非常有意义的事情。于是，端方擅作主张，为了拍照需要，他在风水墙内的树上安设电线电灯，又偷偷安排两个摄影师伪装入场进行拍摄。结果，因为照相机拍照时闪光灯冒烟，引起葬礼主管官李国杰的注意，摄影师被当场抓获收监，端方被牵扯出来。

李国杰是李鸿章的孙子，对端方本来就不爽，加上小德张跳出来怂恿他参端方一本，李国杰就上奏隆裕太后说："御前拍照，惊扰圣安，大逆不道。""妨害风水，破坏灵道，偷照御容，故意亵渎。"按大清律为大不敬罪，应该予以斩决。隆裕太后勃然大怒，主张严惩端方。

幸亏负责处理此事的是宣统帝溥仪的父亲——摄政王载沣。载沣的本意是大事化小，因为在风雨飘摇的时局下斩杀朝廷重臣所引发的隐患远甚于太后遗容被偷拍的后果。端方当时也真的被吓坏了，多方疏通求情，终于起到了效果。朝廷军机处阁议后，以"恣意任性，不知大体"为由，对端方予以革职处分。

弄巧成拙的端方，一下子从名重京城的直隶总督宝座上跌落下来，成为一介草民。幸亏他家底殷实，今年初，花了不少银子打点庆亲王奕劻，又起复为候补侍郎。不久后，被委任为川汉粤汉铁路督办大臣。到任才几个月，就被派往四川。

端方的晚饭是在闷闷不乐中吃完的。回到住所，看到搁在砚台上的毛笔，端方这才想起今天还没有写字。他重新提起笔，面对宣纸，笔头却难以落下。他长叹一声，放下毛笔，在屋内走来走去。

最后端方走到墙角那堆箱子前，仔细端详了很久。这些箱子里，装的全是他几十年来的心血，每一件都是喜爱至深的宝贝。

端方把最上面的一个箱子打开，开始整理里面的宝贝。这些宝贝，端方平时决不允许任何人动一下，即使是家人，也不许动个指头。这个箱子里，装的是一些他最爱的书籍。想到今天心情不好，端方决定看看书。只有把自己沉浸在书中，他才会暂时忘记很多烦恼。

端方拿出一套八本书，把箱子盖上，回到案桌前。坐下后，端方把铺在面前的宣纸卷起放到一边，端起茶杯轻轻地啜了一口。茶水温度正好，想必宝廷刚刚新倒了热水进去。宝廷看到端方拿出书来，知道端方要看书了。端方看书时，绝对不允许别人打扰，即使站在旁边一声不吭也不行。

宝廷用目光在房间内搜寻一番后，对端方说道："大人，请早点歇息。"端方的眼睛看着堆放在案桌上的书籍，头也不抬地说："知道了。"宝廷又说道："那我出去巡查了。"端方挥挥手，宝廷退了出去。

端方又静坐了一会儿，抬手拿起那八本书最上面的一本。这本书很陈旧，但封面上的"石头记"三个大字并没有随着时间的消逝而褪色。这本书的作者叫曹雪芹，算起来，还是端方的老乡。曹雪芹祖籍河北丰润，端方祖居也在丰润，而且，这套书是端方在丰润城隍庙的一个旧书摊上发现的。当时他看到此书就眼睛发亮，用十两银子买了下来。

曹雪芹的《石头记》成书于乾隆二十年代。曹雪芹去世后，《石头记》开始在世间流传，世人争相传抄，出现了很多抄本。比较有名气的抄本有甲戌本（又称脂评本）、乙卯本、庚辰本、丙子本、立松轩本、蒙府本、戚序本、舒旭本、郑藏本、梦稿本、程高本和丰润本等十多个。

丰润本就是端方摆在案桌上的这套书。这套手稿一共有八本，一百回，但中间缺了二十多回。端方对《石头记》颇有研究，他想通过研究把那残缺的二十多回补齐。但因仕途不顺，事务杂多，一直没有时间静下心来补上。这个手抄本与流行的版本相比，内中情节有很多不同的地方。比如说，丰润本中，薛宝钗是难产而死的，贾府败落后，贾宝玉流落街头，与成了寡妇的史湘云结婚等。

端方用手轻轻地抚摸着《石头记》手抄本的封面，端详了一会儿，轻轻翻开，一张信纸掉落出来。端方把书合上，拿起信纸，展开，再次读了起来：

陶公四弟大人左右：

昨由京舍寄到惠赐食物、花绢各件，阖家分领，欣感同深。路政想已筹商就绪，月内当可起节为盼。何令棪有函致仲勤，谓一时未能脱身。

昨来邺后，面询情形，实有为难之苦衷，原函附呈。清签此令，办事虽甚结实，而才华稍欠开展，谅已早在洞签。

现若须人驱策，有湖北候补道周学辉者，系郁老爱子。上年随郁老来邺，数与晤谈，才识甚优，极有条理，与缉之相似。其性情亦与路矿各业相近，湖北情形亦不隔膜，似可留意罗致，不妨询商缉之，祈卓裁。

近闻湘人颇有风潮，大节似宜先驻汉阳，分投委员勘查，步步经营，想高明筹之熟矣。肃此祈请，双安。

愚小兄凯叩上
五月初十日

这是端方任川汉粤汉铁路督办大臣后，儿女亲家袁世凯写给他的一封信。端方的独生女儿嫁给了袁世凯的五儿子袁克权，所以端方和袁世凯关系亲密。袁世凯不愧是个老谋深算的人，对当前大清帝国的形势看得非常透彻，来信中对端方的关切之情溢于纸上。

袁世凯对端方的建议可谓中肯，但现实是多变的，谁也没想到四川的保路风潮会闹到难以控制的局面。端方在危难之际接受入川的旨令，不得不率兵离开汉阳。端方合上信纸，靠在椅子上，脑子里不禁浮现出到武汉前和袁世凯的那番谈话。

午后的北京城，初春的阳光照在身上，暖洋洋的。端方和袁世凯在后花园里散步，袁世凯身材壮实，在阳光下影子显得更为魁梧。袁世凯背着手，一边看着花园里的景致，一边对端方说："陶斋兄，你我是儿女亲家，有些话我就直说了。"端方回道："容庵兄，但请直说无妨。"

袁世凯说："你此次去湖北履职，虽然是任铁路督办，但一定要想方设法抓住军权，尤其是新军的军权。我是军人出身，我的眼里只有兵。只要手里有兵，比什么都强。"

端方点头称是："容庵兄所言极是。你在小站练兵，卓有成效，天下没有谁能比得上你的军事才干。你训练的新军，那可是我大清最精锐的军队，不能不说是我大清之幸啊。"

袁世凯笑了笑，挥挥手说："陶斋兄，你就别夸奖我啦！如今，列强对我大清虎视眈眈，会匪乱党到处兴风作浪，而我大清兵力疲惫羸弱，再不练一支精锐之师出来，这大清天下可就真的危在旦夕啦！"

端方正色道："说天下危在旦夕，恐怕还为时尚早。有你这么一位股肱之臣顶着，大清还是能平安无忧的。"袁世凯哈哈大笑，对端方的辩驳听而不见。袁世凯抬头看了看天空，缓缓说道："放眼当今朝野，今后也就陶斋兄和我能保大清平安了。"

袁世凯说完，斜睨着端方，脸上似笑非笑，充满深意。端方没想到袁世凯会说出这番惊人之语，脸上露出惊恐的神情，不敢与袁世凯对视，低头说道："小弟不才，怎敢和容庵兄相提并论？大清天下，今后全靠容庵兄独力支撑，小弟当全力做好你的助手。"

袁世凯又是一阵大笑，用手拍了拍端方的肩膀说："陶斋兄，你我都不是外人，我所说都是实话。你到湖北后，如果局势不妙，可自行带兵北上，我将亲自接应你。"

端方很是感动："容庵兄如此仗义，小弟今后将感恩图报，不负兄之厚望。"袁世凯说："到时，你我会合在一起，联手做事，只要你我齐心协力，有志于打出一片天地，天下还不都望你我项背？"

袁世凯的这番话，端方隐约察觉出一点不对劲的地方，但一时半会又想不出哪里没对。他只得不住地点头，没有说话，眼睛看着远处。他不知道的是，此时袁世凯的脸上露出了一丝不易察觉的冷笑。

端方把信纸折好，放进《石头记》书中。想起和袁世凯的谈话，他不由得自言自语说道："如今我被困资州，进退不得，前有赵尔丰阻道，后有乱党困扰，大清王朝命运多舛，端方怎能当逃兵北上？容庵兄，我知道你的心意，但我不能学你，我也学不了你。我生为大清朝臣，食朝廷俸禄多年，蒙受圣恩数载，我定当竭尽全力挽狂澜于危急之际，即使人头落地，也不负朝廷对我的浩荡圣恩！”

说完，端方两眼含泪，抬头望着屋顶。突然，屋顶发出轻微的声响。端方不禁脸色一变，站了起来，转身将墙上挂着的宝剑抽出握在手里。

第三章◦力战刺客

端方凝神静气站了一会儿，四下里一片安静。难道刚才听错了？难道刚才屋顶是猫在走动？端方随即否定了这种猜测。以他多年习武的经验，那绝对不是猫在屋顶上走动的声音，一定是人。猫和人踩着屋顶的瓦片，声音是截然不同的。猫踩着瓦片是脆响，人踩着瓦片是破响。

端方想定后，坐回椅子，把剑靠在椅子上，端起茶杯，悠然自得地喝起茶来。是福不是祸，是祸躲不过。既然要来，就坦然面对。何况，以自己的身手和武功，对付一般的刺客是没有问题的。他已有多年没和人交过手了，他也很少在外人面前展示武功，以致很多人以为他就是一个手无缚鸡之力的读书人。

端方曾和袁世凯比试过剑法。袁世凯的剑法犹如其人，沉重有力，而端方的剑法则飘逸潇洒，善于借力，注重取巧。两人一轻一重，看似袁世凯占尽先机，但却一点便宜都捡不到。两人过招一会儿后，袁世凯就气喘吁吁了，而端方则气定神闲。袁世凯是个豪爽之人，果断放弃比试，连声称赞端方好剑法。

端方料得不错，的确有刺客，而且不是一个，是两个。他正准备喝第二口茶，就听到屏风后面的门传来被轻轻推开的声音。随即，两个弓着腰、蹑手蹑脚的持刀蒙面人闪了进来，正是王成和马齐。

两人见端方悠然自得地坐在椅子上，两眼炯炯有神地盯着他们，不禁怔了一下，对视了一眼。端方见二人如此表现，悬着的心立即放了下来。看得出来，眼前这两个人并不是那种久经江湖之人，而是没什么经验的小毛头。

端方放下茶杯，指着两人，低沉着声音问道："哪来的蟊贼？"王成没有回答端方的问话，而是用刀指着端方，粗声粗气地问道："你，就是端方老贼？"端方笑了笑，站起身来，提着剑走到案桌前："我就是端方，但不是老贼。你们两人，才是蟊贼。"

两人确认端方的身份后，又对视了一眼，眼中闪过惊喜。两人点点头后，也不和端方搭话，挥舞着大刀就朝端方扑了上来。端方没料到两人说话做事如此利落干净，立即抖擞精神，举剑相迎，和两人打斗起来。一时之间，屋内刀剑相碰之声不绝于耳。

　　刚交上手，端方就对对方的来路有了大致了解。这两人虽然力道沉重，超过了袁世凯，但刀法笨拙，很不熟练。看得出来，两人平时练的应该是徒手套路，只是为了前来刺杀他，选择了用刀。可惜这两人放弃他们擅长的徒手格杀而使用自以为威力强大的刀法，犯了练武之人的大忌。

　　端方习练的是太极剑，看似柔弱，但剑法精到，最擅长的是以柔克刚。此番与两个惯使蛮力的蒙面刺客对抗，正好发挥他的长处。虽然两人围住端方一顿猛砍，但端方游走在两人之间，借力还力，剑法飘逸洒脱，一点也不感觉吃力，反而越战越勇，让两人占不到任何便宜。

　　两人大概也没料到端方居然还会武功，而且剑法如此精湛，几招过手后，阵脚慌乱起来。与人交战，最忌讳的就是对方未乱己先乱。端方心中大乐，此前的郁闷情绪在和两人的交手中一扫而光。端方有了一种猫戏老鼠的感觉，他下定决心，一定要独力打败两个刺客，生擒活捉他们，让胆敢对他动手的人看个明白，他不是吃素的。

　　前段时间在重庆时，曾有乱党派人来行刺，可惜他还没与刺客打照面，刺客就被张春生发现了。张春生那后生不愧为护卫队队官，交上手后没几下，就把刺客制伏了。今天晚上，因为张春生请假去买探亲礼物，宝廷又出去巡查了，才遇到这两个三脚猫功夫的刺客。他得把他们擒获，把功劳归在自己身上。

　　端方想念之间，又与两人战了几个回合。两人越来越着急，出刀也乱了章法，有些类似街头泼皮无赖打群架了。端方瞅准时机，在两人挥刀砍过来时，用剑轻轻一拨，将王成的大刀引向马齐，然后抽身往后一退。两人此次力度很大，两把大刀碰在一起，差点砍中对方。

　　两人没想到端方会来这么一手，大为惊讶，连忙错身而过，转身怒视着端方。端方举着剑哈哈大笑道："就这么一点三脚猫功夫，也敢来刺杀本官？"王成呸了一口，说道："今天不杀了你，我誓不为人！"说完，王成挥刀又朝端方兜头砍过来。端方将身轻轻一侧，举剑顺着王成的刀身飞速地往刀柄方向削去。王成连忙将手一抖，用刀身把端方的剑弹开，这才躲过了端方的一击。

　　旁边的马齐在王成进攻端方时也没闲着，挥刀朝端方胸口平平地横扫了过来。端方来不及躲闪，用剑往后撑在地上，两手反剪着握住剑柄，身子向后面反弓，大刀贴着胸口扫了过去。端方等刀锋刚过，身子立即弹回来，抽剑往马齐的左胳膊一挑,正好刺中马齐左胳膊,鲜血流了出来,染红了衣衫。

马齐受伤,低低地痛呼一声,往后连退几步,用手捂住伤口。王成见马齐受伤,脸色大变,额头冒出豆大的汗珠,也不管端方是在攻击自己还是在防守,挥舞着大刀急速地攻向端方。端方一击得手,更是笑容满面,志在必得。

王成再次攻击,仍奈何不了端方。马齐也没再捂住伤口,举着大刀想要再次进攻端方。王成知道端方是个厉害角色,今晚行刺端方看来已难以得手,三十六计走为上计,立即朝马齐低声喊道:"你快走!"马齐愣了一下,似乎没听懂王成话里的意思。王成再次吼了起来:"走啊!"

马齐才猛然醒悟道:"我们没完成任务啊!"王成很不耐烦地说:"都什么时候了,还考虑什么任务!"端方听着两人的对话,一边用剑架住王成的大刀,一边大笑道:"谁指使你们的?"王成一边与端方打斗一边骂道:"老贼,我要杀了你!"端方将手中的剑一抖,直直地朝王成喉咙刺去。王成大惊,将头一偏,用刀一挡,化解了端方的这一杀着。

马齐仍呆呆地站着,王成趁空回头看了一眼马齐,顿足低声吼道:"兔崽子,还不快走?"马齐傻傻地说:"我们一起来,就要一起走!"王成心里焦躁,骂了一声说道:"你再不走,我们都走不了!"马齐带着哭腔问道:"我走了,你怎么办?"王成继续吼道:"你别管我,快走!"

端方冷笑道:"想跑?没那么容易!"说着,上前拦住马齐的去路。马齐见退路被拦,往后退了两步,看着王成。王成气得把马齐往身后一推:"你他娘的真是一块木头!"说着,王成挥舞着大刀逼向端方。端方见王成来势凶猛,也不和他硬拼,如果硬拼,就正中他的下怀了。

端方朝一边躲闪,退后几步,将路让了出来。王成手疾眼快,左手往后一伸,拉住马齐就往门口推去。端方见马齐要跑,欹身上前,用剑将刚才退出的空当封住。马齐顺着王成推他的力道正要冲过去,见端方又拦了上来,举刀将端方的剑黏住,左手朝端方胸口打去。端方躲闪不及,被打个正着。但马齐这一拳没对端方造成伤害,他的胳膊受伤,手上力气小了几分。

端方吃了马齐一拳,捂着胸口退后几步,将马齐前方的路再次空了出来。马齐趁机跳到门口,王成立即上前继续与端方战成一团。端方见马齐逃脱,已无力再去追杀,只得放弃马齐,力战王成。马齐在门口回头看了看王成,一咬牙,转身跑了出去。

宝廷从端方房间出来后，先出了湘园大门，朝左一拐，进入街道。因为端方入驻，湘园四周的街道都被罗文山提前清理干净了，临街住户被赶到他处暂住，等端方一行走后才允许搬回来。街道上，每隔十多丈距离，就有一名荷枪实弹的新军站岗。

　　拐过街角，宝廷来到后花园的那条街。宝廷停住脚步，四下打量这条街道。他抬头看了看上空，发现从对面楼屋到湘园后花园的屋顶，有几条线相通。或许这是以前因为某种原因而牵搭的绳索，宝廷这样想到。但他没有想到的是，就在他走出湘园大门时，刺杀端方的王成和马齐就从那几条线中的一条进入了湘园。

　　宝廷心里隐约意识到这几条线存在着隐患，决定明天找罗文山，派人把那几条线割断，以绝后患。想定后，宝廷继续朝前走。围绕湘园走一圈，还是需要一段时间。宝廷重新进入湘园大门，走进外院。外院较为宽敞，没有什么阻挡视线的东西。但宝廷仍然认真仔细地绕着外院走了一圈，这才走进内院。

　　相比外院，内院显得小了一些。两边的厢房，就是宝廷、张春生及端方护卫队新军的住所。张春生的房间里黑漆漆一片，宝廷这才想起，张春生已向端方请假，明天要回家探亲，今晚出去买礼物了。其他房间也是漆黑一片，护卫队新军都在外面执勤，要等到子时才会撤回一半休息，等到半夜再与执勤的新军换岗。

　　宝廷的目光扫视了一番内院，确定没有异常后，来到后花园门口。隐约中，宝廷听到后花园传来刀剑格斗声，脸色不禁为之一变。虽然他知道端方有练剑的爱好，也经常和他以及张春生等护卫队新军对练，但现在传来的刀剑之声，不像是端方在和人对练，而是在与人打斗。

　　宝廷赶紧将耳朵贴到后花园大门，仔细聆听起来。一般来说，到了夜里，宝廷离开端方的住所后，如果没有特殊情况，端方不喜欢有人进去打扰他。虽然他是端方的贴身侍卫，平时也不敢轻易闯进去。宝廷听了一会儿，确定端方是在和人打斗无误后，立即拔出手枪，把门打开，端方屋内的打斗声更清晰了。

　　宝廷立即朝端方的住所跑去。刚跑两步，就见一个蒙面人手持大刀捂着胳膊从端方的房间里冲了出来，此人正是马齐。马齐出了门后，迎面碰上宝廷，不由得停住了脚步。宝廷将手枪指着马齐厉声喝道："什么人？站住！"马齐没料到会有人挡道，换了平时，他会冲上去和对方打斗。但此时有伤在身，逃命要紧。

马齐也不和宝廷搭话，折转身朝围墙飞快地跑去。宝廷紧追过来，一边跑一边大声喊道："有刺客，有刺客!"马齐听到宝廷的叫喊，心里越发慌张，脚下加紧，几步来到围墙下。马齐趁着奔跑的势头，两脚朝地使劲一蹬，腾身跃起，两手攀住围墙，整个人上了墙头。

宝廷停下脚步，抬手就是一枪。枪声响起，马齐惨叫一声，跌落在地。宝廷在追赶马齐时，端方屋内还在不断地传出刀剑碰撞声。宝廷见马齐落地，知道已经得手，撇下马齐朝端方房间冲过去。

宝廷的叫喊声和枪声惊动了外面的新军，大家叫嚷着"抓刺客"、"保护大人"，一窝蜂地冲进了后花园。一队新军发现了围墙下面的马齐，马齐躺在地上痛苦地扭动着，大刀扔在一边。新军跑过去，用枪对着马齐，一名新军上前将大刀踢到一边。马齐的脸因为痛苦而扭曲变形，嘴角不断地流出鲜血。他睁大眼睛，无神地看着天空，渐渐地停止了扭动。

屋内正和端方打斗的王成，听到外面传来的枪声和马齐的惨叫声，不禁愣住了。他很清楚外面的动静意味着什么，心里对马齐是又恨又恼。恨的是，马齐这小子做事拖泥带水，刚才多次催促他快走，他迟疑不决，导致逃跑的最佳时机错失；恼的是，马齐估计已受伤被捉，说不定连小命都丢了。马齐如果被捉或被打伤，必然惊动端方的护卫，自己要想全身而退，简直就是难上加难了。王成心里乱成一团麻，脸上的汗水不断流下，手里的动作也更慌乱了。

端方也听到了外面的枪声和马齐的惨叫声还有宝廷的叫喊声，看到王成慌乱的样子，脸上露出得意的神色。端方看准时机，等王成一刀挥过、来不及转身防守之际，平端着宝剑直直地刺了过去，渐渐停在王成喉咙前。王成知道大势已去，如果再继续反抗，也许还没举起大刀，端方的宝剑就刺进了他的喉咙。王成的身体僵住了，无奈地把手里的大刀扔在地上。

就在此时，宝廷冲了进来。看到王成被端方制伏，走到王成身后，用手箍住王成的脖子，同时用膝盖朝王成的后腿窝一顶。王成吃不住，双膝一软，跪倒在地。宝廷把王成放倒在地，单脚一跨，一屁股坐下，骑在王成身上，用身上的绳索干净利落地把王成两手反剪捆绑起来。王成被宝廷压在身下，拼命挣扎，嘴里不断地叫嚷着。

宝廷冲进房间的那一刻，端方就知道今晚和两个刺客的打斗宣告结束了。在宝廷制伏王成的同时，端方把平端着的宝剑放下，转身提剑，悠然地回到案桌后，把剑还鞘，然后坐在椅子上，端起茶杯，美美地喝了一口。刚才的打斗，虽然他有很大的胜算，但毕竟是一斗二，自己又是50岁的人了，还是耗费了不少体力。

宝廷把王成结结实实地捆绑好后，把王成蒙面的黑布塞进他的嘴里。王成平躺在地上，虽然不断地扭动着，但根本无法起身。这时，另一队新军冲进屋内，用枪指着王成。宝廷站起来，走到案桌前说："外面还有一个刺客，被我开枪击中，我去看看。"端方点点头。宝廷快步走了出去。

尽管马齐已悄无声息地停止了挣扎，静静地躺在那里一动不动，但几个新军仍持枪对着他。宝廷来到近前，一脚把马齐踢转身去，看到马齐背上中弹处还在冒着鲜血。宝廷蹲下身，把马齐的头翻转过来，扯下脸上蒙着的黑布，探了探马齐的鼻息，轻轻地摇了摇头。

宝廷站起来，把手里的蒙面布扔在马齐身上，对四周的新军说道："赶紧拉出去，别让后花园沾上晦气。"两个新军上前，抬起马齐的尸体就往外走。宝廷看到余下的新军站着不动，没好气地吼道："还站着干什么？赶紧出去！"几个新军这才忙不迭地跑出去继续执勤。

宝廷再次进入端方房间。端方放下茶杯，问道："怎么样？"宝廷面带愧色，低头禀报道："回大人，他被我失手打死了。请大人恕罪。"端方哈哈一笑："你何罪之有？死就死了吧，这里不是还有一个活口吗？"王成听到马齐被打死了，怒目圆睁，嘴里发出狼嚎一般的声音，不断地用头撞地，听起来让人毛骨悚然。

端方来到王成面前，挥一挥手，示意新军们把枪收起来。宝廷知道端方要问话，把王成提起来，让王成跪在端方面前。王成似乎很不服气，身体不断地扭动着。宝廷把王成的辫子往后拉着，让王成的脸抬起来看着端方。端方伸出手来，把王成嘴里塞着的布扯掉。王成嘴角流血，两眼充满仇恨地看着端方，狠狠地吐了一口血水。宝廷怒火中烧，伸手朝王成就是几个巴掌。王成的脸顿时肿了起来，这才停止挣扎，但两眼仍毫不屈服地看着端方。

端方指着王成说道："你很不服气啊？"王成喘着粗气，瓮声瓮气地说道："老子没把你杀掉，当然不服气！"端方笑道："就凭你这点三脚猫的功夫，还想杀我？"王成恨恨地说道："都怪我学艺不精，我认栽。要杀要剐，随你的便！"

端方笑得眼睛都眯上了，竖着大拇指连声说："你还真是条汉子，佩服，佩服！好汉爷，谁派你来的？"王成说："你这条老狗，人人都可以杀你！"端方叹了口气："死到临头还不说真话。你不说，我也知道，是不是革命党派你来的？"王成很是痛快地承认说："算你猜对了！"

端方的脸色一下沉了下来："宝廷，把他拉下去，好好拷问，给我找出他们的同伙来！"宝廷应诺一声，挥了挥手，几个新军上前把王成拉起来，朝外走去，宝廷也跟着准备出去。

"等一下。"端方叫住宝廷。宝廷停了下来，端方说："两个事情。第一，你派人把曾标统叫来。第二，我刚才和他们交手，感觉他们的套路很熟悉，但又想不起来了。你好好拷问一下，看看他们是江湖上哪个门派的。"

宝廷得令，随口又问了一句："大人，还有什么吩咐？"端方捋了捋胡子问道："春生呢？"宝廷说："他明天要回家探亲，今晚出去买东西了，还没回来。"端方哦了一声，这才想起张春生找他请假的事情。

宝廷出去后，端方这才发现，刚才和两个刺客一番打斗，放在案桌上的书籍被弄歪了。幸好那些宝贝没有被损坏，否则就太让人心疼了。端方把那几本《石头记》整理好，放进箱子里，这才长长地舒了一口气。要是刚才这些书籍被两个刺客弄坏了，他绝对顾不上留活口，当场就会把活捉的那个刺客杀死。

端方坐到椅子上，回想起刚才那个刺客说的话。乱党分子真是无孔不入，连资州这个地方都出现了他们的身影。昨天从文庙、武庙回来，宝廷就抓到了一个公开向朝廷叫板的乱党分子。这些乱党分子太无法无天了，如果任由事态发展下去，大清王朝必然危在旦夕。

今天，端方还得到一个绝密消息：乱党分子把武汉占领后，迅速朝四周扩散，重庆已不在大清王朝手里。这个消息实在太重大了，他不敢向身边任何人说起，担心扰乱了军心。而资州附近的荣县，乱党分子已在那里盘踞多日。要想给赵尔丰一个见面礼，当务之急，必须先把荣县的乱党镇压下去，这也是他刚才吩咐宝廷把曾东海叫来的原因。他已有了一个计划，原想明天再说，但今晚刺客突然来袭，让他感觉到时间的紧迫性。

外面响起了沉重的脚步声，一听这脚步声，端方就知道是曾东海来了。曾东海虎背熊腰，使得一手八卦掌，功力深厚。此人胸中文墨不多，对端方很是敬重。这次入川，端方特意把曾东海带着，就是看中他做事踏实又没有其他心眼的性格。

曾东海进来后，神情极为紧张地看着端方说："听说刚才有刺客，都怪属下护卫不力，请大人降罪。"端方呵呵一笑说道："看你说的什么话。你是带兵打仗的人，我这里自有护卫队保护，与你有什么关系？"

曾东海听端方这么一说，脸上的紧张神情才稍稍缓和了一些，但仍愧疚地说："护卫队的弟兄这些天的确很辛苦，今晚我带一队弟兄在外面巡逻，大人您就……"端方抬手打断曾东海的话说："不用。我有更重要的事情要你去做。"曾东海两眼放光地看着端方。端方知道，曾东海就喜欢带兵打仗，只要听说有事做就激动不已，浑身上下都是劲。

端方收起笑容，严肃地说："我们得给赵尔丰一个耳光，提个见面礼去成都见他。荣县的乱党闹事那么长时间，他赵尔丰干什么去了？刚才刺客承认说，他们是乱党派来的。东海啊，作为大清臣子，食朝廷俸禄，就该为朝廷分忧解难，你大展身手的时候到了！"

曾东海大声说道："大人，我生是大清人，死是大清鬼。您下令吧，我曾东海绝不退缩！"端方眼里满是赞许地说："你对大清王朝的忠心，我都看在眼里。只有你才能担当这个大任，刘云凤都不如你。"

曾东海连忙说："刘标统是个难得的人才，属下一直都以刘标统为楷模。"端方说："你把这个事情做好了，到了成都，那里会有更广阔的天地。你明白我的意思吧？"

曾东海心情澎湃，难以平静，拍着胸脯朗声说道："东海早就知道，跟着大人，是绝对没有错的！"端方把曾东海的战斗热情成功激起，心里很是满意。他拍着曾东海的肩膀说道："你立即去准备，明天一大早，带着你的弟兄赶往荣县，把乱党全部剿灭，不许留一个活口！"

曾东海应答一声问道："属下带多少人马去呢？"端方想了想说："把你手下的弟兄全部带上。我再从刘云凤那里调 500 人给你，一共 1500 人。"曾东海说："我带这么多弟兄去荣县，这资州城里兵力就空虚了啊……"

端方知道曾东海担心的是什么："这个你不用操心。这小小的资州城，谅它也闹腾不出个什么来。东海啊，我给你三天时间，把荣县搞定，有把握吗？"

曾东海挺起胸脯大声应道："大人放心，不出三天，我一定还荣县百姓一片安宁！"端方摆摆手说："你别冲动，不要鲁莽行事，一定要稳打稳扎。有什么事情，你要及时向我禀报。"曾东海点点头。端方再次拍拍曾东海的肩膀说："你千万不要让我失望。"

就在这时，外面传来一阵小跑的脚步声。脚步声到门口停了下来，一个颤抖着的声音响起："卑职罗文山护卫不力，请大人恕罪！"端方没有回答罗文山的话，对曾东海说道："赶紧回去准备吧！"

曾东海的身影消失在屏风后，端方才清清嗓子缓缓说道："进来吧。"罗文山满头大汗地走进来，倒头便拜，不断地向端方磕头，嘴里嘟哝着什么，端方没有听清楚。端方也不去制止罗文山的这番举动，背着手慢慢走回案桌后，坐到椅子上，端起茶杯喝水。

等罗文山头磕得差不多了，端方才慢悠悠地说道："起来吧，别把头磕破了，端某可是见不得血的人。"罗文山这才从地上爬起来，一脸惊恐地站在案桌前，正眼不敢看端方，不时用衣袖擦着脸上的汗水。罗文山见端方把自己叫起来后又不说话，只得开口说道："卑职该死，请大人降罪。"

端方放下茶杯，微笑着说："没想到这么一点小事，竟然劳烦你大半夜地跑过来，辛苦你了。"罗文山没听出端方话里的意思，继续说道："都怪卑职做事不周，戒备不严……"端方把手一挥说道："不用自责啦。时局如此，人心蠢动，出现刺客在所难免。"

罗文山又用衣袖抹了一把脸上的汗水说道："要是大人有个三长两短，卑职就是有 100 条命，也抵不过啊！"端方见罗文山还在就刺客的事情啰啰唆唆地念叨不停，不禁皱了皱眉头。罗文山偷偷看了一眼端方的神情，吓得赶紧收声，不敢再说下去了。

气氛一下子沉默起来，罗文山尴尬地搓着手，不知该如何是好。正巧，外面又传来一阵急促的脚步声，宝廷匆匆走了进来。看到罗文山，宝廷怔了一下，看着端方，没有说话。端方问道："审问出结果了？"宝廷这才禀报说："刺客刚才没说假话，指使他的是资州罗泉镇的乱党。"

罗文山听到宝廷这番话，差点昏厥过去。资州罗泉镇，这不是他的治下吗？自从端方来到资州，他就极力掩饰，竭尽全力想证明治下的百姓安居乐业，没有那些让人谈起色变的乱党。如今，行刺钦差大人的人居然坦白是罗泉乱党派来的，这不是让他在端方面前出丑吗？想到这里，罗文山决定抢先出招表明态度。他咬牙切齿、情绪激动地说道："这些乱党不知从什么地方冒出来的，都该凌迟处死，全家抄斩！"

端方哈哈大笑，站起身来，在屋内踱着步，似乎是自言自语地说道："来得好啊，我正愁没地方找他们呢。"端方转过身，看着罗文山说："端某此次到资州，可能要多住几日了。"

罗文山忙不迭地说："大人能驻扎在资州坐镇，这是资州黎民百姓的福气啊。"端方看着罗文山，神情严厉地说："资州乱党猖獗，端某岂能坐视不管？一日不把乱党剿杀干净，端某就一日不走！"

罗文山喜笑颜开，趁机献媚道："大人出手，那些乱党必然死无葬身之地。到时，我资州政清人和，百姓安居乐业，必然人人称颂大人的功德。"端方冷笑一声说："罗泉镇的乱党，明天派刘标统带人去剿灭。宝廷，继续拷问刺客，把乱党的情况摸得越清楚越好。"宝廷立即应道："喳！"

听到端方要派人去罗泉镇剿杀乱党，罗文山不由得皱了皱眉头，一副欲言又止的样子。端方把罗文山的表现都看在眼里，问道："你有什么想法？"罗文山小心翼翼地说道："罗泉镇的情况比较特殊，恐怕还须从长计议才是……"

端方闻言，没有说话。罗文山只得硬着头皮继续说下去："罗泉镇的乱党和盘破门勾结得非常紧密……"端方打断罗文山的话问道："盘破门？"

罗文山如实禀道："盘破门是资州的一个武术门派。先帝乾隆年间，由罗泉镇一个叫刘灏的人创立。一百多年来，盘破门发展很快，弟子众多，罗泉镇几乎家家都有练武之人。附近州县，习练盘破门功夫的人，也不在少数。这些盘破门弟子，个个性情彪悍，都不是好惹的主儿啊。"

端方问宝廷："刺客的武功是哪个门派的？"宝廷说："刺客是盘破门弟子。"端方冷哼一声道："我还以为盘破门是什么了不起的武林门派，刚才我与刺客交过手，没什么了不起的。"

罗文山似乎没有听出端方话里对他的奚落之意，摇着头说："据属下所知，这盘破门厉害得很，刺客不过是个小角色而已。卑职一直不敢对罗泉镇的盘破门动手，就是因为盘破门在罗泉镇的势力太大。"

端方眉头紧锁，声音里带着怒气说道："你是觉得端某啃不下这块骨头了？"罗文山神情惶恐地回道："卑职说的全是实话。"端方话带讽刺地说："这大清天下，到底是皇上的，还是乱党会匪的？"

罗文山眼珠一转，说道："卑职有一个想法，不知可否？"

资州罗泉镇，位于资州西边，与仁寿、威远邻界，是三地边境村民物资集散的"油盐场"重镇。罗泉镇依大茅山临珠溪河，镇上五里长街街面皆由青石板铺成，形如一条昂首向东、蜿蜒遨游的蛟龙，当地人又称罗泉镇为龙镇。

罗泉镇，古时又叫罗泉井，因盐井星罗棋布、卤泉丰富而得名。《盐法志》记载："资州罗泉井，古厂也，创于秦。"罗泉的盐井开发早于闻名世界的四川自贡盐井 500 年，该镇子来桥桥头碑记上说："罗泉盐业始于秦，兴于宋，衰于明，复于清。"在清代达到顶峰。据载，清光绪年间，罗泉镇有盐井 1515 口，沿河 15 里就有 1015 口盐井、56 家盐灶房。

因罗泉镇盐业发达，雍正七年（1729 年），官府在此设立资州分州署，专管盐政。进入 20 世纪后，罗泉镇的盐井开始渐渐枯竭，盐井和盐灶房数量有所减少，但这个拥有四千多人口的古镇依旧热闹非凡，各地盐商纷至沓来。到赶集天，四面八方的居民都涌到罗泉镇购买各种生活物资。

这天，正逢赶集天。天刚亮，罗泉镇五里长街就热闹起来。到太阳升起时，古镇已是一片喧哗，叫卖声、吆喝声、讨价还价声，不绝于耳。五里长街两边的店铺纷纷打开大门，街边的摊贩忙个不停，背着川南特色背篼的当地人，趁着赶集天来到镇上采购，一群小孩子在街上奔跑、嬉闹着。

罗泉镇郊外的大道上，来往赶集的居民行色匆匆，脚底踩着路上的冰霜，发出清脆的嚓嚓声。一阵急促的马蹄声由远而近，人们赶紧让到路边，好奇地回头打量着。当他们看清楚时，个个脸上露出惊奇而羡慕的神情。

川南本地的马种个头小而矮，而这两匹马却高大威猛，一匹白马，一匹棕色马，浑身上下毛发整齐，油光发亮，一看就是外地马，而且是上等马。马上的人，都穿着当地人从来没见过的新式军装。两人年轻英武，军装合身，显得英气勃发，潇洒至极。这两人正是张春生和安广南。

眼看罗泉镇就在前方，骑在前面的张春生将马缰轻轻一提，白马会意，马蹄渐渐慢了下来。跟在后面的安广南也赶紧提起马缰，策马上前，和张春生并排着一起朝前走。

安广南好奇地四处张望着。他是北方人，对眼前的川南风物，充满了好奇。

看到不远处那些高高支起的木头架子，他很是疑惑，用手指着问道："那些木头架子是干什么用的？"张春生顺着安广南指着的方向看去，笑着说："那是盐井，就是产盐水的井。木头架子，是用来提取井下卤水的支架。"

安广南对张春生的话似懂非懂，又问道："盐是从水里出来的？"张春生知道安广南从没接触过这方面的东西，也不想详细地给他解释，他肯定会越听越糊涂，问题会越来越多。张春生想了想，简明扼要地说道："罗泉地下有卤泉水，当地人打井把卤水提上来，倒进盐灶锅里煮，水煮干后，锅里就只剩下盐了。懂了吧？"

安广南虽然脑袋简单，但也不笨，听张春生这么介绍后，基本上懂了，他感慨地说："可惜时间太短，真想去看看盐井，看看盐是怎么产出来的……"张春生微微一笑说："等会到了家里，我叫天秀陪你去看。"

安广南有些不好意思地说："不大好吧？你妹妹一个大姑娘，和我走在一起，我担心别人说闲话。"张春生用马鞭轻轻敲了一下安广南的脑袋说："你这小子，你就知道我妹妹不乐意了？告诉你，我妹妹可是一个天不怕地不怕的厉害角色，谁敢在她面前说个不字，她一定把他打得满地乱滚。"

虽然还没见到张春生嘴里说的天秀妹妹，但安广南通过张春生的话，心里已对她有了大概的印象，不由得吐吐舌头说："四川妹子都这么泼辣吗？"张春生说："这个我就不清楚了，反正我这个妹妹就是这样的。"

安广南不愿在这个问题上多说，他的脑子里，还是对罗泉镇的盐充满了疑问，遂问道："我听说自贡是产盐的，但真没听说过这里还产盐，是不是这里的盐不如自贡的盐？"张春生冷笑道："你不知道的事情，就别乱说，罗泉镇的盐比自贡的盐早五百多年呢。秦始皇你知道吧？那个时候，这里就开始产盐了！看，古镇到了。"

安广南抬头望去，只见前面出现了鳞次栉比的房子，一条街道深入房子中，蜿蜒着向前伸去。街上，人来人往，热闹非凡。安广南赞叹道："真热闹啊。"张春生触景生情，感慨地说："是啊，我离开这里四年了，这里还是像原来一样热闹。"

安广南说："我今后不当兵了，就跟随大人来这里安家得了。"张春生笑着说："好啊，到时我给你找个漂亮的姑娘，生一大群小子，我呢，就当你儿子的干爹，你干不干？"安广南咧嘴笑道："干，一定干！"

两人策马缓缓走进五里长街。街上的人都纷纷闪在一边，所有的目光集中在两人身上。几个大姑娘看着两人，凑在一起窃窃私语。安广南看着这么多人注视着他和张春生，不由得神情局促起来，脸涨得通红。张春生发现了安广南的异样，转过头来叮嘱道："你跟在我后面，把马缰拉好，不要碰着乡亲们了。"

安广南赶紧把马缰提好，等张春生走到前面，才小心翼翼地跟了上去。张春生一边走，一边打量着街边的一切。在他的眼里，这里既熟悉又陌生。熟悉的是，四年了，这里依旧是那么热闹；陌生的是，眼前的人，似乎都不认识了。他很希望能在人群中发现几张熟悉的面孔，尤其是大哥、二哥，还有天秀，不知道他们这些年来过得可好？他们是否能感应到自己已回到罗泉镇？还有干爹、干妈，不知二老这些年身体怎样了？自己突然出现在他们面前，他们会是怎样的惊喜呢？

罗泉镇另一条街上，一辆拉货的马车缓缓前行。驾车的老头六十多岁，满脸风霜，从那熟练的动作可以看出，他是一个驾马车的老把式了。拉车的是一匹黑马，不断地打着响鼻，浑身冒着汗，看得出是跑了很远的路程。

到了一家店铺外，马夫吁吁吁了几声，黑马停了下来。马夫跳下马车，走到黑马跟前，用手拍拍黑马的脑袋说："乖乖地在这里，不许乱动啊！"说完，马夫走进了店铺。黑马果然听话，站在那里一动不动。

几个在大街上嬉戏打闹的小孩子跑了过来。一个胖乎乎的男孩气喘吁吁地跑在最后，跑过马车后，胖男孩停下脚步，看了看黑马，脸上露出顽皮的微笑。他小声地冲跑在前面的几个小孩喊道："你们回来，回来！"那几个小孩听到喊声，都跑了回来，围着胖男孩。

胖男孩从口袋里摸出一个鞭炮朝大家炫耀着，然后指了指黑马的肚皮下，做出一个鞭炮爆炸的夸张动作。几个小孩都看懂了，眼睛放光，催促着胖男孩赶紧去做。胖男孩朝大家嘘了一声说："你们都躲远点。"几个小孩乖乖地跑到不远处的街边，缩头缩脑地看胖男孩去放鞭炮。

胖男孩拿着鞭炮，朝四下看了看，摸出一盒火柴。他蹲下身子，把鞭炮放到黑马腹部下方，把火柴划燃，点上鞭炮的引线，引线急速地燃烧起来。胖男孩赶紧抽身朝街边跑去，几个小孩看到鞭炮燃起，嬉笑着捂起耳朵，期待着一场好戏上演。

"噼噼啪啪"一阵炸响，周围的人都被吓了一大跳。原本安静站着的黑马吓得浑身一抖，嘴里发出咴溜溜一声长啸，两只前蹄猛地抬起来，拉着车撒开蹄子就往前冲去。四周的人群见马受惊了，纷纷惊呼着朝街边躲闪。街边的货摊不断被马车、路人撞翻。

马夫在店铺里听到外面的动静后，跑出来一看，吓得脸都黑了。他一边跟在马车后面追赶，一边挥着马鞭大声叫嚷："马受惊啦，快闪开！"马夫毕竟岁数大了，而黑马受惊后撒开四蹄拼命地往前跑，马夫很快就落在后面。黑马拉着车越跑越快，在大街上横冲直撞。街上的人群乱成一团，各种叫喊声交织在一起，像潮水一样朝五里长街冲过去，整条街道一时之间闹腾起来。

张春生和安广南正在五里长街一边悠然自得地享受着街上众人仰慕的目光，一边打量着街道两边卖的货物。听到远处传来一阵阵嘈杂声，而且是朝着这个方向而来，张春生不由得挺直了腰板，两脚蹬在马镫上站起身来朝前张望。他看到，一辆马车发疯似的在大街上奔跑着。

张春生脸色一变，大叫道："不好，有马受惊了！"说着，翻身下马，安广南也神情紧张地跟着下马。张春生下马后，也不和安广南说话，头也不回地提着马鞭朝前冲去。安广南连忙拉起白马的缰绳，把两匹马牵着尽量往街边靠拢，以防马车冲过来时和两匹马发生碰撞。

黑马拉着车继续在五里长街上横冲直撞地跑着，没有人敢去拦它。黑马跑过的地方，一地狼藉，摊主破口大骂，被马吓得跌坐在地上的人们也骂声不断。马夫一边心急火燎地跟在后面追赶，一边忙不迭地向众人道歉。

五里长街上的"黄记盐行"里，店主黄天杰和弟弟黄天民正坐在内屋闲聊，忽然听到外面传来急促的马蹄声和人们的叫喊声。黄天杰噌地站起来，快步走到店门口一看，不禁叫道："不好，有马受惊了！"黄天民闻言，也站了起来，来到店门口。

话语之间，黑马拉着车跑到了"黄记盐行"门口。黄天杰在马车闪过门口的那一瞬间，将衣服下摆快速地缠在腰带上，同时身形移动，朝黑马快步追赶上去。紧追了两步，黄天杰脚下轻轻一蹬，飞身蹿上了马车。

与此同时，黄天民跟在黄天杰的后面也顺着马车奔跑了起来。在黄天杰跃上马车时，黄天民已与黑马处在一条线上。他右手搭在马背上，使劲一用力，整个人向前腾身而起。腾在空中时，黄天民两脚分开，右脚轻飘飘地跨过马尾，身子落在马背上，正好呈骑行姿势。

黄天杰蹿上马车后，不等身体站稳，弯腰拾起马缰，用力往后一拉，随即又把马缰松开。黑马受到马缰的突然约束后，咴溜溜叫着，似乎更受到了惊吓，左右摆动着继续朝前跑着，丝毫没有停下来的意思。黄天杰见这一招不见效，又把马缰拉了起来。黑马左右摇摆的幅度更大了，但速度明显慢了一些。

黄天民骑到马上后，见黑马因黄天杰在后面拉马缰而拼命挣扎，差点被黑马掀翻下来。他赶紧俯下身子，前胸贴在马背上，两手拉着马缰。黑马的头被拉住，向上昂着，速度又慢了下来。

正在这时，张春生快步赶到，从侧面将马头的缰绳使劲地拉着。黑马又朝前跑了几步，张春生沉下身子，脚下不动，被黑马拉着朝前滑动了几步。黑马受到三方的阻拦，终于被驯服下来，停在原地，鼻子里不断地发出哼哧哼哧的声响。四周惊慌的人群看到黑马被制伏，这才停止了奔跑，围过来看热闹。

黄天杰站在车上，放下手里的马缰，拍了拍手。黄天民还趴在马背上没动，生怕黑马再次受惊又跑起来。黄天杰对黄天民笑着说："没事啦，你还不下来？"黄天民这才从马上跳了下来。

黄天民跳下马后，正好与张春生面对面站着。黄天民仔细打量了张春生一番，眼睛渐渐发亮，脸上露出惊喜的神情："春生？"张春生放下马缰，大叫道："二哥？是你！"两人大笑着，伸出双臂，使劲地搂在一起。

黄天杰听到黄天民叫刚才出手相助的年轻军官"春生"，又见两人搂在一起，也是万分惊讶。他跳下车，走到两人面前，端详着黄天民肩头那张年轻的脸庞，眼里泛出了泪光："春生？真的是你？"张春生松开黄天民，又扑上来搂着黄天杰大喊道："大哥，我是春生啊！"黄天杰鼻子一酸，差点掉下泪来，使劲搂着张春生，哽咽着说："春生，你回来了，太好了！"

马夫气喘吁吁地赶到，抱住马头，轻声安慰着黑马。马夫把黑马安顿好后，等黄天杰三人不再拥抱，走过来颤声说道："谢谢你们啊！要不是你们，这头畜生还不知道给我惹多少祸事呢！"

黄天杰笑着说："老人家，你赶紧把车拉走，别挡着路了。"马夫说："好人啊，我真不知道该怎么感谢你们……"黄天民赶紧制止马夫，低声说道："你这匹马在街上闯下这么大的祸，再不走的话，就走不掉啦！"

马夫这才如梦方醒，脸上露出惊慌的神情："哎呀，谢谢你提醒我。"说着，马夫爬上车，抖起马缰，驾着马车急匆匆地走了。

张春生看着马车远去，回头对黄天民笑着说："二哥，你的心地还是那么善良。"黄天民笑了笑，看到四周的人围着他们一副傻呆呆看热闹的样子，挥挥手说："你们都散了吧，该干嘛就干嘛去。"众人慢慢散去，一边走一边议论着。

黄天杰自从见到张春生后，就一直拉着张春生的手，生怕张春生突然又飞了似的。张春生也没介意，他知道，大哥一向对自己兄弟情深，这次突然出现在大哥面前，大哥激动的心情可以理解。黄天杰把张春生拉着往回走，进了盐行，黄天民也跟着走了进来。黄天杰两手搭在张春生的肩膀上，仔细地打量着张春生。

黄天民站在一边，满脸带笑地看着张春生。张春生笑着说："大哥，二哥，你们看够了没有啊？"黄天杰松开手说："你这小子，几年不见，真有出息了。"黄天民在一边说道："你穿上这一身，走到大街上，不知道会迷死多少大姑娘，羡慕死多少小伙子。"张春生有些不好意思地笑了笑说："你们就别笑话我了。"

黄天杰说："这叫什么？这叫好马配好鞍！春生，你小子本来就是我们弟兄中长得最英俊的一个，一张俊脸在家的时候就迷住了不少大姑娘。现在，你穿上这身军装，真的是像那……天兵天将下凡来了！"

黄天杰一席话，把黄天民和张春生逗得哈哈大笑。张春生笑得一张俊脸通红，生怕黄天杰再这么不靠谱地说下去，就指着一身军装说："我现在在新军里混日子。"黄天民睁大了眼睛说："新军？啧啧，这可不得了！"黄天杰不解地问道："什么叫新军？"

张春生笑着说："大哥，简单地给你说吧，新军是大清王朝向西方列国学习新的军事，专门组建的一支新式军队。"黄天民补充说："无论从军服还是武器装备上来说，新军都是最先进的，与西方列国的军队不相上下。可以说，春生加入的新军，是中国最精锐的部队！"

黄天杰眼里闪着光："这么说来，春生你真的是太有出息了！"张春生骄傲地指着肩章说："我现在还当上了钦差大人护卫队的队官，手下管着好多弟兄呢。"黄天杰笑着竖起大拇指，突然想到了什么："李山，赶快给春生沏茶。李龙，你去通知老爷、老太太，就说春生回来了，我们过会就一起回家。"

在一边呆呆站着的伙计李山赶紧去沏茶，李龙应答一声，把手里的活儿扔下，急匆匆地跑出盐行。刚到门口，李龙差点和正要进门的安广南撞上。安广南赶紧将身一侧，和李龙擦身而过，没撞在一起。

安广南进门，黄天杰和黄天民都看着他。黄天杰不解地问张春生："这个小伙子是跟着你一起回来的?"张春生笑着把安广南拉过来介绍说："小安，这是我大哥、二哥；大哥、二哥，这是我的小兄弟小安。"

安广南听到张春生对黄天杰、黄天民介绍自己，立即站正，敬了一个军礼，大声说道："大哥、二哥好。我叫安广南，河北人，你们叫我小安好了。"黄天杰说："小安，欢迎你来到罗泉镇。"黄天民也上前与安广南打招呼。

安广南看着黄天杰和黄天民说："张大人经常对我说起你们，刚才你们出手制伏那匹黑马，身手太好了!"黄天杰笑着对张春生说："你这个小兄弟像你一样，会说话。"

安广南听出黄天杰似乎不大相信他说的话，赶紧辩解说："我说的都是真心话。"黄天杰又笑了笑，招呼李山再沏一杯茶。张春生制止李山，对安广南说："你去把马看好。"安广南应答一声，和黄天杰、黄天民道过谢后，出去照看马匹去了。

李山把茶端上来，放在桌上，很识趣地走到一边干活去了。黄天杰指着椅子对张春生说："别光顾着说话，先坐下喝口茶再说。"张春生也不客气，坐下端起茶杯轻轻啜了一口，感叹地说："千好万好，还是家乡好。喝着咱们这罗泉井水泡的春芽茶，真是回味悠长啊。"黄天杰说："这茶是我一个朋友送我的，你要是喜欢，回去的时候就带一点走。"张春生说："好。干爹、干妈身体还好吧?"

黄天杰点点头说："二老身体还好。就是经常念叨你呀，出去这么多年，都不写封信回来，也不知你在外面过得怎样。"黄天民插嘴说："前几天，二老还在我面前念叨，叫我找个时间出去打听打听你究竟在什么地方。"张春生两眼含泪地说："我在外面，也是无时无刻不在想念着大家。可我总是想，等混出个名堂来再回家。"

黄天杰说："春生，这就是你的不对了。无论你是否有出息，我们对你，都像以前一样，没有改变。"黄天民说："你这次回来，也算是有出息了。二老见到你后，不知道有多高兴。"

张春生起身说道："那我这就回去了，免得他们挂念。"黄天杰摆摆手说："你不用着急，我已经叫李龙回去通知他们了。你得让他们换上一身干净的衣服见你吧？"张春生只得坐下，端起茶杯又喝了一口说："那我就再坐一会儿。你们现在过得都不错吧？"

黄天杰很是无奈地笑了笑说："老爷子说我是家里的长子，非要我走他的老路，接他的生意。我也没有别的事情可做，也不像你有勇气出去闯荡，就只好答应老爷子了。对了，你大嫂已经给我生了小子，今年都三岁了。"

张春生惊喜地张大了嘴巴："真的？恭喜你啊！"黄天杰说："这是我们都要经历的事情，只不过我先经历而已。"张春生说："不管怎么说，你是我学习的楷模。我常常在想，男人不管怎么闯荡拼搏，家庭还是最重要的。"黄天民说："那你就赶紧成家啊！"

张春生摇着头说："我是军人，成天漂泊不定，跟着我的女人就受苦了。二哥，你现在怎样了？"黄天杰指着黄天民，皱着眉头说："爸妈除了担心你，另外就是他。"张春生不解地问道："这话怎么说呢？"黄天杰说："让他说。"

黄天民笑着说："大哥最喜欢夸大其词了，事情哪有他说的那么严重。你走后，我去成都念了两年学堂，回来后，在资州学堂教书混日子，还是光棍一条。"张春生说："很好啊，我们家终于出了一个读书人。"

正在这时，黄天杰瞅见外面有人探头朝里面张望了一眼，迅即又缩了回去。尽管那人朝店铺里探头只是瞬间，但黄天杰已经认出是谁了。他站起来说："我出去一下。"黄天杰出了店铺，先朝右边看了一眼，看到安广南正站在门口守着马匹。

黄天杰来到店铺外左边，走到一个老大娘面前。大娘五十多岁，满脸皱纹，眉眼之间饱含焦虑不安。黄天杰亲切地问大娘道："马姨，有什么事吗？"马大娘有些不好意思地说："你现在方便说话吗？"黄天杰说："方便啊，尽管说好了。"

马大娘朝安广南看了看，低声说："你的铺里来了两个军爷？不会是来找你麻烦的吧？"黄天杰笑着说："店子里的是我的弟弟春生，外面那个是他的小兄弟。"马大娘惊讶地说："春生回来啦？"黄天杰点头说："是的，他出去当兵了，这次跟随钦差大人来到资州，顺道回家看看。"

马大娘"哦"了一声，脸上又重新露出焦虑之情："我还以为是官府派人来罗泉了呢。我今天右眼皮老是跳个不停，马齐是不是出什么事了？"黄天杰怔了一下，连忙安慰马大娘说："马齐那孩子忠厚老实，又不爱惹祸，他怎么会出事呢？"

马大娘摇着头说："他最近几天都没回家了。这段时间，他和王成混在一起。那王成，可不是什么好货色。"黄天杰笑着说："王成以前是有偷鸡摸狗的坏毛病，可自从他叔叔来到罗泉后，他就改过自新了。你要相信马齐，他不会去干坏事的。"

马大娘低声对黄天杰说："刚才我在街上听说，昨天晚上，有盘破门弟子去刺杀来到资州城里的钦差大人，结果被抓了。我担心马齐那孩子头脑简单，是不是被人教唆着去干了傻事。"

黄天杰心里咯噔一下。他一个上午都在店里，没到街上去，没想到街上居然传出这么重大的消息来。既然连马大娘都听说了，相信此事八九不离十，应该假不了。但他仍继续安慰马大娘说："你放心吧，马齐不会去干傻事的。"

马大娘拉着黄天杰的手，用近乎哀求的口气说道："你是我们资州袍哥会的舵把子，又是盘破门的带头大哥，我求求你，你得帮我把马齐找回来啊。马齐他爸死得早，我就这么一个儿子，我还指望着他给我们老马家传宗接代，为我养老送终呢。"马大娘说着，眼泪掉了下来。

黄天杰听得心里沉甸甸的，但又不得不在嘴上应付着说："马齐不仅是我们盘破门的弟子，也是袍哥会的兄弟，他的事就是我的事。我答应你，马上派人去找马齐。"

马大娘抹了一把眼泪，自言自语地说："马齐啊，你可要好好地活着啊。妈要是没了你，今后可怎么活下去啊！"黄天杰鼻子一酸，又找不出更好的话来安慰眼前这个苦命的老人，只得不断地点头，拍着老人的手，表示无声的安慰。马大娘长长地叹了一口气，心事重重地离开了。

黄天杰看着马大娘远去的背影，神情凝重。突然，黄天杰的肩膀被人从后面拍了一下。转身一看，眼前站着满脸通红的黄天秀，不禁露出了笑容："你怎么来了？"黄天秀气喘吁吁地小声问道："春生哥是不是回来了？"黄天杰笑着说："我就知道，你来是为了看春生。"黄天秀娇羞地扭了扭身子说："你真讨厌，就爱拿我说笑。"

黄天杰搂了搂黄天秀的肩膀说："进去吧，看看春生去。"黄天秀转过身，看到门那边站着的安广南。黄天秀跑过来的时候，安广南就已经注意到她了，当时就两眼发亮，一直看着黄天秀。看到黄天秀朝自己看来，安广南连忙把目光移到一边，心里像有几只大鼓在不断地敲着，扑通扑通跳个不停。

黄天秀凑到黄天杰耳朵边轻声问道："那是谁呀？"黄天杰知道黄天秀问的是安广南，也小声地说："那是春生带来的小兄弟，叫安广南。"黄天秀哦了一声，拉着黄天杰朝店铺里走去。

走到门口的刹那，黄天秀又看了安广南一眼，正巧安广南也把目光转了回来，和黄天秀的目光对上了。黄天秀冲安广南抿着嘴笑了笑，安广南的脸倏的一下红到了耳根，手足无措地朝黄天秀也笑了笑。安广南笑得非常勉强，嘴角扯着脸皮，像是艰难挤出来的一样。黄天秀看到安广南如此窘迫的笑容，捂着嘴，努力不笑出声来。

黄天杰带着黄天秀走进店铺，对张春生说道："你看谁来了？"张春生连忙站起来，朝前走了两步，来到黄天秀身边，惊喜地说道："天秀？几年没见，都长成大姑娘了。"黄天秀瞟了张春生一眼，赶紧把目光闪开，略低着头，又害羞地抬眼看着张春生说："你，你穿的这身军装真好看。"

黄天民也站了起来，走到黄天秀身边，低下头凑近黄天秀的脸，皮笑肉不笑地说："你今天怎么变成另外一个人了？"黄天秀伸出两手，小拳头打着黄天民说："就你最讨厌了，你别乱说话啊！大哥，二哥欺负我，你也不帮帮我！"

黄天杰、黄天民哈哈大笑起来。黄天民把黄天秀的手捏住，搂着她说："你找大哥帮忙，大哥也不会帮你的。"张春生也笑着说："几年没见，天秀还是这么任性可爱。"听到张春生夸奖自己，黄天秀偷偷地看了看张春生，张春生也正笑盈盈地看着她，她连忙把目光转向黄天杰说："爸妈听说春生哥回来了，叫我过来找你们赶紧回家去。"

黄天民笑嘻嘻地说："恐怕不是爸妈急着想见春生，是有人太着急了，先跑来见春生吧？"黄天秀举着拳头，冲着黄天民龇牙咧嘴地说："你再乱说话，当心我的拳头不认你了！"黄天民故意做出害怕的神情，朝后退了两步，举起两手说："我惹不起你这个大小姐，我认输，行了吧？"黄天秀从鼻子里冷哼了两声，骄傲地说："这才像我的二哥嘛。"黄天杰挥挥手说："都别说笑了，回家去。"

四人出了盐行，来到街上。安广南看到大家出来，连忙把拴着的马缰解开。张春生说："小安，你把马牵上，跟着我们走。"黄天秀看着安广南说："刚才我还以为他是谁呢，原来他是和春生哥一起的呀。"张春生说："是啊，他叫安广南，我们都叫他小安，是我的小兄弟。小安，这是天秀，我妹妹。"

　　安广南见黄天秀笑盈盈地看着自己，慌乱地点头哈腰说："你好，天秀，我是小安……"黄天秀的注意力此时已经不在安广南身上，眼睛直勾勾地看着安广南身边的两匹骏马："我要骑马！"

　　黄天杰赶紧制止道："你一个女孩子，骑什么马？"黄天秀嘟哝着嘴，拉着黄天杰的胳膊撒娇："不嘛，我就要骑马。平时这里的马都是矮小的土马，春生哥的马这么高大威猛，是战马，我要体验一下骑战马的感觉。"

　　张春生看到黄天秀还像童年时代那么天真可爱，笑着对黄天杰说："就让天秀骑吧，你要是不让她骑马，她就要哭鼻子了！"黄天秀冲张春生皱着鼻子哼了一声，黄天杰无奈地用手刮了一下黄天秀的鼻子说："你呀，都是大姑娘了，还这么任性……"

　　黄天杰这么一说，无意中表明他同意张春生的意见，让黄天秀去骑马。黄天秀当然也听懂了黄天杰话里的意思，放开黄天杰的胳膊，欢快地跑到白马前。张春生连忙说道："天秀，你骑我的马，就是那匹白马。小安，你和天秀一起，好好照顾她，别让她摔下来了。"

　　黄天秀接过安广南手里的马鞭，翻身上马，坐稳，动作潇洒又利落。张春生看得呆住了："天秀，你什么时候学会骑马了？"黄天秀骑在马上，大声地说："我啊，什么都会！小安，我们走！"

　　安广南早已骑上马，听黄天秀这么一说，立即答应一声，脚下轻轻一夹马肚子，缓缓朝前走去。黄天秀紧跟在安广南后面，回头朝三人挥挥手说："你们慢慢来，本姑娘先走啦！"

第四章 ◎ 暗流涌动

黄天秀骑在马上，身体挺直，显得身材修长又婀娜。安广南的目光一直注视着黄天秀的背影，看得如痴如醉。黄天秀让马跑了一会儿，又让马慢下来，回过头来看着安广南说："你在想什么呢？"安广南如梦方醒，连忙把目光移到一边，支吾着说："没，没想什么啊。"

黄天秀停了下来，等安广南上来后，才和他并排着一起朝前走。黄天秀瞅着安广南说："你年纪轻轻，怎么爱说谎话呢？"安广南心想："我能告诉你我在看你吗？"他笑了笑，掩饰了自己的尴尬。黄天秀咄咄逼人地说："老实交代，到底在想什么？"

安广南说："我是北方人，来到南方，尤其是来到你们罗泉镇，觉得这里太漂亮了。要是今后能在这里定居，我就心满意足了。"黄天秀歪着脑袋看着安广南，安广南被她看得心里发毛，但仍强作镇定，眼睛看着前方，不和黄天秀的目光对视。黄天秀眼珠一转，笑着说："我怎么觉得这里一点也不好呢？你和春生哥一样，走南闯北，见过大世面，那些大城市应该比这里漂亮多了吧？"

安广南摇着头说："大城市虽好，但我觉得还是这里好，山清水秀的。天秀，你就那么喜欢大城市？"黄天秀的脸上露出一副无限向往的神情："是啊，我就觉得大城市好。听说成都很大，我很想去成都看看。"

安广南笑着说："说来巧了，我们这次护送钦差大人从武昌入川，就是要去成都。等我们到了成都，我就请张大人来接你到成都去玩。"黄天秀的眼睛发光，兴奋地说："真的？你没骗我吧？你们真的要去成都？"安广南说："如果骗你，我就是小狗！"

黄天秀一脸灿烂地说："你说话可要算话呀。你们到了成都，你一定要叫他接我去成都玩。如果他来不了，你就来接我。"安广南赶紧说道："没问题！"黄天秀伸出右手，弯着小指对安广南说："我们拉钩！"安广南迟疑了一下，还是伸出手来，和黄天秀拉了一个钩。

安广南感觉到黄天秀的手指是那么的柔软和温暖，他从来没有和任何一个女孩子有过肢体接触，没想到今天居然和黄天秀以拉钩的名义接触了。他的心扑通扑通地狂跳着，趁黄天秀不注意时，用手悄悄地按了按胸口，生怕那颗心一不注意就蹦出来。

安广南轻声咳嗽了一下，问黄天秀："罗泉有什么好玩的地方？"黄天秀说："好玩的地方多了。我们这里有很多盐井，我估计你没看过盐井吧？"安广南点头说："我看到路边有很多盐井，很想去看看这井盐是怎么生产出来的。"黄天秀说："下午就带你去看，让你看个够。"

安广南高兴地说："那就有劳你了。"黄天秀哼了一声说："看你说的是什么话，什么有劳没劳的，酸死人了。你看，前面那个院子，就是我家。"安广南举目望去，只见前面一片青翠的竹林中，掩映着一座青砖黑瓦的大院子，显得深沉而厚重，不禁赞叹道："你家好气派！"

黄天秀啧啧两声说道："我家就算气派了？看来你真的没见识。在我们罗泉镇，比我家好得多的人家，多了去了。"

到了黄家大院门口，两人将马停下。安广南先下马，来到黄天秀面前，伸出手，想扶黄天秀下来，迅即又缩了回去。黄天秀没有看到安广南的动作，两手按住马鞍，将右脚抬起，轻灵地下了马。安广南把黄天秀手里的马鞭接了过来，又把白马的缰绳拿在手里。黄天秀跑进院子里，看到几个用人正在朝地上洒水降尘。几个用人见黄天秀跑进来，赶紧停下手头工作，走到一边。

安广南牵着马，跟着黄天秀走进院子。黄天秀跑到院子中央，扯着喉咙大声喊道："爸、妈、嫂子，春生哥回来啦！"话音刚落，就见黄昌盛、黄母一身新装从屋内匆忙走出来，黄天杰的妻子谢蓉也抱着三岁的儿子黄文泽跟着走了出来。

黄母走到黄天秀面前，紧张又激动地朝黄天秀后面张望："春生在哪里？"黄天秀指着外面说："春生哥和大哥、二哥还在后面，我先骑他的马回来。爸、妈，这是春生哥带来的小安。"安广南连忙上前向黄昌盛和黄母问好，黄昌盛、黄母满脸笑容地点头，算是见过面了。

安广南转身，把马上的礼品口袋提下来说："这是张大人的礼物。"黄母笑着说："这个春生，出去几年，真是懂事了。"黄昌盛对身边的老头说："刘管家，你把礼物收下，把马带到后院去喂草。"刘管家答应一声，从安广南手里接过礼物，叫过旁边一个男用人，男用人把安广南手里的缰绳接去，把两匹马朝后院牵去。

黄天秀看着父母一身新装，笑着说："你们穿得这么好，是要过新年了吗？"黄母睃了黄天秀一眼："春生这么多年没回家了，我们难道穿一身旧衣服迎接他？"黄昌盛接着说："这是规矩，你懂不懂？"黄天秀见老爸话里带着批评的意味，吐了吐舌头，不再说话，转身逗着黄文泽。

黄文泽朝着黄天秀叫道："姑姑，我要糖糖！"黄天秀从兜里摸出两块糖塞到黄文泽的小手里，谢蓉帮着黄文泽把糖纸剥开，把糖塞进黄文泽的嘴里。众人来到院门口，远远地看到黄天杰、黄天民和张春生走了过来。

张春生看到黄昌盛、黄母等人站在门口张望，撇下黄天杰和黄天民，快步跑了过来。黄母忍不住哭出声来，张开两手叫喊着："春生，春生，我的儿啊！"黄昌盛也颤抖着胡须，一张老脸绽开得像花儿一样念着："春生，你可回来了！"张春生走到二老面前，两眼含泪，扑通一声跪下，大声喊道："干爹，干妈！"

黄母忙把张春生拉起来，搂着他，高兴地哭着，叫着"春生"。黄昌盛围着张春生左看看、右瞧瞧，不住地点头，满脸喜悦。黄天杰和黄天民也走到了院门口，站在一边看着这亲人久别重逢的动人场景。

黄母哭了一阵，才松开张春生，仔细打量着说："春生，让干妈好好看看你。"黄母一边看，一边称赞说："你这孩子，有出息了，干妈高兴啊！"黄昌盛说："春生，出去这么多年也不给家里带个信。你不知道，你干妈有多想你。"

张春生愧疚地低下头说："干爹，干妈，都是我不好，让你们担心了。"黄母笑着说："你虽然不是我亲生的，但你和天杰、天民、天秀一样，都是我心头的肉。"黄母的话，说得张春生眼睛又红了。他知道黄家这么多年来对自己的恩情，黄母的话听起来似乎有点矫情，但事实的确如此。

黄天杰生怕母亲把张春生说得掉眼泪，拉过抱着黄文泽的谢蓉对张春生说："春生，这是你嫂子谢蓉。"张春生连忙转过身来，对谢蓉微微哈腰，嘴里说道："嫂子好。"谢蓉听张春生这么叫自己，感觉有些不大习惯，脸不由得有些红了，对张春生点点头，逗着黄文泽说："文泽，快叫春生叔叔。"

黄文泽一直睁大眼睛看着眼前发生的一切，对张春生这个陌生人特别感兴趣，连忙张嘴甜甜地喊道："春生叔叔。"张春生高兴极了，抱起黄文泽，在他脸上亲了一口说："文泽，真乖！嫂子，感谢你为我们黄家生了这么一个乖巧可爱的小子。这下好了，我们老黄家后继有人啦！"

谢蓉面带羞涩，微笑着看了看黄天杰。黄天杰笑着说："爸妈都希望抱你的孩子呢。"黄天秀在旁边默默地站着，听到黄天杰这么说，情不自禁地朝张春生偷看了一眼。张春生对黄天杰的话没有表态，而是哈哈笑了两声，又亲了亲黄文泽。

　　一阵风吹来，黄昌盛连忙招呼着说："起风了，进屋去说话。"黄昌盛发完话后，背着手，带头朝院子里走去。黄文泽嘴里含着糖，任由张春生抱着，谢蓉想把他抱回来，但看到张春生没有放手的意思，也不好让张春生放下，跟在张春生后面进了院子。

　　院子里还残留着刚才用人打扫后的水迹。张春生贪婪地看着周围，还是那熟悉的一切，并没有因为自己离开几年而改变什么。黄天杰上前把黄文泽抱了过来，黄文泽似乎不是很愿意让黄天杰抱，冲着谢蓉张开了两只小手，黄天杰假装生气地瞪了他一眼，把他交给了谢蓉。

　　屋里，充满川南特色的菜肴早已摆满桌子。由于这是黄家的家宴，安广南这个外人不便陪着一起吃饭，刘管家把安广南带到隔壁房间，陪着他用餐。安广南也没说什么，在军营，他是没有资格和张春生等军官一起吃饭的，除非是军官们主动邀请。这次到黄家，他也知道黄家人一起吃饭，一定会说一些家常话，他这个外人在场，会让黄家人感到不自在，自己也会感到尴尬。

　　黄母招呼着张春生坐在自己旁边，黄昌盛挨着张春生，黄天杰挨着黄昌盛，黄天民挨着黄天杰，黄天秀挨着黄母，谢蓉带着黄文泽挨着黄天秀，大家依次坐下。张春生夸张地用鼻子闻着菜的味道，感慨地说："我在外面这么多年，一直想念着家里菜的味道。今天再次闻到，感觉特别香！"

　　黄母笑着说："今天你好不容易回家一趟，就多吃点。你看，这是你最爱吃的熊掌豆腐和回锅肉豆腐。"张春生的眼睛顿时亮了起来："好香！我做梦都在想着干妈做的熊掌豆腐和回锅肉豆腐，今天可要大饱口福了！"

　　黄天秀说："这可是妈亲自下厨给你做的哦，你要是不把这两盘菜吃完，就对不起妈的一片苦心。"黄母睖了黄天秀一眼："你这丫头就是话多。我是给春生做的菜，但我没说你们不准吃呀。"

　　张春生笑着说："没事，我一定会把熊掌豆腐和回锅肉豆腐吃完的！"黄天秀低声嘀咕着说："你想得美，我也要吃！"黄昌盛瞪了瞪黄天秀说："好啦，别废话了，我们开始吃饭。春生，你难得回家一次，还是给我们说点什么吧。"

张春生端着酒杯站起来，充满感情地说："干爹，干妈，大哥，二哥，天秀，嫂子，还有文泽，今天见到你们，我非常高兴，让我又感受到了家的温暖。这一杯酒，我敬你们。特别是干爹、干妈，是你们给了我一个家，对我像亲生儿子一般，把我抚养成人。大哥、二哥、天秀，感谢你们，让我感受到了从来没有过的兄弟姊妹的情意。嫂子，感谢你为我们老黄家生了文泽这么一个乖巧的小子。"

说完，张春生一仰脖子，把杯里的酒喝下。黄天秀红着脸看着张春生，拍起了巴掌。刚拍了两下，看到大家没有动静，吐吐舌头，停止了鼓掌。黄天民对她使了使眼色，嘴巴朝黄昌盛努了努，黄天秀翻了翻白眼。

黄昌盛看到张春生把酒喝完，还站着没动，对张春生说："坐下说话，别站着，都不是外人，就不用那么客气了。现在起，我们喝酒都不用站起来了，就坐着喝。"张春生坐下，旁边的用人上前斟酒。

黄母抹了抹眼角说："春生，你真是个好孩子，干妈没有白心疼你。你出去这几年，真的长大了……哎，老头子，你要说什么就说嘛，别瞪着我。"大家都笑了起来，但都不敢笑得太厉害。

黄昌盛把酒杯端起来说："今天，我们很高兴。刚才第一眼看到春生，我都不敢认他了，他完全变成另外一个人了。他出去闯荡了几年，闯出了名堂，很有出息，我很欣慰。"黄母插嘴说道："孩子们都有了出息，我们都很高兴啊。"

黄昌盛顿了顿说："其他的话就不用多说了。菜都快凉了，春生，来，吃菜。别忙，我们先把这杯酒喝了再说！"大家纷纷举杯，把酒喝了，拿起筷子开始吃起来。黄母夹了两片熊掌豆腐放在张春生的碗里，黄天秀扁了扁嘴。

吃了一会儿，黄天杰端起酒杯，对张春生说："这杯酒，大哥敬你。"张春生连忙站起来，端着酒杯说："大哥，这杯酒该我敬你才对。"黄昌盛抬手制止张春生说："才说了不要站起来喝酒，怎么又忘了？"

张春生赶紧坐下，面带歉意地对黄昌盛说："干爹，对不起，我在外面习惯了。"黄昌盛微微点头。张春生端着酒杯碰了一下黄天杰手里的酒杯说："大哥，干爹、干妈岁数一年年大了，这个家全靠你支撑，你辛苦了！"

黄天杰笑着说："你可别看爸岁数大了，他身体可好了，还经常带着车跑资州、内江、成都。生意场上的人，一提起黄家老爷子，都竖着大拇指称好呢。"

黄昌盛被黄天杰这么一捧，顿时眉飞色舞起来："我虽然老了，但我还能像年轻的时候一样走南闯北！"

张春生说："要不是您走南闯北的经验多，我可没有勇气在四年前出去闯荡呢。"黄昌盛点点头说："你当时说要出去闯荡，我就知道，这个家留不住你，你终究是要干出一番大作为的。你们别只顾着听我说话，也要喝酒呀！"黄天杰和张春生这才把杯里的酒喝下，互相把杯底亮出来，相视一笑。

黄母放下筷子，对张春生说："听说现在外面世道很乱，当兵这碗饭可不好吃啊。刀枪都没长眼睛，你可别傻愣愣地只顾往前冲，自己要看清形势，什么该做，什么不该做，你要有分寸。"

黄昌盛闻言，把筷子一放，愤怒地说："现在真的是世风日下，成都为了什么保路，又是打又是杀，吓得我们这些老实本分的生意人，都不敢去成都了。前段时间，荣县又乱了起来，这个天下不知要被搞成什么样子！"

见黄昌盛突然发怒，大家顿时噤若寒蝉，气氛凝重起来。黄天民装作没听见，只顾吃饭。黄天秀想说什么，嘴巴动了一下，黄天杰瞪了她一眼，她就没再作声。张春生把黄氏兄妹三人的举动都看在了眼里。

为了缓和尴尬的气氛，张春生轻轻咳嗽了一声，笑着说："干爹、干妈，你们不用为我担心。现在这个时局，的确比较复杂。我这次跟随钦差端大人入川，就是来稳定四川局势的，让老百姓都能安安心心地过日子。"

张春生一席话，让黄昌盛的怒气消了不少，他点着头说："乱世需要用重典，对那些打打杀杀的乱党分子，该杀的杀，该打入大牢的就要打入大牢，绝对不能心软。你好好跟随端大人，尽快把四川的局势压下去。只有时局稳定了，我们老百姓才会有好日子过。"

黄天秀终于忍不住了，脱口而出道："什么好日子过呀？爸，你以为我们一直过的都是好日子吗？现在不仅盐税重得吓人，官府还隔三岔五地找各种借口找我们要钱，那些钱都进了贪官的腰包。依我看，只有革命党起来杀掉那些贪官，我们才有好日子过。"

黄天杰想要阻止黄天秀已经来不及了，黄天秀的话让黄昌盛脸色大变。他愤怒地指着黄天秀，颤抖着说："你一个女孩子，懂什么？"黄天秀不服气地反驳道："我长大了，我当然懂了。革命党的力量现在大得很，别说一个端方，就是100个端方，都挡不住。"黄昌盛气得浑身发抖，怒喝道："这话千万不能在外面乱说，这可是砍头的罪！"黄天秀嘟哝着嘴，站了起来："我吃饱了，出去玩了。"

黄天秀走到隔壁门口，看到安广南正竖着耳朵听隔壁说话，走过去用手打了一下他的脑袋说："你听什么？我带你出去玩！"安广南讪讪地笑着，站起身来对刘管家说："我就不陪你了。"黄天秀皱着眉头，不耐烦地说："你到底走不走？"说完，黄天秀转身就朝外走，安广南朝刘管家笑了笑，拿起放在桌子上的军帽，跟了出去。

黄天秀赌气离席后，黄天杰为了不让黄文泽受到影响，朝谢蓉使了一个眼色。谢蓉明白黄天杰的意思，抱着黄文泽站了起来，低声说："我带文泽出去晒晒太阳。"黄母点点头，谢蓉带着黄文泽走了出去。

张春生端起酒杯，对黄昌盛笑着说："干爹，我敬您一杯。这次路过资州我才得以回来，下次就不知道是什么时候了。"黄昌盛也端起酒杯说："只要你时不时地写封信回家，我和你干妈就心满意足了。"

张春生连忙点头答应，和黄昌盛一饮而尽。张春生拿起筷子，拈了一块熊掌豆腐放到碗里，似乎漫不经心地说："现在的局势我很清楚，在我看来，天秀刚才说的也有一定的道理。"

黄昌盛立即提高声音说道："什么道理？我看她全是一派胡言！你们不知道，只有天下稳定，我们老百姓的日子才好过，这是老祖宗传下来的老话，是有道理的。历朝历代，只要一兵荒马乱，受苦受难的，都是老百姓！"

说着，黄昌盛指着黄天杰和黄天民说："你们今天给我听好了：我老黄家世代本分，要是让我知道你们去干那些乱七八糟的事情，我一定饶不了你们！"黄天杰赶紧起身说道："爸，我听您的。"

黄昌盛说："天杰，你是我们黄家的长子，我今后还指望着你为我和你妈养老送终。你肩上的担子，你心里应该很清楚。虽然你是资州袍哥会的舵把子，又是盘破门的大弟子，但我还是要再次提醒你，你有老婆孩子，做任何事情，不要只为自己考虑，你懂我的意思吗？"

黄天杰应答道："爸，您的话，我都记在心里了。"黄昌盛说："天民、天秀，还有春生，都是你的弟弟、妹妹，我不许他们出任何意外。我希望你们四个人都能平平安安地过一辈子，更希望我和你妈死的时候，你们都能在场，为我们送终。"黄母赶忙制止黄昌盛说："老头子，今天是大喜事的日子，就别说那些死啊死啊的晦气话了。"

黄昌盛看了黄母一眼，指着黄天民说："你呢？"黄天民在黄昌盛和黄天杰说话时有些发呆，似乎没听到黄昌盛的话。黄天杰用手暗中拉了拉黄天民的衣服，黄天民才醒悟过来，连忙站起来说："爸，我知道了。"

黄昌盛鼻子发出一声冷哼："你知道什么了？你是我们老黄家读书最多的，但你肚里的花花肠子也最多，乱七八糟的想法也不少。听说最近你和龙建伟、王人杰那些人走得很近，是不是啊？"

黄天民惊讶地看了看黄天杰，黄天杰轻轻地摇了摇头。黄天民明白不是黄天杰给老爸告的状，心里顿时有了底气，申辩着说："您可别听人乱说啊。龙建伟和王人杰是找过我，但他们是找我切磋武艺。"

黄昌盛说："龙建伟和王人杰那两人，我看就不是什么好东西。我警告你，今后离他们远一点。我要是再听到有人说你和他们在一起，我就给你找个老婆，把你管起来。"

黄天民的脸上露出一副哭相，眼巴巴地看着黄母。黄母似乎没看到黄天民的表情，对老头子的话深以为然："天民，你也老大不小了。明天我就找张媒婆给你张罗张罗去。"黄天民连忙说："您先别急。那个张媒婆，找的女子尽是一些丑八怪。"

黄母不满地说："你嫂子不就是张媒婆介绍的吗？论长相，论人品，你嫂子比谁差了？"黄天民求救似的看着黄天杰，黄天杰忍住笑说道："天民上过新式学堂，他自有主张。其实，天民心里已经有人了，是不是？"

黄天民万万没想到，自己向大哥求助，大哥居然挖了这么一个大坑出来，难道邓三那小子口无遮拦，把自己在城里和夏家大小姐的事情告诉了他？可大哥为什么从来没在自己面前提起过呢？而现在的情况是，如果不往大哥挖的这个坑里跳，就会面临父母的无穷责问。如果跳进这个大坑，大哥捅出的话端，又该怎么去自圆其说？

黄母脸上露出惊喜的神情，迫不及待地问道："天民，你大哥说的都是真的吗？是谁家的女子？"黄昌盛虽然怒气未消，但听说黄天民有了意中人，这是好事，就皱着眉头说："男女婚事，媒妁之言，这是祖先定下的规矩。不经过媒婆就相好，我老黄家是不同意的！"

黄母说："只要天民觉得好，我找张媒婆去那个女子家提亲就是了，这不照样是媒妁之言了吗？"黄天杰说："天民，你可要抓紧时间考虑好啊。"黄天民无可奈何地嗯了两声。

黄母转头问张春生："春生，你也要抓紧呀。"张春生笑着说："干妈，我长期在外漂泊不定，我可不敢去害人家的女子。"黄昌盛点点头说："好男儿志在四方，等你有了功名，还愁找不到老婆？"

罗泉镇形如游龙，在这条"龙"的骨架上，点缀着九宫一寺八庙，使得整个罗泉镇似乎是由宫庙构成。"九宫"是万寿宫、南华宫、荣禄宫、童庆宫、巧圣宫、禹王宫、文昌宫、天上宫和三圣宫；"一寺"是罗泉寺；"八庙"是盐神庙、城隍庙、川主庙、龙王庙、关帝庙、东狱庙、玉皇庙、地母庙。

三圣宫和其他道观相比显得简朴了一些，但宫中建筑多为镂空雕刻，使其显示出不同寻常之处。三圣宫后院，是一片不大的空地，因少有人往来而冷清落寞。空地左方，修建了一座坟墓，那是原三圣宫观主明江道长的长眠之地。

张春生跪在墓前，久久凝视着墓碑上明江道长的名字，泪水在眼眶里打着转。五年前，明江道长去世，张春生和黄天杰、黄天民等弟子为明江道长举行了隆重的下葬仪式。如今，师父的坟墓已长满野草，墓碑上有青苔、水渍的痕迹。岁月在不经意间流逝，往事历历在目。

黄天杰和黄天民帮着张春生为师父焚香烧纸钱。张春生不断磕头，嘴里悲伤地念着："师父，这么多年，弟子在外面闯荡漂泊，无时不挂念着您老人家生前对弟子的恩情。今天，弟子回到罗泉前来拜祭您，愿您在天之灵保佑弟子一生平安。"拜祭完后，张春生站起身来，抹了抹脸上的泪水。黄天民过来，搂着张春生，用力地拍了拍他的肩膀，表示无声的安慰。黄天杰则站在原地没动，神情肃穆地看着师父的坟墓。

张春生红着眼睛对黄天杰说："这么多年来，感谢你照顾师父的坟墓。"黄天杰转过身来，缓缓地说："师父生前虽然对我们很严厉，但他是为了让我们学到真本领。这些年来，每逢节日和师父的寿辰、忌日，我都要来看看师父，陪师父说说话。天民也是一样，每次回罗泉，都要来看师父。"

张春生看着周围，感慨地说："这个三圣宫，自从师父走后，好像就日渐衰败了。"黄天民点点头说："师父走后，我们这些当弟子的没有他那样的威望，只能看着三圣宫不断地衰落下去。"

张春生说："等我今后发迹了，一定回来重修三圣宫，给师父重垒坟墓，还要给师父立传刻碑，让更多人知道师父那一生曲折坎坷的传奇故事。"黄天杰说："你这个想法我也有，但我现在的确是心有余而力不足。你有这个想法很好，如果师父泉下有知，他老人家不知道有多高兴。"

三人一边说着，一边慢慢往回走。黄天民问道："你这次回家，准备在家里待多久？应该能多住几天吧？"张春生摇摇头说："我也想多待几天，但我军务缠身，明日就须回去。"

张春生四下看看，和黄天杰、黄天民凑近一些，压低声音说："有件事情我想和两位哥哥说一说。这里安静，没有外人，正好合适。"黄天杰、黄天民见张春生突然转移话题，脸上不由得露出惊讶和不解的神情，都停了下来，看着他。张春生又看了看四周说："我这次回来，是来报信的。"

黄天杰眉头紧锁地问道："报什么信？"张春生说："昨天晚上，有两个刺客去行刺端方。结果，端方剑术高超，力战两个刺客。一个被端方手下人打死，一个被端方活捉了。"

黄天杰听到这个令人震惊的消息，脸色唰的一下变了："有这样的事情？"他马上联想到上午马大娘找他说马齐的事情，看来，传言果然不假。难道，真的是马齐和谁去刺杀端方了？那到底是谁被打死谁被活捉了呢？

张春生透露的消息，让黄天民也备感意外。很明显，行刺端方的那两个刺客，十有八九是王成和马齐了，不然的话，他现在肯定已经得到消息了。想到这里，黄天民问道："那两个刺客是什么人？"

张春生叹了口气说："我们都认识的王成和马齐，王成说是受革命党指使去刺杀端方的。端方大怒，准备到罗泉镇来抓捕革命党和盘破门弟子。我听说后，很是着急，就借口探亲，回来给大家报信。"

黄天民听得如五雷轰顶，没想到，马齐和王成失手了！不知道龙建伟和王人杰现在是否得到了消息。按此前的部署，马齐和王成进城伺机刺杀端方后，大家就约定掐断联系。如果刺杀成功，马齐和王成就回来报喜讯。

几天来，大家都在焦急地等待着二人的消息。没想到，那么周密的刺杀计划，还是让二人砸了锅，并导致了端方要来罗泉抓捕革命党人和盘破门弟子的后果。黄天民心中乱成一团，呆呆地站着，半天没有吱声。

黄天杰很清楚，张春生不会说假话，他的消息是准确无误的。张春生证实了马齐被打死王成被活捉，黄天杰反而出奇般冷静了下来。按照张春生的说法，罗泉镇必将引来一次灾难。黄天杰问道："你为什么要告诉我们这些？"

张春生神秘地笑了笑，压低声音说："我是革命党人！"黄天杰、黄天民再次感到震惊，相互看了看。黄天杰的表情很快恢复了正常，轻松地笑了笑，对黄天民说："罗泉镇哪有什么革命党？"黄天民忙不迭地点头附和着说："罗泉除了盘破门弟子，就是袍哥会的人，哪有什么革命党啊。"

黄天民似乎感觉还不够具有说服力，又补充说："大哥现在不仅是我们盘破门的大弟子，还是资州袍哥会的舵把子，他最清楚罗泉的情况。"黄天杰默默地点了点头。张春生把黄天杰和黄天民的表情都看在眼里，不相信地笑着说："罗泉没有革命党就最好了。大哥，你还是当心一点为好。"

黄天杰诚恳地说："我千真万确不是革命党。袍哥会舵把子的位置，我是不大愿意坐的，但江湖朋友非要我去承头，我没有办法，但我基本上不过问袍哥会的事情。王成和马齐的事情，与我无关。即使端方派人来罗泉镇抓人，我也不怕。春生，我现在反倒很担心你啊。"

张春生笑了笑说："你担心我什么？端方又不知道我是革命党。"黄天杰说："那端方知道你是盘破门弟子吗？"张春生摇头说："他不知道。我一直都说我是峨眉派弟子。本来我们盘破门就属于峨眉武术的大范畴嘛，他是北方人，不懂峨眉武术，更分辨不清盘破门的路数。"

黄天民问道："那端方知道你是罗泉人吗？"张春生说："他只知道我是资州人。"黄天民说："这样就好。不然端方就要怀疑你了。"

正说着，李龙匆匆跑过来，远远地喊道："三位少爷，老爷、老太太叫你们回去摆龙门阵。"黄天杰大声应道："知道了。"黄天民说："你们回去吧，我还有点事情。"黄天民说完就走。张春生看着黄天民的背影，若有所思。

却说黄天秀带着安广南出了黄家院门，安广南落在黄天秀身后。黄天秀回过头来问道："你怎么啦？"安广南有些不好意思地说："没什么，我担心……"黄天秀不解地问："你担心什么？"安广南支吾着说："我担心你和我走在一起，别人会说你的闲话……"

黄天秀扑哧一声笑了："真没想到，你满脑子尽是乱七八糟的想法。我们这里可没有那么多讲究。我虽然是女孩子，但我从小就和男孩子一起玩耍。长大了，我也经常和男人们吵架斗嘴，甚至打架。谁要是敢在我背后说闲话，我绝对轻饶不了他！"

安广南吐吐舌头说："你真厉害！"黄天秀骄傲地"哼"了一声说："那是当然！你别看我大哥、二哥都是武艺高强的人，就连他们也不敢惹我。你别再磨叽了，上来，和我一起走！"

安广南赶紧上前两步，和黄天秀并排着一起往前走。黄天秀身上淡淡的香味不断袭向安广南，安广南悄悄地闻着，忍不住感叹说："真香呀！"黄天秀转过头来问道："什么真香呀？"

安广南这才发现说漏了嘴，连忙掩饰说："我说的是刚才吃的豆腐，真的很香。"黄天秀哈哈大笑说："你总算说了一句实在话。我们罗泉的豆腐，那可是出了名的好吃。你知道为什么吗？"安广南摇摇头说："难道这里还有什么讲究和渊源？"

黄天秀说："罗泉的豆腐，曾经有人说是天下第一。我觉得吧，不是天下第一，也是天下第二。罗泉这个地方，盛产一种黄豆，这是制作豆腐的原料。我们用天然的泉水泡上乘的黄豆，然后用石磨把黄豆磨成浆，再用上乘的卤水点制而成。你刚才也吃了，是不是觉得又细又嫩又绵又麻又香又辣呀？"

安广南不断地点头说："就是，就是，真是太好吃了！"黄天秀越发地有兴趣说下去了："你不知道的是，我们还可以用豆腐做一桌豆腐宴呢。我妈可以做熊掌豆腐、回锅肉豆腐、麻婆豆腐、烂肉豆腐、锅边豆腐、口袋豆腐、家常豆腐、六面黄豆腐、三鲜豆腐、桂花豆腐、丁丁豆腐、鱼香豆腐、白油豆腐、凉拌豆腐、豆腐包子、豆花、豆腐干、豆腐乳等几十个品种的豆腐呢。"

黄天秀一口气报了这么多种豆腐菜肴，安广南听得都呆了："我的妈呀，你妈妈真是太能干了！要是哪天能吃上你妈妈做的豆腐宴，我就太满足了。"黄天秀撇撇嘴说："我觉得你基本上就是在做梦。我曾经缠着我妈做一桌豆腐宴，但我妈说了，除非……"说到这里，黄天秀说不下去了，脸倏地红了起来。

安广南好奇地问道："除非什么？"黄天秀想了想，脸更红了："我妈说，除非我出嫁的那天，她就给我做豆腐宴吃，哼！"安广南怔住了："你出嫁的时候，我一定来吃你的喜酒。"黄天秀跺着脚说："羞死人了，不说这个，说点别的。"

安广南似乎有些失落，随口问道："除了盐井，罗泉还有什么好玩的地方？"

黄天秀说："盐神庙啊！"安广南不解地问道："盐神？还有这种神仙？"黄天秀哼了一声说："孤陋寡闻了吧？罗泉的盐神庙，可是全天下唯一的一座！听老人们说，因为我们这里盛产井盐，盐商们在同治七年（1868年）筹资修建了这座庙。"

安广南好奇地问道："那盐神庙里供奉的是什么神仙呢？如来佛祖？还是观音菩萨？"黄天秀摇摇头说："盐神庙里供奉的主神是管仲，其次是关公，再次是火神。"

安广南更是不解地问道："管仲是什么神仙？"黄天秀说："听我爸说，管仲是春秋时期的人，他被齐桓公任命为卿，制定了中国首部盐政大法《正盐筴》。所以，后世的盐商都奉他为盐神。"安广南恍然大悟道："原来是这样啊！那我更应该去看看盐神庙了。"黄天秀说："你放心，本姑娘今天下午就带你去好好看看。"

黄天秀带着安广南先去看了盐井，又去看了盐神庙。安广南一路看下来，真是大开眼界，不断啧啧称奇，连说罗泉是个好地方。黄天秀听到安广南如此夸赞罗泉，心里美滋滋的。

两人重新回到五里长街上，太阳暖融融地照着，街上行人稀少，街边摆着稀稀拉拉的小摊。黄天秀说："罗泉镇还是挺漂亮的吧？"安广南点头说："真的很漂亮，我很喜欢这里。"黄天秀笑着说："你怎么总是说假话？"安广南说："我说的都是实话。"

黄天秀不屑地说："那你今后就来这里安家呗！"安广南笑了起来："我现在真有这样的想法了。"黄天秀哼了一声："那你就别去当兵了，也别跟着我春生哥走了，我给你找个谋生的活儿，你就在这里住下来吧。"

安广南摇着头说："现在不行。不然我就是逃兵，要受到军法处置。我是说，等我今后不当兵了，我就来这里安家。"黄天秀说："说了半天，一切都是空吹！"

前面传来小贩"卖花生酥"的叫喊声。黄天秀问安广南："你吃过花生酥没有？"安广南茫然地说："花生酥？花生酥是什么东西？"黄天秀撇撇嘴说："花生酥是紧邻我们这里的威远县特产，那里有个黄氏家族，专门生产花生酥。"

安广南说："花生酥，是不是用花生制作而成的？"黄天秀点点头说："算你脑子开窍，说对了！这个花生酥啊，吃起来香脆可口，入口化渣，甜而不腻，我最喜欢吃了！"

安广南故作夸张地吞了一口口水说："真的啊？说得我口水都流出来了。"黄天秀说："我现在就去买给你尝尝。"说着，黄天秀撇下安广南，跑到卖花生酥的小贩面前说："黄叔，给我称两斤花生酥。"黄叔手脚麻利地给黄天秀称好，黄天秀把钱付了，拿起一块花生酥交给安广南："吃一口，看看味道如何？"

安广南也不客气，拿起花生酥咬下一口吃起来，脸上露出惊喜的神情。黄天秀睁大眼睛看着安广南，得意地说："好吃吧？"安广南点头说："好吃，太好吃了！我从来没吃到过这么好吃的东西。"黄天秀说："既然好吃，那我就再给你买一些，你带回去慢慢吃。"

安广南摇着手说："这怎么行？要买，也是我买，不用你掏钱。"黄天秀把眼一瞪："废什么话呢？本姑娘说一不二，就这么定了。再说了，春生哥也喜欢吃花生酥，你们到时可以一起吃，这也是我的心意嘛……"

说到这里，黄天秀的脸有些红了。为了掩饰尴尬，她对黄叔说："给我称上20斤花生酥，送到家里去。"黄叔连声应承，接过黄天秀递过去的钱，不停地说谢谢。

就在这时，黄天民埋头从对面匆匆走过来。黄天秀看到黄天民，喊道："二哥，你去哪里？"黄天民听到黄天秀的声音，停下脚步，抬起头说："我有点事。"黄天秀说："什么事？我也要去。"黄天民苦笑着说："小安是客人，你好好陪小安。"

黄天秀说："哼，不去就不去，我不稀罕！"黄天民冲安广南笑了笑，转身离去。黄天秀看着黄天民的背影说："你不说，我也知道你是什么事！"安广南问道："什么事？"黄天秀睐了安广南一眼："你这个人，就是问题多，我不告诉你！"

龙建伟在房间里背着手走来走去，王人杰坐在椅子上愁眉苦脸，黄天民也坐在椅子上，神情严肃，手指在桌子上轻轻地敲打着。王人杰叹了口气说："王成这小子，成事不足败事有余，就会吹牛说大话。早知道这样，就不该让他去执行这个任务。"

黄天民说："这也不能怪他们，马齐被打死，王成被活捉，他们当时应该是拼尽了全力。我看，主要责任还是在我们身上，只能怪我们之前把事情想得太简单了。"

龙建伟停住脚步说："事已至此，我会毫不含糊地承担组织和领导责任。我们错误地估计了端方的实力，都以为端方是文官，殊不知他居然剑术如此高超。由此可见，我们的情报工作太差了。"

王人杰说："不管怎么说，王成和马齐两人负有不可推卸的责任。"黄天民摆摆手说："他们两人的责任，我看就不要去追究了，他们付出的代价已经够惨痛了。"

龙建伟说："王成和马齐肩负着此次刺杀端方的重任，也在资州城蹲点跟踪了几天。按道理说，应该对端方的情况有更新的了解。既然有新的发现，他们为什么不主动向我们汇报？"

黄天民说："当初我们的计划就是这么设定的呀，王成和马齐只要一动身，我们就和他们中止联络，直到他们刺杀成功才联系。当时做的预案是，如果刺杀失败，他们至死也不会把我们供出来。即使供出来，我们失去了联络，官府派人抓我们，也抓不到。"龙建伟严肃地说："但我们是革命党人，应该根据实际情况灵活安排。"

黄天民摇摇头说："话虽然是这么说，但王成是个一根筋的人，认定了的事就要一条路走到天黑。马齐是个老实忠厚的人，也不可能有那么灵活的脑子。"王人杰说："归根到底，还是我们选错了人。要是当初你们同意让我去刺杀端方，就不会闹出这样的情况来了。"黄天民说："龙哥和你，是我们革命党人的中坚人物，不能让你去冒这个险。我说我去刺杀端方……"

龙建伟制止黄天民说："你们不要在这个问题上再争论了。当初是我拍板让王成和马齐去的，这也是出于锻炼新人的目的，让他们两人经受革命斗争的洗礼，才更有利于他们的成长和对革命的忠诚。马齐现在牺牲了，我决定向上级组织打报告，申请将马齐追认为革命党人，对他的家人，按革命家属对待，你们有没有意见？"

王人杰和黄天民都表态没有意见。王人杰的思绪仍在这次刺杀行动上，他懊恼地说："当初如果决定让资州城里的同志配合王成和马齐刺杀端方，他们两人有接应，事情也不会闹得这么糟糕。"

龙建伟摇摇头说："这可不行，城里的同志也就只有那么几个，如果要他们接应，势必让他们都出动。刺杀行动失败，我们的组织损失会更大。我们的每一个同志，都是宝贵的，不能做无谓的牺牲。"

黄天民问道："王成现在被抓了，得想办法把他救出来才是。"王人杰气愤地说："没有必要！王成虽然是我的侄子，但这小子平时太狂妄，做事鲁莽，让端方把他杀了吧，就当我没有这个亲人好了！"

黄天民说："王成是靠近组织的人，也算是革命事业的一分子。他有了这次教训，今后会改正过来的。既然能改正，我们就应该接纳他、培养他，让他今后为革命继续工作。龙哥，你说呢？"

龙建伟说："我赞成天民的意见。从本质上来说，王成是个好同志。这次刺杀失手，虽然负有一定责任，但我们的领导责任更大。营救王成这个事情，必须进行。我接下来就要联系城里的同志，让他们想办法把王成救出来。"

王人杰虽然嘴上说不管王成，但心里还是很不忍心，听龙建伟和黄天民都力主营救王成，也就顺水推舟地说道："城里的同志在营救王成时，必须要保证自身安全。"

龙建伟说："营救王成的计划，必须周密部署、精心安排，不能再做无谓的牺牲了。"黄天民说："要不我去城里跑一趟？"龙建伟摆摆手说："不用，我自有安排。如今刺杀行动失败，已经打草惊蛇。端方要派兵来罗泉追捕我们，我们不能坐以待毙。"

王人杰接着说："端方兵多将广，武器精良，我们不仅人手少，武器也落后。如果硬斗起来，我们肯定不是对手。我们几个大不了一拍屁股走人，但盘破门这么多弟子，有老有小的，搞不好就会家破人亡。实在不行，大家一起往荣县撤离。"

黄天民面有难色地说："要让这么多人抛家离子，太难了。即使大家撤离了，家人也不可能都跟着一起走。端方找不到人，肯定会拿我们的家人问罪。到时不但解决不了问题，反而会导致更大的灾难。"

龙建伟说："天民的话有道理。只要端方派人来罗泉，灾难就难以避免。要是能阻止端方派兵来罗泉，事情就好办了。"王人杰说："难道我们派人去和端方谈判？他正愁抓不到我们呢。"

黄天民突然两眼放光，面露喜色地说："我倒是有一个办法，但有些冒险，不知是否值得一试？"龙建伟、王人杰闻言，都看着黄天民。黄天民说："虽然王成和马齐刺杀端方失败，但我们能不能再次刺杀端方呢？"

王人杰脸上露出失望的神情说："端方遭到一次刺杀后，守卫肯定更加严密，恐怕没那么容易了。"龙建伟说："是啊，再派人去，无异于虎口拔牙、自投罗网了。"

黄天民说："我的意思是，能否来个里应外合呢？"龙建伟惊讶地说："谁当内应？端方身边的人都是从武汉带过来的，我们不认识他们啊！"黄天民笑着说："现在就有一个现成的人，我弟弟，张春生！"

王人杰说："张春生？可靠吗？"黄天民点头说："非常可靠！他今天亲口给我说，他是潜伏在新军里的革命党人，他这次回罗泉探亲，就是来给我们通风报信的。"龙建伟沉吟了一下说："如果真能让他做内应，这个事情就有点谱了。"

夜色笼罩在罗泉镇，三圣宫内一片安宁，若有若无的灯火，正如这座萧条的道观一样，冷清寂寥。两个人影闪进三圣宫，一前一后地朝内院走去。走在前面的是黄天杰，一脸严肃；跟在后面的是个胖子，一脸油光，他是资州县衙牢狱的牢头邓三。邓三身体肥胖，走得较慢，不得不加快脚步，才能跟上黄天杰的步伐。

转过正殿，一个名叫杨道清的道士看到黄天杰，连忙稽首说道："大师兄，贵客在里面等候多时了。"黄天杰点点头，没有说话。里面一间屋子，灯光透过窗户，屋内悄然无声。黄天杰走到门前，停住了脚步。邓三上前两步，把门轻轻推开，走了进去，黄天杰跟着走了进去。

屋内坐着两个戴着斗笠的汉子，右边那人身材魁梧，左边那人身材精瘦，两眼有神。见到邓三和黄天杰走进来，两人连忙站起来。邓三介绍说："两位贵客，这就是资州袍哥会的舵把子黄天杰。"两人朝黄天杰做了一个袍哥特有的见面手势，黄天杰也用同样的手势还礼。见过面后，黄天杰看到桌子上摆放的茶杯、茶壶，心中不禁一怔。

桌子上的茶杯里倒满了茶水，杯盖倒立搁放在桌子上，茶杯放在杯盖口里，茶壶茶嘴正对着茶杯口。这种茶杯、茶壶的摆法，正是袍哥会中的"单鞭阵"，其中包含的暗语是："单刀独马走天涯，受尽尘埃到此来。变化金龙逢太极，保主登基坐禅生。"

"单鞭阵"是外码头袍哥的求助暗号，如果能帮，当地袍哥会将那一杯茶水喝完；如果不能相助，就把茶杯里的茶水倒掉，拿起茶壶重新倒一杯茶喝下。黄天杰不清楚这两个神秘客人的来路，假装没看到桌子上的"单鞭阵"。

邀请两人坐下后，黄天杰也没说袍哥会的暗语，直接开门见山问道："敢问两位贵客，你们从哪个码头来？"精瘦汉子没有答话，从怀里摸出一个长七寸、宽三寸半的公片放到桌子上，抱拳对黄天杰说道："兄弟来自武昌小码头，上承拜兄栽培，下承兄弟伙抬爱，虚占仁字出公牌。久闻贵龙码头山清水秀，人杰地灵，我兄弟带上一堂单张草片，请候贵龙码头一缘哥弟。犹恐款式不合，掉红掉黑，卷边折角，言语不清，口齿不明，礼节不周，仪注不熟，问候不到。我兄弟多在山冈，少在书房，只知江湖贵重，不熟江湖礼节，一切不周不到，还望舵把子高抬龙袖，亮个膀子，龙凤旗、日月旗、花花旗，给我兄弟打个好字旗。"

黄天杰见对方如此礼重，也还礼道："刚才邓三来禀报，山门外来了大英豪。怪道昨夜灯花爆，却原喜事应今朝。贵客不辞远来到，敝山增添瑞千条。为无知会先来到，愧为远迎十里遥。接客不恭休见笑，礼貌荒疏要量高。请进香堂把茶泡，吩咐迎宾大小幺。"

精瘦汉子笑道："幸会，幸会。"黄天杰回道："迎接不周，得罪，得罪。"精瘦汉子朝魁梧汉子做了一个手势，魁梧汉子会意，走到邓三面前说道："三爷，我们出去一下吧。"邓三脸上露出惊愕的神情，看了看黄天杰，黄天杰微微颔首。

魁梧汉子带着邓三走了出去，把门轻轻关上。精瘦汉子把桌子上的公片拿起来，交给黄天杰。黄天杰看了一下后，恭恭敬敬地把公片还给了他。精瘦汉子把公片揣进怀里说道："见令如见人，舵把子，你可以打消你心里所有的疑问了。"黄天杰说道："不知两位贵客星夜造访，有何要事？"

精瘦汉子说道："实不相瞒，我们不但是袍哥会的人，也是革命党人……"黄天杰眼皮跳了一下。今天他耳朵里听得最多的就是"革命党"三个字。黄天民虽然没有给他明说，但他知道这个书读得多的弟弟是个狂热的革命者。外出闯荡多年的张春生这个干弟弟，今天回来又透露说他也是革命党人。如今，眼前这个来自武昌的袍哥，也开门见山地说是革命党人。小小的罗泉镇，革命党人接二连三冒出来，他们意欲何为？黄天杰静静地听着，没有说话，只是微微地点了点头，算是了解了对方的另一身份。

精瘦汉子继续说道："想必舵把子知道端方来到资州的事情了吧?"黄天杰说："听说了。"精瘦汉子说："现今天下大乱,清廷即将灭亡。我们革命党在全国各地的起义风起云涌。武昌起义多日,革命党已占领武汉三镇,并向周边地区急速扩展。重庆如今已归入革命党手中,北方革命形势也是一片大好。朝廷重臣、手握重兵的袁世凯已在暗中与革命党接触,准备伺机动手,转向革命阵营。不知舵把子是否清楚当今的形势?"

黄天杰皱了皱眉头说："我见识浅薄,平时不大关心这些事情。"精瘦汉子笑了笑说："舵把子一看就是一个沉稳干练的人,您谦虚了。端方是个至死都不悔改的顽固派。面对天下革命洪流,他置若罔闻,仍我行我素,力主剿杀革命党。他是我们革命事业的眼中钉、绊脚石。所以,我们必须除掉端方。"

黄天杰摇头说："这和袍哥会没有关系。虽然你也是袍哥,但你想做的事情,和袍哥会搭不上边了。"精瘦汉子说道："舵把子此言差矣,革命党和袍哥会当然是有关系的。想必舵把子应该清楚我们袍哥会的历史,袍哥会的前身是天地会,天地会的宗旨是'反清复明'。我们革命党人的领袖孙文先生提出要'驱逐鞑虏',这和袍哥会的宗旨一脉相承。舵把子应该不会忘记,我们袍哥会这么多年来一直受到清廷的镇压,无数袍哥抛头颅洒热血,就为了推翻清廷的统治。现在,清廷式微,腐朽不堪,革命力量日益壮大,该是联合起来反抗的时候了。我今天找你,是想借助你们的力量,去资州刺杀端方。"

黄天杰淡淡一笑说："我们哪里来的什么力量?资州袍哥会,属于仁字公口的清水袍哥,会中兄弟,多是拖家带口、本分做事、职业正当、不惹是生非的人,身家清,己事明。你要我们去干杀头冒险的事情,找错人了。"

黄天杰的话明确表达了拒绝之意,但精瘦汉子没有放弃,笑着说:"舵把子是盘破门的带头大哥,武艺高强,武德高尚。而且,盘破门弟子众多,高手如云。如果舵把子能登高一呼,应者必然影从。"

黄天杰正色道:"不错,兄弟承堂口各位弟兄厚爱,坐上了舵把子的交椅。但兄弟在堂口上明确表了态,希望堂口的弟兄能安居乐业,本分做事,不要逾越界限去干杀人放火的事情。而且,兄弟身为盘破门大师兄,也对师弟们严加管教,不许他们惹是生非,做出有损盘破门声誉的事情。"

精瘦汉子眉毛一挑说道:"是吗?昨天晚上,资州城里发生了一件大事,有刺客去行刺端方,结果一个叫马齐的人被打死,另一个叫王成的人被活捉。据说，他们就是盘破门弟子，舵把子不会不知道吧？"黄天杰说："这事我已经听说了，正在调查。如果情况属实，必将按门规处理此事。"

精瘦汉子凑近黄天杰说："这个事情已经闹大了。端方不日将派出兵马前来罗泉剿杀盘破门，你难道意识不到危险正朝你逼来吗？"黄天杰笑道："如果端方来抓人，我自然会承担该承担的责任。即使端方把我抓去，若能保住盘破门其他弟子，我也没有什么好害怕的。"

精瘦汉子摇摇头说："你说的这话，不是你做事的风格。清廷已是一栋即将倒塌的房子，你不该坐以待毙，而应看清形势，奋起反抗。我建议，你组织精干力量再次去刺杀端方，我们暗中做内应配合，端方那老贼必然只有死路一条。端方一死，不仅盘破门没有危险，我们的革命事业也会更加蓬勃发展。这种对大家都有好处的事情，舵把子为什么没有兴趣呢？"

黄天杰不想再和对方说下去了。他站起身来，端起桌子上的茶杯，把水倒在地上，然后提起茶壶倒了一点水喝下，对精瘦汉子抱拳说道："贵客，我只是一个安分守己的小盐商，从来对革命什么的不感兴趣，恕难从命。邓三，送贵客！"

张春生走进房间的那一刹那，一股既熟悉又陌生的感觉涌上心头。这个房间，他曾经生活了11年，度过了童年、少年和青年时期。房间的陈设仍保持着他当年离开时的模样，看得出，这个房间经常被打扫着，屋内的东西上没有一丝尘埃。床上放着崭新的被子，这是黄母特意为他安排的。

墙壁上挂着一幅字："燕雀安知鸿鹄之志"，字迹虽然有些稚嫩，但难以掩饰笔锋中藏着的洒脱狂放。看到落款"张春生"三个字，张春生轻轻地摇头苦笑了两声。这幅字是他15岁时写的，当时他从私塾先生那里看到《史记》，就借来阅读。读到陈胜这句流传千古的话时，不由得激情澎湃，提笔写了下来。

六年过去了，昔日那个懵懂少年已变成一个干练的青年，心智比以前成熟多了，对世事也有了自己的看法和见解。不过，心中那股渴望出人头地、渴望功成名就的激情仍然存在。他的身世坎坷，要不是机缘凑巧，早已化为一堆黄土。

15年前，他的家在距离罗泉镇一百多里的简州（今四川省简阳市）小河村，那年，他才6岁。家里除了父母，还有一个妹妹。父母都是农民，如果父亲能像村里其他男人一样勤劳种地，他的人生之路不会出现重大转折。父亲不仅好赌，而且酗酒。输了钱就去喝得酩酊大醉，回到家里就按着母亲一顿暴打。自他懂事起，他就生活在父亲的阴影里。

母亲是个忠厚老实的女人，每次挨了打都忍着，满身伤痕地给他和妹妹做饭，父亲则像一头死猪一样躺在床上呼呼大睡。张春生有时半夜醒来，看到母亲在灯下一边缝补衣服，一边垂泪。他很同情母亲，但不知道该怎么安慰她。他暗下决心，今后一定要出人头地，让母亲和妹妹过上好日子。至于父亲，只希望他早点死去，这对母亲来说，是一个解脱。

父亲好赌、酗酒，让本就艰难的家庭更是雪上加霜，入不敷出，吃了上顿不知下顿。村里人都很讨厌这个家庭，母亲有时看到妹妹饿得直哭，无奈之下只得厚着脸皮出去借粮。往往是在村里走了一圈，才借得半碗陈米回来。母亲煮上一大锅水，从碗里抓上一小把米放进去，等锅里的水沸腾后，加进去几大把野菜。很快，屋里就传出菜粥的味道，妹妹使劲地闻着，不停地吞着口水。直到张春生和妹妹的肚子撑得溜圆，母亲才拿起碗去盛锅里剩下的野菜粥。

一天，母亲带着张春生从地里干完活回来，没看到妹妹。母亲以为妹妹出去玩了，叫张春生去找她。张春生找遍村子，都没看到妹妹的身影。有人告诉他，看到张父牵着妹妹出去了。张春生回家把这个消息告诉了母亲，母亲正在熬粥，听到消息，锅铲一下掉进了锅里，把铁锅砸了一个洞，锅里的野菜粥全部漏进了灶里。

母亲带着张春生发疯似的跑到镇上，在一个小酒馆里找到喝醉的父亲。母亲一改往日畏畏缩缩、逆来顺受的形象，像个泼妇一样扑向父亲，诘问父亲把妹妹带到哪里去了。父亲努力地睁开蒙眬的双眼，冷漠地说把妹妹卖了，换了钱还赌债。母亲绝望地坐在地上大哭，张春生惊恐地站在一边不知所措，父亲则坐在椅子上抽着旱烟。烟雾缭绕中，张春生看不清父亲的脸。周围的人刚开始还站在一边看热闹，到后来都纷纷散去。小酒馆的老板苦着一张脸蹲在街边，因为母亲的哭闹，没人敢进去吃饭。

母亲哭了一阵后，抬起一张苍白得吓人的脸，朝张春生笑了笑，招了招手，示意张春生过去。张春生走过去蹲下，母亲把他搂在怀里，亲吻着他，贴着他的耳朵说："妈要走了，你今后一定要好好活下去，一定要想办法让自己有出息，不要学你爸，也不要学我。"张春生似懂非懂地点着头，不知道母亲说这话是什么意思。他偷偷地转头看了看椅子上的父亲，发现父亲居然睡着了，鼻子里响着轻微的呼噜声。

母亲把张春生带到蹲在街边的小酒馆老板面前，跪在老板面前说："大哥，今天给你添了这么多麻烦，实在对不起。"老板也是一个厚道之人，连忙把母亲扶起来。母亲把张春生拉过来对老板说："老板，我这个孩子，今后就交给你了。如果你愿意，就让他在你这里帮着打杂，让他有一口饭吃。只要不饿死，我就满足了。"

老板从母亲的话里发现不对劲，赶紧劝道："大妹子，千万不要乱想啊。你的儿子长得这么机灵，今后一定是有出息的人。你不为别人着想，也要为你这个儿子着想啊。"

母亲凄惨地笑了笑，摇了摇头，低头看着张春生，眼里充满了不舍的神情。张春生看着母亲的眼睛，眼泪唰唰地掉了下来。母亲一咬牙，用快得令人难以置信的速度，转身朝店里跑去。

老板被母亲的举动惊呆了，等回过神来时，就听到店里发出一声惨叫。张春生抢在老板前面跑进店里，只见父亲躺在椅子上抽搐着，脖子往外喷着鲜血，母亲倒在椅子旁，脖子上一道伤口正往外流着鲜血，一把带血的菜刀落在地上。张春生大叫一声，昏死了过去。

小酒馆发生了这样一起惨案，再也没人敢来吃饭了，老板只得自认倒霉，关门回乡下去了。张春生不愿跟着老板，独自一人回到小河村。村里人见到张春生，都赶紧走开。平时玩得好的小伙伴，也都被大人严厉呵斥着不许接近他。张春生成了没爹没娘的孤儿，也成了村里的"瘟神"。

时值寒冬腊月，天气冷得刺骨。张春生蹲在四面透风的家里，把所有能穿到身上的衣服都穿上了，还是冷得直打哆嗦。身体的寒冷，还可以生火驱逐，但肚子的饥饿，却根本没法解决。他把家里所有能吃的东西都翻出来吃了，肚子还是饿得咕咕直叫。

出去借粮，那是根本不可能的事情。母亲生前已经欠了村里所有人家的粮食，谁也不愿再向张春生伸出援手。本来大家都不富有，很多家庭都在拼命为温饱劳作，再加上张春生家里发生这么大的变故，张春生这个活着的小孩成了人人避之不及的"瘟神"，更没人愿意救济他了。

幼小的张春生有着比同龄人成熟的心智，他决定出走，朝集镇、城市走去，即使乞讨，也比在小河村饿死强多了。他想定后，转身出了家门，冒着呼呼的寒风，朝镇上走去。

到了镇上，他跑到一家饭馆门口蹲着，眼巴巴地望着进进出出的人们。终于，有一个老头发善心，把吃了一半的面碗递过来。张春生接过面碗，贪婪地用手捞着里面的面条吃着。这是他这辈子吃得最好吃的一碗面，多年后，他对那碗面条的味道仍记忆犹新。

有了第一次乞讨，张春生的脸皮厚了起来。饿了时，他不再蹲在饭馆门口，而是趁老板不注意，偷偷溜进去，像条小狗一样钻进饭桌下，捡着地上的骨头嚼着。看到食客吃剩下的，端起盘子蹲在桌子下舔个精光。要是被老板发现了，他就赶紧跑出去。

在镇上盘桓了几天，他彻底变成了一个小乞丐，并和其他小乞丐混熟了。刚开始时，那几个小乞丐还不愿接纳他，认为他在和他们抢地盘。一个自封为乞丐帮主的小男孩对张春生恨之入骨，总想着把张春生撵走。

那天晚上，一群小乞丐回镇外的山神庙睡觉。小帮主站在门口，不让张春生进去。天寒地冻，如果不进去睡觉，张春生就可能被冻死。求生的本能欲望，使张春生下定决心要进去，两人由吵架升级为打架。面对高出自己一头的小帮主，张春生毫无惧色，在山神庙前和小帮主扭作一团。其他小乞丐站在一边看热闹，谁也没有出手帮助谁。

张春生身体单薄，个子又小，很快被小帮主压在身下，挨了几个拳头。张春生的嘴角流出了鲜血，他没有认输，他必须把小帮主打赢，才有活命的希望。张春生想出一个绝招，趁小帮主得意时，使劲抓住小帮主的裤裆。小帮主惨叫一声，松开张春生，举手投降。张春生获得了进山神庙睡觉的权利，小帮主再也不敢欺负他了。

几天后，张春生无意中听到一个小乞丐说城里好吃的、好看的东西多。他决定离开小镇，去城里乞讨。可他走错了路，在乡野中迷路了。饿了，他就在地里刨东西吃，困了，就找个避风的地方睡觉。

就这样，他走啊走啊，离罗泉镇越来越近。天上下起了大雪，四野一片白茫茫。远远地，他看到前方出现了一个集镇，可他已经饿得迈不动双腿了，倒在地上。他看到旁边有一片菜地，想去摘点青菜叶子充饥。他头昏眼花地往菜地爬去，没爬几步就再也爬不动了，一头倒在雪地里。

黄昌盛驾着一辆马车，小心地行驶在积满冰雪的道路上。这一趟跑资州城，主要是带着孩子们去城里开开眼界，顺便买了一些年货回来。眼看春节越来越近，回想这一年的生意做得很是顺心，他不由得哼起了川剧小调。身后的车厢里，十二岁的黄天杰、七岁的黄天民和四岁的黄天秀坐在一起，叽叽喳喳地说个不停。这次进城，三个孩子看了无数稀奇的东西，吃了在罗泉镇从没吃到过的小吃，黄昌盛还给每个孩子买了好玩的东西，这让他们很是兴奋。

　　听到后面孩子们的说笑声，黄昌盛的脸上露出了欣慰的笑容。这三个孩子，都是他的心头肉。大儿子黄天杰像他一样，踏实，本分，听话，别看才十二岁，举手投足之间，已经有了他做事稳重的风格。这个孩子，长大后，必然会担当起黄家的家业，说不定比自己更有出息。

　　二儿子黄天民，聪明伶俐，浑身上下透着一股机灵劲。私塾先生碰到他就夸奖天民读书有天赋，《三字经》《百家姓》已经背得滚瓜烂熟了。先生预言说，天民今后能中个举人。如果天民能中上举人，那就是黄家最有出息的人了。黄家世代为商，生意做得不错，就是不出读书人。黄昌盛当年考了多次童生都没考上，只得接过老爹的班，继续走盐商的路子。

　　小女儿天秀，虽然才四岁，可口齿伶俐，思维敏捷，经常说出让大人感到意外的话来。而且，这个丫头胆子大，像条小牛犊子一样，经常欺负天杰和天民。有一次，天杰不小心把她的玩具弄坏了，她提着一条棍子，把天杰追得满院子跑。直到天杰承诺给她修好玩具，她才罢休。

　　想到这里，黄昌盛的心里像盛满了蜂糖一样甜蜜蜜的。他抬头看了看前方，回头对车厢里喊道："孩子们，我们快到家喽！"黄天杰听到父亲的叫喊，对黄天民和黄天秀说："这么快就到家了？"说着，他掀起车厢布帘，伸出头去好奇地看着外面白茫茫的田野。

　　黄天杰一边看一边惊叹道："好大的雪呀！我们回家后就去堆雪人、打雪仗，好不好？"黄天民听说能玩雪，拍着手说："好啊，好啊！"黄天民说着，也把脑袋伸出窗外。黄天秀见两个哥哥都看着外面，心里着急，拉着黄天杰说："大哥，我也要看！"

　　黄天杰正要把头缩回来让黄天秀看看外面，忽然发现前方不远处的路边，似乎有个小孩倒在那里。黄天杰用手使劲地拍着车厢喊道："爸，停车，停车！"黄昌盛听到黄天杰的叫喊，连忙拉住缰绳，把车缓缓停下，回过头来，把布帘掀开问道："怎么啦？"

黄天杰指着远处说："那边是不是有个人？"黄天民也仔细看了看说："真的呢，那人是不是已经死了？"黄天秀听到两个哥哥说外面有人，更着急了，使劲地拉着黄天杰的衣服喊道："我要看，我要看！"

黄昌盛眯缝着两眼，循着黄天杰手指的方向看去。前面路边的雪地里，果然有一团黑乎乎的东西，从形状来看，的确是一个小孩。黄昌盛回头说道："你们就在车上，我去看看。"黄昌盛跳下马车，踩着冰雪，小心翼翼地朝前走去。走到跟前，黄昌盛看到，一个小孩倒在地上，脑袋侧着，脸色苍白，一动不动。黄昌盛蹲下身子，用手探了探小孩的鼻息。

黄天杰按捺不住好奇，掀开布帘跳下马车，黄天民跟着也跳了下来。黄天秀人太小，跳不下来，急得直叫嚷。黄天杰转身把黄天秀抱下车，牵着黄天秀，三人一起朝黄昌盛的方向小跑过去。

三人跑到跟前，黄天民蹲下，好奇地看着那个小孩。黄天秀似乎有些害怕，躲在黄天杰背后，但又忍不住好奇地探出头来打量着。黄天杰着急地问道："爸，他还活着吗？"黄昌盛抬头说："还活着，但离死也不远了。"

黄天杰急得大叫起来："爸，那你赶紧救他呀！"黄天秀听说眼前这个小孩没死，胆子大了起来，上前拉着黄昌盛的衣服，撒起娇说："爸，救他吧，他好可怜呀！"黄昌盛笑了笑，用手摸了摸黄天秀的脸蛋说："好，爸这就救他。"黄昌盛脱下衣服，盖在小孩身上，把他抱起来，朝马车走去。

三个小孩跟在后面小跑着，黄天秀腿短跑不动，差点跌倒在地。黄天杰赶紧拉住黄天秀，蹲下，把黄天秀背起来，跑到马车前。黄昌盛把小孩放到马车上，又帮着黄天杰把黄天秀抱上车。等孩子们都上车后，黄昌盛在前面拉着马车，朝家的方向小跑起来。

张春生努力地睁开眼睛，看到一张充满稚气的小女孩的脸。黄天秀看到张春生醒来，转身跑到门口大声叫喊："醒啦，醒啦！"黄昌盛、黄母、黄天杰、黄天民跟在黄天秀身后从外面跑了进来。黄母看到张春生醒来，脸上乐开了花："阿弥陀佛，菩萨保佑，这孩子真的醒了。"黄昌盛含笑点点头。

黄天杰、黄天民、黄天秀趴在床前，笑嘻嘻地看着张春生。黄天秀用手摸了摸张春生的手，感觉很温暖，不像之前那样冷冰冰的。张春生轻轻地咳嗽了一声，小声问道："我，我这是在哪里？"黄天秀嘴快，脆生生地回答说："你在我家。"黄昌盛问道："孩子，你叫什么名字？"张春生说："我叫张春生，大家都叫我春生。"

黄母看着黄昌盛说："春生，多好听的名字呀。春生，你家住在哪里？"张春生努力地回忆着说："我家，我家在小河村……"黄母皱了皱眉头，问黄昌盛："小河村在哪里？"黄昌盛思索了一下，摇摇头说："不知道。春生，你的爸妈呢？"

提到父母，张春生不由得想起小酒馆那让他一辈子都难以忘记的场景。他鼻子一酸，流下了眼泪："爸妈都死了……妹妹不知去了哪里，家里就我一个人了。"大家闻言，都默不作声，屋里出现了短暂的沉默。黄天秀忍不住抽泣起来，对黄天杰、黄天民说："他好可怜啊！"黄天杰、黄天民互相看了看，黄天杰站起来，对黄昌盛和黄母说："春生真可怜，我们把他留下吧。"

黄天民、黄天秀马上异口同声赞成，黄天秀扑进黄母怀里，撒着娇说，一定要让张春生留下来。黄昌盛和黄母对视了一下，黄母微微点头，黄昌盛也点了点头。张春生把黄昌盛、黄母的动作看在眼里，想到这段时间过的乞讨生活，他不愿再像猪狗一样活在别人鄙夷的眼里。眼前这家人愿意收留自己，这样的机会，可千万不能错过。

想到这里，张春生翻身爬起来，跪在床上不断地磕头："干爹，干妈，谢谢你们收留我！"黄昌盛连忙上前扶住张春生，让他躺下，盖上被子："小心别着凉了。"黄母感叹道："这孩子真懂事！春生，今后我们就是一家人了。"

黄天杰、黄天民、黄天秀欢呼起来，三人围着张春生，又笑又跳，张春生的脸上露出了微笑。黄天秀对张春生很认真地说："我叫黄天秀，大家都叫我天秀，我比你小，你叫我妹妹好了。"黄天杰、黄天民也跟着介绍了自己，算下来，张春生比黄天民小一岁，应该叫黄天民二哥。

一天下午，张春生拿着扫帚，仔细地打扫着院子。黄昌盛、黄母站在远处看着张春生，黄昌盛说："前几天，我托人去打听了一下这孩子的身世。"黄母吃惊地问道："是不是真的？"黄昌盛点点头说："这孩子说的是实话。他说的小河村，在简州，离我们这里有一百多里呢。"

黄母叹了口气说："这孩子真是可怜。这段时间，我发现他不仅聪明，还很勤快，我是越来越喜欢他了。"黄昌盛说："是啊，他和天杰三兄妹关系好得很，

我已经把他当亲生儿子看待了。"黄母笑着说："我们凭空多了一个儿子，真
划算。"

　　黄昌盛说："我已经和三圣宫的明江道长说好了，过完年后，就让天杰、天
民和春生拜他为师，习练盘破门功夫。不仅可以强身健体，今后遇到事情也能
防身，不至于受人欺负。"

　　黄母点点头，问道："那天秀呢?"黄昌盛说："她一个女孩子，就让她跟着
你学点女人家的活计。舞刀弄枪的事情，不适合她。"

第五章 ◎ 突生变故

外面传来轻轻的敲门声，把张春生的思绪拉了回来。听着敲门声的节奏，张春生知道外面是黄天民。黄天民以前有什么事情找他，就是这么敲门的。张春生稳稳情绪，把门打开，外面果然是黄天民。

黄天民闪了进来，把门关上。张春生问道："你还没睡？"黄天民把手指放在嘴边嘘了一声说："我找你有点事。"张春生点点头："什么事？"黄天民笑了笑说："你跟我走一趟。"

张春生见黄天民说话如此神秘，也不再问。转身把刚才脱在床上的外衣穿上，把灯吹灭，跟在黄天民后面，悄悄地溜出了黄家大院。一路上，黄天民没说话，张春生也不便问他。两人就这么一路沉默着穿街走巷，来到一道门前。

黄天民四下看了看，这才推门进了屋子，屋里有两个人，满脸笑容地看着黄天民和张春生。大家相互介绍后，黄天民对张春生说："我们都不是外人，明白吧？"张春生脸上露出惊讶的神情，两眼放光地说道："同志们，我终于找到你们啦！"又对黄天民说，"今天下午在三圣宫我给你说明了我的身份，你都没透露你的身份。"

黄天民笑着说："你也别怪我。当时不是大哥也在场吗？他和爸一样，对我们革命组织不了解，虽然嘴上没说，但我知道他心里是反对我加入革命组织的。"张春生说："理解，理解。"

王人杰说："资州的党组织总部，就设在这里。"黄天民解释说："龙哥和杰哥，是我们党组织的主要领导同志。我的工作，就是协助他们。"张春生说："如果军营里我们的同志知道这些，他们也一定很高兴。"

龙建伟问道："这次端方带到资州来的新军中，有多少我们的同志？"张春生沉吟了一下说道："大家都藏得很深，这次端方带来的2000人中，至少有200个我们的同志。加上倾向革命的人，三四百人应该没有问题。"

王人杰欣喜地说道："有这么多人？看来，新军弟兄果真是革命的种子啊。"张春生说："是的，新军和清军其他军队不同，加入新军的人，一般都有一定的文化素质。正因为这样，他们的思想很活跃，容易接受新的东西，对革命有他们的理解和看法。"

黄天民说："我们要革命，要推翻清廷的统治，就得依靠清王朝自己建立起来的这支军队。武昌起义，就是依靠新军中的革命同志发起的。这样的方式，我们也可以在资州这支新军队伍中应用。"

张春生瞪大了眼睛，看着黄天民说："你的意思是，想依靠驻扎在资州城里的新军，举行起义？"龙建伟说："这样的可能性不大。端方是清廷最有才干的重臣之一，他对军队的掌控非同一般。"

张春生竖着大拇指对龙建伟说："端方治军的确有一套，他这次带来的两个标统，一个是曾东海，一个是刘云凤，都是对端方忠心耿耿的人，对革命者都很仇视。曾经有革命同志试图去劝说曾东海投靠革命，结果曾东海立即把那人抓起来交给端方，端方召集所有军官，当面把那人枪杀了。"

龙建伟说："端方通过对军官的掌控，把新军管得很严。如果要起义，肯定要事先通气串联。端方带来的人分别驻扎在几个地方，这一招很高明，把大家通气串联的途径切断了。即使革命同志想举行起义，也没有足够的力量。"

张春生说："既然不是起义，那你们的想法是什么呢？"龙建伟和王人杰互相看了看，龙建伟笑着说："我们想请你出出主意，接下来该怎么开展工作。人杰，你先把我们的情况给春生同志介绍介绍。"

王人杰喝了一口茶说："我们针对端方策划了一次刺杀行动，但由于事前考虑不周到，执行刺杀行动的同志出现了意外，导致刺杀行动失败。"黄天民接着说："更严重的后果是，这次刺杀行动失败，会导致我们的革命事业受到极大的威胁。"

张春生说："你们这次刺杀端方，的确有些冒进了。昨晚的刺杀行动败露，我恰好不在场，出去买东西了。我知道这次刺杀行动，肯定不是新军中的同志，而是资州本地的同志，但当时没想到是你们组织策划的。"

龙建伟叹了一口气说："是啊，如果我们当时考虑到新军中有我们的同志，我们肯定不会单独行动，会把行动部署得更周密一些。那样的话，刺杀端方就能成功了。"

黄天民说："事已至此，后悔没有用了。春生，我们刺杀端方的行动失败后，新军中的同志有什么样的反应？"张春生说："我联系了几个同志，大家都很着急，第一反应就是要想法把被抓的同志营救出来。我想去营救，但没办法，根本近不了牢房。守卫牢房的人，都是端方的亲信，没有端方的亲口命令，谁也不许靠近牢房。"

龙建伟感动地说："我们现在也在积极想办法，想把被抓的同志营救出来。虽然难度很大，但我们决不放弃。"张春生说："虽然暂时营救不了被抓的同志，但我昨晚打听到了端方要派兵来罗泉抓人的机密。恰好之前我向端方请假回家探亲，就趁着这个机会回来给你们报信。"

王人杰说："端方即使派人来罗泉，注定将是无功而返。这次刺杀行动虽然失败了，但我们不会放弃针对端方的行动。春生同志，你觉得我们采取哪种方式为好呢？"张春生说："俗话说得好，擒贼先擒王。如果能把端方干掉，新军就会群龙无首，再趁乱把曾东海和刘云凤控制住，其他人肯定会跟着我们走。"

黄天民和龙建伟对视了一眼，龙建伟轻轻地点了点头。黄天民说："我们能否来个里应外合？"张春生说："里应外合？二哥的意思是，让我们在军营里举事，你们在外围配合我们？"黄天民摇摇头说："不是，我说的是，能否再次刺杀端方？"

张春生两手一拍，高兴地说："我也是这么想的。"龙建伟说："春生同志，你觉得再次刺杀端方，有没有把握？"张春生没有立即答话，两手颤抖着端起茶杯，轻轻地喝了一口，把茶杯放在桌子上说："把握肯定是有的，但不能像这次行动那样行事。"

黄天民点点头说："我们现在的想法是，你到时把新军中的同志联络好，我们把资州的革命党人和盘破门的精锐弟子召集起来，大家一起努力，把端方干掉！"张春生说："我觉得这个办法可行！兄弟齐心，其利断金。只要我们联起手来，加大攻势，即使遭到端方的抵抗，我们的胜算也很大。"

王人杰说："你的想法和我们的想法不谋而合！在罗泉，我们革命党人的组织工作做得很好，盘破门有很多弟子都倾向于革命。你应该知道盘破门的力量有多大。"

黄天民说："今年8月，我们在罗泉组织召开了一次荣县起义筹划大会，来自全省各地的革命同志和袍哥会的舵把子秘密来到这里。整个会议，都是在我们盘破门弟子的保护下召开的。大哥虽然说不愿加入革命，但他为那次筹划大会出了很多力。"

张春生说："这样看来，再次刺杀端方的行动，把握性就非常大了。你们先把外围的工作做好，把人都召集起来统一指挥，到时我想办法把端方的亲信守卫都换成我的人，这样就方便多了。"

龙建伟、王人杰、黄天民闻言大喜。龙建伟说："我们到时把人手集中到端方的行辕附近，你们先动手把端方干掉，我们人多，冲进去后就可控制局面了！"

王人杰拿出纸和笔说："我们还是详细讨论一下具体的行动方案，到时就按方案行事。"张春生说："对。再次刺杀端方只能成功，不许失败。二哥，到时能否把大哥一起叫上呢？"

黄天民摇摇头说："我觉得可能性很小。今天中午吃饭时，爸对我们的训斥那么严厉，大哥的表态也是那么坚决。不过，除了大哥，我们盘破门其他有影响力的人，都会参加这次行动。我们的人手和影响力，已经足够把端方干掉了。"

张春生点头说："大哥不愿意参加，也没有什么。他的志向和我们不同，我也表示理解。"说着，四人靠拢在一起，开始商讨起行动方案来……

夜深了，黄天秀难以入睡。她思虑了很久，最终一咬牙，红着脸，穿好衣服悄悄起床，推开房门，蹑手蹑脚来到张春生的门前，仔细倾听里面的动静。屋里什么动静也没有，连一点鼾声都听不到。黄天秀很纳闷，一个大男人，怎么睡觉像个姑娘一样，悄无声息的？老爸黄昌盛睡着的时候，鼾声如雷，隔老远都能听到。

黄天秀很是沮丧。原本想听听春生哥的鼾声，那对她来说，是一种非常大的满足。春生哥第一天来家里，她就喜欢上了他。这种喜欢，不同于对大哥、二哥的喜欢，但她又说不出究竟是怎样的一种喜欢。年龄越大，这种喜欢就越明确，但也更加羞涩起来。

她有时在想，这种喜欢里，是否藏着对春生哥的同情？春生哥身世曲折，那么小的年龄就经历了人间的坎坷，相比之下，自己简直就是生活在蜜罐里。所以，她平时对春生哥的情绪格外注意，有意识地不去触碰他心中的那块伤疤。

春生哥离家闯荡这四年多来，她逐渐长大成人，对春生哥的思念一点也不亚于父母。父母经常在她面前念叨春生哥，他们的思念还有可以倾诉的地方，而她的思念，却无处诉说，只得埋藏在心底。她经常在夜里回忆起和春生哥在一起的日子，那些以前没怎么在意的点点滴滴，重新翻出来后，让她回味悠长，历历在目。

她无时无刻不渴望着能再见到春生哥，但又有些害怕见到他。有时父母念叨春生哥时，她总会莫名其妙地脸红。春生哥这四年来杳无音信，她很担心他在外面遭遇到不幸，再也回不来了。今天听说春生哥回来了，她飞也似的跑出了家门。路上，她什么都没想，只想尽快见到他。但见到他时，她又不知如何说出心中的思念。

这么想着，黄天秀失望地挪动脚步，慢慢往回走。突然，她看到一个黑影在面前晃动，不由得惊出一身冷汗，脱口而出低声问道："谁?"那个黑影站住了，回答说："我，小安。"

黄天秀这才镇定下来，走到安广南面前，奇怪地问道："这么晚了，你出来晃悠什么呢?"安广南笑了笑说："你不是也没睡吗?"黄天秀脸一红，以为安广南识破了自己的心思，小声地呵斥道："关你什么事?"

安广南连忙说："我只是随便问问而已。天气冷，你早点休息吧。"黄天秀"嗯"了一声："你到底出来晃悠什么?"安广南用手指了指后院说："我睡醒了，突然想到后院的两匹马，想去看看。明天一大早，我和张大人就要回资州了。"黄天秀怅然若失地说："为什么春生哥这次回来得这么突然，走得又这么匆忙啊? 难道不可以在家多待几天吗?"

安广南说："没办法，我们是军人，身不由己。这次能在你家里住宿一个晚上，都是端大人特批的。不然的话，我们下午就走了。天秀，我们走后，你会……想念我们吗?"黄天秀点点头说："当然会的。我很舍不得春生哥走，但我又没办法挽留他。"安广南"哦"了一声，没有说话。

两人站了一会儿，黄天秀说："我回去了。"说完，黄天秀回头看了一眼张春生的房间，转身朝里面走去。安广南看着黄天秀的背影，站在那里久久没有动。刚才黄天秀出来时，他就发现了她，所以假装出来看马，和她说上几句话，不知道黄天秀是否听懂了他话里的意思。

黄天杰从三圣宫出来后，叫邓三把两位贵客送走，朝家里走去。他的心很乱。下午张春生说王成和马齐刺杀端方失手，马齐被打死，王成被活捉时，虽然他表面上没有什么反应，但心绪已经乱了。在黄天杰的眼里，马齐是个老实忠厚的孩子，他很喜欢他。

马齐平时跟着老娘在家干农活，黄天杰生意忙时，会把马齐叫来帮着干一阵子，也给他一点生活补贴。马齐做事踏实可靠，帮着黄天杰从来没出过差错。黄天杰有时都在想，找个时机把马齐招到店里做个伙计，慢慢培养他，今后也好接刘管家的班。不想，如今这一切都成了泡影。

马齐父亲早死，马大娘一手把他拉扯成人，很不容易。如今，马齐跑去刺杀端方被杀死，马大娘虽然有所预感，但毕竟还没有得到确切消息。今天上午他安慰马大娘的话，现在看来是多么苍白无力。

黄天杰一路想着，不觉间走到了三岔路口。他停下来，抬头朝左边那条路的方向看了看，尽管看不到马大娘的家，但他还是希望马大娘此时没睡觉。他摸了摸身上的钱袋，决定去看望一下马大娘。

到了马家，黄天杰向马大娘说，马齐和王成这段时间在帮着王人杰做生意，王人杰派他和王成去湖南那边运一批货回来。因为走得匆忙，所以没来得及回家。又把身上的钱拿给了马大娘，说是王人杰预付给马齐的工钱。马大娘这才长长地舒了一口气。

离开马家后，黄天杰很清楚，他对马大娘的谎言，只能哄骗她一时，哄骗不了她一世。再过段时间，马大娘如果还没看到马齐回来，加上刺杀端方的消息被公开传出来，马大娘就会知道真相了。

黄天杰叹了一口气，他也没有更好的办法，能隐瞒多长时间就隐瞒多长时间。今后隐瞒不了时，就去向马大娘认罪，为她养老送终，把马齐的责任承担起来。

想到刺杀端方的事情，黄天杰突然暗叫糟糕。张春生下午透露，端方因为遭遇刺杀事件，要派兵前来罗泉镇捉拿革命党人和盘破门弟子。当时他很不以为然，觉得端方师出无名，不过就是吓唬吓唬人而已。刚才在三圣宫里，那个神秘人再次透露了这个消息。现在冷静下来想想，盘破门的危机的确正在一步步逼近。

龙建伟和王人杰那些革命党人，感觉到危险时，自然会事先逃跑。他们在罗泉本来就没有什么根基，不过是在这里暂住而已，说走就走，无牵无挂。但盘破门弟子众多，又都是本地人，拖家带口，要走没那么容易。如果端方真的下狠手抓人，到时就可能是宁可错抓一万，不会漏掉一人了。事不宜迟，得想办法通知下去,叫大家暗中做好准备,以防万一。即使反抗不了,也可以在官兵到来前及时撤走。

想到这里,黄天杰快步朝三圣宫走去。进了宫里,把杨道清叫醒,又叫他去把其他人都叫到大殿。三圣宫的道士自从明江道长驾鹤西去后,走的走,还俗的还俗,只剩下十个人。

很快,十个道士集中到了大殿。黄天杰扫视了大家一眼说:"今天我接到一个秘密消息,资州城里新来的钦差端方,准备派兵到罗泉来抓我们盘破门的弟子,具体原因我就不详细说了。"

杨道清性情刚烈,叫了起来:"端方凭什么来抓我们?"几个年轻道士跟着附和着说:"谁敢动盘破门,我们就和他拼到底!""说抓就抓,没那么容易!"

黄天杰举手制止大家说:"你们想过没有,盘破门还有那么多拖家带口的弟子,他们会像你们那样和端方对抗吗?如果他们出了什么意外,他们的家人怎么办?"杨道清嘟哝着说:"那你的意思就是说,只有等着端方来抓我们了?"

黄天杰摇摇头说:"当然不是。我们没惹着端方什么,即使有人惹着他了,那也是他们的事情,和这么多弟子无关。但端方会不会这么认为呢?他要把怒气撒在盘破门头上,我们也不可能和他坐下来讲理。所以,我让大家知道这个事情,心里有个准备。"

杨道清说:"大师兄的话有理。如果端方到时讲道理,我们就给他说清楚,丁是丁,卯是卯,别人做的事情,不能栽在我们头上。如果端方乱来,我们也不是吃素的!"另一个叫张道明的道士说:"大师兄,你就说该怎么做吧。"

黄天杰说:"我的想法是,大家分头行动。道清,你带几个人连夜去通知盘破门的师兄弟,把我刚才给你们说的告诉他们,如果他们问是什么原因,你们也不要多说,就说我叫他们做好准备,听我指挥。道明,你带一个人,连夜去罗泉镇20里外的狮子山上暗中监视。这段时间,你们要昼夜监视,不许偷懒。另外,如果发现有可疑的人来罗泉或出罗泉,要拦下来,问清身份,然后带来找我。"

黄天杰顿了顿,又指着另一个叫张道文的师弟说:"道文,你带一个师弟到罗泉镇10里外路边那片树林里监视。道明,你们事先要在山顶堆一堆柴火,如果发现端方派兵来罗泉了,就马上点燃柴火。道文,你们看到柴火点燃了,就立即回镇上找我。"

杨道清、张道明和张道文领命。黄天杰又补充说："道清，你记住，罗泉当地的所有师兄弟，你都要一一通知到，不许漏下一人。另外，附近场镇有一定名气的师兄弟，也要派人去通知。你们通知完后，就分别去找道明、道文会合，大家轮流换岗。"

　　黄天杰说完，看了众人一眼，问还有什么问题没有，大家都摇头说没问题了。杨道清说："我们不会让端方得逞，也不会放过任何可疑的人，哪怕是一只苍蝇飞过，我们都要拦下来看看是公的还是母的。"

　　其他道士都笑了起来。黄天杰这才发现，刚才召集大家到大殿说事，气氛显得过于凝重了一些。大家这么一笑，气氛缓和多了。黄天杰也希望大家不要太紧张，乐观对待这个事情。在他心里，始终有一种预感，觉得端方不会派人来罗泉，那只不过是端方的恐吓手段而已。现在局势已不同于以往，如果端方来硬的，罗泉和附近乡镇的盘破门师兄弟们绝对不会束手就擒，一定会奋起反抗。而这，也是他心中盘算的结果之一。

　　黄天杰不是贪生怕死的人，更不是畏惧妥协的人，否则他也得不到盘破门这么多师兄弟的尊重，也坐不到资州袍哥会舵把子的位置上。他只是希望，事情不要闹大了，不要朝最坏的方向发展。否则，最终一定会是两败俱伤，谁也得不到好处。他所处的位置不同，看问题的角度也不同，他想尽最大可能保住大家，让大家平平安安过日子。

　　张道明和张道文连夜各自带着一个师弟赶往罗泉镇外设伏监视。到了十里外那片树林，张道明和张道文道别，张道文带着一个师弟潜藏在树林里。尽管天气寒冷，但两人一点也感觉不到。张道文叫师弟注意看着十里外的山顶和路上的动静，他在树林里练了一遍拳后，轻轻跃上一棵树，在枝杈处盘腿而坐，闭目休息起来。

　　天渐渐发亮，一阵急促的马蹄声从罗泉镇方向传来。张道文睁开眼睛看到，两匹高头大马朝树林疾驰而来。马上的人，穿着与清兵不同的制服，他知道，那是张春生和他的随从小兄弟。

　　到了树林边，张春生把马勒住，缓缓停了下来，安广南也赶紧停下来。张春生回过头来，看了看罗泉镇的方向，轻轻地摇了摇头，叹了一口气。安广南也凝视着罗泉镇，眼睛里似乎有某种特别的依恋。

张春生看到安广南呆呆发愣的样子，举着马鞭问道："你在想什么呢？"安广南回过神来，勉强笑了笑说："我在想，什么时候才能再回到罗泉镇这个地方。"张春生说："你才来第一次，就这么留恋罗泉镇了？"

安广南不解地问道："你从小在这里长大，难道就没发现这里山美水美人更美吗？"张春生哈哈笑着说："我看你被人把魂给勾走了。大丈夫志在四方，怎么能老是眷恋这么一个小地方呢？"

安广南说："我没有那么远大的志向。要不是因为在北方老家活不下去了，我也不会跑到武昌当兵。我啊，还是希望过小老百姓的日子，娶个媳妇，种点地，养点鸡鸭，生几个孩子，快快乐乐地活到老。"

张春生用马鞭轻轻地打了安广南的背部一下说："你这小子，一点长进都没有！你我都这么年轻，正是要大显身手，实现自己远大抱负的时候。等今后建功立业了，你所想要的，都自然而然会来到。"

说完，张春生掉转马头，两腿一夹，用马鞭朝后打着马屁股，向前飞奔而去。安广南恋恋不舍地跟着掉转马头，再次回头看了看罗泉镇，朝张春生追赶而去。

马蹄声渐渐消失，张道文从树上跳下来，走到师弟身边说："你去休息一会儿，我来。"

却说张道明带着师弟脚不沾地地一口气来到狮子山脚下。在附近的山中，狮子山是最高的，站在山顶，天气晴朗时，能把20里外的罗泉镇看得清清楚楚，另一个方向的资州城，也隐约在目。更为关键的是，在狮子山上，能把通往资州城方向很远的路看得一清二楚。黄天杰叫张道明带人在这里设伏监视，就是看中了狮子山这个绝佳的地形和视野。

张道明带着师弟快速地爬上山顶，资州城方向有微弱的灯光闪现。两人顾不上休息，就地寻找干柴枯木。正值隆冬，山上枯枝较多，两人很快就砌起了一大堆柴火。张道明又从随身携带的包裹里，把事先准备好的干牛粪、马粪撒落在柴火中。一切准备就绪后，天已经麻麻亮了。

两人吃完干粮，又轮流活动了一下筋骨。张道明正练着盘破门武术套路，忽然听到师弟低声叫喊："师兄，大事不好了！"张道明闻言，心中一沉，赶紧来到师弟所处的位置，循着师弟手指的方向看去。只见远处的路上，出现了一支身穿新式军装的军队。为首的人骑着高头大马，身后跟着四五十个扛着枪的新军。

很显然，这支军队就是大师兄嘴里说的端方派到罗泉镇抓捕盘破门弟子的队伍！张道明的汗水从额头冒了出来，连叫好险。如果不是大师兄有先见之明，叫他们到这里来设伏监视，他们就不会这么快地发现这支军队。师弟着急地问道："怎么办？"张道明说："赶紧去把柴火点燃！"师弟得令，转身朝柴火方向跑去。

张道明的眼睛死死地盯着远处那支军队，心里盘算着接下来该怎么办。就在这时，从身后方向传来急促的马蹄声。他回头一看，看到张春生和安广南骑马朝资州城方向飞驰而去。张道明再看师弟，师弟正手忙脚乱地准备点火。张道明心里闪过一丝念头，对师弟小声喊道："先别忙点火，有新情况。"师弟抬起头来，呆呆地看着张道明。

张道明也顾不上和师弟多话，转头看着眼前的情况。张春生和安广南很快就与那支军队相遇，双方停了下来。不知道张春生和那支军队带头的军官说了什么，只见那个军官把手一挥，掉转马头，簇拥着张春生打道回资州城了。

天完全亮了，罗泉镇又恢复了热闹的情景。尽管不是赶集天，但街上来往行人络绎不绝，小摊小贩的吆喝叫卖声不绝于耳。罗泉镇和其他场镇不同，罗泉镇因盛产井盐，来往客商众多，所以很热闹。茶楼酒肆，每天都高朋满座。戏园子里，每天都上演着一出出精彩的川剧，座无虚席。

黄天杰像往常一样，一大早就来到黄记盐行忙碌生意。临近年底，要盘点账目，要交货，收钱。对生意人来说，到年底时，催款收账是最重要的事情。只有把钱揣进兜里，这个年才会过得舒心。

最近几年来，时局形势不稳，各地不仅有革命党在暗中集结起事，强盗贼匪也多了起来。罗泉镇多多少少受到一些影响，但影响不算太大。因为罗泉镇有盘破门这样一个武术门派，门下弟子众多，加上袍哥会清水袍哥的势力强大，那些打着袍哥会旗号的强盗贼匪浑水袍哥有所忌惮，不敢轻易跑到罗泉镇来惹是生非。

中国古老帮派有青帮、洪门和袍哥会，袍哥会在四川势力最大，人人皆称兄道弟，不讲级别上下，不讲地位高低，只认"义气"二字。袍哥会最兴旺时，甚至有"十男九袍哥"的说法。当官的，带兵的，如果不是袍哥，就说不起话，没办法带兵。普通人要想谋生养家，如果不是袍哥，根本没法在当地立足。袍哥会的龙头大爷，地位非常高。谁遇到不公正的事情，一般不去找官府，而是找龙头大爷评理。龙头大爷判定后，没人敢不服气。

清初，郑成功领导了一支叫洪门的反清复明组织，洪门后来分出一支叫天地会，天地会发展为江湖会。江湖会传入四川后，叫哥老会，川人喜欢叫袍哥会。加入这个组织的人，叫袍哥。袍哥之名，相传来自《诗经》中"岂曰无衣，与子同袍"的诗句，意思是说，入会的人都是异姓兄弟，大家同生共死。

袍哥还有一个文绉绉的名字，叫"汉留"，得名于《三国演义》中关羽在曹营留旧袍的故事，暗含入会的人将誓不事清的决心。袍哥会形成初期，袍哥们多数以江湖人士的身份进行活动，采取的也都是江湖手段。凡是参加袍哥组织的人，必须"身家清，己事明"，才有入会资格。因为袍哥会奉行"反清复明"的宗旨，所以他们的活动必须隐蔽，由此衍生出隐字、隐语、手势、茶阵等暗语、暗号，不是袍哥会的人，是听不懂、看不明白的。在对外联络上，也是使用公片、宝札等一般人不明了的证物。

每个袍哥会组织是相对独立的，按"仁、义、礼、智、信"和"威、德、福、智、宣"，自行开设山堂或公口，不存在上下级之间的关系，每个地方的袍哥会是一种平行的关系。

尽管组成人员复杂，但袍哥会大致分为两派：清水袍哥和浑水袍哥。清水袍哥，属于"仁"字山堂或公口，由当地有权有钱有势的官僚士绅掌控，即"官带皮"，也称为"绅带袍"。清水袍哥在当地有一定声望，能站在公正的立场处理很多问题，袍哥弟兄比较信服。资州袍哥会由黄天杰掌舵，属于清水袍哥。

浑水袍哥属于"义"字山堂或公口，他们"始乎赌博，卒乎窃抢"，以盗窃为武差事，赌博为文差事，实际上就是土匪袍哥。很多浑水袍哥只在异地打劫烧杀，不抢劫家乡人，"兔子不吃窝边草，岩鹰不打窝下食"。清水袍哥和浑水袍哥之间，一般井水不犯河水，各走各的阳关道。

袍哥会的规矩、礼仪、隐语和茶阵纷繁复杂，难以一一冗述，先说说茶阵。四川袍哥喜欢到茶馆里喝茶，喝的是盖碗茶，不讲究茶道，只讲究盖碗茶和茶壶摆出的"阵形"。这里隐含着许多江湖暗号，或者说是一种通行的交际联络方式。属于袍哥会的人，只需要看桌子上盖碗茶和茶壶的摆设，不用问话，就知道对方是什么意思。茶阵有 70 种以上，如仁义阵、单鞭阵、木杨阵、绝清阵、鸳鸯阵、双龙争玉阵、顺逆阵、品字阵、忠心义气阵、五祖茶、织女茶等，都代表了不同的含义。

比如说，外地来的袍哥要拜码头，先在茶馆里找个位置坐下，两腿平放，不能跷二郎腿。堂倌来倒茶时，外地袍哥接过茶碗，把右手拇指放在茶碗边，食指放在茶碗底部，朝倒茶人相迎；再用左手做成"三把半香"形，直伸三指靠在茶碗边上。手拿茶碗时，切忌把手掌覆盖在碗口上，这在江湖上叫"封口"，是很不恭敬、很不礼貌的行为。

这样的手势暗号，袍哥会的人一看就知道是自家人，就会通知袍哥会管事的前来迎谈。迎谈的人会同样倒一碗茶，把自己的这碗茶和来客的茶碗相对摆放，这叫"仁义阵"，也叫"双龙阵"。迎谈的人还会念起歌诀："双龙戏水喜洋洋，好比韩信访张良。今日兄弟来相会，先饮此茶作商量。"然后，主客双方就开始摆谈了。

再说说各地袍哥之间联系的暗号、礼节、手势和茶阵都离不开的"三把半香"的信条："左伯桃、羊角哀把仁义讲，后有桃园刘、关、张。瓦岗寨三十六员将，三十三人投了唐。单雄信上了朋友当，可怜斩首在洛阳。秦叔宝哭得泪长淌，哭回江湖半把香。梁山一百单八将，生死与共情义长。"这里面包含了"三把半香"的四个故事。

第一把香称为"仁义香"，纪念左伯桃和羊角哀。春秋时期，楚元王招贤纳士。左伯桃当时已经五十多岁了，家境贫穷，听到这个消息后，带着一袋书前往楚国应招。时值严冬雨雪，天黑时，左伯桃看到前方有一茅屋，里面住着一个叫羊角哀的书生，家里四壁如洗，唯有一床好书。两人志趣相投，相见恨晚，遂结拜为兄弟。

第二天，两人带了一些干粮朝楚国走去。走到半路，两人都走不动了，而且所剩干粮不多，只够一个人到达楚国。如果两人都坚持前行，最终结果是两人都会冻死、饿死。左伯桃决定成全羊角哀，他脱下全身衣服叫羊角哀把他的衣服穿上，带上干粮去楚国求取功名。说完，左伯桃就闭上了眼睛。

羊角哀到楚国后，被封为大夫。羊角哀弃官不做，去寻找左伯桃的尸体。找到后，给左伯桃隆重下葬，搭建了一间茅屋为左伯桃守墓。一天晚上，羊角哀梦到有恶鬼殴打左伯桃。醒来后，羊角哀提剑来到左伯桃的坟前说："你一个人打不过恶鬼，我来帮你。"说罢，羊角哀自刎而死。楚元王知道后，给羊角哀修建了一座忠义祠，以表他舍生取义的行为。

第二把香称为"忠义香"，纪念刘、关、张桃园结义。当年三人结义时曾发誓"不求同年同月同日生，但求同年同月同日死"。徐州失散后，关羽降汉不降曹，后来得到刘备的消息，就挂印封金，千里走单骑护送皇嫂，过五关斩六将，与刘备团聚，兄弟情义感天动地。关羽后来败走麦城被东吴孙权所害，刘备、张飞发誓报仇。张飞又被部下害死，刘备把为兄弟报仇看得比自己的命和江山还重，率兵东征，战败后死在白帝城。刘、关、张的兄弟情义，袍哥们非常敬重。

第三把香称为"侠义香"，纪念梁山泊一百单八将。宋徽宗时期，奸臣当道，忠臣被打压，宋江等108人在义气的旗帜下，聚在梁山泊忠义堂上结为兄弟，共同替天行道，被袍哥们视为楷模。

半把香称为"有仁无义香"，纪念秦叔宝和单雄信。隋末，秦叔宝落难卖马当铜，巧遇单雄信，得到他的接济，渡过难关。后来，瓦岗寨英雄为李世民效力，单雄信因兄长被李渊父子所杀，誓不投唐。单雄信被俘后，秦叔宝等人向李世民力保单雄信，单雄信坚决不降，李世民将他杀死，秦叔宝大哭一场为单雄信送葬。由于秦叔宝和单雄信等人的情义有始无终，所以叫"秦叔宝哭回半把香"。

黄天杰正在店里忙活，只见张道明满头大汗地闯了进来。黄天杰见张道明形色慌张，心里暗叫不好，把他拉到内屋，低声问道："出什么事了？"张道明点点头说："今天早上，我和师弟在山上看到一支大约有50人的新军朝罗泉方向过来。我正要叫师弟把柴火点上，就看到春生师兄带着他那个随从从罗泉方向回资州城。春生师兄和那支军队相遇后，与带队的人说了几句，他们就一起返回资州城了。"

黄天杰沉思了一下说："然后呢？"张道明说："我和师弟又等了一会儿，没看到那支军队折转回来，我觉得这事太奇怪了。"黄天杰问道："你觉得这事什么地方奇怪了？"

张道明说："如果那支军队是端方派到罗泉抓我们的，那么，他们遇到春生师兄后，一定会继续朝罗泉走来。但不知道春生师兄和那个带头的说了什么，他们居然就和春生师兄一起回资州城去了。那支军队朝罗泉来，到底是什么意图呢？不可能就是来迎接春生师兄的吧？我想不明白，所以就赶回来了。"

黄天杰拍了拍张道明的肩膀说："你做得很好，辛苦了，先回三圣宫休息一下吧。"张道明摇摇头说："不了，我还是赶回狮子山去为好。"

张道明走后，黄天杰坐在屋里苦苦思索这个事情到底是怎么回事。张道明的分析很有道理，端方派出一支50人的军队朝罗泉而来，以这50人的军力，足以在罗泉实施抓人行动。但为什么碰到春生后，他们就打道回府了呢？春生到底和他们说了什么？难道春生几句话，就打消了这支军队的抓人任务？这支军队如果是受端方之命来罗泉抓人的，那么，无论春生和他们说了什么，他们都不可能听从春生的指挥，而会继续前来罗泉抓人。

既然那支军队遇到春生后，就一起返回了资州城，说明军队不是来罗泉抓人的，难道是张道明猜测的那样，是来迎接春生的？春生不过是端方护卫队的队官，级别不算高，况且，春生武艺不错，也不可能会遇到什么危险，有这么兴师动众的必要吗？

两种情况都不大可能，那支军队出现在资州到罗泉的路上，端方的葫芦里究竟卖的是什么药呢？不可能只是象征性地派一支军队来虚张声势地走一遭，吓唬吓唬盘破门吧？端方不可能做出这种无聊的举动来。现在天下狼烟四起，革命党人四处活动，暴乱频繁，端方坐守资州城，已是四面楚歌，他应该对革命党人和暴乱者痛下杀手才合理，绝对不会只是做个样子而已。

黄天杰想了半天，都想不明白。他很想找黄天民帮着分析分析，但很快就打消了这个念头。他暗中布置的防备计划，不想让黄天民和那帮革命党人知道，免得他们借此搞出别的事端来。罗泉镇是生意人聚集的地方，大家都希望和平安宁地做生意，一旦事情扩散出去，势必引发全镇的恐慌，到时就很难收场了。

既然目前为止还没有得到端方派兵来罗泉抓人的消息，黄天杰决定坐观其变。等把端方出的牌看清楚后，再根据实际情况做出灵活的安排部署。想到这里，黄天杰走出内屋，若无其事地继续忙起生意上的事情来。

中午时分，杨道清来禀报说，他和几个师弟已把盘破门众弟子都通知到了，大家都暗中做好准备，随时听候黄天杰的指挥。黄天杰深知杨道清这群师弟做事踏实，得到回报后放心了许多，便叫他们按昨晚部署的计划继续执行，严密监视资州城那边的动静。

午饭后，黄天民来到盐行，两人的话题自然而然地扯到了张春生身上。黄天杰说："今天一大早我就到盐行来了，原本以为他们会吃了早饭才走，没想到他们走得那么早，都来不及为他们送行。"

黄天民说："他这次回家行程太紧，不能在家里久留。能得到端方恩准回来探亲已经算是烧高香了，怎么可能在家里待太久呢？"

黄天杰叹了口气说："现在我们都长大了，都有各自的事情，不比小时候，大家早上一睁开眼睛，就在一起玩耍。春生这一走，又不知道什么时候才能回家了。也许，等他下一次回家时，你的孩子都可以打酱油啦。"

黄天民脸一红，不由地想起昨天中午吃饭时，黄天杰编造的那个谎言，就对黄天杰说道："我可告诉你啊，今后不许就我的婚姻大事向爸妈乱说。本来是没有的事情，在你的嘴里，变成了真有那么一回事。我还真没看出来，平时那么稳重的人，说起谎话来，脸不红心不跳，居然把爸妈都蒙骗了过去。"

黄天杰看了黄天民一眼说："不是我说你，如果昨天我不那么说，你小子找什么借口脱身？"黄天民苦着脸说："我知道你是为我好，但我真没想到你会编出那么一个故事来。过段时间，他们就会追问，我到时怎么给他们说呢？"

黄天杰笑着说："这个我就管不了啦，你到时想办法继续骗他们吧。要我说啊，你也老大不小了，你看看罗泉镇上，和你岁数差不多大的人，孩子都两三个了。我这个当大哥的，可要郑重其事地提醒你，别把爸昨天说的话不当回事，龙建伟、王人杰他们那些事情，你最好少去掺和。"

黄天民说："这个天下已经烂完了，需要我们鼓起勇气去重新建立一个新天下。没有大家，就没有我们的小家。你别教训我，前几个月他们在罗泉召开荣县起义筹备会，你可是跑前跑后，忙得脚不沾地，把那个事情看得比什么都重要呢。"

黄天杰说："那不一样！当时在罗泉开会的人里面，有很多是盘破门的人，还有来自各路的袍哥会舵把子，他们都是我的客人。作为资州袍哥会的舵把子，我不出面张罗，行吗？我明确告诉你，我根本不想掺和到他们的那些事情里去。"

黄天民摇摇头说："你不外乎就是想撇清和他们之间的关系嘛。但在我看来，来不及啦。不管你当初是自愿还是被迫，你已经参与其中了。如果端方派兵来抓人，你以为能躲得过？"

黄天杰说："你少来吓唬我，我又不是资州城里鼓楼坝的麻雀——从小是被吓大的！我只是以主人的身份接待来自外地的客人，合情合理。至于那些客人在做什么，我管不着，我也没有理由去管。我只是负责他们在罗泉的安全而已，其他的我没参与。"

黄天民笑了笑说："你平时说我书生气重，我看你才是书生气重。你没看到他们对革命党和同情革命党的人采取的野蛮手段，只要把人抓到，不分青红皂白，杀了再说！"黄天杰正要答话，忽然听到外面街上由远而近传来一阵急促的马蹄声。

听到马蹄声，黄天杰眉头紧锁、心中暗叫不好：难道又出什么事情了不成？他快步走到店门口，朝马蹄声的方向望去，看到来人正是安广南。黄天杰的脸色顿时苍白起来，安广南独自跑回罗泉，难道春生出事了？

安广南跑得满头大汗，气喘吁吁地从马上下来，见到黄天杰，两眼含泪，紧紧地抓住黄天杰的手，说不出话来。黄天杰拍拍他的肩膀，嘴巴朝店里努了努，低声说道："到里面再说。"

安广南点点头，跟随黄天杰进了内屋。黄天民看到安广南，惊讶得睁大了眼睛，颤抖着声音问道："是不是春生出事了？"安广南点头说道："张大人被抓起来了！"黄天杰、黄天民闻言，都惊呆了。黄天杰毕竟性格沉稳，很快回过神来说道："到底是怎么回事？"

安广南看到桌子上的茶杯，顾不上客气，端起来喝了一大口，抹了抹嘴巴说："今天早上，我和张大人一起回资州城。路上碰到了刘标统，他带了一队弟兄正朝罗泉方向而来。"黄天民脸色大变："刘云凤是不是来罗泉抓人的？"

安广南奇怪地说："抓什么人？"黄天杰知道张春生没有向安广南交代他的底细，安广南对很多事情并不知情，连忙朝黄天民使了一个眼色说道："你们碰到那个刘标统，他为什么带人朝罗泉来呢？"

安广南说："我当时看到刘标统，心里也挺奇怪的。张大人看到刘标统，脸色很难看，就问刘标统为什么带人朝罗泉而来。刘标统说，他奉端大人之命，来迎接张大人回城的。"

黄天杰生怕黄天民又说出什么不合时宜的话来，赶紧说道："看来春生很得端大人的赏识啊，他对春生真的是太好了。"黄天民听了黄天杰这番话，脑筋一时半会没有转过来，怔怔地看着黄天杰。

安广南说："当时张大人对刘标统说，资州到罗泉这一路非常安全，加上我们身上携带了武器，根本不会有什么事情。然后，我们就和刘标统一起返回了资州城。"结合上午张道明悄悄回来禀报的情况，黄天杰终于明白了一切，心中那个疑问也被解开了。那支军队朝罗泉而来，果然是端方派来接应张春生的。

黄天民问道："那为什么春生又被抓起来了呢？"安广南说："我们回到城里，端大人就把张大人叫去了，刘标统也跟着进去了。不久，我就听到里面传出吵闹声，还有端大人摔茶杯的声音。很快，就看到刘标统和两个弟兄押着张大人走了出来。"黄天民着急地又问道："那你知道端方为什么抓春生吗？"黄天杰说道："别着急，让小安把事情说清楚。"

安广南说："看到张大人被抓，我和其他弟兄都傻眼了。张大人从我身边路过时，朝我悄悄地眨了眨眼睛，我不知道他是什么意思。"黄天杰说："端方后来没找你问话吗？"

安广南说："张大人被抓走后，端大人的贴身侍卫宝廷就过来，把我叫进去。我看到端大人铁青着脸站在屋里，地上是摔破了的茶杯。端大人的脾气一向温和，很少对我们发脾气。他那紫砂茶杯，是他最心爱的东西，平时我们给他端茶杯的时候，都非常小心，生怕摔破了。结果他因为张大人把茶杯摔破了，我觉得张大人犯下的事情很严重……"

黄天民不想听安广南絮絮叨叨说这些事情，挥手打断他的话说："端方问了你什么话？"安广南被黄天民打断，有些尴尬地继续说道："端大人问我，张大人回罗泉老家，做了什么事，见了什么人。"黄天杰问道："那你是怎么回答的呢？"

安广南说："我就如实回答说，张大人先在盐行里见到了你们，然后和你们一起回家吃饭，下午去拜祭了你们的师父，之后回家陪两个老人一起聊天，晚上吃完饭后就休息。没见到张大人有什么异常的举动，就在家里待着。"

黄天民似乎长出了一口气说道："是啊，昨天春生就是这样的。"黄天杰问道："你说了后，端方是什么反应？"安广南说："端大人听了我的回答后，没说什么，就让我出去了。"

就在这时，三人听到外面传来咚咚咚的一阵跑步声，门被打开了，黄天秀闯了进来。黄天杰皱着眉头问道："你跑到这里来干吗？"黄天秀喘着气说："刚才刘管家说他在街上看到小安来了，我就过来看看到底是怎么回事。"

黄天杰顿时紧张起来："刘管家看到小安了？这下爸妈不是就知道了吗？"黄天秀说："你放心吧。我告诫了刘管家，不要把小安回来的事情告诉爸妈，等我来打听清楚再说。"

黄天秀转头看着安广南问道："你怎么回来了？春生哥呢？是不是出什么事情了？"安广南没有说话，看着黄天杰、黄天民。黄天秀见此情景，神情顿时慌乱起来，拉着安广南的胳膊，一边摇动，一边吼了起来："春生哥是不是出事了？"黄天杰叹了口气说："他被抓起来了！"黄天秀哇的一声哭了起来。

黄天秀哭了几声，把泪一抹，上前拉住黄天杰的胳膊："你想想办法，一定要救春生哥啊！"黄天杰安慰着黄天秀说："你别着急，我会想办法的。"说着，黄天杰向安广南问道："你有没有去打听春生为什么被抓？"

安广南点头说："我觉得张大人被抓的事情太蹊跷了。如果说张大人昨天回罗泉老家时犯了什么事情，我肯定脱不了干系。但为什么端大人找我问了话后，对我一点处罚的意思都没有呢？我想不明白，就找机会向熟悉的弟兄们打听消息。"

黄天秀问道："那你打听到什么情况没有？"安广南看到黄天秀的双眼紧紧地盯着自己，连忙把目光闪开，对黄天杰说："我打听到的消息是，端大人说，张大人是革命党。那天晚上刺杀端大人的人，是张大人一手策划安排的。"

黄天民大声叫了起来："那事和春生没有任何关系！"黄天杰看着黄天民问道："你怎么这么肯定？"黄天民脸一红，嗫嚅着说："我，我……我当然知道了。"黄天杰哼了一声，瞪了黄天民一眼，黄天民有些心虚地把目光闪到一边。

黄天杰问安广南："你回到罗泉给我们报信，就不怕端方发现？"安广南说："我已经黡出去了。张大人平时待我不薄，这次他回罗泉，特意叫我跟着他一起回来。端方抓张大人，是因为张大人是革命党，这是杀头的罪名。虽然端方没有处罚我，但我迟早要受到牵连。与其坐等被端方砍头，不如主动想办法。所以，我就跑出来给你们报信了。"

黄天秀说："你做得很好。今后别去当兵了，就在罗泉安家，我给你找个事做。"安广南的脸一下子红了，偷偷地看了黄天秀一眼说："张大人还在监牢里，得把他救出来才行。"

黄天杰说："天民，昨天晚上，你是不是和春生做了什么？"黄天民小声地说:"没,没做什么啊!"黄天杰把桌子一拍,提高声音说道:"说,到底干什么去了?"

黄天秀闻言,惊愕地看着黄天民。她这才明白,昨晚悄悄跑到春生哥房间外偷听,结果里面什么动静都没有,原来屋里根本就没有人,春生哥跟着黄天民出去了!大半夜的,他们出去干什么呢?

黄天民见黄天杰发怒,只得老实承认说:"我带春生去见了龙建伟和王人杰。"黄天杰怒不可遏地指着黄天民叫道:"胡闹,简直就是胡闹!你知不知道,你这是在把春生往火坑里推啊!"

黄天秀不解地问道:"春生哥见了龙建伟他们又咋啦?春生哥如果真是革命党,我倒是很高兴呢。"黄天杰看着黄天秀,脸色铁青地说:"高兴个屁!你以为这是小孩子玩家家酒吗?这是杀头的大罪,是在谋反,搞不好春生就要被砍头了!"

听到张春生可能要被砍头,黄天秀吓得哇的一声又哭起来了,边哭边摇着黄天杰的胳膊求道:"我不管别的,你一定要救春生哥!你要是不救,我就不认你这个大哥!"

黄天杰气得把黄天秀的手一把甩掉,把头扭到一边,不搭理她。黄天秀又对黄天民说:"你去救救春生哥,好不好?"黄天民面色苍白,似乎在想着什么,对黄天秀的话没有反应。

黄天秀见两个哥哥如此,咬着嘴唇,一跺脚叫道:"哼,你们都不救,我去!"说完,黄天秀转身就朝外跑去。黄天杰连忙对安广南说:"你去看好她,有什么事情,赶紧来找我。"安广南点点头,追了出去。

黄天杰长叹一口气,在房间里来回走了几圈,决定去找龙建伟和王人杰,把事情问清楚,再决定如何营救张春生。想定后,黄天杰快步走了出去。屋里,黄天民仍呆呆地站着,半天没动。

第六章◎紧急应对

就在这天下午，龙建伟和王人杰接待了一位叫包正桂的荣县来客。包正桂是荣县的革命党人，他带来了一个令龙建伟和王人杰坐立不安的消息：驻扎在资州城里的端方派出重兵逼近荣县，准备镇压军政府。

荣县起义距今近两个月，军政府的政权正在逐步稳固，军政府管辖的区域也在稳打稳扎地拓宽，革命党人在荣县当地站稳了脚跟。龙建伟和王人杰每每谈起荣县起义的过程，都心潮澎湃，难以自已。

四川总督赵尔丰诱捕保路同志会首领蒲殿俊、罗纶，制造成都血案时，龙建伟正在成都。当晚，他冒死逃出成都城，跑到郊外发送"水电报"给各地报信，引发各路同志军攻打成都。之后，龙建伟赶回荣县，和王人杰一起策划组织同志军北上攻打成都。

他们在荣县、宜宾等地集结了一千多人的队伍，操着大刀、长矛，浩浩荡荡向成都进发。走出荣县城门后，龙建伟慷慨激昂，拔剑起誓说："不杀赵尔丰，决不入此门。"

龙建伟和王人杰带领同志军抵达荣县双古镇后驻扎下来，其他地方的同志军闻讯后，也赶往双古镇，很快就聚集了几千人。各路同志军的首领开会碰头后，决定在双古镇对同志军进行集训和整编，由龙建伟和王人杰领导，其他骨干人员几乎全部由革命党人组成。

同志军经过整编后，士气旺盛，每日练兵的刺杀声、打靶声震荡在双古镇上空。经过几天集训后，同志军向成都进发。队伍抵达仁寿县城时，已近拂晓。同志军闯进县衙，县知事还在床上睡大觉。听说同志军来了，吓得魂不附体，全身发抖，翻身起床，用手提着裤子，连喊饶命，不停地磕头求饶。同志军将他打入大牢关押起来。

很快，同志军与清军的巡防军相遇，双方立即开火，打得难分难解。龙建伟见状，心生一计，让同志军故意惊慌失措地大声叫喊："没火药了！"巡防军见同志军果然没有了枪炮声，信以为真，都爬了起来，端着枪、举着大刀，大摇大摆地向同志军的阵地冲杀过来。等巡防军到了近前，龙建伟一声令下，顿时枪炮大作，火光冲天，打得巡防军晕头转向，连叫中计。龙建伟把手一挥，同志军纷纷跃出战壕，朝巡防军冲杀过去，大获全胜。

后来，荣县同志军在仁寿杨柳场与华阳革命党人、袍哥会首领秦载赓带领的同志军会师。为了统一指挥，组成东路民军总部，秦载赓、王人杰为正副统领，龙建伟为参谋长。

东路民军与清军转战于中兴场、中和场、苏码头、秦皇寺等处，大小战斗二十多次。后因装备悬殊，军粮告罄，战斗失利。东路民军决定分兵向州县进发，继续战斗。龙建伟和王人杰带兵转战嘉定（今四川省乐山市）、宜宾一带。到了嘉定，龙建伟叫王人杰带兵打回荣县，建立军政府，整理民团，扩大武装力量，夺取更大胜利。

龙建伟、王人杰带领同志军离开荣县后，荣县的革命党人吴玉章回到荣县，主动承担起筹集军饷、加紧训练各乡民团的重任。他办了一个军事训练班，不断扩大队伍，准备随时增援前线。不久，他又在城南三里外的铙钹顶上开设军工厂，制造枪弹器械，以供民军所需。王人杰回师荣县的消息传到荣县后，荣县知县李燊春、经征局长李淇章及县内豪绅郭慎之、张子和等人惊恐万分，携眷逃离荣县。王人杰回到荣县，与吴玉章议定：迅速起义，建立军政府新政权。

9 月 25 日，吴玉章、王人杰率队打开牢房释放被捕的革命党人。随后，又在荣县城内的学衙门（今荣县中学）召集各界开会。吴玉章发表演说，宣布"荣县独立，自理县政"，成立军政府，设民政、军政、财政、邮政四部。考虑到"本县人出来管理县政，容易惹起纠纷"，吴玉章和王人杰提议由广安人蒲询主持荣县县政。

蒲询是四川广安的革命党人，当时正好来找吴玉章商讨革命要事。到会的各界人士知道吴玉章是刚从日本东京同盟会总部回来的人，他不图官职，把外地来的革命党人蒲询推出来，大家都很满意。在一片欢呼声中，荣县军政府成立了。荣县起义是全国第一个武装起义、脱离清政府统治、建立革命政权的县。孙文得知后，高兴地说，荣县独立"首义实先天下"。

清政府派端方率军入川，龙建伟、王人杰等人意识到，如果让端方顺利地进入成都署理四川总督一职，以端方的能力，四川的革命事业必然会遭受重创。因此，阻碍端方进入成都，成为四川革命党的一件大事。他们仔细分析形势后觉得，要阻止端方继续朝前走，资州是一个绝佳的地点。

王人杰的哥哥住在罗泉，侄子王成是盘破门弟子。早在此前几个月，革命党人和袍哥会首领就在罗泉召开荣县起义的筹备会，盘破门弟子对此次会议出了很多力，有很好的群众基础。因此，龙建伟和王人杰化装为商人，悄悄来到罗泉镇，谋划刺杀端方。只有把端方干掉，才能一劳永逸地解决四川革命事业的危机，也能给清政府一个致命的打击，鼓舞全国的革命士气。

原本以为王成和马齐潜入资州城刺杀端方是没有悬念的事情，不料王成和马齐居然失手，导致形势发生巨大变化。端方居然驻扎在资州不走了，而且还派出重兵前往荣县，镇压军政府。尽管军政府实力也不可小觑，在与清军的巡防军交战中屡次获胜，但面对装备、士兵素质都属一流的湖北新军，军政府的压力达到了空前的程度。

送走荣县来客后，龙建伟和王人杰仔细分析了当前的形势。虽然目前端方派出的新军还没有和荣县军政府交战，但以新军的行军速度，战斗必然会在最近几天发生。一旦交战，军政府未必能扛得住。当下之计，只有想办法阻止新军朝荣县进逼。但想什么办法呢？派人去刺杀率领新军的标统曾东海？那是在军营中取敌方首领的人头，难度太大。除非是新军中的革命党人发难，才有可能性。

到目前为止，革命党人还没和新军中的革命党人取得联系，也不知道新军革命党人是怎样的想法。虽然昨晚与张春生有了联系，但也只局限于个人。如果通过武昌的革命党人与新军革命党人取得联系，一是时间来不及，二是如此联络周转曲折，说不定半途中会出什么差错，不但达不到预计中的效果，反而可能导致新军革命党人暴露，遭到杀害。

所以，所有的目标焦点，还是在端方身上。只有坚持不懈地把端方干掉，所有的问题才会迎刃而解，所有的压力才会自然而然地消退。幸亏昨晚和张春生见了面，大家商定了里应外合再次刺杀端方的计划。现在就靠张春生了，只要他能依计行事，端方必然只有死路一条。

张春生今天一大早就回资州城去，然后开始在新军中联络革命党人，密谋刺杀端方的事情。龙建伟觉得，张春生那边的进展，应该随时掌握才对。王成和马齐刺杀端方失败，在于过分相信他们，缺乏对两人行动的掌控和指导。

王人杰对龙建伟的想法表示赞同。他提议，能否派黄天民潜入资州城，让黄天民和张春生随时联络，获取张春生的行动进展情况，并反馈回来，方便分析情况，灵活调整策略。龙建伟也是这么想的，他叫王人杰赶紧去找黄天民。

王人杰正要起身，看到黄天杰沉着脸走了进来。龙建伟连忙笑着迎了上去："舵把子，稀客啊，请坐。"王人杰赶紧去给黄天杰倒茶。黄天杰拉着脸，一言不发地坐在椅子上。

龙建伟看到黄天杰如此神情，料到他是无事不登三宝殿，一定是揣着怒气而来的，就朝王人杰递了一个眼色，两人陪着黄天杰坐了下来。王人杰笑着问道："舵把子，近来生意可好？有什么需要我们帮忙的，尽管说。"

黄天杰哼了一声，冷冷地说道："我哪敢劳烦两位啊！我来找你们，给你们带来一个重要的消息，同时，也有一些话想要问你们，请不要隐瞒什么，是什么，就说什么。"

龙建伟拱手说道："虽然你不是我们革命党的人，但我们革命党人和袍哥会关系非常好，我们也没有什么秘密可隐瞒，你就直说吧。"黄天杰叹了口气说："我那个弟弟张春生，今天回到资州城后，被端方抓起来了！"

龙建伟和王人杰闻言，脸色大变，惊得半天都没回过神来。人算不如天算，他们万万没有想到，刚把所有的希望都寄托在张春生身上，昨晚商量好的所有计划才迈出第一步，情况就发生了剧变。正如端方是解决所有问题的那个"棋子"一样，张春生也是干掉端方的所有问题的那个"棋子"。如今，张春生这个"棋子"居然被端方给吃掉了，之前设定的再次刺杀端方的计划也顿时化为乌有，所有矛盾再次摆在龙建伟和王人杰的面前。

龙建伟痛苦地闭上眼睛，轻轻地摇了摇头，再次体会到革命的艰难性。他不是一个头脑简单的人，只是在革命力量还很微弱的情况下，必须要依靠一切可以信赖的人，才会逐步把革命事业进行下去。王成、马齐失手了，张春生还没开始行动就被抓了。接下来，还会有谁能担当刺杀端方的重任？

龙建伟和王人杰想得最多的是，张春生这一被抓后，刺杀端方的重担没有人来挑了，势必对革命事业造成重创。而坐在面前的黄天杰想的，却是张春生的个人安危，这是他的弟弟，虽然不是亲的，但他已把张春生当成了亲弟弟。

王人杰有些慌不择话地问道："端方凭什么抓他？"黄天杰说："据来给我报信的那个小安说，端方认定春生是革命党人，那天晚上刺杀端方的行动，是春生暗中策划的。"龙建伟说:"不瞒舵把子说,那次刺杀端方的行动,是我们策划的,和张春生没有任何关系。"

黄天杰冷笑着说:"你这话给我说没有任何作用,你应该去找端方,把这话给端方说。你们在背地里做的事情,平时我都是睁只眼闭只眼。但这次不行了,牵涉到了我的弟弟,我不得不来找你们问个清楚。"

黄天杰顿了顿,又说道:"昨天下午,春生说他是潜伏在新军中的革命党人。他这次回罗泉,是借着探亲的名义来给我们报信的,说端方因为遭到刺杀,准备派兵来罗泉抓捕你们革命党人和盘破门的人。我当时就意识到盘破门被卷进你们的事情中来了,但我没有想到的是,端方还没有派人来罗泉抓人,春生先被端方给抓起来了!你们昨天是不是暗中和春生接触过?"

龙建伟点点头说:"是的,昨晚,我们和张春生见过面了。而且,我们还商定,三天后里应外合再次刺杀端方。"黄天杰说:"你们简直就是让春生回去送死啊!我如果知道昨晚你们和春生私下有过接触,今天无论如何都不会让他回去。"

王人杰连忙检讨说:"这事的确怪我们考虑不周。"黄天杰的怒气一下子上来了,提高声音说道:"考虑不周?你们派王成、马齐去刺杀端方,纯粹就是胡闹!结果怎样?一死一伤,王成还把什么事情都说出来了。你们也算是经历过惨痛教训的人了,怎么做事一点也没有想过后果?端方是那么容易被杀掉的吗?他这次带了两千人马,里面该有多少高手?以王成、马齐那点能耐,能干掉端方吗?"

龙建伟、王人杰被黄天杰一顿狂批,当下面面相觑,尴尬不已,只得低头不说话。黄天杰怒气未消,继续说道:"你们一门心思闹革命,我理解你们的心情。但在我看来,你们鼓吹的那些东西是虚无的,都是空中楼阁。我只关心我的弟兄,我的家人的安危。他们一旦出了什么意外,给家庭带来的,将是巨大的损失和痛苦。"

龙建伟沉重地点了点头。黄天杰长长地出了一口气说:"就说马齐吧,你们不知道用了什么手段,把他劝说入了伙,还派他和王成去刺杀端方,结果把小命都丢了。昨天,马齐的老娘找我要人,我真不知道怎么回答她。昨天晚上,我去看了马齐的老娘,对她撒谎说,王人杰在外省有生意,派他和王成去外省去了,要过段时间才能回来。"

115

王人杰抬起头，感激地说："多谢你在背后为我们做了这么多事情，我们真的太感谢你了。"黄天杰摆摆手说："你先别感谢我，马齐的事情还没完呢。虽然我昨晚骗过了马齐的老娘，但过段时间她再来找我，我又该拿什么话给她说？"

龙建伟叹了口气说："你批评得很对，我们的确把事情想得太简单了，太理想了。当务之急，还是要想办法把张春生救出来，我们现在就去组织人手。"

黄天杰冷笑道："就凭你们那点力量？我看也是去白白送死。亏你们还是搞军事的，简直对端方带来的新军一点也不知情，不知道他们有多厉害。"王人杰说："我们当然知道新军的厉害，但我们不能眼睁睁看着张春生被端方杀死呀！"

黄天杰语气缓和地说："你们的想法和心情，我先代表春生谢谢你们了。营救春生的事情，我会想办法，你们就不用掺和进来了。你们难道就没想过，春生被抓这事有些蹊跷吗？"

龙建伟、王人杰怔住了，互相看了看，然后看着黄天杰。

黄天杰说："昨天春生给我们说了，他虽然是端方的护卫队队官，但端方并不知道他是盘破门弟子，也不知道他的老家在罗泉。但据我得到的消息，今天一大早，端方就派了一支五十人的军队朝罗泉方向而来，说是来接应春生的，怕春生路上遇到什么意外。结果春生一回去就被抓起来了，这事是不是太突然了？"

王人杰说："难道是王成那狗东西乱咬的春生？"龙建伟摇头说："王成根本不知道春生在新军里，即使乱咬，也咬不到春生啊。"黄天杰点点头说："目前情况不明，你们先别动，等我把事情了解清楚后再说。"

黄天杰觉得此行要问的话已经问完了，该说的也说了，站起身来准备告辞。龙建伟好像想到了什么，神情严峻地对黄天杰说道："我有一种预感，你刚才说春生被抓有些蹊跷，我仔细想过后，觉得里面也许真的有名堂。"

黄天杰问道："你想到了什么？"龙建伟说："我们刚才说的，都是建立在春生真的被抓起来的基础上。但有没有这样一种可能，春生没有被抓起来呢？"

黄天杰的冷汗顿时冒了出来："你的意思是说，小安送来的消息是假的？"龙建伟说："这里面有两种可能，一种可能是春生没有被抓起来，那个小安是来谎报消息的，那么，这个事情也许是端方的一个阴谋；另一种可能是，端方假装当着小安和其他人的面，把他给抓起来，让小安等人误以为春生真的被抓了，小安是被端方利用了。"

王人杰点点头说："也就是说，不管是哪种可能，都是端方设下的阴谋诡计。"黄天杰思索了一下说："如果春生真的没有被抓，我觉得第二种可能性比较大。我能看得出来，小安不是那种心机很深的人。"

龙建伟摇摇头说："现在形势复杂，任何人都不能只看表面。那个小安，和你们接触也不多，谁知道他陪同春生回来，到底是春生叫他跟着的，还是端方安排的？"

王人杰问道："那个小安现在在哪里？"黄天杰说："他还在罗泉。他给我说，他这次跑出来给我们报信，不会再回端方那里去了。他只有一条路可走，就是跟着我们，才可能保住性命。"

龙建伟说："我建议你赶紧把那个小安找到，仔细询问清楚。"黄天杰说："我现在就去找小安，问清情况后，再来找你们。"

告别龙建伟和王人杰后，黄天杰匆匆朝三圣宫走去。三圣宫里只有两个道士看守，黄天杰叫过一个道士，简单吩咐了两句，那个道士就出去找安广南了。黄天杰坐在房间里，泡上一杯茶，仔细地将这两天发生的事情在心中过了一遍，大致理出一个头绪来。

黄天秀从盐行里跑出来后，在大街上快步走着，安广南跟在她后面，寸步不离。黄天秀发现安广南跟了上来，停下来吼道："你跟着我干吗？讨厌！"安广南怔了一下说："我，我有那么讨厌吗？"黄天秀说："你们都讨厌！你别像个跟屁虫一样跟着我。"安广南无奈地说："大哥吩咐我，叫我一定要看住你。"

黄大秀哼了一声，转身便走，一边走一边嘟哝着说："什么大哥、二哥，到了关键时刻，都下软蛋，都不去救春生哥！他们不去救，我去！我就不信，我救不出春生哥！"

安广南连忙说道："我的姑奶奶，你那是去送死呀！"黄天秀说："送死就送死，总比眼睁睁看着春生哥被端方杀掉好。他要是死了，我活着也没有意思了。"

安广南说："你，你就那么喜欢张大人？"黄天秀看了看安广南说："拜托你了，别左一口张大人，右一口张大人，我听着别扭得很，你就不能叫他春生哥吗?"安广南摇着头说:"当然不能,这是规矩。"

黄天秀顿足道:"哎呀,你这个呆子!不管春生哥今后做多大的官,他在我眼里,都是我的哥,不是大人。你要跟着我混,就得跟我一样,叫他春生哥,不准叫他张大人!"安广南为难地挠了挠脑袋说:"这个,好吧!"

一边说着,两人来到河边。黄天秀找了块石头坐下,安广南站在一边。黄天秀抬头说:"你立着一根竿子干吗?站着说话不腰疼吗?"安广南讪讪地笑了笑,在旁边坐了下来。黄天秀看着无声流淌的河水,眼里渐渐地盈满了泪水,鼻子发红,不时轻轻地抽泣着。安广南知道她在想心事,坐在一边,不敢和她搭话,生怕她又恶狠狠地呵斥自己。

过了一会儿,黄天秀用手抹了抹眼睛,转头看着安广南说:"你给我一个明确答复,如果我要去救春生哥,你跟不跟我去?"安广南为难地说:"怎么说呢?张大人……"黄天秀抬手制止他道:"叫春生哥,不许叫张大人!"安广南点点头说:"好,好,春生哥。哎呀我的妈,怎么叫起来这么别扭呢?"黄天秀说:"没事,叫习惯了就好了。继续说,别打岔。"

安广南心想,明明是你打岔,怎么反而说我打岔了?但他不敢把这个想法说出来,免得又挨黄天秀一顿剋。安广南理了理思路,说道:"张……春生哥被抓,我们所有人都很着急。但是,你心里也应该很清楚,春生哥被抓起来后,端大……端方对他的看守必定很严。今天我连县衙牢房都靠不拢,更别说进去看他了。"

黄天秀不耐烦地挥挥手说:"别说这些没用的,说实在的。"安广南说:"牢房不仅看守严,而且端方必定是派了他的亲信看守。"黄天秀有些失望地说:"那我们就没办法救春生哥了?"

安广南此时胆子也大了起来:"办法肯定是有的。如果你要一个人擅自行动去救春生哥,真的是去送死。"黄天秀不服气地说:"我不怕死!我们黄家的人,都不是孬种。我们两人联起手来,我就不信救不出春生哥。"

安广南说:"你如果真的要去救春生哥,我一定陪你去!"黄天秀眼睛一亮:"你说的是真的?那我们还等什么?"说着,黄天秀就站起身来。安广南连忙制止她说:"我的姑奶奶,你就想这样去救人?我看你还没走到牢房门口,浑身上下就会被打成筛子!"

黄天秀不解地说:"不是有你吗?你身上不是有枪吗?"安广南苦笑了一声

说："我和春生哥回到军营后，就把枪上交了。我是偷偷跑出来的，哪里还敢去把枪拿上？"黄天秀失望地说："那你说个屁呀！你还说陪我去救春生哥，武器都没有，拿什么救？"

安广南觉得黄天秀的脑子真的是太简单了："你以为救人是那么容易的事情吗？你以为有了武器就能把人救出来吗？救人靠的不是武器，靠的是这个。"说着，安广南用手指了指脑袋。黄天秀大怒道："你骂我没脑子？"

安广南没提防黄天秀会突然发怒，这才发觉自己说话太直接了，连忙道歉并解释说："对不起，我没把话说明白。我的意思是，救春生哥这个事情，牵涉到很多问题，不是那么简单的事情。"

黄天秀情绪低落地说："那我们该怎么办？"安广南说："我们要相信大哥、二哥，他们会有办法的。"黄天秀哼了一声说："靠他们？等他们把办法想出来的时候，春生哥都被砍头了。"说到这里，黄天秀哽咽了起来。安广南知道黄天秀对张春生情深意切，心里有些酸酸的。

正在这时，一个道士跑过来，对黄天秀说："大师兄叫我来找小安。"黄天秀不由得警觉起来，问道："他找小安什么事？"道士摇头说："不知道，他在三圣宫等着小安呢。"

安广南皱了皱眉头，看着黄天秀，黄天秀也看着他："大哥找你有事。"安广南点点头说："那就走吧。"黄天秀说："我跟你去。"道士似乎有些为难："大师兄只说找小安，没说找你。"黄天秀把眼一瞪："别废话！"

道士不再说话，在前面带路，黄天秀、安广南跟在后面，三人朝三圣宫走去。路上，安广南心里有些忐忑不安，悄声问黄天秀："大哥为什么要把我叫到三圣宫去？"黄天秀说："三圣宫是我大哥平时处理事务的地方。他给我说，他在三圣宫处理事务，有师父看着，他才会感到踏实。"

安广南哦了一声，又问道："大哥把我叫去，会是什么事情呢？"黄天秀摇摇头说："我也不知道，等会到了三圣宫，就知道了。"

黄天杰看到黄天秀跟着安广南一起进了房间，脸一下沉了下来："这里没你的事，回去吧。"黄天秀脖子一梗："我不！我偏不回去。"黄天杰怒道："你……"安广南见状，忙对黄天秀说："大哥找我说事，你还是回去吧。"黄天秀倔强地说："我不，我就不！"说着，自顾自地坐在椅子上，怒气冲冲地看着黄天杰。

黄天杰知道妹妹的脾气，她决定了的事情，就是八辆马车也拉不回去。她的这个脾气，一方面是父母宠坏的，另一方面也是他和黄天民、张春生从小到大惯坏的。想到等会的问话中要涉及昨天安广南的行踪问题，正好黄天秀昨天下午一直和安广南在一起，黄天秀在场的话，也好做个见证。黄天杰缓和了脸色说："好吧，但你不许插话。"黄天秀噘着嘴，没有答话。

黄天杰对安广南说："把你找来，我有些话要问问你，你要如实给我说。否则，你是走不出这三圣宫的。"黄天秀睁大眼睛问道："你这是什么意思？"黄天杰瞪了黄天秀一眼："才说了不要乱插话，怎么不听招呼呢？"黄天秀扁了扁嘴，做了一个怪相，乖乖地坐在那里不再说话。

安广南听出了黄天杰话里的意思，额头的汗水一下冒了出来："你，你是不相信我吗？"黄天杰勉强笑了笑说："不是不相信你，有很多事情，我们需要先弄明白，再确定下一步的行动。"

安广南点点头说："大哥，你问吧，我保证都告诉你。"黄天杰说："第一个问题，你昨天陪春生回罗泉，是谁让你跟着他一起回来的？"安广南说："是张大人……"

黄天秀忍不住又插嘴说："不许叫张大人，叫他春生哥！"黄天杰朝黄天秀摆摆手："张大人，春生哥，有什么差别？"黄天秀说："当然有差别，他叫张大人，我听着别扭。叫春生哥，听起来亲切。"黄天杰不再搭理黄天秀，与她拌嘴，自己从小到大从来没有赢过。

黄天杰说："是春生叫你和他一起回罗泉的？"安广南说："是的。他是我们护卫队的队官，平时都是我服待他左右。他对我很好，做什么事情，都把我叫上。他这次回罗泉，就把我带上，一方面我可以帮着他做事，另一方面我也要负责他的安全。"

黄天杰点点头说："你说春生平时对你很好，你们关系好到什么程度？"安广南说："我比春生哥小三岁，又远离家乡来到南方，很多事情都不懂。刚参加新军的时候，我经常被人欺负。后来，春生哥站出来帮我，处处照顾我，对我像亲兄弟一样。虽然他是官，但我一直把他当成哥哥对待。"

黄天杰说："春生平时有什么异常的地方？比如说，端方说他是革命党，你觉得他是不是革命党？"安广南摇头说："我觉得端方纯属是在诬陷春生哥，他哪里会是什么革命党。他平时经常叮嘱我，不许我去接触革命党的歪门邪说，要一门心思跟着端方干出一番事业出来。"

黄天杰暗自摇头，这个春生，城府果然很深啊，自己悄悄加入革命党，都不让身边最亲近的小兄弟知道，反而叫小兄弟誓死效忠端方。难道说，精明的春生察觉到安广南是端方安插在身边的奸细？他对安广南说的那些话，是故意说给端方听的？以此来打消端方对他的怀疑？不管怎么说，今天一定要把安广南的底细查清楚。

黄天杰问道："春生给你说那些话，你是怎么想的呢？"安广南说："我听到他说的那些话后，有些不可理解。"黄天秀搭话说："我觉得他说得很有道理呀。"

黄天杰忍不住想朝黄天秀竖起大拇指了。这个妹妹虽然爱胡搅蛮缠，但现在居然摸清了自己的心思，如此默契地配合自己盘查安广南。他朝黄天秀看了一眼，黄天秀的双眼正直直地盯着安广南，看安广南如何回答她的问题。

安广南说："现在朝廷上下腐化堕落，外有列强入侵，内有革命党闹事。我觉得革命党提出的那些主张，是真的在为中国着想，在为老百姓着想。我也是老百姓，只是因为没有办法生存了，才穿上这身军装。"

安广南情绪有些激动起来："虽然我没真正接触过革命党，但我对他们的人有所耳闻。那些革命党人，好多人都是从国外留学回来的，有知识、有文化、有理想。他们中的很多人，还都是朝廷派出去留学的，为什么他们要主张推翻朝廷呢？我想这里肯定有他们的道理。"

黄天杰点点头，示意安广南继续说下去。安广南说道："在武昌的时候，有一次，春生哥受命带领我们去抓一个革命党。那个革命党家里很有钱，可他居然把家里的所有东西都变卖了，把钱用于闹革命。"黄天秀问道："那你们抓到那人没有？"

安广南说："抓到了。当时他正在一个房子里和一群人制造炸药，我们冲进去，遭到了他们的抵抗。我们打死了其中大部分人，春生哥怕我受伤，把我拉到他的后面，叫我跟着他。结果，他的胳膊被子弹擦伤了。"

黄天秀神情紧张起来："最后呢？你们都没事吧？"安广南笑了笑说："当然没事了。"黄天杰说："你继续说下去。"安广南说："我们最终把那人抓住了。为此，春生哥受到了嘉奖。但我发现，春生哥似乎不是很高兴，心情有点沉闷。

过了几天，我听说那人被他的同伙救走了。"

黄天秀说："不会是春生哥叫人把他救走的吧？"安广南说："这个事情是不是春生哥在背后策划的，我不知道。但我发现，那人被救走后，春生哥的情绪好起来了。"

黄天秀说："那人肯定是春生哥暗中组织人救走的。"安广南说："我也是这么认为的，但他从来没有给我说是他干的。后来，我和他一起吃饭，喝高兴了，他给我说了一句话，我至今都记忆深刻。"

黄天秀问道："什么话？"安广南说："他对我说，我们现在处于一个非常复杂的形势中，所以做事要审时度势，随机应变，这样才能保全自己。"

黄天秀高兴地说："你这个傻瓜笨蛋，春生哥那是在暗示你呀。他是革命党人，当然不可能给你明说他的真实身份。审时度势，就是叫你要认清形势，在大是大非面前找准方向，跟着他一起干革命。"

安广南挠挠脑袋说："你现在这么一说，我才明白过来。早知道他是在暗示我，我就向他表明我的态度了，一定跟着他干。可惜，他现在被端方抓起来了，不知道还有没有机会。"黄天秀愠怒道："你这话是什么意思？"

安广南知道说错话了，连忙说："我不是那个意思。我现在已经没有回头路了，只有而且必须跟着革命党走了。"黄天杰冷冷地说："你以为就那么容易跟着革命党走？我问你，昨天晚上，你发现什么异常情况没有？"

黄天秀一听，脸上一红，浑身感觉不自在起来。难道昨晚偷偷爬起来去趴春生哥的窗户，这事被大哥发现了？安广南看到黄天秀神情有异，联想到昨晚在院子里碰到黄天秀的情景，脸上也有些尴尬起来，吞吞吐吐地说："我，我没发现什么异常情况啊。"

黄天杰冷笑一声说："到底发现了什么？"安广南看到黄天秀低下头不敢看自己，而黄天杰又咄咄逼人地追问着，只得如实说道："昨晚我看到春生哥进入房间后，我也休息。半夜醒来，忽然想起拴在后院的那两匹马。我出门后，在院子里发现了天秀。"黄天秀的眉头皱了皱，眼睛看着一边，不敢正眼看黄天杰。

黄天杰原本想问安广南是否发现张春生偷偷溜出去与龙建伟、王人杰会面的事情，不料安广南居然说半夜碰到黄天秀在院子里，心里大感意外："天秀，小安说的是实话吗？"

黄天秀嗯了一声:"是的,我碰到他起来去看马。"黄天杰奇怪地问道:"大半夜的,你在院子里转悠干吗?"黄天秀俏脸羞得通红,嘟哝着说:"我睡不着嘛……你到底是在问我还是在问小安呢?"

　　黄天杰明白了,黄天秀心里对张春生素有情意,当着安广南的面,也不好拆穿她,转头看着安广南说:"那你昨晚有没有发现春生曾经出去过?"安广南摇着头说:"没有。春生哥昨晚出去过吗?他出去干什么呢?"

　　黄天杰见他说话诚恳,不像是在撒谎,说道:"他昨晚悄悄溜出去见革命党人了。"安广南吃惊地说:"难怪他被抓起来了。是不是春生哥的革命党身份被昨晚见面的人透露给端方了?"

　　黄天杰一怔,安广南怎么会朝这个角度想问题呢?张春生昨晚是黄天民引见给龙建伟和王人杰的,难道说,是龙建伟或王人杰走漏了风声?或者说,龙、王二人中,有一个是奸细?甚至可以说,黄天民也不排除这个嫌疑。如果真是这样的话,事情就复杂了。

　　黄天杰很快就否定了自己的假设。龙建伟和王人杰,都是革命党中的坚定分子,他们最近几个月来在四川四处奔波,带头反抗朝廷,还与朝廷的军队多次交手,并成功地引领了荣县起义,成立了军政府,又策划刺杀端方。如果他们是奸细,他们之前的所作所为早就超过了一个奸细所做的事情。

　　黄天民是自己的亲弟弟,生性敦厚善良,不是那种奸猾之徒,更不是出卖兄弟的人。

　　那么,有没有可能是他们三人无意中走漏了风声呢?他们昨晚策划三天后里应外合刺杀端方,完全有可能连夜安排部署,势必要牵涉到别的人。但从昨晚到现在,黄天杰设在两个地方的暗哨,只有张道明回来禀报了一次。昨晚部署时,他特别叮嘱要注意从罗泉出去的可疑之人。但到目前为止,还没有这方面的报告。也就是说,基本上可以肯定,昨晚没人偷偷溜出罗泉跑到资州城去给端方通风报信。

　　再说了,龙建伟、王人杰、黄天民和张春生约定再次刺杀端方,此事极为机密,龙建伟、王人杰、黄天民三人势必会亲自出动,即使要找别的帮手,也会把要找的人召集在周围,而不可能让帮手单独行动。

　　虽然黄天杰不是革命党,但他多少知道革命党做事的风格。安广南提出的假设,所有的可能性都被黄天杰在脑子里迅速地一一排除,他摇摇头说:"你说的这种情况是不可能发生的。春生回到城里就被抓起来的最大可能，一是端方在春生回罗泉后查清了他的真实身份，二是春生回到资州城后被人告密了。"

安广南立即警觉起来，挺直了腰板，睁大眼睛看着黄天杰说："你不会是怀疑我去告密的吧？"黄天秀尖声说道："小安绝对不是那样的人。"黄天杰说："你怎么证明你是清白的呢？"气氛立即凝重起来。

安广南想了一会儿，无力地低下头说："我，我的确没有办法证明自己是清白的。"说到这里，安广南猛地抬头看着黄天杰说："如果你们怀疑是我告的密，那我马上走就是了。"

黄天杰说："事情没有弄明白前，你哪里也不能去。"安广南两眼含泪，哽咽着说："我扪心自问，我是清白的。在端方抓春生前，我真的不知道春生哥是革命党人。即使知道他是革命党人，我也不会去告发他。如果你真的怀疑是我告的密，那你们把我关起来得了，等把春生哥救回来，他会证明我是清白的！"

黄天杰见安广南情绪激动，不像是在演戏，试探他的目的也达到了，脸上露出一丝笑意说："你别激动，我也就问问而已。我已经相信，你的确是清白的。"安广南的眼泪唰的一下流了下来，他用手擦了擦眼泪说："我有一个请求，你们去救春生哥，我也要一起去！如果死了，正好可以证明我的清白！"

黄天秀在一边看不下去了，顿着脚对黄天杰说："你就不要再逼小安了。"黄天杰摆摆手说："你别插话，现在形势太复杂，我们要救春生，必须把所有的情况弄清楚，问个明白。小安，请原谅我对你的怀疑，希望你能理解。"

安广南叹了一口气说："我当然能够理解你的心情。春生哥被抓，我是亲眼看到的。所以，我才会冒着危险偷偷跑出资州城来给你报信。其他的，我也不想多辩解什么了。"

黄天杰问道："依你看来，会是谁向端方告密春生的呢？"安广南想了想说："我怀疑有个人的可能性比较大，他一直和春生哥关系不好。"黄天秀问道："谁？"安广南说："刘云凤！这个人是端方的得力干将。他平时为人阴阳怪气的，到处打探消息。春生哥对他看不惯，和他关系不好。"

黄天杰自言自语地说："刘云凤怎么会知道春生是革命党人呢？"安广南说："可能是端方遭受刺杀后，勒令刘云凤在军中严查革命党，看这次刺杀行动是不是有军中的人在暗中策应。刘云凤可能在军中抓到了革命党人，于是，春生哥就被供出来了。"

黄天秀不住地点头说："我觉得就是那个刘云凤在背后搞的鬼。今后要是逮着机会了，我一定把他杀掉！"黄天杰睽了黄天秀一眼。安广南好像突然想起了什么似的，把手一拍说道："我越来越觉得就是刘云凤告的密了！今天早上，刘云凤当时说是来接应我们的，现在想来，他的真实目的是来押送春生哥回城的。端方下令把春生哥抓起来，是刘云凤亲手抓的。"

黄天杰不动声色地问道："你今天有没有听到军中有革命党人被抓的消息呢？"安广南摇着头说："没有。我只顾着打听春生哥的消息，没听说其他方面的事情。"

黄天杰说："我们还有一个疑问，你觉得端方是真的把春生抓起来了吗？"安广南愣住了："你的意思是说，端方是在演戏？"黄天杰说："你觉得有没有可能性？"安广南皱着眉头想了一会儿，摇着头说："我觉得不像。当时端方的确动了怒，他非常喜爱那个紫砂茶杯，走到哪里都带着，但他居然把杯子给摔了，不像是在演戏。"

黄天杰点点头说："你还有别的理由吗？"安广南说："我忘了告诉你们，春生哥被抓走时，他的嘴角有血，应该是宝廷下的狠手。要是演戏，应该不会下手这么狠。"黄天秀听到张春生被打得嘴角流血，心疼极了，红着眼睛、咬牙切齿地说："我要把打春生哥的人，都杀掉，给春生哥报仇！"

黄天杰对安广南的推断很不赞同地说："那也未必，也许是苦肉计。既然是苦肉计，肯定就会有皮肉之苦。三国时期，黄盖假装投降曹操，还让周瑜把他暴打一顿呢，所以才有'周瑜打黄盖——一个愿打一个愿挨'的说法。"

安广南说："也许吧，但我还是坚持认为端方不是演戏。春生哥被抓后，护卫队由宝廷代管，宝廷加强了对端方的护卫。在端方的行辕外面，刘云凤一直带人在巡逻。如果端方是在演戏，我想他们不会这样加强戒备吧？"

黄天秀问道："既然这样，你为什么没有被叫去戒备呢？"黄天杰暗中称奇，这个妹妹，很能抓得住重点问问题啊。她把自己接下来要问的问题都问了，就看安广南怎么合情合理地回答。

安广南警惕地说："你们还是不相信我。"黄天杰说："我再次重申，我们不是不相信你，我们是想了解整个事情的经过。"

安广南点头说:"端方问过我的话后,我就回到我住的房间和其他弟兄一起待命。我们的房间外面,有刘云凤的人看守着。后来,宝廷叫一些弟兄出去加强戒备,但没叫我。我估计,他是担心我和春生哥的关系要好,做出什么反常的举动来。"

黄天秀问道:"你又是怎么打听到春生哥的消息呢?"安广南说:"我一个人留在屋里,心里很着急,想出去打听打听消息。但没有办法,我连门都不敢出一步。没过多久,宝廷在门外叫我出去。"黄天秀问:"他叫你出去干什么?"安广南说:"宝廷交给我一封信,叫我送到县衙牢房去。我一看信封上的字,就知道是端方写的。"

黄天杰奇怪地问道:"宝廷既然都提防着你,为什么又要喊你去送信呢?"安广南又挠了挠脑袋说:"这个我就真不知道了,估计是宝廷看别的人都在忙活,他找不到人,就抓我的差,叫我去送信吧。"

黄天杰喃喃地说道:"这事有点奇怪了。小安,你看过信里写的是什么没有?"安广南摇着头说:"那是端方的亲笔信,我不敢拆开。"黄天秀说:"你就借送信的机会,打听到了春生哥的消息?"

安广南说:"基本上可以这么说吧。我骑马到县衙牢房,在门口,他们把我拦了下来。凑巧的是,门口的人中,有一个是我的老乡。我把信交给他,趁机问他春生哥的消息。他小声地告诉我,说春生哥是革命党人,端方怀疑他策划了刺杀端方的行动。"

黄天秀说:"你真是聪明。"安广南不好意思地说:"没办法,我只有这个机会呀!对了,我当时在牢房门口时,还听到了春生哥挨打的惨叫声,他们当时一定在对春生哥用刑。"黄天秀眼睛又红了,眼泪忍不住掉下来。

黄天杰爱怜地看了看她,问安广南:"那你是怎样跑出来给我们送信的呢?"安广南说:"我送完信,也打听到了春生哥的确切消息,就往回走。路上,我想到春生哥在被抓走时,经过我面前给我眨眼的那个眼神,我才明白,他是要我给你们送信。"

黄天杰说:"好吧,我的问题完了。我们会好好商量营救春生的事情。"安广南站起来,诚恳地说:"不管你们采取什么方式营救春生哥,我都要参加。我的枪法很好,是护卫队出了名的神枪手。"

黄天杰笑着说:"如果有用得上你的地方,一定会把你一起叫上。天秀,你就继续好好陪着小安。但我警告你，不许擅自行动，否则别怪大哥翻脸不认人。"

黄天秀哼了哼，站了起来说："你放心，我听你的。"黄天杰笑着搂了搂黄天秀说："这才乖嘛。千万别让爸妈知道这个事情，你明白吧？"黄天秀说："我明白。"

从三圣宫出来后，黄天杰向龙建伟、王人杰说了查问安广南的情况，三人基本断定，安广南不是奸细，他送来的消息是真实的。告别龙、王二人，黄天杰快步朝盐行走去。

走进盐行，黄天杰四下搜寻黄天民，没发现人影，就问李龙："天民呢？"李龙说："二少爷已经走了。"一个正在店里买盐的人说："我进镇的时候，看到他骑着马朝城里方向去了。"

黄天杰大惊，问李龙："什么时候走的？"李龙说："你刚出去，他就走了。"黄天杰心中暗自叫苦："糟糕！"

第七章◦牢房营救

　　资州城内。尽管天色开始暗淡下来，但大街上仍人来人往，很是热闹。路边的摊贩都想抓紧时间，多做成一点生意，好回家吃晚饭。所以，大家都不约而同地扯开嗓门叫卖起来，这更增添了街上的热闹气氛。

　　邓三哼着小调，一摇三摆地从街头走了过来。自从端方进驻资州城后，他这个县衙牢房的牢头，突然清闲了起来。端方派兵接管了牢房，邓三以前要风得风、要雨得雨、吃香的喝辣的，现在事事要听端方的人的指令。特别是重刑犯牢房，以前他手痒了，就去揍那些重刑犯一顿，现在不行了，他连重刑犯牢房的门都挨不到。邓三只得自我安慰，不要老子管，老子就不管了，倒也清闲自在。

　　中午，邓三接受了一个人的邀请，在酒楼吃得很嗨，刚从酒楼出来。他感到有些口渴，想找点水果吃，就朝水果摊贩集中的街道来了。路边一个卖橘子的摊贩正在大声吆喝："走过路过，千万不要错过！又红又大又甜的正宗资州红橘，便宜卖啦，只要成本，不图赚钱，卖完脱手！"邓三定睛一看，这个摊贩卖的红橘果然好看，想必一定好吃，就停住脚步，来到摊贩面前。

　　摊贩见是邓三，连忙停住吆喝，点头哈腰地说："三爷，来，吃橘子，刚从树上摘下来的，包甜！"邓三睐了摊贩一眼说道："要是不甜，我马上就去把你家的橘子树砍掉。"摊贩笑着说："三爷，还没有人说不甜的。"

　　邓三哼了一声，拿起一个橘子剥开，把一瓣橘肉放进嘴里，随即吐了出来。邓三瞪着眼睛骂道："我呸！什么包甜？酸死你三爷了！"说着，邓三挽起袖子，作势就要掀水果摊子。

　　摊贩知道邓三平素的德行，连忙跑出来拉着邓三哀求道："我的三爷，你息怒啊。我给你挑一个，你再尝尝。"摊贩拿起一个橘子，动作麻利地剥开，把一瓣橘肉塞进邓三嘴里。邓三吃了两口，满意地点点头说："嗯，这个橘子甜，好吃。来，继续喂你三爷。"摊贩见邓三不再耍横，就把手里剥开的橘肉一一喂进邓三嘴里。邓三吃得满嘴香甜，弯腰准备再挑一个大橘子。

就在这时，邓三感觉肩膀上有人拍了一下。邓三头也不抬地说道："谁呀？活得不耐烦了是不是？"话音刚落，肩膀又被人拍了一下。邓三冒火了，直起身子回头怒视着拍他肩膀的人，随即满脸堆笑地说道："我以为是谁呢，原来是二少爷啊！"此人正是黄天民。

黄天民说："找你可真难啊。"邓三笑着问道："找我有事？"黄天民微微颔首说："当然。"说着，黄天民搂着邓三的肩膀就往一边拖，邓三赶紧抓了几个橘子在手里，塞到黄天民手里说："这家的橘子甜，好吃，你也来几个。"黄天民摆着手说："我不吃。"邓三不管那么多，硬塞了几个在黄天民手里："你先拿着，我请客。"

邓三又抓了几个橘子，冲摊贩挥了挥手说："你把账给三爷记着。"摊贩哈着腰摆摆手说："三爷，这几个橘子，就当是我孝敬你的。"黄天民一边拉着邓三走一边说："这几个水果，不是你请客，是那个摊贩请我的吧？"邓三说："他请还是我请，都一回事。"

邓三带着黄天民从县衙牢房的一道小门溜了进去。进了邓三的房间，黄天民把门轻轻关上。邓三把没吃完的橘子放在桌子上，给黄天民倒水，然后坐下笑着说："我们都是一家人，有什么事需要我帮忙的，尽管说就是了！"

黄天民说："我和你可不是一家人啊，你和我大哥才是一家人，我还没有加入袍哥会呢。"邓三说："你还和我客气什么？我是你大哥的兄弟，你也是我大哥的兄弟，难道我们不是兄弟？不是一家人？"黄天民指着邓三笑着说："你这张嘴可是越来越能说会道了。废话少说，我有很重要的事情找你帮忙。"

邓三拍着胸脯说道："你的忙，就是舵把子的忙，我拼了老命都要帮。"黄天民说："这个忙，还真的只有你才能帮得上。"见黄天民说得如此郑重其事，邓三顿时警觉起来，起身走到门边，仔细察看了一下门是否关好了，回来坐下，把头凑近黄天民，低声问道："什么事？"

黄天民用手指了指外面说："资州城里所有的犯人，都关在你这里？"邓三说："是啊，你想把谁捞出去？"黄天民说："我兄弟，张春生。"邓三皱着眉头，努力思索了一会儿，摇着头说："张春生？我这里好像没这个犯人啊！"

黄天民说："他不是你们县太爷抓的，是刚来的钦差大人抓的。"邓三恍然大悟，脸色一变，低声说道："你说的是革命党？这里的重刑犯牢房，今天刚关进一个犯人，说是新军里的乱党分子，我还不知道他是你的兄弟呢。"

黄天民说："那就是他了。"邓三说："万一不是他呢？你先坐一下，我去问问是不是张春生。"说着，邓三就要起身。黄天民一把拉住他说："你不能去打听。你要是去打听了，他们就会警觉起来。你给我说说你今天了解到的情况，我就知道是不是我弟弟了。"

邓三说："今天上午，我正要出去赴宴，刚走到牢房门口，就看到几个新军押着一个身穿新军服装的年轻人走进牢房。我随口问了一句，其中一个新军对我说，这是钦差大人从新军中抓获的乱党分子，要关押到重刑犯牢房里去。"

黄天民问道："那人长什么样子？"邓三说："很年轻，和你差不多。个子比你稍微矮一点，不胖不瘦，模样长得很俊，看他穿的军装，应该是一个军官。"黄天民点点头说："那你看到他脸上有什么特征没有？"邓三思索了一下说："好像嘴角有一颗黑痣。"

黄天民一拍桌子说道："那就是他了！你能想办法让我见见他么？"邓三面有难色地说："这个……你不知道，现在把守重刑犯牢房的，都是钦差大人亲自派的人，连我都没有办法靠近啊！"

黄天民说："我来找你，就是冲着你邓三爷的能耐来的。"邓三皮笑肉不笑地干笑了两声，陷入了沉思，不时地摇着头，脸上愁云密布。黄天民知道邓三在想办法，端起茶杯小口地喝着茶，不时瞟一眼邓三。

外面传来一阵脚步声，邓三和黄天民都警觉地竖起了耳朵。脚步声在门口停了下来，有人在外面敲门，同时喊道："三爷，三爷！"邓三起身，示意黄天民躲到门后去。黄天民连忙一闪身，贴在门后不出声。

邓三一边朝门口走去一边大声回应道："什么事？"邓三把门打开，门口站着一个狱卒。邓三打了一个呵欠，半睁着眼看着狱卒。狱卒见邓三这个样子，弯腰说道："三爷，刚才重刑犯牢房那边有人传信，叫我们负责派人给重刑犯牢房的犯人送饭。"

邓三嗯了一声，对狱卒骂道："这点小事，你还用得着来劳烦三爷？还有别的事吗？"狱卒被邓三一顿呵斥，战战兢兢地说："没，没有了。"邓三说："你还愣着干吗？赶紧去。吵醒了三爷的瞌睡，你小子得赔我一顿酒才是。"狱卒连忙说："没问题，三爷，明天中午我就赔你一顿酒。"邓三嘿嘿笑了两声说："这还差不多。滚吧！"

狱卒走后，邓三把门关上，转身看到黄天民站在面前。邓三和黄天民同时用手指着对方，异口同声地说："有办法了！"说罢，两人都忍不住笑了起来。刚笑了两声，黄天民连忙止住，嘘了一声，指了指外面。邓三会意，赶紧停住了笑。

　　两人重新坐下，黄天民说："我的想法是，我假冒送饭的人溜进去，这样就能见到春生了。"邓三点点头说："我也正是这样的想法。但这事风险太大，要是露了馅，我这颗吃饭的家伙，就要被咔嚓了。"说着，邓三用手掌在脖子上比画了一下。

　　黄天民摇着头说："怎么可能牵涉到你呢？这个事情，你没出面，就当不知道好了。即使追查下来，你也可以推得一干二净。"邓三说："我是牢头，只要这里面出了任何问题，我都脱不了干系。别说你假冒送饭的人，就是从外面跑进来一只老鼠，把要犯咬伤了，我都要承担责任。"

　　黄天民急了："我不过就假冒一下牢房的人，进去送饭，看看我的兄弟而已。只要你不说，谁知道？"邓三紧紧地盯着黄天民说："你的目的真就那么简单？"黄天民辩解着说："我真的就是进去看看而已，我能有什么想法？你以为我会劫狱吗？"

　　邓三摇着头说："你的本事和你大哥差不多，加上张春生，你们两兄弟联手在牢房里闹起来，端方的那几个人，根本不是你们的对手。你们到时跑得一干二净，我这个牢头就只有倒霉了。"黄天民有些生气地说："你刚才还信誓旦旦地说，无论如何要帮我的忙，现在又推三阻四。你到底是不是袍哥，这个忙到底帮不帮？"

　　邓三脖子一梗说道："你别激我，袍哥人家，从不拉稀摆带，答应了你的事情，无论如何都要帮。但即使要帮，也得想个万全的办法才行。"黄天民听出邓三话里的意思，知道邓三已有办法了，他不过是在卖关子，就顺着邓三的心意，用哀求的语气说道："我知道你有了好办法，我照着你说的做就是了。"

　　邓三眉开眼笑地对黄天民招了招手，示意黄天民凑近一些，低声说道："我的办法是这样的……"邓三小声地说着，黄天民边听边点头。邓三说完后，拍了拍黄天民的肩膀。黄天民竖着大拇指说："三哥出马，果然高人一招儿啊！"邓三指着茶杯笑道："时间还早，来，喝茶！"

　　天色渐黑。牢房伙房里，几个牢役正忙着做饭。一个牢役对另一个牢役喊道："小九子，赶紧给重刑犯牢房送饭去。"小九子应答一声，忙碌一阵后，提着饭箱走了出来。刚走到墙角，黄天民突然从他背后闪出，抬手朝他后颈一击。小九子闷哼一声，身子软软地倒了下去。

黄天民把小九子托起，另一只手把饭箱稳稳接住，放在地上。然后，黄天民四处看了看，把小九子拖向后面。不一会儿，黄天民穿着小九子那一身牢役衣服走出来，来到饭箱前停下。他借着整理衣服的空隙，侧耳听了听伙房里的动静，然后提起饭箱，低着头朝重刑犯牢房匆匆走去。

资州县衙牢房分为两大区域，左边区域是普通犯人牢房，右边是重刑犯牢房。重刑犯牢房已由新军接管，牢房门前，有两个全副武装的新军把守着。牢房门关着，没有得到允许，是无法进入的。进了牢房门，沿着阶梯往下走，是一条长长的地下通道。通道两边，是行刑室，散发出一股血腥味。

走过通道的两个拐，就到重刑犯所在的牢房了。进入牢房的通道门也是紧闭着的，牢房内有两个新军把守，只有从里面才能把门打开。挎着枪站在门口守卫着的新军身材壮实，另一个身材偏胖的新军坐在一张桌子前，整理着文件。重刑犯牢房，原来关押着的是几个革命党人和刺客王成，端方抓了张春生后，把王成等人转移到普通犯人牢房那边去了，这里只关着张春生一个人。

阴暗潮湿的牢房里，地上堆着一些又脏又乱的稻草，稻草上沾满了发黑的血迹，几只肥大的老鼠肆无忌惮地在牢房里爬来爬去，不时舔着稻草上的血迹。张春生浑身是血地斜靠在墙上，脚上、手上戴着镣铐。衣服上的皮鞭印比比皆是，衣服多处破烂，露出身上的数道伤痕，血迹斑斑。张春生的脸上布满了伤痕，嘴角上的血已经干结成疤。

张春生被送进重刑犯牢房后，在行刑室受到了严刑拷问。端方叫他说出隐藏在新军中的革命党人。张春生哪里肯说，一边受刑一边破口大骂，只求一死。最后，张春生被丢进牢房，等待下一步处理。

躺在牢房里，尽管身上还火辣辣地痛，天气也冷，但张春生什么也感觉不到。他的心里一直在翻腾着，大脑在高速地运转着。被抓走后，他第一时间想到的就是要把自己被抓的消息传出去。经过安广南身边时，张春生冲他眨了眨眼睛，不知他是否看懂了，也不知现在罗泉那边是否得到了消息。

闻着潮湿发霉的气味，看着一只老鼠在脚边爬来爬去，张春生不知道自己选择这条路是否正确。但是，既然认定了走这条路，开弓没有回头箭，就要义无反顾地走下去。只有走下去了，才有可能成功；如果不走或半途而废，不仅前途渺茫，连命都要丢掉。

四年前，他离开生活了十多年的第二个家，就发誓一定要闯出名堂来。即使不能名留青史，也要轰轰烈烈过一生。离开罗泉那天的情景，犹在眼前。

那天早上，虽然天气寒冷，但太阳早早地就挂上了天空。金色的阳光洒在一片萧条的土地上，张春生的情绪一点也没受到影响，他的心沸腾着，充满了对即将到来的外面全新生活的向往和渴望。他在心里已对未来规划了很多种可能性，也对是否有能力实施未来的规划作了反复衡量。最后，他坚定了离家外出闯荡的决心。尽管干爹、干妈和两个哥哥不断劝说他，但他仍坚持己见。没有办法，大家只得勉强答应他。

干爹、干妈把张春生送到子来桥头，张春生不让他们继续送了，两位老人让黄天杰、黄天民陪着张春生再走一段路程。黄天民把张春生肩上的行囊取了下来，坚持要背一段路。张春生和黄天杰走在前面，黄天民跟在后面。张春生神采飞扬，掩饰不住对未来生活的向往，黄天杰和黄天民则脸色凝重，闷闷不乐。一起生活了十多年，三人之间，是浓浓的亲情。

黄天杰叹了一口气说道："你真的要走吗？你留下来，我给爸爸说，让你和我一起做生意。我相信，以你的聪明劲，你我一起，一定能把家里的生意做得更红火。"

张春生轻轻地摇摇头，笑着说："我知道你们都对我很好，干爹、干妈这么多年来一直把我当亲生儿子对待。我长大了，该规划自己的生活了，我真的想出去闯荡闯荡。"

黄天民说："你就这么一个人出去，我们真的不放心。你能不能再等上两年，和我们先帮着家里做点生意，对外面的社会有所了解、积累一定的社会经验后，再出去也不迟。"

张春生回头看着黄天民说："迟早都要出去闯荡，何必要耽搁两年大好时光呢？家里的生意有大哥和你打理，干爹是很放心的。我心意已决，你们就不用再劝我了。"

黄天杰说："既然你铁了心要出去闯荡，我也不再拦你。凭着你聪明的脑袋和从师父那里学到的一身好本领，你很快就能闯出一番成就来。"

张春生笑着说："那就借大哥吉言了。如果闯不出什么名堂，我就不回来见你们……"黄天杰赶紧制止张春生说："你记住：不管你在外面过得怎样，这里永远都是你的家，我们永远欢迎你随时回来。"黄天民说："我们是一家人，以前是，现在是，将来也是。"

三人一边走一边聊着，不觉到了十里外的那片树林边。张春生停住脚步，对黄天杰、黄天民说："送君千里，终有一别。你们要相信我，我一定会很快出人头地的！"黄天杰拍拍张春生的肩膀，点点头，对他的志气表示赞赏和肯定。

黄天民苦着脸把行囊交给张春生，张春生背上行囊，冲黄天杰、黄天民抱拳说道："大哥，二哥，我们后会有期！"说完，张春生转身大步朝前走去。他知道，背后的黄天杰、黄天民仍站在原地看着他离去，他不敢回头看他们，怕一回头就勾起兄弟之间的情意，到时心一软，估计就走不了了。

朝阳把张春生的影子拉得很长，他听到脚下自己坚实的步伐踩得冻土吱嘎作响。按他的规划，先去资州城寻找机会，然后再决定是去成都还是重庆。去成都的话，如果机会好，就留在成都打拼；如没找到更好的机会，就北上进入西安，甚至到京城去。去重庆的话，可以顺江而下，去武昌，甚至去上海。但他没想到的是，刚到资州城，钱就被偷了，自己不得不流落街头。外面的残酷世界，给他上了生动的人生第一课。

一阵脚步声从通道由远而近传来，守在门口的壮实新军大喝一声："站住！什么人？"接着，传来拉动枪栓的声音。张春生的眼皮动了一下，他的思绪回到了现实。难道又是来提讯自己的吗？但听新军的口吻，不像是来提讯自己的人。

黄天民佝偻着腰，低着头，提着饭箱，装着畏畏缩缩的样子慢慢走过来，小心翼翼地说道："小人是，是牢房伙房的伙夫，奉命来给犯人送饭。"尽管黄天民把声音故意压抑着，但张春生一听就知道是黄天民。他心中不禁一阵狂喜，看来，罗泉方面已经知道他被抓的消息了。

坐在桌边的那个胖新军站起来，对壮实新军说："把门打开，让他把饭送进来。"壮实新军得令后，用钥匙把门从里面打开。黄天民提着饭箱低着头走了进来，壮实新军用枪把他拦住，黄天民停下脚步，站在原地不动。

胖新军绕开桌子，朝黄天民走了过来。他用手指了指牢房门，壮实新军会意，转身把门锁上。胖新军背着手围着黄天民转了两圈，最后站在黄天民面前，大声喝道："你低着头干什么？把头抬起来！"

张春生闻言，暗叫糟糕：是不是黄天民假扮牢役露出什么马脚来了？黄天民此时的心情也紧张到了极点。他的想法和张春生一样，是不是露出什么破绽了？刚才打晕送饭的小九子，在换衣服时，他就察觉小九子的衣服穿在身上有点偏小，使得身子被裹得有点紧。难道是衣服出了漏子？

黄天民暗下决心，一旦对方要动手，自己一定要先发制人。但在对方没有迹象动手前，一定要沉住气。黄天民慢慢地把头抬起来，脸上努力地挤出笑意，眼睛、鼻子、嘴巴都挤在一堆，看起来比哭还难看。胖新军用手打了打黄天民的帽子，骂道："你他娘的长得不难看啊，怎么喜欢低着头呢？"黄天民低声说道："小人地位卑微，不敢抬头看人。"

胖新军问道："你到伙房多长时间了？在伙房做什么的？"黄天民说："有一年多时间了，一直在烧火、洗碗。今天伙房有人请假，小九子走不开，叫我来送饭。"胖新军点点头说："这段时间怎么还有人请假呢？明天得给邓三说一声，叫他不许谁请假了。你把饭箱放下，把盖子揭起来。"

黄天民把饭箱轻轻地放在地上，把盖子拿起来，里面是一个粗瓷大碗，碗里有大半碗稀饭，稀饭中有两块酸萝卜。胖新军蹲下身子，把粗瓷碗端起来，看了一遭，又用手把饭箱四处敲了敲。确定没问题后，胖新军直起身来，对黄天民挥挥手说："去吧，快点。"

黄天民哈着腰，一边应答一边提着饭箱来到关押张春生的牢房前。黄天民半蹲下，把饭箱放在地上，揭开盖子，慢慢地把粗瓷大碗拿出来，从牢栏下把碗塞进牢房里。黄天民在做这一切时，眼睛一直盯着张春生。张春生也一直在关注着黄天民，二人的目光一交集，黄天民冲张春生眨了眨眼睛，张春生微微闭了闭眼睛，表示回应。

黄天民提着饭箱走到一个角落里，低着头蹲下。胖新军指着黄天民喊道："你还蹲在那里干吗呢？"黄天民抬起头说："我等着他吃完饭好把碗收走啊。"胖新军快步走过来，朝黄天民踢了一脚说道："你小子懂不懂规矩？一个破碗还要你收拾走？赶紧出去！"

黄天民站起身来，移动脚步，朝牢房门口慢慢走过来。黄天民的脑袋里在急速地转动着，难道就这么出去了？好不容易抓着机会混进牢房，这个机会可不能白白浪费啊！可是，如果单打独斗地要干掉眼前的这两个新军，也不是容易的事情。尤其是站在门口的那个壮实新军，手里一直端着枪，而且枪已上膛了。一旦动起手来，稍微有所差池，那杆枪里的子弹就会射进自己的身体。到时不但救不出春生，反而把自己的命给搭上了。

黄天民刚才给张春生做的眼神，不知道张春生明白是什么意思了没有。要是张春生再不抓紧时间配合自己，劫狱的时机就要溜走了。黄天民正想得额头冒冷汗时，突然听到身后传来一声巨响。这一声巨响，把两个新军吓了一大跳，却让黄天民狂喜不已：春生果然行动了！

张春生看到黄天民的眨眼暗示后，脑子里展开了激烈的斗争。很明确，黄天民此番以这种方式进入牢房，目的是要救自己出去。但自己和黄天民都赤手空拳，面对两个全副武装的新军，稍有不慎，就可能被子弹干掉。

张春生在军营这么多年，深知再快的拳头也快不过子弹的速度。若论武力，这两个新军显然不是黄天民的对手。但两人都有武器，自从黄天民进来后，两人都把注意力集中在黄天民身上，黄天民稍微有点动作，就会被枪里的子弹射中。很显然的是，黄天民一定不会让这个劫狱的机会溜走，他一定会采取行动。张春生决定配合黄天民。

就在黄天民快要走到门口，那个壮实新军摸出钥匙准备开门时，张春生突然伸出右脚，贴着地面使劲一扫腿，把地上的粗瓷大碗踢向墙壁。瓷碗碰到墙壁，发出一声脆响，破裂成了几片。张春生迅速地捡起一块碎片捏在手里站起来，扑向牢栏使劲地摇晃着，大声叫道："放我出去，放我出去！"

响动让毫无思想准备的两个新军不约而同地转身看着张春生，脸上充满了怒气。壮实新军提枪走过去，端起枪瞄准张春生，大吼道："安静，安静！"张春生停住了叫喊，但两手仍然摇着牢栏。

黄天民看到两个新军的注意力都在张春生身上，趁机停住脚步，悄悄放下饭箱，两手暗自运气，做好打斗准备。胖新军看到壮实新军用枪把张春生镇住了，就想上去呵斥张春生几句。他上前两步，身子刚好横在黄天民前面。

时机到来，黄天民迅速抬手朝胖新军的后颈使劲砍去。胖新军哼都没哼一声，软绵绵地倒向一边。胖新军刚把位置挪开，黄天民立即冲上前飞起一脚，朝壮实新军的后背狠狠踹去。壮实新军没有防备，手里的枪一撒，整个身子朝前扑去，正好扑在牢栏上。黄天民不等他转过身来，上前用手肘死死地把他的头部抵在牢栏上，抬起膝盖将他的腰部压住，壮实新军动弹不得。

与此同时，张春生把手伸出牢栏，一只手抓住壮实新军的头发，另一只手用碎碗片毫不迟疑地刺进了他的脖子里。张春生将沾满鲜血的碎碗片抽出来时，一股鲜血从壮实新军的脖子里喷射而出，染红了黄天民胸口的衣服。黄天民手一松，壮实新军喉咙咯咯作响，翻着白眼倒在地上，抽搐了几下，没了动静。

所有动作，其实是在瞬间完成的。黄天民和张春生配合默契，做得干净利落，很是漂亮。黄天民冲张春生竖了竖大拇指，急切地问道："钥匙在哪里？"张春生指了指胖新军的尸体说："在他身上。"黄天民走到胖新军跟前，弯下腰摸出钥匙，把牢房门打开，钻了进去。

黄天民一边用钥匙给张春生解开镣铐一边问："你还能走吗？"张春生点点头说："能走。"镣铐解开后，张春生快速地活动了一下手脚，在原地跳了两跳说："事不宜迟，赶紧走！"黄天民把门打开，扶着张春生跑了出去。张春生的脚上似乎受了伤，跑得一瘸一拐的。

邓三坐在椅子上，两只脚放在桌子上，剥着橘子往嘴里送，表面上显得很轻松，其实在竖着耳朵仔细听外面是否有动静。黄天民出去有一阵子了，按说他已经进入重刑犯牢房见到了张春生。黄天民一直坚持说只是进去看看张春生，没有说另外还有什么举动。但邓三知道，黄天民这次是奔着劫狱而来的，不把张春生救出去，他不会善罢甘休。邓三给黄天民出的那个主意，风险的确很大。万一黄天民提前暴露了，新军把他抓住，追究下来，自己就脱不了干系。

门外一个黑影闪了进来，邓三惊得连忙把搁在桌子上的脚放下来，看见黄天杰阴沉着脸站在面前。邓三赶紧站起来："我的大哥，你怎么来了？"黄天杰问道："天民是不是来过你这里？"邓三点点头说："是啊，他来过。"

黄天杰低声喝道："他去哪里了？"邓三说："他去重刑犯牢房了。"黄天杰心里一紧："他去那里干什么？"邓三说："他说去看张春生。"黄天杰拉起邓三就往外走："你带我去！"

邓三因为肥胖，走路一摇一摆的，很有特色。远远地，把守重刑犯牢房外门的两个新军就看到了邓三，大声喊道："邓三爷，这么晚了，来这里干什么？"黄天杰屈身走在身体宽胖的邓三后面，两个新军并没有看到。邓三听到两个新军向他打招呼，迟疑了一下，黄天杰在后面推着他，示意他继续往前走。邓三只得咬着牙，硬着头皮继续朝前走去。

两个新军见邓三居然不听招呼，警觉起来，挥舞着枪说道："站住！你再往前走，我们就要按规定行事了。"邓三连忙把手举起来，边走边说："两位大哥，别，别这样嘛。伙房里给犯人送饭的人半天没出来，那小子是不是被关进牢房了？"一个新军笑道："他又没犯事，我们关他干什么？"

说话间，邓三和黄天杰来到两个新军跟前。黄天杰抬手打在邓三后颈上，邓三身子晃了晃，软绵绵地倒了下去。两个新军见邓三身后居然还藏有一个人，而且出手把邓三打倒，大吃一惊，举枪瞄准黄天杰，急忙拉枪栓。黄天杰哪里给他们开枪的机会，一跃上前，一手抓住一个新军，将两人的脑袋使劲地碰在一起，两个新军闷哼一声，昏倒在地。黄天杰没有停留，迅速跑进了牢房。

黄天民扶着张春生沿着通道没跑出多远，就听到外面传来急促的脚步声。两人大惊，往后撤，已经来不及了；往前冲，可能正好与来人碰面。如果是新军，只能束手就擒。前面是一个拐角，黄天民有了主意："你在这里等我。"说着，黄天民快步来到拐角，身子贴住墙壁，准备对来人实施突然袭击。

脚步声很快到了拐角，黄天民突然闪出来，朝来人胸口就是一拳。来人身手敏捷，看到一拳过来，伸手挡住，顺势朝旁边一闪，一把抓住黄天民的肩膀，喝道："是我！"听到黄天杰熟悉的声音，黄天民惊喜地叫道："你怎么来了？"

黄天杰狠狠地瞪了黄天民一眼说道："春生呢？"黄天民朝身后一指说："在后面。"黄天杰冲贴着墙壁的张春生喊道："春生，走！"黄天民扶着张春生，黄天杰在前面带路，三人迅速地朝外面跑去。跑出牢房大门，黄天民看到地上躺着的新军和邓三，怔住了："你把邓三打死了？"黄天杰说："他们死不了，赶紧走！"

黄天民这才放下心来，扶着张春生朝牢房的正院门走去。黄天杰喊道："不能走那边，我们翻围墙出去！"重刑犯牢房外面不远处就是围墙，围墙外面是街道，只要翻出围墙，基本上可确保逃走。

黄天杰来到围墙下，黄天民扶着张春生跑了过来。黄天杰看看围墙，对黄天民说："我先上去，你帮着春生第二个上来，你最后上来。"黄天民点点头说："好。"

就在这时，张春生突然痛苦地叫唤了一声。黄天民关切地问道："怎么了?"张春生看着围墙，用手抱着左腿说："我的腿受伤了，恐怕翻不过去。"黄天杰说："我有办法。"说着，黄天杰从身上摸出绳索说道："我上去后，把绳子吊下来，天民，你用绳子把春生的腰捆上，帮着出一把力，我拉他上去!"

黄天杰把绳子收好，向后倒退几步，凝神聚气，猛地朝围墙快速地跑过去。跑到围墙跟前，黄天杰借着跑动的势头，右脚使劲朝地上一蹬，整个身体腾空而起，左脚蹬在围墙上，立即又换右脚蹬，同时两手抓着围墙上的细小缝隙，手脚并用，眨眼间就爬上了高高的围墙。

整个动作一气呵成，干净利落，让张春生暗暗称奇。没想到几年不见，黄天杰的功夫长进如此之大。看来，黄天杰能坐上资州袍哥会舵把子的交椅，真不是吹出来的。就这一手漂亮的功夫，整个资州城恐怕没有谁能比得过他了。

黄天杰上了围墙，蹲下身子，把绳子一头吊下来，另一头缠在手上。黄天民用绳子把张春生的腰部捆扎好，对张春生说："忍耐一下，我们马上就上去了。"张春生点点头。黄天杰在围墙上扎好马步，手里一用劲，开始拉绳子。

黄天民蹲下身子，让张春生踩在自己的肩膀上，然后扶着围墙慢慢站了起来。张春生借着黄天杰拉绳子的力量朝上面升起一点，用脚蹬着围墙，突然又"哎哟"一声，两手抱住痛脚，低声叫道："停，停! 我的脚使不上劲，上不去!"

黄天杰只得把绳子松下来，张春生跌坐在地上，满脸通红，喘着粗气，抱着痛脚无可奈何地摇着头。黄天民蹲下看着张春生的脚，着急地说："你不需要用脚去蹬墙，大哥照样能把你拉上去。"张春生点点头说："那……再试试吧。"

这时，蹲在围墙上的黄天杰听到牢房大院门口传来声响，抬头一看，大惊失色。只见一队新军从大院门口鱼贯而入，正朝重刑犯牢房方向走来。黄天杰着急地低声喊道："不好，新军来了!"黄天民把张春生扶起来，小声叫道："大哥，赶紧拉呀!"

这队新军为首的是刘云凤。刘云凤远远地看到重刑犯牢房大门口地上倒着三个人，心中一惊，不由得抬头朝围墙方向看去，看到围墙上有人影在晃动。刘云凤停下脚步，拔出手枪，大声叫喊道："什么人?"刘云凤身后的新军听到有情况，全都把枪举起来，哗啦啦地拉动枪栓。刘云凤转身，朝新军们大声喊道："不要开枪，抓活的!"说完，带着新军叫喊着朝围墙方向跑过来。

张春生使劲推着黄天民说："你快上去!"黄天民哇的一声哭了起来，他不甘心，自己费尽心血，眼看就要成功了，却败在最后关头。他叫道："我们必须一起走，大哥，你快拉绳子呀！"黄天杰在围墙上也是心急如焚，眼看新军们越来越近，他咬着牙，使劲地往上拉着绳子。张春生被拉离地面，但他用手拍打着围墙，仰头对黄天杰喊道："别拉了，你们快走！"

黄天杰估算了一下，如果一定要把张春生拉上来，依照目前新军的跑动速度，也许还没把张春生拉上来，新军就会开枪射击了。一旦新军开枪，三个人都会成为靶子，谁也跑不掉。他很能理解张春生此时舍己保人的心情。如果舍弃张春生，他和黄天民还有逃跑的机会。

留得青山在，不愁没柴烧。黄天杰只得松开绳子喊道："天民，快上来！"黄天民明白张春生和大哥的选择，他看了看张春生，抹掉眼泪，一咬牙，拉住绳索，轻轻地蹿上了围墙。然后，和黄天杰一起跳下围墙，进入大街中。

刘云凤带领新军跑到围墙边，张春生看到刘云凤，嘴角露出一丝微笑，一屁股坐在地上，满脸傲慢地看着天空。刘云凤脸色阴沉地看了看张春生，又看了看围墙，指着几个新军说："看好要犯，其余人跟我来！"

刘云凤带着几个新军来到后面的大街上。远远地，刘云凤看到黄天杰、黄天民的身影在大街的另一头飞奔，很快消失在黑暗中。刘云凤停下来说："别追了，把要犯押回大牢，严加看管！"

资州城外，往罗泉镇方向的道路上，黄天杰和黄天民骑着马一前一后向前疾驰着。两人的心情都沉甸甸的，谁也没有说话。黄天杰的脸阴沉得快要拧出水来，黄天民也是满脸悲伤。他知道，黄天杰之所以突然出现在牢房里，是担心自己莽撞行事，才不得已赶到资州来助一臂之力。

黄天民不得不承认，自己行事的确鲁莽了。如果没有黄天杰出现，自己即使把张春生从牢房里救出来，要想逃出重刑犯牢房，也是不可能的事情。牢房大门口把守着的那两个新军，自己几乎没有能力解决。即使能解决掉，那也需要时间，先将两个新军诱进地下通道，再将两人干掉。如此一来，必然耽搁很多时间，届时刘云凤带着人进入牢房，他和张春生谁也跑不掉。

黄天民要是也被端方抓了，势必对黄天杰等人的营救行动产生巨大的影响。营救张春生一个人，或许会简单很多，但要营救黄天民和张春生两人，难度就大多了。更坏的结局是，黄天民营救张春生的事情，说不定把端方惹恼了，下令立即处决两人，也不是不可能的事情。

黄天杰很为下午的果断决定感到庆幸。要是当时听到黄天民潜入资州城后还犹豫一阵的话，可能都来不及了。虽然没有救出张春生，但把黄天民救了出来，也是一个胜利。要是黄天民被抓进去，事情就太麻烦了。对父母，他不知道该怎么交代；对龙建伟、王人杰这些革命党人，也是一个巨大的损失。

如今这么一闹腾，就把张春生害苦了。张春生本来就被严刑拷打得浑身上下伤痕累累，这次越狱未果，再被抓进去，不知道又要受到什么样的酷刑。尽管张春生在没到黄家之前，吃了很多苦头，但进了黄家后，黄家上下把他当作亲人一般对待，张春生基本上没有再吃过什么苦。虽然进入盘破门习武时，张春生曾为练武辛苦闹过几次，但现在想来，那点苦根本算不了什么。

这么想着，两人来到一个小山坡下面。黄天杰把马勒住，缓缓停了下来，两腿轻轻一夹，掉转马头，上了小山坡。黄天民也跟着一起上了山坡，他看到，黄天杰两眼望着远处的资州城，神情木然，眼里有泪花闪现。黄天杰看着资州城，想到此时或许正在受苦的张春生，往事像开闸的洪水一般涌了出来。

张春生进入黄家后，过完春节，黄昌盛就把黄天杰、黄天民和张春生一起送到三圣宫，拜明江道长为师，习练盘破门功夫。而在此前，明江道长从来没收过弟子。他们三人，算是明江道长的第一批弟子，黄天杰岁数大，当仁不让是大师兄。

盘破门功夫，由清乾隆年间的罗泉镇人刘灨创建，属于峨眉武术的范畴，是巴蜀本土武术的代表门派。峨眉武术、少林武术和武当武术，并称为中国三大武术门派。

峨眉武术是在巴蜀文化与中原文化的碰撞与交流中，峨眉山僧道武术、巴蜀地方武术和其他武术流派互相交流渗透与融合的过程中，受巴蜀民俗、民风、自然环境的影响，自成体系，逐渐形成的具有鲜明巴蜀地域特色的中国武术门派。正宗峨眉武术有三大发源地：川西一带的黄林门、峨眉山本土拳种和盘破门。

盘破门的祖师刘灨，是刘备的后裔。明初"湖广填四川"移民运动中，先祖从广东迁入四川，落业在罗泉镇。刘灨父亲刘必奎有六个儿子，刘灨是老六，最小的儿子。

当时罗泉盐业发达，时常有流民骚扰，土匪出入，罗泉的富绅们为保家护院，请来各路武林高手看家护院，罗泉武风盛行。刘灏家境殷实，受周围环境影响，从小痴迷武术，开始习武。刘灏性情刚烈，成年后外出浪迹江湖，以武会友，寻师访友，行侠仗义，在江湖上颇有声名。

在长期的闯荡江湖中，头脑灵活的刘灏根据四川人的身材特点，把巴蜀本土武术和峨眉武术融会贯通，独创了"齐步云脚高桩盘破"的打法，成为盘破门的开山祖师爷。

"齐步云脚高桩盘破"桩法以高桩为主，手法以盘破为主，步法以"齐步云脚"为主。所谓"齐步云脚"，本义应该是"齐步匀脚"。"齐步"，指的是头正身正，挺胸收腹，提气贯力，两脚尖并立，脚步齐平，前脚掌触地，脚跟提起，两膝微屈，髋部放松。"匀脚"，指的是在前、后、左、右运动时，做到一步一并，步伐大小均匀，诸如赶步、沉步、"之"字步、横开步等，都贯穿于其中。此步进退闪展快速，如行云流水，步履云中，所以取其形，称为"齐步云脚"，讲究"步齐止伐之功，乘虚捣弱之法"。

到了晚年，刘灏回到罗泉，在当地南家山的黄家教武，直到去世。此后，经过融合发展，盘破门武术形成了独特的风格和完整的体系。

盘破门武术在手法上，讲究刚柔相济，攻防兼顾，攻守平衡。"盘"指的是盘功，以勾、挂、挑、宰、绕拨、分花、盘缠、关割等手法为防守。"破"指的是进攻，用破锤、箭锤、凤眼锤、盖锤、鞭锤、造锤、穿目指、锁喉手、标铲手、提宰手等手法攻击对方要害。盘为守，破为攻，盘中有攻，破中有守。

在打法上，有高桩盘破、中桩盘破、矮桩盘破、红门盘破、转盘盘破、齐心盘破、羊尾盘破等。套路上有盘破拳、盘破手、齐心盘破、四门盘破、十二盘破、七星盘破等。

盘破门武术以高桩为主，中低兼有，手法为主，脚法为辅。动作敏捷，劲力突出。小手多变，击腿低快，疾步疾行，步法轻快。抽脱稳准，干净利落，刚劲挺拔，富有弹性。内外软硬兼施，踢打摔拿结合，劲从根生，拳风生猛，以快为上，以力为基，以活为主，以诱为妙，脚到手到，避实就虚，敌静我逼，敌退我进，争取主动，审时度势，善寻战机。机前抢先发手，机后善于补攻。神速急进，强攻红门，攻敌胆怯，一怯而乱，乘乱而击。身动气随，阴阳互变，攻守连环，以退为进，手到脚到，发力伴声，六合相随。

总而言之，盘破门武术更注重实战，讲究技巧，力图在对抗中能快速而有力地制伏对手。这样的技法，要求习练者必下苦功夫不可，否则就会在实战中被人打倒。

明江道长俗姓张，盘破门大弟子，一生经历坎坷曲折，年轻时参加过太平天国起义，曾经是翼王石达开的贴身侍卫。石达开兵败后，意图东山再起，召集旧部齐聚峨眉山下红莲寺。不料事情败露，清军火烧红莲寺，明江道长侥幸逃出，回到资州罗泉镇，皈依道教，入主三圣宫，后来继承盘破门衣钵，成为盘破门的一代掌门人。

尽管其他师弟都收了不少徒弟，但他一直没有收徒的想法。年岁大后，想到得有人继承衣钵，黄昌盛又多次来求他，他才同意收下黄天杰兄弟三人。久经沙场的明江道长深知，在实战中有着过硬武艺的重要性。因此，收下黄天杰等三名弟子后，他对三人要求非常严格，这让张春生感到有些吃不消。

一天，明江道长有事外出，吩咐黄天杰等三人在三圣宫好好习练，不得偷懒。刚开始时，黄天杰在前面带领黄天民和张春生，一丝不苟地习练。练着练着，张春生就分心了。他四下看看，发现没人，悄悄走到黄天民身后，用手拉了拉黄天民的衣服。黄天民停下，回头看着张春生，又偷偷看了看前面的黄天杰，黄天杰仍在认真地习练着。

黄天民正要开口问张春生什么事情，张春生示意黄天民不要说话。张春生从怀里拿出一个烤红薯，做着鬼脸，把烤红薯在黄天民眼前晃了晃。烤红薯发出的香味，让黄天民眼睛发亮。他使劲吸着鼻子，吞了一口口水，伸手想拿烤红薯。张春生制止住黄天民，把烤红薯掰成两半，留了一半在手里，将另一半递给黄天民。

黄天民满心欢喜，正要把烤红薯往嘴里塞，在前面的黄天杰停了下来，转过身，严厉地看着二人："师父叫我们好好练拳，你们不许偷懒，更不许吃东西！"张春生可怜巴巴地说："我饿了。你让我先吃一点好不好？吃饱了才有力气练拳嘛。"

黄天杰仍然坚持说道："不行，饿了也不许偷懒！天民，把烤红薯还给春生。春生，把烤红薯收起来！"黄天民见大哥毫不讲情面，虽然心里极不愿意，但也不敢违抗命令，把手里的那一半烤红薯还给了张春生。

张春生接过烤红薯，低低地哼了一声："我真的饿了，没有力气练拳了。你们先练着，我吃饱了再练。"说着，张春生一边吃烤红薯，一边朝门口走去。到了门口，张春生坐在地上，眼睛看着外面。

黄天杰也没有办法，看张春生的样子，他的确是饿了，自己总不至于去把他的烤红薯收缴了吧？先不管他了，等他吃完烤红薯，有了力气，自然会回来跟着练拳。黄天杰重新摆开架势，一招一式练了起来。黄天民咽了咽口水，跟着黄天杰练了起来。

张春生其实是想借着吃烤红薯的机会偷懒，所以他一点一点地吃着，尽量地拖延时间。过了一会儿，黄天杰练完一套拳后，朝张春生喊道："怎么还没吃完啊？"张春生回答道："你们别管我啦，等会师父回来了，我再练。"黄天杰无奈地摇摇头，回头看到黄天民正眼巴巴地看着张春生。

黄天杰说："你干什么呢？是不是想吃烤红薯？"黄天民点点头，似乎觉得不妥，赶紧又摇摇头。黄天杰说："我们练功的时候，一定要听师父的话，认真地练，不能分心，更不能偷懒，只有这样才能学到真本事。你想吃烤红薯，等会我们练完了，我给你买。"黄天民惊喜地问道："你不会骗我吧？"黄天杰说："我说到就会做到。"

张春生把最后一点烤红薯放进嘴里，不经意间抬头看到，师父正朝大门走来。张春生慌了神，站起来一边抹嘴巴一边往回跑，低声叫嚷着："师父回来了。"黄天杰赶紧招呼黄天民和张春生跟在身后练拳。尽管如此，三人神色慌乱，练拳也乱了章法，不像平时那样一招一式充满了节奏感。

明江道长走进大门，神情严肃地走到三人面前，厉声喝道："别练了，别装了！春生，你过来。"张春生低着头，慢腾腾地走到师父面前。明江道长问道："谁叫你练拳的时候吃东西？"张春生低声说道："我，我饿了……"明江道长提高声音说道："饿了？有多饿？中午没吃饭吗？不专心、不用心、不上心，是练拳的大忌，你知道不知道？"

张春生说："知道了。下次再也不敢了。"明江道长呵斥道："还下次？你下次再这样，就回家去。你是很聪明，练武也很有天分。但我不希望我的弟子在我面前耍小聪明，找借口偷懒。你现在不好好练武，今后学不到真功夫，被人打得满地乱滚，你会不会怪师父没教好？"

张春生被明江道长一顿训斥，头埋得更低了。明江道长问道："谁给你吃的东西？"张春生低着头不说话，黄天民也低着头。明江道长又问道："好汉做事好汉当，你们连这一点责任都不敢承担？"

　　黄天杰开口道："师父，是我给春生的。"明江道长转身看着黄天杰，皱着眉头说："你是大哥，是大师兄，应该带好头。我走的时候，是怎么给你说的？你把我的话听进耳朵里没有？"

　　黄天杰身子站得笔直："我错了，请师父惩罚我吧。"明江道长说："今天这个事情，一切原因都在你身上。你先扎一个时辰的马步，再把今天我教的套路练50遍，练完了才能回家！"明江道长对黄天民和张春生说："你们给我看着他，不许他偷懒！"说完，明江道长拂袖而去。

　　黄天民狠狠地瞪着张春生，张春生把头抬起来看着天空，翻着白眼。黄天民着急地说："我去给师父求求情，不要惩罚你，如果他不答应，我帮你分担一点。"黄天杰摇摇头说："师父说得对，我的确没有带好头，没有把你们管好。我犯的错，我承担后果。你们记着，你们是我的弟弟，从今天开始，我不会丢下你们不管的，我一定要把你们带好。"

　　黄天民的眼泪流了下来，用袖子擦了擦，对黄天杰说："我陪你一起练吧。"张春生走到黄天杰面前，低着头说："大哥，都是我不好，把你连累了。"黄天杰搂着张春生的肩膀，笑着说："我们是亲兄弟，我应该承担对你们照顾不周、管束不严的责任。不多说了，我要扎马步了。"张春生抬头看着黄天杰说："我也陪你们一起练！"

　　黄天民朝张春生竖起大拇指，黄天杰冲两个弟弟笑了笑，三人排成一排，深吸一口气，扎起马步来。扎了一段时间，张春生身子一晃，跌坐在地上。黄天民想去扶他，黄天杰喝道："春生，起来，继续练！"

　　张春生抹了抹额头的汗水，翻身爬起来，咬着牙继续扎马步。黄天杰面带微笑看着张春生，给他无声的鼓励。终于，扎完了马步，三人一屁股坐在地上，喘着粗气，互相看着，开心地笑了起来。

　　歇息了一会儿，黄天杰腾身跃起，把黄天民、张春生拉起来说："你们要是累了，练不动了，就在一边看着我练。"黄天民把拳头捏紧，挥舞着说："我有的是劲，我没事，我要练！"张春生也说："我吃了烤红薯，我有力气，练！"黄天杰高兴地说道："好，我们一起练！"三人一边练，嘴里一边嘿哈地喊着，动作刚劲有力。明江道长在远处看到三人如此齐心同力，捻着胡须不住地点头。

天渐渐黑了，三人练得浑身是汗。张春生体力明显不支了，动作没有了先前的章法，完全是在应付了事。黄天民也好不到哪去，但他仍在继续坚持。只有黄天杰，满头大汗，紧咬牙关，一招一式用尽全力，一点也没有马虎。练完最后一招，张春生立即瘫软在地上，黄天民也跌坐下去。黄天杰收拳，缓缓地舒了一口气，用衣袖擦着脸上的汗水，笑嘻嘻地看着地上的两个弟弟。

走到大街上，一阵烤红薯的香味传来，张春生馋着脸，使劲地抽吸着鼻子说："哇，好香！"黄天杰笑着说："你想吃吗？"张春生说："想，想！"黄天民猛地记起黄天杰下午的承诺，拉着黄天杰说："你不是说要给我买烤红薯吗？"黄天杰捏了捏黄天民的鼻子说："当然！走，买烤红薯去！"

春去夏来，天气渐渐热了起来。这天，明江道长放了三人一天假，三人相约着跑到镇外河边去玩。张春生尿急，跑到旁边一户人家上厕所。上完厕所，张春生看到一个比自己小一点的男孩手里拿着糖人，正一边走一边吃。张春生看到糖人，口水一下子就流出来了。以前四处流浪乞讨时，他经常和别的小乞丐抢东西吃。他的争强好胜之心被糖人激发起来，想把糖人抢来吃。

张春生跑过去，一把夺过男孩手里的糖人就往嘴里塞。男孩愣了一下，随即上前要抢回糖人。张春生顺手一推，把男孩推倒在地上。男孩受了委屈，一边在地上打滚，一边大声哭叫道："哥，哥，有人抢我的糖人！"一个壮实的少年闻声从房里跑出来，怒气冲冲地对张春生说："把糖人还回来！"

张春生自知惹祸，但又不甘心把糖人交出去，胆怯地退了几步，把糖人藏在身后，嘴里嚷道："不给，不给！"少年朝张春生逼上两步，把手伸出来吼道："交出来！"好汉不吃眼前亏，张春生只得把糖人交给少年。少年接过糖人，一拳打在张春生胸口，张春生站立不稳，朝后退了两步。

张春生挨了打，恼羞成怒，自恃练了一段时间盘破门功夫，闷吼一声，朝少年扑去。少年伸手把张春生的两手抓住，朝他脸上打了一个巴掌，然后轻轻一推，把他推倒在地。正巧，张春生坐在一块小石头上，屁股被硌得生疼，眼泪唰地流了出来，大声哭叫起来。

黄天杰和黄天民听到张春生的哭声，跑了过来。看到那个少年站在张春生旁边，对张春生不断地挥舞着拳头，嘴里还骂着脏话，黄天杰大声喝道："你为什么打我弟弟？我弟弟惹着你什么了？"

少年叉着腰说："他抢我弟弟的糖人，你说我该不该打？"张春生从地上爬起来，嘴角流着鲜血，指着少年说："他把我都打出血了，你得给我报仇啊！"黄天杰指着少年说："不管怎么说，你打人是不对的，你必须向我弟弟道歉！"

少年哈哈大笑："真是笑话，你弟弟抢我弟弟的糖人，还打我弟弟，是他不对在先。我帮我弟弟要回糖人，你弟弟不服气要和我打架，我只有还手。你说，我哪里错了？你还叫我道歉，没门！"

黄天杰听少年说起事情的缘由，知道是张春生理亏了。但看到张春生嘴角的鲜血，想到自己没有保护好张春生，不能就这么灰溜溜地认输走人，必须要给张春生讨还一个公道，就咬着牙说道："你把我弟弟打得这么狠，你必须道歉，否则我不会放过你。"

少年啧啧两声，上上下下看了黄天杰一番，用手指挑衅般朝黄天杰勾了勾说："想打架啊？来啊！我可把丑话说在前面，谁要是输了，谁就趴在地上学三声狗叫。"黄天杰哼了一声："谁怕谁呀？来！"黄天杰脱下衣服，交给黄天民。

黄天民见势不妙，低声说道："我看还是别打了，本来就是春生不对在先。"黄天杰瞪了黄天民一眼说："你闭嘴！我是大哥，我不允许任何人欺负我的弟弟，否则我跟他没完。"

黄天杰活动活动筋骨，摆出盘破小手的架势。少年一看，乐得又笑了起来："看不出来，你还会盘破小手呢！来，小爷今天让你见识见识什么才是真正的盘破小手！"说着，少年把腰带紧了紧，大叫一声，朝黄天杰扑了过来。

刚交上手，黄天杰就发觉事情不妙。这个少年虽然个子和自己差不多，但其手上的力量大多了。黄天杰不敢大意，集中注意力，一边招架少年的进攻，一边寻找机会准备主动出击。

黄天杰毕竟才练几个月的盘破门武功，虽然套路练得有模有样，但没有一点实战经验。今天和少年交手，是他第一次运用盘破小手进行实战，经验实在有限。少年一拳朝黄天杰面部袭来，黄天杰连忙用手去挡。不料，少年这一击是虚招，另一只手迅速地朝黄天杰胸部打去。黄天杰躲闪不及，胸口挨了重重一拳，后退两步，倒在地上。张春生连忙上去扶黄天杰，黄天杰把他的手拉开，站了起来。

少年叉着腰，笑嘻嘻地说："怎么？还想打？"黄天杰说："当然！今天不把你打败，我不罢休！"少年冷哼两声，朝黄天杰招招手说："那就来吧！"黄天杰这次主动出击了，两手快速出拳打向少年，少年一边招架，一边悄悄地用脚朝黄天杰的膝盖踢去。黄天杰没提防，两腿一软，扑通一声跪在地上。少年也没有继续和黄天杰打斗，嘴里说道："还没过年呢，怎么就给我下跪了呢？"

那个拿糖人的男孩在一边拍手叫道："拜年喽，拜年喽！"黄天民气得朝男孩挥了挥拳头，男孩吓得赶紧躲到少年身后。少年对黄天民说："你也不服？那你也来呀！"黄天民把衣服朝张春生怀里一塞，挽着袖子说："来就来，你以为我怕你不成？"黄天杰站起来，对黄天民喝道："站一边去，没你的事！"黄天民见黄天杰发怒，只得恨恨地瞪了少年一眼，和张春生站在一起。

黄天杰用手擦了擦汗水，摆开架势，和少年又打在一起。黄天杰求胜心切，出拳没了章法，力量又不及少年，很快又被少年打倒在地。但他倔强地爬起来，继续和少年打斗。黄天民和张春生在一边看得着急，大声喊着"加油"，为黄天杰助威。

数次交手后，黄天杰终于没有了力气，倒在地上，半天爬不起来。少年笑着说："认输吧，赶紧学狗叫。"黄天杰坐在地上，喘着粗气，眼睛瞪着少年，就是不认输。

黄天民和张春生互相看了一眼，点点头。张春生把衣服扔在地上，大喊一声，和黄天民一起冲上去，对着少年一顿乱拳。少年没想到黄天民和张春生会不顾事前说好的规则拥上来打群架，慌忙应付，身上挨了不少拳头。

张春生眼珠子一转，朝少年踢了一脚后，就朝那个男孩扑去。男孩见张春生要打自己，吓得哇哇大叫。少年急了，一边招架一边叫嚷："你们耍无赖。弟弟，我们走！"少年转身拉着男孩就跑。

张春生朝少年追去，黄天杰连忙喊道："别追了，回来。"张春生这才止步，朝少年的背影狠狠地吐了一口口水。黄天民把黄天杰扶起来，让黄天杰坐到路边一块大石头上。黄天杰满脸灰尘，混合着汗水，成了一个大花脸。张春生弯下腰，看着黄天杰说："你没事吧？"黄天杰说："我没事。"黄天杰把衣服穿上，站了起来："回家吧。"

三人垂头丧气地在路上走着。张春生走在最后面，看着大家的衣服都沾满了泥土，眼前一亮，说道："天气热，我们下河玩玩水，顺便也把这身脏衣服洗了。"黄天民一听，正合心意，立即赞成："好啊，我们就这么回家，爸一定会打死我们的！"

黄天杰摇着头说："不行，爸早就说过了，不许我们下河玩水。我得听爸的话，把你们看管好。"张春生说："大哥，那我们到河边洗洗手总可以吧？你看，我的手上全是泥。"黄天杰说："洗手可以，但不准下河玩水。"

三人来到河边，黄天杰蹲下身去洗手。张春生朝黄天民使了一个眼色，用手悄悄地做了一个"推"的动作。黄天民会意，朝张春生暗中竖起大拇指。张春生来到黄天杰身后，弯下腰，两手猛地朝黄天杰的背上一推。黄天杰哎哟一声，身子向前扑去，一头栽进了水里。

黄天杰在水里一阵扑腾，头冒出水面，嘴里吐出一口水，用手扒拉着水叫道："你这个小兔崽子，要干什么？"张春生和黄天民互相看了看，哈哈大笑，跟着跳进了河里，和黄天杰纠缠在一起，打着水仗。黄天杰见两个弟弟如此开心，玩性也被激发了出来，站在水里，不断地用手朝黄天民和张春生打水……

往事历历在目，兄弟之间的情义岂是回忆就能道得尽的？一阵寒风吹来，黄天杰回过神来，用手抹了抹眼睛，长长地叹了一口气。不管怎么说，他这个当大哥的，一定得想办法把张春生救出来，决不能眼睁睁地看着他被端方杀害。尽管之前黄天杰心中已有了一定的主意，但没想到黄天民会擅自行动跑到资州城去营救张春生。如此一来，已经打草惊蛇了，所有的营救计划必须改变。

当下之急，必须赶紧返回罗泉，大家聚在一起再商量对策。黄天杰调转马头，两腿一夹，策马飞奔下山，朝罗泉镇疾驰而去。黄天民在黄天杰愣神时，一直在一边默默垂泪。看到黄天杰没和自己打招呼就自顾自地离开，也跟着黄天杰朝罗泉镇飞奔。

黄天杰没有回家，也没有去三圣宫，而是去了龙建伟和王人杰所在地。龙建伟、王人杰已经得知黄天民擅自行动的消息，也知道黄天杰赶进城去接应黄天民，正在焦急地等待着两人的消息。

见到黄天杰和黄天民满头是汗地走进来，两人都紧张地站了起来。从黄氏兄弟的表情，可以看出两人此次资州之行没有结果，龙、王二人的脸上也不禁露出失望的神情。看到黄天民的衣服沾满血迹，龙建伟找出一件干净衣服让黄天民先换上。

黄天杰、黄天民坐在椅子上，大口大口地喝着茶。王人杰从厨房里端出一盘水果和一盘干果，让黄氏兄弟先填填肚子。可两人哪有心情吃东西，连瞧都没有瞧一眼。黄氏兄弟没有说话，气氛凝重，龙建伟背着手在屋里踱着步，王人杰站在一边唉声叹气。

黄天民忍不住了，说道："眼看就要救出春生了，结果新军来了……"黄天杰严厉地看着黄天民说："你住嘴！像你这么鲁莽的人，只会把事情弄得更糟。你没被抓进去，算是走狗屎运了。"

黄天民被黄天杰一顿狠批，张着嘴想申辩什么，但最终又放弃了，嘟哝着嘴，低头不说话。王人杰说："天民独自行动去救春生，从你们的角度来说，春生是他的弟弟，他应该去救。从我们的角度来说，春生是我们的同志，他也该去救。既然你们都平安回来了，就不用再追究谁的过错了。"

黄天杰说："天民，你也不是小孩。你以为就你一个人是英雄好汉，我们都是窝囊废，只能眼睁睁看着春生受苦，甚至被端方杀害？你一个人跑到城里去，结果怎样？你不是在添乱吗？"

王人杰叹了一口气说："这么一来，端方老贼的防守必然更加严密了，我们的营救行动也必然困难重重。"黄天民不服气地说："防守再严又怎么样？即使是刀山火海，我也要再次去救春生。我们革命党人，是不怕死的。"

黄天杰把桌子一拍，吼道："你不怕死，春生怎么办？如果春生也像你这么想，那我们还去救他干什么？死是很容易的事情，但要看怎么个死法，是否值得去死。"

龙建伟见两人如此争执，担心事情闹起来不好收场，赶紧打圆场说："还是讨论眼下最要紧的事情吧。要不这样，我现在就去联系荣县的革命军，一起联合攻打资州城，把春生救出来。"

黄天杰摆着手说："不行！端方现在正在重兵进攻荣县，荣县方面那么吃紧，就别让他们分兵了。再说了，即使能搬来一点救兵，也不是端方的对手。我可不愿为了春生一条命，让更多人丢掉性命。"

王人杰说："舵把子，我有句话不知当不当说？"黄天杰说："都这个时候了，你想到什么就说什么，不用客气。"王人杰说："如今之计，只有你和我们联手起来，才能成功。不知你意下如何？"

龙建伟、王人杰、黄天民都看着黄天杰。黄天杰明白王人杰话里的意思，摇着头说："你别劝我入你们的伙。我还是那句话，我对你们革命党没有兴趣。春生肯定是要救的，只是，这是我们盘破门的事情，是我的家事。"

王人杰尴尬地看着龙建伟，龙建伟轻轻地摇了摇头。黄天民见黄天杰到这个时候仍然如此倔强，不解地说道："事到如今，已经不是家事啦！春生是革命党人，是我们的同志，我们也有救他的责任。"

黄天杰指着黄天民说："你别和我说那些大道理。我只知道，春生是我们盘破门的弟子，是我的弟弟，也是你的弟弟。我很早以前就说过，我是你们的大哥，我有责任要保护好你和春生，不许你们中的任何一个人受到伤害。如今，春生身陷牢狱，我这个当大哥的，就要负担起营救春生的责任。"

黄天民着急地说："硬攻不行，智取没法。大哥，你得赶紧想个万全之策呀！时间不等人，这可怎么是好？"黄天杰用双手抹了抹脸，站起身来，在屋里走动了几步说："你们都别着急，心急吃不了热豆腐。"一时之间，众人都陷入了沉思。

龙建伟走到黄天杰面前说："我有一个想法，不知是否妥当？"众人都看着龙建伟，黄天杰说："你说吧。"龙建伟说："我知道你不想涉入我们革命党的行动中，因为我们革命党是在造反，造清王朝的反，这是杀头的重罪。你是盘破门的大师兄，第四代传人，也是资州袍哥会的舵把子，你肩上的责任很重，你考虑问题要比我们这些无牵无挂的革命党人多得多，也周全得多。所以，我们很能理解你的心情，也不会强求你按我们的想法和我们一起行动。"

黄天杰没有说话。龙建伟接着说道："如今，不管你是否愿意和我们联手行动，但我们的动机和目的都是一样的，就是把春生救出来。我们能否另外想一个办法，就是依靠袍哥会的力量把春生救出来。你觉得如何？"

黄天民眼睛一亮："袍哥会？我觉得可行。"黄天杰面无表情地对龙建伟说："你先把你的想法全部说出来。"龙建伟在屋里走了两步说："现在，保路同志军仍在活动，没有解散。华阳袍哥会的舵把子秦载赓带领同志军在龙泉、仁寿一带活动，他们人多势众，有战斗经验，离资州也不远。我们能否联手发封鸡毛信给秦载赓，请他带同志军来攻打资州，对端方造成压力，我们就可以趁机找端方谈判，叫他放出春生？"

黄天民兴奋地说："龙哥这个建议很好！如果能把秦载赓请来，加上资州袍哥会的力量和盘破门的力量，大家一起攻打资州，我就不信端方还能扛得住。只要主动权掌握在我们手里，叫端方放出春生，那就是很简单的事情了。"

黄天杰没有像黄天民那样兴奋，皱着眉头沉吟了一会儿说："这个主意好倒是好，如果秦载赓带人来攻打资州失败了，端方占了上风，我们所有人都会死无葬身之地。"

黄天民不满地说："都到这个时候了，你还顾此失彼、患得患失。保路同志军攻打成都，他们也没有像你这样思前想后，畏畏缩缩啊！我们不可能期望端方大发善心把春生放出来，只有把主动权掌握在手里，端方才可能受我们制约。"

王人杰见黄天民的话说得有些过火了，担心惹恼黄天杰，连忙说道："舵把子考虑问题必须要周密，没有想好之前，是不可能擅自行动的。"

黄天杰说："秦载赓龙头大爷，可是威震全川的袍哥会舵把子，我和他没有深交，不过是他到罗泉来开会时认识了而已。况且，当时我也没有参加他们的核心秘密会议，恐怕他不会认我的面子。龙哥，你和秦载赓的交情应该比我深，你出面请他来，不就行了？"

龙建伟说："秦大爷是四川袍哥会的头号人物，也是革命党人，这一点，舵把子可能还不知道。秦大爷是最先率军攻打成都的，他一直想攻进成都，救出蒲殿俊和罗纶等人，杀掉赵尔丰，成立大汉军政府。如果端方在资州得逞，又镇压了荣县军政府，那么，端方再进入成都，和赵尔丰会合，同志军的处境就更艰难了。所以，只要能在资州打压住端方的嚣张气焰，保住荣县军政府的胜利果实，又能趁机把端方杀掉，同志军的士气必然会重新振作起来，说不定就能攻进成都。我和他都是革命党人，曾经一起在同志军中共过事，关系的确不错。但不瞒你说，我们现在的行动，都还处于关系不是很紧密的状态。如果我单方面请他来攻打资州，他未必能答应。但如果我们联手邀请他，把事情的原委和利害关系告诉他，他一定会带人来帮助我们的。"

龙建伟这一番话，让黄天杰想起了在罗泉召开的那次秘密会议。正是通过那次会议，让黄天杰见到了名闻全川的袍哥龙头大爷秦载赓。

两年前的1909年春，秦载赓秘密加入了革命党。孙文先生对革命的指导方针是：联络会党、组织武装斗争。秦载赓利用自己的袍哥龙头大爷身份，暗中进行革命工作。他以华阳县安吉团首事的名义，兼并了仁寿县煎茶溪仁字号袍哥"文明公"，取得了公口总舵把子的地位，又结识了成都附近各地袍哥会的舵把子。

保路运动兴起后，秦载赓被推举为华阳县保路同志协会会长。他意识到，保路运动将不可避免地发生武装冲突，就将安吉团更名为同志军，按地区分保甲编队，提前做好战斗准备。事实上，正是因为秦载赓棋先一着，在接到成都血案的消息后，他第一时间率军朝成都进发，打响了攻打成都的第一枪。

革命党在暗中进行活动时，力量有限，更别说有兵力了。唯一的办法，就是依靠袍哥会的力量，从中取得领导权，因势利导，举行武装起义。龙建伟与秦载赓商定，由秦载赓以袍哥会首领的名义，用袍哥的紧急鸡毛文书，传到川西各大公口，邀约有号召能力的袍哥会舵把子，到资州罗泉镇召开一次袍哥会的"攒堂大会"。

会前，龙建伟先到资州与黄天民取得联系，结识了黄天杰，希望黄天杰能动用袍哥会和盘破门的力量，为"攒堂大会"提供安全保障。黄天杰听说那么多公口的舵把子要来罗泉开"攒堂大会"，很是激动，满口答应，到时负责接待各路舵把子并放哨到20里以外的地方，保证"攒堂大会"顺利召开。

8月4日，各路袍哥会舵把子冒着炎热酷暑，赶到罗泉镇。当见到身材高大、气度不凡的秦载赓时，黄天杰激动地和秦载赓以袍哥最高礼仪相认。秦载赓通过龙建伟，也早已知道资州袍哥会舵把子黄天杰的英名，两人惺惺相惜，相见恨晚。

当天深夜，罗泉镇上的基督教福音堂内灯火齐明，教堂上安放着一块关公牌位，堂下一字排列站着来自四川各地的二十多名舵把子，每人手中捧着一束香，为首的秦载赓慷慨激昂地高声念道："明远堂愚兄大令下，满堂哥弟听根芽。令出如山非戏要，犹如金殿领黄麻。只为满奴兴人马，无端抢我大中华。扬州十日遭残杀，嘉定三屠更可嗟！把我汉人当牛马，视同奴隶毫不差。马蹄大袖加马褂，凉帽缀成马缨花。本藩闻言喉气哑，率同豪杰奔天涯。权且此山来住下，金台山上浴风沙。今日结成香一把，胜似同胞共一家。万众一心往前来，声摇山岳起龙蛇。不怕满奴军威大，舍生忘死推倒他。还我河山才了罢，补天有术效神娲。人生总要归泉下，为国捐躯始足夸。战死沙场终有价，将军马上听琵琶。争回疆土功劳大，流芳千载永无涯。奋我精神扶我马，勇往直前莫嗟讶。大众弟兄情不假，请进香堂把誓发。"

念完誓词，众人把手中的香烛插入香案中，每人端一碗酒，一饮而尽。然后，众人像梁山好汉那样，依次而坐，开始"攒堂议事"。除秦载赓外，参会的还有龙建伟、王人杰、陈孔白等革命党人，其余的都是威震一方的袍哥会龙头大爷级人物，如罗子舟、张达三、胡重义、胡朗和、孙沛泽、侯国治、侯宝斋等。

　　黄天杰因为要负责外围的安保工作，在"攒堂大会"仪式过后，就离开了会场。他不知道的是，这次"攒堂大会"，会在中国历史上留下浓墨重彩的一笔，在辛亥革命史上占有重要地位。后人说起辛亥革命，必提这次"罗泉会议"的意义和重要性。

　　黄天杰原以为在罗泉召开的是袍哥会"攒堂大会"，后来听说这次会议形成了五项决议，其中包括侦明敌情，交换情报，向所在州县团练局或绅商借枪借款，动用积谷及未解租股，由各地革命党直接领导建立同志军等。黄天杰不由得惊出一身冷汗，这哪里是什么"攒堂大会"，明明就是造反大会啊！

　　虽然黄天杰深知如今的清王朝已腐朽没落得穷途末路，但他的骨子里，还是继承了父辈老实本分做生意、踏实认真过日子的思想，不想和那种要被杀头的行为沾上边。尤其在听说秦载赓开完"攒堂大会"后，回家把祖上传下来的田产变卖，所得资金全部用来购枪造弹装备同志军后，更是觉得自己和秦载赓等人纯属两路人。他暗中告诫自己，既然认识了他们，就只把他们当朋友对待，千万不能卷入他们的是是非非中。

　　如今，为了营救张春生，各种办法想尽了，唯有龙建伟提出的联合秦载赓一起攻打资州的办法还有可行性。思前想后，黄天杰觉得龙建伟的话有一定的道理。但他也明白，一旦把秦载赓请来，自己绝对不可能置身事外了，今后不管自己是否愿意，他必将成为造反大军中的一员。

　　如果革命党造反能成功，倒还好说，那时的天下是革命党的，自己还能功成身退回到罗泉继续过安稳日子。如果造反失败，自己丢掉性命事小，但那么多跟着自己一起造反的盘破门弟子、袍哥会兄弟，必然会受到牵连，无数人将被杀，他们的家庭，包括自己的家人，也会跟着遭殃。

　　想到这些，黄天杰觉得难以下定决心。他肩上的担子太重了，又没有办法解脱。师父当年为什么会遁入道观，想来他老人家一定也是承受不起肩上的重担，才选择了避世这条路吧？可自己现在即使想学师父那样避世，也是不可能的事情。

　　黄天杰叹了口气说："请秦大爷来的事情，我觉得需要慎重考虑。即使要请他来攻打资州，同志军在路上花费的时间也不少，到了后还要安排部署如何进攻，又要耽搁一些时间。而端方会不会给我们这么多的时间呢？"

第八章 ◎艰难抉择

夜深了，罗泉镇外20里的狮子山上，张道明和师弟仍精神抖擞地密切监视着资州方向的动静。突然，两人听到有隐约的马蹄声。放眼看去，只见从资州方向，有人骑着马快速地朝罗泉方向奔来。师弟紧张地说："这么晚了，谁会这么急匆匆地到罗泉来？"张道明说："这里面一定有蹊跷！走，下去拦住他！"两人抄起家伙，拿着一个做好的火把，朝山下冲去。

马蹄声越来越近，还能听到马上人"驾驾驾"的策马吆喝声，听得出，来人似乎很是着急。张道明对师弟低声喝道："行动！"两人来到路中央，张道明把火把点燃，师弟紧紧地捏着木棍，做好了迎战准备。马上的人见到前方道路上出现火把，火光中有两个人在路中间拦着，心里大为惊讶，连忙勒住马缰，让马停止奔跑，缓缓地慢了下来，警惕地看着前方两个人。

张道明见对方停了下来，大声问道："什么人？"马上的人见两人一副打劫的模样，哪里肯下马，扯着嗓子喊道："你们是什么人？是不是想打劫？"张道明听着这声音有些熟悉，但又想不起来是谁，又见对方误把他和师弟当成打劫的土匪，连忙喊道："我们是盘破门弟子，奉大师兄之命，在这里设卡盘查。你到底是什么人？"

马上的人见两人说清缘由，连忙下马，几步来到两人面前，气喘吁吁地说："原来是两位道兄。我是县衙牢房的邓三，有急事找舵把子。"张道明看清眼前这个胖子，果然是昨晚带了两个神秘人跑到三圣宫找黄天杰的邓三，笑着说："是三爷啊，大半夜的，来罗泉干什么？"

邓三摆着手说："十万火急的事情，我只给舵把子说。"师弟在一边插嘴说："是不是端方半夜派兵来罗泉抓我们了？"邓三怔了一下说："端方派兵抓你们？什么意思？"张道明见师弟说漏了嘴，连忙说："既然事情这么急，我们就不耽搁你的时间了，请！"

在离罗泉10里的小树林里遇到张道文的盘查时，邓三已有了思想准备。在罗泉镇子来桥头，他又遇到了杨道清等人的盘查。杨道清得知邓三的来意后说：

"三爷，请跟我走，我带你去找大师兄。"邓三看到杨道清没朝三圣宫的方向走去，很是奇怪地问道："舵把子没在三圣宫？"杨道清说："大师兄今晚在另一个地方，正和几个人谈事。你不识路，我带你去。"

杨道清带着邓三左拐右拐，来到小巷里一户门前，轻轻地敲了几下门。门开了，王人杰探出脑袋，看到是杨道清，杨道清身后是一个满脸冒汗的胖子。王人杰低声问道："什么事？"杨道清说："是县衙牢房的邓三爷，说有急事要见大师兄。"王人杰点点头对邓三说："请进。"杨道清冲王人杰抱拳，转身离去。

邓三进屋，看到黄天杰、黄天民和龙建伟，惊喜地说："你们都在呀？"黄天杰连忙站起来说："你怎么来了？"邓三抹了一把汗说："我是来报信的！"

黄天杰问道："到底什么事？"邓三说："今天你们劫狱没成功，春生又被打入了大牢。"黄天杰沉重地点了点头说："我料想就是这样的结局。他们把春生抓住后，没打春生吧？"邓三摇了摇头说："这个我就不清楚了，我醒过来时，春生已经被押回大牢去了。然后，我也被他们盘查了。"黄天民紧张地问道："他们问了你什么？你没有什么把柄被抓住吧？"

邓三嘿嘿一笑说："当然没有，幸亏我们之前考虑周到啊。他们在伙房院子里找到了被你打晕的小九子，小九子说他莫名其妙地就被打晕了，什么都不知道。我呢，又被舵把子当着两个新军的面打晕，两个新军醒来后为我做了证。他们问我，我说我在牢房里被挟持了，我为了保命，没有办法才带路的。所有这一切，我都有人可以做证，他们就没有怀疑到我的头上。"

黄天杰说："你做事稳当，考虑周全，不然我们这次就连累你了。"邓三得到黄天杰的夸奖，喝了一口水，摆着手说："自古袍哥一家人，谈不上连累不连累，只是得断了敌人的线索。"

黄天民见邓三老是说不到正题上，皱着眉头问道："你深夜赶到罗泉，不会就是为了说这些吧？"邓三猛的一拍脑袋说道："哎呀，刚才扯到一边去了，反而把正事给忘了！明天上午，端方将在资州城里的鼓楼坝，将他抓获的革命党人全部开刀问斩！"

邓三这个消息的确重大，众人脸色大变。黄天民着急地问道："春生也在其中吗？"邓三点点头说："是的，春生也要被问斩。"黄天民顿时脸如土灰，呆呆地说不出话来。黄天杰也是心乱如麻，他强压住心绪，问道："这个消息确切吗？"邓三说："千真万确，不然我也不会这么晚了跑来报信。"

黄天杰说："你是听谁说的呢？"邓三说："我被那个刘标统喊去问话，刚问完，就见有人进来给他送了一封信。刘标统看完后，就对身边的人说，把县衙牢房的所有乱党分子集中到重刑犯牢房去严加看守，明天上午要对他们开刀问斩。"

黄天民疑惑地问道："那个刘标统为什么要当着你的面说这些？"邓三说："我当时也挺纳闷，但马上就明白了。因为刘标统说完那些话后，就叫我把牢房所有的狱卒都集中起来，协助他们把牢房里三层外三层地看守起来，不许再出任何差错。"

黄天杰说："看来，那个刘标统是没把你当外人了。"邓三说："我感觉也是这样的。那个刘标统还拍着我的肩膀，叫我一定要把重刑犯牢房看守好，不能出问题，否则就拿我是问。我从他那里出来后，就赶紧召集所有弟兄，协助新军看守。"

黄天民说："那你又是怎么跑出来的呢？"邓三说："我借口说要通宵把守牢房，得回家拿点东西，就溜出了县衙牢房。我特意跑到鼓楼坝那里去看了看，那里的确出现了大量新军，把整个鼓楼坝都围了起来，谁也进不去。我还看到罗文山在那里忙活，指挥着人搭台子。以前要对犯人开刀问斩，都要在头一天晚上搭建监斩台和行刑台。"

黄天民说："你还是没说你是怎么跑出来的。"邓三说："你别着急，听我慢慢说。我看这架势，真的是要杀人了啊，这可不行，得赶紧来罗泉给你们报信。走城门肯定是出不来的，那里都被新军把守着。幸亏我神通广大，知道在南城门附近有一条暗道，可以出城。"

黄天民惊讶地说："暗道？"邓三得意地说："是啊，暗道。以前资州经常被匪乱骚扰，住在南门里的一户人家暗中挖了一条暗道通到城外的江边，这事恰好被我知道了。"说到这里，邓三意味深长地看了黄天民一眼，接着说："我跑到他家里，叫他们把暗道打开，让我出城。我有个兄弟是打鱼的，我叫他驾船把我送过江。又跑到我的一个相好家里，把我喂在她那里的马牵出来，就跑来给你们报信了。"

黄天民说："你果然神通广大啊！"龙建伟也说："三哥结交广泛，关键时刻，作用就显现出来了，真是值得我们学习。"邓三听得很开心，咧嘴笑了笑，看到黄天杰沉着脸不说话，连忙说道："不扯那些话了。舵把子，现在我们怎么办？我现在没有退路了，只有跟着你们一起闹革命。"黄天杰摆摆手说："我不闹革命，他们才闹革命。"

龙建伟问道："现在资州城里，端方的兵力情况如何？"邓三说："据我所知，端方这次带了2000人马到资州，昨天已经派曾东海带领1500人去荣县了，现在城里的新军应该还有500人左右。"王人杰愁眉苦脸地说："还有500人啊？加上资州城原有的兵力，我们的力量悬殊太大了。"

龙建伟说："之前请秦载赓带同志军来帮忙的建议，因为时间的关系，已经行不通了。我决定，召集资州城里的同志，明天劫刑场！"王人杰无奈地说："只有这个办法了。"

黄天杰似乎没听见龙建伟和王人杰的话，一直在沉思中。黄天民着急地说道："大哥，你是怎么想的？"黄天杰抬起头，缓缓地说道："我有一种预感，端方这么着急地设刑场杀人，说不定是一个圈套，就等着我们去钻呢。"黄天民皱着眉头说："你的意思是说，端方是在引诱我们去劫刑场，然后好把我们一网打尽？"

黄天杰点点头说："我觉得这个可能性非常大。你想想，端方为什么会带重兵入川？他就是来镇压保路同志军的。你们革命党在荣县起事，还成立了什么军政府，那就是在造反。端方为什么会驻扎在资州不走？我猜测，他是想把造反的革命党给抓起来干掉。"

龙建伟对黄天杰的分析表示赞同："舵把子说得有道理。端方原本想驻扎在资州，把荣县军政府先镇压下去，再去成都。但没想到，他在资州遭到了我们的刺杀。后来又把春生抓起来，结果遇到天民劫狱。这让端方感到更恐慌，他必须要杀一儆百，同时设计引诱我们去劫刑场，好把我们都抓起来，达到一箭双雕的目的。"

黄天民不同意地说："我觉得端方可能有杀一儆百的想法，但要设圈套抓我们的说法，就有些夸张了。端方要抓我们，那是很轻易的事情，根本用不着设什么圈套。不说别的，我们就是把刑场上的新军全部干掉，都不容易。"

王人杰说："我们吃过很多亏了，不得不把问题考虑周全一些。"黄天民说："你们要考虑那么多，还救不救春生了？明天午时三刻就要开刀问斩了，我们还在这里讨论那是不是圈套！我不管了，即使拼了命，我也要去救我的同志们！"黄天民说得情绪激动，眼泪都快流出来了。

邓三的情绪被黄天民调动了起来，把桌子一拍说道："舵把子，要不你下令，把资州的袍哥弟兄们都召集起来，我们一起干他娘的吧！"黄天杰睨了邓三一眼说："你以为劫刑场是小孩子办家家酒啊？我不能让兄弟们去白白送死。"

邓三着急地说道："都什么时候了，还想这些问题！如果没有人去拼命，春生他们就只有被端方杀掉了。我们在这里想半天，还不如回家睡觉得了。"

黄天杰觉得邓三说得有理，但他真的很难下决心。他手上现在掌握着成百上千人的性命，稍有不慎，就会让他们丢掉性命。张春生等人的命和这多弟兄的每一条命，是平等的。如果为了那几条命丢掉几百条命，是不值得的。但张春生的命，在他看来，又是那么重要。如果有可能，他宁可用自己的命去换张春生的命。

就在众人都用期待的目光看着黄天杰的时候，外面响起了急促的敲门声，大家立即警觉起来。龙建伟示意大家不必惊慌，大声问道："谁呀？"门外有人大声说道："我，天秀。"龙建伟低声问道："开不开门？"黄天杰沉着脸，把手挥了挥，龙建伟上前把门打开。黄天秀走了进来，后面跟着安广南。

黄天秀环视屋内说道："好哇，原来你们都在这里！"黄天杰站起身来，对黄天秀呵斥道："这么晚了，你来这里干什么？"黄天秀拉着黄天杰的胳膊，眼睛一红，眼泪啪嗒啪嗒地掉了下来："是不是春生哥有什么消息了？求求你，一定要救春生哥啊！"

黄天杰脸一沉，把手一拂说道："赶紧回家去，这里没有你的事。"黄天秀倔强地说："我不走！你不答应救春生哥，我就回去告诉爸妈，把你们的事情全告诉他们！"黄天杰气得扬起手想打黄天秀，黄天秀瞪着眼睛看着黄天杰，梗着脖子，挑衅般地喊道："你打呀，打呀！"

黄天杰的脸被黄天秀激得铁青，黄天民连忙上前把黄天秀拉开说："今天下午不是已经答应过你了吗？我们一定会把春生救出来的，我们在这里，就是在商量怎么救春生呢。"黄天杰放下手说："你赶紧回家去，不要掺和这个事情。"黄天秀抹了抹眼泪说："你们得答应我，一定要把春生哥救出来，不然的话，我就不认你们了。"

黄天杰不耐烦地挥挥手说："好好好，我答应救他，这还不行吗？"黄天民把黄天秀往门口拉去："记住啊，这事千万别让爸妈知道了！"黄天民把门打开，黄天秀走到门口又拉着黄天民的手说："你们说话一定要算数啊！"黄天民勉强笑了笑说："你就等着我们的好消息吧。"安广南跟着也要出去，黄天民在他耳边悄声叮嘱道："你把天秀看紧点！"

下午，黄天秀和安广南从三圣宫出来后，黄天秀就在合计，该怎么安置安广南。安广南重新返回罗泉镇时，被刘管家看到了。尽管她要求刘管家不要给爸妈说起，但安广南下午在镇上和自己转悠，被很多人看到了，即使刘管家不说，这个事情也会传入爸妈的耳里。

黄天秀决定把安广南带回家去，但怎么向爸妈说安广南回来的原因呢？黄天秀想到了一个好办法。回到家后，黄昌盛和黄母果然对安广南的到来表示万分惊讶。黄天秀说，张春生回到资州城后，因为端方的 2000 新军驻扎在资州城里，军需物资需求很大，张春生趁机向端方进言说他有可靠的途径可以尽快募集到物资，端方同意了张春生的建议。张春生就派安广南返回罗泉镇，通知黄天杰，叫黄天杰赶紧准备物资向资州城里运去。所以，黄天杰和黄天民一个下午都在忙着收集物资，晚上都不回家吃饭了。这个谎言无意中帮了黄天杰和黄天民，晚饭的时候，黄昌盛夫妇对黄天杰兄弟俩没回家吃饭也没产生怀疑。

黄昌盛听了黄天秀的解释后，心里很是高兴，叮嘱黄天秀吃过晚饭后，去帮着黄天杰和黄天民，尽快把物资连夜送到资州城去，不能让张春生在资州城等得着急。安广南对黄天秀如此高超的撒谎能力很是惊讶，他当然明白黄天秀撒谎的目的，遂帮着证明自己此行的确是张春生安排的。

吃过晚饭后，两人就溜了出来。在镇上溜达了一圈，两人来到子来桥头。黄天秀看到一个胖子骑着马匆匆赶来，受到了杨道清等人的盘查。黄天秀觉得很是奇怪，不知道这个胖子是什么来头，但她估计，一定是和黄天杰有关。等杨道清带着那个胖子走后，黄天秀走到在桥头盘查的三圣宫几个道士前，问他们为什么要在桥头设卡盘查。

几个道士见是黄天秀，也没有隐瞒，就把黄天杰吩咐他们的话告诉了黄天秀，黄天秀对大哥的周密安排很是满意。黄天秀问起刚才那个胖子是谁，一个道士说，那个胖子自称是资州县衙牢房的牢头邓三，深夜来罗泉镇，是找黄天杰有急事禀报。至于究竟是什么急事，邓三没有说。道士的话，让黄天秀此前的判断更加明确。她进一步意识到，邓三的身份和来头，说明邓三此行与张春生有关。资州城里究竟发生了什么和张春生有关的事情，她无法得知。

过了不久，杨道清回来了。黄天秀问杨道清，杨道清说他也不是很清楚。在带邓三去找黄天杰的路上，邓三只是很笼统地说是有关张春生的重大消息要给黄天杰说。黄天秀顿时着急起来，她问明黄天杰所在的地方后，带着安广南急匆匆赶了过去。进屋后，发现大家果然都在屋里，包括那个胖子邓三。一番闹腾后，黄天秀得到了大哥、二哥的承诺。

走在大街上，黄天秀越来越觉得张春生在资州城里一定发生了什么新的情况，不然的话，大哥他们不会深夜还聚在一起商讨如何营救张春生的事情。如果张春生真的发生了什么意外，她可能就再也见不到他了。四年前，张春生离家的那一天，她就以为再也见不到他了。那天的情景，一直刻骨铭心，令她难以忘记。

四年前，张春生要离家出去闯荡的事情，黄天秀只是隐约听到过。她曾去问过张春生，但张春生总是微笑着矢口否认，说没那回事。张春生离家的头一天，黄天秀到乡下去看外婆了。那天早上，她还在睡觉，家里一个和她关系要好的女用人急匆匆地跑到外婆家，把她叫醒，说张春生要走了。黄天秀大吃一惊，翻身爬了起来，撒开两腿就朝家里赶去。到了家里，爸妈说张春生已经走了，大哥、二哥送他出去了。黄天秀在爸妈惊诧的目光中，又朝镇上跑去，希望能见到张春生一面。

半路上，她碰到了正往回走的黄天杰和黄天民。黄天秀一看就知道来晚了，但她仍然问道："春生哥呢？"黄天民往后指了指说："已经走了。"黄天秀声音里带着哭腔说道："他怎么说走就走？也不和我打声招呼。"黄天杰、黄天民互相看了看，陷入了沉默中。

他们都知道，黄天秀对张春生感情一直都很好，小时候，那种感情可以说是两小无猜，长大了，那种感情就似乎有些变了，变成了男女之间的感情。张春生人长得很帅，头脑又聪明，做事很有主见，黄家上下都很喜欢他。黄天秀喜欢他，在情理之中，无可厚非。从某种角度来说，如果能让张春生娶黄天秀，对黄家来说，肥水不流外人田，大家都乐见其成。

黄天秀见两个哥哥都不说话，恨恨地说道："你们明明知道他要走，都不给我说一声！你们太讨厌了，我不理你们了。"说完，黄天秀向前跑去。黄天民想要把黄天秀喊住，黄天杰摇摇手说："她现在就是一头犟驴，随她去吧。"

黄天秀拼命地奔跑着，前面的路上，哪里还有张春生的身影？黄天秀绝望地蹲在地上痛哭起来。哭了一会儿，她站起身来，朝附近的山顶爬去。山路两边的灌木枝条把她的裤子、衣服挂破了，她也顾不上那么多，终于气喘吁吁地登上了山顶。

只见远处的大路上，张春生正大踏步地朝前走着。黄天秀的眼泪唰唰地往下掉，禁不住大声喊道："春生哥，春生哥……"张春生似乎听到了黄天秀的声音，转过身来，使劲地挥了挥手，然后又继续朝前走去。张春生的身影消失在眼前，黄天秀仍痴痴地站在山顶。

如今，终于盼到张春生回来了，却不料他又面临杀头大罪。黄天秀想到这里，抹了抹眼泪，停下脚步，回头看着安广南。安广南被黄天秀看得莫名其妙，呆呆地看着她，不知她要干什么。黄天秀问道："春生哥待你怎样？"安广南说："我不是说过了吗？他待我像亲弟弟一般，我也把他当亲哥哥。"黄天秀说："那好！我们去救他，好不好？"

安广南吃惊地说："你这话今天已经说过无数次了。现在大哥他们正在想办法，我们就不要去添乱了。"黄天秀说："他们想好办法，肯定要连夜进城去，我们就去镇外守着，我就不信他们到时会不让我们参加！"安广南激动地说："好主意，我听你的！"黄天秀拍了拍安广南的肩膀说："这就对了！你果然是爷们！"

黄天秀和安广南商量好对策后，黄天秀说："我们现在马上回家去。你呢，把你的马喂好。我收拾好东西后，就来找你，我们一起出去等着他们。"安广南连连点头说好。

黄天秀说："你记住，一切行动听我指挥，不许轻举妄动。悄悄回家，不要惊动我的爸妈。"安广南拍拍胸脯说："我什么都听你的。"就在这时，两人看到杨道清急匆匆地朝这边走来。黄天秀不想和杨道清打照面，带着安广南从另一条街往家走去。

杨道清走到小巷里的门前，按此前约定的方式有节奏地敲了敲门，王人杰把门打开，见是杨道清，惊讶地问道："又有什么消息吗？"杨道清点点头，走进屋里，对黄天杰说："大师兄，有人找你。"黄天杰站起身来问道："什么人？"杨道清说："他不说，你见了他就知道了。"

黄天杰点点头说："他在哪里？"杨道清说："我把他叫到三圣宫去了。"黄天杰对众人说道："营救春生的事情，我们一定要考虑周全，不能轻举妄动。刚才龙哥提出的办法，我觉得不是很好，除非万不得已才能采取那种方式。你们再好好商量一下，我去去就来。"

进了三圣宫，黄天杰走进屋内，一个精瘦汉子正在屋里来回走动。见到黄天杰，精瘦汉子迎了上来："舵把子，我们又见面了。"此人正是昨晚黄天杰在三圣宫见到的两个神秘来客中的一人。黄天杰对精瘦汉子点点头，杨道清退了出去。

两人落座后，黄天杰皱着眉头说道："这么晚了来到罗泉镇，不知有何贵干？"精瘦汉子说："明天上午，端方将在资州城里的鼓楼坝对抓获的革命党人开刀问斩，其中就包括你的弟弟张春生。"

黄天杰说："这个消息我已经听说了，还有更详细的消息吗？"精瘦汉子说："我们打听到的确切消息是，这是端方设下的阴谋，就是想利用杀革命党人的机会，诱使资州的革命党人和袍哥会的人去劫刑场，然后把大家一网打尽。"

黄天杰说："我猜就是这样的，不然端方也不会这么大张旗鼓地到处宣扬他要公开杀人。你不会是专门为了给我报信来的吧，说说你们有什么想法。"

精瘦汉子说："舵把子果然神机妙算，足智多谋。我们的确有我们的想法，我们想将计就计，借这个机会，把端方给杀了！"黄天杰笑了笑说："既然你们已经想好了对策，就按你们的想法行事，没必要来找我啊！"

精瘦汉子说："当然有必要找你。一来，张春生是舵把子的弟弟，我们必须要把这个消息告诉你。二来，我们想借机把端方杀掉，但我们的力量有限，所以想请舵把子出面，召集你手下的弟兄，一起联手举事。这样一来，你可以救出张春生，我们也可以把端方杀掉，岂不是一个两全其美的办法？"

黄天杰冷笑一声说道："你这个想法，资州的革命党也提出过，他们也想让我和他们联手一起去资州城里劫刑场。只不过他们的目的和我是一致的，就是救出张春生。而不像你们，你们只想杀端方。"

精瘦汉子有些兴奋地问道："资州的革命党？舵把子和他们有联系吗？我们一直在找他们，可惜都打听不到他们的行踪。既然他们愿意和你联手，你为什么不同意呢？如果我们再加入，那力量就更大了……"

黄天杰抬手打断了精瘦汉子的话说："实话给你说，他们不过几个人而已。他们是有心无力，更多的，是想依靠我。"精瘦汉子有些失望地问道："既然如此，舵把子为什么不愿意和他们联手行动呢？况且你们的目的都是为了营救张春生。"

黄天杰说："你以为劫刑场是那么容易的事情吗？那是真刀对真枪地拼命，是要流血死人的。别以为我们袍哥会弟兄的命就不值钱，他们的命也是命。春生的命，和袍哥会弟兄的命，都是一样的，都是平等的。我真的不愿意看到，为了救春生一条命而丢掉更多弟兄的命。这就是我不同意和他们联手行动的根本原因。"

精瘦汉子说："干革命，哪有不流血牺牲的？只有牺牲，才会为革命扫清道路，才会推翻清廷的统治，还百姓一个太平世界。"黄天杰又挥手制止精瘦汉子："你不用给我说那些大道理，我不懂，也不想听。我明确告诉你，我虽然是资州袍哥会的舵把子，也是盘破门的大师兄，但我不想造反，不想因为造反让我的家人跟着受苦受累。这是其一。其二，我们的武器有限，没有什么枪支弹药，大都是一些刀枪棍棒，没有办法对抗端方的先进武器。如果叫我们联手行动，真的是叫我的弟兄们去送死啊！"

精瘦汉子说："流血牺牲肯定会有的，但是，如果舵把子的袍哥会、盘破门、资州革命党人和我们一起联手行动，我们的胜算就很大了。我们的人虽然不多，但我们有精良的武器。到时候，你们在外围行动，我们在里面做内应，劫刑场，杀端方，主动权就掌握在我们手里了。这个事情，请舵把子三思。"

黄天杰有所心动，但仍心存疑虑地问道："我凭什么相信你们呢？如果你们也是为了配合端方的阴谋诡计而来找我们，那我们到时不仅救不出张春生，反而赔进去那么多弟兄的性命，我不就成了千古罪人了吗？"

精瘦汉子着急地说道："如果没有诚意，我就没必要大半夜地冒着风险跑出来找你。现今天下形势，稍微明白一点的人都应该看得出来，清王朝行将就木，覆灭指日可待。如果我们联手能把端方杀掉，清廷就少了一个重臣，我们的革命道路就少了一块绊脚石。一旦干掉端方，我们就在新军中举行起义。你所担心遭到清王朝报复的问题，是根本不存在的。"

黄天杰摇摇头说："算了，我不想听你说那些大道理了，我是个粗人，没多少文化，听多了头晕。感谢你们的好意了，你们的想法很好，但我无法和你们联手，抱歉了。"精瘦汉子很是失望，但仍不甘心地问道："舵把子，你真的准备放弃营救张春生吗？"

黄天杰摇摇头说："当然不会。我可以明确告诉你，春生，我们肯定是要救的。但用什么办法营救，恕我不能奉告。当然，如果我们到时营救春生时，你们能暗中帮一把，我们将不胜感激。"

精瘦汉子神情呆滞地说道："我们到时怎么暗中帮助你们？你们既然铁心要救张春生，而我们也想利用这个机会干掉端方，我们为什么不可以联手行动呢？如果到时你们干你们的，我们干我们的，没有一个统一的指挥，这个事情肯定没法做成。"

黄天杰轻松地说："没关系，你们如果觉得把握性不大，可以不用行动，免得暴露，遭到端方的镇压。不过，我还是要感谢你今晚来找我，我现在已经知道该怎么采取行动了。时间不早了，贵客想必还要连夜赶回资州城吧？"

精瘦汉子点点头说："是的，城里的弟兄们还等着我回话呢。"黄天杰站起身来说："我就不耽搁你的时间了。如果有缘，我们在资州城里再见吧。"精瘦汉子万般无奈地站起身来，对黄天杰拱手说道："舵把子，我们后会有期！"黄天杰也还礼道："贵客请多保重！"

黄天杰出门后，吩咐杨道清把来客送走，快步往回走去。邓三把门打开，黄天杰进屋一看，不禁脸色大变。

黄天杰去三圣宫后，王人杰摸出怀表看了看时间，神色严峻地对龙建伟说："如果我们还不行动的话，就来不及了。"黄天民站起身来，态度坚决地说："走，我们现在就出发进城！"龙建伟制止黄天民说："还是等等你大哥为好。"黄天民冷笑着说："等他？水都淹到脖子上了。"

王人杰也有些踌躇地搓着手说："我们就这点人，要和端方硬拼，简直就是鸡蛋碰石头啊。"邓三在一边跟着附和道："是啊，你们没见过新军的武器，我的乖乖，你就是长了三头六臂，也挡不过他们的枪弹。"

黄天民忽然转头把邓三看着，看得邓三心里直发毛。邓三奇怪地问道："你把我看着干什么？我的话没说错啊。"黄天民说："你再给我们说说你今天晚上是怎么跑出资州城来的。"邓三不解地问道："你问这个干什么？"黄天民说：

"你先别管，我自有用处。"

邓三把自己如何逃出来的经过详详细细地告诉了大家，黄天民用心地记着，不时问邓三几个关键问题。邓三说完后，黄天民对龙建伟和王人杰说："我有办法了。但是时间紧急，我们先出发，路上我再详细给大家说。"

龙建伟通过黄天民问邓三的事情，心中大致明白了几分，但仍然疑惑地问道："你确定办法有效？"黄天民拍着桌子说："一定有效！"龙建伟点点头说："不等你大哥了？"黄天民说："等他回来，天都亮了！"

说走就走，黄天民、龙建伟、王人杰和邓三收拾好武器，立即骑马朝资州城进发。走到子来桥桥头，黄天民对守候在那里的盘破门弟子说："如果大哥问起，就说我们去资州城里了。"

出了罗泉镇不远，是一个三岔路口。黄天民看到前方路口似乎有两个人骑在马上拦路，就把马缰勒住，减慢了速度。到了近前，黄天民发现这两人居然是黄天秀和安广南。

黄天民沉下脸说道："天秀，你这是干什么？"黄天秀说："我要跟你们一起救春生哥。"黄天民学着黄天杰的口吻呵斥道："胡闹！没你的事，赶紧回家去。"黄天秀倔强地说："我不，就是不！大哥呢？大哥怎么没跟你们在一起？"黄天民说："大哥有事，我们先走。"黄天秀冷笑着说："你少骗我，我看你们是瞒着大哥偷偷跑出来的吧？"

黄天民掩饰着说："你别瞎说。我们去救春生，没你的事。你一个女孩子，到时我们还要保护你。"黄天秀说："我和小安一起，小安会保护我。把春生哥救出来了，春生哥就能保护我了。"

安广南在一边插嘴说道："就让我们去吧。我枪法好，能帮上不少的忙。"黄天民说："小安可以跟着我们一起走，但天秀不能跟我们去。"黄天秀说："你不让我去，我马上回去找大哥，我看你们还能不能偷偷地进城。"黄天民被黄天秀的话激怒了，正要发作，龙建伟说道："天秀救春生的心情，我们可以理解。就让她去吧，多一个人，也多一分力量。"

黄天民想了想说："好吧。但你必须一切行动听我们的指挥。"黄天秀高兴地说："我就知道你对我最好了。"黄天民哼了一声，策马就要出发。

邓三有些犹豫了，对黄天民说："要不你们先走，我回去等着舵把子，到时再多带一些人来接应你们。"黄天民点点头说："也行。有劳三哥了。"

邓三回到屋内，刚要坐下喝口水，就见黄天杰回来了。黄天杰见屋内除了邓三，其他人没了踪影，情知事情不妙，抓住邓三大声问道："他们去哪里了？"邓三说："去资州城了！"黄天杰跺脚道："你为什么不拦住他们？"邓三很是委屈地说："我一个袍哥，能拦得住他们革命党吗？"

黄天杰狠狠地瞪了邓三一眼："走，把他们追回来！"邓三说："来不及了，他们都走了好一会儿了。"黄天杰说："这一切都是端方设下的圈套，端方就等着他们去送死呢！他们怎么这么糊涂呢？"邓三说："他们说了，不管是不是圈套，都要去救春生。对了，你的妹妹也跟着他们走了！"

黄天杰惊呆了，随即一拳砸在桌上，桌上的茶壶、茶杯弹跳起来，发出相互碰撞的清脆声。邓三说："舵把子，别犹豫了，我们也跟着一起去吧！多一点人手，也能有个照应。"黄天杰冷笑着说："端方既然设下圈套，我们这点人手，纯粹就是按端方的设想钻进去啊。"

邓三说："天民想到了一个好办法。"黄天杰问道："什么办法？"邓三摇着头说："他没给我说，说是在路上再给大家说。既然天民有了好主意，我们只要组织人手去接应他就行了。"

黄天杰说："你说得轻巧，扛根灯草。端方在城里重兵云集，他们那点人手，即使能想个出其不意的办法把春生救下来，也难以逃脱。再说了，我们要进资州城，必须要过江。端方肯定已经把过江的桥封锁了，我们到时只能在江对岸干着急。"邓三也有些着急了："那怎么办？总不能看着他们去送死吧？"

这时，门被推开，杨道清走了进来："大师兄，老爷子来了！"黄天杰惊愕地问道："什么？"就见黄昌盛在刘管家的陪同下，怒气冲冲地走进屋来。黄天杰、邓三立即站起，黄天杰低垂着头，不敢看黄昌盛，低声问道："爸，您，您怎么知道我在这里？"黄昌盛指着黄天杰大声说道："你说我怎么知道的？整个罗泉镇都被你们闹翻天了，我又不是聋子瞎子。"

黄天杰赶紧说："爸，您息怒。我这就回家去。"黄昌盛说："回家？你还有心思回家去？你说，天民、天秀去哪里了？"黄天杰支吾着，回头狠狠地看了看邓三，低声问道："是不是你给老爷子通风报信了？"邓三一脸茫然，嘀咕道："我是那种人吗？"

黄昌盛对黄天杰说道："你别问他，这事是刘管家给我说的。"黄天杰叹了口气，对刘管家说："这种事情你怎么能给老爷子说呢？"刘管家连忙辩解道：

"是老爷子问我，我没有办法。"黄昌盛说："这事不怪刘管家，我早就发觉事情没对了。刘管家也是在我的再三逼问下，才告诉了我镇上发生的一切。"

黄天杰说："爸，这事的确是我没做好，我不该背着你……"黄昌盛挥手打断黄天杰的话说："事情已经到了这个地步，你也不用想得太多，该怎么做就怎么做。"

黄天杰觉得父亲的话里包含的意思太多，一时没有明白过来，小心翼翼地问道："爸，您的意思是？"黄昌盛拍着桌子说道："你还没懂我的意思？亏你还是资州袍哥会的舵把子，盘破门的大弟子！都到这个节骨眼上了，你还优柔寡断、思前想后干什么？你是男人，就要拿出男子汉的气概来！"

黄天杰似乎有些明白父亲的意思了，但他对父亲的态度发生如此巨大的转变仍然难以相信："如果我带人去救春生，那就是在和朝廷对抗，是在造反，要犯下杀头、灭九族的大罪啊！"

黄昌盛又把黄天杰的话打断说："造反，那是要看造谁的反！不错，我是一直教育你们要老实做人，本分做事，不要去做那些杀头的事情。但是，这个朝廷真的是让我看穿了，腐朽没落到头了。春生他做错了什么事？端方凭什么把他抓起来还要杀他？春生不就是革命党吗，革命党有什么错？朝廷如果做得好，革命党就不会出现，老百姓也不会支持他们。"

黄天杰惊讶地说道："您的思想怎么突然就这么开通了？您简直让我对您刮目相看啊。"黄昌盛说："我可没有那么高的觉悟，我只知道，我必须要保护我的孩子们。无论是你们还是春生，都是我的孩子，都是我的心头肉。谁要是敢动我的孩子，我绝对不会坐视不管。如今，天民、天秀已经进城去了，我很担心他们的安危啊。如果救不出春生，我就要失去三个孩子！你是老大，必须赶紧行动，无论如何，都要把他们三人平平安安地给我带回来！"

黄天杰哽咽着，扑通一声跪下说："您放心，我这就立即安排部署，一定把他们都给您带回来。"黄昌盛把黄天杰拉起来，拍了拍黄天杰的肩膀说："赶紧行动。"黄天杰使劲地点着头问道："妈知道这事吗？"黄昌盛摇摇头说："她还不知道，这事也不能让她知道。刘管家，我们走。"

说完，黄昌盛转身就朝外走去，刘管家赶紧跟着黄昌盛走了出去。黄昌盛一边走一边念道："佛祖说，孽有三报，一是现报，现作善恶之报，现受苦乐之报；二是生报，或前生作孽今生报，或今生作孽来生报；三是速报，眼前作孽，目下受报，自己种的因，自己尝结的果。我黄昌盛不知上辈子做了什么孽，落得个今生报。佛祖啊，你一定要保佑我的孩子们都平平安安地回来啊……"

黄昌盛的一席话，让黄天杰停止了徘徊犹豫，他明白接下来该怎么做了。

邓三着急地问道："现在怎么办？"黄天杰神情坚毅地说："明知是个陷阱，我也要往里面跳！我们必须把事情闹大，积聚各方力量，才能镇住端方，才能逼迫端方和我们谈判，也才能救出春生，减少弟兄们的伤亡。"

邓三兴奋地一拍桌子，大声叫道："还等啥呢？赶紧发话吧！"黄天杰把杨道清叫进来，对二人说道："我有非常艰巨的任务要交给你们。邓三，听令！"邓三立即挺了挺胸脯，大声应道："在！"

黄天杰说："你马上进城，去找座堂方至元，传我的袍哥令，召集城里的所有袍哥弟兄，准备好家伙，在重龙山下集结待命，我进城后就来找你们。"邓三应道："得令！"黄天杰补充道："记住，不要过于集中，最好分散在山下的房子里，免得被发现。"

黄天杰又对杨道清说："你马上叫子来桥和三圣宫的师弟们分头行动：一是把盘破门的所有弟子召集到三圣宫听令，二是通知罗泉镇和附近乡镇的袍哥会弟兄，在县城沱江南岸的笔架山下集结。人越多越好，成败在此一举！"

三圣宫后院，明江道长坟前，黄天杰长跪不起。坟前的香烛在夜色里闪着光，天色阴沉，一如黄天杰此时的心情。明江道长收下黄氏兄弟和张春生三个弟子后，又陆续收了不少弟子。加上明江道长其他师弟的弟子，盘破门发展很快，门众遍布罗泉和周围乡镇，还发展到了附近的威远、仁寿和内江等地。

明江道长岁数越来越大，但他的心情越来越好。盘破门在他手里，终于得到了长足的发展，尤其是黄氏兄弟和张春生三人，天资聪颖，勤奋苦练，深得他的真传。临终前，明江道长先把黄天杰叫到跟前，叮嘱他一定要把盘破门的大旗扛起来，把盘破门武学发扬光大。还要他加入资州袍哥会，凭靠自己的能力当上舵把子，利用袍哥会把盘破门发展开去。黄天杰含泪接受了师父的重托。

提到张春生时，明江道长说，张春生天分很高，但心思也多，是一个不会安分守己的人，今后一定要对张春生多多关照，不能让他走入歧途。如果张春生今后的道路选择得好，他会是一个很有出息的人；如果选择得不好，可能会闹出很多事情来，让盘破门蒙羞。明江道长希望黄天杰能把握好师兄弟们的个人发展，谁如果有难，一定要出手相救，不能坐视不管。随后，明江道长叫黄天杰把黄天民、张春生和其他弟子都叫到跟前，挨个看上一眼后，微笑着闭上了眼睛。

跪在师父坟前，黄天杰想到了很多，对师父的临终遗言更是字字铭记在心。即将采取的营救行动，他不知是对还是错。但他相信，他下的决心，是师父所愿意看到的。他暗自祈祷："师父啊，弟子所有道路都没法走了，只有奋起反抗。请您一定在九泉之下保佑盘破门，保佑盘破门的弟子全部平安。"

祈祷完后，黄天杰朝师父的坟墓又磕了三个响头，才满脸泪痕地站了起来。他回到房间，把挂在墙上的那柄大刀摘下来，仔细地擦拭着。这柄大刀，曾跟随明江道长南征北战，杀敌无数，刀刃仍透着逼人的寒光。明江道长临终前，把这柄大刀交到了黄天杰的手里。黄天杰决定带着这柄大刀进城营救张春生，希望师父能跟随他一起参加战斗。

很快，外出联络的三圣宫道士陆续回来，盘破门弟子也相继到达三圣宫，在外面等候着。杨道清最后一个走进屋里，满头大汗，但抑制不住内心的激动。黄天杰知道时辰到了，他站起身来，把大刀背上，和杨道清一起来到大殿外的大院子，那里，站满了盘破门几百名弟子。大家都带着武器，神情严肃，眼里闪着光芒。

黄天杰走上台阶，扫视了众人一遍，抱拳说道："各位都是盘破门的弟子，都是英雄好汉！我把大家紧急召集起来，是因为盘破门到了生死存亡的关键时刻。如果不组织起来行动，我们就只有被人宰割甚至被消灭。"

黄天杰顿了顿说道："资州城里新来的钦差端方，认为盘破门和革命党关系紧密，准备派兵来抓我们。昨天，盘破门的弟子张春生，也就是我的弟弟，已经被端方抓了起来。今天午时三刻，将在资州城里的鼓楼坝被开刀问斩。春生昨天被抓，明天可能就是你们中的某个人、某些人，甚至全部！为了盘破门的百年声誉，为了子孙后代不受欺负，我们必须要反抗，打进资州城，救出春生，赶走端方！"

弟子们议论纷纷，群情激奋。一个弟子大声叫道："天杰哥，你是盘破门传人的大师兄，也是资州袍哥会的舵把子，我们都听你的！"其余弟子纷纷赞同，士气高涨。黄天杰挥手说道："这次我们是去打仗，刀枪无情，大家一定要提高警惕。我希望大家到时都能跟着我一起回来，不能落下任何一个弟兄！出发！"

资州笔架山，古名三台山、三元山，位于沱江南岸，与资州县城隔江相望。山岭上有并排而立的三个山峰，就像一个搁放毛笔的笔架，故名笔架山。传说中，这是资州文脉所在地。为了保护文脉，古人在笔架山西边上游方向的小山峰上修建了一座镇山的小石塔，石塔上刻有"文峰塔"三字。

资州州志记载笔架山说："登临远眺，但见峰峦秀蠹，江水湾环，云树苍茫，历历如画。资州夙号名区，周汉以来名贤辈出，盖由山川灵气钟毓，非偶然也。"正因为笔架山文脉厚重，使得资州出了两个状元。

南宋时期，笔架山附近出现了一个狗皮道人，全身上下穿着狗皮，经常在山上走来走去，见到带有官运的贵人，就像狗一样汪汪汪地叫起来。一天，一个满脸麻子的少年跑到笔架山山顶吹箫，狗皮道人学着狗叫走了过去。少年说："你别学狗叫了，我今天没带肉骨头。"

狗皮道人说："你今天没有，以后会有。你以后不仅有肉骨头，还有琼林宴。"然后就唱了起来："毓秀三峰笔架山，魁星点斗连三元。珠江后浪推前浪，浪出金鳌七百年。"少年听后笑着说："听你的意思，是说我要700年后才能考中状元独占鳌头？我又不是神仙，活得了那么长时间吗？"

狗皮道人哈哈大笑没有答话，自顾自地在地上打了七个滚后就又跳又笑地走了。过了几年，这个叫赵逵的少年果然中了状元，他是资州历史上的第一个状元。赵逵中了状元后，回想起狗皮道人的话，知道700年后，资州还要出一个状元。

时间到了清光绪年间，一个风水道士来到资州，看到笔架山的山形，连声称赞说："好风水啊，资州文脉又要大兴了！"这话传到资州知州高培谷的耳里。高培谷正在大力办学校、兴文风，就找人把风水道士找来，详细询问了笔架山文脉的情况，又把民间广为流传的狗皮道士的预言告诉了风水道士。

风水道士指着笔架山说："笔架山上那座文峰塔已经不在了，你如果在笔架山的三个山峰顶上各修一座石塔，狗皮道士的预言就会实现。"高培谷依言在三个山峰顶上修建了三座玲珑秀气的小石塔，上游的那座仍然叫文峰塔，中间的那座叫雁峰塔，下游的那座叫云峰塔。三座石塔修好后不到两年，果然文运大开。光绪二十一年（1895年），骆成骧高中状元，成为资州历史上第二个状元。

笔架山附近的水南渡口要塞，是通往对岸资州城的重要关口。黄天杰下令城外各地的袍哥在笔架山下集结，就是为了便于指挥进攻资州城。天亮后，各地袍哥陆续赶到笔架山下，引起了要塞清军的注意。昨晚，黄天杰、黄天民兄弟大闹资州县衙牢房，意图劫狱未果后，端方就下令封锁城门，严守水南要塞。见到笔架山下有人聚集，要塞和城内清军、新军更是加派力量防守。

黄天杰等人快马加鞭来到笔架山下，与聚集在山下的袍哥会合。大家见面后，开始商议如何行动。水南要塞和城门被封锁，在黄天杰的意料中。一路上，黄天杰都在打听黄天民等人的行踪，所有人都说黄天民等人朝资州城进发了。黄天杰到了水南要塞附近，都没有发现黄天民等人的踪迹，估计他们已经趁黑偷偷过江，潜入了城里。

要想让黄天民等人顺利实施营救行动，必须减轻他们的压力。最好的办法，就是采用围魏救赵之计，尽最大可能把城里端方的兵力调离鼓楼坝刑场，吸引到要塞来。所以，攻打要塞成为黄天杰行动的第一步。他吩咐袍哥会外堂的两个牌把大爷，和张道文一起联合指挥袍哥和盘破门弟子，攻打要塞。

没过多久，步行而来的盘破门弟子全都到了笔架山下，加上到的袍哥，总数超过1000人，声势浩大。黄天杰把两个牌把大爷和张道文叫到一起，交代了具体的攻打行动。要求大家轮番上阵，虽然是佯攻，但一定要把声势做大，做出一副拼死的攻势，让守护要塞的清军兵力吃紧。当然，如果能顺利攻破要塞继而攻进城里，那是最好不过的事情了。

黄天杰没有担任进攻要塞的总指挥，他另有打算。他要进入城里，只有进城了，才能协助黄天民等人营救张春生，也才能掌控城里的局势。城里还有几百名袍哥在重龙山下集结，到时只要带领那些袍哥进攻刑场，才会有更大的胜算。如此一来，内外夹攻，可以让端方顾首不顾尾，兵力捉襟见肘，才能以硬碰硬的方式，彻底砸烂端方设下的圈套，掌握主动权。

如果到时局势朝有利方向发展，端方新军中的革命党人或许会趁机发难起事，控制住端方，把新军掌握在革命党人的手里。当然，黄天杰的主要目的是救出张春生，至于端方，那不关自己的事情了。

黄天杰看看时间，已是辰时了，离午时间斩不到两个时辰，时间相当紧迫。进攻水南要塞，袍哥和盘破门弟子还需要做准备。黄天杰吩咐张道文，到了巳时，就开始进攻要塞，用一个时辰的时间把城里端方的兵力吸引出来。安排妥当后，大家分头行动，开始做进攻要塞的准备。

黄天杰把杨道清、张道明以及二十多个师弟叫到一起，准备和他一起单独行动。黄天杰挑选的这二十多个师弟，都是盘破门的精锐，武艺高强，有胆有谋。大家上马，朝下游唐明渡疾驰而去。

黄天杰在从罗泉镇赶往资州城的路上就想好了，如果资州城封锁了进城道路，要想进城，只有绕道而行。所以，黄天杰想绕道唐明渡渡过沱江，然后从重龙山后山上山顶，从山顶进入在城里的重龙山前山脚下，与那里的袍哥会合，再一起行动，抢在午时端方动手之前杀入刑场。

唐明渡位于资州东边十里处的沱江边上，是著名的水码头。黄天杰料定端方不会封锁这个码头，因为这个码头商贾云集，往来商船众多，一旦封锁，势必引起商人们的极大不满和骚乱。而且，唐明渡多为资州城里的富绅掌控，端方也不敢得罪这些为他的大军提供粮草的"衣食父母"。当然，端方也不可能想到黄天杰会费尽周折绕一大圈进城劫刑场。

让黄天杰充满信心的另一个主要原因是，袍哥会的许多弟兄在各个码头的势力相当大。即使到时端方派人封锁了码头，黄天杰也可以利用舵把子的身份很轻松地找到船只，另寻一个地方下水渡江。

唐明渡的由来，据说与唐明皇有关。相传唐天宝十四年（755年）安禄山造反，唐明皇一路西逃入蜀，一直逃到资州这个渡口。渡江时，唐明皇掉了一条金马鞭在江边，天长日久，金马鞭镇水堵沙，形成一片上千亩的巨大沙洲。沙洲外是一湾碧绿的江水，河道平缓，水波不兴。后人就把这个渡口叫作唐明渡。

黄天杰等人一路飞驰，很快就到了唐明渡。远远地，黄天杰看到渡口人来人往，船只穿梭，一片繁荣景象。此地果然没有被端方封锁，也没受到城里要斩杀革命党人的影响。为了不引起渡口守军的注意，黄天杰吩咐众人提前下马，叫过渡口的几个袍哥把马带回笔架山。然后，大家把身上的武器藏好，分头坐船渡江，到对岸会合。

渡口的袍哥大都认识黄天杰，黄天杰不想被他们认出来，用布条把嘴巴遮住，装作一副病恹恹的样子，由杨道清扶着上船，坐在一个角落里。此举果然奏效，没人对黄天杰多看两眼，即使熟悉的袍哥，也没认出这个"病人"就是他们的舵把子。

到了北岸，黄天杰等众人到齐后，立即朝重龙山后山出发。但他没想到的是，此时潜入城里的黄天民等人，已经开始动手营救张春生了。

第九章 ◎ 半路劫囚

黄天民、龙建伟、王人杰、黄天秀、安广南五人一路疾行，赶到沱江南岸。原本想趁黑混入城内，但他们看到，水南要塞关卡紧闭，守卫的清军和新军人数暴增，根本没有办法进城。邓三深夜到罗泉报信，当时是通过特殊途径出城的，看来邓三所言不假。

尽管如此，黄天民仍胸有成竹。他出发前向邓三详细询问了出城的特殊路径，决定循着那条路径潜进城内。黄天民敲开江边一个渔民的门，叫渔民驾船把他们送过江去。那个渔民也是袍哥，知道黄天民是舵把子黄天杰的弟弟，也没有多问，立即驾船把五人送到对岸。

上岸后，五人在江边一片灌木林里找到那个秘密的地道出口，钻了进去。这个地道比较狭窄，仅能一个人通过，而且阴暗潮湿，有的地方地上还有积水，散发出一股霉臭味。看得出来，很久没有打理过。黄天民划燃火柴在前面带路，大家一个接一个，深一脚浅一脚地朝前走去。地道弯弯曲曲，不知走了多久，前面没有路了，一道石阶出现在眼前。

黄天民示意大家停下来，慢慢走上石阶，把盖在上面的石板推开，探出脑袋观察着上面的情况。一股家畜的气味传来，定睛一看，原来这里居然是牲畜棚！他不由得惊叹，这家人果然精明，居然把地道入口设在这么一个地方。四下里静悄悄的，牲畜见到黄天民，只是走动了几下，没有发出任何声响。黄天民朝下面低声打了一个招呼，大家陆续跟了上来。

黄天民出了地道，看到不远处就是院墙，他决定带领大家从院墙翻出去，这样就不用惊动这家人了。众人出了院墙，来到一个隐蔽的角落，开始分头行动。

按黄天民的计划，进城后，龙建伟和王人杰分头去找城里的革命党人，准备好武器弹药，到县衙牢房附近的十字路口埋伏。张春生等人被押解出来经过路口，就发动突然袭击，把人救下来。黄天民、黄天秀和安广南则进行接应，带领大家进入有地道的那户人家，通过地道逃出城去。计划非常完美，干净利落。

　　但黄天民三人的任务还存在不确定性，他们得找到那户人家，希望到时能协助他们逃走。龙建伟和王人杰走后，黄天民、黄天秀和安广南待在原地没动，先休息一下，等天亮后再行动。天色渐亮，街上行人多了起来，新的一天开始了。黄天民带着黄天秀、安广南混在行人中，先找了一个卖豆浆、油条的小店铺吃早餐。

　　三人沿着原路返回，到了那户人家的院墙外面。这里是一条小巷，黄天民觉得有些熟悉，但又想不起小巷具体叫什么名字来。然后，黄天民朝着和龙建伟、王人杰事先商定好的接应地点出发。

　　按计划，龙建伟、王人杰等人将在离县衙牢房两条街外的十字路口动手。一是因为地点在十字路口，周围连着多条街巷，得手后便于分散逃跑，到时要分为三路人马逃跑，一路是龙建伟、王人杰带着张春生等人朝地道逃跑，另外两路由城里的革命党人吸引追兵，减轻第一路的压力。

　　二是十字路口离县衙牢房和鼓楼坝刑场有一段距离，可以在最短的时间内把押送囚犯的清军击溃，救下张春生等人。在清军的增援兵力赶到前，逃离现场。三是十字路口繁华热闹，茶楼、店铺众多，便于大家事前埋伏隐蔽。一旦行动信号发出来，大家就以最快的速度冲上去，打对方一个措手不及。

　　黄天民等人的主要任务是确定好朝地道逃跑的最佳路线。这条路线，不仅要线路最短，而且必须保证安全，能尽快摆脱追兵，还不能给那户人家带来麻烦。所以，那户人家的后门，是进入地道的最佳地点。黄天民带着黄天秀和安广南，在十字路口和那户人家后门之间来回走了几次，不断观察地形和周围环境，修正此前的路线。

　　最后一次，三人来到十字路口，看到王人杰带着两人走向路口一家茶楼。王人杰对黄天民微微点点头，走进了茶楼。在路口另一家绸缎店铺门前，停放着几辆黄包车。其中一人把帽子遮得很低，黄天民一眼就认出，那是龙建伟。龙建伟左右有两辆黄包车，车夫也是革命党人，黄天民都认识。在路口另外一边，有一个补鞋匠，一个摆摊的小贩，周围还有几个看似闲人的人，都是革命党人。

　　黄天民心里大为宽慰，一切都在按计划行事。黄天民三人走向龙建伟的黄包车，分别坐上车，朝确定的路线而去。过了一个路口，刚拐进一条小巷，黄天民就叫龙建伟停下，假装付钱时，黄天民低声说："就在这里会合。"龙建伟会意，带着另外两辆黄包车朝刚才守候的地方跑去。

黄天民三人朝那户人家方向走去。想到马上就要和对方面对面谈判，黄天民的心七上八下，既激动又有些不安。激动的是，自己要凭口舌说服对方给予配合，不安的是，万一对方不同意又该怎么办？来到那户人家门前，黄天民抬头看见"夏府"二字，不禁倒吸了一口凉气，后悔没向邓三问明这一点。

夏府的主人叫夏应纯，是资州最大的粮油商人，资州城里一大半的粮油，都由他家供应，在城里有数家粮油店铺。资州任何一任知府都不敢得罪夏应纯，因为一旦惹恼了他，资州城的粮油供应就会出现短缺，引发居民恐慌。所以，夏应纯在资州城里的威望很高，逢年过节，知府大人还会上门拜望。夏应纯有一儿一女，儿子叫夏承祖，女儿叫夏承仙，黄天民和这家人有着说不清扯不明的复杂关系。

夏承祖是个典型的纨绔子弟，从小就在资州城称王称霸，长大后更是出名的霸王，不断惹祸生事。好在夏家有的是钱，每次惹祸后，总会用钱摆平事端。夏应纯经常打骂儿子，夏承祖每次惹事后都会先收敛一些，时间一长又恢复原来的德行。黄天民久闻夏承祖的大名，但他们真正碰面并认识，是在去年。

去年，黄天民从成都回到资州，经父亲黄昌盛找资州学正走动关系，在资州学堂谋了一份教书的差事。教学期间，黄天民晚上吃完饭后，会上街溜达。那天，黄天民正在大街上走走瞧瞧，忽然听到前方传来一阵嘈杂声。举目望去，前面围了一大堆人。走到近前一看，眼前的情景不由地让黄天民皱起了眉头。

一个老头带着一个姑娘，被三个年轻人围着。其中一个胖胖的年轻人正嬉皮笑脸地对着那个姑娘动手动脚，嘴里说着一些不堪入耳的脏话，另外两个年轻人配合着他把老人拦在一边。旁边有人在悄声议论说，老头带着女儿在这里卖艺，那个叫夏承祖的胖年轻人正好从这里路过，见姑娘有几分姿色，而且姑娘的曲儿唱得很好听，就动了邪念，想把姑娘抢走。

老头见女儿被夏承祖调戏，放下手里的二胡，不停地抱拳求饶说："大爷，放过我女儿吧，好人有好报啊……"老头最后一句"好人有好报"，惹恼了夏承祖，他最不愿听到的就是"报应"两个字，因为他每次惹是生非，总要被人咒骂说他作恶太多，要遭到报应。

夏承祖眼睛一瞪，骂道："你敢咒骂我？小五子，小七子，给我打！"那两个年轻人挽起袖子，就朝老头的脸上左右各一个巴掌。姑娘见父亲挨打，哇的一声大哭起来，拉着夏承祖的衣袖说："大爷，求你饶过我爸爸，求你了……"夏承祖嘿嘿笑着，用手捏了捏姑娘的下巴说："你只要答应跟了我，我就放过他。"

老头捂着脸，吐出一口鲜血，恨恨地说道："我的女儿是吃红薯的命，吃不了你家的白米饭。"夏承祖脸色一沉，转头对小五子和小七子说："我看他一身的皮子紧得很，你们给他松松，直到他答应为止。"两人正要动手，夏承祖又说："别打死了啊，他是岳父。"

小五子上前一脚把老头踹翻在地，老头也是一个刚烈之人，在地上摸到二胡，抢起二胡就朝小五子的腿扫过来。小五子没提防老头会反抗，被二胡砸中膝盖。小五子疼得跳了起来，龇牙咧嘴地吼道："你竟敢打我，我踹死你！"说着，小五子抬脚把老头手里的二胡踢到一边，小七子上前，几脚把二胡踩得稀烂。姑娘放声大哭，想扑过来救父亲。夏承祖一把把姑娘搂在怀里，伸手在她身上乱摸起来，一张大嘴朝姑娘的脸上凑去。周围的人眼里都要喷出火来，但没人敢上前阻拦。

黄天民自从看到眼前的情景后，一股无名怒火就燃了起来。他实在看不下去了，上前两步，把夏承祖后颈窝的衣服提着，朝旁边使劲一带一推。夏承祖被黄天民巨大的力道带动着，放开怀里的姑娘，跟跟跄跄地朝一边跑动了几步，终于稳住重心，没有被摔个狗啃泥。

黄天民把夏承祖拖开后，看到小五子抬脚正要去踹地上躺着的老头，赶紧来到小五子侧边，用腿朝小五子抬起的脚扫去，正好踢在小五子的脚上。小五子连忙两手抱脚，一屁股坐在地上，杀猪般地号叫起来。

小七子刚把二胡踩烂，转身要帮着小五子教训老头，见黄天民把小五子打翻在地，立即朝黄天民扑了过来。黄天民见小七子出招完全没有章法，就是一副街头流氓地痞斗殴的架势，心中有了谱，站着没动。等小七子来到近前，他用右手把小七子的拳头轻轻一挡，左手不等小七子另一个拳头近身，快速地朝小七子的胸口就是一掌。小七子的身子立即往后飞了起来，重重地落在地上，捂着屁股在地上打滚。

黄天民三拳两脚把夏承祖三人击败，周围的人不禁大声喝彩。黄天民朝众人摆摆手，笑了笑。那个姑娘连忙把老头扶起来，父女二人抱头痛哭。黄天民正要上前安慰那对父女，就听到周围的人一阵惊呼，随即感到脖子发紧，有人喘着粗气从身后用手把他的脖子死死地箍住。不用说，在黄天民身后的是夏承祖。

夏承祖没想到，自己横行资州城这么多年，还有人敢对自己动手。他决定要扳回一局，把这个年轻人打败，让他跪地求饶，自己才能出一口恶气。夏承祖这一招是向县衙牢头邓三学的，邓三称之为"邓氏锁喉功"。夏承祖身体肥胖，平时又爱动手动脚，虽然长期沉溺于酒色中，但力气也不小。夏承祖曾在手下人身上试过这一招，效果不错，没人能挣得脱他的"锁喉功"。所以，他对黄天民出手就用上了"绝招"，期待着黄天民要不了一会儿就会浑身瘫软下来，然后跪在面前求饶。

黄天民被夏承祖箍住脖子后，也是暗暗吃惊。他没想到这个家伙力气居然如此之大，随即他就感到呼吸困难，眼前直冒金星。但黄天民没有慌乱，他暗暗一运气，将身子往下一沉，迅速朝右侧一转身，把全身的力气运到右肘，重重地击向夏承祖的腹部。

夏承祖正在得意时，感觉到黄天民身体在动，以为黄天民要挣扎逃脱，刚想用劲把黄天民箍牢实，腹部就吃了黄天民一肘，顿觉一阵疼痛传遍全身，手上一松，弯下腰捂住肚子哎哟哎哟地大声叫唤起来，一屁股坐在地上。

小五子和小七子顾不上疼痛，翻身爬起来，双双朝黄天民扑去。黄天民见两人如此不识好歹，决心要好好教训他们一顿。不等二人近身，黄天民主动出击，手脚并用，周围人还没有看清楚黄天民究竟是怎么出拳的，小五子和小七子一个接着一个飞了出去，趴在地上痛苦地叫唤着。

黄天民来到那父女面前，把身上带着的所有钱物摸出来，交到老头手里说："这里不是久留之地，赶紧走吧。"老头拉着黄天民的手，眼泪汪汪地说："好人啊，太感谢你了。你的钱，我们不能要。"

黄天民把钱硬塞进老人的手里，周围的人，也纷纷掏钱递给老头。老头带着女儿跪在地上，不断地向大家磕头致谢。黄天民赶紧把他们扶起来，叫一个在旁边看热闹的壮实中年人帮忙把他们带出城去，走得越远越好。

老头和姑娘走后，黄天民看了看还在地上叫唤不停的三个人，哼了一声，转身要走。夏承祖忍住疼痛，大喊叫道："兄弟，我认输，你留个名！"黄天民本想不再理他，但想了想，答道："我叫黄天民，在资州学堂教书，随时恭候你！"

　　第二天中午，邓三到资州学堂找黄天民，请他去醉仙楼吃饭。黄天民想到邓三和大哥黄天杰关系密切，就随同邓三来到醉仙楼。进屋后，黄天民看到屋里坐着夏承祖，脸色不禁一沉。夏承祖似乎没看到黄天民一脸的不高兴，站起身来，热情地喊着"二哥"。黄天民本想拂袖而去，但不想给邓三难堪，只得一言不发地坐下。

　　夏承祖给黄天民和邓三斟上酒，端起酒杯，笑着对黄天民说："二哥，昨天小弟喝了一点酒，跟你闹了一场误会。今天小弟向二哥赔礼道歉，还望二哥不要和小弟一般见识。"黄天民冷冷地说："你不会是第一次干那种事情吧？我阻拦你们，你们和我大打出手，恐怕也不是误会吧？"

　　夏承祖尴尬地望着邓三，邓三端起酒杯说："昨天的事情闹出来后，我已经把夏少爷狠狠地骂了一顿，他再三央求我一定要把你请来，向你当面道歉。二少爷，你看到我的老脸上，就卖夏少爷一个面子吧。"黄天民叹了一口气，缓缓地端起酒杯说："我还能说什么呢？"

　　夏承祖见黄天民态度有所转变，大喜过望，拍着胸脯说："今天当着你们的面，我一来向二哥诚恳道歉，二来向你们保证，从今以后，我夏承祖绝对不再混蛋下去了，一定改邪归正，重新做人！"黄天民说："今后你能兑现刚才的承诺，我还是很高兴的。"

　　邓三把黄天民拉起来，和黄天民、夏承祖碰杯说："来，相逢一杯泯恩仇！"黄天民无奈地把酒喝下，夏承祖连忙招呼黄天民吃菜。几杯酒下肚后，看到夏承祖对自己如此热情，态度也诚恳，加上邓三在一边不停地帮着夏承祖道歉、说好话，黄天民对夏承祖的态度发生了转变，觉得这个纨绔子弟还是有着耿直、豪爽的一面。

　　过了两天，夏承祖专程跑到资州学堂，邀请黄天民去他家做客，说到时邓三会来作陪。黄天民闲着无事，见夏承祖的确是诚心相邀，而自己要在资州开展革命工作，也需要人脉，就答应了。夏承祖得到黄天民的肯定答复后，屁颠屁颠地回家准备酒席去了。黄天民进夏府前，顺路买了一点礼物。第一次去夏府做客，虽然是被邀请的，但两手空空前去，毕竟不合礼仪。

黄天民提着礼物走到一条商业繁华大街。一家绸缎店铺外的摊子边，一个胖胖的女人正招呼着几个女人挑选布料。忽然，就听到挑选布料中的一个女人扯着喉咙大声说道："老板娘，你怎么能做手脚呢？"老板娘停下手里的活计，也大声说道："我都量好剪开了，是不是不想买了？"

两个女人的争论，引起路人的注意，大家慢慢围了上去看热闹。黄天民也停下脚步，想看看两人为何争吵。和老板娘争吵的是一个身材高挑、模样俊俏的年轻女子。旁边一个看起来像是丫鬟的小姑娘指着老板娘说："我家小姐既然叫你量布，那就是要买了。你偷偷耍手脚，还倒打我们一钉耙，有你这么说话的吗？"

年轻女子捞起袖子，把手朝丫鬟一拦说道："春桃，我来说。老板娘，我说你在做手脚，你还不承认，你敢不敢当着我的面重新量一次？"老板娘冷笑着说："你叫我重新量，我就重新量啊？我做了几十年的生意，还没有谁说过我做手脚。买不起就别来瞎掺和，老娘没时间陪你闲扯。"

年轻女子闻言，柳眉倒竖，指着老板娘尖声吼道："老子买不起？老子有的是钱，你信不信老子把你这个布庄全部买下来？"老板娘不甘示弱，两手叉腰说道："你到怡红院卖100年都买不起！"

年轻女子大怒，抓起布料就朝老板娘扔去，然后爬上布料摊子，朝老板娘扑去。老板娘一边躲闪，一边与年轻女子扭打在一起，杀猪般号叫起来："救命啊，杀人啦！"

看热闹的人一片哗然，有人摇头，有人嬉笑。黄天民见状，苦笑着摇摇头。这是两个女人因口舌之争打架，不比男人之间的事，他想去劝架，但不知道该怎么出手。如果不去劝架，两个女人这么扭打下去，说不定还真会闹出大事来。

就在黄天民左右为难时，从店里跑出几个人，为首的是老板。老板上前把老板娘拉开，身上挨了年轻女子不少拳脚。那个叫春桃的丫鬟见小姐把气发在老板身上，也连忙把年轻女子拉住。老板娘见男人不帮着她去打那女子，反而把自己拦住，披头散发地哭叫着说："你不帮老娘打她，你还是不是男人？"老板铁青着脸，对着老板娘就是两个耳光，把老板娘打得愣住了。

老板丢下老板娘，来到年轻女子面前，立即满脸堆笑地说："夏小姐，对不起啊。我家妇人有眼不识泰山，我向你赔礼道歉。"年轻女子理了理被老板娘扯乱的衣服，叉着腰说道："当着大家的面，你给我量一量那块布料，看是不是一丈二尺！"

老板仍然笑着说："我这个布庄，从来没短尺少寸过。我现在就当着大家的面量一量，如果少了一寸，我把布料送给你，不收你一文钱。"说着，老板在春桃的帮助下，从乱糟糟的布料摊上把那块布找出来，用尺子丈量起来。结果，不仅有一丈二尺长，还多出了半寸。年轻女子和春桃惊得目瞪口呆，面面相觑，不知所措。

老板把布料撕下来，塞到春桃手里，笑着说："一场误会。这块布料，我就送给夏小姐了。"老板娘在一边不干了，哭着说："凭什么给她呀？她是你什么人呀？"老板回头大喝道："住嘴！回去，少在这里丢人现眼。"布庄的活计把老板娘连拖带拉地劝走了。

年轻女子把春桃手里的布料放回摊子上，对老板说："我不要。春桃，我们走！"说完，年轻女子拉着春桃，匆匆离开，和黄天民打了一个照面。看到黄天民正看着她，年轻女子脸一下红了，低着头快步往前走，很快消失在人群中。

黄天民觉得这个年轻女子真不是一般的角色，事情没弄清楚，就说老板娘在做手脚，还和老板娘扭打了一顿，实在是太泼辣了。旁边有人在小声议论着说："老板明明在理，为什么还让着那个女人？""你难道不知道那个女人是我们资州城里出了名的泼妇？""泼妇？她是什么来头？"黄天民不想听这些嚼舌头的话，匆匆朝夏府赶去。

夏承祖见到黄天民如此客气地提着礼物上门，万分惊讶，但也满心欢喜，觉得黄天民已经改变了对他的看法，把他当成朋友对待了。黄天民刚要落座，夏应纯走了进来，一脸笑容地拉着黄天民的手说："没想到你长这么大了，真是后生可畏啊！"黄天民丈二和尚摸不着头脑，不解地问道："您知道我？"夏应纯说："你爸是不是叫黄昌盛？"黄天民点点头。

夏应纯说："那就对了。你爸和我年轻的时候一起做过生意，他把你带到我家来过，那时你才两三岁。后来，你爸和我因为在生意上闹了一点误会，我们两家就没走动了，但我知道他有个儿子叫黄天民。"黄天民心里暗自嘀咕，怎么这事老头子从来没在自己面前提起过？也许，那是老头子和眼前这个夏伯伯之间的恩怨，自己是后辈，没必要过问老一辈的事情。

黄天民笑着说："真没想到，我们两家人还这么有缘哪。前几天在街上一时冲动打了承祖，实在对不起。"夏应纯摆摆手，笑着说："你打得好！以前我教训过他多次，他总是不长记性。现在好了，他这几天规矩多了。"夏承祖在一边嘿嘿地笑着，脸上居然是一副忠厚的表情，一点没有以前那种嬉皮笑脸的地痞样子。

夏承祖说："我原本以为，资州城没人敢和我较量，没想到二哥一出手就把我打蒙了。"夏应纯狠狠地瞪了夏承祖一眼说："所以我说天民打得好，打得及时。你和天民交手后，知道盘破门的厉害了吧？今后你得多向天民学习，虚心请教。"

夏承祖连忙说："您说得对，就是要多向二哥学习请教。"夏应纯看着黄天民，微笑着点点头。黄天民听出这父子俩的话似乎有点不对劲，但又不清楚究竟哪里没对，只得笑了笑，问道："三哥什么时候到呢？"夏承祖说："三哥说他有点事，要晚点到。"

就在这时，只见邓三风风火火走了进来，大声笑着说："来晚了，等会我自罚三杯！"黄天民说："你是巴不得多喝几杯吧？"邓三爽朗地哈哈两声说："我这人没别的爱好，就爱晕那几口马尿。"众人笑了起来。夏承祖说："时间还早，要不三哥先给我们露两手，提前助助酒兴？"

邓三摆着手说："这可不行。天民是盘破门的嫡传弟子，要露也得让天民露才行。"黄天民连忙摆手说："谁都知道邓三爷不仅为人豪爽，而且武艺高强，你就别谦虚了。"黄天民这番话，把邓三捧得眉开眼笑。邓三把衣服脱下放在椅子上，走到屋中间，抱拳说道："那我先献献丑，让天民指点指点。"

说完，邓三摆开架势，打起套路来，练完后说道："献丑了。"众人鼓掌，夏承祖竖起大拇指说："今后你可得都教给我。"邓三指着黄天民说："你找错人啦，明明这里坐着一个师父，你找我干什么？"夏应纯说："承祖想学，就看天民愿不愿意教啦！"黄天民恍然大悟，原来今天这个宴还真不是一般的宴啊，眼前这三个人，说了半天，都是在自己面前演戏，目的是为了让夏承祖向自己学盘破门的功夫！

黄天民连忙摆摆手说："这事很难办。一来，承祖比我小不了多少，哪有这种师徒关系的？二来，盘破门门规严格，谁也不能轻易收弟子，得掌门人说了算。"邓三说："现在盘破门的掌门人，就是你大哥黄天杰。你要是答应了承祖，我改天找个时间给他说说就行了。"黄天民说："我资质鲁钝，自己都没学好，怎么能把承祖给耽搁了？如果承祖愿意，我可以和你切磋交流，拜师就免了。"

夏承祖似乎有些失望，看了看夏应纯，夏应纯微笑着点点头。夏承祖这才说道："反正，我会一直把你当成师父对待。"邓三笑着对黄天民说："赶紧给承祖和老爷子露两手，让他们开开眼界。"

黄天民刚刚推脱夏承祖的拜师之请，如果不露两手拳脚，倒显得太不识时务了。他把外衣脱下，一身短装打扮，走到屋中间，抱拳说道："夏伯伯，三哥，承祖，我就给你们表演一下盘破门的齐步云脚功。"

黄天民收声聚神，一招一式练了起来，动作刚劲有力，干脆利落，让三人都看呆了。黄天民刚把最后一拳收回来，正要抱拳致谢，就听到门口有人尖声叫道："好功夫！"黄天民回头一看，门口站着一个高挑的女孩子，居然就是刚才在大街上见到的那个与布店老板娘打架的女子！黄天民愣住了，没想到会在夏家碰到她，难道她是夏家的千金小姐？

那女子从黄天民身边跑过，两眼含笑地看了黄天民一眼，来到夏应纯身边。夏应纯笑着责备道："怎么这么没大没小的？来，快叫天民哥。"夏承祖也说道："妹子，你不是说一直想见见打你大哥的人吗？眼前这人就是。"

夏承仙脸涨得通红，扭扭捏捏地走到黄天民跟前，低声叫道："小女子夏承仙见过天民哥。"夏承祖双手捂着两腮，夸张地叫道："哎哟，酸死我了！"夏承仙转身冲夏承祖打了一掌："你这人怎么这么讨厌呀！"黄天民哭笑不得地连忙回礼说："原来是夏家大小姐，失敬失敬。"

夏应纯对夏承祖说："你不是想学盘破门的武功吗？还不赶紧向天民请教请教？"夏承祖连声答应，把上身衣服脱得精光，露出一身肥肉。夏承仙哧哧地笑着说："一身肥膘，丑死了。"夏应纯喝道："承仙，不许胡说。"

黄天民没法，只得让夏承祖先学一点基本功，让他练练扎马步、走一走齐步云脚的步法。不一会儿，夏承祖就气喘吁吁，浑身是汗。黄天民教夏承祖练习期间，夏承仙坐在椅子上，两手托腮，目不转睛地看着黄天民，眼里流露出万般柔情。

黄天民不经意间和夏承仙的目光相对，连忙转开。夏承仙见黄天民躲闪着自己的目光，抿着嘴笑了起来。夏应纯在一旁，把夏承仙的一切看在眼里，拈着胡须微笑着。夏承祖练了一段时间后，一个用人走过来对夏应纯说酒菜准备好了。

夏应纯站起来说："吃饭去。"夏承祖一屁股坐在地上，喘着粗气说："累死我了。"夏承仙跑过去把夏承祖拉起来说："才练这么一会儿，你就觉得累呀？天民哥练了这么多年，要是像你这样，能练好武功吗？"

夏承仙一边说一边笑盈盈地看着黄天民，黄天民装作没听见她的话，自顾自地把衣服穿上，跟随夏应纯走了出去。夏承仙见黄天民没搭理自己，生气地把手从夏承祖身上甩开，哼了一声。夏承祖嬉皮笑脸地凑近夏承仙，低声问道："喜欢上他了？"夏承仙噘着嘴瞪了一眼夏承祖，伸手揪着夏承祖的耳朵说："我让你乱说，我让你乱说！"夏承祖疼得龇牙咧嘴，连忙求饶。夏承仙这才松开手，大步朝门外走去。

席间，夏家父子不断地向邓三和黄天民敬酒，邓三也找各种理由和黄天民喝酒。黄天民本来酒量就不行，经不住三人轮番劝酒，很快就晕乎乎起来。到最后，黄天民醉得走路都没了章法，夏承祖叫人把黄天民扶去休息。夏承仙主动在前面带路，把黄天民引到一个房间里。黄天民躺在床上，很快就睡着了。

黄天民醒来后，觉得口渴得厉害，看到房间的桌子上放着茶壶茶杯，连忙起身倒了几杯茶水灌下去。喝完水后，黄天民环视房间，不由得脸色大变。从房间的摆设到鼻子里嗅到的气味，这分明就是一间闺房！难道，自己跑到夏家女眷的房间睡觉了？

黄天民大骇，连忙转身出门。在门口差点和一个人撞在一起，幸亏黄天民身手矫捷，迅即往旁边一闪，擦着那人的身体而过。那人似乎也没有准备，身子一歪，差点跌倒。黄天民赶紧伸手把那人的胳膊抓住，感觉手里抓着的胳膊软绵绵的，连忙放开。站定后，黄天民尴尬地发现，那人居然是夏承仙！黄天民后来得知，自己醉酒后睡的床，就是夏承仙的床。黄天民又羞又愧，不敢再与夏承仙相见。

夏承祖自从和黄天民不打不相识后，果然彻底改邪归正了，这不仅让黄天民感到意外，连夏应纯都感到惊奇。夏应纯曾托夏承祖邀请过黄天民去夏府再次做客，但黄天民一想到那次酒后睡在夏承仙的闺房，以及夏承仙对自己表露出的情意，就感到背心发凉，不敢再去夏府。夏承祖想学武功时，就跑到资州学堂找黄天民，黄天民就胡乱地应付他几招。

如今，黄天民站在夏府门前，进也不是退也不是。黄天秀和安广南见黄天民这般模样，都奇怪地看着他。黄天民不想让他们知道自己的事情，只得把牙一咬，硬着头皮带着黄天秀和安广南走进夏府。黄天民本想找夏承祖，不想惊动夏应纯及其他人，免得让夏应纯和夏承仙产生其他想法。结果，夏府用人说，夏承祖和邓三一大早就出去了。黄天民觉得奇怪，邓三又回城了？他回城干什么？他把夏承祖叫上是什么意思？

黄天民来不及多想，就见夏应纯从里面走了出来。黄天民没有办法，只得迎着夏应纯走了过去。夏应纯见到黄天民一大早带着两个人出现在夏府，很是惊讶，随即满脸笑容地问道："是天民呀！吃过早饭了没有？"

黄天民说："吃过了。夏伯伯，这是我妹妹黄天秀，这是我的朋友安广南。来，你们两人见过夏伯伯。"黄天秀和安广南上前与夏应纯打招呼，夏应纯笑得嘴都合不拢地连声说："没想到你妹妹都这么大了。别在外面站着，进去说话。"

黄天民觉得在外面站着说事也不是办法，跟着夏应纯走进屋里。落座后，黄天民决定长话短说："我们这次来找您，是有事相求，请夏伯伯一定答应。"夏应纯见黄天民神情凝重，知道黄天民求的事情一定很重大，就点点头说："都是一家人，有什么事就直说。"

黄天民心里嘀咕：什么时候我和你成了一家人了？难道这老头还真的想把女儿许配给自己？邓三以前曾在自己面前有意无意地说起过，说夏应纯想把夏承仙许配给自己。但黄天民当时就一口拒绝了，说自己和夏承仙不合适。难道邓三没有把自己的意思转给夏应纯？不过，现在不是计较这个事情的时候，就当没听见夏应纯说的这句话。

黄天民说："等会我们将在城里做个事情，需要借用一下您家的地道出城，还请您答应。"夏应纯原本笑呵呵的脸一下凝重起来："你听谁说我这里有个地道？"黄天民不想出卖邓三，即使夏应纯知道是邓三干的，但自己却不能说出来："实话给您说吧，昨天半夜，我们就是通过您家的地道进城的。"

夏应纯脸色大变："我怎么不知道？"黄天民连忙道歉说："我们进了贵府后，没有惊动您，直接翻院墙出去了。"夏应纯说："你们既然有这等本事，到时怎么进来的，怎么出去就行了。"

黄天民心中大喜，夏应纯话里的意思，看来是答应借用地道了。他原以为夏应纯会拒绝，没想到老爷子这么容易就答应了。黄天民笑着说："多谢夏伯伯。因为我们要借用地道出城的人身上可能受了伤，不能翻围墙，所以想借用贵府的后门。"

夏应纯皱着眉头想了一会儿说："按说我不该过问你的事情，但我还是想问一问，你们究竟要干什么？"黄天民看了看黄天秀和安广南，如果不把实情告诉夏应纯，明显过不了这一关。黄天民决定如实相告："我们准备在城里救人，然后带着他们从地道逃出去。"

夏应纯问道："你们要救什么人？"黄天民说："我的弟弟春生被钦差大人抓起来了，今天午时要在鼓楼坝杀他。我们决定在半路上把他救下来，然后借用您家的地道逃走。"

黄天民以为这番话会把老爷子震得目瞪口呆，没想到夏应纯听后，只是微微点了点头说："我也听说今天要在鼓楼坝杀人，没想到杀的是你弟弟。既然如此，那我就叫人把后门打开等着你们。"

夏应纯这番话，让黄天民感动得想哭。他没想到，老爷子思想会如此开通。他真想扑通一声给老爷子跪下，感谢他的大义。黄天民站起身来，对夏应纯深深一揖说道："您的大恩，我一辈子都不会忘记。"夏应纯连忙起身说道："我能帮你的，我一定会帮你。"

黄天秀在一边突然说道："您就不怕我们给您惹麻烦吗？"夏应纯捋着胡须呵呵笑道："我要是不答应，那才是麻烦呢。"黄天秀跳了起来，拉着夏应纯说："真的是太感谢您啦！"

夏应纯拍拍黄天秀的手说："要谢，就要谢你二哥。他是我们夏家的大恩人，我感谢他还来不及呢。我去叫他们准备早饭，你们多少吃一点。"黄天民连忙制止说："我们真的吃过了，就不打扰您了。"

黄天民正想和夏应纯告辞，就见门外有人急匆匆走了进来。黄天民一看，心里暗暗叫苦，来人正是夏承仙。早知道如此，就该早点告辞。黄天民只得硬着头皮上前和夏承仙打招呼。夏承仙看到黄天民也愣住了，没想到会在这里碰到他，脸倏地就红了起来："天，天民哥，你怎么来了？"

黄天民有些慌乱地答道："这个……正巧从这里路过，就进来看看夏伯伯。我们还有事，就先走一步了。"夏承仙说："吃了早饭再走吧。"黄天民说："我们吃过了，后会有期。"说着，黄天民带着黄天秀、安广南匆匆告辞夏应纯父女，逃也似的离开了夏府。

走了一段路后，黄天民下意识地用袖子擦了擦额头的汗水。黄天秀奇怪地看着黄天民问道："你身体不舒服？"黄天民摆摆手说："没有的事，我好好的。"黄天秀说："那你怎么满脸通红，大冷天的还流汗？"黄天民指着自己的脸问安广南："我有吗？"安广南点点头说："天秀说得没错。"黄天民嘀咕道："你们一定是眼睛看花了。"

黄天秀好像想起了什么似的，似笑非笑地说："哈，是不是见到那个夏家小姐，你心里很慌乱啊？"黄天民瞪了黄天秀一眼说："没有的事都被你说成有那么回事了，你二哥是那样的人吗？"黄天秀自言自语地说道："你瞒不过我的眼睛，我什么都看到了。等回到家后，我一定要给爸妈说。"黄天民说："都什么时候了，你还有心思开玩笑！时间不早了，我们赶紧去接应的地方守着！"

王人杰坐在茶楼二楼靠窗临街的位置，跷着二郎腿，看似悠闲地喝茶、嗑瓜子，其实他的眼睛一直盯着下面的街道，耳朵仔细地聆听四周传来的各种声音。这么早，茶客们还没到茶楼，茶楼上就只有他和另外两个同志。王人杰叫茶倌把茶壶放在楼上，不用管他们。茶倌乐得清闲，下楼后就再也没有上来过。

茶楼对面的那家绸缎庄门前，龙建伟等三人一直坐在黄包车前。有人要坐车，他们要么把生意让给其他车夫，要么就说在等人，拒绝出车。按照计划，一旦把张春生等人救到手后，就用黄包车把他们拉到夏府后门，从夏府地道逃出城去。所以，这三辆黄包车对此次营救行动来说非常重要。

时间一点点过去。忽然，街上传来一阵骚动声，只见一队清兵从县衙牢房方向朝路口走来，把街上的人赶到路两边，对街上摆着的摊子，要么叫摊主挪开，要么直接一脚踢翻。走得慢点的人，少不了挨鞭子，摊子被踢翻的人，敢怒不敢言，只得自认倒霉。王人杰神情变得紧张起来，很显然，这是清兵在为后面的囚车清道了。果然，王人杰随后就听到了囚车车轮碾压着街道石板的沉闷声音。

按照行动计划，由王人杰在茶楼二楼上伺机行动，只要王人杰一开枪，埋伏在十字路口的其他人就立即动手，砸烂囚车救出张春生等人。王人杰站起身来，从窗户往前面的街道看去，只见被强行清理后的街道两边，站着不少路人，互相议论，指指点点。街道中间，空无一人。

很快，街道中间出现了一队荷枪实弹的新军。王人杰看着那一队新军走来，眉头紧锁。从规模上来看，这一队新军至少有 30 人，加上前面清道的清兵以及押送囚车的新军，人数有五六十人。而埋伏在十字路口的革命党人，只有 12 人，加上等候在另一条街道驾着马车准备隔离囚车的两个人，总共才 14 人，力量悬殊太大。但是，行动必须要执行，否则就会失去唯一的营救机会。

那一队新军身后，是几辆被新军推着的囚车。王人杰眯缝着眼睛仔细看去，看到王成和张春生分别在两辆囚车上，其他囚车上，有的人认识，有的人不认识。不认识的，估计是被端方误认为是革命党人，此次一起押赴刑场问斩。

闪念之间，那一队新军已经来到十字路口。王人杰朝十字路口左边的那条街道看去，一辆拉满货物的大型马车正缓缓朝路口驶来。王人杰把手伸向腰间，拔出手枪。另外两个革命党人见状，也把手枪拔了出来，其中一个拉开上衣，露出里面挂着的自制炸弹。

那队新军的最后一排走过了十字路口，后面隔了两丈远就是第一辆囚车。王人杰用枪瞄准第一辆囚车旁边的一个新军，果断地扣动了扳机。子弹正中那个新军的胸口，新军当即软绵绵地倒在地上。与此同时，那个革命党人把手里的自制炸弹扔进了那队新军中，当场炸死几人。路口的革命党人随即跟着动手，枪声、爆炸声响成一片。

现场顿时一片混乱，街道两边的路人哭喊着四散逃跑。新军和清兵没提防会遭到埋伏，加上看到身边的人中弹倒下，都乱了手脚，各自拿着手里的武器，寻找隐蔽的地方，朝袭击者方向胡乱开枪还击。

那辆马车加快速度冲到路口停下，驾车的革命党人举起大刀把拉绳砍断，在两匹马的屁股上各捅了一刀，让它们朝新军和清兵的方向奔去。两匹马发狂似的冲向新军和清兵，又踩翻了数人，使得现场更加混乱。

龙建伟和另外两个革命党人听见枪声后，拉着黄包车就朝囚车跑去。一边跑，一边拔枪朝囚车边的新军射击，很快就打死了几个押送囚车的新军。其余新军躲到囚车后，朝龙建伟等人射击。守候在路口的鞋匠、摊贩及其他四名革命党人，也按事前的分工，鞋匠和四人配合王人杰朝前面的那队新军和清兵开枪，阻击他们回援囚车；摊贩和龙建伟三人以及驾马车的两人，围攻囚车。

驾马车的两名革命党人把马车车厢阻挡在路口后，立即奔向囚车，用刀砍囚车，试图救出囚车里的同志。囚车虽然是用木头做成，但要在极短的时间内把囚车砍烂，不是一件容易的事情。王成在囚车里扯着喉咙大声叫道："快来救我，救我啊！"一个革命党人朝他所在的囚车奔去，举着大刀砍向囚车。刚砍了两刀，一个躲在关押张春生囚车后面的新军开枪射击，他腰部中弹，倒了下去。王成绝望地号叫着，在囚车里不断挣扎，企图挣脱，但无济于事。

龙建伟见同志倒下，心急如焚，飞身上前，举枪朝射杀同志的那个新军开枪，那个新军倒在囚车边。龙建伟拾起大刀，奔向张春生的囚车。张春生自从被押上囚车后，就闭目养神，没想到在十字路口，居然会有革命党人半路杀出劫囚车。枪声响起时，他猛的一惊，睁开眼睛，惊愕地看着周围乱成一片的人群。

看到龙建伟朝自己奔来，张春生大声叫道："龙哥，我在这里！"龙建伟来到张春生身边，举刀砍向囚车。张春生左右张望，帮龙建伟看着有无新军朝这边射击。由于袭击发生得太突然，革命党人动作迅速，目标明确，押送囚车的新军很快就被打死一大半，其余的人，有的缩在最后的囚车后面，有的躲到街边隐蔽处，伺机举枪朝革命党人射击。

革命党人在与押送囚车的新军交火中，陆续又倒下了两三人。幸运的是，押送囚车的新军被全部干掉了。囚车这边的革命党人，当下最紧要的任务，就是砸烂囚车，以最快的速度救出囚车里的同志。那个摊贩不知从哪里找来一个大铁锤，跑过来帮着龙建伟拼命地砸囚车。很快，囚车被砸断几根木条，龙建伟钻进囚车里，帮着张春生解脱被束缚在囚车上的双手。王成那辆囚车也被砸烂了，那个革命党人钻进囚车帮着王成解脱。

革命党人和新军清兵交上火后，一些惊慌失措的路人在逃跑中也被击中，死伤一大片。王人杰在茶楼上看到这样的情景，心急如焚。他没想到，为了救人，让这么多无辜百姓跟着遭殃，实在不应该。但事情已经发展到这样的地步，只有尽快结束行动，才能减少伤亡。

相比抱着头躲在角落里发抖的清兵，新军不愧是经过严格军事训练的一支队伍。他们经过短暂的惊慌后，很快就镇静下来。在队官的指挥下，新军各自占领有利地势，交叉着火力，朝茶楼上的王人杰等人和街道上的革命党人还击。那个投掷炸弹的革命党人，很快就把身上的炸弹投光了。没有了炸弹的威力，火力的优劣立即显现出来。

由于茶楼上的目标明确，新军的子弹密集地向茶楼窗户射过来，王人杰等人根本没有办法进行还击。一个革命党人刚把手里的枪伸出去，一颗子弹飞来，正中他的手腕。他惨叫一声，枪朝楼下落去。他想伸手去抓枪，没抓着，整个身子暴露在窗口。几颗子弹先后射中了他的身体，他闷哼一声，倒在窗户上。

王人杰见又牺牲了一个同志，顾不上去救他，招呼另一个同志赶紧撤下楼去。王人杰跑出茶楼，躲在茶楼外的立柱后面，朝新军射击。此时，对面路口还剩两名同志，加上王人杰等两人，阻击新军的八名革命党人，已经损失了一半，而大家身上的弹药已经不多了。王人杰焦急地朝龙建伟那边大声喊道："你们快点，我们快扛不住了！"

王人杰这话，无意中为新军提供了情报。新军队官精神大振，扯着喉咙叫道："弟兄们，他们快没子弹了，一定要抓活的！"新军纷纷冒了出来，端着枪，一边朝王人杰等人射击，一边压了过来。王人杰见情况不妙，大喊一声："到马车后面去！"说着，王人杰朝新军胡乱开了两枪，趁着新军躲闪的当儿，转身一跃，就地打了两个滚，躲到了马车车厢后面。跟随王人杰的那个革命党人，紧跟着王人杰也朝马车跑来，但时机已经晚了。他还没跑到马车边，一颗子弹飞来，正中他的脑袋。

王人杰伤心地大叫一声，举枪朝新军一阵乱射。与王人杰一起阻击新军的另一组人中，也只剩下那个鞋匠了。鞋匠趁着王人杰朝新军射击的机会，猫着腰跑到马车后，和王人杰一起并肩战斗。虽然有马车车厢作为屏障，但王人杰和鞋匠两人的火力实在太弱了，新军们都挺直了腰板，端着枪慢慢逼了过来。

此时，龙建伟已把张春生救出囚车，那个摊贩也与同志把王成救了出来。摊贩提着大铁锤正要去砸另外的囚车，被龙建伟一把拉住："来不及了，赶紧撤！"龙建伟扶着张春生朝黄包车跑去，摊贩丢下大铁锤，捡起地上的枪支，掩护龙建伟和张春生。

龙建伟刚把张春生扶进黄包车，身后的摊贩闷哼一声，一头倒在龙建伟身上。龙建伟大骇，转头一看，只见从后面囚车方向跑来一队新军，正朝这边围过来。龙建伟正要跑到黄包车前拉车，一颗子弹打中他的大腿，他趔趄两步，跪倒在地上。

囚车后的新军立即包围过来，枪口对准了龙建伟。龙建伟坐在地上，喘着粗气，两眼恨恨地盯着四周的新军。与此同时，朝马车车厢围过来的新军，也把枪口对准了打光子弹的王人杰和鞋匠。王人杰和鞋匠把手里的枪扔在地上，站了起来。枪声停了下来，参加行动的 14 名革命党人，只剩下龙建伟、王人杰、鞋匠和另一名革命党人，其余 10 人，全被打死。新军也死伤惨重，至少有 30 名新军和清兵被打死、炸死，还有数人不同程度受伤。

从牢房方向增援的新军与押送囚车的新军会合后，一部分人把龙建伟等四人和张春生以及王成押到街边严加看守，另一部分人把守着四个路口，其余人开始清理现场。一大队新军从刑场方向赶到现场，其中一名军官责令把马车车厢挪开。这时，一名新军骑马赶到，带来端方的命令：把张春生等人重新打入囚车，把活捉的革命党人随同囚车一起押赴刑场问斩。

黄天民等人从夏府出来后，赶到事先约好的接应点等候着。听到枪声响起，黄天秀激动起来，但神情中掩饰不住惊恐。黄天民把她紧紧地拉着，生怕她一时冲动朝路口跑去。受惊的人群潮水般朝他们的方向跑过来，他们躲在路口，身体贴着墙壁，紧张地朝十字路口方向看去。

路口的枪声响个不停，时间一点点过去，安广南把枪握在手里，低声对黄天民说："他们火力吃紧了，我去支援一下吧！"黄天民紧皱着眉头，压抑着心中的不安，坚决地摇着头说："不行，我们不能擅自行动！"

黄天秀从黄天民背后探头朝十字路口方向看着，焦急地嚷道："他们把春生哥救出来了没有呀？"黄天民说："不要着急，他们肯定会把春生救出来的。只要看到黄包车朝这边跑过来，就迎上去接应。小安，你听到没有？"

安广南说："你放心吧，我早就做好准备了。"枪声一阵紧接一阵，但黄包车还没有出现。黄天民听到了王人杰的叫喊声，随即看到王人杰躲到马车车厢后面，跟着王人杰的那个同志被打死。黄天民的心不断地往下沉，这次营救行动，比想象中艰难多了。再后来，枪声停了，王人杰和鞋匠被新军包围缴械。

黄天民靠在墙壁上，痛苦地闭上了眼睛，使劲地用手捶打着脑袋。黄天秀见黄天民这样，知道行动失败了，不由地小声哭了起来："怎么会这样呢？春生哥还活着吗？"黄天民摇摇头，不知道该怎么回答黄天秀。安广南铁青着脸，手里举着的枪仍然没有放下，一副随时都可能冲出去的样子。

黄天民的脑中展开了激烈的斗争。这次营救行动，是他一手安排策划的。原本以为天衣无缝，把握性很大，没想到最终还是失败了。现在，摆在他面前的残酷现实，让他只有两条路可以选择：一是放弃；二是冲出去继续展开营救行动，把张春生以及被抓的王人杰等人救出来。

第一条路，虽然能保住自己和黄天秀、安广南，但他心有不甘。而且，他也不愿意从此背负上沉重的心理包袱过一辈子。但第二条路，很显然就是去送死。现场那么多敌人，就凭三个人，根本无济于事。而且黄天秀手无寸铁，也没有战斗经验。

黄天民正想着，听到一阵急促的马蹄声朝十字路口而来，然后听到一个新军大声传达着端方的命令。不能再犹豫不决了，也不能再等下去了，时机稍纵即逝，一旦张春生等人被押赴刑场，等待着他们的，只有死路一条。如果自己冲出去营救，还能打敌人一个措手不及，被抓获的革命同志也会趁机动手，说不定能创造一个奇迹出来。即使自己被新军打死，黄天民也觉得不后悔，与其苟活在世上，还不如痛痛快快地与同志们一起死在战场上。

想定后，黄天民把安广南手里的枪夺过来，又把自己的枪拔出来，两手握枪对安广南说："我交给你一个任务，一定要把天秀照顾好！等会你们就赶紧去夏府，从地道逃出城去。"黄天秀的眼泪唰唰地往下掉，拉着黄天民问道："你要干什么？"黄天民说："我不能看着他们被杀死，我要去救他们！你听二哥的话，赶紧和小安去夏府！"

安广南两眼含泪地说道："我和你一起去，我一定会帮上忙的。"黄天秀倔强地说："要去大家一起去！"黄天民将身子一抖，把黄天秀的手甩开说："小安，把天秀带走！"说完，黄天民就要冲出去，刚想动身，肩膀就被后面的一只大手拉住。

黄天民回头一看，拉住他的人，竟然是邓三！邓三身后，是夏承祖和夏承仙以及另外几个人。黄天民大喜过望，对邓三说："你们来得正好，赶紧和我一起去救人！"邓三摇着头说："现在出去，就是送死！"黄天民心急火燎地顿足说道："我们这么多人，冲出去一定能救下他们的！"

就在这时，只听见十字路口有新军大声喊道："清理好了，囚车可以过去了。"黄天民把牙一咬，作势就要朝前冲去。邓三见势不妙，赶紧一把把黄天民的腰抱住，死死地往后拽。夏承祖也跑到黄天民面前，帮助邓三把黄天民拦住。黄天民恨不得一枪把邓三和夏承祖打死，他使劲地挣扎着，两眼充血，瞪着夏承祖说："你们把我放开，你们不能见死不救！"

十字路口传来囚车车轮滚动的声音，安广南朝十字路口看去，说道："他们朝刑场去了。"黄天民知道，再次营救的时机已经过去了，他停止了挣扎，两手无力地垂了下去，眼泪流了出来："你们这是要叫我当千古罪人啊！"邓三见黄天民不再挣扎，松开了手，拍着黄天民的肩膀说："你别着急，我们还有一手呢！"

黄天民睁大眼睛看着邓三问道："你们还有什么计划？"邓三拉着黄天民朝后快步走去："劫刑场！"黄天民吃惊地说："就我们几个人？"邓三摇着头说："不，很多很多人！"

黄天秀惊喜地问道："我大哥是不是也进城了？"邓三点点头，随即又摇摇头说："不知道他现在到底进城了没有。不过，这都是舵把子安排的计划。我们这次要大闹资州城，舵把子真是不出手便罢，一出手就是惊天动地啊，老子想起来就激动得很！"

黄天民听说黄天杰已经有了安排，沮丧的心一下子燃起了希望。他不经意间回头，看到夏承仙正跟在他的后面，两眼放光地看着他。黄天民心里咯噔一下，奇怪地问道："你回去吧，这是拿命在拼的事情。"

夏承仙嘻嘻笑着说："凭什么你叫我走我就走呀？你又不是我什么人。"黄天民被夏承仙的话噎得满脸通红。邓三说："你还想赶她走？要不是她，你现在恐怕已经被送到刑场了！"黄天民大惊，不由地停下了脚步："什么意思？"邓三一把拉住黄天民说："边走边说。"

邓三受黄天杰委托，再次潜入资州城。眼看天色发亮，得赶紧去通知城里的袍哥们。邓三想了想，决定把夏承祖叫上一起行动，多一个人多一分力量。夏承祖正在蒙头大睡，听到邓三在窗外叫自己，惊得一下子醒了过来。两人来到资州袍哥会座堂方至元家，邓三把黄天杰的话告诉方至元，方至元听后，激动地一拍桌子说道："端方抓了我们几个弟兄，说是什么革命党，我正在想办法救他们呢！"

三人立即分头行动，火速通知袍哥弟兄，又叫得令的弟兄去通知其他人。如此循环不断扩大通知范围，很快，源源不断的袍哥带着武器从资州城大街小巷悄悄地朝重龙山脚下聚集。方至元、邓三和夏承祖最先来到重龙山脚下，他们把山脚下的人家集中"请"到一户人家里，说是袍哥有事要临时征用他们的房屋。那些居民家有人是袍哥，有的家里虽然没有袍哥，但知道袍哥不好惹，都乖乖地集中到一起，谁也没有怨言。

房子腾出来了，陆续赶到的袍哥都进屋等待。方至元叫过几个得力的弟兄在附近放哨，自己则坐镇在一户人家里。邓三和夏承祖不断地跑来跑去，安排弟兄们入驻。看看弟兄们来得差不多了，邓三估算了一下，城里的弟兄来了有七八百人。如此大的声势，足以把鼓楼坝里三层外三层围个水泄不通了。

邓三突然想起，黄天民等人进城后不知所踪，他们一定还不知道黄天杰的计划。他合计了一下，觉得黄天民等人可能要去刑场，就想带一帮弟兄去刑场找黄天民。邓三找到方至元，把他的想法说了，方至元觉得邓三的想法很好，万一黄天民等人在刑场，让一帮兄弟先混进刑场，到时也可以帮上黄天民一把。自己则在这里继续等待，等黄天杰到了后，再一起杀进刑场，来个里应外合。

方至元吩咐邓三和夏承祖带二百多弟兄去刑场，邓三和夏承祖分头行动，叫弟兄们分散朝刑场而去。到了刑场，邓三看到，刑场里已经聚集了一些看热闹的人。他在人群里找了一个遍，都没有看到黄天民等人。邓三着急了，难道黄天民等人出什么事了？他和夏承祖商量，时间还早，决定带几个弟兄出去找一找黄天民等人。

邓三和夏承祖等人从刑场偷偷溜出来，在大街小巷找了起来。走到夏府附近，夏承祖说，人手太少，想去家里叫几个得力手下，大家分头寻找。邓三同意了，大家就朝夏府而来。刚到夏府门口，就碰到夏承仙在门口焦急地和小五子说着什么。见到夏承祖等人，夏承仙激动地把夏承祖拉进府内问道："你们碰到黄天民没有？"邓三听夏承仙提起黄天民，也很激动地说："你见到黄天民了？"

夏承仙点点头说："是啊，他刚才到家里来过，但又不知去哪里了。"邓三听说黄天民又走了，很是失望："他们来了多少人？"夏承仙说："一共三个，黄天民，一个女孩子，还有一个年轻人。"邓三说："另外两个应该是黄天秀和小安了。"

夏承祖见妹妹说起黄天民，不禁奇怪地问道："你打听黄天民的消息干什么？"夏承仙说："这一切还不是因为爸！"夏承祖更奇怪了："爸怎么了？"夏承仙跺着脚说："他想去告官，把黄天民他们抓起来！"邓三脸色都变了："这是怎么回事？"

黄天民等人走后，夏承仙还在痴痴地看着黄天民的背影发呆。夏应纯的脸色沉了下来："你看什么？赶紧去吃饭。小七子！"小七子闻讯从外面跑了进来："老爷，什么事？"夏应纯说："你赶紧去县衙找罗知府，就说有乱党要在半路劫持囚犯！"

夏承仙惊呆了："您这是什么意思？"夏应纯说："什么意思？黄天民他们想在半路劫持囚犯，然后从我们家逃出城去。他这是在造反，在谋乱！这可是杀头的大罪，搞不好就把我们牵连进去了。"

夏承仙不干了："您这不是在出卖黄天民吗？我不答应！"夏应纯指着夏承仙，气得浑身发抖："你，你凭什么和我对着干？"夏承仙说："反正我就是不答应！"小七子在一边呆呆地站着，夏应纯对小七子吼道："你还站着干什么？"小七子应答一声，转身就要出去。

夏承仙上前两步，伸手拦住小七子，厉声喝道："不许去！"小七子只得停了下来，回头看着夏应纯。夏应纯拍着桌子叫道："你也想跟着造反不是？黄天民那小子对你根本没有任何好感，你还这么护着他，你傻呀！"夏承仙两手叉腰说道："我不管，谁要是敢动他，我跟他没完！"

夏应纯走到夏承仙面前，声色俱厉地说道："我白养活你这么多年了！"说着，夏应纯抬手就要打夏承仙。夏承仙见父亲如此绝情，把牙一咬，伸手抓住父亲的手，迅速地把他的两手反剪起来。夏应纯年老体弱，哪里是这个泼辣女儿的对手，很快就被夏承仙按在椅子上，不能动弹。

小七子被夏承仙的举动彻底惊呆了，站在那里不知所措。夏承仙对小七子喊道："愣着干什么？赶紧找绳子！"小七子这才如梦方醒，左右环顾找绳子。夏承仙不耐烦地说道："别找了，把你的裤带解下来！"

小七子把裤带解下来递给夏承仙，夏承仙叫他帮着自己按住父亲，很快把夏应纯绑在椅子上。夏应纯气得脸色发青，嘴里咆哮着："我真是养了一只白眼狼啊！"夏承仙听得心烦，撕下衣服上的一块布，塞进了父亲的嘴里。

夏承仙见父亲再也不能构成威胁后，对小七子说："你在这里把老爷子看好，不许给他松绑，否则我杀了你！"小七子哭丧着脸说："我，我……"夏承仙把眼睛一瞪："我什么我？"小七子说："少爷回来，还不把我扒层皮吗？"

夏承仙拍着小七子的肩膀说："你放心，我哥向来就和我一条心，他绝对会支持我的。何况，他还一心想拜黄天民为师呢，他也不会眼睁睁看着黄天民被抓走。你就在这里看着，谁也不准进来！要是谁给老爷子松了绑，我回来一定把他杀了，而且连你也一起杀了！"

小七子连声答应，走到夏应纯身前，丧着脸说："老爷，您也听到了，我是没办法呀，您就安心地坐一会儿。"夏应纯瞪着小七子，嘴里发出呜呜的声音。夏承仙把这些安排妥当后，急匆匆朝外面跑去。

到了大街上，她在附近的街道找了一圈，没发现黄天民等人的身影，又惦记着家里的情况，生怕有人去把老爷子放了，就跑了回来。回到屋里一看，小七子果然乖乖地在那里守着夏应纯，这才放下心来。她想了想，决定找个人帮着一起去找黄天民。走到夏府门口，正巧碰到小五子从外面回来，就拉着小五子，吩咐他赶紧去找黄天民。正说着，就看到夏承祖和邓三等人朝家里走来。

夏承祖听了妹妹的讲述后，竖着大拇指称赞道："妹子，你做得对！走，看看老爷子去。"大家进屋后，夏承祖走到夏应纯跟前，嬉笑着说："爸，是不是很难受？"

夏应纯见到儿子，如同见了救星一般，嘴里呜呜地嚷着，不断地点头。夏承祖用手拍了拍他的肩膀说："您就先委屈一下，等我们的大事做完了，我再回来给您松绑。"

夏承祖对小七子和小五子说："你们两个守在这里，我们走后，你们把门从里面反锁上，谁也不许进来。要是谁擅自把老爷子放了，老子回来后扒他的皮、抽他的筋！"

小五子和小七子面如土灰般连连点头，夏应纯绝望地闭上了眼睛，不断地摇头叹息。夏承祖把手一挥："走，找黄天民去！"夏承仙说："我也要去！"夏承祖摆着手说："你就别去了。"夏承仙说："我要去找黄天民！"邓三说："好，赶紧去找人！"

走到门口，邓三为难了："到哪里去找他们呢？"夏承仙说："黄天民来的时候，说是要去接应劫囚犯的车辆，然后到我家后门从地道逃走。他们既然要接应，想必就在附近。我们在附近找找，应该能找到他们。"

夏承祖点点头说："还是我妹子聪明，分析问题头头是道。"夏承仙骄傲地昂着头说："那是当然！"邓三说："赶紧找人，时间来不及了。"就在这时，他们听到不远处的十字路口方向传来乒乒乓乓的枪声。邓三大叫道："他们动手了！"说完，拔腿就朝枪响处跑去。

半路上，他们碰到大量从现场逃出来的人。邓三更是心急火燎，在人群中奋力地逆向跑着。没跑出几条街道，就听到枪声停了下来。邓三暗叫坏事了，但脚下仍没有停止，继续朝前跑去。远远地，邓三就看到前面巷口有三个人，其中一人正是黄天民。幸亏邓三及时赶到，才制止了黄天民的鲁莽行为。

听了邓三的简单讲述后，黄天民对夏氏兄妹充满了感激之情。他偷偷回头看了看夏承仙，正好与夏承仙火辣辣的目光相对。黄天民把目光移到一边，对夏承仙低声说道："夏小姐，今天真是太感谢你了。"夏承仙的脸倏的一下红了起来，有些不好意思地笑了笑。黄天秀把两人的动作都看到了眼里，冲黄天民做了一个怪相，黄天民瞪了她一眼。

黄天民忽然想起地道的事情，语气中有些责备地对邓三说："三哥，你为什么不早告诉我那条地道是夏府的啊？"邓三嘿嘿笑了笑说："你不是一直不想再去夏府吗？所以，我故意没有给你明说。"黄天民叹了口气，摇了摇头。

众人抄近路，很快就到了刑场。刑场周围的人比此前多了很多，大家听说钦差大人要公开问斩革命党，都赶来看热闹。黄天民等人混在人群里，邓三和夏承祖以及几个弟兄分头行动，找到此前进入刑场的弟兄，再次落实了行动计划。夏承仙则一直和黄天民、黄天秀、安广南站在一起，看到黄天民没有排斥自己，心里充满了甜蜜。

过了一会儿，一队清兵和新军拥入刑场，紧跟在后面的是几辆囚车。囚车里，关押着张春生、龙建伟、王人杰等人。黄天秀看到张春生蓬头垢面的样子，心疼得忍不住掉下了眼泪。黄天民生怕黄天秀控制不住情绪无端生出事来，把黄天秀拉到身后，朝夏承仙努了努嘴。夏承仙明白黄天民的意思，悄悄走到黄天民后面，把黄天秀的手拉着，搂着她无声地安慰着。

张春生看到刑场里黑压压的一大片看客，眯缝着眼睛想在人群里寻找熟悉的面孔，但没有找到。张春生对和他关在一起的王人杰说道："为了我，让你们受连累了。"王人杰笑了笑说："从参加革命的那一刻起，我就把自己交给了革命。端方即使把我们杀了，黄天民他们还会继续革命。"

张春生问道："为什么天民他们没有参加这次行动？"王人杰说："天民参加了这次行动，对了，你妹妹天秀也跟来了。"张春生急切地问道："他们在哪里？"王人杰说："按照行动计划，他们负责接应我们。可我们的行动失败了，这样也好，把他们保住了。"

张春生哦了一声，又问道："我大哥怎么没参加行动？"王人杰说："你大哥考虑的问题太多，担心让更多人丢命，所以迟迟下不了决心。但不是说你大哥不想救你，他是最想救你的，只是暂时没想到更好的办法。"

张春生点点头说："大哥做事稳重，在没有想出更好的办法前，是不会轻举妄动的。"王人杰说："你这么想就对了。昨晚，你大哥有事出去了，天民决定先行动。"张春生皱皱眉头说："你们的行动，我大哥知道吗？"王人杰说："他应该知道的，本来县衙牢房的牢头邓三想和我们一起进城，但他走了一段路后，说要给你大哥留个信，就回去了。你看，那不是邓三吗？"

张春生顺着王人杰目光所向处看去，看到了混在看客中的邓三。王人杰悄声说："既然邓三进来了，说明你大哥已经采取行动了。你先做好准备，到时他们一动手，你就先逃。"张春生心里大为宽慰，对王人杰说："到时我们一起逃。"王人杰向张春生笑了笑。

就在这时，原本议论纷纷的看客突然安静了下来，大家的眼睛齐刷刷地朝监斩台上看去。只见在资州知府罗文山的陪同下，端方迈着方步慢慢地走到了监斩台上。端方身边，是佩着洋枪、背着厚背砍刀的宝廷。端方朝下面看了一圈后，走到监斩台上的案桌后面，坐了下来。宝廷连忙上前，把茶杯递给端方。寒风吹着旗帜猎猎作响，天色阴暗，看样子要下雨了。时辰还没到，端方悠闲地靠着椅子后背，喝着茶，闭目养神。

这时，从城南方向传来清脆的枪声，随即枪声密集起来，响个不停。罗文山侧耳听了一会儿，脸色大变。他偷偷地看了看端方，发现端方仍悠闲地坐着，似乎没有听到城外的枪声。罗文山有些站不住了，朝监斩台下的一个清兵招了招手，那个清兵走了上来。罗文山低声吩咐道："你赶紧去看看，城外出什么事了。"清兵应了一声，转身下了监斩台。

不一会儿，一名清兵急匆匆地走进刑场，在监斩台下站住，满脸焦急地看着罗文山。罗文山走下监斩台，那名清兵在他耳边悄声说了几句，他的脸色变得苍白起来，急忙走上监斩台，来到端方身边。端方闭着眼，懒洋洋地开口问道："什么事情呀？"罗文山哈着腰，凑到端方耳边小声说道："回大人：县城对岸的水南要塞，来了上千人马，正在围攻要塞。攻势很猛，要塞的弟兄快挡不住了，请求大人派兵增援。"

端方冷笑一声说道："这么点小事就把你急成这样了？你这知府是怎么当的？"罗文山满脸尴尬地说："万一要塞失守，城门又难以坚守，乱党攻进城里，就麻烦了……"端方很不耐烦地挥挥手说："真是一群窝囊废！一群乌合之众就把你吓成这样了。把你的人都叫去守要塞吧，这里有我的人守着。"

第十章◎残酷真相

听着城外一阵紧接一阵的枪声，端方表面上镇定自若，脑子里却是思绪万千。昨晚，他接到一个让他感到万分震惊的消息：成都的赵尔丰，见保路同志军不断地在各地起义，为了缓和局势，给自己留一点余地，竟然把此前亲自下令抓起来的蒲殿俊、罗纶等保路同志会的首领释放了。

端方很清楚赵尔丰此举意味着什么。赵尔丰虽然被朝廷免了职，但在端方没有进入成都接掌四川总督大印前，他仍是四川的最高行政大臣。赵尔丰一直心存侥幸，希望朝廷能撤销对他的处分，让他官复原职。所以，赵尔丰一方面派兵在龙泉山一带驻扎，用各种理由阻挠端方进入成都；另一方面，加大了在朝廷的活动，希望朝廷能重新任用他。

端方知道，朝廷中即使有人愿意为赵尔丰说话，但四川局势一天不出现缓和迹象，就没人敢站出来明确支持赵尔丰。所以，赵尔丰要保住官位，必须得先把四川的纷乱局势压下去。这一点，端方很清楚。所以，端方决定驻扎在资州不急着进入成都，就是想抢在赵尔丰行动前，先把川南的局势镇压下去，然后用此政绩向朝廷表明：只有他才有能力控制四川的局势。如此一来，朝廷自然会对端方另眼相看，就会彻底摒弃赵尔丰。

端方让曾东海率军去镇压荣县军政府，就是他做政绩的第一步。结果没想到，曾东海的前锋部队刚和荣县军政府交上火，赵尔丰就抢先一步行动了。赵尔丰放人，摆明了就是想和保路同志会缓和关系，让保路同志军放下武器，使四川的局势得到有效控制。

端方心里窝了一股火。千算万算，还是让赵尔丰抢了头筹。如果朝廷看到赵尔丰驾驭四川局势能力突出，完全有可能让其官复原职。如此一来，本来是进入四川接掌总督大印的端方，就会陷入尴尬的境地。

端方实在太想东山再起了，他这一生，宦海沉浮二十多年，走得相当坎坷。如今，已经50岁的他，必须得抓住一切机会重新爬起来。如果让赵尔丰继续当总督，他这个钦差大臣有可能会成为赵尔丰的下属，他的脸面将没地方搁放。

即使朝廷把他调到另外的地方委以重任，他也会一样在同僚面前没面子。

端方原想先把荣县军政府镇压下去，为自己在四川捞得第一笔政绩。不想曾东海那边传来的消息是，荣县军政府组织了大量兵力和进剿的新军对峙。要想啃下荣县军政府这块硬骨头，不是那么容易的事情。端方不能再等了，他必须要另外做点什么来挣点政绩。所以，端方决定先对资州的乱党动手。

这个念头刚迸发出来，端方就接到资州县衙牢房的禀报说，有两个乱党分子窜入牢房想劫走张春生，结果被刘云凤及时发现，乱党分子丢下张春生趁黑逃走。端方大怒，更坚定了此前下的决心。该是收网的时候了，再等下去，黄花菜都凉了。

端方当即下令：第二天午时，在资州鼓楼坝设刑场，公开斩杀抓获的革命党人。一是以此震慑资州蠢蠢欲动的乱党分子；二是以此吸引其他乱党分子前来刑场营救，然后趁机杀掉更多乱党分子；三来也是给胆敢行刺自己的人一个血腥报复。

今天上午，端方正在行辕准备前往刑场监斩，突然听到城里枪声大作。端方大吃一惊，赶紧叫人出去打探究竟发生了什么事情，同时派兵朝枪声所在地进行增援。很快，探子回报说，是乱党分子在十字路口拦劫前往刑场的囚车，但局势被控制了。

端方询问了现场乱党分子的情况后分析认为，劫持囚车的乱党分子只是很少的一部分，"大鱼"还没现身。端方公开问斩的目的就是要把所有"大鱼"都一网打尽，遂下令把捉获的乱党分子一起押往刑场问斩。他坚信，"大鱼"一定混在刑场的看客里。为了捉住"大鱼"，端方昨晚就已经把天罗地网设置好了。

端方信心满满地来到刑场监斩台，看到台下黑压压一大片看客，他很满意。他所期待的"大鱼"就在人群里，等会就可以收网了。结果没料到，居然传来乱党攻打城外水南要塞的消息。尽管端方对那群乌合之众的战斗力没放在心上，但罗文山的担心也不无道理。本来巡防营清兵的战斗力就弱，万一水南要塞真的失守了，势必要影响自己的计划。所以，端方决定按罗文山的意愿，把刑场上的清兵全部派去增援水南要塞。反正到时收网也指望不了那些平时只知道在老百姓面前飞扬跋扈的清兵，新军才是他唯一可以依靠的坚强力量。

刑场的清兵被拉去增援城外后，罗文山的心里稍稍安稳了一些。他本以为，增援的清兵去了后，城外的乱党会被击溃。没想到，城外的枪声不但没有停下来，反而还夹杂着土炮的轰鸣声，一阵接一阵，貌似就停不下来了。罗文山的神情又紧张起来，他看了看端方，忍不住又凑了过去："大人，我手下的人恐怕抵挡不了多长时间。万一乱党冲破要塞进了城……"

端方挥手制止住罗文山，罗文山不敢再说下去，愁眉苦脸地直起身子。端方朝宝廷招招手，宝廷凑了过来，端方小声地说："你叫人带300人，到城门一带埋伏。如果乱党冲进城里，就来个一锅端！"宝廷"喳"了一声，快步走下监斩台。看着宝廷的身影，罗文山长长地出了一口气。

话说黄天杰走后，聚集在笔架山下的袍哥和盘破门弟子就忙碌了起来。袍哥的两个牌把大爷觉得光靠弓箭、火枪去攻打武器装备精良的水南要塞守军，实在是不在一个水平线上。他们决定，还是要弄大家伙。他们说的大家伙，就是土炮。袍哥里，有土炮的行手。

张道文觉得牌把大爷的话很有道理，用土炮轰要塞，可以减少人员伤亡，又能对要塞造成极大的威慑作用，能达到黄天杰说的吸引城里兵力的目的。而且，如果老天保佑，能把要塞轰下来，大家杀进城里，也是求之不得的好事。

大家分头行动，准备在水南要塞外架设五个土炮。正在架设土炮，大家就听到城里传来枪声。张道文一算时间，黄天杰此时还没进城，枪声应该是先期进入城里的黄天民等人打响的。大家愣住了，不知该怎么办，都竖着耳朵听城里的枪声。过了一会儿，城里的枪声停了下来。随后看到一队人马跑出城门，来到水南要塞。水南要塞的清兵和新军本来就对附近的袍哥们充满戒备，那队人马来了后，要塞上的兵力明显增多了，枪口密密麻麻地对准众人。

两个牌把大爷和张道文又商量后，决定不管城里黄天民等人的情况如何，还是按此前黄天杰吩咐的计划行事。张道文把弓箭手和火枪手召集在一起，决定开始进攻要塞。大家排出阵形，把从附近收集到的木桌、木板放在前面，木桌、木板上用厚厚的棉被覆盖着，当作"盾牌"，人就藏在后面。

准备妥当后，张道文一声令下，藏在"盾牌"后面的人，就把"盾牌"举着移动起来，朝要塞逼近。要塞上的守军见众人进入射程范围内，一齐开火。枪声噼噼啪啪地响起，子弹打在棉被上，一点也没有伤着众人。张道文大叫一声"动手"，藏在"盾牌"后面的弓箭手和火枪手，纷纷朝要塞守军射击。

要塞守军没想到对方会采用弓箭，很多人中箭，倒在地上乱滚，哭声、叫喊声响成一片。张道文见攻击有效，信心大增。第一批人的箭和弹药快用完了，又派出一队弓箭手和火枪手冲上去替换第一批人。第一批人撤下来后，赶紧装好箭和弹药，准备替换第二批人。如此循环，攻势一点没减。

大家打得越来越有士气，最初慌乱的局面渐渐有条不紊起来。在这期间，也有人受伤倒下，担架队的人立即抬起担架跑上去把人救下来，送到笔架山下，由袍哥和盘破门弟子里懂医术的人救治。要塞守军伤亡惨重，张道文觉得要塞被攻下已经胜券在握，不料，从城里又来了一大批援军。

援军的到来，让要塞的火力大增。虽然土炮很快架设好了并开始朝要塞轰击，但"盾牌"受损严重，有的被打烂，有的着火燃烧了起来，袍哥和盘破门弟子伤亡逐渐增多。张道文见状，又喜又忧。喜的是，进攻要塞的行动，终于把城里的兵力吸引了一部分出来，达到了黄天杰此前部署的目的；忧的是，伤亡增多，战斗力开始减弱，再这么对峙下去，恐怕难以为继了。

就在张道文忧心忡忡时，此前在两个牌把大爷的安排下，又一群在附近收集"盾牌"的袍哥赶了回来。大家按此前的办法制作"盾牌"，但做了改进——把棉被全部浇上水，一来可以有效地阻止子弹的穿透，二来棉被不容易着火。新的"盾牌"准备好后，又组织了一批弓箭手和火枪手，顶着"盾牌"冲了上去。

新一轮攻势使要塞守军受到极大的压制，火力有所减弱。此时，土炮因为连续攻击出现了故障，一个接一个停止了轰击。两个牌把大爷心急如焚，大声责骂操作土炮的袍哥。

张道文笑着把他们拉到一边说："舵把子交给我们的任务是装得很像的佯攻，而不是要真正地攻下要塞，没必要这么去逼弟兄们。你们看，要塞的那一角已经被土炮轰垮了。"

一个叫张云会的牌把大爷说："舵把子虽然是那么吩咐的，但我们的弟兄出现了伤亡，我觉得干脆和他们硬干得了！我们杀进城里，帮助舵把子一举把端方干掉，那不是更好？"另一个牌把大爷也说："是啊，只要舵把子进了城，我们来个里应外合，让端方看看我们资州袍哥的本事！"

指挥进攻要塞的张道文和两个牌把大爷根本没想到，黄天杰等人此时还没有进城。他们从唐明渡到达沱江对岸后，就一路疾行朝重龙山后山奔去。毕竟没有骑马，众人靠双脚赶路，耽搁了不少时间。赶路期间，因为隔得远，他们没听到城里的枪声，直到快到重龙山后山脚下时，他们才听到依稀的枪声。

黄天杰侧着耳朵听了一下，判定枪声来自江对岸的水南要塞。看看时间，应该是对岸的袍哥和盘破门弟子开始实施佯攻要塞的计划了。黄天杰抬头看了一眼上空，天色阴沉得如同他的心情。他挥手大声喊道："大家不要停下，前面就是重龙山了！"

很快，众人来到后山脚下一处悬崖峭壁下。这处峭壁，高有三十多丈，全是石头，如同被刀子削开的豆腐壁一样，连一棵树都没有。其他地方，是层层叠叠的荆棘，根本没有路可走。难道要从这道峭壁爬上去？众弟子都看着黄天杰。

黄天杰胸有成竹地说："我们从峭壁爬上去。"杨道清抬头看了看峭壁，为难地说："大师兄，我看了半天，峭壁上哪来什么路啊？"

黄天杰说："看起来的确没有路，但我带你们走过去，你们就知道了。"黄天杰拔出腰刀，在前面带路朝峭壁走去。他用腰刀把挡路的灌木树丛削砍出一条路来，大家跟在后面慢慢前行。到了峭壁下面，黄天杰指着峭壁中一条蜿蜒曲折而狭小的缝隙说："这就是路！这条缝隙一直通往半山腰，我们爬过缝隙，就能找到上山的路了。以前师父健在时，曾带着我到过这里采药，走过这条路。"

杨道清等人这才露出喜色。黄天杰把腰刀放好，从一个师弟手里接过一大捆绳子，把绳子的一端拴在腰上，把绳子放下，用手抠着缝隙，手脚并用地往上爬了起来。杨道清把腰带解开，套进绳子里，重新扎紧，跟着黄天杰往上爬。张道明也如法炮制，跟在杨道清身后。其余弟子，跟着把绳子套好，依次往上爬去。从远处看去，众人就像是一条线上拴着的蚂蚱，在峭壁上缓慢地向上蠕动着。

眼看黄天杰就要爬过缝隙了，头顶突然传来叫喊声，五名清兵跑了过来。为首的清兵大声喊道："下面是什么人？"众人停止了行动，紧贴着峭壁，神情紧张，汗流满面。黄天杰示意大家安静，把绳子从腰间悄悄解开。他朝杨道清招招手，杨道清也把系着绳子的腰带解开。

清兵的脚步声越来越近，一个清兵骂骂咧咧地说："别像个孙子一样躲着，我们早就看到了！"黄天杰抓住时机，手脚并用快速地爬过缝隙，把绳子飞速地拴在一棵树上，然后拔出匕首。杨道清也通过了缝隙，紧跟在黄天杰身后。清兵发现了黄天杰和杨道清，大呼小叫地举刀扑了过来。黄天杰和杨道清跳上山间小路，与清兵对峙着。

山间小路狭窄，清兵无法展开队形，只得前后一溜排着开战；杨道清站在黄天杰身后，紧张地看着对面的清兵，准备伺机而动。为首的清兵用刀指着黄天杰，大声喝道："把匕首放在地上，趴下！"黄天杰冷笑着说："识相的赶紧让开，否则别怪我的拳脚没长眼睛。"

清兵骂道："反了你了！"说着，清兵大叫一声，举刀朝黄天杰兜头砍过来。黄天杰瞅准时机，将身一矮，灵巧地躲开清兵的大刀，从清兵身侧钻过去，抬脚一端，将他踢下悬崖。余下的清兵见黄天杰如此英勇，刚交上手就干掉一人，吓得接连后退了几步。排在最后的一名清兵举着枪，瞄准黄天杰。杨道清在后面看得真切，大叫一声，把黄天杰扑到一边，子弹擦着杨道清的脑袋飞过。

和黄天杰面对面的清兵见黄天杰被杨道清扑坐在地上，怪叫一声，举刀朝黄天杰砍下来。黄天杰趁势用脚朝他的小腿踢去，清兵疼得大叫一声，扔掉大刀，两手抱着小腿乱跳，一不留神，重心不稳，身子一歪，也掉下了悬崖。

黄天杰没有迟疑，大叫一声，挥舞着匕首朝清兵扑去，手起刀落，干净利落的一口气又干掉两个清兵，只剩下最后那个持枪的清兵。黄天杰正要直起身子，看到那个清兵颤抖着手举着枪，枪口正对准自己。杨道清想去救黄天杰，已经来不及了。

一声枪响，持枪的清兵瞪着眼睛，放下了枪，软软倒在了地上。杨道清回过神来，看到方至元拿着枪匆匆走了跑过来，后面还跟着两个人。方至元来到黄天杰面前，关切地问道："舵把子，没事吧？"黄天杰感激地说："谢谢你及时出手相助，不然你我兄弟只有到九泉之下见面了。弟兄们都准备好了吗？"方至元说："大家都在等你呢。"黄天杰问："你们怎么到山上来了？"方至元说："我们边走边说。"

邓三带着夏承祖和几个弟兄离开后，方至元一边派出弟兄去刑场打探消息，一边在屋里焦急地等着黄天杰的到来。等了一阵后，方至元突然想到邓三对他说的营救计划中，黄天杰等人在刑场把人救出来后，要通过重龙山撤走。而重龙山上，平时都有清兵在巡逻。今天端方要公开问斩革命党人，想必山上一定会有清兵巡逻，说不定还会加派人手。

一旦黄天杰等人在刑场得手后，就会往重龙山撤，到时遇到山上的清兵，必然会受阻。重龙山山势陡峭，山上的清兵只要占据重要地势，下面的人要想攻上去，出现死伤是避免不了的。最关键的问题是，会把黄天杰等人撤离的时间拖住。到时，后面的追兵赶上来，黄天杰等人会腹背受敌，损失难以估量。

想到这里，方至元惊出一身冷汗。他看看时间还早，决定带人上山，先把山上的清兵干掉，为后面的撤离扫清道路。方至元带上两个弟兄，急匆匆地上了山。大家在山上寻找着巡逻清兵的踪迹，可山上那么大，一时半会没找到。终于，方至元发现了巡逻的清兵，但一看对方有五个人，其中一人手里还有枪。而自己这一方，除了自己带了枪以外，另外两个弟兄都只带了刀剑，力量悬殊太大，不敢轻举妄动。他们就悄悄地跟在五个清兵的后面，寻找干掉对方的机会。

一路跟踪清兵到了后山，他们看到清兵突然朝前面跑动，似乎前方有情况。接着，就看到黄天杰和清兵在山间小路上打斗起来。方至元想开枪帮助黄天杰，但又担心把黄天杰伤着，就慢慢地摸上去，寻机帮助黄天杰。看到最后一个清兵用枪对准黄天杰，方至元果断开枪，干掉那个清兵，救下了黄天杰。

天色越发阴沉起来，寒风吹得旗子哗哗作响，吹在脸上冰冷冰冷的。罗文山感觉脸都被吹麻木了，悄悄地用手揉了揉脸，强打精神听着城外传来的枪声。端方对此似乎毫无感觉，闭着眼靠在椅子上，好像睡着了一般。

突然，端方睁开眼睛，坐起身来，抬头看了看天空，慢条斯理地问道："罗大人，时辰到了吧？"罗文山摸出怀表看了看，吞吞吐吐地回道："大人，时辰应该到……到了。"端方不满地问道："到底到了没有？"罗文山连声回答："到了，到了。"

端方站起身来，拿起案台上的斩杀令牌，大声喊道："时辰到，开刀问斩！"端方把令牌扔在案桌前的行刑台上，坐下，看着刑场。宝廷把手一挥，鼓手把鼓敲得震天响。一队行刑的新军走到囚车旁边，把囚车里的龙建伟、王人杰、张春生、王成等人拉了出来，将他们的双手反绑着，然后两人一组分别押解着一人走上行刑台。

围在行刑台周围的看客们屏住呼吸，紧张地看着眼前的一切。黄天秀睁大眼睛，看着张春生被押上行刑台，两手死死地捏着黄天民的胳膊。黄天民用手轻轻地拍着黄天秀的手表示安慰，示意她不要激动。安广南悄悄地握住枪把，随时准备行动。

众人被押上行刑台后，行刑新军喝令跪下。张春生站着没动，似乎没听到身后新军的命令。一个新军举起枪托，朝张春生腿后窝砸去，张春生站立不稳，这才跪倒在行刑台上，但他倔强地昂着头，一副大义凛然，视死如归的样子。行刑新军强行使所有受刑人都跪下后，一个新军将受刑人的辫子拉起来，另一个新军把枪端起来，枪口瞄准受刑人的后脑勺。

王成感受到了死亡的恐惧，忍不住大声叫喊起来："饶命啊，不要杀我！黄天民，快来救我啊！"王人杰朝王成大声喝道："闭上你的臭嘴！"张春生转头看着王成，冷笑道："怎么，害怕了？"王成满脑子都是恐惧，王人杰和张春生的话，他根本没听进耳里，只顾着放声叫喊，最后呜呜地痛哭起来。

天上开始下雨了，看客中有人用衣服把脑袋遮了起来，有人想找个可以躲雨的地方，出现了短暂的骚动。站在看客前方的新军端着枪，警惕地注视着看客们，不许看客们朝前移动一步。很快，看客们又慢慢地恢复了平静，一个个伸长脖子看着行刑台，等待着那一刻的到来。

端方的脸上仍然挂着冷笑。罗文山有些稳不住了，再次凑近端方，低声问道："大人，看来他们没来啊！"端方喝道："你知道什么？一边去。"罗文山受到端方的呵斥，只得悻悻地退回原地，浑身轻微地颤抖着。

宝廷靠近罗文山，小声地安慰着说："好戏马上要开场了。"罗文山勉强保持着镇定，对宝廷扯着嘴角笑了笑。如此寒冷的天气，罗文山感觉额头在冒汗，摸出手绢，颤抖着擦了擦汗。

雨越下越大，打在监斩台的顶棚上唰唰作响。行刑台上，王成仍在声嘶力竭地号叫着，要不是身后的新军把他的辫子拉着，他早就瘫软下去了。张春生突然仰头哈哈大笑起来："生是人杰，死亦英雄！端方，你别高兴得太早，革命党人是杀不完的！"端方闻言，抖着身体冷笑起来。

端方再次抬头看了看天空，把右手慢慢举了起来。罗文山屏住呼吸，睁大眼睛看着端方的手势。他既期待着端方的手早点落下，也期待着不要落下。如果端方的手落下，革命党人没有动手，那么端方事先设下的美满计划就会落空，一切都将无可挽回。罗文山暗自着急，为什么那些乱党分子如此沉得住气呢？

他们如果还不动手，端方的手只要一落下去，行刑台上的那些人顷刻之间就会全部被打死。

乱党分子们，你们究竟进入刑场没有？罗文山从来没有如此激动过，他的心提到了喉咙口上，差点就要跳出来了。端方的手举起来后，并没有马上落下去，罗文山知道，端方不仅是在给行刑台上的新军发信号，也是在给乱党分子发信号，就不知道乱党分子做好准备了没有。

事情终于如罗文山所愿那样发生了。看客中，黄天民把枪拔了出来，大声喊道："动手！"说完，就朝张春生身后的新军开了一枪，正中新军的胸口。新军把枪一扔，倒在地上。安广南早已把黄天民的动作看在眼里，几乎就在黄天民开枪的瞬间，他手里的枪也响了起来，那个拉着张春生辫子的新军也中弹倒下。

邓三听到黄天民的叫喊后，也跟着大喊一声："弟兄们，上啊！"袍哥们纷纷亮出武器，冲入刑场，找准下手目标，动起手来。那些看客没料到会出现劫刑场的事情，一个个大声叫嚷着，乱成一片，慌不择路地四散逃走。

几个袍哥拉开衣服，扯下腰间缠着的自制炸弹，朝新军扔去。炸弹接连炸响，腾起团团烟雾，刑场上顿时硝烟弥漫，杀声一片。行刑台上，张春生听到黄天民的叫喊声后，不等身后的新军中枪倒下，立即使劲地将头一扭，挣脱扯着自己辫子的新军，将身体侧倒在台上，朝前翻滚起来，正好滚在一边的王成身前。

黄天民和邓三等人在赶往刑场的路上，就作了分工，黄天民等人的主要目标是行刑的新军，袍哥们的动手目标是其他新军。所以，黄天民和安广南开枪把张春生身后的新军率先干掉后，又毫不迟疑地冲到行刑台下，继续朝行刑台上的其他新军射击，并对着在台上受刑的同志大声叫喊："趴下，趴下！"

行刑台上的新军似乎被突然出现的革命党人吓蒙了，加上又没有得到端方开枪的命令，一个个呆在台上不知所措。等他们回过神来准备反抗时，已经被子弹射中。护卫刑场的部分新军见对手主要朝行刑台进攻，知道他们的首要目标是营救台上的受刑人，举着枪朝行刑台射击。王成正要趴下，一颗流弹飞来，正中他的脖子。王成闷哼一声，倒在张春生身上。

随着袍哥自制炸弹的不断响起，刑场上的硝烟越来越浓，行刑台很快被硝烟遮住。新军们没了目标，加之袍哥们奋不顾身地冲到近前，新军们只得丢下行刑台上的人，和袍哥们混战在一起。这样的情况，正是黄天民等人愿意看到的结果。

黄天秀在黄天民等人动手后，立即被夏承仙拉着朝行刑台下跑去躲避流弹。听到行刑台上不断有人倒下，黄天秀再也忍不住了，挣脱夏承仙的手，两手攀着行刑台的木板，翻身爬上了行刑台，猫着腰朝张春生跑去。夏承仙也跟着爬上了行刑台，跟在黄天秀的后面。很快，黄天民、安广南以及部分袍哥也跳上了行刑台。

黄天秀一边跑一边哭喊："春生哥，你在哪里？"张春生被王成沉重的尸体压在身上，一时动弹不得，正在思量如何逃离行刑台，听到黄天秀的叫喊，连忙大声喊道："我在这里！"黄天秀循声跑过去，把王成的尸体挪开，蹲下身子，哭着把张春生扶起来，急切地问道："你没事吧？"

张春生冲黄天秀笑了笑，摇着头说："我没事，好好的呢。"黄天秀也顾不上害羞，用手在张春生身上快速地摸了一阵，发现张春生身上的确没有枪伤之类，这才放下心来。正在这时，黄天民和安广南跑了过来，黄天民拔出匕首，割断张春生手脚上的绳子，把一把手枪塞到张春生手里，把他拉起来："你带着天秀她们赶紧下去！"

说完，黄天民把王成的尸体翻过来看了看，叹了口气，就去救一边的王人杰等人了。安广南把张春生扶起来，张春生对安广南说："辛苦你了！"安广南咧嘴笑了笑，和黄天秀一起扶着张春生朝行刑台下跑去。

夏承仙本想跟着黄天秀他们一起下去，走到正在解救王人杰的黄天民身边，她停了下来，帮着黄天民。黄天民冲她笑了笑，把王人杰扶起来说："麻烦你把杰哥扶下去。"夏承仙把王人杰扶着朝台下跑去，回头柔声地叮嘱黄天民说："你，你要多加小心！"黄天民对夏承仙挥挥手，笑了笑。

张春生等人下了行刑台，躲在木柱后面。张春生四下看了看，问道："怎么没看到大哥呢？"黄天秀说："大哥没来。"张春生闻言，皱了皱眉头，随即脸上又恢复了平静。

黄天民等人动手后，都忙着救人和干掉新军，谁都没顾及监斩台上的端方等人。端方举着的手，在黄天民等人动手后，悄无声息地落了下来。看着刑场上一片混乱，端方就像在看稀奇一般，端着茶杯美美地喝了一口茶，拈着胡须哈哈大笑起来。罗文山悬着的心也终于落了下去，看到端方神情如此轻松愉快，他也跟着笑了起来。笑了两声后，感觉到有汗水迷住了眼睛，又把手绢摸出来，毫无顾忌地擦着脸上的汗水。

端方估摸着场上的形势差不多了，回头朝宝廷挥了挥手。宝廷会意，走到案桌前，拔出手枪，朝天连开了三枪。这三声连贯而有节奏的枪声，掩住了场上杂乱无章的枪声。就听到刑场外突然发出一阵紧接一阵有节奏的呐喊声，上百名举着枪的新军从刑场四周冒了出来，一步步朝刑场包围过来。

见到自己人冒出来，正在刑场内和袍哥厮杀的几十名新军迅速脱离战斗，举着枪与袍哥们对峙着。黄天民见势不妙，大声招呼着众人聚在一起。在此前的战斗中，虽然杀死了不少新军，但袍哥也损失惨重，二百多人损失了一半多，还剩下不到一百人。

行刑台上的人，除张春生、龙建伟、王人杰和鞋匠被成功救下外，其他人包括王成在内全部被打死。龙建伟大腿受伤，虽然在十字路口被俘时新军简单地给他包扎了一下，但流血过多，身体极度虚弱。靠着两个身强力壮的袍哥搀扶，他坚强地站着，紧皱着眉头注视着眼前发生的突然情况。

冲进来的新军，迅速地把黄天民等人和与他们对峙的新军包围起来，然后一步一步缩小包围圈。黄天民等人紧握着武器，怒视着周围的新军。邓三站在黄天民身边，悄声问道："舵把子他们还没来，我们怎么办？"黄天民说："如果他们动手，我们就和他们拼了！"

邓三把黄天民的话传给身边的夏承祖，夏承祖又传给身边的人。很快，所有被包围的人，都知道了接下来该怎么做。大家静静地等待着，等待着黄天民再次发令，然后与新军同归于尽。这些袍哥，在关键时刻，展现出了视死如归的英雄气概。

黄天秀站在张春生身边，用手把张春生的胳膊扶着，心情激动又紧张。如果真的出现鱼死网破的情况，黄天秀觉得此生无憾了，她终于能与春生哥在一起了。张春生的心情也是格外激动，他不知道接下来会发生什么事情。但眼前的事实已经明白无误地告诉他，端方已经控制住了刑场的局势。

新军的包围圈逐步缩小，眼看就离黄天民等人不到两丈远的距离，刘云凤走了出来，把手一举，正在包围的新军立即停住了脚步，举枪与被包围者对峙起来。黄天民原本以为这些新军站住后，会立即开枪射击，但他没想到这些新军居然没有采取行动。让张春生纳闷的是，刘云凤带进来的新军，为什么会把此前与袍哥们对峙的新军一起包围着。

手下人控制住刑场内的局面后，刘云凤带着几名新军走上监斩台，向端方行了一个军礼，大声说道："禀报大人，乱党分子已经被全部控制！"端方站起身来，得意地哈哈大笑起来。笑罢，端方指着被包围着的黄天民等人大声叫道："你们这些乱党分子，赶紧放下武器投降，不然格杀勿论！"黄天民等人一动不动，不肯缴械投降。

端方又是一阵狂笑："我知道，你们中间，乱党分子只有那么几个，你们大多是所谓的盘破门弟子吧？我久闻盘破门的大名，但今天看来，盘破门也不过如此而已。什么盘破门，我看就是一个破烂门！"

黄天民气得大声回应道："不许侮辱盘破门！你下来，跟我单独决斗，你就知道盘破门的厉害了！"端方笑道："我前几天已经和盘破门的人交过手了，实在不敢恭维啊！"黄天民怒火中烧，想要跳出去，被张春生一把按住："不能冲动。"黄天民这才作罢，满眼怒火地看着端方。

端方拍着刘云凤的肩膀说道："刘标统，干得漂亮，我先给你记下一功！"刘云凤笑着说道："多谢端大人栽培！只是，恐怕卑职不会再从你这里领取什么功劳了。"端方觉得刘云凤此话有异，睁大眼睛问道："你这是什么意思？"

刘云凤把枪拔出来，对准了端方。刘云凤一动手，他带上来的部下也立即拔枪，控制住宝廷、罗文山以及监斩台上的另外几名新军。端方的心猛地往下一沉，大声问道："你想谋反不成？"刘云凤笑着说："对不起，让你失望了。"

端方大怒："朝廷待你不薄，我也没有对不起你，你……"刘云凤不等端方把话说完，冲着刑场一挥手，他带领的新军立即解除对黄天民等人的包围，把端方的新军围了起来。

黄天民等人看到眼前的变故，惊呆了。邓三喜出望外，大声说道："我就知道这里面有戏！可惜舵把子不在。"张春生皱了皱眉头，转头问邓三："我大哥到底在哪里？"邓三笑嘻嘻地说："你就放心地往下看好戏吧。"

端方怒视着刘云凤说道："你是蓄谋已久，还是受乱党的挑拨临时起意？"刘云凤说："我的确是蓄谋已久了，只是时机未到，不方便起事。我是革命党人，也是袁大人的人。你可能不知道，袁大人已经加入革命党了。我今天采取的行动，是奉了袁大人的指令。"

端方惊得一拍桌子，大叫道："你说什么？袁世凯乃我大清股肱之臣，深蒙圣恩，一世英名，怎么可能做出这等糊涂的事情来？"刘云凤笑了笑，从怀里摸出一封信，把信纸抖开，递到端方面前说道："你仔细看看，这是不是袁大人的手迹？"

端方定睛一看，信纸上果然是再熟悉不过的字迹。端方痛苦地摇着头，叹气道："袁世凯啊袁世凯，朝廷对你不薄，皇上如此年幼，对你百般依赖信任，你不为之感恩涕零，却暗中勾结乱党，甚至加入乱党，你怎么能做出这等忘恩负义的事情来啊！"

刘云凤大声喝道："说吧，你想被我用枪打死，还是叫人用刀砍下脑袋？"

端方闻言，哈哈大笑起来："要是我什么都不选择呢？我早就知道你有问题，只是没想到，你居然是袁世凯安插在我身边的人！你别得意得太早！"说到这里，端方提高声音大叫道："曾标统何在？"

端方话音刚落，就见刑场外冲进近二百名新军，为首的正是标统曾东海。曾东海把手一挥，新军立即四散开来，将刘云凤手下的新军和黄天民等人围住，此前与刘云凤手下新军对峙的新军和曾东海的新军会合在一起，场上的力量随即再次发生变化，战斗一触即发。

刘云凤见到曾东海，大为震惊，曾东海不是在荣县吗？他怎么突然冒出来了？刘云凤不禁额头冒汗，颤抖着手举枪对准端方问道："你什么时候把曾东海调回来的？"

端方得意地说："我会让你知道吗？不然我能看到这么一出精彩的好戏吗？昨晚，我派人连夜把曾标统调了回来。曾标统连夜带领二百人回到城里，我把他们秘密安置在附近。现在，他在关键时刻帮助我扭转局势，实在是大忠之臣啊！"

刘云凤强作镇定地说："我手里有一百多名弟兄，加上场上的当地人，我们两方合力，你不一定能控制得了形势。再说了，你现在不是在我手里吗？"端方冷笑着说："你以为那些乌合之众能抵挡得了曾标统带来的弟兄？"

端方嘴里的"乌合之众"黄天民等人，正被眼前又发生的变化惊得目瞪口呆，大家面面相觑，不知如何是好。龙建伟脸色苍白，用手抹了一把脸上的雨水，极力用镇定的声音喊道："大家保持镇静，听我指挥！"黄天民也大声说道："一定要稳住，誓死和端方拼到底！"众人的情绪才慢慢稳定下来。

曾东海指挥手下把包围圈围好后，举着手枪走到刑场中间，停住脚步，看着监斩台大声喊道："刘云凤，投降吧！"刘云凤示意一个手下用枪对准端方，走到案桌前，冷笑道："曾东海，端方在我手里，你做梦去吧！"

曾东海向前走了两步，刘云凤举枪朝曾东海射击，子弹打在曾东海脚下。曾东海吓得连忙跳了起来，朝后倒退了两步，脸上露出愤怒的神情，举枪对准监斩台上的刘云凤，咬牙切齿地吼道："刘云凤，你再不投降，别怪我不客气了！"

刘云凤笑着说："你有本事，就开枪啊！只要你一开枪，我就先把端方干掉！"曾东海气得暴跳如雷，但端方在刘云凤手里，他无计可施。曾东海在原地转了两个圈后，突然冲入包围圈中，抓住那个鞋匠，用枪指着他的脑袋，把他拖了出来。黄天民大惊："放下他！"说着就要上前阻止曾东海。曾东海用枪指着黄天民说："不许动，不然我先把你打死！"

张春生把黄天民拖住，低声说道："好汉不吃眼前亏，先看他怎么做。"黄天民恨恨地停止了动作，握紧手枪，如果曾东海要杀鞋匠，他一定会奋不顾身地朝曾东海开枪。

曾东海把鞋匠拖到刑场中间，对刘云凤喊道："刘云凤，你赶紧把端大人放了，否则，我就在你面前一个一个地杀掉你的人。"刘云凤哈哈大笑着说："你杀吧，我看你是否杀得了！"刘云凤的话激怒了曾东海，曾东海咬着牙，红着眼睛，举枪对准了鞋匠的脑袋。

就在这时，刑场外突然响起呜呜呜的号角声，接着是震天的呐喊声，从刑场入口处，涌进了数百名手持各种兵器的盘破门弟子和袍哥。众人冲进刑场后，立即把刑场团团围住，声势甚是壮大，让人胆战心惊。黄天杰在方至元、杨道清、张道明等人的簇拥下，走进了刑场。

看到黄天杰带领众人包围刑场，端方脸色大变，对罗文山吼道："难道之前盘破门的人没有来？"罗文山此时也是汗如雨下，颤抖着说道："卑职也不知道啊！"端方大怒道："你真是个废物，成事不足败事有余！"罗文山吓得双腿直抖，要不是刘云凤的手下拉着他，早就瘫软在地了。

刘云凤旁边一个精瘦部下见到黄天杰,大喜过望地对刘云凤说道:"中间那个就是资州袍哥会舵把子、盘破门大弟子黄天杰。"刘云凤哈哈大笑:"你赶紧和他打个招呼!"精瘦汉子冲着黄天杰喊道:"舵把子,你终于来了!"黄天杰大声回道:"贵客,我是来救我兄弟的!"

见到黄天杰,黄天民等人惊喜异常。黄天秀跳了起来,挥着手冲黄天杰大声叫道:"大哥,我们在这里!"黄天杰听到黄天秀的声音,冲着她笑了笑。龙建伟精神大振,连忙对黄天民说道:"我们赶紧与舵把子会合!"黄天民带领众人迅速地和黄天杰等人靠在一起。刘云凤手下见状,也与黄天杰等人靠在一起,与曾东海手下继续对峙。

黄天秀拉着黄天杰的手,高兴地说:"大哥,我们把春生哥救下来了!"黄天杰走到张春生面前,拍拍张春生的肩膀说:"我说过,我一定会救你的,决不食言。"

张春生冲黄天杰笑了笑,看着监斩台上仍被刘云凤控制住的端方等人,眉头紧锁,脑子里进行着激烈的思想斗争,三天前那个晚上的情景浮现在眼前……

张春生向端方请假回家探亲,得到端方同意后,他叫上安广南上街去买礼物。两人在街上逛了一阵,提着礼物回到住地。一进门,张春生就感觉气氛不对,不知道发生了什么事情。刚走进房间把礼物放下,就看到宝廷走了进来。张春生正想和宝廷打招呼,就听到宝廷冷冰冰地说道:"端大人找你问话。"

张春生跟随宝廷走进端方房间,看到端方坐在椅子上,阴沉着脸,一脸杀气。张春生心里有些慌乱,急忙向端方行礼。端方用手重重地拍着案桌,站起身来,厉声喝道:"你可知罪?"张春生满脸惊愕,抬头看着端方:"大人,不知属下何罪之有?"

端方冷笑道:"到了这个时候,你还在装不知道。我问你,你的武功是不是属于盘破门?"张春生不知端方问这话是什么意思,只得如实回答道:"我是盘破门弟子。"端方说:"你的老家是不是在资州罗泉镇?"

张春生更加觉得端方的问话有些不着边际了,弄不明白端方问这些话的目的所在,但还是如实答道:"我的老家在简州小河村,六岁时被资州罗泉镇一个叫黄昌盛的盐商收养,在罗泉镇长大。属下不知大人为什么问这些问题?"

端方又将桌子一拍，大怒道："我告诉你，刚才有刺客来行刺，刺客就是罗泉镇的盘破门弟子。是不是你主使的？"张春生大吃一惊，他压根没想到自己出去的这段时间，会有刺客来行刺端方，难怪刚才进门时感觉气氛不对，原来是出了这个事情。

张春生更没想到的是，端方居然认为他被行刺是自己主使的！张春生惊恐地连连摆手说道："不是属下干的！属下的确不知情。"端方说道："你还狡赖？就你这个罪行，杀你一百遍都不为过。"

张春生吓得双脚一软，扑通一声跪倒在地上，不断地向端方磕头，声音颤抖着说："大人，属下真的冤枉啊！属下一向对大人忠心耿耿，毫无二心，一定是有人栽赃陷害于我，请大人明鉴！"

端方见张春生被彻底镇住，缓和了语气问道："你说对我忠心耿耿，不是刺杀端某的主谋，你有什么证据证明你的清白？"张春生愣住了，是啊，要想让自己脱离干系，得有证据。可怎么证明呢？

张春生没想到，自己一心靠着端方，卖命地为端方效力，就是为了能得到端方的青睐，尽快平步青云。如今，因为刺客行刺端方的事情，把他一下子推到了悬崖边上。端方表面上对士兵很好，但其实是很冷血的，谁如果敢对他不忠，他决不手软。

张春生不知道该怎么证明自己，只得继续磕头说道："大人，属下真的冤枉啊！属下从武昌一路陪着您到资州，半步都没有离开过。这几天在资州，属下也是忠心耿耿在您左右，哪里有什么机会和其他人接触……"

端方没有说话，看着张春生。张春生继续说道："属下的确是盘破门弟子，也是资州罗泉镇人，这些事实，您以前也没有问过，属下也没有禀报，的确是属下的不是。但是，属下离开资州有四年多了，从来没有向家里写过一封信，家里人并不知道属下在什么地方，也不知道属下在做什么，更不用说和盘破门有什么联系了。"

端方朝宝廷使了一个眼色。宝廷会意，走到张春生面前说道："今天晚上行刺大人的刺客，就是盘破门的人，你脱不了干系。大清的律法，想必你也清楚。"张春生听到宝廷和自己说话，开始觉得有些奇怪，随即明白，这是端方在给自己一个下台阶的机会。如果还不够聪明抓不住的话，就真的是无可救药了。

张春生抬头看着宝廷，求救似地说道："宝爷，请您给兄弟指条生路。"宝廷看了看端方，端方轻轻地点头。宝廷对张春生说道："眼下有个戴罪立功的机会，不知你是否愿意？"

张春生抬头看着端方，赶紧大声说道："大人，属下愿意。"端方站了起来，走到张春生身边，把他拉起来，拍着他的肩膀说："春生啊，你的底细，我已经了解清楚了。你是一个不可多得的人才，我一直都很赏识你。只要你坚定立场，很快会出人头地，建功立业，名留青史。"

端方这一席话，说到张春生的心坎上了。四年前，自己离开罗泉，不就是为了能尽快出人头地么？尽管现在身为队官，但这是他艰苦打拼下来的。如果按这样的方式奋斗下去，要想成为端方这样的朝廷重臣，不知要什么时候去了。如今，端方给他许诺了美好前程，岂有不抓住之理？

张春生低头垂手，大声说道："属下一定跟随大人左右，为朝廷效力！"端方哈哈笑了两声，背着手，在屋里踱着方步说道："我现在交给你一个任务：你明天回罗泉镇，假装是乱党分子，和罗泉的乱党取得联系，赢得他们的信任。然后，我们设计把乱党和盘破门的首领引到一起，全部擒获！"

张春生听端方不仅要对革命党出手，还要把盘破门也算计进去，顿时惊呆了："大人，盘破门的人都是守法的人，您为什么还要对他们动手呢？"端方说："如果盘破门的人洁身自爱，不与乱党勾结在一起，端某当然不会对他们有什么想法。可是，他们已经让我感到了威胁，不一起收拾了，到时还不把资州闹翻天？"

张春生的脸上阴晴不定，汗水直流。他很清楚，自从师父去世后，按规矩，盘破门的所有弟子中，只有大哥黄天杰能坐上盘破门传人之位。端方要对盘破门动手，目标就是黄天杰。要是把大哥交给端方，大哥必然只有死路一条。一旦大哥被端方杀死，自己就成了盘破门的千古罪人。今后，还有什么脸面去见死去的师父和对自己恩重如山的黄家人呢？

张春生心如刀绞，不知如何选择是好。答应端方吧，自己就要背上一辈子的骂名，甚至从此后受到同门师弟们的追杀。不答应吧，端方已把自己逼上了一条身不由己的路，没有别的路可走。亲情和前途，对他来说都重要。

端方见张春生没有说话，料定他此时正在思量如何选择。端方走到张春生面前，两眼盯着他说："到底是以亲情为重，还是以大清王朝和你的前途为重，你可得好好掂量。我可以给你马上表态：如果你很好地完成了这个任务，我立即委任你为协统！如果你愿意，我现在就想收你为义子。"

张春生的汗水不断往下流，脸涨得通红，呼吸急促。端方给出的诱惑实在太大了，让他不能不怦然心动。从队官直接提拔为协统，那可是传说中的连升三级，中间跳过了管带和标统。也就是说，一旦当上协统，就意味着自己将在端方之下、其他所有人之上，包括刘云凤和曾东海，都将成为自己的部下！

曾东海和刘云凤资历如此深厚的人，打拼了那么多年，才得到标统的职位。自己如此年轻就能成为协统，必将改写大清王朝的晋升纪录。今后再凭借战功，擢升为朝廷大员，位列公侯，岂不是很容易的事情了？

如此美好的前程，纵然是个傻瓜，都知道该怎么做了。前程面前，亲情算什么？黄天杰的人头又算得了什么？如果能把端方交给的任务做得巧妙、做得天衣无缝，此事也就只有端方、宝廷和自己知道，盘破门的师弟们也只会把黄天杰之死归咎在端方身上。

张春生眼里闪过一丝冷酷的神情，当即跪下朝端方磕头说道："义父在上，请受春生一拜！"端方哈哈大笑，扶起张春生说道："端某没看走眼，真是太高兴了。"宝廷在一边羡慕地说："恭喜大人，收了这么一个智勇双全的义子！张大人，恭喜啊！"

张春生朝宝廷抱拳说道："宝爷，同喜同喜。"张春生又对端方说："干爹，您放心，我一定会完成这个任务。只是，我有一个请求，请您一定答应。"端方把手一挥说道："有什么要求，尽管说来。"

张春生说："我希望盘破门的首领到死的时候，都不知道是我把他们引出来的。也希望我的那些师兄弟们，永远不知道我在这个任务中起的作用。"端方点点头说："我明白你的意思，放心好了。你在执行任务时，可以采用任何博得他们信任的办法，干爹授予你这个权力。"张春生得到端方的允诺，心中大喜："谢谢干爹！"

端方走到案桌后坐下，对张春生招招手说："你过来，我给你详细说说你的任务。到时，你可能要受一些皮肉之苦，但你必须忍着。这个计谋，除了我们三个，另外还有几个人知道，但刘云凤不知道，我觉得他有些靠不住……"

张春生回到罗泉后，成功地与龙建伟等革命党人联系上了，并假装相约三天后里应外合刺杀端方。那天早上回资州城的路上碰到刘云凤，也是端方设下的计，意在迷惑刘云凤。回到行辕后，端方把张春生抓起来打入大牢。张春生故意给安广南使眼色，宝廷又给安广南创造逃跑机会，让他到罗泉去报信。

张春生没想到黄天民会到大牢劫狱，但当时没有办法，只能响应黄天民的劫狱计划。他装着脚上受伤，尽量拖延时间，等来了刘云凤等人。原本以为刘云凤会开枪拿下黄天杰和黄天民，没想到刘云凤说要抓活的，让黄天杰和黄天民得以逃脱。今天在刑场上被救下后，他一直希望黄天杰也在场，不料黄天杰居然没出现，这让他很是失望。端方如果收网，黄天杰就逃脱了。

看到黄天杰出现，张春生心里大为宽慰。端方要的人，都在这里了。可是，端方的处境却如此不妙，只要端方失败，即使他和宝廷都被打死，但还有其他人知道自己在这次阴谋中的作用。其他人究竟是些什么人，端方没有告诉他。

现在想来，当初端方那么说，是在警告自己，他还留有一手。如果事情败露，黄天杰等人必然不会放过自己。所以，跟着黄天杰走，没有出路，现在拥有的一切都会失去，说不定连命都没了。当下之计，还是只有继续为端方效力，除此别无他法。

张春生心急如焚。如果端方被抓，自己的前程和这几天的努力，都将化为泡影。他不甘心，必须要为自己的付出得到丰厚的回报，他要在这危急关头，解救端方，扭转形势，让端方把形势控制在手里。只有这样，才会得到端方那晚承诺的一切。虽然目前看来革命党和盘破门势力很大，但只要让端方逃离资州城，与曾东海的一千多名新军会合，到时反攻回来，仍然可以稳操胜券。

张春生的脑子灵光一闪，想到了一个绝佳的办法。目前场上形势由黄天杰掌控，只要抓住黄天杰的软肋，就可以逼黄天杰就范，端方和自己以及曾东海就可以趁机逃出资州城了。黄天杰的软肋，就是站在身边的黄天秀！虽然这样会让自己暴露，但现在情况紧急，没有更好的办法了，只能铤而走险。今后的事情，今后再说。

雨还在继续下着。张春生拿定主意后，悄悄地朝黄天秀更加靠近一些，看起来似乎要把黄天秀揽入怀中。黄天秀察觉到张春生的动作后，心里一阵甜蜜。她知道，接下来场上可能将发生打斗甚至两方开火，张春生此举是在保护她，不让她受到伤害。她两眼含情，偷偷看了一眼张春生，脸上露出羞涩的微笑，也主动地朝张春生靠近。

夏承仙在后面看到张春生和黄天秀的举动，羡慕至极，不由得看了看黄天民。夏承仙还没把目光从黄天民脸上移开，就听到黄天秀突然发出一声惊呼。夏承仙吓了一大跳，就见张春生左手环抱着黄天秀的脖子，右手持枪对准她的脑袋，快速地离开人群，拖着她走向刑场中间。

张春生这一举动，惊呆了场上所有人。安广南大喊道："你这是什么意思？"说着，安广南的脚步就朝前迈动。张春生挥舞着手枪，指着安广南声嘶力竭地喊道："别动！不然我杀了她！"安广南只得停了下来，不停地跺着脚。

黄天杰没提防到张春生会劫持黄天秀，很快反应过来，向前走了两步，伸出手摆动着说："春生，天秀是你妹妹啊，你别乱来啊！"张春生眼露凶光，用枪指着黄天杰说："你也别动！"黄天杰没法，赶紧站着不动，捏紧了拳头。黄天民气得举起手枪，瞄准张春生吼道："张春生，你敢动天秀一根指头，我立即杀了你！"

张春生拖着黄天秀继续朝监斩台方向缓缓移动，大声叫道："宝爷，动手啊！"张春生话音刚落，就听到台上宝廷大喝道："都别动！"原来，张春生在下面的所有举动，都被宝廷看在眼里。他不禁大喜，知道张春生出手了，自己也不能闲着。趁控制自己的新军被台下的突变吸引而分散注意力时，宝廷快速把对方的枪夺下，抢步护在端方身前，持枪与刘云凤等人对峙起来。

张春生见宝廷得手，劫持着黄天秀与曾东海会合。曾东海见状大喜道："张队官，干得好！"曾东海手里的枪仍对着鞋匠，两人慢慢地朝监斩台方向移动，希望能与端方会合，曾东海手下也跟着悄悄地往后退。

黄天秀被张春生劫持着，泪水混合着雨水，唰唰地往下流淌。她万万没想到，春生哥居然会在关键时刻把自己作为人质，威胁大哥他们不要动手。她的脖子被张春生箍着，身体被张春生拖着，她无法站立，无法言语，感觉呼吸都快停止了。她用手去掰张春生的手，但张春生的手如同铁腕一样难以掰动。

张春生看到黄天秀满脸通红，感觉到了黄天秀呼吸困难，稍稍松了一点。黄天秀深深地吸了一口气，大声哭了出来："你为什么要这样？"张春生贴在她的耳边说道："我没有办法，我是被逼的。"

黄天秀大声问道："谁逼你了？你为什么要救端方？你是革命党啊！"张春生冷笑道："什么革命党？这是端大人设下的苦肉计，你们都被我骗了！"

黄天秀听得如同五雷轰顶，差点晕过去。她明白了一切，眼中露出绝望的神情，咬牙切齿地说道："你这个卑鄙小人！你这么做，到底是为了什么？"

张春生说道："我这么做都是为了你啊！我要出人头地，我要荣华富贵，我要高人一等。只有这样，我才能让你跟着我过上好日子。等我这次立下大功，我一定明媒正娶你，让你风风光光地嫁给我。"

黄天秀绝望地冷笑着说："让我嫁给你？做梦去吧！"黄天秀突然低下头，狠狠地咬住张春生的手臂。张春生吃痛，松开手臂。黄天秀转身去抢张春生手里的枪，张春生哪里会放手，和黄天秀争抢起来。慌乱中，张春生手上一用劲，扣动了扳机，枪声响起，黄天秀的胸口顿时鲜血喷涌而出。

黄天秀停止了争抢，圆瞪着双眼，身子慢慢地软了下去。张春生连忙用右手抱住黄天秀，左手下意识地去捂黄天秀的伤口，企图把喷涌出来的鲜血止住："天秀，天秀，我不想杀你啊！"

黄天杰在黄天秀和张春生动手时，就朝张春生飞奔过来，还没到跟前，就见黄天秀被张春生开枪击中，他撕心裂肺地大喊道："天秀！"张春生见黄天杰冲了过来，连忙放下黄天秀，退后几步，颤抖着用枪指着黄天杰。

黄天杰根本顾不上张春生，冲到黄天秀身边，扑通一声跪下，抱起黄天秀，不停地摇晃着黄天秀的身体，大声叫喊道："天秀，天秀，大哥在这里，大哥说好了的，一定要保护你呀……"

宝廷看到张春生开枪打死黄天秀，趁机连开几枪打死身边的刘云凤几个部下，其中包括那个精瘦汉子。宝廷大声喊道："保护大人！"场面顿时大乱起来，曾东海手下纷纷开枪，革命党人和袍哥冲上去与他们纠打在一起。曾东海见势不妙，一枪把鞋匠打翻在地，对着朝自己冲过来的刘云凤手下不断开枪射击，并和手下人靠在一起。

宝廷又向刘云凤开枪，刘云凤眼疾手快，顺势在台上蹲身一滚，躲过宝廷的子弹。刘云凤敏捷地起身，半跪着开枪还击，子弹击中宝廷的胳膊。宝廷受伤后，不敢恋战，冲到躲在案桌下的端方身边，一把拉住端方，一边开枪，一边朝监斩台后面撤去。其他新军见状，无心恋战，纷纷跟着朝端方逃跑的方向撤退。

罗文山早就被眼前的一切吓得目瞪口呆，他哆嗦着两腿，怎么也迈不开步子。子弹在他身边啪啪作响，他吓得尿了裤子。看到端方在宝廷的保护下隐入监斩台后面，罗文山知道，再不逃跑就没机会了。他强迫自己镇定下来，刚迈动两步，一颗子弹飞来，正中脑袋，他哼都来不及哼一声，身子朝侧边一歪，倒在案台上，抽搐了两下，没了动静。

曾东海把枪里的子弹打完后，回头看到监斩台上的刘云凤，恨得牙齿直咬。他迅速地换好弹夹，举枪朝刘云凤射击，但没打中。王人杰抢步上前，一枪打中曾东海的背部，曾东海惨叫一声，朝前踉跄了两步。刘云凤又朝他补了一枪，曾东海的身子摇晃了几下，轰然倒下。

刘云凤干掉曾东海后，转身看到监斩台上已没了端方和宝廷的身影，挥舞着手枪大声喊道："不要让端方跑了！"刘云凤部下听到命令后，举枪朝监斩台跑过来。王人杰、方至元等人带领革命党人、盘破门弟子和袍哥，也跟着刘云凤追了过去。

黄天民看到张春生杀死黄天秀，怒吼一声，举着枪朝张春生扑了过来："你这个白眼狼！我今天要杀了你！"张春生慌张地把枪垂了下来，跪在黄天民面前，痛哭流涕地喊道："我不想杀天秀啊，是她和我争抢，我无意中开的枪啊……"

黄天民的眼泪唰唰地往下流，听到张春生的哭诉后，他痛苦地朝黄天秀的方向看去。就在这一瞬间，张春生咬着牙抬手朝黄天民开枪，黄天民腹部中弹，大叫一声，倒在地上。跟在黄天民身后的夏承仙尖叫一声，冲上前扶住黄天民。黄天民忍着剧痛，左手捂着伤口，右手举枪朝张春生射击。

张春生在开枪击倒黄天民后，迅即起身。看到黄天民对自己开枪，连忙朝旁边一躲，子弹擦着胳膊呼啸而过。黄天民又想继续开枪，但腹部的剧痛让他没有了力气，举着枪的右手垂了下来。夏承仙悲伤得肝胆欲裂，拾起黄天民的手枪，跳了起来，朝张春生开枪，可枪里却没了子弹。夏承仙连续扣动了几次扳机，都没有反应，气得把枪朝张春生扔了过去，嘴里发出怪叫声，披头散发地朝张春生扑了过去。

张春生不等夏承仙扑到面前，举枪射击，夏承仙中弹后，身体似乎凝固了一般，一动不动，然后脚下一软，跪倒在地，随即整个人趴在了地上。夏承祖见妹妹中弹，连滚带爬来到夏承仙身边，抱着夏承仙号啕大哭起来。

黄天民看到夏承仙为了自己被张春生打倒，咬着牙，朝夏承仙爬了过去。爬到跟前，他用手拉着夏承仙的手。夏承仙弥留之际感觉到有人拉着她的手，努力地睁开眼睛，看到是黄天民。她的脸上露出一丝微笑，随后头一歪，闭上了眼睛。

　　黄天杰抱着黄天秀的遗体，陷入了深深的自责和悲痛中。他满以为已经控制住刑场上的形势，胜券在握了。而且，张春生、黄天民和黄天秀等人都安好无恙，他终于能带着毫发未损的他们回家向父亲复命了。但没想到，关键时刻，张春生居然会劫持着黄天秀倒向端方。更没想到的是，张春生会如此绝情地开枪打死从小一起长大并对他朝思暮想、暗恋多年的黄天秀！

　　黄天杰感觉整个世界都坍塌了。这个妹妹不仅是父母的掌中明珠，也是他心中最为亲近的人。从小到大，他处处呵护着她、让着她，不让她受到任何委屈，随她在面前任性，撒娇，甚至胡搅蛮缠。如今，妹妹死在她爱恋多年的人手里，她是带着绝望而走的。而他的生活中，从此也将失去这么一个天真可爱的妹妹。要是父母知道了，不知会是怎样的伤痛欲绝。

　　黄天杰哭得昏天黑地，抱着黄天秀的遗体不断地呼喊着她的名字，希望她能睁开眼睛，但一切都徒劳无功。听到黄天民的惨叫声后，黄天杰的心再次颤抖起来，也逐渐清醒过来。他抬头看到，一个陌生的女子为了黄天民被张春生打死，黄天民拉着她的手倒在地上一动不动。黄天杰的心彻底碎了，他不能再等了，必须要为弟弟和妹妹报仇！

　　黄天杰慢慢放下黄天秀的遗体，站了起来。安广南一直跪在黄天秀身边不断地流泪，见黄天杰放开黄天秀后，他连忙挪动膝盖上前，抱着黄天秀，用手抚摸着黄天秀苍白的脸庞，轻声呼唤着黄天秀的名字，泪水混着雨水不停地滴在黄天秀的脸上。

　　黄天杰冲着张春生吼道："你这个王八蛋！"听到黄天杰的吼声后，杨道清和张道明停住了脚步，朝张春生围了过来。张春生拔腿要跑，脚下一滑，摔倒在地上。他披头散发，面目狰狞，举枪的手不停地颤抖着。

　　杨道清持刀朝张春生砍了过来。张春生手里的枪射出一颗子弹，正中杨道清的胸口，杨道清捂着胸口，手里的刀落在地上，跟着身子也倒了下去。张道明大叫一声，挥刀上前，张春生再次开枪，张道明也倒了下去。

　　接连两个师弟再次被张春生打死，黄天杰痛苦地闭上了眼睛。雨水落在黄天杰的脸上，混合着泪水。黄天杰突然睁开眼睛，大吼一声，拔出大刀，逼向张春生。

张春生爬了起来，弓着腰，举枪对准黄天杰，手指颤抖着，慢慢地扣动着扳机。一边的邓三见势不妙，大叫一声冲上来，挡在黄天杰身前。枪声响过，邓三胸口中弹，睁着双眼，无神地看着黄天杰，倒在他的怀里。黄天杰连忙把邓三抱住，大喊着邓三的名字，可邓三毫无反应。

黄天杰抱着邓三，单膝跪下，把邓三缓缓放在地上。黄天杰站起身来，两眼充满了要把张春生熔化的怒火。张春生再次扣动扳机，可枪里没子弹了。张春生又疯狂地继续扣动扳机，最后发现无济于事，便把枪丢下，迅速地捡起地上的大刀，和黄天杰对峙起来。

黄天杰咬牙切齿地说道："你杀的这些人，本都是你最亲近的人，你还是人吗？"张春生一步一步往后退着，颤抖着声音说道："我真的不想杀他们，是他们逼我的！"黄天杰轻蔑地说道："谁逼你了？想当年，我们在雪地里把你救起来，这么多年来，我们对你比亲人还亲，你就这么下得了手？你就这么心甘情愿当端方的走狗？你到底是为了什么？为了什么？"

张春生带着哭腔说道："大哥，你别激动。你听我说一句，我错了，我不该杀他们。端方是朝廷重臣，杀不得的。我的前途，全部在端方身上。大哥，只要我们联起手来，辅佐端方，我保证你有远大的前程，享不完的荣华富贵，黄家一定会光宗耀祖……"

黄天杰大喝道："你不要叫我大哥，我不是你大哥，我和你不共戴天！我今天就用师父的大刀，为天民、天秀报仇，为盘破门清理门户！"说完，黄天杰不由分说，挥刀砍向张春生。

张春生见没有说动黄天杰，反而受到黄天杰的攻击，只得举刀相迎。两刀相碰，发出一声清脆的巨响。黄天杰手上用力，将刀逼向张春生，张春生心里慌乱，往后倒退几步，瞅准时机，将手里的刀抽出，转身就要跑。

黄天杰哪里会让张春生如此轻松地逃走，顺着刀势，快步上前，将刀锋一转，斜斜地朝张春生肋下削去。张春生没有办法，只得将身一跳，躲过黄天杰的一刀。黄天杰一刀砍空，倒转刀锋，朝张春生刺去。张春生身子一歪，用刀将黄天杰的刀挡开，顺着黄天杰的刀朝黄天杰的手腕砍去。

黄天杰握着刀柄使劲地旋转着大刀，化解掉张春生的攻势。张春生抬脚朝黄天杰的裆下踢去，黄天杰大骂道："你这个下流东西！"抬起膝盖，挡住张春生的那一脚，随即弹脚，踹向张春生的膝盖。张春生的膝盖被黄天杰踹中，疼得大叫一声，连忙用手去揉膝盖。

黄天杰没有给张春生喘息的机会，再次扑了过去，用刀朝张春生的胸部砍去。张春生只得忍住膝盖的疼痛，两手握刀，吃力地挡着。黄天杰将刀一抽，刀锋摩擦着张春生手里的大刀，发出一阵刺耳的声音。

张春生和黄天杰交手几个回合后，感觉黄天杰的功力比四年前增长许多，自己难以招架。他偷偷地朝四周看去，刑场上到处都是新军和袍哥的尸体，雨水混合着血水，看起来触目惊心。

张春生不想再和黄天杰恋战，他想尽快去和端方会合，然后一起合力冲出城去，与在荣县的那批新军会合。张春生顾不上膝盖的疼痛，一瘸一拐地转身就跑。黄天杰跟在张春生身后，不断地攻击，张春生只得边战边退。

张春生退到监斩台下，在柱子之间和黄天杰周旋。监斩台是临时搭建的，所用材料以木头为主，柱子是碗口粗的木头。打斗着，柱子被砍断数根，监斩台发出嘎嘎的声响。张春生抱着柱子用脚使劲地朝顶上的木板踢去，将木板踢飞，露出一个洞来。他将身往上一蹿，从洞里钻了上去，到了监斩台上。

张春生上了监斩台，一边朝台后跑去，一边回头看黄天杰是否从洞里追上来。冷不防脚下被一具新军的尸体绊住，摔倒在地。与此同时，黄天杰也从洞里钻了上来，举刀朝张春生砍来。张春生顺势一滚，滚到案桌下。黄天杰上前一脚踹翻案桌，罗文山的尸体跟着案桌翻倒在监斩台上，打了几个滚，掉下监斩台。

张春生见逃跑机会丢失，只有继续和黄天杰打斗。打斗中，黄天杰被张春生的大刀划破了胳膊，但黄天杰越战越勇，张春生被黄天杰打得没有还手之力，身上也是多处受伤。张春生的动作明显慢了下来，脚步踉踉跄跄，站立不稳。

黄天杰停止了最初的凌厉攻势，每一次攻击得手后，都停下来，等张春生稳住阵脚后，再次进攻。黄天杰最后一击，将张春生打倒在地，张春生再也爬不起来，躺在地上大口大口地喘着粗气。黄天杰两眼喷火，用刀指着张春生，张春生躺在地上不住地哀求："大哥，饶了我吧，我真的错了！我要将功补过，我要帮你去杀端方……"

张春生的脸扭曲得可怕，哪里还是平时那副英俊的面孔。听着张春生的哀求声，看着张春生面目全非的样子，黄天杰的眼前不禁浮现出儿时与黄天民、张春生一起在河里玩耍嬉戏的场景。当年亲密无间的兄弟，如今却反目为仇，这到底是造化弄人，还是前世结下的罪孽？黄天杰的神情有些恍惚起来。

张春生一边求饶，一边观察着黄天杰的反应。他看到黄天杰神情恍惚，突然用脚一勾，把黄天杰勾倒在地。张春生扑过去想夺黄天杰手里的大刀，黄天杰顺手举刀相迎，大刀刺进了张春生的身子，然后拔了出来。张春生用手捂住伤口，后退几步，倒在地上，圆睁着双眼，没了气息。黄天杰站了起来，用刀发疯似的砍向张春生……

也不知道砍了多少刀，直到手里没劲后，黄天杰才停了下来。他双膝一软，跪倒在地，丢下大刀，捂着脸悲伤地哭了起来。哭了一会儿，黄天杰听到远处的枪声和呐喊声仍然没有停止，他抬起头，泪眼蒙胧地看了看刑场上的黄天秀和黄天民。那里，安广南坐在地上，抱着黄天秀的遗体发呆，夏承祖仍抱着夏承仙哭个不停，黄天民躺在地上没有动静。黄天杰站了起来，提刀走向枪声传来的地方。

湘园门口，刘云凤和龙建伟、王人杰、方至元等人指挥着众人与端方的护卫新军展开激战。盘破门弟子和袍哥一个接一个翻越围墙进入院内，端方的护卫新军一个个被打死，盘破门弟子和袍哥也不断中弹倒下。枪声渐渐稀疏下来，刘云凤带领众人慢慢进入湘园，四散开去，逼向内院。

宝廷带领几个新军，一边开枪，一边朝里面退去。宝廷身上多处受伤，一身是血，但他仍顽强地抵抗着。身边的新军不断倒下，到最后，只剩下他一个人了。宝廷打完最后一颗子弹后，把枪扔下，躲在端方门口的柱子后面，手里握着大刀，喘着粗气，警惕地听着外面的动静。

黄天杰满身鲜血地提刀来到湘园门口，径直走了进去，没有停下。刘云凤连忙制止道："里面危险。"黄天杰看了看刘云凤，没有说话，继续往里走。宝廷突然从柱子后面闪了出来，举刀砍向黄天杰。黄天杰举刀相迎，两人战在一起。

没几下，宝廷就被黄天杰一刀砍翻在地。宝廷还要挣扎着爬起来，黄天杰倒转刀把，刺进宝廷的胸口，宝廷的脚蹬了几下，仰面朝天没了气息。黄天杰来到端方门前，抬脚踢开大门。刘云凤看到黄天杰这般动作，举手示意众人停下。

屋内，端方坐在案桌后面端着茶杯喝茶，案桌上放着一把手枪。此时端方虽然显得衣冠不整，但神情沉静。黄天杰提刀走进门来，用脚踹倒屏风，直面端方。端方放下茶杯，打量着黄天杰，问道："你，就是盘破门的首领黄天杰?"黄天杰沉声答道："我就是黄天杰。"端方站起来，拍了拍手说："你是一条好汉!"黄天杰冷笑道："我不需要你来评价，你也没有资格评价我。"

端方轻声笑了笑说："黄天杰，像你这样的英雄好汉，如果能和我携手共事，大清王朝何愁不能江山永固?"黄天杰冷冷地答道："我们盘破门没有走狗，你看错人了。"

端方叹了一口气说："我很后悔当初轻信了张春生的诡计，是他想出这样的苦肉计，说一定会把你们引到我这里，把你们全部抓住。我希望你和我能不计前嫌，联手制止乱党。到时，我向皇上请愿，封你王侯公爵，享不尽的荣华富贵，名留千秋万代，还能把你们的盘破门发扬光大……"

黄天杰用刀指着端方大声喝道："别做美梦了，国仇家恨，今天我和你算总账!"端方眉毛一挑："你想和我动手吗? 你真的以为盘破门的武功很厉害? 我看啊，盘破门，盘破门，就是一个破门!"

黄天杰怒目圆睁："住口! 我要把你打得心服口服，让你跪地求饶，让你尝尝盘破门的厉害!"端方摇头叹息着，突然伸手拿起案桌上的手枪，对准黄天杰。

面对枪口，黄天杰站着没动，握紧了刀把。端方狞笑着说："我没心情跟你动手。"说着，端方扣动了扳机。不料，枪没有动静。端方大惊，立即用两手把案桌掀翻，案桌朝黄天杰压过来。黄天杰腾身飞起，脚踩在案桌上，举刀杀向端方。端方在掀翻案桌的同时，从腰间拔出宝剑，举刀相迎。黄天杰和端方战成一团，在屋里左冲右突打斗起来。

门口，刘云凤和龙建伟、王人杰举着枪，带领部下围在一起，密切关注着屋内的打斗。端方虽然经历了刑场上的惊心动魄，但逃回行辕后，靠着宝廷在前面拼命抵抗，得到了喘息的机会，体力也恢复了。和黄天杰打斗在一起，他的身手敏捷，手里的宝剑挥舞得呼呼作响，不断得手，黄天杰身上多处受伤。但黄天杰咬紧牙关，拼命地和端方打斗着，纠缠着。

打斗中，黄天杰瞅准时机，一刀朝端方的肚子上划去，端方的衣服被划开，肚子出现了一条血口子。端方吃痛，捂着肚子靠在翻倒的案桌上。黄天杰上前，用刀击落端方手里的宝剑。黄天杰把大刀扔下，对端方吼道："现在，我再让你见识见识盘破门的厉害!"说完,黄天杰挥舞着拳头,雨点般打向端方的胸口。

端方无力地顺着案桌瘫软在地上,口吐鲜血,两眼无神地看着黄天杰。黄天杰停住了拳头,用手抓着端方的衣领,大声问道:"盘破门厉不厉害?"端方闭着眼,脑袋无力地点了一下。黄天杰冷哼一声,放下端方:"你承认了就好。你是朝廷重臣,我饶你一条狗命!"

黄天杰拿起大刀,转身朝外走去。走出湘园大门,走向鼓楼坝。那里,正躺着他的亲人,还有他的弟兄。

刘云凤率领部下冲进屋内,看到端方靠在案桌上喘着粗气,心中不禁大喜。刘云凤来到端方面前,得意地笑着说:"端大人,对不住了!"说着,刘云凤朝身边一个身材魁梧的新军一招手,魁梧新军上前拖着端方就往外走。

湘园外,石坊下,端方跪在地上,披头散发,神情狼狈。新军围在端方周围,魁梧新军手持大刀,逼近端方。端方抬头看着眼前的一切,绝望地大叫道:"不要杀我!东海,你在哪里?快来救我……"

刘云凤冷笑一声,挥手示意,魁梧新军举刀朝端方脖子砍去,端方的脑袋滚落在地。魁梧新军丢下手里的大刀,弯腰将端方头颅捡起来,高高举起。围在四周的新军见状,举枪大呼"端方死了,端方死了"。

黄天杰听到众人叫喊着"端方死了",心中大惊,停下脚步转身问道:"你们为什么要杀端方?"刘云凤笑着说:"留着他,对革命是个祸害!"黄天杰摇着头说:"端方毕竟是朝廷重臣,又是钦差大臣啊……"刘云凤说道:"革命要成功,就得用狗官的血来祭大旗!"

鼓楼坝刑场,雨停了。众人肃立在一起,地上,整齐地排放着死难者的遗体。黄天秀和夏承仙的遗体排在前列。黄天民和其他受伤的人躺在担架上,悲伤地看着死难者的遗体。

一名新军来到刘云凤面前,立正,敬礼:"报告刘标统:所有新军都已经被我们控制,荣县的弟兄正在赶回资州的路上。"刘云凤满意地点点头,挥挥手,新军转身跑开。

黄天杰来到黄天民面前,拉着黄天民的手说:"你没事吧?"黄天民点点头说:"我没事,可天秀她已经……"说到这里,黄天民的声音哽咽起来。

夏承祖泪眼汪汪地看着夏承仙的遗体说:"我可怜的妹妹啊,她以前曾给我说过，这辈子不能嫁给黄天民，也要为黄天民去死。她终于实现了她的誓言……"黄天民痛苦地闭上了眼睛，眼泪又唰唰地流了下来。

黄天杰走到黄天秀的遗体前，抱起她的遗体，满脸悲戚地走了出去。盘破门弟子和袍哥抬着黄天民等伤员和其他死难者的遗体，跟在黄天杰的后面。

几天后，朝阳升起，照在罗泉镇郊外的大地上。

黄天杰、王人杰及一众盘破门弟子和袍哥身穿新军戎装，精神抖擞。大家和家人拉着手，说着不舍的离别话。龙建伟拄着拐杖，与王人杰和几个革命党人小声地说着。

黄天杰站在黄昌盛、黄母和妻子、儿子面前，黄天民躺在担架上，看着黄天杰。黄昌盛说："爸没什么说的。你记住一句话：无论在什么地方，都不要丢了我们黄家的脸！"黄母擦着眼泪说："妈真的舍不得你走啊！"

黄天杰说："爸，妈，你们放心，我在外面一定会照顾好自己，照顾好盘破门这些弟子的。天民说得对，这个天下已经烂完了，需要我们鼓起勇气去重新建立一个新天下，天下百姓才能安居乐业。没有大家，就没有我们的小家。"黄昌盛、黄母无声地点着头。

谢蓉两眼含泪，对儿子说："文泽，亲亲你爸爸。"黄天杰从谢蓉怀里抱过黄文泽，在黄文泽的小脸蛋上狠狠地亲了两口。黄天杰用手擦了擦谢蓉脸上的眼泪，柔声说道："我走后，你在家一定要照顾好爸妈，照顾好天民，照顾好文泽。等我回来。"谢蓉低着头说道："你在外面就安心地干你的革命吧，家里我会照顾好的。"

黄天民在一边说道："你们先去，我把伤养好后，就来找你们。到时，我和你一起并肩战斗，我们黄氏兄弟一定会名扬天下！"黄天杰摇摇头说："别把事情想得太美好了。等打垮了清王朝，我还是要回家，继续做我的生意。"

黄天杰把黄文泽交给妻子，走到马前，翻身上马，王人杰、安广南等人也跟着上马。黄天杰骑在马上，深情地看着大家，抱拳朗声说道："各位父老乡亲，请回吧。我一定不负众望，带领你们的亲人，重建新的天下！"

黄昌盛走上前去，对着黄天杰挥手说道："天杰，多多保重啊！"众人跟着黄昌盛纷纷挥手，嘴里喊着"保重"。黄天杰掉转马头，策马向前飞奔。

黄天杰这一去，将打拼出怎样的一番事业？请看《盘破门·木棉袈裟》。

第二巻 ◎ 木棉袈裟

引子◦遇到日本人

1936 年 8 月 23 日下午，四川成都市区，骡马市。

"前面就是大川饭店。"顺着黄文泽手指的方向，黄文秀看到前面不远处的一栋楼上写着"大川饭店"四个大字。"走了半天，终于到了。"黄文秀长长地出了一口气。

"走累了？"黄文泽笑着问道。"累倒是不累，只是走热了。"黄文秀停了下来，一手叉腰，一手用绢帕擦了擦额头的汗水，一张俏脸红扑扑的。黄文泽把手里的纸扇递过去，黄文秀摇摇头，没有接。

"你不是说走热了吗？怎么不扇扇风，凉快凉快呢？"黄文泽不解地问道。"我这么一个大姑娘站在街上扇扇子，你是想让人家笑话我吗？"黄文秀娇嗔地睐了黄文泽一眼。黄文泽恍然大悟道："哈哈，没想到我这个在家里大大咧咧惯了的妹妹，到成都就变成斯斯文文的千金小姐了。"说着，黄文泽展开纸扇，给黄文秀扇了起来。

"这才像个绅士嘛。"黄文秀惬意地享受着黄文泽的服务，一边夸着黄文泽，一边四处打量着。街道两边，茂密的大树像撑开的大伞，将头顶火辣辣的阳光与地面隔开，站上一会儿，就能感觉到一丝丝的凉意。

"真没想到，成都是这么好的一个地方。一天不到的时间，我们就从闷热的罗泉镇来到了这么凉爽的成都。"黄文秀抬头看着树冠，不由得感慨万端。黄文泽微笑着说："你是第一次来成都，当然对什么都好奇了。成都的确是个好地方，夏天的时候，其他地方再热，这里都是凉悠悠的。在这一点上，龙叔最有发言权，是不是？"

黄文泽转头朝站在一边的李龙问道。李龙背着行李，一直站在旁边没说话，听到黄文泽问他，连忙点头说："是啊，是啊，是这样的。"黄文秀突然想到了什么，睁着亮晶晶的眼睛问李龙："骡马市，好奇怪的名字。龙叔，你知道这个地方为什么叫骡马市吗？"

李龙挠了挠脑袋说："这个，我也不是很清楚。我曾经听成都人说起过，这里以前是买卖骡马的地方，所以就叫骡马市了。"黄文泽点点头说："应该是这样的。我以前来成都时，爸爸带我去青羊宫见道文师叔，师叔曾给我说过成都的很多故事，其中就包括骡马市这个地名的来历。"

黄文秀撇撇嘴说："爸爸真是偏心，每次到成都都带你来，就不带我。"黄文泽说："你就别耍小孩儿脾气了，这次你不是来成都了吗？这下如愿以偿了吧？"黄文秀低声嘟哝着说："要不是我再三求妈妈，爸爸才不会答应呢。"黄文泽把纸扇收起说道："好啦，我们走吧。"

进了大川饭店，李龙到总台办理住宿手续，黄文泽陪在黄文秀身边。黄文秀睁大眼睛打量着大厅的陈设，行为举止显得有些拘谨，就像一个小孩子身处陌生环境一般。

看了一阵，黄文秀拉了拉黄文泽，把嘴巴凑到黄文泽耳边，小声问道："哥，你们每次到成都，都住在这里啊？"黄文泽说："是啊，怎么了？"黄文秀鼻子发出一声冷哼："真是太奢侈了！住这么好的饭店，气死我了。"

黄文泽心里直好笑，但又不敢笑出声来。他知道，这个丫头心理不平衡了。黄文泽半是炫耀半是开玩笑地说："大川饭店是现在成都最好的饭店之一，档次当然比较高啦。其实，也不是我想要住这么好的地方，是爸爸每次到成都，都住在这里。所以，这次我们来成都办事，就按爸爸的吩咐，住在这里啦。你要是觉得不习惯，那我们换个地方住吧？"

黄文秀眼睛一瞪："凭什么呀？凭什么你每次都住好饭店，我第一次来成都，你就想让我住差的地方了？你安的什么心呀？你还是我的亲哥吗？"黄文泽没想到一句玩笑话，居然惹得妹妹噼里啪啦说一顿，连忙说："我的好妹妹，我不就和你开个玩笑嘛……"

黄文秀有些得意地说："这两天，我得在这里好好享受一番。哥，爸爸为什么每次都住这里呢？"黄文泽说："爸爸说，我们是做生意的，脸面最重要。现在生意难做，尤其是在成都这种地方。成都人爱面子，如果看到我们住在一个档次一般的地方，他们就会瞧不起我们外地人。所以，我们住在大川饭店，就不会被人低看一等，谈起生意来，也就顺利多了。"

黄文秀点点头说："爸爸的话说得有道理。那我今后到成都，也住这个地方。"黄文泽打趣地说："既然你这么喜欢成都，要不叫爸爸给你在成都找个婆家，你嫁到成都来得了。"黄文秀的脸倏地红到了耳根，伸手打了黄文泽一下：

"讨厌，我不理你了。"

就在这时，从门外进来四个提着大包小包的男子。这四个男子，大热天居然个个穿着西装系着领带，一副衣冠楚楚的模样。其中三个男子身材矮胖，另一个高瘦的男子戴着一顶礼帽，嘴里叼着一根雪茄。

四人来到总台，李龙见四人形色与常人不同，警觉地朝一边挪了挪位置。四人中的一个男子操着蹩脚的普通话问道："喂，刘久训先生订的房间在几楼几号?"侍应生连忙应答说："先生，请稍等。"侍应生查了一下，对那男子说道："先生，刘久训先生预订的房间在二楼楼道左边的第一间和第二间。麻烦你们在这里先登记一下……"

自从那四个男子进入大厅后，黄文泽就觉得四人有些异样。他悄悄地把黄文秀拉到一边，注意观察着四人的言行。那个高瘦男子的眼睛一直在黄文秀身上瞟来瞟去，嘴角挂着一丝邪邪的笑。高个子的举动引起身边另一个男子的注意，那个男子朝黄文秀看了两眼，冲着高个子小声说了一句话，高个子笑着点点头，嘴里"哟西哟西"地应道。

尽管二人的声音很小，但他们说的话还是传入了黄文泽的耳里。黄文泽脑袋顿时嗡了一声：日本人，这些人是日本人！与侍应生交谈的那个男子用的是蹩脚的普通话，黄文泽开始以为他们是外省人，现在终于明白，他们都是日本人！

黄文泽不由得捏紧了拳头。五年前，他在东北奉天城的街头，随处可见日本人的身影；而今，在相对偏远的西南内陆城市成都，日本人也像幽灵一样冒了出来。这几年来，成都的大街小巷，到处贴满了日本膏药、人丹药丸等广告，售卖日货的店铺一家又一家地开张，东大街、春熙路、暑袜街等繁华地段，出现了宝元蓉、益泰恒、交通公司等多家贩卖日货的店铺。但日本人成群结队地公然出现在成都，黄文泽还是第一次遇到。

黄文泽对日本人恨得咬牙。五年前，日本人悍然发动"九一八事变"占领东北三省，并致使他和心上人阴阳相隔，日夜思念。每每想到这些，黄文泽就恨不得把日本人全都赶出中国去。但回到老家四川资中县（原资州）罗泉镇后，黄文泽在帮着父亲黄天杰打理家里生意的过程中，受到父亲为人处世的熏陶，逐渐像父亲那样更加成熟起来，不再像过去那样冲动了。

黄文秀见黄文泽沉默起来，脸上神情阴晴不定，不解地问道："你在想什么?"黄文泽深深地吸了口气,强迫自己恢复正常情绪,勉强笑着说:"没事。龙叔把手续办好了,我们先到房间去。"黄文秀听说马上就能进饭店的房间了,拍着手笑道:"太好了,太好了!"

黄文泽拉着黄文秀跟随李龙朝楼梯口走去。高个子的眼睛一直尾随着黄文秀,脸上还是那副邪邪的笑。走上楼梯后,黄文泽回头看了一眼高个子,那人也看着黄文泽,眼里充满了挑衅,黄文泽的脸色又阴沉下来。

李龙定了三个房间,主仆有别,李龙在黄家做事多年,很是遵守这些规矩,在定房间时,给黄文泽和黄文秀定了两个好房间,自己住普通房间。所以,黄文泽和黄文秀住二楼上楼梯后右边的两个房间,李龙住三楼。

李龙把行李放到黄文泽的房间后,就去三楼房间先歇息了。李龙刚上楼去,黄文泽就听到楼梯响起一阵沉重而杂乱的脚步声,那四个日本人一边上楼一边呱啦呱啦地说着日本话。他们的房间,和黄文泽兄妹的房间隔了一个楼梯口。

第一章◎大川饭店

黄文泽住的房间临街。他把窗帘拉开，屋子里顿时明亮了很多。黄文泽看到街对面不远处的树下，有五个人聚在一起聊天，不时地看看大川饭店。大城市闲人多，这种情况在成都很是普遍，黄文泽也没觉得有什么不对劲的地方。

黄文泽深深地吸了一口气，伸了一个懒腰。尽管自己是习武之人，但从资中罗泉镇一路到成都，舟车劳顿，也有些累了。他端起茶壶倒了一杯水，喝下后，感觉好多了。他摸出怀表看了看时间，再过半小时，就该按照之前的计划带黄文秀出去吃饭了。吃完饭后，再带黄文秀逛逛街，就回饭店歇息，明天一早就去办事。

黄文泽在椅子上坐下，准备打个盹。抓住一切可能的机会休息，这是黄文泽多年来养成的习惯。这也是他去东北后，在叔叔安广南身边做事，安广南言传身教的结果。作为军人，随时都要应付各种突发的事情，作息时间根本不可能有规律和得到保障。要想保证充沛的体力，就得养成随时休息并能休息得好的习惯。

黄文泽调息呼吸，两手抱在腹部，很快就迷糊起来。窗外的车马喧闹声，对他没有造成任何影响，他甚至能清晰地听到放在胸前口袋里的怀表清脆的嘀嗒声。

迷糊中，黄文泽似乎来到了冰天雪地的东北，在原野中奔跑。他在寻找，是的，在寻找着什么，心里焦急万分，左右环顾。可他怎么也找不到，他停下来，在原地打转，抬头四望，却只看到挂在树梢上像一个血红大盘子的太阳。

树下，是一片被冰雪覆盖的废墟。黄文泽依稀听到废墟下传来微弱的呼救声："文泽，救我，救我啊！"黄文泽飞奔上前，跪在地上，用手疯狂地刨着。泥土坚硬，他的双手很快就血肉模糊，却只刨了很小的一个坑。废墟里的声音越来越微弱，黄文泽嘴里喷着热气，想大声喊叫，可怎么也喊不出来。

"嘭嘭嘭"，敲门声将黄文泽惊醒，就听到门外传来黄文秀的声音："哥，开门。"黄文泽起身，发现自己已是满头大汗，连忙用毛巾把汗擦干。黄文泽打开门，看到黄文秀已经换了一身衣服，一头湿发披散在肩头，像一朵出水芙蓉般站在门口。

黄文秀进了房间，笑嘻嘻地左看右看，随口问道："你在干吗?"黄文泽说："我在休息。你这么快就洗完澡了?"黄文秀说："都这么长时间了，你以为我在洗猪蹄子想炖来吃吗?"说到这里，黄文秀自觉说错了话，不禁捂着嘴笑了起来。黄文泽也笑道："我闻到你一身这么香，估计也和洗猪蹄子差不多了。"

黄文秀扬起手打了一下黄文泽说："你真讨厌。说起猪蹄子，我还真的有点饿了。把龙叔喊上，我们出去吃饭吧。"黄文泽点点头说："好，时间也差不多了。今天晚上这顿饭，一定让你吃饱、吃好!"黄文秀说："我先说好，我等会吃得多，你可不许笑话我。"黄文泽说："你是我妹妹，我怎么可能笑话你?走吧。"

黄文泽带着黄文秀和李龙下楼。走到大厅，黄文泽看到大厅的沙发上，坐着四五个人，有的在看报纸，有的在打盹，有的无聊地看来看去。走出饭店，黄文泽看到，远处街边的大树下，那五个人还聚在那里。黄文泽心里有些犯嘀咕，右眼皮不禁跳了一下。俗话说，左眼跳财右眼跳灾，难道会有什么事情发生不成?

吃完晚饭，李龙先回饭店休息去了，黄文泽陪着黄文秀一起逛街。二人回到大川饭店时，天色已经黑下来了。这顿晚饭，正如黄文泽所料的那样，黄文秀吃得非常高兴，也吃得很多。逛街的过程中，黄文秀一直嚷着肚子太胀了，叫黄文泽走慢点。

黄文泽真是好笑又好气。这个妹妹，看起来清秀漂亮，可行为举止之间，还是一副男孩子模样。母亲谢蓉曾私下对黄文泽说，黄文秀简直就是姑姑黄天秀再生，不论长相还是性格，都像极了。

对于姑姑，黄文泽的印象有些模糊。他只记得，在他很小的时候，姑姑最爱给他买糖吃。姑姑死后，家里人似乎有些忌讳提起她，但他经常看到奶奶暗自垂泪，爷爷唉声叹气。长大一些后，他才从母亲嘴里得知，姑姑当年是被师叔张春生开枪打死的。

那一段往事，母亲没有给黄文泽说，父亲黄天杰也没有说。后来他到了东北，安广南在一次喝酒中，黯然神伤地向黄文泽说了事情的经过，他才明白发生在上一辈之间的恩恩怨怨。从东北回到罗泉镇后，黄文泽对妹妹黄文秀更是备加呵护，绝不允许她受到任何委屈。

黄文泽和黄文秀走到大川饭店那条街道时，看到下午聚集了五个人的那棵大树下停了一辆车，车外有两个人在闲聊，车上有三个人在打盹。这五人不是下午那五人，但他们的神态非常一致，似乎在等待或守候着什么。

进入饭店大厅，黄文泽的眼睛不由自主地朝沙发方向看去，沙发上果然坐了几个人。很明显，那几个人也不是下午那几个人，但他们都显得很无聊，却又不像是在等人，和外面那五人应该是同一伙人。

这些人是干什么的？他们为什么会出现在大川饭店？大川饭店里难道有什么秘密？或者说，大川饭店难道有可能会发生什么事情？上了楼，黄文泽听到楼梯口左边日本人房间里传出的喧闹声才突然想到，楼下那些人，会不会是冲着住在这里的日本人来的？

日本人在中国各地都很不受待见，尤其是"九一八事变"后，日本人更是让人生厌。成都作为中国西部内陆城市，虽然日本人不多，但日货不少。黄文泽没有住在成都，但成都发生的一些事情，他还是有所耳闻。

今年以来，日本想在成都设立领事馆，被国民政府外交部拒绝。日本不甘心，准备派驻重庆的领事槽谷到成都，想避开国民政府外交部，谋求四川省政府承认其在成都设领事馆，但被四川省政府主席刘湘拒绝了。

日本人仍不甘心，执意要在成都设领事馆，竟擅自在金河街56号大门上悬挂出"大日本驻川总领事署"的木牌。刘湘得报后，致电国民政府外交部部长和外交部驻川康视察专员办事处，同时增派军警对金河街及其附近街道值巡监视，以防发生意外。经过一个多月的交涉，日本人被迫将木牌暂时摘下。

过了三个月，日本外务省突然单方面宣告在成都设总领事馆，任命日本驻华使馆情报部长岩井英一任总领事，兼行领事之职。消息见报后，中国社会舆论哗然，民间抗议之声骤起。岩井英一6月受任就回国听训，7月转回上海，8月2日登船离开上海，准备前往成都上任。

这个消息见诸报端，上海各界民众团体首先集会请愿，游行示威，通电抗议。国民政府不敢违背民意，通知日本大使馆制止此举。但岩井英一一行还是不顾一切继续前行，于17日抵达重庆。沿途各地民众团体，不断集会请愿，游行示威，通电抗议，18 日在重庆形成前所未有的抗议规模。岩井英一对中国沸腾的民意有所顾忌，停留重庆，没有前往成都。

这是黄文泽断断续续得到的消息。今天突然出现在大川饭店的四个日本人，他们到底是什么人？是不是和日本想在成都设立总领事馆有关？楼下的那些人，到底是什么人？黄文泽有些不明就里。他也不愿意去多想，只要这些日本人不招惹自己就行。何况也就在大川饭店住宿两个晚上，明天把事情办完，后天一早就回罗泉镇了。

黄文泽猜测得没错，这四个日本人，的确是为在成都设总领事馆打前站的。在大川饭店大厅询问订房的人叫田中武夫，高个子叫深川经二，另外两人叫渡边洸三郎、濑户尚。其中，深川经二和渡边洸三郎是日本黑龙会成员。

黑龙会，也称玄洋社，是日本的一个黑帮组织。日本明治年间，头山满在福冈创立了玄洋社。1901 年 2 月，头山满、内田良平等人在玄洋社的基础上，在东京组织成立了黑龙会。黑龙会最著名的口号是"到黑龙江去"，目的在于谋取中国黑龙江流域为日本领土，黑龙会的名字即从黑龙江而来。内田良平自任首任"主干"，聘头山满为顾问，还创建了会刊《黑龙》。

日俄战争后，黑龙会与日本军方的合作日趋紧密，先后发动和参与了对日本"米骚动"的镇压和关东大地震后对朝鲜侨民的屠杀。黑龙会被日本军国主义者控制后，成为侵华的间谍组织。黑龙会中不少成员以各种方式渗入中国，从事间谍活动。"九一八事变"后，黑龙会支持军部，鼓吹战争，成为日本从事海外军事与间谍工作最有力的发动机关和对华侵略的急先锋。

日本久闻地处中国大后方的西南地区地大物博，尤其是四川，素有"天府之国"之称，所以急欲设立领事馆，以便开展各种侵略和掠夺行动。此次岩井英一赶赴成都，不仅带了一批黑龙会成员随行，还把在中国各地的多名黑龙会成员召集到四川，准备大干一场。

由于中国国内群情激奋，岩井英一到达重庆后，重庆当局奉四川省政府命令，不给岩井英一前往成都的签证，还对其禁售赴成都的机票、车票，禁止私自接待，以此阻止其前行。岩井英一没有办法，只得暂时停留在重庆。

岩井英一并不甘心，他想出了一个办法。既然明目张胆地前往成都受阻，那就暗中派人去成都打前站。他命田中武夫、深川经二、渡边洸三郎和濑户尚四人，以"满洲铁路株式会社驻沪事务员、新闻记者、商人"等民间合法身份前往成都。

尽管知道这四人的真实意图，但四人打着民间合法的身份前往成都，重庆当局也没有办法，只得眼睁睁看着四人成行，并上报四川省政府，一路严密监视四人行踪。田中武夫一行23日下午乘车抵达成都入住大川饭店，正巧遇上黄文泽一行。

田中武夫一行刚抵达成都，就进入了四川省政府派出的便衣侦缉员的监视中。侦缉员一路跟随，"护送"四人进入大川饭店，并在店内店外进行严密监视。黄文泽看到的那两拨人，就是监视四个日本人的便衣侦缉员。

田中武夫四人当然知道身后有"尾巴"，但他们根本不在乎。一是因为他们都有"合法"的身份，二是四人中有深川经二和渡边洸三郎这两个黑龙会成员。这两个人武艺高强，深川经二的剑道达到五段，渡边洸三郎是柔道三段，两人曾经在"九一八事变"后，执行过多次秘密任务，每次都没有失过手。正因为如此，岩井英一为了此行的安全，才将跟随自己左右的深川经二和渡边洸三郎一起派来成都。

田中武夫虽然有恃无恐，但他深知中国人对日本人没好感。作为四人的领队，他要求大家尽量保持低调。入住大川饭店后，四人先休息了一阵，然后聚在一起讨论安排了第二天的行程。到了晚饭时间，田中武夫叫饭店把酒菜送到房间。四人在房间里觥筹交错，吃得不亦乐乎。

酒到酣处，四人不禁忘记了身在何处，开始大声吆喝、唱起歌来。濑户尚歌唱得好，用筷子敲着碗碟，扯开喉咙唱起了日本民歌《樱花》："樱花啊，樱花啊，阳春三月晴空下。一望无际樱花哟，花如云海似彩霞，芬芳无比美如画。去看吧，去看吧，快去看樱花……"

濑户尚的歌声引得其他三人一阵喝彩，渡边洸三郎索性脱掉衣服，光着上身，扮演着日本舞伎在房间里蹦来跳去。渡边洸三郎的举动，惹得其他三人哄堂大笑。渡边洸三郎跳了一阵后，走到濑户尚面前，深深地鞠了一躬，学着女人的腔调，拿声捏气地说道："濑户君，你的歌唱得实在太好了。你能不能再唱一首《红蜻蜓》，我给你伴舞？"

渡边洸三郎的话音刚落，深川经二立即鼓起掌来："我赞成！濑户君，唱吧！"田中武夫也满脸绽笑地说道："濑户君，辛苦你啦！"濑户尚见大家热情如此高涨，也没有推脱，笑着说道："这样吧，我来起个头，大家一起唱，怎么样？"渡边洸三郎一掌拍在桌子上："就这么定了！"

田中武夫、深川经二拿着筷子敲着碗碟，濑户尚清清嗓子，唱了起来："晚霞中的红蜻蜓，请你告诉我，童年时代遇到你，那是哪一天？"渡边洸三郎在濑户尚唱歌时，一直跳着舞，听到濑户尚唱完第一段，立即接过来唱道："拿起小篮来到山上，桑树绿如荫，采到桑果放进小篮，难道是梦影？"

深川经二使劲地敲着碗碟，等渡边洸三郎唱完第二段后，也大声地接着唱起来："十五岁的小姐姐，嫁到远方，别了故乡久久不能回，音信也渺茫。"深川经二唱得情真意切，三人听后大声叫好。最后一段，四人一起唱道："晚霞中的红蜻蜓呀，你在哪里呦？停歇在那竹竿尖上，是那红蜻蜓……"

渡边洸三郎一边哼着"是那红蜻蜓"，一边抓起一块牛肉放进嘴里大嚼着，又伸出油腻腻的手拿起酒瓶咕咚咕咚灌了两口。濑户尚举着酒杯对深川经二阴阳怪气地说道："深川君，我听你刚才唱'十五岁的小姐姐'，唱得真是让我肝肠寸断呀！你是不是想你那个小姐姐了？"

渡边洸三郎尖着嗓子嘎嘎地怪笑起来，田中武夫一口酒含在嘴里还没有吞下去，被濑户尚的话呛住了，忍不住使劲地咳嗽起来。深川经二对濑户尚的话倒也不气恼，叹了口气说："想我那小姐姐又有什么用？这里离东京太远了。"

田中武夫好不容易止住咳嗽，对深川经二点点头说："深川君说得没错。中国有句俗话叫'远水解不了近渴'，用在深川君身上，实在是再贴切不过了。"渡边洸三郎抹了一把脸上的汗水说："可惜这里不是东京，否则的话，我们今天晚上这顿酒，一定会有几个舞伎陪伴，那才叫真正的喝酒呢！"

深川经二眼珠一转，嘿嘿笑着说："女人？我怎么没想到呢？是啊，要有女人陪着，喝酒才是真正的喝酒。"田中武夫摆摆手说："你们就别想了，这里不是我们大日本帝国的东京，这里是中国的成都。"

渡边洸三郎梗着脖子说："成都又怎么了？成都也一样有妓院花楼。要不，我们哥几个趁着酒兴，去妓院逛一逛？"田中武夫脸色沉了下来："渡边君，不可胡来！"渡边洸三郎被田中武夫呵斥一句，满脸不高兴，但又不敢发作，只得苦着脸端起酒杯往嘴里灌。

深川经二眉毛一挑，朝渡边洸三郎招了招手。渡边洸三郎摇摇晃晃走到深川经二旁边，嘴里嘟哝道："深川君，什么事这么神神秘秘的？"深川经二把嘴附在渡边洸三郎耳边说了几句，渡边洸三郎眼睛一亮，两手一拍："哈哈，我怎么就没想到呢？深川君，高见，高见！"

濑户尚见两人这般举动，好奇心大增："你们在嘀咕什么呢？"渡边洸三郎冲濑户尚摆摆手说："你这个小会计不懂，就别乱插话。你等着，我们马上给你找个中国小妞来！"田中武夫警觉起来："你们要干什么？"

深川经二冲田中武夫竖着食指嘘了一下，也不答话，转身开门走了出去。渡边洸三郎也满脸嬉笑，跟着走了出去。深川经二走到黄文秀的房门前，轻轻地敲了敲门。

黄文秀和黄文泽回到饭店，上楼就听见隔壁房间里传出的喧闹声。回到房间后，尽管把门关着，但那一阵紧接一阵的喧闹声仍不断传入耳中。黄文秀心中有些不爽，但她忍住了。离睡觉时间还早，她顺手拿起在街上报童手里买的一份《新蜀报》看起来。

看了一会儿，黄文秀感觉有些疲倦了。这一天，对她来说，是一个大开眼界的一天。从二百多里外的罗泉镇来到花花大世界的成都，让她的眼睛应接不暇。以前多次吵着要到成都开眼界，但爸爸都以各种理由拒绝了她。小时候，爸爸说"你还小，等你长大了再去"；长大了，爸爸又说"现在世道乱，你一个女孩子，别乱跑"。这次，终于在妈妈的帮助下，爸爸才勉强答应。

真是不看不知道，一看吓一跳。成都，果然名不虚传，让黄文秀大为赞叹。不说别的，就说大街上，那些大姑娘少奶奶穿得花花绿绿的，身材前凸后翘，走路一摇三摆，让黄文秀这么一个大姑娘看得脸都红了。这在罗泉镇，是根本不可能的事情。谁家的女子要是这么穿着，这么走路，不被口水淹没才怪。

不过，成都还是深深地吸引了黄文秀。尤其是看了《新蜀报》后，黄文秀才发现，成都还有那么多新奇的事物。今天入住饭店前，在大厅里，黄文泽打趣地叫她今后嫁到成都来，当时觉得哥哥说的是玩笑话，现在细想起来，如果真能在成都生活，那一定是一件非常美好的事情。

如果是这样，那要嫁给谁呢？黄文秀不由得脸红起来。少女情窦初开，对未来的郎君，黄文秀不是没有设想过。但真要说到谈婚论嫁，黄文秀的心就乱了起来。她伸了一个懒腰，准备洗漱睡觉。这时，门外传来轻轻的敲门声。

听到这么轻的敲门声，黄文秀以为是住在对面的哥哥来找自己。她想都没想，就把门打开了。没想到，门口站着两个醉醺醺的男人，正是入住饭店时在大厅碰到的那四个男子中的两个。黄文秀大骇，准备关门，可门被那个高个子男子挡住了。

这两人，正是深川经二和渡边洸三郎。深川经二把门挡住后，顺势走进了房间。黄文秀倒退几步，柳眉倒竖呵斥道："你们想干什么？出去！"走在后面的渡边洸三郎大着舌头嬉皮笑脸地说道："花姑娘的，我们想找你喝酒的干活！"黄文秀大怒："你们给我滚出去！"深川经二嘿嘿笑着，逼近黄文秀，伸手就去抓她。

黄文秀哪肯就范，看到深川经二的爪子伸过来，抓起报纸就朝他扔了过去。深川经二把报纸接住，甩到一边，满脸坏笑地说："哟西，这个花姑娘不错，我喜欢，我喜欢。"深川经二继续朝黄文秀进逼，黄文秀又退了两步，退到了墙壁上，再也无路可退。

渡边洸三郎跟着深川经二朝黄文秀逼去，两人呈掎角之势，把黄文秀牢牢地逼在那里。深川经二一只手朝黄文秀伸过去，想抓她的胳膊。黄文秀一边大声叫嚷着一边使出摆步花掌，用盘破门的窜子手招式将深川经二的爪子拦住，同时另一只手横抢，掌心打向深川经二的耳门。

深川经二没想到黄文秀居然还会武功，不觉愣了一下。就在深川经二愣住的那一刹那，黄文秀的掌心已经打到他的面前。深川经二不愧是剑道高手，眼见来不及阻挡黄文秀的攻势，赶紧将脑袋往后一偏，黄文秀的手贴着他的面颊拂过，他顺势牢牢抓住黄文秀的手臂。

黄文秀的手臂被深川经二抓住后，一时挣脱不了，急得满脸通红，大声叫嚷了起来。深川经二见控制住了黄文秀，嘿嘿笑着，就要将她纳入怀中。就在这时，深川经二感觉肩头像被一只铁爪紧紧地抓着，骨头生疼。同时，听到一个男子大声喝道："畜生，放开她！"

深川经二只得松开黄文秀，也不回头，反手抓住肩头的那只手，身子微躬，手上暗自发力，往后一拉，想将身后人反抢过来。可深川经二看似很完美的反击计划失算了，身后人居然如磐石般纹丝不动。深川经二连忙回头一看，身后是个英武逼人的年轻人，正是黄文泽。

黄文泽回到饭店后，先洗了一个澡，忙碌一阵后，听到隔壁房间的喧闹声仍没有停止。他皱了皱眉头，很想去制止他们不要扰民。但他经常在外面住店，也遇到过多次这样的情况。想了想，觉得这些日本人还是不去惹为好。

他想到了住在三楼的李龙。吃过饭后，李龙就回店了，不知道他情况如何。加上明天行程安排有点紧张，还需要找他商谈一下，黄文泽就出门去找李龙。两人商谈一阵后，黄文泽告辞李龙回房。

还没下楼，黄文泽就听到黄文秀在大声叫嚷。黄文泽暗叫不好，来不及走楼梯，在楼道间辗转腾挪几下，飞身下到二楼，快步走进黄文秀的房间，看到两个日本人正在非礼黄文秀。黄文泽怒火中烧，他怎能忍受黄文秀受人欺负？黄文泽上前抓住深川经二的肩头，大声呵斥深川经二放手。

黄文秀见哥哥来到，哇的一声大哭起来，赶紧跑到黄文泽身后。黄文泽拉着黄文秀，看到深川经二回头，就松开了抓住他肩头的那只手。深川经二感觉肩头发疼，忍不住用手揉了揉。渡边洸三郎见黄文泽打扰了他们的"好事"，很是不爽，握着拳头，关节嘎嘎作响，朝黄文泽逼了过来。

深川经二似乎有些清醒了，伸手拦住渡边洸三郎。黄文泽指着两人骂道："你们别以为是日本人，就可以为非歹了！这里是成都，不是你们小日本，不是东北！"深川经二好像没有听到黄文泽的话，自顾自地问道："你，中国人，你会武功？"黄文泽朗声说道："难道刚才你没有感觉到？"

深川经二哦了一声："很好，很好。我感觉到了，你武功很高强。我想和你切磋切磋，怎么样？"黄文泽冷笑一声："你？不配！"深川经二不顾黄文泽拒绝，立即摆好了阵势。这时，就听到门口有人用日本话大声喊道："深川，不可放肆！"

随即，田中武夫和濑户尚走了进来。濑户尚走到渡边洸三郎面前，拦住他，劝他不要冲动。田中武夫走到黄文泽和深川经二中间，把深川经二拉到一边，然后对黄文泽深深鞠了一躬说："实在对不起，他喝醉了。"

黄文秀此时平静了一些，带着哭腔说道："喝醉了就可以胡作非为吗？我们中国人不是那么好欺负的！"田中武夫对黄文秀说："姑娘，我向你道歉。你受到的任何损失，我都可以赔偿。"黄文泽把手一挥说道："别那么多废话！你把手下人看好，不要骚扰我们就行了。如果再这样胡来，别怪我不客气！"

渡边洸三郎一直憋着气，听到黄文泽这么说，挣脱濑户尚，冲到黄文泽面前，挥舞着拳头说："中国人，我要和你决斗！"黄文泽两手叉腰，面不改色地笑道："好啊，来吧，打不死你，我就不姓黄！"

渡边洸三郎怪叫一声，就要朝黄文泽扑来。濑户尚连忙一把抱住他的腰往后拖，田中武夫大声呵斥道："渡边，够了！你还没给大日本帝国丢够脸吗？濑户，把他给我拖回去！"濑户尚虽然没有武力，但此时也不知从哪里迸发出来的力量，拖着渡边洸三郎就往外走。渡边洸三郎一边走一边回头冲黄文泽叫嚷道："中国人，我要和你决斗，我要打败你！"

黄文泽也不甘示弱，冲着渡边洸三郎喊道："大爷我随时奉陪！"渡边洸三郎是个性情粗野之人，加上此时酒精刺激，听了黄文泽的话后，一下子甩掉濑户尚，朝黄文泽扑了过来。黄文泽把黄文秀朝旁边轻轻一推，不等渡边洸三郎近身，一脚朝渡边洸三郎胸口踹去。

渡边洸三郎本想给黄文泽一个熊抱，然后将他甩翻在地，没承想如此一来，他的门户大开，胸部暴露在黄文泽面前。渡边洸三郎还没挨到黄文泽，胸口就被黄文泽一脚踹个正着，整个身子朝后倒飞了出去。正巧，濑户尚又进来拉渡边洸三郎，渡边洸三郎的身子压在他身上。两人一起倒在地上，濑户尚疼得哇哇大叫，连声叫唤。

渡边洸三郎吃了一腿，脸皮被撕破了，哪肯甘心，翻身爬起来，又要朝黄文泽扑来。田中武夫见势不妙，赶紧过来拦住渡边洸三郎。深川经二见濑户尚在地上叫唤，看样子受了伤，连忙过去扶濑户尚。

渡边洸三郎不顾田中武夫阻拦，执意要和黄文泽拼命。眼看田中武夫就快拦不住了，只听得楼道传来一阵杂乱的脚步声，几个男子跑了上来。黄文泽和他们一打照面，就知道这些人是在楼下大厅的那些"闲人"。其实，他们正是四川省政府派来暗中监视四个日本人的便衣侦缉员。

为首的侦缉员叫刘世清，是警长。他挥着手枪大声问道："怎么回事？"田中武夫当然知道这些人的身份，唯恐事情闹大不好收场，连忙满脸堆笑地说道："酒后发疯，没事，没事。"刘世清沉着脸呵斥道："谁在闹事？跟老子走一趟！"渡边洸三郎梗着脖子叫道："我！你们能把我怎样？"

田中武夫实在忍不住了，一个耳光打得渡边洸三郎愣住了。田中武夫骂道："蠢货！滚回去！深川，把他们都带回去！"深川经二看到事情闹大，引来便衣，连拉带拽地拖着渡边洸三郎、扶着濑户尚回去了。

田中武夫一个劲地朝刘世清鞠躬道歉说："对不起，对不起，是我管束不严，打扰了大家。"刘世清把枪插回腰间，板着脸说："你们是什么身份，我很清楚。奉劝你们：凡事不要太过分，这里是成都，是中国，不是你们日本！如果你们把事情闹大了，谁也救不了你们。"

田中武夫连连点头哈腰称是，又转过身朝黄文秀说道："姑娘，他们酒后撒野，多多惊扰了你，请你原谅。"黄文秀怒道："他们闯进我的房间，对我非礼，你一句道歉就完事了？"

田中武夫尴尬地推了推眼镜说道："姑娘，如果你有什么要求，请尽管提出来。"黄文泽看到田中武夫自从出现后态度就一直很好，加上便衣侦缉员又出面阻止，也不想把事情闹得太大。于是说道："我看这个事情就算了，今天就到此为止吧。"黄文秀还想说什么，被黄文泽拦住了。久在生意场上，黄文泽深知多一事不如少一事，大事化小、小事化了是最佳的选择。

田中武夫满怀感激地对黄文泽说："你的大人大量，我表示万分的钦佩！"刘世清见双方握手言和，对田中武夫挥挥手说："既然没什么了，那你就回去吧。记住，不准再闹事了，否则，天王老子都救不了你！"田中武夫抹了抹额头的汗水："是，是，对不起，对不起。"说完，田中武夫转身离开了。

刘世清等田中武夫走后，对黄文泽说："小伙子，行啊！你叫什么名字？从哪里来？"黄文泽笑道："区区小老百姓，不足让你挂齿。今晚惊动各位，多有得罪。敢问大哥尊姓大名？"旁边一个侦缉员插嘴道："这是我们刘世清刘警长。"

刘世清伸手朝他就是一个巴掌："你小子就是嘴巴多。"那个侦缉员拍马屁拍到了马腿上，连忙捂着脸闪到门外去了。黄文泽笑着说："刘警长，多谢，多谢。"刘世清转身一挥手："收队！"众人簇拥着刘世清下楼去了。

这时，李龙走进房间，紧张地问道："少爷，小姐，你们都没事吧？吓死我了。"黄文泽勉强笑道："龙叔，你怎么来了？"李龙说："能不来吗？你们把整个饭店的客人都惊动了，我又不会武功，在外面看着干着急呢。"

黄文秀看到老实巴交的李龙一脸焦急，想到自己从小到大，李龙都像对亲生女儿一样关心她，不觉心中一阵温暖："龙叔，我没事。就两个酒疯子喝醉了闹事，他们欺负不了我。"李龙双手合十说道："那我就放心了。我现在最怕的就是你们有事，你们一家人出的事够多了。佛祖啊，千万保佑你们平安无事。"

黄文泽知道李龙说的是什么事，连忙说道："龙叔，没事了，你早点回去休息吧。这里有我，保证文秀没事的。"李龙在黄文泽兄妹的劝说下，这才一步三回头地走了。

黄文泽看到房间里经过刚才的一番折腾，有些凌乱，帮着收拾起来。黄文秀没动，站在那里发呆。黄文泽收拾完后，奇怪地问道："你怎么啦？"黄文秀说："哥，要是他们再来怎么办？"黄文泽搂了搂黄文秀的肩膀说："不是有我在吗？你还怕什么？"黄文秀似乎也觉得自己的担心给哥哥增加了压力，故作轻松地笑道："嗯，有你在，我什么都不怕！"

黄文泽点点头说："这就对了。时间不早了，你早点休息吧。别担心，哥绝对会保护你的。"黄文泽出了房间，把门轻轻关上。回到房间，黄文泽把椅子拉到门口，正对着黄文秀的大门。他要通宵这么守候，不让谁靠近黄文秀的房门半步。

一夜无话。清晨，黄文秀打开房门，看到黄文泽端端正正地坐在椅子上，正笑盈盈地看着自己，心中非常惊讶，也很感动。奇怪的是，自从昨晚四个日本人回房间去后，他们就再也没有闹腾了，就像彻底从饭店消失了一般。

黄文泽叫上李龙，三人下楼准备出去吃早餐。大厅里，刘世清带着几个便衣侦缉员坐在沙发上睡着了。听到动静，刘世清睁开眼睛，看到黄文泽，赶紧起身上前，关切地问道："那四个小日本没再找你们麻烦吧？"黄文泽笑着摆摆手说："有你们在这里坐镇，他们还敢放肆？"刘世清伸了一个懒腰说："你小子真会说话，是个人才。"

告别刘世清，黄文泽三人在附近吃过早餐，就去办事了。事情办得很顺利，眼看要到中午，黄文泽带着黄文秀和李龙赶往青羊宫，去看望在那里的师叔张道文。

青羊宫位于成都市区西南方向，被誉为"川西第一道观"、"西南第一丛林"，是西南地区目前建筑年代最久远、规模最大的一座道教宫观。

青羊宫始建于周朝，原名青羊肆。相传，老子当年出函谷关时，为关令尹喜著《道德经》，临别时说："你行道千天后，到成都青羊肆来找我。"三年后，尹喜如约前来。老子显现法相，端坐莲台，尹喜敷衍道法。从此以后，青羊肆就成了神仙聚会、老君传道的圣地。到唐代时，青羊肆的规模已相当大了。

唐天宝十五年（742年），唐玄宗为避安史之乱逃到蜀中，曾在青羊肆中居住。一百多年后的中和元年（881年），黄巢起义，唐僖宗也避难于蜀中，曾将青羊肆作为行宫。

据说，唐僖宗在观内忽然看到红光如球钻入地下，遂叫人在原地往下挖。结果挖得一块玉砖，上面刻着古篆文："太上平中和灾"。当时正是唐僖宗的中和年号，唐僖宗就把玉砖的发现当作天降吉祥的象征。唐僖宗返回长安后，认为是道教最高尊神三清祖师太清道德天尊，也就是太上老君的恩典，特下诏令，赐内外库钱二百万，大建殿堂，并下诏改青羊肆为青羊宫。

明末清初，青羊宫的唐朝所建殿宇毁于兵灾。清康熙初年重建，此后又不断扩建，同治和光绪年间，又多次培修，青羊宫整体建筑气势愈加宏伟。青羊宫的主要建筑有山门、三清殿、唐王殿等，八卦亭是保存最完整、造型最华贵的建筑，供奉着老子骑着青牛的塑像。

张道文见到黄文泽三人，又是意外又是高兴。特别是黄文秀，张道文已经多年没见到她了，今天看到，差点没认出来，还以为是黄文泽的眷属。黄文泽对这个师叔也特别有亲切感，当年资中罗泉镇三圣宫的道士师叔们，经过多年风风雨雨，现在就只剩下道文师叔一个人了。

黄文秀第一次到青羊宫，对什么都感到新奇。张道文就带着她参观青羊宫，尽管此前黄文泽和李龙来青羊宫多次，但为了陪伴黄文秀，两人还是一同前往。走到三清殿，黄文秀一眼看到殿中的那两尊铜羊，不禁睁大了眼睛，上前仔细观看。

左侧那只独角铜羊十分奇特，拥有十二属相的特征，羊胡、牛身、鸡眼、鼠耳、龙角、猴头、兔背、蛇尾、猪臀、狗肚、虎爪、马嘴。黄文秀很是好奇，看了半天，都没看出个所以然来，转头问黄文泽："哥，这只羊为什么这么奇怪呢？"黄文泽笑着说："你还是向师叔请教吧。"

张道文清清嗓子说："这是一百多年前的大清贤相张鹏翮赠送给青羊宫的。"黄文秀不解地问道："张鹏翮是谁？"张道文说："张鹏翮啊，是我们四川蓬溪人，被称为清代名臣、治河专家、清代第一清官。他是清朝268年间，四川官位最显赫、名声最响亮的人物。"

张鹏翮（1649—1725），字运青，号宽宇，四川遂宁黑柏沟（今四川遂宁市蓬溪县任隆镇黑柏沟村）人。康熙九年（1670年），张鹏翮进士及第，历任礼部郎中、苏州知府、兖州知府、江南学政、浙江巡抚、刑部尚书、吏部尚书兼文华殿大学士等职，史称"清官"、"贤相"。

张鹏翮曾跟随索额图勘定中俄东段边界，为签订《中俄尼布楚条约》作准备。1700年，张鹏翮任河道总督，主持治理黄河十年，治清口，塞六坝，筑归仁堤，采用逢弯取直、助黄刷沙的办法整治黄河。

张道文滔滔不绝地介绍着张鹏翮，黄文秀的心思似乎没在这上面，忍不住问道："师叔，你说了半天，还没有说这只铜羊的来历呢。"张道文哈哈大笑着说："文秀，你别着急嘛。这只铜羊啊，是张鹏翮在雍正元年（1723年），在北京的古玩市场上购得的，然后赠送给了青羊宫。你看，这里还刻有这个事情的来龙去脉呢。"

说着，张道文指着底座上的一行文字念道："京师市上得铜羊，移往成都古道场。出关尹喜似相识，寻到华阳乐未央。"黄文秀看到落款是"信阳子题"，又问道："信阳子是谁呀？"张道文说："信阳子，是张鹏翮的道号。"黄文秀觉得自己这个问题问得有些幼稚，脸一下红了。为了掩饰尴尬，她伸手想去摸铜羊的头。

张道文连忙制止说："文秀，不可乱摸。"黄文秀连忙把手缩了回来："为什么不能摸呢？刚才我看到有个女的就摸了呀。"张道文没有回答，笑着看了看黄文泽。黄文泽会意，对黄文秀说道："这个铜羊有个说法。据说摸了它，可以求福祛灾。女的摸了它，可以生男孩。你是不是想今后生个男孩子呢？"

黄文秀的俏脸倏地红到了耳根，捏着拳头冲黄文泽扬了扬："我呸！你别胡说！"大家哈哈大笑了起来。张道文为缓和黄文秀的尴尬，指着铜羊说："你别小看了这两只铜羊，它们可是青羊宫的象征呢。好啦，这里看得差不多了，我们到别处去看看。"

中午，三人在青羊宫吃午饭。午饭后，大家又聊了一阵。看看时间差不多了，三人起身告辞。张道文很是不舍，劝说三人晚上住到青羊宫来。黄文泽开始本想推辞，后来一想，大川饭店那四个日本人说不定还没有走，万一到了晚上又来惹是生非，事情就麻烦了。于是，黄文泽答应了张道文的请求，但要先回饭店去结账，把行李搬过来。

走到半路上，黄文泽忽然想起一件事情，停下脚步对黄文秀和李龙说："我还有个事情要办，你们先去饭店吧，等我回饭店，就结账去师叔那里。"黄文秀问道："什么事情？我跟你一起去。"黄文泽摇摇头说："你就别去了，你去了也没有兴趣。"

黄文秀的倔强劲上来了："我不，就要跟你去。"李龙在一边帮腔说："少爷，让小姐跟着你去吧，我一个人先回饭店等着你们。"黄文泽坚持不让黄文秀去："文秀，我要去状元公家看看，你跟着去干什么呢？听话，我很快就会回来的。"

黄文秀噘着嘴，很不高兴地说："那你快去快回，别让我和龙叔久等。"黄文泽对李龙说："龙叔，你和文秀回到饭店，哪里也别去，等着我。"李龙点点头说："少爷，你放心吧，有我在呢，没事的。"

看到黄文秀和李龙远去，黄文泽这才朝另一个方向走去。他要去的地方，在文庙西街上莲池的塘坎街。那里，曾经住着资中人的骄傲——四川末代状元公骆成骧。只是，状元公已经离世十年了。

骆成骧（1865—1926），字公骕，生于四川资中县舒家桥七里沟，光绪二十一年（1895年）考中状元。骆成骧天资聪颖，自幼勤奋好学，刻苦用功，能过目成诵。9岁时，随父就读于成都锦江书院。17岁应州试，试文被知州高培谷及襄理考试的杨锐（"戊戌六君子"之一）等人所赞许，特置首选，以岁试第一名进入成都尊经书院深造。

1893年，骆成骧在四川乡试中以第三名中举。第二年，入京会试落第，困留北京。后经友人推荐，代馆教八旗子弟官学。1895年，骆成骧在乙未科会试中进士，继而参加殿试。光绪临轩策问，骆成骧的策论言辞异切，文句恳诚，辩理精微。卷中"殷忧启圣"、"主忧臣辱"、"主辱臣死"等话语深为光绪所动，遂"钦定第一"，成为状元。

骆成骧中状元后，授翰林院修撰。1910年，奉调山西提学使。上任后，为改变山西"重商轻士"的风气，毅然以兴学为要务，使得山西学务大变。1911年端方入驻资州后，在和知州罗文山的谈话中曾提及骆成骧，对骆成骧的实干精神大为赞赏。

1911年辛亥革命后，骆成骧因光绪当年钦定他为状元而对大清王朝有着深厚感情，对大清王朝即将倾覆而痛不欲生，产生了轻生的念头，想投井自杀，幸亏被家人阻止才未能成功。骆成骧冷静下来后，对革命政权表示了赞同。在山西奏请皇帝逊位的表章中，隆裕太后看到了骆成骧的名字，不由得哭道："骆成骧也想要皇帝逊位吗?"

骆成骧回到四川后,1912年底,任四川高等学校(今四川大学前身)校长。晚年的骆成骧由文转武,提倡"强国强种"的体育运动。1921年,四川成立武士总会,骆成骧为会长,把为他人作碑文的千元稿酬全部捐给武士总会,还募集了一些资金,在成都少城公园(今人民公园)内建立国术馆。

因盘破门弟子众多,骆成骧对盘破门武术很感兴趣,与黄天杰有过多次来往。黄天杰对这位老人非常敬重,凡是骆成骧提出的请求,黄天杰都积极响应。黄天杰还特地到国术馆演示盘破门绝学,与其他门派的同道中人进行切磋。

1926年,骆成骧病逝,终年61岁,魂归资中故里,葬于资中县城北双龙镇同川大坟包村桂花梁子上。骆成骧下葬那天,黄天杰前往送葬,回忆起此前与状元公交往的点点滴滴,不禁泪流满面。

骆成骧一生清贫,人称"穷状元"。骆成骧在成都的住所,是一座中等大小的平房院落,毫不起眼。要不是门前他自题的"衡门栖迟"四字的一块木质横楣和左右两边木刻的"物新人惟旧,心远地自偏"对联,外人根本看不出这是"状元府第"。

骆成骧去世后,黄天杰每次到成都,都要前往骆家,看望骆成骧的遗孀韦老太太。这次黄文泽到成都,临行前,黄天杰交给黄文泽一笔钱,叮嘱他一定要去看望韦老太太。

黄文泽来到骆家门口,见大门紧闭,一副破败的样子,心中不禁一酸。他轻轻地敲了敲门,过了半晌,才见一个中年妇女把门打开。黄文泽见她很是陌生,此前从没有见到过,不由得一怔:"请问,韦老太太在家吗?"中年妇女说:"他们已经搬走了。"

黄文泽暗自吃惊,问道:"他们去哪了?"中年妇女摇头说:"不知道。"黄文泽心中顿时一阵失落感:"他们搬走多久了?"中年妇女说:"不知道,我才搬进来不久。"

黄文泽叹了口气:"我可以进去看看吗?"中年妇女见黄文泽不像是坏人,点点头,表示同意。黄文泽走进院子,看到庭院一片破败景象,围墙边临水池有一座两层高的楼房,是当年骆成骧读书游憩的清漪楼。

黄文泽本想去清漪楼看看,结果发现门上有锁,只得作罢。他在院子里转悠了一阵,看到中年妇女一脸不耐烦,就告辞离开了。黄文泽此番寻人不遇,没有完成父亲交办的事情，心中有些郁闷。想到妹妹和龙叔还在大川饭店等着，黄文泽加快脚步朝骡马市方向赶去。他不知道的是，此时的骡马市，已经乱作一团了。

却说深川经二、渡边洸三郎昨晚酒后闹事后，田中武夫回来把他们痛骂了一顿。二人此时酒也醒了一大半，意识到的确闹得过火，遂灰溜溜地各自回房休息去了。

今天上午，按照此前的计划，四人此番来蓉，公开的身份是日本民间人士，所以就得做出一些举动来迷惑中国人。除濑户尚要去收款外，其他三人结伴出行，前往成都市内的望江楼、南台寺、草堂寺等地游览观光。

田中武夫四人到成都前，成都民众在中共地下党员的推动下，已进行过抗议游行示威活动，市区内出现了"反对日本帝国主义在成都设领事馆"、"驱逐日寇"、"还我东北"等标语，反日情绪空前高涨。

田中武夫三人在游览中，不知是不知道成都民众的抗议活动还是故意为之，肆无忌惮地用日本话有说有笑地招摇过市，其言行令人侧目。这就引起了民众的愤怒。一些民众横眉怒目地拦在三人面前，用四川话大声呵斥他们，引发其他人围观。一直暗中监视三人的便衣侦缉员见势不妙，连忙上前劝说他们结束游览，回大川饭店休息。田中武夫悻悻作罢，三人返回大川饭店。

濑户尚收取款项后，在返回大川饭店途中，经过中山公园。看到公园风景很好，又有些口渴，濑户尚就进入公园，在公园的宜风茶园找了个位置坐下喝茶。濑户尚的中国话说得不好，在和茶馆说话时，引起了游人的注意。"公园里有个日本人"的消息不胫而走，很多游人聚集了过来。跟随濑户尚的侦缉员，赶紧上前把濑户尚劝走。

尽管如此，"日本人来蓉住进大川饭店"的消息还是迅速传开了。下午，一些民众跑到大川饭店，询问饭店是否有日本人下榻，有没有岩井英一，并质问饭店为什么容留日本人。饭店招架不住，忙把田中武夫请出来。田中武夫满脸堆笑，操着生硬的中国话解释说，他们四人中没有岩井英一，他们是日本的民间人士，不是到成都来设领事馆，是来游览观光的。

民众不信，田中武夫又把四人的护照拿出来给大家看，大家这才相信，但对田中武夫进行了严正申明，反对日本在成都设置领事馆。田中武夫点头哈腰满口应承，表示一定把成都民众的呼声反馈给日本国内。民众这才离开了大川饭店。饭店和田中武夫以为这事完美地结束了，殊不知，这事才刚刚开始，更大的麻烦还在后面。

在成都的反日集会游行中，学生是其中的主要成员。这天，成都的学生们都被集中到新都去军训了。参加军训的学生返回成都，"日本人到了成都"的消息也传到了他们耳中。大批学生提着军训操练时使用的童子军军棍赶到成都北门，和中央军校成都分校的学生军会合，人数接近一万人。

游行队伍浩浩荡荡地朝大川饭店进发，沿途又吸引了一些民众加入，使得队伍更加庞大。

看到学生队伍到来，饭店方觉大事不好，便将大门关上，不许任何人进入。

渡边洸三郎昨晚就对田中武夫的处事方式心怀不满，现在看到他又如此胆小怕事，心里更是不爽。回到房间后，他推开临街的窗户，看到下面黑压压的一片人群。

渡边洸三郎端起椅子，坐在窗户边，一边嗑瓜子一边"看热闹"，丝毫没意识到危险正朝他靠近。渡边洸三郎在东北横行无忌，对地处中国内陆的成都民众根本没放在眼里。他把嗑下的瓜子壳顺手往下扔，扔到了楼下民众的身上。被扔中的人心情很不爽，抬头大骂。

渡边洸三郎虽然听不大懂成都人说的什么话，但从情绪上看，是在骂他。他也不是省油的灯，不但没有收敛行为举止，反而抓起瓜子朝骂他的人撒去，嘴里还用日本话回骂着。他这一举动，无异于火上浇油，楼下民众的情绪更为激动。有人找来石块和瓦片，朝他扔上来。渡边洸三郎刚开始还为了显摆武功，两手舞动着去接石头瓦片。到后来，石头瓦片多了起来，他抵挡不过，连忙把窗户关上，但窗户玻璃很快就被打得稀烂。

民众见渡边洸三郎缩了回去，仍不罢休，冲向饭店大门，准备进入饭店寻找日本人。群情激奋中，成都警备司令蒋尚朴乘车赶来劝解，现场维持秩序的官兵和警察也要求大家保持冷静克制。

情绪已经被点燃起来的民众哪里肯听，有学生吹响叫笛，随即有人高声喊道："冲进去，打死日本人！"瞬间，现场情绪失控，大批军校生带头，冲向饭店大门，另一批学生合力推倒饭店大门，冲了进去。

更多的学生和民众拥入饭店大厅，混乱中，有人放起火来。一时之间，饭店火光冲天。一些民众朝楼上冲。几个便衣侦缉员在楼道上设防，但哪里抵挡得住，步步往楼上退。刘世清知道大势已去，眼下最重要的事情，是保护四个日本人不受到伤害。尽管他非常不愿意这么做，但这是上峰交给他的任务，他不得不执行。

刘世清敲开田中武夫的房门，叫他们赶紧逃跑。渡边洸三郎在之前闯下大祸后，也意识到了事态的严重性，加上他所在的房间被民众的石块瓦片砸得稀烂，根本无藏身之地，早早地就跑到田中武夫的房间躲起来了。听到刘世清的警告后，田中武夫明白，再不逃跑，就来不及了。

深川经二仗着自己剑道高、膂力大，二话没说，抓住刘世清作为挡箭牌就往外冲。渡边洸三郎紧随其后，田中武夫把濑户尚推到自己前面，他断后，四人呈"一"字形拼命往外逃。学生见他们要跑，挥舞着军棍上前就打。深川经二把刘世清抓在前面遮挡，刘世清为此吃了不少棍棒，浑身上下伤痕累累，被打得哇哇大叫。

四人逃出饭店，街上的学生上前堵截。深川经二把刘世清甩到一边，趁一个学生挥舞着军棍朝自己打来之际，抓住军棍夺了过来。渡边洸三郎也跟着抢了一根军棍，朝身边的学生和民众打去。深川经二和渡边洸三郎毕竟武艺高强，很快把周围的民众打翻在地。

周围的人见这两个日本人如此凶悍，短暂避开后，又聚集了过来，与两人大战起来。深川经二和渡边洸三郎一边打一边跑，所过之处，不少人被打翻在地。但田中武夫和濑户尚却没有他们那么走运，两人在饭店门口被围困住。后来侥幸逃过一劫，活了下来。这是后话，不提。

却说深川经二和渡边洸三郎，两人挥舞着军棍，一路乱打一路逃跑。两人像在战场上杀红了眼一般，见人就打。路边一个老人躲闪不及，被深川经二一棍打在头上。老人大叫一声，捂着脑袋倒在地上。

就见一个年轻女子飞身上前，大喝一声："住手！"深川经二瞪着一双血红的眼睛，发现拦住自己的女子，正是昨晚醉酒后跑去调戏的那个姑娘。

黄文秀、李龙和黄文泽分手后，黄文秀走了一段路，对李龙说："龙叔，我们没必要这么早就回饭店吧？反正哥哥还要过段时间才回去，我们不如一边走一边玩，怎样？"李龙当然不便多说，二人就走走停停朝骡马市行来。这一路，自然耽误了不少时间。

　　远远地，二人就听见骡马市方向人声鼎沸，不少人在往骡马市方向赶去。黄文秀很是好奇，拦住一个人问是怎么回事。那人告诉她，日本人跑到成都来了，住在大川饭店，很多学生和民众正在饭店门口集会示威，要求赶走日本人。黄文秀听后，心中大快。想到昨晚被那两个喝醉了的日本人侮辱，她觉得成都人的这个举动特别伟大，特别解气。

　　李龙毕竟岁数大一些，做事谨慎稳当，见黄文秀一副想去看热闹的样子，就劝说黄文秀别去，当心受到伤害。黄文秀开始还觉得李龙有点烦，但经不住李龙的再三劝说，只得答应在远处观看。

　　两人站在路边，看到民众围在饭店门口，群情激奋。要不是想到自己是女孩子，应该矜持一些，黄文秀早就想和有些人一样，爬到树上去看热闹了。李龙则神情紧张地把黄文秀看着，生怕她激动之下跑到人群中去惹出事端来。黄文秀看了一阵，感觉有些口渴了，就去旁边的商店买水。

　　在黄文秀买水期间，深川经二和渡边洸三郎已经冲出饭店，朝李龙所在的方向打过来。李龙的注意力放在黄文秀身上，不停地朝她去买水的方向张望，没提防到深川经二打到了他的跟前。等他醒悟过来时，深川经二的军棍已打在他的头上。

　　此时，黄文秀已经赶了回来，看到李龙被打翻，顿时柳眉倒竖，火冒三丈，飞身上前拦住深川经二。深川经二见黄文秀拦住去路，二话不说，举起军棍朝黄文秀劈头盖脸地打来。旁边的人见状，不由得惊呼起来。

第二章◎神秘书信

黄文秀武功不如哥哥，但在父亲的言传身教下，也能对付两三个壮汉。尽管与深川经二交手，黄文秀肯定会处于下风，但过上几招是没问题的。尤其是现在，黄文秀满肚子怒火，加上昨晚受到了委屈，面对深川经二的攻击，她毫不畏惧。

深川经二的军棍挟着沉重的风声朝黄文秀打来，黄文秀扎稳马步，认准军棍攻来的方向，身子朝旁边轻轻一闪。待军棍落空势头消减的瞬间，黄文秀一手伸去抓军棍，同时欺身上前，另一只手弯曲，用手肘朝深川经二的胸口使劲地撞去。

深川经二不愧是剑道五段高手，一棍砸空，发觉军棍被黄文秀抓住，看到黄文秀的手肘朝胸口撞来，迅即将军棍往回拉，并将身侧转，意图躲过黄文秀的一击。

黄文秀两手出击，力道被分散，手没有把军棍抓牢，军棍被深川经二拉了回去。她顺势朝前继续扑去，手肘上的力度更大。深川经二来不及躲闪，胸侧被黄文秀的手肘撞个正着。深川经二大叫一声，拖着军棍，接连倒退几步。

黄文秀根本不给深川经二喘息机会，冲上前去，一脚踹在深川经二腹部。深川经二重心不稳，被踹倒在地。但深川经二身手实在矫健，身子刚沾到地上，就地打了两个滚，将黄文秀攻击在他身上的力道化解，立即站了起来。

好汉不吃眼前亏。深川经二看到身后几个学生手持军棍过来帮助黄文秀，便不再与黄文秀纠缠，撒腿就跑。黄文秀追赶了几步，发现地上有一根军棍，捡起军棍朝深川经二的后背砸去。军棍在空中划了一条弧线，正好打在深川径二的屁股上。深川经二疼得龇牙咧嘴，捂着屁股继续朝前奔跑。

黄文秀本想继续追赶，忽然听到李龙在叫她，只得作罢，转身回来看李龙的伤势。李龙的头被深川经二的军棍砸开了一条口子，鲜血直流。一些路人围在李龙身边，有个路人找来草纸烧着后，将纸灰糊在李龙的伤口上止血。

黄文秀拉着李龙的手，看到李龙气息奄奄的样子，心疼得直掉眼泪。一个大妈关切地问道："姑娘，你们家在哪里？赶紧把你爹送回家去吧。"黄文秀抹了抹泪说："我不是成都人，我家在资中，远着呢。"一个中年男子插嘴道："既然这样，那赶紧送医院去。"

几个好心人找来一辆架子车，把李龙抬到车上，准备往医院送。黄文秀忽然觉得有人把手搭在她的肩头，转头一看，是黄文泽，不禁哇的一声大哭起来："哥，你怎么这时候才回来？"

黄文泽从骆成骧住宅出来后，想到黄文秀和李龙还在大川饭店等他，不由得加快了脚步。一路上，他见不少人往骡马市方向跑去，说是去打日本人。黄文泽随即想到大川饭店住着的四个日本人，心中暗叫不好，难道那些日本人在成都惹出事端来了？想到妹妹和龙叔还在饭店，黄文泽跟着跑了起来。

远远地，黄文泽看到大川饭店火光冲天，人声嘈杂，闹成一团。走近一些，看到路边有人围成一圈。他本想直接走过，不经意间看到人群中有个女孩子很像黄文秀。他拨开人群，看到果然是黄文秀，就上前拉她。听到黄文秀的哭诉，再看架子车上躺着的居然是李龙，黄文泽差点晕过去。

黄文泽顾不上回答黄文秀，弯腰拉着李龙的手，急切地喊道："龙叔，你怎么了？"李龙听到黄文泽的声音，睁开双眼，勉强笑了笑，微弱地说道："我没事，没事。"黄文泽直起身子，怒目圆睁地看着黄文秀问道："龙叔被谁打的？"黄文秀带着哭腔说："日本人，就是昨晚那个高个子！"

黄文泽环顾四周，叫道："日本人呢？去哪了？"那个中年男子指着前方说："跑了，朝那个方向跑了！"黄文泽就想去追，但他马上冷静了下来。龙叔伤势严重，得先把龙叔的事情处理好了才行。君子报仇，十年不晚。

黄文泽迅速想好了办法，对黄文秀吩咐道："你们在这里等我一下，我回饭店拿行李。"黄文泽转身想走，黄文秀拉住他说："哥，饭店都被砸烂了，现在又起火了，我们的行李说不定早就没了。"

黄文秀的话提醒了黄文泽。放在饭店里的行李，也就是几件衣服而已，贵重的东西，李龙都随身携带着。黄文泽点点头说："那点行李，就算了。文秀，你赶紧带着龙叔去青羊宫找师叔。龙叔的伤，师叔能解决。"

黄文秀问道："那你呢？"黄文泽说："我去找日本人算账。昨晚的账和今天的账，我找他们一起算！"黄文泽对那个中年男子说："大叔，麻烦你把架子车拉到青羊宫去。文秀，到了青羊宫，你赶紧找师叔，然后在那里等我回来。"

黄文泽拿出几张钞票递给中年男子，中年男子挥挥手说："别和我谈钱的事情，我保证把他拉到青羊宫去。你去找日本人，好好地打他一顿，给我们成都人出口恶气就行了！"黄文泽冲中年男子抱拳说道："大叔，那就有劳你了！"

说完，黄文泽转身就走。黄文秀在后面叫道："哥，你要小心啊！"黄文泽回头说道："你放心，在青羊宫等我回来。"黄文泽朝深川经二逃跑的方向追去，黄文秀在中年男子和几个好心人的帮助下，拉着架子车，赶往青羊宫。

路过大川饭店，黄文泽看到，现场一片混乱，饭店正冒着滚滚浓烟，不少官兵和警察正在组织灭火。

天色渐渐暗下来。黄文泽按照路人的指点，朝深川经二逃跑的方向一路追下去。追出一条街，黄文泽看到前面有个身影有点熟悉。走近一看，是刘世清。刘世清被深川经二当作挡箭牌，挨了不少棍棒，打得一身狼狈不堪。黄文泽拉住刘世清问道："警长，你怎么了？"

刘世清见到黄文泽，眼睛一亮："是你？你怎么在这里？"黄文泽说："找日本人报仇！"刘世清大叫道："正好！他娘的，老子也在找他们报仇呢！小伙子，你身手好，走，我们一起去！"

两人结伴而行，在大街小巷搜寻起来。刘世清简单地向黄文泽讲述了事发经过以及自己被当作挡箭牌挨打的事情，那两个逃跑的日本人，高个子叫深川经二，另一个叫渡边洸三郎。黄文泽也讲了李龙被深川经二打伤的事情。两人惺惺相惜，一边走，一边骂日本人。

寻了几条街，都没看到日本人的影子。问路人，有人说不知道，有人说往哪里哪里跑了，指的方向却并不一致。黄文泽觉得两人这么找下去不是办法，等会天黑下来，黑灯瞎火的，找日本人就更难了。

黄文泽和刘世清简单商量后，决定分头行动。刘世清身上有枪，如果发现日本人就开枪，黄文泽听到枪声就去支援。如果黄文泽发现日本人，能打就打，不能打，就大声叫喊，把声势造大，刘世清听到声响，就去支援。

刘世清和黄文泽分开后，顺着大街往前走。经过成都县政府时，看到一群人围在门口。上前打听，县政府一个看门人说，刚刚不久，一个日本人往这边跑，看到县政府大门，就想往里钻。看门人眼疾手快，拿着棍子拦住他，不准他进去。那人伸手想夺棍子,看门人见势不妙,扔掉棍子,把大门关上。日本人捡起棍子,朝大门乱打一气,看到身后一群学生追来,就拿着棍子跑了。

看门人遇到的这个日本人,是渡边洸三郎。刘世清问明渡边洸三郎逃跑的方向后,一路追了下去。途中遇到几个学生,学生们也在寻找渡边洸三郎。学生们体力好,几下就把刘世清甩在了后面。刘世清身上有伤,感觉体力不支,看到路边转角有个石凳,就上前坐下喘口气。

刚坐下不久,听到身后有脚步声。刘世清转头一看,朦胧的夜色中,一个男子手持一条棍子鬼鬼祟祟地走了过来。刘世清警觉起来,站起身来大声喝道:"什么人?站住!"那男子正是渡边洸三郎。渡边洸三郎见有人挡道,也不多说,举起棍子就打。

刘世清来不及躲闪,被棍子打翻在地。他想拔枪,但渡边洸三郎随即扑了上来,骑在刘世清身上,举起拳头朝他的脑袋打来。刘世清只得放弃拔枪的念头,两手朝渡边洸三郎乱抓一通。无意中,他抓住渡边洸三郎的衣领,手上一用劲,将渡边洸三郎从身上拉扯了下来。

渡边洸三郎爬起来,刘世清也迅即起身,与他对峙起来。刘世清想到此前和黄文泽的约定,还是想把枪拔出来。渡边洸三郎看到刘世清的动作,明白他的意图,马上扑过来,一只手卡住刘世清的脖子,另一只手去抢枪。刘世清用手去按枪,争夺中,手枪被抛在一边,两人谁也没抢到。

渡边洸三郎卡住刘世清脖子的手不放,一把将刘世清推到墙上。刘世清的后脑勺结结实实地撞在墙上,登时鲜血直流。渡边洸三郎根本不管刘世清已无反抗之力,另一只手雨点般打向刘世清的脑袋。没几下,刘世清就浑身瘫软了下去。渡边洸三郎打红了眼,又朝刘世清胸口猛打下去,刘世清口中不断冒出鲜血,翻着白眼,很快没了气息。

渡边洸三郎正准备松手,不提防自己脑袋上挨了重重一棍。他大叫一声,转过身来,看到几个学生正围着自己。渡边洸三郎挨的这一棍有些重,整个人恍惚了起来。他跟跟跄跄朝前走了两步,又有一棍砸向渡边洸三郎后背。

渡边洸三郎惨叫一声,倒在地上,很快没了声息。

一个学生走到刘世清跟前,发现刘世清已经断气,连忙跳开叫道:"这个人被日本人打死了!"一个学生说道:"我们赶紧离开,要不然别人会以为是我们打死的。"学生们拖起渡边洸三郎的尸体,扔在路边的阴沟里。

黄文泽没有像刘世清那样在大街上寻找，他推测，日本人肯定会往小街小巷躲藏。他钻进小巷，仔细搜寻起来。由于大川饭店发生流血冲突，不少市民都早早把门关上，生怕招来祸端。黄文泽走在小巷里，小巷空无一人，在朦胧的夜色里，显得格外冷清。

　　前面是一个狭长的小巷，没有什么人家，就两道围墙。黄文泽想穿过小巷，到小巷尽头再作寻找。走了一阵，黄文泽忽然听到前面上方传来瓦片破裂的声音。他立即警觉起来，瓦片破裂，一定是有人踩着了，不可能是猫之类轻盈的动物所为。

　　黄文泽停下脚步，悄悄来到墙下，深深吸了一口气，猛地将身子往上一蹿，两手攀住墙头，探身看去。只见离自己不到一米远处，一个高个子男子手持棍子正警惕地看着自己。黄文泽顿时明白，眼前这人，正是深川经二，于是大喝一声："深川，滚下来！"

　　深川经二冷笑一声，挥着棍子朝黄文泽的脑袋抡过来。黄文泽将身子往下一沉，两手仍攀在墙头上，棍子从他的头上扫过。黄文泽等棍子刚过去，两手一用劲，斜着身子跃上墙头。不等深川经二把棍子收回来，黄文泽借着跃上墙头的力道，一个扫堂腿朝深川经二下盘攻去。

　　深川经二身手果然了得，见到黄文泽一气呵成的攻击，顺势将棍子戳在墙头，身子腾空跳起，重心移向棍子，在空中伸出一条长腿，踢向黄文泽。黄文泽一个反手，抓向深川经二踢来的脚踝。深川经二无法躲闪，脚踝被黄文泽抓住，就伸出另一只脚，踩向黄文泽的胸口。

　　黄文泽如果不松手，深川经二全身的力量必然会踩在他的胸口上。练武之人都清楚，打斗过程中，双方的力量都非常大，超过自身体重的数倍，如果不及时躲闪，势必会遭受重创。

　　黄文泽审时度势，当下之机，保全自己最为重要。只有不受伤，还可以在接下来的打斗中占据上风。如果受伤，接下来的打斗就会吃大亏。刚刚交上手，黄文泽就已看出来，这个深川经二的武功不在自己之下。

　　但黄文泽松手后，也不会就此罢休，得继续给深川经二一个反击。黄文泽把手松开，往后倒退一步，同时屈胸，另一只手击向深川经二踩下来的那只脚，大喝一声："下去吧！"深川经二的身子像一只断线的风筝一般，落下墙头。

深川经二往下落的时候，没有撒开手里的棍子，而是用棍子拄在地面，缓冲了下落的力量，轻轻落地。黄文泽在墙头看到深川经二轻盈落地，禁不住暗自喝彩，这样的身手，果然厉害。

深川经二落地后，立即起身，手持棍子，跳了起来，朝墙头的黄文泽下盘扫过来。刚才两人在墙头的打斗中，墙头的砖块有些松动，黄文泽用脚挑起一块砖头，朝深川经二踢去。深川经二的棍子攻击到半途，见砖头袭来，只得掉转棍子，将砖头格开。砖头砸在地上，发出一声脆响。

深川经二把砖头格开后，两手持棍，将棍子斜靠着墙头，急速地朝黄文泽脚下扫了过来。黄文泽往后连退数步，不防脚下踏空，从墙头跌落下来。在重心失控、身子下跌的瞬间，黄文泽用左手攀住墙头，这才没有直接摔在地上。

黄文泽还没有站稳，深川经二整个人挟裹着棍子扑到了跟前。黄文泽如果要强行站稳，就来不及做出防御的架势，必然被深川经二打个正着。但如果不站稳，身子就会倒在地上，深川经二的攻击正好得逞。两相选择中，黄文泽果断地就着身子倾斜下去的姿势，来了个大冒险，伸开两脚，一个剪刀腿，夹向深川经二的下盘。

深川经二没料到黄文泽会来这么一招，两脚被黄文泽剪在一起，失去重心，斜斜地扑倒在地上。黄文泽把深川经二剪倒，自己也跟着倒在了地上。黄文泽看到深川经二自始至终都没有把棍子丢掉，刚才过招中也发现了他使棍的手法很像是在使剑。联想到日本武士一贯善于使剑的风格，黄文泽断定，深川经二是个剑道高手。那么，要想打败深川经二，就得打掉他的武器，让他和自己进行拳脚上的比拼。盘破门武功，擅长的就是拳脚功夫。以己之长，攻彼之短，才会有胜算。

黄文泽身子刚触地，立即腾身而起，扑向深川经二手中的棍子。深川经二也发觉了黄文泽的企图，趴在地上将棍子打向黄文泽。黄文泽下定决心要夺取棍子，就来了个硬对硬，将气运到手臂上，两手张开，迎向打来的棍子。棍子打在黄文泽手臂上，黄文泽疼得龇牙咧嘴，一口真气差点散掉。

但黄文泽目的明确，他强忍疼痛，反手抓住棍子朝自己这边扯。深川经二哪肯让棍子被黄文泽夺去，死死地抓住棍子，身子顺力站了起来。两人各持棍子一端，使出全身的力气想让对方撒手，但谁也占不到便宜。黄文泽手臂挨了一棍，感觉力道正在慢慢消失，这么僵持下去，只有输掉。

深川经二察觉到黄文泽有些力不从心，心中大喜，手上加劲，大喝一声，棍子被拉了回来。黄文泽本想撒手，但身形已经被棍子拉动，想要回撤已经来不及了。他松开右手，捏紧拳头，顺势打向深川经二的胸口。深川经二将棍子抢夺过来后，迅速地将两手拆开，各握棍子一端，将棍子护在胸前，挡住了黄文泽的拳头。

黄文泽这一拳的力度很大，打在了棍子上。棍子被打得弯曲起来，但没有被打断。黄文泽感到手上一阵钻心疼痛，忍不住将手在空中甩了几下，跺了几脚，疼痛感才稍微消除了一些。黄文泽连忙后退几步，暂时撤出攻击范围。

深川经二见黄文泽攻击受挫，手上似乎受伤了，脸上露出得意之色。他也不急于进攻，单手持棍，将棍子舞得呼呼作响，然后做好架势，准备与黄文泽继续开战。作为日本剑道五段高手，深川经二很清楚，中国武林中，能在剑道上有造诣的人不多，即使黄文泽手持武器与他打斗也难以获胜，更何况现在黄文泽是空手，而且手上似乎还受了伤。

深川经二在大川饭店外突出重围后，很快甩脱了后面的追兵，躲进了这条小巷。看到天色渐晚，他担心追兵冲进这条小巷围堵他，就干脆跳上围墙，蹲在与围墙相接的房屋上。只要天色完全黑下来，他就安全了。

但没想到，时值夏天暑热之际，傍晚蚊虫肆虐，将他叮咬得浑身发痒，禁不住身子动了起来，将脚下的瓦片踩烂。他更没想到，四处寻找他的黄文泽正好来到附近，自己不慎暴露了踪迹。

深川经二昨晚酒后跑去调戏黄文秀，和黄文泽只交了一下手，就发现黄文泽的武功了得。尤其后来看到黄文泽和渡边洸三郎动手，更是发现这个中国人的武功远远超出此前曾经和他交过手的其他中国人。如今，狭路相逢，深川经二尽管很想保存体力不与黄文泽交手，但看黄文泽的样子，这一场恶战分不出输赢，他是不会善罢甘休的了。

面对如此难缠的一个对手，深川经二暗自盘算胜算的可能性。如果能一鼓作气地将黄文泽拿下，还有逃生的可能。

深川经二中午在外面只是匆匆吃了一点东西，下午又在饭店担惊受怕那么长时间，加上从饭店突围的过程中，因为拼命消耗了大量体力，现在和黄文泽又打斗了几个回合，他感觉肚子在咕咕直叫。再不赶快结束打斗，不被黄文泽打败，都会因为体力不支被拖垮。

深川经二决定放手一搏，速战速决。他看到黄文泽迟迟没有进攻，在附近微弱的灯光映照下，黄文泽正在抚手，似乎刚才那一拳打在棍子上的疼痛感还没有消除。深川经二把手中的棍子当作长剑，凝神聚气，大喝一声，跨前一大步，举起棍子劈向黄文泽。

黄文泽见深川经二突然出击，立即抖擞精神迎战。从刚才与深川经二的打斗中，黄文泽领略到了深川经二剑术的精湛，越发坚定了必须将深川经二手中的棍子夺下的决心。只有让深川经二与自己拳脚相迎，才有取胜的把握。否则的话，再这么打下去，自己只有被动挨打。

黄文泽在深川经二身形移动之际，就知道他接下来的动作将是什么。黄文泽再一次决定出险招，站定不动，待到深川经二进入攻击范围后，暴喝一声，抬脚冲着深川经二持棍的右手手腕处踢去。

深川经二出招后，见黄文泽居然站定没动，以为黄文泽因为受伤而反应迟钝。他正暗自窃喜，突见黄文泽置被棍子击中的危险不顾，反而一脚向自己踢来。他顿时明白黄文泽的意图，不由得大吃一惊，刚想撤回攻势，黄文泽的脚尖已经踢到他的手腕。

深川经二感觉到前所未有过的疼痛从手腕处传遍全身，本能地将手撒开。棍子受到黄文泽那一脚的冲力，在空中打着转，飞到黄文泽身后的围墙上空，落在了墙头上。深川经二明白棍子对于自己的重要性，他必须要把棍子抢回来。

深川经二不顾一切地朝棍子落下的地方扑去，黄文泽哪里肯让他得手，上前拦住深川经二。深川经二身高腿长，抬脚朝黄文泽扫去。黄文泽将身一矮，躲过深川经二的攻击，然后起身，两手抓住深川经二还在空中的腿，使劲一绞。深川经二整个人被翻转起来，在空中横着打了个转，重重地落在地上。

深川经二落地时，脸部正好朝地，鼻子被蹭个正着，鲜血一下子流了出来。深川经二疼得哇哇大叫，立即爬起来，发疯似的朝黄文泽扑去，手脚并用，乱拳挥舞。黄文泽被深川经二逼得步步后退，很快退到了墙头棍子的下方。

深川经二见夺棍时机来到，再一次将黄文泽逼退两步后，转身朝墙头跳起，想攀上墙头去取棍子。黄文泽大惊，明白了深川经二的意图。深川经二此时一只手已攀住墙头，另一只手就去取棍子。黄文泽快步上前，用手去抓深川经二。但深川经二的身子已蹿上不少，黄文泽的手只抓住了他的裤子。

黄文泽手上用力，将深川经二的裤子抓下一块布来。黄文泽这一抓，正好抓在深川经二裤子口袋处，就见一封折着的书信从深川经二的裤袋中落了下来。深川经二被黄文泽这么一抓，身体上蹿之势受到影响，抓棍子的手伸到离棍子还有两寸的距离就停止不前了。

深川经二眼睁睁看着棍子近在咫尺却无法得手，身子在墙头一荡，攀着墙头的手支撑不住身子的重量，只得落到地上。深川经二发现裤袋中的书信掉落在地，心中大骇。那封书信可是绝密之物，他从大川饭店冲出来时，什么都没带，就带了那封书信。如今，书信落在地上，要是被黄文泽捡到，事情就麻烦了。

深川经二顾不上再去抢夺棍子，身子刚落地，就弯腰去捡书信。黄文泽看得清楚，也意识到那封书信对深川经二有着重大的作用，不然，他也不会冒着被自己攻击的危险去抢书信。

黄文泽不能再给深川经二机会了，他趁深川经二弯腰之机，上前抬腿从下到上朝深川经二胸口踢去。深川经二的手刚摸到书信，就被黄文泽踢得腾空飞起，落到一丈之外的地上。黄文泽飞身上前，把书信攥在手里。

深川经二后背着地，震得全身的骨架都要散了。他只觉得胸口发闷，嗓门发甜，一口鲜血吐了出来。此时的深川经二，满脸是血，头发散披着，面目狰狞，活脱脱一个恶鬼的形象。

深川经二夺棍不成，抢信失手，气得肺都要炸了。他摇摇晃晃站起来，嘴里号叫着，两手乱舞，朝黄文泽再次扑了过来。黄文泽两战得胜，勇气大增，施展开盘破门的拳脚优势，左冲右突地与深川经二战在一起。

两人过手十多招后，精于剑术、疏于拳脚的深川经二渐渐破绽百出，黄文泽却越战越勇。盘破门武功的最大优势，就在于空手格斗。当初一代宗师刘灨创立盘破门武功时，就是考虑到了拳脚格斗的因素，创建了"齐步匀脚高桩盘破"的打法，使之更为实用。黄文泽从父亲黄天杰处学得真传，又有多次实战经验，对盘破门武功的运用更是炉火纯青。

黄文泽见深川经二手脚忙乱，已现败象，想到日本人霸占东北后，又跑到成都来作威作福，调戏妹妹，打伤李龙，对深川经二的仇恨更是无以复加。他快拳将深川经二逼到围墙墙壁后，冲上去用膝盖顶住深川经二，搂住他的头就是一顿暴揍。深川经二开始还用手抱住头抵挡，到后来，两手耷拉下来，任由黄文泽暴打，毫无护守之力，更别说还手了。

深川经二的身子顺着墙壁渐渐软了下去，最后瘫软在地。黄文泽停了下来，直起身，踢了踢深川经二，深川经二微弱地嗯哼了两声。黄文泽出了恶气，也不想让身上背负一条人命，整理了一下刚才因打斗而凌乱的衣服，转身朝巷口走去。

刚走几步，就见几个学生走过来。其中一个身材魁梧、国字脸的学生见黄文泽满头大汗，衣服上有血迹，以为他是日本人："站住，你是干什么的？"黄文泽不慌不忙地反问道："你们是在找日本人吧？"黄文泽的四川话口音，让学生们消除了疑问，连忙问道："日本人在哪里？"

黄文泽朝身后指了指说："那里。"学生们顺着黄文泽手指的方向看去，果然看到一个男子靠着墙壁坐在地上。他们跑过去，其中一个学生用手探了探深川经二的鼻息，还有一点微弱的气息。

深川经二此时已神志不清，嘴里用日本话嘟哝着。学生们一听他的口音，判定必是日本人无疑，众人一拥而上，深川经二很快就彻底没有声息了。

黄文泽认准方向，穿街走巷，一路急匆匆朝青羊宫走去。走到灯光明亮处，黄文泽突然想起深川经二身上掉下的那封书信。他停下脚步，从怀里将信摸了出来。借着灯光，黄文泽抽出信纸展开，信是用日文写的。黄文泽在东北待了几年，和一些日本人有交往，略微识得一些日本字。匆匆将信看完，尽管其中有些字不认识，但黄文泽还是大致看懂了，不由得倒吸了一口冷气。

这封信，是一个叫岩井英一的日本人，写给一个叫刘久训的中国人的。岩井英一在信中告诉刘久训，见信如见人，持有这封信的人叫深川经二，是他派来与刘久训接头的，请刘久训不要有任何怀疑。刘久训可将手里的木棉袈裟交给深川经二，由深川经二带给他。

看到"木棉袈裟"四字，黄文泽的脑袋轰的一声就大了。黄文泽在十多岁的时候，有一次曾陪同父亲黄天杰一起到资中宁国寺去看望德清禅师。当时，黄文泽在一旁翻看经书，无意中听到德清禅师嘴里说出"木棉袈裟"四个字。后来，不知什么原因，德清禅师和父亲就转移了话题。

黄文泽对"木棉袈裟"的印象非常深刻。回家路上，他忍不住好奇，就问父亲是怎么回事。当时父亲一脸严肃地对他说，这是大人之间的事情，小孩子不该问的，就不要乱问。黄文泽被父亲的严肃吓坏了，赶紧住嘴，从此不敢再问这个事情。

随着年龄的增长，这个问题一直在黄文泽脑海里盘旋。他分析，袈裟是寺庙僧人所穿之物，木棉袈裟一定是一件很珍贵的法物。德清禅师和父亲之所以谈到木棉袈裟时如此讳莫如深，说明木棉袈裟肯定与宁国寺有关。

如今，日本人的这封书信中提到木棉袈裟，而且，看样子，木棉袈裟很可能已经落入到那个叫刘久训的中国人手里。这封书信，就是深川经二去找刘久训，把木棉袈裟拿到手的凭证。很显然，日本人在打木棉袈裟的主意，想把木棉袈裟带离中国。

如今的问题是，深川经二身上揣着这封书信，他到底有没有和刘久训接上头？木棉袈裟现在到底是在刘久训手上，还是已经被日本人拿到手了？如果被日本人拿到手里，那么，木棉袈裟现在在何处？

黄文泽站在那里，苦苦思索着。大川饭店那个地方，日本人应该不会把木棉袈裟还放在那里。从信中岩井英一对木棉袈裟的重视程度来说，日本人肯定会随身携带。如果是这样，就有两种可能：一是木棉袈裟被其他三个日本人中的一个带在身上，二是被深川经二带着。

结合书信在深川经二身上这一点，黄文泽判断，木棉袈裟被深川经二带着的可能性更大。深川经二在和自己打斗时，身上衣衫单薄，没有其他东西。深川经二会不会把木棉袈裟藏到什么地方了？

黄文泽突然想到，他发现深川经二的时候，深川经二躲藏在那条小巷的围墙上。深川经二会不会把木棉袈裟藏在那边的某个地方了？想到这里，黄文泽立即转身朝那条小巷快步返回。

回到小巷，小巷空无一人，深川经二也不见了踪影。黄文泽顾不上去想那么多，来到发现深川经二的地方，飞身跃上围墙开始仔细地搜寻起来。围墙与附近人家的屋顶相连，黄文泽小心翼翼地搜索着每一处可疑的地方，不放过任何一个沟槽。

黄文泽来回寻找了几次，走遍了整个围墙，每一个细微之处都查过了，仍然没有发现任何东西。站在墙头，黄文泽非常纳闷，难道自己此前的推测有误？难道木棉袈裟没在深川经二身上而是在其他日本人手里？

还有一种可能：木棉袈裟还在大川饭店，这是他此前否定了的。目前看来，必须要去一趟大川饭店了。黄文泽跳下围墙，朝大川饭店走去。大川饭店因遭受冲击，不仅被火烧，还被打砸，现场一片狼藉，不少军警正在进行善后，现场也被戒严，不许任何人进去。

黄文泽见走大门无法进入，绕到大川饭店后院，从围墙翻了进去，悄悄摸到日本人住宿的两个房间。每个房间都是一片狼藉，黄文泽借着外面街道映进的灯光，仔细翻找着。但结果还是让他失望了，没有找到任何东西。

黄文泽叹了口气，觉得木棉袈裟可能在其他三个日本人手里。但目前其他三个日本人身在何处，自己又不清楚。另一种可能就是，木棉袈裟没有在日本人手里，而是在那个叫刘久训的手里。如果是这样的话，只要把刘久训找到，就能确保木棉袈裟不会落入日本人之手。

刘世清自从和黄文泽分手去寻找日本人后，也一直没有任何消息。黄文泽顾不上那么多了，返回此前自己住的房间，想把衣物等带走。但饭店遭受打砸后，房间里的衣物也不见了，黄文秀和李龙的房间也是如此。

这么几番搜寻，每次都是空手而归，黄文泽发现已经到了深夜。不能再耽误时间了，得赶紧赶到青羊宫去。黄文泽从原路出了大川饭店，在冷冷清清的大街小巷里飞快地走着。

远远地，黄文泽看到青羊宫大门开着，门口的石阶上坐着一个人，正朝自己这边张望。黄文泽一眼认出，那是妹妹黄文秀。黄文泽心中一热，鼻子发酸，差点掉下泪来。如此深夜了，黄文秀还没有休息，还在等着自己归来，不知她心中是多么的焦急和不安。

黄文泽一边朝黄文秀跑去，一边挥着手大叫着"文秀"。黄文秀听到哥哥的声音，站起身来，也朝黄文泽跑去。跑到近前，黄文秀拉着黄文泽，眼泪唰唰唰往下流，哽咽着说："哥，你可算回来了！"黄文泽强作欢颜，安慰着黄文秀，搂着她朝青羊宫走去。

路上，黄文秀告诉黄文泽，她和李龙被好心人送到青羊宫后，张道文查看了李龙的伤势，作了包扎，李龙暂时没事，正在休息。听到李龙伤势无大碍的消息，黄文泽长长地舒了口气。要是李龙有个三长两短，他真的不知道该如何向李龙的家人交代。李龙在黄家做事多年，一直兢兢业业、勤勤恳恳，黄家上下都把李龙当作亲人对待。

张道文也在等着黄文泽回来。见黄文泽一身风尘仆仆，张道文赶紧叫人把饭菜端来。黄文泽也不客气，端起碗就大口大口吃起来，惹得黄文秀不断提醒他慢点吃，别噎着了。黄文泽连吃了三大碗饭，才放下筷子。李龙听说黄文泽回来了，不顾劝阻，坐在一边陪同。

黄文泽向张道文、黄文秀和李龙讲述了与深川经二交手的经过，黄文秀听得大眼圆睁，神情紧张，李龙也是十分担心。张道文久经沙场，倒也沉着冷静，不发一言。黄文泽说完后，站起身来对张道文说："师叔，我想过了，此地不宜久留，我们得连夜赶回罗泉去。"

黄文秀叫道："这么晚了，龙叔又有伤，怎么回去？"李龙连忙说："我的伤不碍事，没问题。"张道文沉吟了一下，缓缓说道："按道理说，我应该挽留你们住一晚上再走才是。但文泽坚持要连夜赶回去，我觉得他的担心是有道理的。文泽虽然没有把那个日本人打死，但今天大川饭店的事情闹得这么大，政府肯定会追查，会抓人。如果查到文泽头上，文泽是脱不了干系的。与其如此，还不如趁早离开这个是非之地。"

黄文泽感激地对张道文说："感谢师叔的理解和支持。我们的确不能继续留在成都了，如果我们现在出发，天亮的时候，我们就能回到罗泉。"黄文秀苦着脸问道："如此夜深，我们怎么回去？乘车吗？晚上哪里去找汽车送我们回去？走路也不可能，龙叔是绝对不可能坚持得下去的。"

李龙又在一旁插话道："没事，没事，即使走路，我也没事……"张道文挥手制止李龙说："我有办法。现在去找汽车，的确很难。青羊宫里有一架平时拉货的马车，我叫人把马车收拾一下，你们可以坐马车赶回去。"黄文泽大喜道："如此更好，那就有劳师叔了。"

张道文叫人赶紧准备马车和干粮。很快，马车准备好了。黄文秀扶着李龙坐到马车上，黄文泽背着李龙此前身上携带着的行李，坐到车夫的位置。张道文把三人送到门口，连声叮嘱黄文泽一路上要多加小心。

告别张道文，黄文泽驾着马车，沿着锦江朝成都东门而去。黄文秀不解，问黄文泽为什么要走这条路，而不走城里的大路。黄文泽解释说，城里春熙路一带，因为发生了捣毁卖日货的商店行为，军警已经戒严了。如果马车走那边的话，李龙头上又有伤，势必会引起军警的注意。一番盘问下来，很有可能大家都会被扣押起来。

黄文秀恍然大悟，对哥哥如此深思熟虑深表佩服。李龙躺在马车上，昏昏沉沉地睡着了。事实证明，黄文泽走这条路是正确的。一路上，没有碰到任何军警，非常顺利地出了成都城，朝龙泉山而去。尽管夜色沉沉，但借着马灯的光线，马车行进的速度也不算慢。

　　黄文秀刚开始还和黄文泽有一句没一句地说着话，渐渐地，瞌睡来袭，靠着车厢也睡着了。行了一段路后，黄文泽担心黄文秀着凉，停下马车，把衣服脱下，盖在黄文秀身上。黄文泽抬头望望天空，深深地吸了口气，跳上马车，继续朝罗泉镇方向行去。这一去，又将引出一番惊天动地的大事来。

第三章◎峥嵘往事

8月的资中罗泉镇，天亮得很早。尽管这段时间黄天杰染上风寒，身体有些不适，仍在吃药调养中，但他像往常一样，天刚麻麻亮的时候就起床了。他在院外的竹林里盘腿打坐半个小时，习练一遍武功，然后回到屋子。坐在堂屋中品完一壶新沏的花茶，他才去洗漱。对他来说，只有洗漱完毕，才是一天的开始。二十年来，只要没有外出，他都坚持这样的生活习惯。

不知不觉中，黄天杰已经进入知天命的五旬阶段。虽然这么多年来，家里的生意有起有落，但在他的精心打理下，倒也没有受到多大的影响。儿子黄文泽从东北回来后，他开始有意识地把生意交给黄文泽打理，自己则慢慢地退居到幕后，就像当年父亲黄昌盛把生意交给他一样。

这就是家族的传承。人总是会老去的，年轻的一代，永远在不断地冒出来。一代又一代，只要把传承人认准了，一个家族就不会受到衰落的威胁。但是，仅仅这些是不够的，个人的努力，有时挡不住时代和社会的变化。但人就是这样，社会越是混乱，人越要迸发出超常的能量，力图把手里的事业继续做好。

吃过早饭，黄天杰没有像往常那样去镇上的店铺，而是提着夫人谢蓉为他准备好的香烛纸钱袋子，和谢蓉一起，到不远处的半山腰上去祭奠父亲。今天是黄昌盛的忌日，眨眼间，他已经过世十六年了。

昨天黄文泽带着黄文秀和李龙去成都之前，黄文泽曾犹豫过，想等爷爷的忌日过后再去成都。但黄大杰没有同意，坚持让黄文泽去成都。年轻人要以事业为重，尽孝之事，不在于一时，而在于平时。黄天杰很欣慰的是，黄文泽的确是个很孝顺的孩子。

半山腰上，有四座坟墓。黄昌盛夫妇的坟墓并排着在前面，左后边是黄天民的坟墓，右后边是黄天秀的坟墓。一大家人，靠在一起，也算是未亡人对逝者的一种哀思和悼念。黄天杰平时经常来这里转悠，清理杂草，陪着父母和弟弟、妹妹说说话。

祭扫完后，黄天杰叫谢蓉先回去，他要留下来陪家人一会儿。由于经常来这里，黄天杰特意在一边修了一条石凳。坐在石凳上，黄天杰摸出旱烟枪和烟袋，填上烟丝，吧嗒吧嗒地抽了起来。旱烟袋是父亲临终前传给黄天杰的，黄天杰就是从那时起，学会了抽旱烟。

旱烟枪长约两尺，用金属打制而成，掂在手里沉甸甸的。黄天杰将盘破门武功中的一些招数，结合烟枪的特点，摸索出一套自称为"黄氏烟枪功"的武功来。一杆烟枪，在他手里，既是抽烟的工具，也是防身打斗的武器，武林中人为此都叫他"黄烟枪"。黄天杰得到这个称号，不但没有觉得烦恼，反而认为很贴切。

透过缭绕的烟雾，黄天杰看到太阳从山的那边冉冉升起。今天又是火热的一天，充满了生机和活力。但黄天杰却明显感觉到，生机和活力，似乎正渐渐从身上消失。他的活力，都献给了让他最初感受到希望、后来又失望的那几年烽火岁月。

1911 年 11 月，黄天杰在经历了血与火的洗礼后，带着父母和弟弟黄天民的重托，以及对夫人、儿子的依依不舍之情，率领盘破门弟子和袍哥弟兄，跟随在资州起义的湖北新军标统刘云凤，参加新军，走上革命道路。

现在想来，黄天杰不得不承认，当初走上那条路，的确不是一时头脑发热，而是不得不为之。在资州城因为劫刑场而与端方的一战，黄天杰不仅失去了最心爱的妹妹，还牺牲了不少同门师弟和袍哥会弟兄。

在死难者家属的痛哭声中，黄天杰知道这都是他优柔寡断、迟迟难下决心导致的结果。他想到了逃避，只有远离家乡，内心的愧疚或许才会稍微减轻一些。只有跟随革命党，努力推翻清王朝，重建一个新政权，让包括家乡父老在内的天下老百姓过上好日子，才是他唯一能做的事情。

身负重伤的黄天民顾不上伤痛，央求黄天杰一定要参加革命。刘云凤看到黄天杰在盘破门和袍哥会中的巨大号召力，也极力游说他。龙建伟和王人杰两人，自然也巴不得黄天杰成为自己的同志。

黄天杰当然也想，但他此前多次拒绝加入革命阵营，如果满口答应，面子上有些过不去，就没有同意。没想到黄昌盛得知后，也叫黄天杰参加革命，出去闯荡一番。黄天杰顺水推舟，以父命难违为由，同意带领一干弟兄参加革命。

至于愿意跟随黄天杰参加革命的盘破门弟子和袍哥会弟兄，他们的理由很简单：担心遭到清廷的报复。当时革命政权在全国建立的不多，势力较弱，谁都无法保证革命一定会成功。如果失败，清廷反扑过来，必然要进行清算。留在老家，有可能成为被清算的对象。与其坐以待毙，不如奋起反抗，或许还能为自己和家人闯出一条活路。所以，当黄天杰征求意见时，大家都纷纷表示愿意跟他一起走。

黄天杰的身边，迅速聚集了一大批人。刘云凤看到如此多的精兵强将，大喜过望。经请示后，刘云凤晋升为协统，任命黄天杰为标统，统领他标下的盘破门弟子和袍哥会弟兄。黄天民和龙建伟因为要养伤，所以没有跟黄天杰一起走。黄天杰带着王人杰、安广南、方至元、张道文等人，随同刘云凤一起返回武昌。

到了武昌后，黄天杰受到了湖北军政府的热烈欢迎。军政府军务部长孙武听了黄天杰大战端方的经过后，对黄天杰更是备加推崇，赞赏有加。湖北军政府成立后，受到清廷的反扑，黄天杰带领手下弟兄参加了几次战斗。在一次战斗中，王人杰被一颗炸弹炸中，壮烈牺牲。

1912年2月12日，清帝溥仪逊位，清朝的统治宣告终结。

听到这个消息，黄天杰无比兴奋。这几个月来，每次战斗，他都不顾安广南等人的劝阻，身先士卒，冲锋在前，就盼着清廷早日覆灭，中国建立起共和政权，实现大家的愿望。如今，这个愿望终于实现了，怎能不让他高兴万分？

按黄天杰的设想，只要推翻清廷，天下共和，就太平了，自己就可以解甲归田了。但是，形势的发展远远超出黄天杰的想象。

早在2月6日，南京临时政府就颁发了《陆军暂行给与令》。在第六章第44条中，将此前沿用的清军的镇、协、标、队的军队编制，相应改称为师、旅、团、连。刘云凤晋升为师长。黄天杰的职务，也由标统改为团长。

黄天杰对职务没有什么兴趣，他想辞职回家。刘云凤极力挽留，并许诺给他再升一级当旅长。刘云凤果然说到做到，很快，黄天杰当旅长的任命书就下达了。黄天杰仍想辞职，他认为使命已经结束了，该回家了。但方至元等人因升了职，不愿黄天杰离开，也来极力劝说，希望等天下真正太平后，再解甲归田也不迟。

此时，各地军阀割据，战乱不断，局势的确不太平，黄天杰也就不再推辞，留任下来。

1915 年 12 月，袁世凯称帝。

黄天杰听后大惊。才把清王朝推翻，中国走向共和不到几年时间，袁世凯居然要把中国重新复辟成帝国，这让他无论如何都想不通。

袁世凯的举动，遭到了孙文领导的中华革命党及梁启超领导的进步党等强烈反对。12 月 25 日，蔡锷和唐继尧在云南联名通电全国，宣布云南独立，起义讨伐袁世凯，护国战争由此爆发。

袁世凯下令四川的部队对护国军进行阻击。刘云凤命令黄天杰率部前往泸州增援，黄天杰总觉得事情没对，但他这么多年来已成了标准的军人，军人以服从命令为天职，只得开赴泸州。

1916 年初，蔡锷一部进逼川南。2 月初，蔡锷所部赵又新梯团一部与已经宣布起义的川军刘存厚第二师，联合向泸州发起攻击，一度占领泸州外围的蓝田坝、月亮岩等要点。黄天杰所部陆续抵达泸州，对护国军进行反击。护国军寡不敌众，退守纳溪等地待援。

2 月 23 日，蔡锷根据双方力量态势，决定采用两翼包围、正面突破的战术消灭袁世凯的部队，其中就包括黄天杰所部。2 月 28 日，护国军开始反击。黄天杰命令方至元、张道文和安广南分别带领一支部队占领几个战略要点，对护国军进行阻击。

战斗打得异常惨烈，盘破门弟子和袍哥弟兄死伤众多。黄天杰看到伤亡了这么多人，心如刀绞。但他没有办法，只能硬着头皮坚持战斗。

这天上午，黄天杰正在指挥部研究战势，就见方至元满头大汗、惨白着脸跑了进来。方至元站在黄天杰面前，两腿发颤、嘴唇哆嗦着，半天说不出一个字来。黄天杰觉得方至元如此表现，实在不像一个指挥部队的军官。而且，方至元一向以稳重著称，以前即使在对手重兵围困的情况下，都没有慌乱过。今天方至元如此失态，想来必有重大事情发生。

黄天杰叫人给方至元搬来一条凳子，示意方至元坐下说话。方至元没有坐，扑通一声跪在黄天杰面前，失声痛哭。黄天杰心中疑云顿生，拉起方至元，把他按在凳子上强行坐下，大声问道："到底发生了什么事情？是不是阵地丢了？"

方至元摇着头，半天才挤出几个字："天，天民，他……"听到方至元提到黄天民，黄天杰立即感觉不妙，难道黄天民出事了？黄天杰万分着急，看方至元说出几个字又住嘴了，忍不住上前冲着方至元就是一个巴掌："把话说完！"

方至元挨了黄天杰一个耳光，似乎清醒了不少，赶紧站起来，哭丧着脸说道："天民被我手下人打，打，打……"方至元的话没说完，黄天杰已经意识到了事情的严重性，有如五雷轰顶一般，整个人惊呆了：难道天民被方至元的手下打死了？

　　黄天杰的身体摇晃了几下，方至元和旁边人赶紧上前扶住。黄天杰脸色铁青，两眼像剑一般狠狠刺向方至元，方至元吓得赶紧低头垂眉，不敢多话。过了半晌，黄天杰一拍桌子："他在哪里？"方至元手指外面说："在，在我那边……"黄天杰头也不回地朝外面冲去，方至元紧随其后跟了出去。指挥部其他人面面相觑，半天回不过神来。

　　1911年11月，在资州城大闹刑场时，黄天民被张春生开枪击中腹部，身负重伤。在黄天杰率领盘破门弟子和袍哥会弟兄跟随刘云凤出发时，黄天民曾和黄天杰约定，等他养好伤后，就去找黄天杰，弟兄二人联手一起革命。但黄天民伤好后，并没有去找黄天杰，而是留在了四川。

　　龙建伟因腿伤过重，虽经百般抢救，最终还是无力回天。临终前，龙建伟拉着黄天民的手，希望黄天民能继续留在四川，把四川的革命推向一个新天地。龙建伟拿出一封信交给黄天民，叫黄天民伤好后，去找他的同学刘存厚。

　　伤好后，黄天民带着死皮赖脸非要跟着他走的夏承祖，找到刘存厚。刘存厚将黄天民留在身边当参谋。夏承祖哪也不去，即使给黄天民当卫兵也行。黄天民无奈，只得将夏承祖留在身边。

　　1915年，刘存厚任川南清乡总司令，驻扎在泸州。护国战争爆发后，刘存厚支持护国军，与拥护袁世凯的部队展开战斗。

　　黄天民一直跟随刘存厚左右，为刘存厚出谋划策。在打定主意不去找黄天杰后，黄天民给黄天杰写了封信，详细述说了留在四川的原因。黄天杰对弟弟的选择表示赞同，希望弟弟能在刘存厚那里好好干出一番事业来。

　　后来，黄天杰也把自己的疑惑和苦闷告诉黄天民，黄天民回信劝慰哥哥，叫他不要因为暂时的局面而苦恼，要坚持战斗下去，新的中国一定会来到的。黄天杰听从了黄天民的劝告，只得暂时留了下来。

　　一晃几年过去了。其间，黄天杰见黄天民仍单身一人，写信叫他不要因为事业而耽误了终身大事。黄天民对黄天杰的好意总是含糊回答，然后把重点扯到其他事情上去了。黄天杰只得无奈地叹息，他认为，夏承仙当年在资州鼓楼坝刑场被张春生打死，让黄天民对婚姻大事彻底断绝了念头。如果夏承仙不死，黄天民或许早就结婚了。

护国战争爆发后，黄天杰在与黄天民的书信往来中，得知刘存厚偏向反袁，有可能加入蔡锷的护国军。黄天杰有些踌躇了，这意味着兄弟二人将各自为战。接到驰援四川泸州的消息后，黄天杰更是预感到，此番将与黄天民在战场中相遇。相遇的方式，不是携手，而是各为其主刀枪相见。

黄天杰在出发前，给黄天民写了一封信，告知此番将带兵入川，征求黄天民的意见。信发出后，军情紧急，黄天杰就拔营出发了，此后一直没有收到黄天民的回信。到了泸州，黄天杰获悉，刘存厚果然宣布起义加入护国军，也就是说，对面的护国军中，就有亲弟弟黄天民。从小一起长大的四个亲人中，现在只剩下自己和黄天民了。无论如何，黄天杰都不能让黄天民再出什么意外。他得不到黄天民的任何消息，只得暗中下令，无论谁在任何场面中见到黄天民，都不许动他一根毫毛。

黄天民的确没有收到黄天杰的最后一封信。

刘存厚和护国军将领得知拥袁军的增援部队主帅是黄天杰后，把黄天民叫了去。黄天民听后，暗自吃惊。他没想到，哥哥居然这么快就带军入川了，而且是护国军的对手。

刘存厚等人希望黄天民能出面游说黄天杰倒戈，投靠护国军。

黄天民写了一封劝降信给黄天杰。刘存厚特意派了一个得力手下，带着书信去找黄天杰。但过了几天，派出去的人没有回来，黄天杰那边也没有任何回音。

黄天民不知道黄天杰是否真的收到了他的书信，但他预感到黄天杰应该没有收到。如果黄天杰收到了，不管是什么态度，以兄弟之间的情意，他一定会想方设法回信的。

事实上，黄天杰的确没有收到黄天民的信。黄天杰每天都在盼望着黄天民的信，他很想知道黄天民此时究竟在什么地方，是否如他所料的那样，就在护国军的阵营中。刘存厚派出的那个手下为什么没有把信送到，黄天民和黄天杰甚至刘存厚都不知情，或许这个事情真的成了永远的谜。

黄天民的焦躁，引起了夏承祖的注意。夏承祖得知缘由后，给黄天民出了个主意。

夏承祖的主意是，他代表黄天民去找黄天杰。黄天杰见过夏承祖，而且黄天杰军中袍哥会弟兄众多，夏承祖和那些弟兄多少有一些交情，见到夏承祖，他们不会对他有什么过分举动。夏承祖分析，刘存厚派出的手下为什么这么长时间没有音信，很可能是被黄天杰手下人抓住干掉了，而黄天杰一点也不知情。黄天杰手下人中有很多袁世凯的人，这些人当然不愿意看到黄天杰被说服投降。

黄天民觉得夏承祖的主意的确不错。在目前战况处于胶着的状态下，只有这样，才有胜算的把握。但黄天民去找刘存厚时，却改变了主意。黄天民说，他决定亲自去找黄天杰，当面向哥哥晓以大义，说服哥哥投靠护国军。但是，这只是他去找黄天杰的一个目的。

黄天民还有一个更大的目的，是基于此前派出去的人有去无回的原因。如果此去碰到的是黄天杰军中袁世凯的人，他也可能遭遇前一个人同样的结果，说不定不但没有见到黄天杰，还有可能悄悄地被干掉。因此，不能只是单纯地前往，得有另外的准备。

黄天民此前分析了战场形势，发现黄天杰的布防上有一个兵力薄弱之处。如果能出奇兵将那座山攻下，必然会引起黄天杰的注意。到时，黄天民再表明身份，黄天杰定然会出来与黄天民见面。如此一来，事情就能完全朝着护国军有利的方向发展了。即使攻不下来，以黄天民的身份，对方也不能把他怎样。

刘存厚对黄天民的想法大为赞赏，立即同意了黄天民提出的方案。刘存厚给了黄天民一个连的兵力，叫他按照自己的想法大胆去做。黄天民开始准备实施自己的计划。

第二天一大早，浓雾弥漫。黄天民暗自高兴，这样的天气，正是不可多得的军事行动良机。黄天民带着夏承祖和一个连的兵力，悄悄摸到那座山下。他不知道的是，这座山的镇守者是方至元。但黄天民更不知道的是，经过多年战斗，方至元手下的袍哥会弟兄所剩已经不多，新增加了不少人。这些人，成分复杂，只知道为袁世凯卖命。

黄天民担心一个连的兵力一起出动，动静太大，很容易引起对方的注意，就留下两个排待命，自己和夏承祖只带了一个排的兵力去突袭。一旦战斗打响，待命的两个排再跟着冲上去支援。

他们悄无声息地摸到山下，对方阵地上说话的声音听得一清二楚。黄天民决定悄悄地摸进对方阵地，先干掉岗哨再说。他叫夏承祖带上几个身手不错的弟兄和他一起行动，其余的人先按兵不动，听到信号再行动。黄天民和夏承祖等人，凭借过人的身手，很快进入了阵地。几个岗哨还没回过神来，就被干掉了。

黄天民抓住一个活口，问清指挥所所在地后，决定直接冲到指挥所去。黄天民深知战场上擒贼先擒王的道理，只要把指挥所占领了，对手群龙无首，接下来的事情就好办多了。这么决定后，黄天民带人一路朝指挥所摸了过去。

黄天民不知道的是，方至元没在指挥所，他头天晚上就跑到附近一个地方风流快活去了，指挥所由另一个叫刘庚子的人值守。刘庚子是刘云凤的心腹，刘云凤派他到黄天杰军中，一方面监视黄天杰等人的动向，另一方面稳住军心，让士兵死心塌地地为袁世凯效力。

方至元没在，正中刘庚子下怀。刘庚子早就知道，黄天杰军中袍哥会的人，此番重回四川，对手又是四川人，搞不好私下就有往来。所以，刘庚子在方至元没在时，更是打起十二分精神，随时做好战斗准备。一大早，刘庚子就发现起了大雾。这样的天气，非常适合对手搞偷袭。刘庚子早早地吩咐人把士兵叫醒，严阵以待。

黄天民带人朝指挥所摸去，很快就听到前方传来杂乱的脚步声。黄天民赶紧叫大家找地方隐蔽，想等这些人走过后，再朝指挥所前进。这批人的数量远远超过黄天民的预计，差不多有一个连的兵力！黄天民的脸色阴沉了下来，感觉事态有些失控了。

正当黄天民绞尽脑汁想办法时，这队人马发现了岗哨被杀，立即警觉起来，四处搜寻。很快，整座山都闹腾起来。黄天民情知事情暴露，当下之计，只有三十六计走为上策。黄天民沉着指挥，下令大家往回撤。

就在黄天民等人动身撤退时，对方的人发现了他们。一时之间，枪声大作，刘庚子带人包围了过来。黄天民一边还击，一边想办法脱身。很快，他带来的人中，有几个被打死。此前在山下待命的弟兄，听到山上的枪声后，按照此前的约定，也向山上发起了冲锋，但被山上的拥袁军拦截住，双方战成一团，无法前来增援。

眼看事情越来越糟糕，夏承祖拉住黄天民，着急地说："我们赶紧亮明身份吧，不然只有死路一条了!"黄天民想了想，要想保住命，只有这条路了。于是，夏承祖扯开喉咙大叫起来："对面的弟兄，不要开枪了! 这边是黄天民，是你们旅长黄天杰的弟弟!"

刘庚子听得明白，心中暗自冷笑，下令手下继续开枪。有几个袍哥弟兄听到对方是黄天民，愣住了。他们都知道黄天杰和黄天民的关系，要是把黄天民打死了，黄天杰不把他们活剥了才怪。他们叫刘庚子不要开枪，问清了情况再说。刘庚子哪里肯听，说对方在骗人，黄天民怎么可能带人来突袭阵地，先解决了再说，一切后果由他承担。

几个袍哥弟兄见制止不了刘庚子，一合计，决定派人赶紧去找方至元，另外的人留下来看事态发展再作决定。其实，黄天民如果不亮明身份，直接投降，还有生存的希望。刘庚子叫人端来机关枪，冲着黄天民等人藏身之处就是一阵乱扫。很快，黄天民、夏承祖都受了伤，其他人都被打死了。

黄天民见亮明了身份都起不了作用，只得拼死抵抗。弹药打光了，黄天民叫夏承祖做好肉搏准备。夏承祖脱下衣服，露出一身肥肉，抓起砍刀，只要黄天民下令，他就冲上去。

刘庚子见对方没有了动静，以为都被打死了，下令手下人围过去。雾中，黄天民见人头攒动，对夏承祖点点头，两人同时跃起，冲进敌阵。夏承祖持刀砍翻几个人后，刘庚子急得大叫开枪。一阵乱枪响过，夏承祖身中数弹，怒目圆睁，倒在地上。

黄天民见夏承祖倒下，一边使出浑身的力气乱砍，一边大骂："老子是黄天民，你们这群瞎了眼的狗贼!"几声枪响，黄天民中弹倒下。一个袍哥冲了上来，看到果然是黄天民，连忙大叫道："大家住手，真的是黄天民!"众人赶紧收枪，面面相觑。

刘庚子上前瞅了瞅倒在地上喘着粗气的黄天民，见几个袍哥弟兄围在黄天民面前抹泪，索性一不做二不休，嘴里骂道："什么黄天民，是冒牌货!"刘庚子想冲黄天民开枪，一个袍哥弟兄见状，抢先动手，开枪打死了刘庚子。

袍哥弟兄把局势控制下来，连忙叫人抢救黄天民。黄天民此时口吐鲜血，伤口不断冒血。就在这时，方至元跌跌撞撞地跑了过来，看到满身是血的黄天民，吓得两腿一软，跪倒在地。袍哥弟兄把黄天民抬到指挥所后，方至元下令医护兵必须要把黄天民救活，之后愣了一会，赶紧朝黄天杰的指挥部跑去报信。

黄天杰十万火急地冲到方至元的指挥所，看到黄天民躺在担架上，医护兵正在给他处理伤口。黄天杰大声叫着"天民"，黄天民慢慢睁开眼睛，看到黄天杰，艰难地笑了笑。黄天杰泪如雨下，他压根没想到，数年后和黄天民再次见面，居然是在这么一个场合里。

方至元也赶到了，把医护兵拉到一边，小声问黄天民的伤势。医护兵不敢说话，只是低头使劲地摇着。方至元知道这次闯大祸了，吓得面如土灰，蹲在一边使劲地抽烟。其他人也个个噤若寒蝉，大气都不敢出。

黄天杰内心充满了愧疚和自责。五年前，他失去了妹妹黄天秀，如今又可能失去唯一的弟弟，怎么向父母交代？早知如此，当初就该坚持留在罗泉镇。革命革命，到底革了谁的命？到底让谁得了好处？本以为凭着自己的努力，会让天下百姓过上太平的日子，谁知这么多年来，天下不但没有太平，反而更加混乱了，而自己成了任人差遣的杀人工具。

黄天民缓缓苏醒过来，看到黄天杰如此伤心欲绝，拉住他的手，微弱地说道："哥，终于……见到你了……"黄天杰紧紧地握住黄天民的手说道："天民，别说话，等你把伤养好后，我们就回老家去！"

黄天民摇了摇头，继续说道："哥，我……恐怕是……不行了……"黄天杰大叫道："不，你一定要坚持住，我会叫最好的医生来救你的！"黄天民艰难地笑了笑说："听我……一句话……不要再……为袁世凯……卖命了。哥，我求你了……"

说着，黄天民剧烈地咳嗽起来，突然，一大口鲜血涌出，两眼圆睁，身子软了下去。黄天杰大声叫着"天民"，搂着黄天民的遗体，痛哭了起来。方至元听到黄天杰撕心裂肺的哭声，知道黄天民已经无力回天，强撑着站了起来，把指挥所的其他人都赶了出去。屋子里只剩下方至元和黄天杰，方至元扑通一声跪在黄天民的遗体前，眼泪流个不停。

黄天民一死，黄天杰整个人都垮了下来。黄天杰叫人把夏承祖的遗体安顿好，亲手把黄天民的遗体打整干净，装进一口上好的棺材。然后，黄天杰把自己关在屋里，什么事情都不过问。如此一来，极大地影响了军心和士气。

3月6日，拥袁军伤亡惨重，护国军也因弹药不济，人员疲惫，主动分路撤出阵地休整。再后来，蔡锷乘拥袁军士气低迷、官兵厌战、物资补给极其困难之机，集中主要兵力分三路反攻。拥袁军伤亡甚众，无力继续作战。

黄天杰把方至元、张道文、安广南等人召集起来，宣布自己将护送黄天民的灵柩回罗泉，从此解甲归田，不再与军队有任何关系。对于刘云凤那边，他已经写好一封辞职信，也算是对军事纪律有了一个交代。

众人闻言，都默默无语。张道文站起来大声说，他也无法忍受了，愿意跟随黄天杰一起离开军营，回罗泉去。黄天杰劝说半天，张道文都坚持己见，黄天杰也就不再说什么了。

方至元因黄天民之死与自己有关，而黄天杰却对他没有任何惩罚，本想继续留下来，但看到目前部队这个样子，注定要吃败仗，说不定哪天就被打没了。方至元站起来说，他也想不干了。黄天杰制止了方至元，说已经向刘云凤推荐由他代理旅长职务，叫他继续干下去，不要把这支辛辛苦苦拉起来的队伍毁了。方至元见黄天杰如此恳切，而且叫他代理旅长职务，也就不再推辞了。

安广南此时已经当上营长，他也想不干了。他还记得当年初次到罗泉镇的时候，黄天秀和他的约定。尽管伊人已逝，但黄天秀的影子始终在他脑中挥之不去。他想跟着黄天杰一道回罗泉，在罗泉定居下来，也算是了却当初对黄天秀的承诺。黄天杰觉得安广南人还年轻，前途还很远大，也劝他留下来。安广南最后只得勉强答应。

安排妥当后，黄天杰脱下军装，和张道文以及部分自愿离开部队的盘破门弟子、袍哥弟兄，一起护送黄天民、夏承祖的灵柩回到资中。黄昌盛夫妇见到黄天民的灵柩，伤痛欲绝，双双病倒。黄天杰一边张罗黄天民的后事，一边尽心尽力服侍父母左右，端茶送水以弥补自己的过错。

张道文本想回到三圣宫，但三圣宫早已败落，无法居住。当年和他一起的十个师兄弟，现在只剩下他一个人了。经黄天杰推荐，张道文去了成都青羊宫。其他的盘破门弟子和袍哥弟兄，在忙完黄天民的后事后，也各自回家了。不久，黄昌盛夫妇从极大的悲痛中慢慢走出来，但身体状况已大不如从前。

黄天杰将这么多年由父亲打理的生意接了过来。闲暇时间，就向儿子黄文泽传授盘破门功夫。黄文泽此时已经八岁，正是练武的好年龄。黄文泽天资聪颖，黄天杰教什么就会什么。黄天杰看到儿子如此有天赋，心中很是高兴。

过了两年，黄家迎来添丁的大喜事，谢蓉给黄家生了一个女儿。黄昌盛夫妇自从失去黄天秀后，对女儿的思念从来没有断过。如今，孙女出生，老两口高兴得热泪长流。黄天杰深知父母的心事，和谢蓉商量过后，对父母提出，想给女儿取名黄文秀，以此纪念黄天秀。黄天杰的建议，正合黄昌盛夫妇心意。

又过了三年，黄昌盛染上风寒，虽经多方医治，终因年老体弱，撒手而去。黄母受到丧夫之痛的沉重打击，不久也跟着黄昌盛而去。黄天杰强忍短短时间失去双亲的悲痛，将父母先后与黄天秀、黄天民安葬在一起。从此，黄天杰一边经营生意，一边照顾家庭。日子虽然过得平淡，但一家人倒也其乐融融，与世无争。

转眼之间，到了1928年，黄文泽已经长成了一个20岁的英俊小伙子。十多年来，在黄天杰的言传身教下，黄文泽尽得父亲的真传，练就了一身过硬的盘破门功夫。

看着儿子已经长大，黄天杰开始为黄文泽的未来着想。谢蓉本想给儿子找个老婆，但黄天杰制止了她的想法。儿女大事，还是由儿子做主，做父母的就别去操心了。况且，黄天杰已经看出，黄文泽的天地不会局限在罗泉镇这么一个小地方，他应该有更大的发展。那么，黄文泽的天地究竟在哪里呢？

却说1916年的护国战争。在南方诸省的强烈反对下，1916年3月，袁世凯被迫宣布取消帝制，起用段祺瑞为国务卿兼陆军总长，企图依靠段祺瑞团结北洋势力，压制南方的起义力量，但起义各省并没有停止军事行动。

5月8日，段祺瑞逼袁世凯交权，段袁矛盾益加突出。次日，孙文发表《第二次讨袁宣言》。6月6日，袁世凯因尿毒症不治而亡，时年57岁。

袁世凯死后，黎元洪继任大总统。孙文发表恢复《临时约法》的宣言，致电黎元洪，要求"恢复约法"，"尊重国会"。6月29日，北京政府国务院被迫恢复旧约法。也就从这个时候开始，中国进入军阀割据的混战时代。

刘云风在袁世凯死后，投靠了东北的张作霖，方至元带领部队也跟着去了东北。在军阀混战的年代，刘云风染病身亡。方至元私念较多，立场左右摇摆，被张作霖一气之下干掉。倒是安广南为人踏实，作风正直，屡立战功，一路晋升，被提拔为团长。

安广南自从黄天杰离开军营后，一直与黄天杰有书信往来。在安广南心目中，黄天杰就是他的大哥。黄天杰也对这个小兄弟关爱有加，对安广南的每封来信都进行了回复，鼓励安广南遵从自己的内心和性格，一定要好好干下去。

黄天杰虽然当年因为黄天民被打死而愤然离开军营，但多年来在军营的生活，已令他对军营的感情难以割舍。尤其是军营中，还有一帮出生入死的弟兄。有时在信中，黄天杰会主动向安广南问起军中的情况。

如今，黄文泽已经长大，需要一片发挥才干的天地，黄天杰想到了安广南。也只有在军中，黄文泽才会接受到人生的另一个巨大考验，才会接触到新的天地，也才有可能干出更大的事情来。谢蓉尽管有些舍不得让黄文泽去投军，但她是一个贤妻良母，看到黄天杰已经打定主意，而且黄文泽也乐意，就不再多说什么。

黄天杰给安广南写信，说了自己的想法。安广南喜出望外，回信说派人来接黄文泽去东北。黄天杰拒绝了。他认为，黄文泽要想闯出一片天地，就得从独自一人去东北开始。当初张春生就是这样做的，尽管他后来误入歧途，但并不表明他独自外出闯天下的行为就是错误的。

黄文泽拿着父亲的书信，独自出发前往东北。虽然当时北伐战争打得火热，所幸一路顺畅，没费什么周折就在奉天（今沈阳）找到了安广南。安广南看到当年那个吵嚷着要吃糖的小男孩，如今长成了一个英俊后生，不由得又想起了黄天秀。安广南舍不得把黄文泽派到下面去，把他留在身边做副官，跟随自己左右。军中那些盘破门弟子和袍哥弟兄，知道黄文泽是黄天杰的儿子，也都非常高兴。

1931年"九一八"事变爆发，安广南所部虽然接到"不抵抗"命令，但仍对日军进行了坚决抵抗。炮火中，安广南不幸遇难，部队被打散，黄文泽侥幸逃脱，混在入关人群中，回到罗泉镇。

黄天杰听闻安广南壮烈殉国，那些跟随自己多年的盘破门弟子、袍哥弟兄也大多遇难，不由得扼腕叹息，泪水长流。但黄文泽能活着回来，对黄天杰来说，是最大的安慰。黄文泽出去闯荡三年后，显得成熟稳重多了。这时的黄文泽身上，已经显现出了当年黄天杰的影子。

黄天杰决定让黄文泽跟着自己打理家里的生意，黄文泽也没有多说什么，听从了他的意见。从那以后，黄文泽跟着他打理生意，很快就能独当一面了。

看着儿子岁数不小了，谢蓉非常着急。多次找黄文泽商谈他的终身大事，但黄文泽似乎有什么顾虑，总是想办法搪塞过去。谢蓉没办法，就找黄天杰。黄天杰不但没有帮着妻子，反而责怪她多事。就这样，黄文泽一直单身，每天除了帮着父亲打理生意，就是一门心思习练武功。

　　太阳慢慢悬到当空，阳光强烈地照射着大地。黄天杰感觉到身体有点发热，站了起来，向家里走去。远远地，他看到一辆马车快速地驶向黄家大院。驾驶马车的，似乎是黄文泽。这是怎么回事？文泽这么早就回罗泉了？他为什么要驾驶马车回家呢？

　　黄天杰隐约感觉事情有些不对劲，加快速度往家里赶去。走进院门，黄天杰看到黄文泽和黄文秀正搀扶着李龙走下马车，李龙头上包着纱布，似乎受了伤。黄天杰心里不由得一沉，难道他们在成都出什么事情了？

　　黄文泽看到父亲，连忙走过来。黄天杰问道："出什么事了？"黄文泽点点头。黄文秀把李龙扶到凳子上坐好，扑进谢蓉怀里，伤心地哭了起来。谢蓉看到一对儿女和李龙这般模样，有些不知所措。

　　黄天杰情知事情重大，也不再问黄文泽什么，吩咐人把院门关好，叫黄文泽跟着他到书房去。黄文泽进了书房，看到桌子上的茶壶，倒了几杯茶水喝了下去。

　　黄天杰等黄文泽稍微歇息了一下后，就问到底发生了什么事情。黄文泽摸出那封从深川经二身上掉下的书信，送到黄天杰手里。黄天杰接过书信，看到满篇都是日本文字。黄文泽用手指着信上的文字，逐个翻译给黄天杰听。

　　黄天杰听到"刘久训"这个名字时，心中大骇。但来不及多想，又继续朝下面听去。当黄文泽嘴里蹦出"木棉袈裟"四个字时，黄天杰心中又是一惊。黄文泽把信翻译完后，黄天杰拿着信的手不由自主地颤抖了起来。

第四章 ◦ 袈裟之劫

黄文泽看到父亲如此情形，知道此事非同寻常。他不敢多问，站在一边，等待父亲发话。尽管黄天杰不识日文，但他又拿着信从头到尾看了一遍。

黄天杰心潮澎湃，但他压抑住内心的激愤，问道："日本人是不是已经把木棉袈裟拿到手了？"黄文泽就把昨晚在成都的思考和行动说了出来，最后说道："我分析，目前木棉袈裟有两种可能：一是在成都的日本人手里；二是日本人还没拿到木棉袈裟，在那个叫刘久训的人手里。"

黄天杰沉吟了一下说道："我觉得第一种的可能性较小。如果日本人拿到了木棉袈裟，按常理来说，这封信不应该还在日本人身上，而是在刘久训手里。对于刘久训来说，这封信就是一封凭证，一封日本人从他手里拿到木棉袈裟的凭证。"

黄文泽对父亲的分析深表赞同："这么说来，木棉袈裟就还在刘久训手里了。"黄天杰点点头说："应该是这样的。文泽，你对这事怎么看？"黄文泽慷慨激昂了起来："木棉袈裟究竟是什么，我不是很清楚。但不管怎么说，日本人要想从中国抢走东西，作为中国人，我觉得应该制止他们！"

黄天杰对黄文泽的回答非常满意："我觉得还有一种可能：木棉袈裟既没落入日本人手里，也没被刘久训抢走。"黄文泽怔住了："那木棉袈裟在哪里呢？"黄天杰把书信揣进怀里，指着资中方向说："木棉袈裟，在我们资中宁国寺！木棉袈裟是宁国寺的镇寺之宝，是佛祖释迦牟尼身上穿过的圣物，是佛教禅宗的传宗法信，代表了禅宗世系的传承，是佛法的象征，极其珍贵！"

黄文泽大吃一惊，十多岁时他在宁国寺无意中听到父亲和德清禅师谈到过木棉袈裟，没想到木棉袈裟有如此大的来头！难怪他当时问父亲的时候，遭到了父亲的呵斥。现在想来，父亲对他的呵斥也不是没有道理。当时他尚小，的确什么也不知道。想到这么一件珍贵的圣物，居然被日本人觊觎上了，黄文泽不觉心情沉重起来。

黄天杰站起来说道："我必须立即去宁国寺一趟，把这个消息告诉德清禅师，让他早有防范！"黄文泽说："我跟你去！"黄天杰看着儿子坚毅的表情，点了点头。说走就走。父子二人一前一后走出书房，来到大院里。黄天杰叫人赶紧备马。

黄文秀听到父亲的声音，走了出来，见父亲和哥哥神色焦急，好奇地问是怎么回事。黄天杰只是看了看黄文秀，没有答话。黄文泽把黄文秀拉到一边，小声地告诉她，他们要去宁国寺。

黄文秀还想说什么，就看到用人拉着两匹马走了过来。黄天杰飞身跃上马背，身手一如年轻时那样潇洒利落。黄文泽也跟着上马，对黄文秀说道："你在家里好好待着，哪里也别去！"

黄文秀不知从哪里来的勇气，上前一步，拦在黄天杰的马头前，大声说道："爸爸，您让我和哥哥去吧。您的病还没有好，身体还没有恢复。要是再这么一折腾，我担心您的身体吃不消！"

黄天杰心中涌起一股暖流。别看这个女儿平时娇生惯养，但她并不像别的孩子那样只顾自己，不管别人。他笑了笑说："我的身体已经恢复得差不多了，这么跑一趟，没事的。再说了，你和文泽昨晚颠簸了那么长时间才回家，也没休息好，你还是在家里好好休息吧。"

黄文秀的倔脾气上来了，噘着嘴说："爸，我比您年轻，而且在马车上也睡了觉，我早就休息好啦！您的身体要紧，您就让我和哥哥去吧，我保证能完成任务。爸，我求您了！"

这时，谢蓉也过来拉着马缰对黄天杰说："就让文秀去吧，有文泽一起，不会有什么事的。你的风寒还没有好，今天早上我又听到你在不停咳嗽。你还以为你是小伙子呀？"黄文泽也在一边为黄文秀求情："爸，您就在家好好休息，我和文秀去宁国寺，保证没事的。"

黄天杰见一家人都在求自己，想到自己的确岁数大了，今后很多事情也得靠儿女去做。虽然这次宁国寺的事情重大，按理自己该去跑一趟，但黄文秀如此体贴自己，孝心可嘉，就点点头说道："那好，文秀，你就和文泽一起去。"说着，黄天杰下马，把马缰交给黄文秀。

黄文秀满心欢心，学着父亲那样翻身上马，飘逸潇洒的姿势，一点也不输给黄天杰。黄天杰暗自点头，女儿在自己的言传身教下，身手的确非凡。黄天杰不放心地叮嘱黄文泽说："你一定要把文秀保护好。看到事情不对，不要蛮干，赶紧回来找我。"

黄文泽点点头说："爸，您放心。我也不小了，做事自有主张。"兄妹二人向父母挥手告别，策马走出黄家大院，朝资中城方向疾驰而去。

目送黄文泽兄妹远去后，黄天杰回到堂屋坐下，心情复杂，思绪繁多。那个叫刘久训的人，就是当年黄天杰兄弟三人刚学武时，被张春生抢夺糖人的那个小男孩。与黄天杰打斗的那个少年，是刘久训的哥哥，叫刘久其。刘久其是明江道长一个师弟的弟子，比黄天杰早几年学艺，所以当时把黄天杰多次打倒在地。事后，刘久其还被责令向黄天杰道歉。

时光如梭，转眼间，大家都人到中年了。没想到，刘久训居然走上了另一条路，与日本人勾结起来。刘久训后来也跟着习练盘破门武功，算起来，也是盘破门的弟子。如果这封书信属实，刘久训与日本人勾结，实在是有辱盘破门的门风。作为盘破门的大弟子，黄天杰有责任清理门户。

在黄天杰看来，清理门户还是小事。更重要的是书信中提及的木棉袈裟！以前黄天杰并不知道木棉袈裟，解甲归田回到罗泉后，一次机缘巧合，他得知了木棉袈裟这个天大的秘密。他从没告诉任何人，包括黄文泽。刚才本想把这个秘密告诉他的，但时间紧急，只能先让他去宁国寺看看情况如何，今后再找机会告诉他了。话还得从当年黄天杰解甲归田回到罗泉镇说起。

黄天杰将黄天民安葬好后，黄昌盛夫妇也慢慢病愈，黄家的生活逐渐步入正轨。跟随黄天民多年的夏承祖此番与黄天民一同殉难，黄天杰带黄天民灵柩回罗泉时，也把夏承祖的灵柩一同带回。因忙于安排黄天民的后事，无暇抽身去安置夏承祖，就委托几个袍哥兄弟将夏承祖的灵柩带到夏府去。过了几天，几个袍哥兄弟来到罗泉说，夏府的人已经把夏承祖安葬在资中城北宁国寺附近的一处山上了。

黄天杰想到夏承祖这么一个纨绔子弟，能改邪归正跟随黄天民多年，实在是个侠肝义胆之人，值得尊重。于是，他利用去资中城里办事的机会，买了香烛纸钱，去城北祭悼夏承祖。夏承祖的坟墓与宁国寺相隔不远，祭悼完后，黄天杰看到宁国寺人来人往，香火旺盛，就信步到宁国寺去为父母祈祷上香。

祈祷完后，黄天杰在宁国寺游览起来。不知不觉中，黄天杰走到了后院。一个须发皆白的老和尚正坐在椅子上看经书。老和尚抬头看到黄天杰，不觉怔了一下，连忙起身朝黄天杰双手合十。黄天杰见老和尚与自己打招呼，连忙上前还礼。

老和尚微微一笑，问道："施主可姓黄?"黄天杰很是奇怪，自己从来没见过他，他怎么知道自己姓黄?黄天杰点点头，回问道："禅师为什么这么发问?"老和尚又是一笑，说道："老衲法名德清，是宁国寺的住持。施主应该是黄天杰大侠吧?"

黄天杰又是一惊，连忙回答说："在下的确是黄天杰，但不是什么大侠，禅师不要折杀我，我担当不起。"德清叫过旁边一个右耳缺了半边的年轻僧人给黄天杰倒茶。德清向黄天杰介绍说："这是释能。"黄天杰忙与释能打招呼："释能师父，你好。"释能面无表情，朝黄天杰双手合十，念道："阿弥陀佛，施主请用茶。"就退到一边去了。

德清待黄天杰坐定后，问道："施主这些年来可好?"黄天杰说："蒙禅师垂问，这些年还勉强过得去。禅师，您是怎么知道我名字的?"德清拈须微笑着说："施主五年前大闹资州城，谁人不知，谁人不晓?"

黄天杰连道惭愧："禅师过奖了。那年也是迫于无奈，没有办法。没想到我把动静闹得这么大，连禅师都惊动了，实在惭愧得很。"德清挥挥手说："你不必自责。凡事都有因果，一切皆有佛缘。今天你能来到宁国寺，这也是一种缘分。为什么我要这么说呢?我带你去一个地方看看，你就明白了。"

说着，德清起身，带着黄天杰出了后院，来到一片树林前。德清指着一个小小的坟包前的墓碑说："黄施主，请你好好看看。"黄天杰顺着德清手指的方向看去，不由得脸色苍白，冷汗直冒。

只见那块墓碑上写着"张春生之墓"五个大字，字迹刚劲有力，力透碑石。这五个字，引起了黄天杰对五年前那场血雨腥风的回忆。他没想到，被自己亲手杀死的张春生，居然安葬在这里!而且，看得出来，安葬张春生，应该与眼前这个慈眉善目的德清禅师有很大关系。

黄天杰心中隐约有些不快，为什么以慈悲为怀的佛家弟子德清禅师，会如此善待卖兄求荣的一个武林败类?难道是佛家的慈悲想要超度张春生吗?但张春生已经带着他那罪恶的灵魂离开人世，即使想要他重新做人，也无济于事了啊!德清禅师把自己带到张春生墓前，到底是什么意思?

黄天杰的脸色阴沉，看着张春生的坟墓，不发一言。德清看到黄天杰如此，叹了口气说:"老衲看得出来,黄施主的心结还没有打开。"德清这句话,点醒了黄天杰,他自知有些失态,连忙带着歉意回答道:"禅师,对不起,我……"

德清打断黄天杰的话说:"我知道你想说什么,也知道你心里在想什么,你想问什么。说起来,这事还有些曲折。我们还是回到后院去说吧。"说完,德清转身往回走,黄天杰跟在德清后面,不时回头看看张春生的坟墓,心中百感交集。

回到后院坐下后,德清说道:"我知道,张春生是被你亲手杀死的。你不必感到内疚和自责,张春生的死,是他自有应得,你当时做得对。但是,你不知道的是,在你眼中,张春生是一个为了荣华富贵而出卖亲人的败类;但在我的眼里,他却是宁国寺的恩人。"

黄天杰大为震惊,不禁脱口而出问道:"禅师,您这话从何说起?"德清就把当年张春生外出闯荡落难宁国寺,1911年张春生随端方回到资州,半夜跑到宁国寺给德清送信说端方意欲抢夺镇寺之宝木棉袈裟的事情,告诉了黄天杰。

黄天杰听后,半天没回过神来。他没想到,在他心中一直被钉在耻辱柱上的张春生,背后居然有这么复杂曲折的闯荡经历,还能在半夜不顾危险跑到宁国寺为德清禅师通风报信,让宁国寺的镇寺之宝躲过一难,这是一种非常可贵的品质。这就是知恩图报,说明张春生并非烂透了,他还有一丝良知。

德清说道:"黄施主,这就是你和我眼中张春生的区别。你只看到他恶的一面,但我更多地看到了他善的一面。张春生,是一个善恶都有的人,只不过,因为自身的贪欲,一时糊涂,走错了路。但这条路,对他来说,是致命的一条路,没有回头的机会。"

黄天杰不知说什么是好,祈求般地说道:"请禅师指点迷津。"德清摇摇头说:"世上从来没有迷津,我也不能给你指点什么。你们兄弟一场,虽然不是亲兄弟,但我知道你们亲如兄弟。当年发生兄弟残杀的事情,那也不是你的过错。只是,人死如灯灭,是非过错都成空,都化为了天上的白云。"说到这里,德清用手指着天上的白云。

黄天杰抬头望着天空,凝视着那一片片白云,想着德清禅师刚才给他说的一席话,脑里翻腾了起来。是啊,多年过去了,自己为什么还一直不能原谅张春生呢?其实,不是不想原谅他,是没有找到原谅他的理由。如今,德清禅师的话,把一个和自己兄弟相称的张春生还原了出来。张春生,并非想象中那么坏到透顶，他也是一个有情有义的人。

黄天杰感觉心结渐渐地有些解开了，尘封多年的仇恨也似乎在渐渐消融。他长叹一口气说："禅师，我知道您的意思。亲，莫过于父母兄弟；仇，莫过于国仇家恨。春生最终走到那一步，的确是他咎由自取。我最不能原谅他的，是他把我的亲妹妹天秀杀死，还开枪打伤我的弟弟天民。他们可都是从小与他一起长大，比亲人还亲的人啊！特别是天秀，一直对他都有好感，喜欢他，爱恋他，可他却那么残忍地把她杀害……"

说到这里，黄天杰有些哽咽了。德清也叹了口气说："在我看来，这都是冤孽，前世的冤孽。不过，说句施主不爱听的话，你的妹妹能死在她爱的人手里，总比死在别人手里强。以我对张春生的了解，他并不一定是成心想杀害你的妹妹，他当时心里一定非常难受。但他身处那样的境地，已经没有退路了，只能梗着脖子一条路走到底。所以，也才有了你出手将他杀死的结果。"

黄天杰沉默了。德清禅师的话，虽然听起来很刺耳，但他找不出反驳的话来。或许，这就是人们常说的"冥冥中自有天意"吧？很多事情，看似不合理，但或许从佛家的角度来说，是合理的。佛家讲究因果报应，有什么样的因，就有什么样的果。

黄天杰觉得心里很乱，于是问道："禅师，为什么他会被安葬在这里？"德清说道："当年你带人大闹鼓楼坝刑场后，张春生被你杀死的消息传到我这里，我就叫释能带两个人去找张春生的尸体。打扫刑场的人，把张春生的尸体拖到了荒郊野外，准备喂狗。释能他们就把他的尸体带回了宁国寺。我组织人为他超度了一番后，把他安葬在后院外那片树林边。我又给他写了墓碑上的字，找来石匠给他立了一块碑，算是宁国寺对他的报答吧。"

黄天杰对德清肃然起敬："禅师如此大慈大悲，实在让我感到汗颜。虽然张春生不是我们黄家的人，但我代表黄家感谢您。今天您对我的一席话，也让我茅塞顿开，受益匪浅。"说着，黄天杰起身下跪，朝德清禅师磕头致谢。

德清连忙将黄天杰扶起："黄施主如此宽宏大量，胸襟坦荡，老衲深感欣慰。正如你刚才说的那样，亲不过兄弟，爱不过手足。你能打开心结，在我看来，就是一个坦荡君子的胸怀、侠义之士的壮举。既然如此，施主何不去给他上一炷香？"

黄天杰点头表示同意。德清叫释能准备香烛纸钱，又带着黄天杰回到张春生的墓前。黄天杰为张春生点上香烛，烧着纸钱，心中默默念道："春生啊，经过多年与德清禅师相伴，你的灵魂想必已经彻底得到了超度吧？我们做了十多年的兄弟，如果有来世，希望还能继续做兄弟。哥哥今天来看你了，你如在天有灵，就高兴一点吧！"一阵清风吹来，卷着纸钱灰飘向远处。

再次回到宁国寺，黄天杰浑身上下轻松了许多。他向德清讲述了自己离开家乡从军五年来的经历，以及为何要解甲归田的原因。德清耐心地倾听着，不时点头，表示对黄天杰的肯定和鼓励。

后来，黄天杰只要有时间，就会去宁国寺看望德清，有时还把黄文泽也带去。交往中，德清把宁国寺藏有木棉袈裟的秘密告诉了黄天杰。

自从宁国寺遭遇端方派宝廷去抢夺木棉袈裟的事件后，德清就感觉到木棉袈裟存在着危险。既然连端方都知道宁国寺藏有木棉袈裟这个秘密，那么，可以肯定的是，还有不少人知道。那些人没有到宁国寺来折腾，不是不想，而是时机未到。

眼看清廷覆灭，中国进入多事之秋。各地群雄并起，其中不乏一些天不怕地不怕之人。一旦这些人想要强抢木棉袈裟，以宁国寺这点力量，是难以应对的。如何让木棉袈裟不落入歹人之手，德清想了许久。

最急迫的事情，是要把木棉袈裟从地洞里迎奉出来。否则，一旦有人来抢木棉袈裟，再次进入地洞，事情就不好说了。德清把释能叫来，仔细询问了当初他进入地洞后所看到的情景。经过一番思索后，德清决定把木棉袈裟迎奉出地洞，另加妥善保管。

德清把寺内僧众集中起来，先做了七七四十九天法事，为木棉袈裟和宁国寺祈祷平安。然后，选定一个黄道吉日，令人把那个石塔打开。1911年宝廷奉端方密令前来抢夺木棉袈裟未果后，德清就叫人把石塔封闭起来。如今，再次打开，众人都忐忑不安。

谁到地洞里去迎奉木棉袈裟呢？这是所有僧众都关心的问题。万一洞中那条巨蟒突然出现，必然会发生惨剧。德清自有打算，他在等待意料中的那个人出现。果不其然，那个人主动站了出来。他，就是当年被宝廷逼着下到地洞的释能。

在德清眼里，释能是一个木讷少言、性格内向的人。从某种角度来说，释能天性胆怯、懦弱，从不与人发生任何争执。有时即使受了委屈，他都不发一言，非常忍得。在其他人眼里，这的确不是一个优点。但在德清看来，释能却具备了一个出家人所具有的优点。德清让释能服侍自己左右，有意在自己圆寂后，将住持之位传给他。所以，德清希望释能这次能勇敢地站出来，用实际行动向所有僧众证明他的过人之处。

释能主动要求下地洞去迎奉木棉袈裟，理由很简单：我不入地狱，谁入地狱？当年被宝廷逼着进入地洞，那只把宝廷吓破胆的巨蟒，居然无形中消失了。如果这次下到洞中，巨蟒现身并将他伤害，释能认为也值得，能为圣物献身，是一种无上的荣耀。

在众人钦佩的目光中，释能赤手空拳地进入地洞。洞中，当年宝廷留下的火把残迹仍在，巨蟒杳无踪迹。让释能万分惊讶的是，当年他进入地洞后，看到洞中那个石头方台上的石盒是打开的，如今，石盒却合上了！虽然当时宝廷第二次进入了地洞，但他绝对不会有闲心把石盒盖上。

地洞里静悄悄的，空气中弥漫着湿湿的味道。释能走到方台前，用手轻轻地抚摸着石盒。他在思考，究竟怎样才能把石盒打开。他不知道的是，当初宝廷是用匕首沿着石盒的缝隙，把石盒的盖子撬开的。释能当然不可能用蛮力把石盒打开，再说了，他进入地洞，没有携带任何工具。

释能有些心慌了，他不知道该如何打开石盒。如果就这样空手回到地面去，必然会被大家笑话。释能把手从石盒上拿开，捻着佛珠，苦苦思索起来。他忽然想到住持平时对他的教诲，叫他遇事不要慌张，头脑要保持清醒。

这么想定后，释能决定让自己先冷静下来。他盘腿坐下，面对方台，捻着佛珠，口中念起了《金刚经》："如是我闻，一时佛在舍卫国，只树给孤独园，与大比丘众千二百五十人俱……"念着念着，释能感到六根清净，整个身心进入了一种无我的境界。

念完后，释能顿觉心平气静，他仔细观察石盒四个侧面的缝隙，发现有被撬过的痕迹。他想用蛮力肯定不行，于是开始轻轻按压盒子，忽然"咔嗒"一声，石盒盖子居然弹开了！释能大喜，连声念道"阿弥陀佛"。他看到石盒里，有一个用黄色绸缎包袱包着的东西。他颤抖着手，将绸缎轻轻解开，一个用檀香木做成的精致木盒出现在眼前。把木盒打开，一件闪闪发光的袈裟放在里面。这，就是木棉袈裟！

释能忙不迭地跪倒在地，不断地磕头。他再次起身，将木棉袈裟装好，放入怀中。又把石盒盖子轻轻合上，再次念经祈福。然后，他走到地洞中央，摇晃着绳索，地面上的僧众七手八脚把他拉了上去。自始至终，那条巨蟒都没有出现过。

德清看到释能顺利地将木棉袈裟迎奉出地洞，非常高兴。他告诫僧众，谁也不许把这事说出去，否则一定会遭到佛法惩罚。大家一心向佛，当然不可能把宁国寺的这个绝顶机密向外界透露半个字。

德清寻得一个绝密的地方，将木棉袈裟藏了起来。那个地方，只有他知道。他今后要圆寂时，才会把那个地方告诉下一任住持。同时，他也更加坚定了培养释能的决心，平时都以一个住持的标准去要求释能做事。

黄天杰听了德清的讲述后，受到极大的震撼。他没想到，宁国寺还藏着这么一个天大的秘密。尽管德清没有请求他为木棉袈裟提供保护，但黄天杰隐约感到，自己会有为木棉袈裟挺身而出的那一天。

谁也没料到，宁国寺中藏有木棉袈裟的消息，居然被日本人知道了，而且还暗中派遣黑龙会的人乔装打扮跑到四川来夺取。黄天杰对那封信上说的深信不疑，他最担心的是，现在木棉袈裟是否还在宁国寺，德清是否知道此事。

他让黄文泽兄妹前去宁国寺，首先是给德清通报此事，让德清做好一切防范措施。到时，他还可以组织一批江湖人士一同前往宁国寺，保卫木棉袈裟。如果木棉袈裟已经被刘久训抢走，他就和黄文泽一起去找刘久训，把木棉袈裟夺回来。

但黄天杰最不愿意看到的是第二种情况：木棉袈裟已经被刘久训抢走了。那样的话，事情就非常复杂了。

其实，随着时代的发展，已经有汽车往返于资中城和罗泉镇。但那是班车，固定时间发车。而且，因为价格较贵，一般人坐不起，所以很多人到资中城去，还是靠步行或者骑马。

黄天杰挂念着宁国寺僧众以及木棉袈裟的安危，决定还是骑马去宁国寺。从某种角度来说，骑马比坐车要快一些。有的路段可以骑马抄近路，但坐车就不行，没有公路的地方，就只能干瞪眼。

从罗泉镇到资中城，黄文泽不知道走过多少次。他对这条路熟悉得不能再熟悉了，所以，他尽可能地抄近路，竭尽全力往宁国寺赶去。如果刘久训还没有下手，他和黄文秀此番前去，可以让德清禅师有所戒备。到时，他就让黄文秀回家向父亲汇报情况，自己留在宁国寺，为保护木棉袈裟出一份力。如果刘久训已经下手了，他就有责任把木棉袈裟追回来，绝对不能让中国的圣物落到日本人的手里！

一番紧追慢赶后，宁国寺终于出现在黄文泽的视线中。但黄文泽发现，往日热闹非凡的宁国寺，今天居然寺门紧闭，寺前没有一个香客的影子，连那些靠着宁国寺营生的小摊小贩都不见了踪影。

黄文泽暗叫不妙。看来，宁国寺很可能已经出事了。黄文泽策马绕到宁国寺后院，翻身下马，将马缰丢给黄文秀。黄文秀连忙将两匹马拴在路边的一棵树上，跟随黄文泽跃上围墙，进入寺内。

黄文泽一路直奔方丈室，发现整个寺内空空荡荡，没有一个僧人的影子。黄文泽暗自纳闷，这些僧人都去哪里了？德清禅师呢？难道宁国寺此前已经得到消息，为了避难，禅师率众离开了宁国寺？

黄文泽来到方丈室门口，发现门没有关，大敞着。走到门口，黄文泽看到，德清斜靠在椅子上，面色苍白，浑身上下伤痕累累。黄文泽大叫一声"禅师"，上前抱住德清。

德清还有一丝微弱的气息。黄文泽为德清一番推拿运气后，德清缓缓地睁开了眼睛。看到黄文泽，德清眼中闪过一丝光芒。黄文泽握着德清的手，懊恼地说："禅师，我们来迟了！"

德清摇了摇头，轻轻地说道："小施主，这是宁国寺躲不过的一劫，与你无关。"黄文秀端来一杯水，让德清喝下。德清喝下后，精神好多了。黄文泽把德清抱起来，放在卧榻上躺下。

黄文秀环顾四周，不解地问道："禅师，究竟发生了什么事？为什么寺内除了你之外，空无一人？"德清说道："他们，都被我事先遣散了。不然的话，都会遭受毒手。"黄文秀又问道："禅师，谁那么大的胆子，敢跑到宁国寺来撒野？"德清示意黄文泽把他扶起来，盘腿坐着，简要地讲述了事情的经过。

前天晚上，德清正在方丈室打坐念经。忽然，面前的油灯灯芯接连爆了几次。德清顿时感觉眼皮跳个不停，他默默一算，惊出一身冷汗。宁国寺将有一劫，而且无法躲避。

昨天一大早，德清将宁国寺的僧众召集到大殿，说了两个重大事情。第一个事情，德清宣布把宁国寺住持之位让给释能。释能大惊，不敢接受，众人也都面面相觑，不知德清此举是什么意思。

德清解释说，他年岁已高，宁国寺需要一个年轻得力的住持。经过他多年观察和考验，觉得释能是最佳人选。众人这才明白过来，再也不发一句议论。释能尽管不情愿，但知道师父说一不二，就默默接受了。

第二个事情，德清叫大家马上准备行李，立即离开宁国寺，不许任何人留下，包括释能在内。再过七天，愿意回来的人就回来。不愿意回来的，可以还俗。所有人都惊呆了，不知道究竟发生了什么事情。刚刚才宣布释能担任新的住持，就叫大家离开，到底怎么了？但住持有令，谁也不能违抗，大家很快收拾好行李，与德清挥泪而别。

一个叫释空的弟子来向德清告别，德清叫他暂且留下，他有事要交代。释能最后一个来向德清告别，德清把释空叫到跟前，向二人交代了一个艰巨的任务：护送宁国寺镇寺之宝木棉袈裟到峨眉山去，交给他的师弟德光。德光行踪不定，但他偶尔会在金顶出现。峨眉山是佛教圣地，木棉袈裟的最终归宿应该在峨眉山。

德清说，释空是宁国寺武艺最为高强的弟子，可以一路保护释能。释能具有遇事沉着冷静的特点，二人搭档，能把木棉袈裟安全地送到峨眉山。释能和释空临危受命，自然热血沸腾，没有二话。

德清将木棉袈裟取出来，叫释能带上，为释能指出一条他认为能安全到达峨眉山的路线。释能和释空受此重任后，向德清洒泪告别。所有僧众都离开宁国寺后，德清劝散寺外的小摊小贩，将寺门关上，回到方丈室，安安静静地等待着劫难的到来。

果然，昨天晚上，五个黑影进入宁国寺，拥入方丈室。为首的一个中年男子开口就问木棉袈裟在哪里，其他人不发一言，恶狠狠地盯着德清，似乎要把德清吃下去。德清闭着双眼，只顾念经，根本不理睬他们。

中年男子朝另外四个男子用鸟语般的话哇里哇啦说了一阵，除了一个男子外，其他三个男子离开方丈室，在寺内翻箱倒柜地四处搜寻。其间，中年男子对德清说，他叫刘久训，资中本地人，其他人来自遥远的日本。日本人久闻木棉袈裟的大名，此番慕名前来宁国寺，是想把木棉袈裟迎奉到日本去。木棉袈裟这样的圣物，供奉在宁国寺太憋屈了，应该到热爱佛教的日本去，就像唐朝的鉴真和尚那样，由日本人更好地供奉才是。但德清仍不理不睬，让刘久训很是恼火。

不久后，那三个男子回来复命，看样子，他们一无所获。此前留在方丈室的那个日本人冲着刘久训大喊大叫，刘久训惊恐万分，用日本话分辩了一番。刘久训受了日本人的气，终于撕下伪善的面纱，对德清大打出手，逼迫德清交出木棉袈裟。

德清年岁已高，哪里受得了如此折腾，很快就奄奄一息了。但德清始终闭口不言，最后冲着刘久训说道："不要再问木棉袈裟在哪里了，木棉袈裟是中国的圣物，绝对不可能落入外人手里。我已经给木棉袈裟找了一个好去处，你们就不要枉费心机了。"德清说完，再次昏迷了过去。刘久训等人看到德清如此，知道从他口里问不出木棉袈裟的下落，只得悻悻离开。

德清说完，剧烈地咳嗽了起来。黄文泽连忙又给他一阵推拿，德清好不容易才平息下来。黄文秀把水端过来，德清摆摆手说："不用了，我的时间不多了。小施主，你和你父亲都是侠肝义胆之人，我还有重任嘱托给你们。"

黄文泽和黄天秀听德清如此郑重其事，连忙起身肃立。德清缓缓说道："这两天，我预感到宁国寺因木棉袈裟一事，劫数还没完。释能和释空从来没有出过远门，如今，我叫他们前往峨眉山，这一路路途艰险，劫难重重，我很担心他们难以平安地把木棉袈裟送到峨眉山去。我拜托你们，帮宁国寺一把，去追赶释能和释空，护送木棉袈裟到峨眉山。这样的话，老衲也能去见佛祖了。阿弥陀佛……"

说完，德清低声念着经，头慢慢地低垂了下去。黄文泽见德清浑身似乎松散了下去，感觉事情不对，上前叫道："禅师，禅师！"但德清一点反应也没有。黄文泽用手一探德清鼻息，惊得连退两步："文秀，禅师他……"黄文秀明白黄文泽的话意味着什么，哇的一声哭了起来。

黄文泽跪倒在德清面前，黄文秀也跟着跪下。黄文泽泪如泉涌，对德清的遗体大声说道："禅师，您就安心地去吧！您的话，我已经记在心里了，我保证把木棉袈裟平安地护送到峨眉山去。即使粉身碎骨，也在所不惜！"

黄文泽连磕了几个响头，然后起身拉起黄文秀就朝外走。黄文秀抹了抹泪问道："哥，现在我们怎么办？"黄文泽神色凝重地说："我们先回罗泉镇，把这事告诉父亲，然后再做决定。"

黄文秀着急地说："刚才禅师不是叫我们去找释能和释空吗？为什么还要回家去呢？"黄文泽说："他们已经离开宁国寺一天多时间，现在究竟走到什么地方去了，我们根本无法知晓。还有，刘久训和那些日本人是否去追赶他们，我们也不知道。幸好刚才禅师说了他们去峨眉山的路线，我们先回家找父亲，然后去他们要经过的地方找他们。"

黄文秀想了想，觉得哥哥的话很有道理。她回头看了看方丈室，说道："禅师已经圆寂，我们难道就这么撇下他不管了吗？"黄文泽叹了口气说："按理我们应该让禅师入土为安才对，但现在时间紧迫，来不及了。刚才禅师说了，他只遣散了寺内僧众七天时间。他们回来后，会好好让禅师安息的。"

兄妹二人一路说着，回到后院，打开后门，解下马缰，又朝罗泉镇一路飞奔而去。路上，黄文泽心中一直有个疑问：为什么日本人会和刘久训在一起呢？深川经二那封信很明确地显示，是叫刘久训把木棉袈裟抢到手，然后交给深川经二的呀！

黄文泽不知道的是，刘久训在得到岩井英一的指示后，思量了很久，觉得自己没有力量去宁国寺抢夺木棉袈裟。昨天上午，刘久训向岩井英一发密电说，希望岩井英一增派人手前往资中，由他带路前去宁国寺。岩井英一就把从东北召到重庆的四个黑龙会成员秘密派到资中，与刘久训一起行动。

然后，岩井英一向深川经二发密报，叫他在成都逗留一两天后就转道去资中与刘久训会合。不承想深川经二中午接到密电，晚上就在成都毙命，那封信落到了黄文泽手里。于是，这个非常机密的事情，就被黄文泽知道了。

李龙得知黄文泽兄妹刚回到家里又一起急匆匆外出的消息后，不顾头上的伤痛，来到院子里，想探听原因。黄天杰看到李龙如此关心黄文泽兄妹，连忙把他扶到屋里，叫他好好休息，不要为他们担心，但没有把他们外出的原因告诉李龙。

李龙十多岁的时候，就来到黄家做事。先是在黄家的铺面里当伙计，他比黄天杰小两三岁，和黄天杰的关系一直处得不错。后来，刘管家年龄大了，黄天杰就让李龙接替刘管家，帮着自己打理生意。李龙为人忠厚本分，做事踏实细心，管账方面从来没出过差错，黄天杰对他很是满意。几十年相处下来，黄天杰已经把李龙当成家人看待了。

这次叫李龙跟着黄文泽兄妹到成都去办事，黄天杰的本意是想让李龙一路上对黄文泽进行教导，向黄文泽传授经验。没想到，李龙竟然被日本人打伤。幸亏没有生命危险，否则，黄天杰会内疚一辈子。李龙成家较晚，有两个孩子，才十多岁，一家人就靠着李龙过日子呢。

黄天杰从李龙这事，不由得想起了当年马齐的事情。马齐和王成去刺杀端方未果，马齐被宝廷开枪打死。最初的时候，黄天杰还想对马齐的老娘隐瞒真相，谎称马齐和王成奉王人杰的差遣，到湖南办事去了。黄天杰大闹资州鼓楼坝刑场后，所有事情再也无法隐瞒。

马大娘到资州城外的乱坟岗把马齐的尸骨找到，带回罗泉安葬。黄天杰在跟随新军出发前，特意到马大娘家去登门道歉。马大娘没有责怪黄天杰，反而不断地安慰黄天杰不要内疚。马齐去刺杀端方，那是他自己选择的路。他被杀死，那是他自有应得。

黄天杰知道，马大娘内心的苦，只有她清楚。黄天杰叮嘱谢蓉，一定要把马大娘照顾好，经常去马大娘家串门，不要让她孤苦一辈子。后来，谢蓉写信告诉黄天杰说，马大娘终究没能挺过老年失子的悲痛，尽管有谢蓉的照顾，她还是精神失常了。半年后，马大娘就去世了。

黄天杰得到这个消息后，难过极了。他知道，马齐对于马大娘来说，是她精神世界的全部。马齐一死，马大娘的整个世界都垮了。一个人活着，全靠一口气支撑着。一旦赖以支撑那口气的东西没了，人活着就没有了意义。黄天杰暗自庆幸这次李龙只是受了伤，没有危及性命，否则他又要面对马大娘那样的人间悲剧。

黄天杰和李龙聊了一会儿后，就把李龙劝走了。眼看日头悬在头顶，黄文泽兄妹还没有回来，黄天杰有些坐不住了。中午饭已经做好，但谢蓉不敢来叫黄天杰吃饭。她知道黄天杰的脾气，知道他现在心情沉重，没有心思吃饭。

黄天杰走到院子里，抬头看了看头顶的太阳。阳光仍然那么刺眼，气温还是那么炎热。黄天杰有些后悔了，不该一时心软让黄文秀跟着黄文泽去宁国寺。虽然黄文秀身手不错，对付两三个人没问题，但她毕竟没有经历过重大的事情。

万一他们此番前往宁国寺，遇到宁国寺有劫难，一旦争斗起来，事情就难说了。

尽管有黄文泽在，但如果黄文泽被人缠住，是很难顾及黄文秀的。在这方面，黄天杰深有体会，也有很多经验教训。在战场上，所有人都在冲锋，都在奋勇杀敌，谁也无法照顾身边的人。有时，看到身边的弟兄一个个倒下，黄天杰根本没有办法去救他们。如果他停下去救人，跟在身后的弟兄就会不知所措，失去了主心骨，士气就会受到影响。

同样道理，如果黄文泽兄妹真的遇到了打斗，而对手又是厉害角色，黄文泽即使身手再好，也没办法抽身去照应黄文秀，一切都得靠她自己。黄文秀没有实战经验，她能否应付得过来，还是未知数。要是黄文秀有个三长两短，黄天杰无论如何都不会原谅自己。

这么想着，黄天杰的心情更加烦躁了。他走到院门口，朝远处看去，希望能看到黄文泽兄妹策马飞奔而来。但前方一个人影都没有，只有知了在不停地聒噪。往日里，知了的叫声，在黄天杰听来，是一种美妙的声音。但今天，黄天杰却发现它们叫得很烦人，恨不得把所有知了的嘴巴都堵上。

不知什么时候，谢蓉来到黄天杰身边，陪着他默默地注视着前方。看到黄天杰察觉到自己的存在，谢蓉把茶杯递给黄天杰。黄天杰感激地冲谢蓉点了点头，端起茶杯喝了几口。这么多年，多亏了身边这个贤妻良母，把家庭撑起来，让他放心地在外打拼。少来夫妻老来伴，黄天杰对谢蓉的感情已经深入骨髓。

夫妻俩就这么站在院门口，看着远方。不久后，黄天杰终于看到两匹马一前一后朝家里飞奔而来。谢蓉像个小孩子一样叫道："他们回来了！"黄天杰感觉眼睛有些湿润了，把茶杯递给谢蓉，情不自禁地搂了搂她的肩膀。

黄义泽兄妹浑身是汗地回到黄家大院，两匹马因长途奔袭，也是一身的汗。用人赶紧把马牵到后院去打理，谢蓉心疼地为黄文秀扇着扇子，给她毛巾擦汗。黄天杰看到黄文泽一脸悲戚之情，知道出了大事，忙把他叫到书房。

黄文泽用毛巾胡乱擦了擦汗水后，向黄天杰说了在宁国寺见到德清禅师的事情。得知德清禅师圆寂的消息，黄天杰的眼泪流了下来。尽管他是一个有泪不轻弹的热血男儿，但情到深处，也由不得自己了。他起身来到堂屋，在供奉先祖的龛堂前，为德清禅师焚香祝福。

然后，黄天杰再次回到书房，与黄文泽商谈起来。很显然，无论如何，德清禅师的遗愿，他和黄文泽都要去完成。即使德清禅师不说，作为中国人，把中国的圣物木棉袈裟留在中国，不让日本人抢走，也是义不容辞的责任。

黄文泽预感到，刘久训和日本人闯进宁国寺没找到木棉袈裟，他们肯定不会心甘，会继续追寻下去。黄文泽在东北的时候，与黑龙会的人有过交道，知道那些日本间谍的厉害。只要是他们想知道的事情，就没有探不到的。

德清禅师虽然没有明确告诉刘久训和日本人，木棉袈裟究竟去了什么地方，但他们一定会明白，木棉袈裟没在宁国寺。加上宁国寺偌大一个寺庙，只有德清一个人在，其他人了无踪迹。很显然，德清可能事先得到了什么消息，先他们一步把寺内僧众都遣散了。

那么，在被遣散的僧众身上，就有可能携带有木棉袈裟。只要把那些僧众找到，以日本人的手段，就不愁找不到木棉袈裟。德清在遣散僧众前，宣布了释能接任宁国寺住持，而且释能又是最后一个离开宁国寺，日本人可以很容易地把目标集中在释能身上。

更重要的是，日本人有刘久训这个资中本地人帮忙。刘久训在资中做事，身边肯定会有一批人帮忙。刘久训一旦发动这些帮手寻找释能，释能是难以藏身的。再说了，释能和释空也不可能一直藏身不动，他们的任务是要把木棉袈裟送到峨眉山去。两人久在寺中，少有外出走动。他们结伴而行，在行为举止上，与常人的差异显而易见，很容易被人察觉出来。

要是他们的行踪被刘久训和日本人知道了，他们就会随时处于危险中。尽管释空身手不错，但根本不可能是训练有素的日本间谍的对手。至于手无缚鸡之力的释能，那更是连一个村夫野妇都打不过。如此一来，木棉袈裟最终的结局只能是落入日本人的手里。

黄天杰对黄文泽的分析非常赞同。再也不能耽搁了，必须马上出发去找释能和释空。只有找到他们，才能保证木棉袈裟的安全。然后，父子两人联袂护送他们前往峨眉山，把木棉袈裟交给德光禅师。

黄天杰和黄文泽立即起身，分头准备。谢蓉见父子俩如此着急，忍不住说道："中午已经过了，你们先把午饭吃了吧。"黄天杰一边准备武器，一边回头说："都火烧眉毛的事情了，还有心思吃饭？你赶紧帮我们准备一点干粮和钱财，我们在路上吃。"谢蓉不再说话，急匆匆去为父子俩准备干粮和钱财。

黄文秀来到黄文泽的房间，央求黄文泽说："哥，你去给爸爸说说吧，让我也跟着去。"黄文泽摇着头说："这个事情非同小可，搞不好就有生命危险。你是女孩子，还是在家里为好。这是我们男人的事情，你就别来掺和了。"

黄文秀气鼓鼓地说："什么男人女人的事情呀？这是我们家的事情好不好？都什么年代了，你还像有些人那样歧视我们女人！你到底是不是我哥呀？"说着，黄文秀的泪水在眼眶里打转。

黄文泽知道说错话了，连忙过来安慰黄文秀说："哎呀，我的好妹妹！你就别生气了，哥刚才说错话了，现在向你赔礼道歉，好了吧？说真的，这个事情不比寻常，谁也不知道前面有多少危险。再说了，妈妈也需要照顾，你在家里，正好可以照顾她，不要让她为我们着急担心。虽然你没有和我们一起去，但你也是在立大功呀！"

黄文秀哪里肯听，坐在黄文泽的床上扭着身子说："不行，我说要去就要去！你不帮我，我找妈妈帮忙去！"黄文泽急得手足无措，低声叫道："你不要在这里胡搅蛮缠，好不好？这不是小孩子办家家酒，这是在和日本人拼命！"

正在这时，一个用人在院子里大声叫道："东家，东家，外面有人找！"黄文泽和黄天杰不约而同地跑到院子里，看到一个蓬头垢面的光头男子站在太阳下。黄天杰不禁怔住了：眼前这人，正是释能！

第五章◎风云际会

看到黄天杰父子，释能两眼含泪，双手合十说道："黄施主，我是来求助的，阿弥陀佛。"黄天杰连忙把释能请到里屋，叫人上茶。看到释能这副风尘仆仆的样子，估计还没吃午饭，黄天杰又叫人赶紧为释能准备饭菜。

黄天杰从见到释能那一刻起，压在心中的那块沉甸甸的石头，似乎被挪开了，显得轻松了许多。他一直担心释能遭到意外，尤其怕释能被刘久训和那些日本人找到，如今释能主动上门来了，看样子，木棉袈裟应该在释能身上。如此一来，就不用费那么多周折去寻人了，只需一路保护释能去峨眉山即可。

但黄天杰转而又感觉有些不对劲。德清禅师明明对黄文泽说的是，释能和释空两人结伴同行，为什么现在只有释能一个人前来？释空去哪里了？再看看释能一身狼狈，蓬头垢面，好像遭遇了什么事情一般。联想到释能见到自己的第一句话说的是"来求助"，这到底是怎么回事？

黄文泽的心思和黄天杰几乎一样，他很想把事情问清楚。但看到释能正不顾形象地大口喝水，父亲也没有发话，只得把问题吞到肚子里，耐心等待释能的解释。

释能把茶杯放下，用衣袖抹了抹嘴。因释能已经成为宁国寺新任住持，为表示尊重，不能再称呼他为"师父"了，所以黄天杰说道："禅师，到了我这里，你就不用怕什么了。这到底是怎么回事？"释能长叹一声，含泪说道："黄施主，宁国寺可能遭到劫难了。师父把我们都遣散了，我出来一天多时间，不知道师父现在怎么样了。"

黄天杰想了想，决定把实情告诉释能："今天上午，我叫文泽和文秀去了一趟宁国寺。你预料得不错，宁国寺的确出了事情……"释能听到这里，伸手抓住黄天杰，惊声叫道："师父他，他，他怎样了？"

黄天杰沉重地说："德清禅师，已经圆寂了……"释能闻言，扑通一声跪倒在地，面朝宁国寺方向，失声痛哭起来："师父啊，早知道这样，弟子就不该离开宁国寺……"黄天杰把释能扶起来，释能仍然泪流满面，不住地抽泣着。黄天杰父子只得保持沉默，让释能先宣泄一下情绪。

黄文秀过来叫他们吃午饭，看到三人这个样子，站在门口愣住了。黄天杰知道黄文秀想干什么，皱着眉头朝她挥了挥手。黄文秀欲言又止，最终只得离开。

黄天杰等释能稍稍平息下来，就把黄文泽在成都无意中发现日本人身上的那封书信，连夜赶回罗泉后又赶到宁国寺，见到德清禅师，以及德清禅师的嘱托等，都告诉了释能。释能毕竟修为了几十年，情绪很快稳定了下来。他一边听黄天杰的讲述，一边低头捻着佛珠。

黄天杰讲完后，问释能："德清禅师说，你是和释空一起走的，怎么没见他呢？"释能有些痛苦地摇了摇头说："日本人追赶我们，释空为了引开他们，和我走散了，我现在也不知道他在哪里。"

黄天杰的心又提了起来，日本人果然不是吃素的。他叹了口气说道："释空师父武艺高强，他应该不会有事的。我和文泽正准备外出找你们，没想到你主动来找我们了。这下好了，有我和文泽保护你，木棉袈裟一定能平安地被送到峨眉山。"

释能黯然地说："你们的心意，我是知道的。师父在我们临走的时候，告诉我们，如果遇到困难，就到罗泉镇来找你们。可是，可是，木棉袈裟，我已经丢了……"

黄天杰惊得唰地站了起来，颤声问道："丢了？是怎么丢的？是被日本人抢走了，还是……"黄天杰说完，感觉有些失态，连忙又坐下。释能被黄天杰的举动吓了一跳，有些结巴地说："是，是被人抢，抢走了！"

黄文泽插嘴问道："谁抢走的？是日本人吗？"释能摇摇头说："不是日本人，是一伙强盗。"强盗？黄天杰和黄文泽不禁面面相觑。他们对资中境内的情况都比较熟悉，还没听说哪里有强盗。黄天杰不解地问道："你肯定抢走木棉袈裟的人是强盗？他们是不是日本人装扮的？"

释能又摇头说道："应该不是日本人，他们说的话，都是本地口音。"黄文泽问道："你是在哪里被抢的？"释能说："二龙山。"黄天杰听到"二龙山"三个字，感觉事情复杂起来了。

黄文泽见父亲脸沉得快拧出水来，不由得问道："爸，我没听说过二龙山有什么强盗啊！是不是刘久训手下人干的？"黄天杰摇摇头，又点点头，转而又摇了摇头说："现在还说不清楚。二龙山上有个二龙寨，二龙寨寨主叫刘久其，刘久其就是刘久训的哥哥！如果刘久训勾结刘久其，把木棉袈裟抢去，这事就有些麻烦了。"

黄文泽听了父亲的解释，也意识到了事态的严重性。刘久其和刘久训是亲兄弟，刘久训叫刘久其帮他拦截释能，把木棉袈裟抢走，这是完全有可能的。如果木棉袈裟到了日本人手里，想要夺回来，必然会有一场你死我活的争斗。

黄天杰又想了一会儿，脸色有所舒缓："虽然不排除刘久训勾结刘久其的可能性，但据我所知，刘久其还算是一个有血性的汉子，应该不会和日本人勾结。最大的可能，就是刘久训欺骗刘久其，让刘久其帮他拦截释能禅师，把木棉袈裟抢去。但刘久其应该会发现他抢的是什么东西，刘久训要从刘久其那里把木棉袈裟拿走，也不是一件容易的事情。"

这时，谢蓉走了进来，叫大家去吃饭。黄天杰站起来说："禅师，你一路劳累奔波，我们先把午饭吃了，然后再去二龙寨把木棉袈裟要回来！我就不信，在民族大义面前，刘久其会执迷不悟。否则的话，我就重出江湖，召集资中的袍哥弟兄，把他的二龙寨给灭了！"

释能听到黄天杰如此慷慨激昂的话，心里踏实多了。大家来到饭桌前，坐下吃饭。释能因为丢了木棉袈裟，情绪不好，胃口不行，勉强吃了几口，就向大家讲述了他和释空离开宁国寺后的遭遇。

昨天上午，释能和释空与师父挥泪告别后，从后门离开宁国寺，按照师父告诉他们的路线，朝峨眉山进发。释能和释空因长期在寺内生活，走的时候也没注意到应该乔装打扮成平民百姓，仍是一身僧衣。路上，他们不断地碰到一些村民，村民们热情地和他们打着招呼。

走了一段路后，二人见路边有个山洞。天气热，气温高，阳光毒，二人决定在山洞里暂时歇息一下再赶路。二人在洞里吃了点干粮，躺下休息。释能没有睡意，回想着早上师父给他和释空说的话，以及在路上遇到村民问候的事情，突然打了一个激灵，发现坏事了！

他把释空叫醒说："我们不能再这样走路了，得想办法换身衣服。要是有人来追赶我们，我们根本没有办法藏身。"释空被释能说得摸不着头脑，瞪大眼睛，不解地看着释能。

释能把自己的担忧说了出来。师父为什么突然遣散宁国寺的僧众？为什么要把住持之位让给他？为什么叫他们护送木棉袈裟去峨眉山找德光师叔？说明师父意识到有人要来抢木棉袈裟！

木棉袈裟在宁国寺被供奉上千年了，当年端方派人来抢夺都没抢去，把木棉袈裟从地洞中迎奉出来二十多年也没事，为什么这次师父要把木棉袈裟送到峨眉山去？说明师父已经预感到木棉袈裟在宁国寺不安全了。也说明了此番前来抢夺木棉袈裟的人，不是一般的人。

既然如此，那些人在宁国寺找不到木棉袈裟，必然不会善罢甘休，肯定要来追赶。而他们身穿僧衣大摇大摆地在路上走了半天，被许多人都看到了。那些人只要问问村民，就知道他们的行进路线。要是被那些人追赶上来，木棉袈裟只有被他们抢走！

释空被释能的分析吓得满头大汗，不知所措，连忙问释能该怎么办。释能说，现在最紧要的事情，是找个地方把身上的僧衣换了，换成村民的衣服，然后稍微改变一下前进的路线，这样或许能摆脱那些人的追赶。

事不宜迟，赶紧行动。二人走出山洞，看到不远处有户人家。二人来到那户人家，那户人家只有一对老夫妇。老夫妇平时喜欢行善，看到二人，以为是来化缘的，热情地接待了他们。他们请求老夫妇卖给他们一身衣服，老夫妇非常大方地拿了两套衣服出来，免费送给他们。看到天气热，还为他们各自准备了一顶遮阳的斗笠。

二人回到山洞，把衣服换好，这才感觉踏实了一些。二人不顾天气炎热，出了山洞，朝另一条偏僻的山路走去。走了几个小时，天色渐晚，二人看到路边有间破旧的茅草屋，里面没人。释能决定在这间茅草屋里歇息一个晚上，明天一大早再出发。

一夜无事。天还没亮，释能把释空叫醒，匆匆吃了一点干粮，就又上路了。释能根据师父交代的路线，在路上问了几个村民，朝下一站三江镇走去。但他们不敢走大路，仍然挑选偏僻的山路曲折前行。走到太阳出来，二人看到前方山下有个茶铺，就到茶铺里歇息一下，吃了点东西。然后，沿着山路上山。

走到山上，释能无意中回头，看到茶铺前，有五个身穿黑衣的男子，正围着店家说着什么。店家似乎有些不大配合，那五个男子冲着店家大打出手，店家被打得跪地求饶，用手指着上山的路说着什么。

释能惊出一身冷汗，赶紧把释空按在地上躲藏起来。释能知道，他们最担心的事情果然来了！不用说，山下那五个男子，肯定是追赶他们的人。怎么办？释空这时变得出奇的冷静，决定和释能分头走，他把那些人引走，然后想办法脱身，与释能在三江镇会合。

　　释能没有办法，尽管觉得释空提出的办法不是很好，但事情紧急，只能这么办了。释能紧紧地拉着释空的手说："你一定要想办法脱身，我在三江镇等你！如果你先到了三江镇，你就等着我！"释空故作镇定地笑了笑，与释能挥手告别。

　　释能急匆匆地朝山下跑去，找了一条岔路，朝更为偏远的山里跑去。释空则留在山上，故意站起来慢慢走着，让正朝山上追赶来的那些人看到。那些人果然看到了释空，加快脚步追赶了上来。

　　不知跑了多久，释能感觉再也跑不动了，气喘吁吁地停下来，在一块大石头后面坐了下来。刚坐了一会，释能听到附近传来窸窸窣窣的声音。他以为是山中的野兽，捡起地上的一根木棍，站了起来，环顾四周。

　　这一看不打紧，吓得他差点一屁股坐在地上。只见大石头上站着两个手持明晃晃钢刀的人，正笑嘻嘻地看着自己。释能朝另一边看去，那边也站着两个手持棍子的人。但释能发现，这些人的衣着，不是一身黑衣，而是像自己一样的平民百姓打扮。

　　那四个人朝释能围了过来。释能本能地把身上的包袱紧紧抱在怀中，大声叫道："你们是什么人？你们要干什么？"其中一个人用钢刀指着释能说："兄弟，你觉得我们是干什么的呢？识相一点的，赶紧把身上的东西送过来。袍哥人家，只图财不害命。"

　　释能尽管长期在寺内，与外界隔绝，但黄天杰到宁国寺看望德清法师时，曾提到过袍哥会分清水袍哥和浑水袍哥两种，浑水袍哥靠打家劫舍过日子。他知道自己碰到的，就是黄天杰说的浑水袍哥。尽管如此，释能仍然叫苦不迭。秀才遇到兵，有理说不清。这些浑水袍哥，平日里抢家劫舍是家常便饭，如果听他们的话，他们的确是只图财不害命。但如果不听，把他们惹着了，他们就要动手伤人，甚至害命。

　　释能当然不愿意把包袱交给他们，包袱里除了一些干粮和钱财，就是几件僧衣和木棉袈裟了。木棉袈裟是圣物，在没见到德光师叔前，是不能离开自己半步的。这些浑水袍哥即使把包袱抢去，他们也最多把干粮和钱财拿走，那几件僧衣和木棉袈裟说不定就被扔了。

如果释空在，或许还能和他们干上一架，把他们打跑。但释空此时不知身在何处，他又没有半点武功，连一个人都打不过，何况对方还是四个人！说不定把他们惹恼了，一刀下来，命就没了，护送木棉袈裟到峨眉山，就会成为一个永远不可能完成的任务。

释能决定服软："各位好汉大爷，我身上没有你们想要的东西，这包里就是一点干粮和衣物，求你们放过我吧！"说着，释能把包袱解下来，准备给对方翻看，以示没有说假话。一个看起来是头儿的人朝另一个人努了努嘴，那人上前两步，不等释能翻开包袱，一把抢了过来。

释能急了，上前拉着那人求道："大爷，我的包里真没值钱的东西啊！求你把包还给我吧！"那人把眼一瞪，将释能的手甩开。那个头儿见包袱到手，转身就走，其余三人也跟着就走。

释能此时顾不上那么多了，跑上前，拦住那头儿，跪在地上叫道："好汉爷，你们把里面的东西都可以拿走，求你们把那件袈裟还给我，好不好？"那头儿愣住了："袈裟？你是和尚？"释能忙不迭地点头，把头上的斗笠取下，指着脑袋说："我是和尚，真的是和尚！那件袈裟是师父给我的，你们就留给我吧！"

那头儿哈哈笑道："真没想到，今天碰到个和尚！好玩，好玩。老子也想当和尚，正好缺件袈裟。"释能哀求道："大爷，你就别和我开玩笑了。"那头儿瞪着释能说："老子和你开玩笑？别挡老子的道了，滚！"说着，那头儿抬腿把释能踢翻在地，和三个手下扬长而去。

那头儿的一脚正好踢在释能的心口，释能疼得在地上翻来滚去，半天才平息下来。等他好不容易爬起来看去，那四人哪里还有踪影。释能坐在地上，伤心地哭了起来。短短一天多时间，在他身上就发生了这么多变故。如今，在宁国寺的师父不知情况如何，释空不知去向，木棉袈裟被浑水袍哥抢走，他觉得自己成了个废物。

哭了一会儿，释能站起身来，朝那四人离去的方向走着。他盼望着那四人能在半路把包袱打开，把干粮和钱财拿走，其他的物件丢在路上。虽然刚才那头儿说想占有木棉袈裟，但他觉得那人是在开玩笑，不可能把木棉袈裟拿走。

走了一段路，释能什么都没发现。他坐在路边，愁眉苦脸地哀叹着。怎么办？回宁国寺去？木棉袈裟丢了，怎么有脸去见师父？释能突然想到，与师父告别前，师父曾叮嘱说，如果遇到什么困难，可以去罗泉镇找黄天杰求助。但罗泉镇怎么走？他在山里转悠了半天，根本不知道东西南北。

这时，一个挑着柴火的老头走了过来。看到释能，老头停了下来，关切地问释能怎么了。释能把刚才的遭遇告诉了老头，老头告诉释能，这里是二龙山，那几个浑水袍哥是山上二龙寨的人。二龙寨的人以打劫过往客商为主，对本地人还是遵循兔子不吃窝边草的原则。

释能向老头打听罗泉镇怎么走，老头说，罗泉镇离此不算太远。如果走大路，需要花费一些时间，但如果走小路，三四个小时就能到达。释能想到事情如此紧急，不能再耽搁了，向老头详细地询问了路线后，就急匆匆地朝罗泉镇而来。

见释能的确无心再吃饭，黄天杰也不勉强他。黄天杰叫谢蓉赶紧再去准备一份干粮和一匹马，决定带着黄文泽和释能前往二龙寨，把木棉袈裟追回来。

黄文秀见父亲没有提到她，忍不住说道："爸，您把我也带上吧，我能帮着出一份力。"黄天杰脸色一沉，挥手说道："你一个女孩子，能出什么力？就在家里好好待着。"黄文秀还想说什么，被谢蓉一把拉着，只得噘着嘴走到一边生闷气。

黄天杰带着黄文泽和释能来到院子里，大家上马。黄天杰叮嘱黄文秀在家好好照顾家人，不准乱跑。然后，三人朝二龙寨飞驰而去。

二龙寨在靠着资中的威远境内。那里，群山连绵，其中最高的一座山叫二龙山，二龙寨修建在山顶。二龙寨，原本是一个有二十多户人家的村子，清廷覆灭后，天下战乱频仍，一些强人纷纷寻找坚固牢实的地方作为依靠。一方面是为了自保，另一方面也占山为王，我行我素，干一些见不得人的勾当。刘久其就是这样的一个强人。

刘久其成年后，走上了和黄天杰完全不同的路，当上了浑水袍哥。凭借一身过硬的武功，加上头脑灵活，刘久其很快就当上了浑水袍哥的首领。当时，黄天杰是资州袍哥会的舵把子，属于清水袍哥。因为同出盘破门，又是罗泉人，刘久其从来没带领手下去罗泉镇滋事，大家相处无事。

黄天杰顺应革命潮流参加新军后，刘久其见天下不太平，手下弟兄众多，就寻思着要找一个安身立命的所在。二龙寨很快进入刘久其的眼中，他带人去实地察看后，觉得这个地方就是他所要找的。刘久其连骗带吓，把二龙寨的村民赶到山下，将二龙寨霸为己有。

　　刘久其将家眷带到二龙寨，手下袍哥兄弟也拖家带口来到二龙寨。很快，二龙寨就聚集了上百户人，人口达几百人。刘久其把二龙寨重新进行了规划，在半山腰依据地形修筑围墙和岗哨堡垒，一路上又不断设置明暗岗哨，把个二龙寨修建成了一个坚固的城堡。

　　刘久其是个头脑清醒的人，知道仅靠打家劫舍，维持不了二龙寨几百人的生计。要想长久下去，还得靠自力更生。刘久其将二龙寨山下的土地开垦出来，播种庄稼，又叫每家每户养家畜。那些浑水袍哥平时种地，遇事拿起武器就可以参加行动。大部分浑水袍哥都有家室，也渴望过安静平和的日子，对刘久其的主张都很赞成。

　　但是，也有少部分浑水袍哥过惯了打家劫舍的日子，时不时地跑到山下设伏，打劫过往客商和外地人。他们不求能抢到多少东西，求的是那种打劫的快乐。刘久其对他们的行为早有耳闻，但基本上是睁只眼闭只眼。只要不闹出太出格的事情，就让他们去折腾，总比让他们无所事事在寨子里惹是生非好。

　　官府对二龙寨的存在有所察觉，但二龙寨基本上不折腾出大事来。一些外地客商被抢后，告到官府，官府就表表态，安慰安慰他们，把他们打发走。加上官府还有更多的事情需要去解决，根本无暇顾及这种遍地存在的强人窝集。就这样，二龙寨倒也平安无事过了很多年。

　　黄天杰以前曾经来过二龙寨一次。那次，和黄天杰有生意往来的一个外地客商被二龙寨的浑水袍哥打劫。那个客商知道黄天杰以前当过袍哥会的舵把子，就找到黄天杰，希望黄天杰能出面把被抢走的东西要回来。黄天杰不好推却，就随客商来到二龙寨找刘久其。

　　刘久其对黄天杰的到来，感到非常惊讶。黄天杰把缘由说明后，刘久其立即叫人去调查，把那个客商的东西原封不动地送还，还赔偿了客商一些财物。黄天杰对刘久其很是感激，觉得刘久其还是条汉子，不愧是袍哥人家，敢做敢当。所以，这次黄天杰带着黄文泽和释能再上二龙寨，希望刘久其像那次一样，能把释能的包袱归还，大家还是朋友。否则，就只有翻脸不认人了。

当然，这是黄天杰最不愿意看到的结果，但不得不防备着这一点。毕竟这次的情况和上次不同，这次牵扯到了刘久训。刘久训长大后，没有跟着刘久其混，而是走上了另外一条路。刘久训读过一些书，先是在资中城里做事，后来到了重庆，就一直在重庆折腾。

黄天杰没想到刘久训居然和日本人勾结上了。如果这次刘久训把刘久其拉下水，和日本人合作，黄天杰不知道刘久其是否还能保持一条汉子的血性，还能否有民族大义。不管怎么说，只有到二龙寨后，见机行事了。

路上，黄天杰把他和德清禅师相识进而得知木棉袈裟的秘密原原本本地告诉了黄文泽。黄文泽由此更加坚定了一定要保护好木棉袈裟的决心。

很快，三人来到二龙寨下。守门的袍哥见是黄天杰来到，赶紧把门打开。黄天杰等人下马，旁边有袍哥把马牵到一边喂养。刚走到半路，得到消息的刘久其就迎了上来。

再次见到黄天杰，刘久其仍然是那么热情。见刘久其这般表现，黄天杰觉得他不是装出来的，心中稍稍安稳了一些。大家相互介绍后，刘久其对释能跟着黄天杰来二龙寨感到有些惊讶，但黄天杰没有详说原因，刘久其也不便多问。

众人来到二龙寨聚义大厅坐下。一番上茶的袍哥礼节过后，刘久其笑着说道："没想到文泽都这么大了，时间过得真是快啊！"黄天杰指着头上的白发说："是啊，岁月不饶人，你看我，都有白头发了。"刘久其也指着自己的头顶说："可不是么？你还好，还有头发，我可是头发都快掉光了。"

大家哈哈大笑。刘久其感慨地说："想当年小时候，你和我在罗泉镇打的那一架，至今我都还记得很清楚。没想到，一晃这么多年过去了，你和我，都是五六十岁的人啦！对了，你的孙子可能都有我们当年那么大了吧？"

黄天杰摇了摇头说："我哪里有你那么好的福气，文泽还没结婚呢。"刘久其有些惊讶地看着黄文泽说："这是怎么回事？还没找到好姑娘？你要是不嫌弃，二龙寨的漂亮姑娘，随你挑。你看中了谁，就给我说，我给你保媒！"

黄文泽有些腼腆地摆了摆手说："谢谢师叔的好意。我还小，那个事情不着急。"刘久其正色道："什么着急不着急的，我的孙子都十多岁了，你爹还没看到孙子，他不着急，我都替他着急。不行，这事由不得你，师叔我一定要给你好好物色一个姑娘！"

黄天杰冲刘久其抱拳说道:"这事我先感谢你了。下一辈人的事情,还是让他们自己去做主吧。我们呢,还是别管他们的事好了。婚姻大事,他们自有主张。现在这个年代,可不像我们那个年代。你说是不是?"

黄天杰的话再明显不过了,刘久其只得笑着说:"你说的倒也是事实,我们不得不服老啊。我那在成都念书的孙子,就很明确地给我说,他的婚姻大事,不许我们插手,他自有主张。你说,要是放在以前,这像什么话?"

释能在一边看到黄天杰和刘久其老是拉家常,有些着急了,朝黄天杰使了一个眼色。黄天杰看在眼里,也朝释能眨了眨眼,暗示释能不要着急,他自有安排。释能只得如坐针毡,不停地喝茶。

刘久其和黄天杰说了一通后,转头看到释能,很是奇怪地问道:"天杰,你今天怎么带着一个师父来到我这里?有什么吩咐?尽管说!"黄天杰见刘久其主动说到正题上来,就顺势说道: "不瞒刘兄,此次贸然登门拜访,的确有事相求。"

刘久其摆摆手说:"你我都是同门师兄弟,就别说那些客气话了。说吧,什么事?"黄天杰说道:"事情是这样的,释能禅师是资中宁国寺的新任住持,此番奉前任住持德清禅师的派遣,到峨眉山去。不料半路迷了路,今天上午走到这里,被二龙寨的人把包袱抢走了。这次我来,就是想向刘兄讨还包袱。"

刘久其笑道:"我还以为是什么大不了的事情呢,原来是这事,小事一桩!这帮家伙真是太不像话了,好端端的事情不做,偏偏去抢佛家的东西,真是丢我的脸。小六,过来!"

旁边那个叫小六的袍哥快步走过来,刘久其对他说:"去问问,今天上午是哪些人在山下抢了释能禅师?把抢走的包袱给我原封不动地拿回来。要是少了一样东西,看我不收拾他!"小六得令,赶紧下去调查情况。

刘久其对释能说:"禅师,你放心,不就是一个包袱吗?要是他们把包袱扔了,找不到了,我赔你十个一模一样的包袱!"释能听刘久其这么说,差点掉泪,木棉袈裟,整个世上就一件,你赔得起吗?但黄天杰没有向刘久其说明包袱里有什么东西,刘久其不知情,自己也没必要点破,只得勉强笑了笑,双手合十,低声念句"阿弥陀佛"。

黄天杰自从见到刘久其那一刻起,就注意观察他的表现。看到刘久其如此爽快地叫人去调查包袱的事情，黄天杰意识到，刘久其的确没有与刘久训及日本人勾结，他对刘久训和日本人去宁国寺抢夺木棉袈裟应该是不知情的。刚才他故意把释能是宁国寺新任住持的事情说出来，就是在试探刘久其，结果刘久其一点可疑的反应都没有。

但黄天杰心中仍有一个疑虑：万一刘久其和刘久训的确有勾结，只是刘久其不知道他手下人今天上午抢劫的包袱中有木棉袈裟而已。一旦等会把包袱拿来，刘久其必然要求释能当面把包袱打开清点东西，如果发现包袱里有木棉袈裟，他突然发难，不归还包袱，那该怎么办？

当下之际，得试探出刘久其是否和刘久训有勾结。只要摸清了这一点，到时就知道该怎么做了。想定后，黄天杰笑着对刘久其说："当年你我打那一架，其实都是为了我们各自的兄弟。现在想来，当时的确是我的弟弟春生不懂事，把你弟弟的糖人抢了，所以你才出面保护你的弟弟。这么多年过去了，久训老弟还好吧？"

刘久其叹了口气说："你就别提他了！说起他，我一肚子都是气。我到现在都没想明白，我们都是一个爹妈生的，我和他咋就差别这么大呢？他从小就不好好做事，长大了跑到外面折腾来折腾去，我看他也没折腾出什么事情来。有时我说他几句，他还不高兴，叫我别管他的事情！"

黄天杰见刘久其有些动怒，连忙说："这个事情强求不得，人各有志，他喜欢过他的生活，你就别强求他和你一样了。只要他在外面过得去，不给你惹什么麻烦，你就安心地过你的日子得了。"

刘久其对黄天杰的话深表赞同："你说得对，我后来也想通了。他爱在外面折腾，我这个当哥的，也懒得去操那个心。只是爹妈去世后，我在世上就这么一个兄弟，有时还是忍不住想叫他走正路，别在外面混日子。"

黄文泽听得想笑，刘久其还以为自己占山为王的行为是正路，殊不知，在世人看来，他走的路才是歪门邪道！但黄文泽在长辈面前不敢放肆，自进了二龙寨，他基本上不说话，除非迫不得已才说两句。释能则一直低垂着头，捻着佛珠念经，似乎黄天杰和刘久其的闲聊与他没有关系。

黄天杰又问道："那久训经常来二龙寨吗？"刘久其摇摇头说："他啊，对二龙寨来说，简直就是稀客。自从我来到二龙寨，这么多年，他就来过两次，每次都是住一天就走。最近的一次，都是好几年前的事啦！"

黄天杰哦了一声说道："看来，久训的确太忙了。难道你们兄弟俩就没有书信往来？"刘久其笑了起来："书信往来？他在重庆那个花花世界逍遥自在，我在这个偏僻的寨子过日子，哪里来什么书信？再说了，我一个粗人，大字不识几个，他自恃肚子里有点墨水，哪里看得起我这个大老粗？哎呀，不提他也罢。"

　　黄天杰这下彻底放心了。刘久其对刘久训的怨言不少，看来，刘久训的确没有勾结刘久其。即使刘久训想要拉拢刘久其与日本人合作，以刘久其的性格和对刘久训的态度，那基本上是不可能的。

　　就在这时，一个袍哥急匆匆跑进来，走到刘久其跟前，贴着刘久其的耳朵低声说了几句。刘久其脸色一变，腾的一下站起来。黄天杰见刘久其这般模样，心中一沉：难道二龙寨出什么事了？

　　就见刘久其嘴里嚷道："真是说曹操曹操到！今天不知道怎么了，他居然来了！"黄天杰大惊，脱口问道："谁来了？"刘久其说："还有谁？刘久训！"黄天杰和黄文泽不由得相互对视了一下，神情顿时紧张起来。释能听到刘久训来了，也惊讶地抬起了头，不知所措地看着黄天杰。

　　黄天杰冲释能摆摆手，叫他保持镇定。黄天杰又朝黄文泽使了一个眼色，黄文泽明白父亲是叫他见机行事。黄天杰站起来说道："既然你们兄弟相见，我这个外人不便在场，要不我们回避一下？"黄文泽和释能也跟着站了起来。

　　刘久其摆摆手说："不用，我们都是同门师兄弟，平时难得相见，今天既然凑巧撞在一起，大家就一起见见，聊聊天吧。"黄天杰无奈，客随主便，只得听从刘久其的安排。

　　这时，就听到门外有人大声喊道："哥，哥，我来了！"接着，身材壮实的刘久训敞着衣服，手里拿把纸扇，一边走一边扇着走了进来。他的身后，跟着三个身穿黑衣的男子。

　　刘久其站着没动，看着刘久训，冷笑道："今天一大早，就有乌鸦在我窗外叫个不停，没想到果然有稀客上门来了，原来是你呀！你还知道二龙寨有一个哥哥，我真是太荣幸了！"

　　刘久训也不搭理刘久其的奚落，冲着刘久其嘿嘿笑了两声，走近看到黄天杰，连忙对黄天杰抱拳说道："黄舵把子，幸会幸会！"黄天杰也抱拳还礼道：

"久训老弟，多年没见，今日相见，荣幸荣幸！"

刘久训一边和黄天杰打招呼，眼睛瞟到了旁边的释能，脸皮不由得抽搐了一下，对释能嘿嘿笑道："这位师父，敢问来自哪里？"刘久其见刘久训不理他，有些生气地说："这是宁国寺的新任住持释能禅师，你难道也信佛了？"

刘久训哈哈大笑，拍着手道："太好了！真是踏破铁鞋无觅处，得来全不费工夫！"跟在刘久训身后的一个黑衣男子也看到了释能，用生硬的中国话问道："刘君，他的，是谁？"刘久训回头，满脸堆笑地说道："小泉君，那个和尚，就是我们要找的人！"

那个黑衣男子是日本人，叫小泉太郎，听到刘久训这么说后，立即把手一挥，用日本话叫道："抓住他！"另外两个日本人就要上前抓释能。黄天杰和黄文泽在两个日本人行动前，抢先一步把释能护在身后，怒目圆睁，紧捏拳头，随时准备应战。

刘久其脸色一沉，用手重重地拍在桌子上，大叫道："放肆！"刘久训见刘久其动怒，连忙拦住两个日本人，对小泉太郎用日本话说道："小泉君，这个和尚在我家里，跑不掉的，我们先不急，不急。"小泉太郎看到刘久其发怒，黄天杰和黄文泽也将释能护住，就点点头。那两个日本人退到小泉太郎身后，静观事态变化。

刘久其见镇住了场子，怒气稍稍平息了一些，对刘久训问道："这到底是怎么回事？这三个人是什么人？你们刚才叽叽喳喳说的是什么鸟话？"刘久训说："哥，什么鸟话不鸟话的，我们说的是日本话！这三个人，是日本人，是我的客人。"

刘久其气呼呼地说道："好哇，这么多年不见，你居然和日本人混在了一起！日本人是什么人？他们霸占中国的东北，是个中国人，都把他们当作敌人，仇人！你倒好，不但与敌为友，还把他们带到我二龙寨来了！"

刘久训笑着说："哥，别把话说得那么难听好不好？什么霸占不霸占的，人家那是在帮我们，帮中国开发东北。日本人想建立大东亚共荣圈，与中国一起发展，这可是大好事。中国这么落后，需要日本人来帮一把呀！我把他们带到二龙寨，就是为了介绍你和他们认识，今后一起做事，保证有说不完的好处，享不完的荣华富贵！"

刘久其冷哼道："我在二龙寨好好的，不需要什么日本人的好处。你想要好处，那是你的事情，别把我扯在一起，我没兴趣！"刘久训碰了一鼻子灰，也不气恼，指着释能说："哥，看来我们真的没有共同语言，其他的就不说了。这个和尚，是我们正在找的人，你把他交给我，我马上带着日本人离开二龙寨！"

刘久其没有答话，缓缓坐下，招呼黄天杰三人也坐下。黄天杰笑着摆摆手，仍然站着，悄悄地把插在腰间的烟杆拔出来握在手里。刘久其端起茶杯，啜了一口问道："释能禅师是我的贵客。只要他在二龙寨，我就要保护他，凭什么我要交给你？他犯了什么王法？"

刘久训上前几步，凑到刘久其耳边，用纸扇遮住半边脸，压低声音说道："哥，这个和尚身上带着我们要找的东西。这个东西，我必须交给日本人，否则，日本人就会找我的麻烦！你是我的大哥，难道你就眼睁睁看着你唯一的亲弟弟受苦受难么？哥，你就帮我一把吧！"

刘久其皱着眉头说道："平时你可没把我这个哥放在眼里啊！怎么现在突然对我这么好了？释能禅师身上有什么让日本人感兴趣的东西？你倒是说出来，让我好好想一想再说。"

刘久训看了看黄天杰，欲言又止。黄天杰从身上摸出那封书信，展开交给刘久其说："刘兄，不瞒你说，释能禅师的那个包袱里，有一件木棉袈裟。木棉袈裟是佛教的圣物，整个中国只有这么一件。这封信，是文泽在成都的时候，从一个叫深川经二的日本人身上发现的。信是用日本文字写的，大致意思是叫你的弟弟刘久训把木棉袈裟抢到手后，交给那个深川经二。你觉得木棉袈裟能给他们吗？"

刘久其惊愕地看着刘久训问道："黄舵把子说的可是真的？这封信上的内容都是真的？"刘久训有些尴尬地点点头，随即又摇摇头说："那件木棉袈裟，来自天竺，哪里是什么中国的圣物？日本人对木棉袈裟慕名已久，想把木棉袈裟迎奉到日本去，好让日本的和尚好好供奉起来。我寻思着，这也是一种文化交流嘛。中日之间，一直都是友好往来，把木棉袈裟送到日本去，日本人更懂文化……"

刘久其立即打断刘久训的话："懂个屁！你别说了，你以为我真的是个大老粗？木棉袈裟那么珍贵的圣物，怎么可能落到日本人手里？我不想再听你说话了，什么话到了你嘴里都变了样！你赶紧带着日本人走吧，今后少和日本人往来。只要你断绝和日本人的关系，我们还是兄弟。否则，你自己看着办！"

刘久其站起来，大手一挥："送客！"旁边拥过来几个袍哥，作势就要赶刘久训和日本人离开大厅。刘久训把纸扇一叠，脸色一沉："哥，我可是对你好话说尽了！你既然这样对我，那就别怪我不客气了！"

刘久其"哟呵"一声，问道："怎么？难道你还想在我的二龙寨打我不成？好，我今天倒要瞧瞧，你是怎么对我不客气的！"说着，刘久其瞪大眼睛挑衅般看着刘久训。

刘久训见刘久其这般模样，转身对小泉太郎嘀咕了几句，小泉太郎点点头。刘久训冲着外面用日本话喊道："竹下君，把那个和尚带进来！"随即，就见那个叫竹下纯的日本人拉着五花大绑的释空走了进来。

释能见到释空，失声叫道："释空，释空！"释空看到释能，低着头，满脸羞愧地说道："住持，我，我对不起你……"黄文泽听释空这么说，感觉有些诧异，但此时此刻，也不便问释空为什么这么说。

小泉太郎拔出手枪，指着释空的脑袋。刘久训对刘久其说道："哥，你要是不把那个和尚交给我们，我们就把这个和尚杀了！今后传出去，天下人都知道你在二龙寨杀了一个和尚，我看你还有没有脸在江湖上混下去！"

刘久其气得鼻子都歪了："刘久训啊刘久训，你还是我们刘家的人吗？你太无耻了，居然敢这么威胁我！你，你……"刘久训满脸得意，打开纸扇，扬着眉毛看着气得浑身发抖的刘久其。

就在这时，小六一边喊着"寨主，包袱来了"，一边提着一个包袱跑了进来。来到大厅中间，看到眼前这个阵仗，小六一时间呆住了。

第六章 ◦ 喋血二龙寨

刘久训一眼看到小六手里的包袱，眼珠一转，问道："什么包袱？给我看看！"小六下意识地把包袱护在胸前，退后两步。刘久训已经明白几分，把纸扇往腰间一插，扑向小六，就要去抢包袱。

刘久其大叫一声："住手！"拿起桌子上的茶杯，朝刘久训扔去。黄天杰和黄文泽对视一眼，两人几乎同时动手。黄天杰举起烟杆冲向刘久训，阻拦他抢夺包袱，黄文泽冲向小泉太郎去救释空。释空也很机灵，立即将身一矮，同时提起膝盖顶向小泉太郎的腹部。小泉太郎措手不及，被顶个正着，疼得捂着腹部弯下腰去。

刘久其扔出的茶杯，正好打在刘久训的背上。刘久训顾不上疼痛，一把抓住小六手里的包袱，使劲一扯，同时用脚踹向小六。小六被刘久训踹中肚子，只得将手一撒，包袱被刘久训夺了过去。刘久训刚把包袱抢在手里，黄天杰已飞身赶到，挥着烟杆朝刘久训的后背打去。

刘久训感觉到背后有动静，也不转身，就势朝前跑了两步，躲过黄天杰的袭击。刘久训得了空隙，看到黄天杰继续朝自己扑来，举起包袱冲竹下纯喊道："接着！"就把包袱凌空朝竹下纯扔去。刘久其腾的一下跃起，伸手去抓飞在空中的包袱。

眼看刘久其的手和包袱就差几厘米的距离了，只听得"砰"的一声，刘久其的身子在半空跌了下来，重重地摔在地上。刘久其捂着右大腿，怒目圆睁，指着冲自己开枪的小泉太郎大声叫道："兄弟们，把日本人都干掉！"大厅里的袍哥见刘久其中枪，都怒火中烧，一起朝小泉太郎冲了过来。

小泉太郎久经沙场，也不惊慌，举枪朝冲自己而来的袍哥连开几枪，几个袍哥相继中枪倒地。其余袍哥毫不畏惧，顶着小泉太郎的子弹继续冲上来。小泉太郎把子弹打光，将枪一扔，与几个袍哥战在一起。这几个日本人除了小泉太郎外，其他的都没有携带武器，只能赤手空拳地格斗。但他们都是受过严格训练的武士，空手格斗的功夫也是相当了得。

竹下纯将包袱顺利地抢在手里，转身想往外冲，迎面碰到了黄文泽。黄文泽此前飞身去救释空，看到释空主动出击用膝盖顶中小泉太郎的腹部，他冲到释空面前，将释空轻轻提起，朝释能的方向推去。释空跑到释能跟前，释能连忙为他解绳索。

黄文泽推走释空后，一个日本人朝他挥拳打了过来。黄文泽见对方的拳头势道沉重，将身微微一蹲，躲过拳头，两手扭住日本人的胳膊，使劲地朝后一扯，日本人疼得大叫一声。这时，黄文泽听到刘久训冲着竹下纯叫喊，转头看到刘久训把包袱扔向竹下纯。

黄文泽放下日本人，几乎与刘久其一起去抢包袱，不料被竹下纯抢先一步把包袱夺下。刘久其中弹倒地，黄文泽愣了一下，随即看到竹下纯想跑，立即上前拦住竹下纯。另一个日本人打倒一个袍哥后，过来帮竹下纯。黄文泽面对两个对手，毫不畏惧。

黄文泽伸手去抢竹下纯手里的包袱，竹下纯往后退了两步，将包袱塞到帮助自己的日本人手里，上前与黄文泽揪打起来。黄文泽发现竹下纯功力了得，很难在短时间内将其击倒，只得一边与其周旋，一边寻机去抢那个日本人手里的包袱。

却说黄天杰，去抢刘久训手里的包袱不成，本想好好教训一番刘久训，结果看到刘久其中弹，不由得惊住了。没想到刘久其如此仗义的汉子，居然被日本人开枪打伤，黄天杰的悲怆之情油然而生。看到刘久其手下人和黄文泽与日本人混战在一起，外面的袍哥手持武器还在不断拥入大厅，谅这四个日本人和刘久训也难以逃出二龙寨，黄天杰疾步上前，蹲下抱住刘久其，用手压住他的伤口。

刘久其气喘吁吁，满腔的怒火使得他的胸脯剧烈地起伏着。黄天杰明白，如果刘久其再这样下去，必然会导致失血过多而死亡。他冲着躺在地上捂着肚子的小六叫道："赶紧把刘寨主抬下去！"小六忍着疼痛，连滚带爬地过来，帮助黄天杰把刘久其抬到一边。

黄天杰从衣服上撕下一条布，把刘久其的伤口快速包扎好。刘久其拉着黄天杰的手说："不能让日本人跑了，把他们全部抓住，抓不住就干掉！"黄天杰使劲地点头说："你放心，他们跑不掉的！"

刘久训把包袱扔给竹下纯后，本想应对黄天杰，结果看到黄天杰撇下自己，跑去照看刘久其了。刘久训大出了一口气，躲到一边。那些袍哥也没有冲刘久训而去，毕竟刘久训是刘久其的弟弟，不看僧面看佛面，万一把刘久训怎么着了，今后刘久其念着弟兄之情追究起来，谁也担不了责任。

刘久训躲在一把椅子后面，看着大厅里的混战场面，抹了抹脸上的汗水，伸手想去拿纸扇，结果摸到了别在腰间的手枪。刘久训大喜，把枪拔出来，盘算着下一步该怎么办。眼看大厅里的袍哥越来越多，那几个日本人被围在中间，渐渐处于下风。

刘久训毕竟是一个头脑灵活的人。这几个日本人的生死，对他来说，都没有木棉袈裟重要。只要把木棉袈裟抢在手里，冲出二龙寨，顺利地交到日本人手里，他就算是立了一件大功。至于那几个日本人，生死就由天了。

想定后，刘久训瞄准包袱在一个日本人手里，就慢慢朝那个日本人靠近。那个日本人此时正被两个袍哥围住，拿着包袱左冲右突。那两个袍哥的心思没放在包袱上，而是在日本人身上。把日本人抓住或者干掉，在刘久其面前，才算是功劳。

刘久训来到一个袍哥后面，举枪砸向袍哥的脑袋，袍哥身子晃了晃，倒在地上，露出一个空当。刘久训立即上前，冲着那个日本人叫道："给我!"那个日本人见是刘久训，想也没想，马上把包袱塞到刘久训手里。刘久训拿到包袱，大喜过望，挥舞着手枪，就想朝大厅外跑去。

黄天杰见刘久训重新拿到包袱，立即起身，抓起身边的一把椅子朝刘久训扔去。刘久训没提防到身后有椅子袭来，被椅子打在腿上，踉跄了两步，一个狗啃泥倒在地上。黄天杰的身形跟着椅子移动，转眼间来到刘久训身边。

刘久训倒地后，立即一个反转身，看到黄天杰来到跟前，作势要抢包袱。他举起手枪，冲着黄天杰就是一枪。这一枪，正好打在黄天杰的左肩头。黄天杰晃了几晃，咬着牙，整个身子扑向刘久训，想把他压住，以便把包袱抢过来。

刘久训见一枪没把黄天杰打倒，再要开枪，发现居然卡壳了。他只得朝一边滚去，躲过了黄天杰。然后，刘久训翻身爬起来朝大厅外跑去。黄天杰扑了个空，想要爬起来追赶刘久训，但伤口的疼痛使得他有心无力。

刘久训跑到外面，看到不少袍哥拿着兵器不断地朝大厅跑来增援。他一边挥舞着手枪，一边大声嚷道："让开，让开，不然打死你。"撒开两腿朝山下跑去。那些袍哥看到刘久训这般模样，谁也不敢阻拦，任由他逃走。释能此时已经把释空身上的绳索解开，释空手脚自由了，活动了两下，看到刘久训带着包袱跑出大厅，跟着追了出去。

黄文泽被竹下纯缠着，一直难以脱身。看到刘久训把黄天杰打伤，更是焦急万分。他一狠劲，对着竹下纯就是几拳，把竹下纯逼退后，转身来到黄天杰身边。竹下纯随即又被几个袍哥缠着，打成一团。

黄文泽把黄天杰扶起来，黄天杰指着外面大叫道："别管我，快去追刘久训！"黄文泽见父亲身受重伤，仍惦记着木棉袈裟，含泪点点头，把他扶在椅子上，转身朝外追去。释能看到黄天杰受伤，赶紧过来为黄天杰包扎伤口。

大厅内，由于袍哥弟兄前仆后继，采取车轮战术，而且有武器，那四个日本人身手再好，但赤手空拳，很快就难以招架，一个个地被砍倒在地。袍哥弟兄打红了眼，一边嘴里骂骂咧咧，一边不断地挥舞钢刀朝他们砍去。四个日本人很快被打得没了声息，血肉模糊地躺在地上，一动也不动。

刘久其见四个日本人被打翻，挣扎着站起来，在小六的搀扶下，一边用脚踢着他们的尸体，一边大声地骂着。大厅内，慢慢恢复了平静。袍哥弟兄把死去的袍哥抬到外面，为受伤的袍哥包扎伤口。

刘久其看到黄天杰也受了伤，心中很是愧疚。黄天杰此时根本难以顾及伤势，他最担忧的是，刘久训是否已经逃出了二龙寨，黄文泽和释空能否追得上刘久训，把木棉袈裟成功地夺回来。刘久其明白黄天杰此时的心思，吩咐小六带着几个有枪的弟兄去增援黄文泽和释空。

刘久训仗着手里有枪，加上又是寨主的亲弟弟，沿途所有袍哥都不敢阻拦他。他一路飞奔，来到二龙寨山门，看到一个袍哥牵着一匹黑马正在门口溜达。刘久训把包袱缠在腰间，冲上前去，喝退那个袍哥，翻身上马，绝尘而去。

释空赶到山门，看到刘久训骑马跑了，气得一拳打在门上。这时，黄文泽也赶到了，他没有停下，继续朝刘久训逃跑的方向追去。释空见状，跟着黄文泽去追赶刘久训。

刘久训骑着马朝山下跑去，不断地用手枪打着黑马屁股。黑马受疼，撒开四蹄拼命地往前跑着。很快，刘久训就跑出了老远。他按耐不住心中喜悦，木棉袈裟在手，只要逃出二龙寨的地盘，就算基本安全了。按照此前和日本人的约定，到时带着木棉袈裟跑到约定地点，把木棉袈裟交给日本人，自己就算功德圆满了。

刘久训忍不住朝后面偷偷看了看，一个人影也没有。看来，两条腿还是没四条腿跑得快。刘久训对自己刚才在二龙寨大厅的表现太满意了，撇下日本人，把木棉袈裟抢到手逃走，这个决断真是太英明了！

刘久训一边想，一边感觉整个身心都轻飘飘起来。他想到把木棉袈裟交给日本人后，日本人会给自己怎样的奖励。金钱、美女、官职，这些都是他最想得到的。有了这些，这一辈子也就值了。什么二龙寨，什么刘久其，见他的鬼去吧！

突然，刘久训感觉到胯下的黑马猛地停住并咴溜溜地叫着立了起来。他措手不及，被黑马掀翻，重重地摔在地上，两眼发黑，不住地冒金花。刘久训感觉浑身疼痛难忍，躺在地上动弹不得，不知道发生了什么事情。

恍惚中，刘久训发觉缠在腰间的包袱被人拿走了。他惊出一身冷汗，使劲地眨着眼睛，终于看清楚了眼前的一切。就见一个姑娘手里提着一根棍子，把包袱背在身上，正笑嘻嘻地看着他。

刘久训挣扎着想站起来，但哪里还有力气。他只得叫道："姑娘，你把包袱还给我，里面没有什么东西。"那姑娘笑道："没有什么东西，你要回去干什么？我看你就不像什么好人。"刘久训气得破口大骂："死丫头，你信不信我杀了你？"

姑娘把棍子指着刘久训说道："那你起来杀我啊！来啊，不来杀我，你就是一只小狗！"刘久训想拿枪恐吓她，但刚才被掀翻在地，枪不知抛到哪里了。刘久训不知从哪里来的力气，一下子爬了起来，朝姑娘扑去。

姑娘不慌不忙，抡起棍子朝刘久训打去。刘久训头昏脑涨，反应迟缓，来不及躲闪，脑袋被打个正着。刘久训感觉脑袋轰的一声，两眼翻了几下，身子晃了几晃，就什么都不知道了。

姑娘把刘久训打倒在地后，见他没了动静。上前用棍子捅了捅，刘久训还是一动不动。姑娘哼了一声说道："就你这个样子，还想杀我？"说完，姑娘扔掉手里的棍子，吹了一声口哨，从旁边的小树林里跑出一匹白马。姑娘走到黑马前，把黑马的缰绳牵着，翻身上了白马，朝二龙寨而去。

黄文泽和释空尽管知道凭着两条腿难以追上刘久训，但谁也没有放弃，沿着刘久训逃走的方向拼命地追赶着。黄文泽深知木棉袈裟的重要性，要是被刘久训交给日本人，要想再夺回来，就比登天还难了。必须赶在刘久训把木棉袈裟交给日本人之前，把木棉袈裟夺回来。所以，只要一直追下去，就有希望。即使追到天涯海角，也要追到刘久训。

但黄文泽随后就感觉到两腿开始不听使唤了。从前天晚上起，他就基本上没有休息过。刚才在大厅和日本人激战一番，耗费了不少体力。如今，再在这么热的天气里拼命地奔跑追赶，体力消耗实在太大了。释空也是一样，中午被日本人押着，没有吃东西，体力也跟不上了。

黄文泽有些后悔，早知道，就该去把马牵出来。他们到二龙寨后，马匹就放在山门口。以前父亲经常教导他，做一件事情前，要多思考，多准备，磨刀不误砍柴工。如果刚才追到山门的时候，能跑去把马骑上，现在说不定已经把刘久训追上了。可是，后悔已经迟了，总不至于又跑回去骑马吧？

忽然，黄文泽听到前方传来一阵急促的马蹄声，不由得放慢了脚步，用手遮着阳光看着前方。只见前方跑来一黑一白两匹马，白马上骑着一个人。从黑马的颜色和跑动姿势可以看出，很像刚才刘久训骑着的那匹黑马。难道刘久训又回来了？

这时，就听到马上的人大声喊着："哥，哥！"文秀？黄文泽不禁大吃一惊，她怎么来了？黄文秀策马来到黄文泽身边，翻身下马。黄文泽看到黄文秀背着一个包袱，睁大眼睛指着包袱问道："这是……"

黄文秀笑着把包袱解下，递给黄文泽说："哥，这是我抢来的！"黄文泽把包袱递给释空，释空手忙脚乱地打开看了看，对黄文泽激动地说："是木棉袈裟，木棉袈裟！"

黄文泽没想到事情来了个急转弯，黄文秀居然把包袱奇迹般抢了回来！他紧紧地搂着黄文秀说道："妹妹啊，你立了大功啦！你太厉害了，太厉害了，哈哈！"黄文秀满脸通红，挣脱黄文泽的拥抱，娇嗔地说："哼，你和爸爸还不让我来呢！"黄文泽笑着说："你来得好，来得太好了！"

释空好奇地问黄文秀："你是怎么把包袱抢到手的？"黄文秀骄傲地说道："我看到有个坏人骑着马跑过来，就拦住他，把他打死了，然后就把包袱抢了呗！"黄文泽有些不相信地说："刘久训武功高强，你那么容易就把他打死了？"

黄文秀见黄文泽怀疑她，有些生气地说："你不相信？那好，我们现在就回去看!"黄文泽点点头说:"是要回去看看才行。刘久训这个大汉奸,必须要把他抓住带回二龙寨交给刘寨主处理。"

释空见只有两匹马,自己又带着木棉袈裟,有些担心地说:"你们去找刘久训,那我怎么办?"黄文泽觉得释空的话有道理,如果先把释空护送回二龙寨,万一黄文秀没把刘久训打死,刘久训苏醒过来跑了呢?但如果带着释空和木棉袈裟去抓刘久训,万一途中出什么意外,失而复得的木棉袈裟不是又有危险吗?

黄文泽正在左右为难之际,听到后面传来杂乱的马蹄声。大家回头看去,只见几个人骑着马朝他们而来,为首的正是前来增援的小六。黄文泽大喜,有办法了!

小六下马,听说把包袱抢回来了,很是高兴。黄文泽请小六和几个袍哥弟兄护送释空回二龙寨,他和黄文秀赶去抓刘久训。小六担心黄文泽兄妹回去有危险,叫过两个有枪的袍哥跟着一起去。黄文泽想了想,觉得小六考虑问题很是周到,就同意了。

小六叫一个袍哥把马匹让给释空,就簇拥着释空回二龙寨去了。黄文泽兄妹和两个袍哥上马,朝刚才黄文秀拦截刘久训的小树林而去。很快,四人来到那片小树林旁。

黄文秀远远地看到刚才刘久训躺着的地方没了人影,不禁着急起来。她快马冲到前面,来到那地方,翻身下马,左右寻找着,但哪里还有刘久训的踪影,连她扔下的那根棍子也不见了!黄文秀急得满脸通红,差点哭出来,嘴里不断地念叨着:"明明在这里呀,怎么不见了呢?"

黄文泽吩咐两个袍哥分头在附近寻找,看刘久训是否躲藏了起来。他又骑马朝前跑了一段路,看前方是否有刘久训的身影。前面的路长长地伸向远方,根本没看到刘久训,连条狗的影子都没有。

黄文泽策马回来,看到黄文秀坐在路边一块大石头上,眼睛红红的,显然哭了鼻子。两个袍哥也从附近搜索回来,说没有发现任何踪迹。黄文秀看到黄文泽回来,很是激动地说:"我没说假话,我刚才真的把他打死了!"说着,黄文秀一边说,一边比画刚才如何与刘久训打斗,刘久训躺在什么地方,一动不动,像死过去了一样。

黄文泽知道黄文秀没有说假话,不然的话,她怎么可能那么顺利地从刘久训身上把包袱抢过来呢?刘久训虽然为日本人卖命,但他一身的盘破门功夫,不比黄文秀差。硬拼起来，黄文秀肯定不是他的对手。黄文秀之所以那么轻松地把刘久训打倒，的确是凭借着设伏的计谋。

既然刘久训跑了，再追也没有多大意义。木棉袈裟被抢了回来，就是最大的胜利。而且，刘久训吃了这么大的亏，要想再把木棉袈裟抢走，恐怕也不是那么容易的事情。

黄文泽笑着安慰黄文秀说："不用伤心啦，你已经立了大功。我完全相信你刚才把刘久训打死了，只不过那家伙可能是在装死，把你骗了。这事我为你做证，保证这个功劳归你，好不好？"

听了黄文泽的话，黄文秀这才高兴起来。黄文泽叫两个袍哥上马，四人回二龙寨。路上，黄文秀向黄文泽讲述了她为什么在这里出现的原因。

黄天杰带着黄文泽和释能离开黄家大院后，黄文秀心里一直不痛快。她原本想跟着一起去见见世面，没想到被父亲无情地拒绝了。黄文秀从小娇生惯养，脾气倔起来像头犟驴一样。这一次，她的脾气彻底被激起来了。

不让我去，我偏要去！不带我去，我就自己去！黄文秀在闺房里生了一会儿气，打定主意后，抱起马鞍，跑到后院马厩去把心爱的白马解开缰绳，牵了出来。谢蓉发现后，问她去哪里。

黄文秀说想去看看李龙的伤势怎样了。谢蓉哪里肯信，李龙家离黄家大院不远，走路去就几分钟路程，还用得着骑马？黄文秀又说，想把马带出去溜达溜达。谢蓉说，谁愿意在这么热的天气里骑马出去溜达？

说到最后，黄文秀有些动气了，直截了当地说想去二龙寨。谢蓉不答应，说黄天杰走之前打了招呼，叫她待在家里，哪里也不准去。黄文秀没法，只得使出最后的撒手锏——撒娇大法，缠着谢蓉说了一大堆好话，又赌咒发誓说保证会注意安全之类的。谢蓉没法，只得同意。

黄文秀高高兴兴地骑着白马上路了。她大致知道去二龙寨的路，来到离二龙寨不远的那片小树林。她不敢直接上二龙寨，怕父亲责骂她，就下马到小树林里休息，想等父亲他们从二龙寨出来后，就与他们会合。

黄文秀不知道的是，就在她刚到小树林前不久，刘久训带着四个日本人押着释空从这条路上了二龙寨。黄文秀在小树林玩了一会儿，听到从二龙寨的方向传来枪声。她大吃一惊，意识到二龙寨出了情况。难道是父亲他们和二龙寨的人打起来了？

黄文秀很想冲到二龙寨去探个究竟。如果真的是父亲他们和二龙寨的人打起来了，她还可以去帮忙。但黄文秀转念一想，如果真是这样的话，以自己的身手，只会是羊入虎口，到时连个回家报信的人都没有。她再三思量后，决定还是在这里等着。她相信，以父亲和哥哥老练沉稳的性格，他们不会轻易地与二龙寨的人发生冲突。二龙寨的枪声，可能事出有因。

接着，黄文秀捡起一根枯树干，弄成一条棍子，以防不测。不久后，她听到从二龙寨的方向传来马蹄声，接着看到有个人骑着黑马飞快地朝这边跑来。黄文秀眼睛灵光，看出那人神情慌张，手里还挥舞着手枪。黄文秀迅速做出判断：说不定这人就是刚才在二龙寨开枪的人，不会是好人！

黄文秀悄悄来到路边的那块大石头边，蹲下躲着。等那匹黑马跑近，她突然站起来，抡起棍子朝马蹄打去。黑马受到惊吓，本能地抬起两只前蹄，立起身来，把马上的人掀翻在地。

她看到那人倒在地上，半天没有反应。那人身上的包袱引起了她的注意，见那个包袱的布料颜色很像寺庙里僧人穿的衣服，心中明白了几分，上前把包袱解开拿在手里，背在身上……

黄文秀没想到的是，被她打倒的那人，居然是刘久训。听了黄文泽对刘久训的介绍后，黄文秀也有些后怕。幸亏自己脑袋灵活，设计埋伏在路边，先把刘久训摔个半死，才那么容易地把包袱抢到手并把刘久训打晕过去。否则的话，被打晕甚至被打死的，可能就是自己了。

黄文泽虽然对黄文秀擅自跑出来的行为不支持，但正是因为黄文秀的不听话，让她成为在半路上杀出来的程咬金。黄文泽决定，见到父亲后，一定要当面为妹妹请功。

四人上了二龙寨。此前，二龙寨懂医术的袍哥，已经为刘久其和黄天杰做了手术，取出弹头，把伤口包扎好了。刘久其和黄天杰、释空、释能正坐在一起喝茶压惊，释空已从释能口中得知师父圆寂的消息，心中无限感伤。黄天杰看到黄文泽兄妹回来，也没有责怪黄文秀无视自己的命令擅自行动，而是满眼慈爱地看着她。

黄文秀没想到父亲居然受了伤。虽然黄天杰看起来精神不错，但气色明显比平常差多了。黄文秀看到父亲肩膀上缠着的纱布，伤口似乎还在往外渗血，血都浸到纱布上了，鼻子一酸，眼泪唰唰唰地掉下来。黄天杰对黄文秀摆摆手说："没事，没事，就一点小伤，过不了几天就好了。以前在战场上，我受的伤比这个严重多了，还不是照样继续战斗！"

刘久其点点头说："那是当然！你别看我腿上受了伤，过不了多久，我就没事了。袍哥人家，这点伤算什么。就是把脑袋砍下，也不过是巴掌大一个伤疤而已！"黄天杰冲着刘久其竖起大拇指赞道："刘兄还是那么豪爽，佩服，佩服！"

两人说了几句，黄天杰就问黄文秀，为什么那么凑巧拦截住刘久训并把木棉袈裟夺回来。黄文秀就把刚才在路上向黄文泽说的话，又说了一遍。刘久其不断地称赞黄文秀，把黄文秀夸得俏脸通红。黄文泽也不失时机地向黄天杰夸奖黄文秀，应该给她记一个大功。

黄天杰听完后，笑了笑说："文秀这次的确做得不错，帮助我们把木棉袈裟抢了回来，你的功劳很大。但你还是太冒险了，把刘久训打倒，只能说你的运气太好。今后可不许这么蛮干了，你是女孩子，自我保护最要紧！"

黄文秀低着头嘀咕道："爸爸和哥哥都是一个腔调！"刘久其听得明白，哈哈笑道："俗话说，虎父无犬子，你有这样的爸爸，当然就有这样的哥哥了！"黄文秀有些惋惜地说："可惜的是，让刘久训跑了！"黄天杰想制止黄天秀已经来不及了，有些尴尬地看了看刘久其。

刘久其略带愠怒地说道："我真希望你那一棍子把他打死了好！我真没想到，他在外面折腾这么多年，居然和日本人勾结在了一起，还跑到二龙寨来大打出手，让我损失了六个弟兄，轻伤重伤了 18 个弟兄。"

黄天杰很是抱歉地说："没想到我们这一来，给刘兄惹出了这么大的麻烦，折损了这么多的袍哥兄弟，实在对不起。"刘久其摆摆手说："这不关你们的事，这都是刘久训那小子干的好事。我们浑水袍哥，从来就是在刀尖上舔血过日子，今天死几个，明天死几个，都很正常。这么多年了，我身边的弟兄死了不少。这就是我们浑水袍哥的宿命。说起来，我还真的有点后悔，当初应该加入清水袍哥会。"

黄天杰摇了摇头说："你也不用羡慕。袍哥会本来就不是什么好的组织，不管是清水袍哥还是浑水袍哥，都是因为没有办法才去参加袍哥会的。要是这个社会政清人和，谁愿意冒着杀头的危险去当袍哥呢？"

刘久其对黄天杰的说法很是赞同："我现在岁数也不小了，越来越想过安稳的生活了。我之所以这么倚重二龙寨，也是想让手下弟兄安稳过日子，种种庄稼，养养鸡鸭，太太平平地活到终老。今天上午，我手下弟兄抢了释能禅师的包袱，我还没有向禅师道歉呢。"

释能连忙起身说道："刘寨主，您言重了。不怪您手下的袍哥兄弟，都怪我没把话说清楚。"刘久其挥挥手说："你别为他们说话，我自有分寸。今后，我会加强管束，不许他们再私自下山胡作非为了。大家安分守己地过日子，有什么不好？"

黄天杰竖着大拇指说："刘兄果然是仁义之人，兄弟我佩服得很啊！"刘久其黯然地说："你佩服我什么？我连一个弟弟都管不了，真是让你们笑话了。"说到这里，刘久其提高嗓音，郑重其事地说道："我今天当着你们的面表明我的态度：今后谁要是遇到刘久训，什么话都不用说，直接把他杀了。我就当没有这个弟弟，他活着，是给我们老刘家丢脸！"

黄天杰说："我们可不敢造次。"刘久其说："你们是不是以为我口是心非？小六，传我的话给附近山头的寨主，叫他们看到刘久训，就把他干掉！"黄天杰说："我有个建议，不知是否妥当？"刘久其说："请说。"

黄天杰道："如果刘久训从此改邪归正，不再胡作非为，我们就放过他；如果发现他还在为非作歹，那我们就按你的吩咐去做。你觉得怎样？"释能接过黄天杰的话说："上天有好生之德。我佛慈悲，放下屠刀，立地成佛。如果刘久训施主能幡然醒悟，何必还要刀枪相见呢？"

刘久其沉吟了一下道："还是你们两位宅心仁厚。刘久训对你们这样，你们还为他求情说话。既然如此，那就依你们说的办。"黄天杰笑道："刘兄果然深明大义！"

大家又说了一阵，黄天杰看到释空一直低着头不说话，就问释空："释空师父，日本人为什么突然带着你来到二龙寨呢？"释空抬头看了看释能，释能对他点点头，释空有些尴尬地说："我，我……"黄天杰鼓励道："你不用顾虑，有什么说出来，大家都能理解。"释空这才向大家说起了缘由。

释空想出和释能分开的办法后，当时想的是，凭借他的武功，完全可以把追赶他的那五个人引开，以便能让释能安全逃脱。然后，他再想办法把那五个人甩开，就前往三江镇与释能会合。

但释空想得太简单了。那五个人跑到他和释能分手的地方停了下来，似乎在商量着什么。释空也停了下来，绞尽脑汁地分析他们在商量什么。他突然明白过来，那五个人刚才在山下茶铺拷问店家时，店家肯定说的是两个人。如今那五人看到只有他一个人，一定是在想分头追赶他和释能。

尽管释能走的是小路，但如果他们循着释能走过的痕迹，最终肯定会把释能追到。只要释能被抓住，木棉袈裟就会落入他们手里。释空决定让那五个人都朝自己追来，绝对不能让他们分头追赶他和释能。

释空身上也背了一个包袱，他把包袱解下来提在手里，然后往前跑着。释空的举动引起了那五人的注意，他们朝释空追了上来。释空见成功地吸引住了他们，把包袱系在背上，脚下用劲，拼命地跑了起来。

跑了一段路后，释空回头一看，那五人追得更近了。释空有些着急，没想到这五人脚下功夫如此了得。释空生长在山区，出门就爬坡上坎，从小练得一副好脚劲。他不知道的是，追赶他的人中，四个日本人都是经过严格训练的日本武士，刘久训也是练家子，功夫比释空高多了。

释空看到路边有一道斜坡，想凭借脚劲爬上去，试图甩掉追兵。他手脚并用地朝斜坡爬去，那五人来到坡下，也不多话，跟着就爬了上来。释空的这个办法见到了成效，那五人的确不擅长爬坡，他很快就要爬完斜坡了。

就在释空暗自高兴时，忽然，他感觉到正抓着一棵小树的右手腕一阵钻心疼痛，手上顿时没了力气，整个人顺着斜坡滑了下去。原来，刘久训见释空就要逃脱，抓起一块石子朝释空的手打去，正好打在他的右手腕上。

释空见自己往下滑，心中大骇。连忙用左手朝坡上的植被乱抓，终于抓住了一棵小灌木，这才止住了下滑的势头。而此时，释空离下面的那几人，已经只有几米远的距离了。释空顾不上右手腕的疼痛，双手并用，又向上拼命攀爬。

刘久训哪里肯让释空逃脱，连蹿带跳冲释空扑去，伸出两手抓住释空的左脚，使劲地往下拽。释空用右脚去蹬刘久训的手，刘久训腾出一只手又把释空的右脚踝抓住。释空两只脚都被刘久训抓住，两手也不敢松开，嘴里咆哮着，拼命挣扎。

有两个日本人爬了上来，帮助刘久训使劲地把释空往下拽。释空的两手终于支撑不住了，被拽了下去。释空带着刘久训和两个日本人一起骨碌碌滚下斜坡，跌落在坡下的沟里。释空被刘久训压在身下，动弹不得。

刘久训在两个日本人的帮助下，把释空捆绑起来。刘久训解下释空身上的包袱，迫不及待地打开查看。可包袱里除了一些干粮和僧衣，哪里有木棉袈裟？刘久训气得把包袱扔到一边，一把提起释空，大声问道："和尚，袈裟去哪里了？"

释空装着不解的样子反问道："袈裟？什么袈裟？我在寺里地位低，没有资格穿袈裟。"刘久训气得鼻子都歪了："老子说的是木棉袈裟！"释空摇摇头说："什么木棉袈裟？没听说过！"

刘久训见释空不配合，捏起拳头冲释空腹部就是一击，释空疼得五官挤作一团，眼泪都流出来了。刘久训把释空推倒在地，上前又是一顿乱踢，释空在地上打着滚，不断惨叫。

一旁的小泉太郎看刘久训下手如此狠，生怕把释空打死了，上前拦住刘久训，刘久训这才停了下来。刘久训用衣服擦了擦汗说："和尚，你今天不把木棉袈裟的下落说出来，看我不把你打死！"

释空被打得浑身发抖，五脏六腑翻腾着，不断地打着干呕。他想起离开宁国寺时，师父对他百般叮嘱，一定要保护好木棉袈裟，绝对不能让木棉袈裟落入坏人的手里。他决定守口如瓶，什么都不说，打死也不说。只要能保证释能的安全，木棉袈裟就有希望被送到峨眉山去。

释空强撑着坐了起来，盘着双腿，低着头念着经，就是不发一言。刘久训气得把枪拔出来，顶着释空的脑袋，威胁要杀死他，但也没有任何效果。刘久训有些无奈地看着小泉太郎，小泉太郎示意他不要再问下去了。

这时已经到了中午，刘久训和日本人押着释空来到一片树林。他们把释空绑在一棵树上，拿出干粮和水补充体力。休息一阵后，小泉太郎走到释空面前，笑眯眯地看着释空。释空看也不看他一眼，闭着眼低着头只管念经。

小泉太郎起身，掏出军刀，削了几根木条，叫过竹下纯。两人来到释空面前，用木条夹住释空的手指，慢慢用劲挤压。释空疼得哇哇大叫，汗如雨下。刘久训看到日本人用这种招数对付释空，很是好奇，一边笑着一边打释空。

如此几次后，释空疼得快要虚脱过去。小泉太郎对刘久训用日本话说了几句，刘久训点点头，向释空问道："告诉我，和你一起的另外那个和尚，到哪里去了？"释空摇摇头，不说话。刘久训又问道："这样吧，我们都简单一点。你只要告诉我，你们想到什么地方去就行了。"

释空还是不回答。小泉太郎和竹下纯又继续用木条挤压释空的手指。释空的手指被挤压得鲜血淋漓，感觉手指都快要断了。释空忍不住破口大骂，想以此缓解疼痛。小泉太郎的脸上露出了微笑，他很清楚，只要受刑之人开口说话了，接下来，就很容易得到想要的情报。

小泉太郎用刀将小树枝条削尖，叫人把释空的手死死固定好后，用树枝的尖端刺进手指指尖。释空疼得又是不断惨叫，浑身衣服被汗水湿透，像是从水里被捞出来的一般。刘久训不失时机地问道："说吧，你们到底想去哪里？再不说的话，你会生不如死的。"

释空终于忍受不了疼痛，艰难地从嘴里挤出了三个字："峨，眉，山。"刘久训和小泉太郎对视了一眼，点点头，小泉太郎又继续刺释空的指尖。刘久训接着问道："另一个和尚去哪里了？"释空摇摇头。小泉太郎见释空不说，又用刑，释空大声吼道："我真不知道他去哪里了！你把我杀了，我也不知道！"

刘久训知道释空说的可能是真话，换了个口气问道："这样吧，你把你们去峨眉山的路线告诉我，我就叫他们不对你用刑了。"释空终于被迫说了去峨眉山的路线。

刘久训得到了情报，小泉太郎也停止了对释空用刑。几人围在一起，拿出地图，用笔勾画出路线。小泉太郎说："既然如此，事不宜迟，我们立即去三江镇守候。"

刘久训想了想说："小泉君，我觉得不用着急。另一个和尚现在不知在哪里，我估计他跑进了这一片山里。如果不识路，要想从这片山里走出来，可不是那么容易的事情。而且，即使走出了这片山，要想走到三江镇，也还需要时间。"

小泉太郎有些不高兴地说："那我们去三江镇守候，正好合适嘛。"刘久训说："我有个想法：我大哥住的地方离这里不远，他是二龙寨的寨主，这一带都是他的地盘。我们何不去找我大哥，叫他派人帮我们找那个和尚？如果能在这里把那个和尚抓住，把木棉袈裟拿到手，我们就不用去三江镇了。"

小泉太郎觉得刘久训的建议不错。他们是日本人，是偷偷潜入四川的，如果在三江镇待的时间过长，恐怕引起当地人注意。到时惹出一些不必要的麻烦来，就不是他们所愿意看到的事情了。如果刘久训的想法能实现，就可以在最短的时间里把木棉袈裟抢到手，那就最好不过了。

看到小泉太郎同意了自己的建议，刘久训指了指释空说："这个和尚怎么办？把他干掉得了。"小泉太郎摇摇头说："刘君，不急。这个和尚对我们还有用处。如果到时二龙寨没有找到那个和尚，我们还可以用他引出那个和尚。"

刘久训满脸堆笑地说："还是小泉君考虑问题周到。"五人押着释空，看准方向，朝二龙寨而去。没想到，果然在二龙寨遇到了释能。

释空把经过讲述了一遍，但隐去了供出要去峨眉山以及行进路线的事情，只是说自己什么都没说，一直守口如瓶。释能听得心如刀绞，连忙走到释空面前，把释空的手拉出来。看到释空两手上全是血，释能心疼得直掉泪。刘久其也没想到，释空居然受伤如此重，连忙叫人带着释空去处理伤指。

眼看天色渐晚，黄天杰开始盘算接下来该怎么办的事情。他把黄文泽和释能叫到跟前说："释能禅师，本来我想和文泽一起，保护你们去峨眉山的。但没想到我受了伤，没有办法再保护你们了。现在，只有让文泽陪同你们去峨眉山。"

黄文泽说道："爸，您放心好了，我一定保证把他们安全护送到峨眉山去。"释能双手合十说道："黄施主，您的好意，我们领了。现在释空回来了，木棉袈裟也安全了，就不用劳烦你们了。"

黄天杰摆着手说："这可不行！这是德清禅师圆寂前给我们的重托，我们无论如何，都要把你们护送到峨眉山，你就不用再和我争论什么了。"刘久其在一边插嘴说道："禅师，你别担心，我派几个弟兄，带着枪送你们去峨眉山！"

黄天杰对刘久其说："刘兄，万万不可。今天已经让二龙寨折损了这么多弟兄，不能再劳烦他们了。况且，这是德清禅师嘱托我和文泽的事情，与你无关。你的好意，我们领了。再说了，人多了目标就大，更容易引起注意。就让文泽和他们悄悄地去峨眉山，这样更安全一些。"

刘久其觉得黄天杰说得很有道理，也就不再坚持。黄文秀见父亲始终没有提到她，忍不住说道："爸，您怎么把我给忘了呢？"黄文泽指着父亲的伤口说："文秀，爸受伤了，你就不用跟我们去了，留下来照顾爸要紧。"黄天杰点点头说："我这一受伤，简直就成废人了。文秀，你就留下来，跟我一起回罗泉去。"

黄文秀见父亲和哥哥说得合情合理，只得同意。

黄天杰起身就要告辞。刘久其急了："都这么晚了，你们还要走？不行，必须在我这里住一晚上才走！"这时，释空回来了，两手缠着纱布。黄文泽看到释空一副疲惫的样子，又看到父亲的伤口，劝说父亲留在二龙寨休息一晚再说。

黄天杰看到外面天色朦胧，如果坚持要回罗泉，就要摸黑走山路。而且，黄文泽和释空、释能夜间赶路也不安全。留在二龙寨，至少可以保证大家都能得到休息，木棉袈裟的安全也有保障，就同意留下来住一晚上，明天一大早就分路出发。

刘久其大喜，吩咐人准备酒菜，盛情款待黄天杰一行。众人吃过饭后，黄天杰想到二龙寨死伤那么多袍哥弟兄，就带着儿女和释能、释空，到死伤的袍哥弟兄家里去看望和慰问。

一夜无话。第二天一大早，黄文泽带着释能、释空准备朝峨眉山进发。为了安全，他们不能走大路，只能走山间小道，所以没有骑马。临行前，黄天杰将随身携带的那把明江道长传给他的大刀交给了黄文泽。

刘久其坚持要派两个袍哥护送黄天杰和黄文秀回罗泉镇，黄天杰也不推辞，带着黄文秀和两个袍哥兄弟与黄文泽三人分道扬镳。黄文泽没想到的是，这一去，前方的路更坎坷，更艰难。

第七章◎竹林雨战

　　黄文泽三人行走在山间小道。天色阴沉，没有太阳，但气温闷热，让人心里发慌。没走多久，三人已是汗水湿透衣衫，每个人前胸后背的衣服，都湿了一大片。黄文泽抹了一把额头上的汗，回头看到释能和释空落下一大截，就停下来等他们。

　　释能和释空的情绪都有些低落，或许是受到了师父圆寂的影响。他们对短短时间内发生如此大的变故，似乎还有些适应不了。也难怪，在一般人看来，寺院里的僧人，基本上一辈子不用出寺庙，陪伴着青灯木鱼诵经修行到终老。至少在前几天，释能和释空都没有任何出远门的思想准备。如今，刚出门两天，两人就经历了这么多生死攸关的事情。换了任何一个人，都难以回过神来。

　　特别是走在最后的释空，一路上少言寡语，神情凝重，一副心事重重的样子。黄文泽看到释空那样，很是同情。昨天为了保护释能，他将刘久训和日本人引开，被抓住后受尽折磨，却始终闭口不言，这得要多大的毅力啊！

　　而且，释空在二龙寨，还带着伤和自己一起去追赶刘久训。这样的精神，让黄文泽肃然起敬。所以，黄文泽没有催促他，任由他慢慢地跟在后面。等到释能走到跟前，黄文泽看到释能气喘吁吁的样子，提议休息一下再说，但释能摇头说还能坚持下去。不怕慢，就怕站，释能不想因为休息而耽误行程。

　　木棉袈裟在释能身上背着，黄文泽本想接过来自己背着，但话到嘴边，还是忍住没说出来。他知道木棉袈裟对于释能和释空的重要性，那是圣物，是支撑他们赶往峨眉山的信念。他们必须要把木棉袈裟随时带在身上，心里才踏实。

　　对于他们来说，自己虽然不是外人，但空门与尘世之间，是隔着的。为了让他们心安，黄文泽担心自己好心做了坏事，最终还是让释能背着木棉袈裟。当然，他和释空也没有空着手，每个人身上都背了包袱。包袱里有干粮、钱财、衣物、水等，黄文泽还背了父亲交给他的那把大刀。

　　三人又默默无语地走了一程，前方有棵大树。黄文泽走到大树下，感觉有了一丝凉风，不禁把衣服敞开，扇着风。释能和释空相继来到树下，黄文泽把包袱打开，拿出水递给释能和释空。三人席地而坐，一边喝水一边享受着偶尔吹来的凉风。

释能歇了一会儿，来到释空面前，查看释空手上的伤势。解开纱布，释空的手指颜色有些发白，一股恶臭扑鼻而来。黄文泽过来看了看说："你的手不能再裹这么厚的纱布了。气温这么高，容易发臭。"

释能解开纱布，撕下一小块，轻轻地包扎在释空手上。释空抬头看着前方，低声说道："黄施主，峨眉山还有多远？"黄文泽想了想说："如果走大路骑马的话，大半天的时间，我们就能很轻松地到达。但我们现在为了安全起见走山路，绕了很多路。如果不出意外的话，估计明天下午就能到了。"

释能有些惆怅，他很少出门，从来没去过峨眉山，不知道到底有多远。尽管从内心来说，他希望越快到达峨眉山越好，但目前形势严峻，日本人没有把木棉袈裟抢到手，他们是绝对不会心甘的。这一路上，还不知道潜伏着多少危险，随时都有可能发生意外。

释能心中一直有个疑问，日本人为什么能那么容易地一路追踪而来呢？他和释空前天早上从宁国寺出发，而前天晚上日本人才闯进宁国寺，发现木棉袈裟已经不在寺内。结果，昨天上午，日本人就把他们追上了。难道这些日本人都长了千里眼顺风耳不成？

释能把心中的疑惑告诉黄文泽，希望黄文泽能给他一个合理的解释。黄文泽告诉他，这些日本人都不是普通人，都是训练有素的武士。他在东北的时候，曾经接触过一些日本人，发现他们的追踪本事的确非同寻常。只要是日本人想要找到的人，就没有找不到的。

见释能和释空对自己的解释仍然一知半解的样子，黄文泽向他们讲述了自己在东北亲身经历的一件事情。在东北的时候，黄文泽和几个日本人有所交往。那时，日本人在黄文泽眼里，还比较友善，黄文泽觉得与他们交往是很正常的事情，直到"九一八"事变后，他才改变对日本人的看法。

一次，黄文泽和一个叫伊藤鹰的日本人进山打猎。走之前，他们没有告诉任何人，也没有透露行踪。其实，即使透露行踪也没有用，因为他们进了山里后，纯粹就是漫无目的地行进。他们拿着指南针，只要大方向没错就行。

两人也没带什么干粮，打到猎物，就吃猎物。晚上，就在山林里找个地方休息。因为要寻找猎物，两人循着猎物的踪迹前行。或许本来路在这个山中，结果他们跑到了那个山里。这样的打猎方式，黄文泽很是喜欢。

到了第三天上午，黄文泽和伊藤鹰发现一头野猪，不禁一阵狂喜。如果能把这头野猪拿下，这可能是这次打猎最大的收获。两人一路跟踪野猪，来到一块大石头后面。离他们不到50米的地方，就是那头一百多斤重的野猪。黄文泽枪法不错，伊藤鹰叫黄文泽开头枪，他开第二枪。

黄文泽屏住呼吸，瞄准野猪，手指慢慢挪到扳机，准备开枪。忽然，那头野猪似乎受到了惊吓，撒腿就跑。眼看到手的猎物溜走，黄文泽气得站起来把枪扔到一边。伊藤鹰没有像黄文泽那样发怒，他警觉地看着前方。果然，前方闪过一个人影，很快来到伊藤鹰身边。

黄文泽惊讶地发现，来人是和他也有交往的日本人菅野直人。菅野直人一身紧身黑衣打扮，看样子走了不少的路。菅野直人对伊藤鹰小声说了几句，伊藤鹰对黄文泽说，家里出了点事，他必须立即回去。黄文泽没有办法，只得跟着伊藤鹰和菅野直人一起来到最近的路上，拦了一辆车回去。

当时，黄文泽觉得菅野直人突然出现，不但吓跑了唾手可得的猎物，还把打猎的行程中断了，很是扫兴。后来，黄文泽慢慢回想这个事情，不由得惊出一身冷汗。他和伊藤鹰在山里打猎，没有固定的路线，菅野直人是怎么找到他们的呢？难道菅野直人是神仙，能掐会算？

多年后，黄文泽了解到日本人更多方面的信息后才明白，和他交往的那些日本人，其实都不是日本的平民百姓，他们是日本间谍！而日本间谍，大多由武士组成。根据菅野直人当时找到他和伊藤鹰的装束来看，菅野直人应该是个忍者。

释空好奇地问黄文泽，什么叫忍者？黄文泽说，忍者是日本的一种特殊职业，正式名称确定于江户时代，江户时代相当于中国的明朝后期到清朝时期。忍者从小接受非人般的忍术训练，主要是进行秘策、破坏、暗杀、收集敌方前线情报、搅乱敌方后援基地等种种谍报活动。

释空禁不住打了个冷战，昨天受到日本人的折磨，莫非那些日本人就是黄文泽嘴里说的忍者？黄文泽摇摇头说，昨天那四个日本人不一定就是忍者，但他们是日本武士，这一点是毋庸置疑的。如今，在中国境内活动的日本间谍，组成较为复杂。释空听后，默默不语。

黄文泽发现天色越发阴沉起来，很有可能会下雨。他们今天早上从二龙寨出发的时候，没有想到天气的因素，所以没带雨具。如果一下雨，行程又要被耽搁。而且，他们是在山间行走，说不定会暴发山洪。到时，行进的速度只有被迫慢下来。黄文泽拿起包袱，对释能和释空说道："我们走吧。"释能把释空扶起来，三人继续上路。

远处传来隐约的滚雷声。黄文泽暗自着急，看来这一场雨是不可避免的了。他突然想起，父亲、妹妹与他们一起从二龙寨出发，不知道此时是否回到了罗泉镇。如果按骑马的速度，他们应该到了罗泉镇。但父亲有伤，估计速度有所减慢，可能会耽搁一些时间。要是在半路淋了雨，父亲的伤势会受到很大影响。

黄文泽不断祈祷，希望老天爷能开眼，等父亲和妹妹到了罗泉镇再下雨。他更希望的是，他和释能、释空能尽快地找到一个暂时的安全所在，把雨躲过去。想到这里，黄文泽催促释能和释空加快脚步往前赶。

三人几乎是一路小跑着往前走。爬上一座山后，黄文泽放眼望去，只见对面半山腰有一大片竹林，竹林中间，似乎有一户人家。这时，一大滴雨落在黄文泽的鼻子上。释能和释空的头上，也被雨滴打中，两人都用手摸着光光的头顶。

黄文泽指着竹林说："雨已经开始下了。前面竹林有人家，我们赶紧跑过去躲雨！"说完，黄文泽脚下加劲，飞快地朝山下跑去。释能和释空也跟在黄文泽后面跑着。

雨点越来越密，啪啪啪地打在四周的树木和草丛中，发出清脆的声音。黄文泽回头一看，发现释能摔倒在地，释空正在扶他。释能似乎崴了脚，走路一瘸一拐的。黄文泽心急如焚，回转身去，把释能扶住，连拖带拽地往竹林跑去。

终于，他们在倾盆大雨到来之前，跑到了竹林那户人家门口。黄文泽上前敲门，里面没有任何回应。眼看三人的衣服快被雨水淋透了，黄文泽只得使劲地把门一推，带着释能和释空走了进去。

这户人家有三间房子，中间是堂屋，左边是卧室，右边是厨房。黄文泽进屋后，大声喊道："有人吗？有人吗？"没有人回应。黄文泽走到卧室门口朝里看，没人；又走到右边的厨房门口看，还是没人。估计这户人家外出了，黄文泽这样想到。

释空把释能扶到凳子上，把他的鞋子脱下，查看释能的脚是否受了伤。黄文泽把身上的衣服脱下，晾晒在堂屋里的架子上后，就去帮着看释能的脚。释空把位置让给黄文泽，起身也脱下衣服晾晒。

黄文泽用手摸了一遍释能的脚，发现骨头没有受伤，长长舒了一口气。他最担心的是释能的脚骨折，那样的话，接下来的行程就会非常艰难。从释能的表情和脚稍稍肿起的状况来看，应该是把脚上的肌肉拉伤了。只要用酒揉一揉就基本上没什么问题，不会影响行程。

这户人家没人，黄文泽也顾不了那么多，在屋里翻找一通，找到了一瓶白酒。他给释能揉了一会儿后，释能感觉好多了。他试着把脚放在地上，站起来走了几步，果然已经没有多大问题。

外面的雨还在唰唰唰地下着，雨点打在屋顶上，发出巨大的声响。黄文泽走到门口，左右看了看，除了密集的雨点，没有发现其他任何异常的现象。看来，在这深山老林里，这户人家过着一种怡然自得的生活。黄文泽想，等老了的时候，也搬到这样的地方生活。虽然有些与世隔绝，但远离尘世的喧嚣，也是一种幸福。

黄文泽感觉有些饿了，拿出干粮，分给释能和释空。黄文泽见释能和释空有些艰难地吃着干粮，看到桌子上有个竹编的水壶，打开，里面的水尚且温热，就到厨房里拿了三个土碗，分别倒上水，递给释能和释空。就着水，三人很快吃完干粮，算是把肚子哄住了。

天气炎热了这么长的时间，老天似乎要把欠下的债还清。天上的雨不仅没有停下的意思，还一如既往地大颗大颗往下掉着。释能苦着脸，看着外面的大雨，忍不住叹了口气。释空倒没有释能那么着急，他把手上的纱布解开，查看着伤势。

黄文泽安慰释能说，夏天的雨，说来就来，说走就走，不会长时间地下绵雨。要不了多长时间，雨就会停住。与其如此焦急地等着雨停，还不如借这个机会休息一下，等把精神养足了，雨也停了，到时正好清清爽爽地赶路。

释能也找不到更好的安慰自己的办法，只得把身上的衣服脱下，把水从头到尾地拧了一遍，搁在凳子上晾干。黄文泽把凳子移到门口，靠着墙，眯着眼睛，打起盹来。

迷糊中，黄文泽又回到了东北。大街上，到处都是惊慌失措奔跑着的人，汽车喇叭声响成一片，远处的炮声、枪声交织在一起。黄文泽拨开阻碍他的人群，在大街上奋力逆行。他焦急地四处张望着，可哪里有他要找的人？

黄文泽不顾一切地寻找，嘴里大声喊着"晶晶，晶晶，你在哪里"。可他的声音显得那么微弱，话刚出口，就被喧嚣淹没了。他爬上路边的一根电线杆，朝前望去。前方的人群中，似乎有一个熟悉的背影，正被人挤得东倒西歪。

黄文泽大喜，那不正是自己苦苦寻找的晶晶么？黄文泽从电线杆上溜下来，撒腿朝晶晶追去。可大街上的汽车和人群挤作一团，他怎么也挤不过去。黄文泽急了，将脚在地上使劲一蹬，腾身跃起，在汽车顶上腾来跃去，有时还将人的头顶作为跳板。

很快，他又看到晶晶的背影了。晶晶提着一个大箱子，歪斜着身子蹒跚地走着。黄文泽大声喊着"晶晶"，晶晶似乎听到了他的声音，停了下来，回头张望。看到黄文泽，晶晶高兴地挥舞着手。

黄文泽脚下加快，马上就要接近晶晶了。这时，一发炮弹打来，落在晶晶身边。晶晶尖声惊叫，整个人朝黄文泽飞了过来。黄文泽痛苦地大叫着，想飞起来去接住她。谁知，有人突然拉住他的肩膀，把他从空中拉了下来……

黄文泽猛地醒过来，用手一摸胸口，发现全是汗水。他睁开眼睛，看到释能脸色苍白，一手抓着他的肩膀，一手指着厨房的方向，结结巴巴地低声说道："那，那边，有，有死人！"

黄文泽立即清醒过来，有情况！他不由得朝门外看去，似乎看到一个黑影在雨中一闪而过。雨还是那么大，丝毫没有减弱的趋势。那个黑影，黄文泽的确看得清楚，不是幻觉。

黄文泽把释能赶紧拉到靠里的墙角，释空也抄起屋里的一根扁担，警惕地站在释能和黄文泽身边戒备着。黄文泽低声地问释能："怎么回事？"释能此时稍稍镇定了一些："我刚才去那边上厕所，看到地上有血迹。再看茅坑里，一个老头躺在里面……"

黄文泽拔出大刀，叫释空保护好释能，来到厨房边的厕所。果然看到地上有一摊血迹，一个老头歪斜着倒在茅坑里，一动也不动。他用手摸了摸血迹，血沾在了手上，说明老头死去不久。很显然，茅坑里的老头是被人杀死的。

黄文泽感觉背心发凉。这户人家不是没人，是有人在他们赶到之前就被杀了。是谁杀了老头？不会是山贼，山贼一般不会对村民下手，很可能是针对他们而来的！联想到刚才看到的那道黑影，黄文泽想到了日本忍者。能够在他面前一闪而过的人，也就只有忍者了。他在东北时，见识过忍者的能耐。

难道说，日本忍者一直在暗中追踪他们，并事先将这户人家的老头杀害？可忍者为什么不在途中对他们下手呢？黄文泽来不及多想，立即返回堂屋，看到释空和释能都紧张地看着他。

黄文泽对两人点点头说："日本人追上来了，我们必须想办法。"释能把还没晾干的衣服穿上，把装着木棉袈裟的包袱紧紧地缠在身上。黄文泽和释空也赶紧把衣服穿上，把包袱带上。黄文泽看了看外面的大雨，脑子里快速地转动着。

既然外面的人一直没有动手，说明他们有所忌惮。既然如此，待在屋里，暂时还是安全的。只要做好防范，外面的人也不敢轻易冲进来。黄文泽转念又想到，或许外面的人还在等待时机，难道是在等待增援？如果是这样的话，一旦对方增援的人马赶到，他们再想全身而退，就很困难了。

与其坐以待毙，不如三十六计走为上策。黄文泽把自己的顾虑说了出来，释能坚毅地说："我们不能再待下去了，必须立即出发。"释空也赞同释能的想法。黄文泽把墙上挂着的一顶斗笠戴在释能的头上说："我们不能从正门出去，得另外找个地方悄悄地走。"

释空左右看了看说："从什么地方出去？好像没有别的路了。"黄文泽指着厨房方向说："刚才我看到厨房那边的墙有些破损，我们就从那里钻出去。"黄文泽叫释空断后，他在前面，释能走中间。

黄文泽来到厨房破损的墙边，用脚轻轻地踢了几下。墙是内外涂了一层泥土的竹编墙，年月较久，很容易被踢破。墙外堆着干柴，黄文泽用大刀朝外拨弄了几下，外面的干柴被推开，露出一个洞来。

黄文泽趴下，悄悄地将头伸了出去，警惕地朝四周看了看，没有发现什么动静。有可能日本人把注意力都放在了正门，没有注意到这边。黄文泽钻了出去，提着刀又观察了一下。确保安全后，示意屋内的释能和释空赶紧出来。

三人悄无声息地钻入竹林里，加快脚步，想尽快远离屋子。这片竹林比想象中大多了，走了一段路后，四周还是密密麻麻的竹子。尽管头顶有竹叶挡住雨水，但黄文泽和释空的身上，还是很快就湿透了。

黄文泽在前面开道，释空护着释能跟在后面。雨似乎小了一些，但仍密集地下着，在竹林里腾起一阵阵淡淡的雨雾。黄文泽回头再看，那户人家的屋子已经看不到了。

　　黄文泽正想舒口气，忽然，他感觉到附近的竹子在轻微摇晃，又一道黑影从眼前闪过。黄文泽持刀戒备，那道黑影再也没有出现。释能和释空看到黄文泽如此状况，也都凝神屏气，不敢有所动作。整个竹林此时的氛围诡异到了极点，除了雨水打在竹叶上的唰唰唰声，听不到其他任何动静。

　　黄文泽正想往前挪动脚步，就听到身后的释空"哎哟"一声叫了起来。回头一看，只见释空的左肩头上中了一支短短的竹箭。黄文泽大骇，赶紧叫二人蹲下。释空疼得不敢叫唤，龇牙咧嘴地用手摸着竹箭。释能颤抖着手，想去拔竹箭，黄文泽制止了他，叫他先把竹箭露在体外的部分折断。

　　黄文泽知道，忍者惯用身边的事物作为武器。潜伏在附近的那个忍者，借用竹子削成竹箭，开始朝他们进攻了。释空没有防备，被竹箭射中。黄文泽之所以不准释能去拔竹箭，是担心竹箭上还有机关。一旦拔下来，释空可能会血流不止，最终导致死亡。与其如此，还不如让竹箭先在释空身上留着，等脱险后再做处理。

　　黄文泽蹲在地上，警惕地看着四周。他悄悄地捡起一块小石头，只要发现对方，就立即反击。雨水顺着黄文泽的额头不断地往下流着，黄文泽感觉视线受到影响，用衣袖轻轻擦着额头上的雨水。

　　前方的竹丛中有些动静，黄文泽想都没想，抬手将小石头打了过去。几乎在他将小石头打出的瞬间，一支竹箭朝他射了过来。黄文泽大刀一挥，将竹箭挡住。同时，黄文泽腾身而起，举着大刀朝竹箭射来的方向扑去。

　　小石头将对方击中，就见一个黑影从前方冒了出来。又是一支竹箭朝黄文泽射来，黄文泽将身一闪，竹箭射进旁边的一棵竹子里，力道很足。黄文泽继续扑过去，那个黑影轻盈地在竹林中左晃右闪，一下子不见了踪影。

　　黄文泽也不去追赶，回到释能和释空跟前，拉着释能就朝前冲去。释空一手捂着肩头，一边跌跌撞撞地跟在后面。三人来到竹林中的一片空地，就听到一声呼啸，两个黑影从天而降，拦住去路。黄文泽将身护在释能面前，沉着地看着两个忍者。两个忍者也没有立即进攻，虎视眈眈地看着三人。

　　此时，就听到一阵大笑声，刘久训从竹丛中钻了出来。刘久训浑身上下被雨水淋透，一缕长发披在脸上，看起来特别滑稽。刘久训指着黄文泽笑道："小子，别费劲了！识相的，赶紧走人，把两个和尚交给我。"

黄文泽冷笑道："你就别做梦了！"刘久训叹了口气说："本来我真不想杀你，一来我有命令在身；二来我们不管怎么说也都是同门。论起辈分来，你还得叫我一声师叔。"

黄文泽呸了一声说道："你还好意思说是同门！盘破门向来都是铮铮铁骨的英雄好汉，没有勾结日本人的汉奸走狗。如果你还念着是盘破门弟子，我劝你赶紧回头，不要再为日本人卖命了。木棉袈裟是中国的圣物，绝对不可能让日本人抢走！"

刘久训摇摇头说："你小子啊，和你老爸黄天杰简直就是一个德行，犟驴子一只！我就不明白，你们到底得了和尚什么好处？凭什么要给两个和尚卖命？你听师叔一句劝，只要帮助我把木棉袈裟拿到手，日本人保证亏待不了我们。到时，金钱、美女、官职，随你挑，任你选！"黄文泽将手中的大刀挥了挥："你得问问我手里的这个家伙答不答应你了。"

刘久训盯着黄文泽看了半响，嘴里挤出几个字："你，真的要一条路走到黑了？"黄文泽用刀指着刘久训说："别废话，要动手，赶紧！"刘久训将披在脸上的头发狠狠用手往后一抹："那就别怪师叔翻脸不认人了！"

说着，刘久训把手一挥，两个忍者拔剑朝黄文泽扑了过来。黄文泽早有准备，挥舞着大刀迎了上去，顿时，刀剑碰撞之声不绝于耳。与两个忍者交上手，黄文泽对两人的功力有了大致了解。相比之下，这两个忍者与他在东北认识的忍者功力逊了不少。尽管如此，要想在短时间内干掉他们，也不是一件容易的事情。

刘久训把黄文泽交给两个忍者后，就朝释能扑去。释空把释能往后一推，叫释能快跑，迎着刘久训冲了上去。释能很不想离开，但他身负重任，不能让木棉袈裟落在对方手里，只得咬牙朝另一个方向跑去。

刘久训根本没把释空放在眼里，他的目标是释能。但释空忍着伤痛，拿出拼死的决心与刘久训纠缠着，刘久训一时半会也无法将释空放倒。与黄文泽打斗的一个忍者看到释能逃走，一个地滚，挟裹着剑风朝黄文泽下路攻来。黄文泽无法后退，只好朝一边闪挪开去。

这一来，正好留出空当。那个忍者滚过空当，将身一跃，朝释能追去。黄文泽大叫不好，不顾另一忍者朝自己刺来的一剑，将脚一跺，腾身飞起，从半空中朝追赶释能的那个忍者一刀劈去。那个忍者感觉到头顶刀锋来临，无奈之下只得反手用剑把黄文泽的大刀挡住。

黄文泽顺势翻腾到那个忍者前面，拦住他的去路。另一忍者撇下黄文泽，从旁边竹丛的空隙闪过去追释能。黄文泽立即转身又去阻拦，隔着两棵竹子的缝隙用刀刺了过去。对方只得往后一缩，躲过黄文泽的袭击。黄文泽成功将对方逼退，连忙后退数步，将释能逃走的路线堵住。

这时，就听到不远处传来释能的惊叫声，黄文泽朝后一看，只见不远处的竹子在不断晃动，释能的叫声从半空中传来。正在和释空打斗的刘久训听到释能的声音，哈哈笑道："抓住那个和尚了，这下跑不掉了！"

黄文泽心中着急，挥刀将两个忍者逼退，转身朝释能的方向跑去。就见竹林中的一棵大树上，释能被一张网兜着悬在半空，附近的竹子因释能的拼命挣扎而晃动不止。黄文泽没想到，刘久训和两个忍者居然如此有心计，在竹林里设下陷阱。释能慌不择路，恰好触动机关，被网了起来。

黄文泽迅速地对陷阱进行了分析，释能被网上半空，网上必然系着一根绳子。只要把绳子砍断，释能就能落到地面逃出来。可黄文泽居然没有发现绳子，绳子在哪里？黄文泽正在纳闷之际，那两个忍者已经跟了上来。黄文泽无暇顾及释能，只得与两个忍者继续打斗。

刘久训见释能被网住，精神大振，不断朝释空进攻。释空本来就有伤，很快被刘久训逼着退到大树下。但释空向来以力气大出名，在宁国寺是有名的大力士，他咬紧牙关，使出浑身的力气阻止刘久训。刘久训气得嘴巴都歪了，攻势一招比一招凌厉。释空不断被刘久训放倒在地，但立即又爬起来，继续战斗。很快，释空身上满是伤痕，肩头的伤口不断往外流血。

黄文泽看到释空快要抵挡不住刘久训，如果他被刘久训打倒，自己就要独自应对三个人。只有尽快把两个忍者干掉，才有机会去救释空。这么想着，黄文泽不由得有些分神，两个忍者加快了攻势，将黄文泽逼到一丛竹子跟前。

黄文泽右边的忍者持剑刺来，黄文泽用大刀反手格挡。大刀将忍者的剑格开后，余劲未消，一刀砍在身边的一棵竹子上，竹子被拦腰砍断。被砍断的竹子上截带着枝叶朝另一个忍者砸去。那个忍者将身一闪，躲过竹子。

黄文泽见状，灵机一动。忍者向来身形灵活，自己为何不向忍者学习，不必与对方死磕，而是在运动中寻机将对方干掉呢？四周的竹子，完全可以成为自己的帮手。

黄文泽主意已定，瞅准时机，将一棵竹子砍断，顺手把竹子上截砸向刘久训。刘久训正与释空苦拼，没提防竹子砸来。尽管竹子砸下来的力道不大，但也把刘久训吓得一跳闪开。释空得到了片刻的喘息机会，紧捏拳头，怒视着刘久训。刘久训回过神来后，又扑上去与释空纠缠在一起。

黄文泽在竹丛中跑来跑去，与两个忍者捉迷藏。他不失时机地砍着竹子，将断竹横在竹林的空隙处。断竹果然帮了黄文泽大忙，两个忍者追杀黄文泽的脚步明显放缓了下来。很快，大树下的空地堆起了不少断竹，刘久训和释空基本上是在断竹中打斗了。

释空很快明白了黄文泽砍断竹子的意图，他的手受了伤，打斗起来有所受制，但有了这些断竹，他就可以充分发挥脚下功夫，不断地把断竹踢起来阻击刘久训。刘久训不时被断竹打中，气得两眼喷火，但一时半会也拿释空没办法。

雨一直在下，竹林这片空地在众人的打斗下，很快成了泥地。刘久训看到释空老是在断竹上做文章，他也打起了断竹的主意。刘久训的脚下功夫不如释空，他就用手将断竹的枝叶拉起来，朝释空扫去。断竹枝叶在混合雨水之后，杀伤力无形中增强了许多。即使避开了枝叶，但枝叶上的雨水打在脸上，也是生疼生疼的。

刘久训将断竹枝叶当作武器后，释空又渐渐处于下风。释空也有些着急，他跳了起来，连续用腿功向刘久训攻击。刘久训用手不断抵挡，趁释空出腿变缓的时机，两手抓住释空的左脚，使劲地一反扭，释空整个人在空中打了个旋，失去重心，重重地落在断竹中。

刘久训不等释空翻身，扑上去，从释空身后用断竹枝条将他的脖子缠住，使劲地往后拖着。释空本能地用两手抓住脖子上的枝条，减缓窒息的时间。释空的脸涨得通红，两脚在地上使劲地蹬着。但地上太湿滑，他的两脚根本无法借力。

就在这时，一个忍者朝黄文泽进攻，黄文泽一脚朝他胸口踹去。忍者被踹个结实，身子往后倒退。释空正好在那个忍者背后，他脑子里闪过一个冒险的计划，并立即实施。他把两手从脖子处松开，怒吼一声，身子猛地往前一倾，两手抱住一根断竹，直端端地戳向那个忍者的后背。

黄文泽砍竹子时，角度都是倾斜着的，这样砍下去，竹子最容易被砍断，断竹的端口都是尖尖的。那个忍者哪里提防背后有这么一根尖竹等着他，只顾着往后倒退。旁边的忍者大声叫着想提醒，但已经来不及了。只听一声惨叫，那个忍者被断竹穿了个透心凉。

刘久训被眼前的一幕惊住了，手上的劲也消了不少。释空抓住时机，再一用劲，从刘久训手里挣脱了出来。释空翻身爬起来，抢起穿着忍者的断竹，朝刘久训扫去。刘久训吓得往旁边一闪，忍者的尸体啪的一声贴在大树上，随即软绵绵地缩到了地上。悬在半空的释能把这一切看得真真切切，心中叫好的同时，又有些于心不忍，连忙闭眼念经。

黄文泽见干掉一个忍者，精神大振，这对扭转场上战局，起到了至关重要的作用。剩下的那个忍者和刘久训，见死掉一个同伴，士气受到了打击。他们明白，只有尽快结束战斗，干掉黄文泽和释空中的任何一个人，他们才有机会去收拾释能，把木棉袈裟抢到手里。不管是刘久训抢到木棉袈裟，还是忍者抢到木棉袈裟，都算胜利。

刘久训冲着忍者用日本话大声嚷了几句，忍者点点头，回应了一句，两人就分别朝黄文泽和释空猛烈攻击。刘久训很快将释空打翻在地，但释空又顽强地爬起来继续战斗。两人身上都沾满了泥浆，像泥人一般。尤其是释空，浑身上下，只有两只眼睛露在泥浆外面。

释空再次被刘久训打倒，刘久训不等他爬起来，飞身上前将他死死压在身下，两手卡住他的脖子。释空用手去扳刘久训的手，但根本无法撼动。他使出浑身的力气，猛一转身，将刘久训掀翻在一边，随即扑到刘久训身上，抢起拳头朝刘久训打去。

刘久训两手将他的手抓住，腰间用力，把他拱翻，又压在了他身上。刘久训骑在释空身上，用手猛烈地朝他的头部打去。没几下，释空就失去了反抗能力，全身瘫软了下来。刘久训看到释空被制伏，爬起来，朝他踢了一脚，抬头看看释能，准备去抢木棉袈裟。

刘久训刚走了一步，左脚就被释空抱住。刘久训转身，用右脚踢着他，但他就是不松手。刘久训只得拖着他往大树下挪动。释空抱着刘久训的脚，嘴里大声嚷着："黄施主，黄施主！"

黄文泽见情势危急，再这样下去，刘久训不仅会把释空干掉，还会把木棉袈裟抢到手。黄文泽将大刀抢得呼呼作响，想逼退忍者，然后得空去增援释空。但忍者似乎知道了他的企图，挥舞着剑不让黄文泽有抽身的机会。

黄文泽怒火中烧，欺身上前，瞅准机会，用大刀朝忍者胸口劈去。忍者用剑格挡。黄文泽将手一抖，大刀粘着剑挽了几个圈，刀风把剑完全罩住。忍者所持的剑不长，眼见刀锋就要旋到手腕，想把剑抽出来，但没有办法。忍者只得将手一松，空手缩回，避免了被刀锋斩断的危险。

黄文泽成功击脱忍者手里的剑后，把大刀朝刘久训扔去，立即上前，两手抓住忍者的衣服，大叫一声，把其拎了起来，朝附近的一片竹桩扔去。忍者的身体在空中划出一道弧线，落在了竹桩中。竹桩刺透忍者的身体，忍者惨叫几声，吐出几口鲜血，就悄无声息了。

刘久训正想挣脱释空，忽见黄文泽将大刀朝他扔来，吓得将身朝一边躲闪，大刀擦着他的胳膊飞过。刘久训脚下被释空抱着，这一躲闪，失去了重心，摔倒在地。这一摔，把释空甩掉了。刘久训脚下得到解脱，连忙翻身爬起来，看到黄文泽将忍者朝竹桩扔去。

忍者被竹桩刺死，把刘久训吓得不断地眨巴着眼睛。随即，刘久训看到黄文泽转身朝他奔来，预感到大事不妙。如果留下继续打斗，完全可能会被黄文泽干掉。留得青山在，不愁没柴烧。刘久训是个识时务者，连忙转身逃跑。黄文泽哪里肯让刘久训逃走，捡起大刀，顺着刘久训逃走的方向就追。

释能在网中看到释空躺在地上一动不动，心中很是着急，连忙大声喊着"释空，释空"，但释空没有一点反应。刘久训果然是个逃跑专家，身子在竹林里晃动了几下，就不见了踪影。黄文泽如果继续追下去，也许还能追上。但他听到释能呼唤释空的声音，就慢慢地停了下来。

经过一场血战，两个忍者被干掉，刘久训落荒而逃，总算暂时安全了。听释能的喊叫声，释空的情况可能比较严重。释能还被吊在树上，得赶紧把他放下来。但刘久训再次逃脱，不知道他还会找来什么样的帮手。黄文泽思量再三后，气得用大刀将身边的竹子斩为两截，转身回到现场。

黄文泽把释空扶起来，看到释空浑身上下伤痕累累，鲜血混着泥浆不断往外冒。释能在半空大叫道："黄施主，先把我放下啊！"黄文泽放下释空，绕到大树后，这才发现一根系着大石头的绳子贴在树干上。刘久训等人果然狡猾，没有把绳子露在外面，就是担心黄文泽和释空得着机会把绳子砍断，释能就会被放下来。

黄文泽拉着绳子，把释能慢慢地放下来。释能挣开网兜，跌跌撞撞地扑到释空面前，抱着释空大哭起来。雨水冲刷着释空苍白的脸，释空艰难地睁开眼睛，看到释能，惨然地笑了笑。

释能抬头对站在一边警戒的黄文泽惊喜地叫道："醒了，醒了！"黄文泽蹲下身来，拉着释空的手。释空努力地从嘴里挤出几个字："请……保护……住持……"全身随即松软了下去。释能抚着释空的遗体，哭得昏天黑地。

黄文泽把释空一直睁着的眼睛抚上，站起身来，抹了抹泪水。竹林这一役，虽然杀了两个忍者，打跑了刘久训，但损失了释空。离峨眉山的路程还长，接下来还不知道会遭遇怎样的恶战。回二龙寨搬救兵，是不可能的事情了。自古华山一条路，无论再怎么艰难，必须坚持走下去！

黄文泽等释能情绪稍微平息下来，把他扶了起来。释能抹着泪，看了释空一会儿，转身就走。黄文泽大惊，问道："你到哪里去？"释能一言不发，只顾往前走。黄文泽没办法，只得跟着他。

释能回到那户人家，找了一把锄头，扛着又冲进了竹林。黄文泽这才恍然大悟，释能原来想要掩埋释空，不让释空曝尸竹林。黄文泽又是感动又是惭愧，他把那户人家卧室里的一张竹席卷起来，跟着释能回到大树下。

释能拿起锄头，一边流泪一边挖坑。黄文泽将释能手里的锄头接过来，释能也没有反对。黄文泽挥锄挖坑，释能把包袱里的水拿出来，给释空清洗着脸，然后拿出一套干净衣服给释空换上。

黄文泽挖好坑后，帮着释能用竹席裹着释空的遗体，放到坑中，开始掩土垒坟。释能盘腿坐在坟前，手里捻着佛珠，嘴里念着经。黄文泽把坟垒好后，走到释能面前，轻声说道："禅师，我们走吧。"

释能停止念经，起身，站在释空坟前静默了一会儿后，转身对黄文泽缓缓说道："黄施主，那个老人家因为我们被杀，我想麻烦你和我一起去把他也安葬了，我好为他超度。"尽管黄文泽知道此地不宜久留，但也知道出家人以慈悲为怀，释能这个想法合情合理，就同意了。

两人再次回到那户人家，黄文泽把老头从茅坑里拖了出来。释能打来水，给老头清洗身体。黄文泽在释能忙碌的同时，在屋边找了一块空地，挖了一个坑。两人安葬好老头后，将身上的衣服换了。

雨停了，竹林中的蝉又叫了起来，似乎刚才竹林的恶战从来没有发生过。释能解开包袱，把包着木棉袈裟的木盒交给黄文泽，非常恳切地说："黄施主，释空已经圆寂，这一路还不知道有多少意外。我手无缚鸡之力，很难保证木棉袈裟的安全。烦请你就把木棉袈裟带着，万一发生什么意外，你也可以替我把木棉袈裟送到峨眉山去。"

　　黄文泽心情沉重地接过木棉袈裟。释能把释空包袱里的东西装进自己的包袱里，低声对黄文泽说道："黄施主，时辰不早了，走吧！"

第八章◎峡谷争夺战

刘久训从竹林逃走后，唯恐黄文泽追上来，一溜烟跑出老远。直到跑到此前黄文泽三人歇息的那棵大树下，回头看后面，发现的确安全了，顾不上树下泥土潮湿，一屁股坐了下来。

看着淅淅沥沥下着的雨，树叶间不断地往下滴落雨水，刘久训懊恼不已。早知道黄文泽和释空和尚那么能打，他就应该听从两个忍者的劝告，等待援兵来后再去围劫木棉袈裟。如今，因为贪功冒进，导致两个忍者被杀，眼看到手的木棉袈裟又飞走了。

算下来，二龙寨和竹林这两场恶战，日本人已经死了六个。自己要不是审时度势跑得快，也许会像那六个日本人一样丢了小命。刘久训现在想得最多的，不是因为自己的错误决策导致六个日本人丢命，会遭到日本人的处罚，而是如何尽快把木棉袈裟弄到手，以此将功补过。

此前设想的美好前程，已经没有可能了。以他对日本人的了解，只有把木棉袈裟交给他们，他们才会饶自己一条命。否则，不管自己跑到哪里，日本人都能把他找到。他已经没有任何退路可走，只能一条路走到天黑了。或许，日本人得到了木棉袈裟，一时高兴，还能兑现他们的承诺。

留得青山在，不愁没柴烧。这是刘久训的人生信条。他从来不会蛮拼，看到形势不利，就得赶紧想办法保全性命。只要命在，什么都好说。把命丢了，什么都是空话。

昨天下午从二龙寨逃出来后，他实在是得意忘形，没提防半路上被一个丫头给暗算了。黄文秀那一棍子，的确把他给敲晕了过去。不过，幸好他是练武之人，经得住摔打，很快就苏醒了过来。

他发现自己仰面朝天地躺在路上，包袱不见了踪影。他打了个寒战，立即清醒了，才想起之前发生的事情。他正是因为要把包袱抢回来，才被那丫头一棍给敲晕的。他翻身爬起想站起来，但头疼得厉害，晕乎乎的。看到身边那根敲晕自己的棍子，他爬过去拿在手里当作拐杖，终于站了起来。

那个丫头早已不知去向，估计带着装有木棉袈裟的包袱跑远了。刘久训气得想大骂，没想到哥哥的二龙寨不仅有爷们儿的浑水袍哥，连女人也下水当上了浑水袍哥。但他并不认识那个丫头，可能是二龙寨某个袍哥的女儿。这可真是大水冲了龙王庙——一家人不认一家人。

刘久训很想冲回二龙寨，把木棉袈裟抢回来。但他知道，这个时候再回二龙寨，只有死路一条。即使黄天杰不把他打死，哥哥也会把他杀了以向刘家先祖谢罪。这个哥哥，他是很了解的，有时为了义气，可以六亲不认。

那四个在二龙寨的日本人，基本上可以判定只有死路一条。原想仗着日本人能把木棉袈裟轻松弄到手里，不想反而让四个日本人送了命。如今，只剩下他一个人了，要想把木棉袈裟夺回来，难度不是一般的大。当下之计，只有先保存实力，走一步算一步了。

无意中，刘久训看到路边草丛里躺着他的手枪。连忙捡起来一看，发现已经摔坏了。他气得把手枪朝不远处的水塘里扔去，然后拄着木棍，用最快的速度朝前跑去。这里还是二龙寨的地盘，说不定路边又会冒出什么人来拦截他。况且，后面的黄文泽随时都可能追上来，要是被抓回二龙寨，他可就什么都没有了。刘久训一口气跑出二龙寨的地盘后，才感觉稍稍安稳了一些。他在路上已经想好了，先回妍头小红那儿休整一下，然后再和日本人取得联系，看日本人怎么安排。

刘久训把小红的门敲开时，已经是晚上了。小红看到刘久训一身狼狈不堪的样子，吓了一大跳。刘久训顾不上解释，叫小红弄来吃的，狼吞虎咽地把肚子填饱。洗了一个热水澡后，与小红温存了一番，他就沉沉地睡了过去。

半夜，刘久训感觉屋内有些异样，连忙睁开眼睛，发现屋里亮着灯，两个黑衣人坐在椅子上看着自己。刘久训翻身爬起来，习惯性地朝枕头下去摸枪，但枕头下空空如也，这才想起手枪已经在二龙寨山下被自己扔掉了。

小红被刘久训的动静惊醒，看到眼前的情景，吓得张口想喊。一个黑衣人上前把她的嘴巴捂住，另一个黑衣人用日本话对刘久训说道："刘君，别怕，我们是自己人。"刘久训这才放下心来，安慰小红说："别叫，别叫，是自己人。"

刘久训把衣服穿上，下床来到两个日本人跟前，满脸媚笑地问道："两位，你们是怎么找到这里来的？"其中一个日本人冷冷地回道："这个世界上，没有我们找不到的人。别废话了，跟我们走！"

刘久训没有办法，只得乖乖地跟着两个日本人走。路上，刘久训才得知，这两个日本人是岩井英一派来增援的忍者。岩井英一原本想让在成都的深川经二和渡边洸三郎来增援他，不想那两人在成都被打死了。岩井英一为了确保能把木棉袈裟抢到手，就派了一队日本人来增援。这两个忍者，是增援的前锋，后续人员正在赶来的路上。

　　刘久训如实地向两个忍者说了在二龙寨的遭遇。两个忍者听说之前的四个同伙可能遭遇了不测，都非常震惊。那四人，都是武艺高强的日本武士，曾经在东北立下赫赫战功，没想到居然在小小的二龙寨翻了船。

　　一个忍者提出，既然木棉袈裟在二龙寨，就趁黑再上二龙寨，把木棉袈裟抢走。刘久训连说不行，二龙寨戒备森严，加上木棉袈裟究竟在什么地方还不知道，如果贸然上山，说不定木棉袈裟没见着影子，反而会像那四个日本武士一样把命丢了。

　　另一个忍者有些不高兴了，反问他该怎么办。刘久训眨巴着眼睛想了想说，与其趁黑去二龙寨抢木棉袈裟，还不如暗中监视二龙寨。想必二龙寨经过如此大的变故后，那两个和尚会在二龙寨歇息一个晚上。只要把两个和尚盯上，到时再在半路上把木棉袈裟抢过来，就是一件非常轻松的事情了。

　　两个忍者觉得刘久训的意见不错，风险较小，把握大。他们在刘久训的带领下，来到二龙山附近的一个山头，严密监视着二龙寨的动静。果然，他们看到两个和尚和黄文泽出了二龙寨。刘久训看到黄文泽，头都大了。他没想到，黄文泽居然会和两个和尚一起出发。看样子，黄文泽应该是想一路护送两个和尚到峨眉山去。

　　刘久训估算了一下，以他和两个忍者的本事，对付黄文泽三人，应该比较有把握。但不能轻举妄动，得想办法寻找时机。只要干掉黄文泽，那两个和尚就是小菜一碟了。刘久训把想法告诉了两个忍者。两个忍者认为，一路跟踪是目前最好的办法，但什么时候动手，得非常小心，最好能等到增援的人马到来，到时再行动，就不愁木棉袈裟抢不到手了。

　　三人一路跟踪着黄文泽三人，黄文泽三人对此毫无察觉，还以为走的是山间小道，无人察觉。眼看天上即将下雨，刘久训预算了黄文泽三人的路线，远远看到前方竹林有一户人家，估计黄文泽三人会到那户人家去躲雨。如果能在那里下手，是再好不过的事情了。

刘久训带着两个忍者从侧面跑到黄文泽三人前面，来到竹林里那户人家。那户人家只有一个老头，两个忍者二话没说，把老头拖到厕所边，杀死后推到了茅坑里。看到黄文泽三人朝这里奔来，刘久训很是兴奋，这下可以趁机把木棉袈裟抢到手了。

刘久训心中有自己的小算盘。两个忍者想等到增援人员到来后才动手，但刘久训不愿意。如果等到大批日本人到来，到时抢夺木棉袈裟的功劳，就是日本人的，而不是自己的了。那么，日本人很可能觉得他的作用不大，而且还在二龙寨让四个日本武士丢了命，算起总账来，把他的脑袋砍十次都不为过。所以，只有把功劳算在自己头上，才会将功补过。

眼看黄文泽三人离屋子越来越近，两个忍者嘀咕了几句后，一个忍者对刘久训说："我们不能被他们发现，走！"刘久训着急了："为什么要走啊？这可是个好机会呢！"另一个忍者命令式地说道："少废话，走！"

刘久训无奈，只得跟着两个忍者跑到竹林里。大雨如注，刘久训浑身上下很快被淋得透湿，他窝着一肚子的火，远远地看着黄文泽三人避雨的屋子。这两个忍者真是死脑筋，得想办法说服他们尽快动手才是。

刘久训展开三寸不烂之舌，游说着两个忍者。两个忍者被刘久训"立大功"的想法渐渐说动了，觉得动起手来把握性很大，就同意了刘久训的想法。刘久训大喜，就与两个忍者商议该怎么动手。

一个忍者说，放一把火把屋子烧了，把黄文泽三人烧死，木棉袈裟不费吹灰之力就能到手。刘久训制止了忍者的愚蠢念头：这个办法倒是轻松，但万一把木棉袈裟烧毁了怎么办？再说了，一旦放火，可能这一整片竹林都会被烧起来，势必会惊动附近的人和官府，那不是自投罗网吗？

另一个忍者说，直接冲进屋里去，与黄文泽三人决战。刘久训觉得这个办法比放火的办法稍稍好一些，但仍然缺乏绝对的把握。屋子小，一则打斗起来不方便，二则带着木棉袈裟的和尚会趁机逃跑。竹林那么大，又下着雨，到时怎么去追木棉袈裟？

两个忍者没辙了，都看着刘久训。刘久训说，最好的办法，就是先在竹林里设置机关，然后把黄文泽三人引出屋子，等他们进入竹林后，就动手干掉他们。设置机关什么的，对两个忍者来说，是再轻松不过的事情了，他们最擅长这种活计。

说定后，刘久训和两个忍者就动起手来。他们在竹林里找到一张废弃的网，就利用网在一棵树下设置了陷阱，一个忍者还用剑划开竹子制作了几支竹箭。准备好后，一个忍者就去屋子前跑动，引起黄文泽三人的警觉，逼迫他们冒雨离开屋子，进入竹林。

　　黄文泽三人果然中计，从屋后跑了出来，进入竹林里。忍者先用竹箭射伤释空，另一个忍者用竹箭射黄文泽，没想到被黄文泽挡住，并扑了过去。那个忍者赶紧逃走，让黄文泽三人渐渐进入他们事先选好的竹林空地。

　　一切都按设想的计划进行，尤其是释能被网住悬在半空，更是让刘久训感觉胜券在握了。但没想到，释空会那么拼命地把他缠住，还与黄文泽配合干掉一个忍者，黄文泽又干净利落地干掉另一个忍者。刘久训没有办法，只有逃走保命。

　　刘久训坐在树下唉声叹气一阵后，看看天色似乎又有些阴沉了，决定先回小红那里去，再想办法与增援的日本人取得联系。

　　刘久训刚想站起来，大树后面突然闪出一个人，从他背后扑了过来。刘久训没有提防，被扑了个狗啃泥。那人不等刘久训回过神来，骑在他的身上，将他的头死死地摁倒在土里。刘久训感到呼吸困难，都快闭过气去了。

　　求生的本能，让刘久训迸发出了巨大的能量，他反手抓住那人的胳膊，用力一拉，同时屁股朝上一顶。那人身子一斜，从刘久训身上翻落下来。刘久训得着机会，连忙朝旁边一滚，准备跳起来。不料，他才滚了不到一半就滚不动了，原来滚到了另一个人的脚下。那人一把抓住刘久训的脖子，把他从地上提起来，将他抵在大树上。

　　此前被刘久训弄翻的那人从地上爬起来，走到刘久训跟前，低声喝道："你，什么人？在这里干什么？"刘久训因脖子被卡住，呼吸艰难，涨得满脸通红，听力渐渐模糊起来。但刘久训发现，那人虽然说的是中国话，但说的是普通话，不是本地口音，而且腔调非常僵硬，难道是日本人？

　　刘久训连忙艰难地从嘴里挤出几个日本字："你们，是，日本人？"卡住刘久训脖子的那人听到刘久训这么说，赶紧松手。刘久训用手摸着脖子，拼命地喘息着，咳嗽着，过了半晌才恢复过来。

　　两人中的一人看到刘久训满脸泥污，摸出水壶把刘久训脸上的泥土冲洗干净。刘久训看到眼前两人穿着黑衣黑裤，心中大喜："你们是来增援的日本人吧？"卡住刘久训脖子的那人说："我叫龙泽空也，他叫木村正一。你就是刘久训？"

刘久训小鸡啄米似的不断点头应道："对对对，我就是刘久训，刘久训就是我。真是大水冲了龙王庙，差点一家人不认一家人了。"龙泽空也略带歉意地朝刘久训半鞠躬说道："刘君，实在对不起，差点误伤你了。"刘久训连忙鞠躬回道："没事，没事。"

龙泽空也看到刘久训一个人，有些奇怪地问道："刘君，吉田英夫和福田正雄没和你在一起吗？"刘久训先是点点头，随即又摇摇头，脸色一下子拉了下来，一副欲哭不哭的样子。龙泽空也看刘久训这个样子，上前提起刘久训的衣服，厉声问道："他们怎么了？说！"

刘久训用手指了指前方说："他们，他们在那边山里的竹林被杀了！"龙泽空也丢下刘久训，看了看木村正一，低声骂了一句。木村正一问吉田英夫和福田正雄究竟是怎么死的，刘久训就把竹林一战的经过告诉了他们。

龙泽空也和木村正一聚在一起嘀咕了几句，木村正一转身就走。龙泽空也对刘久训说："刘君，我们去竹林看看。"刘久训吓得连忙挥手说："就我们两人？我不敢去，万一他们还没走，我们就是去送死了。"

龙泽空也拎着刘久训的衣领，一边走一边骂道："胆小鬼！有我在，你怕什么？"刘久训无奈，哭丧着脸带着龙泽空也朝那片竹林走去。但刘久训故意慢腾腾地走着，想以此拖延一点时间，能不碰上黄文泽他们就最好。

远远地，刘久训看到竹林屋子边新垒出了一座坟，不禁有些紧张起来。不用说，这座坟肯定是黄文泽他们垒的，万一他们没走，还在屋子里，那不是自投罗网吗？刘久训不敢再走了，龙泽空也明白刘久训的心思，狠狠地睃了他一眼，拔剑在手，朝屋子冲了过去。

刘久训躲在路边一丛竹林后，看到龙泽空也持剑冲进了屋里。过了一会儿，龙泽空也走了出来，朝刘久训大声喊道："胆小鬼，过来吧，没人！"刘久训这才从竹林后闪出来，跑到屋子前。

龙泽空也问道："吉田英夫和福田正雄他们在什么地方死的？"刘久训指着屋子后面的竹林。龙泽空也叫刘久训带路，二人很快来到竹林里那棵大树下的空地。空地上，满是断竹，地上血迹斑斑，大树下也有一座新坟。两个忍者，一个倒在大树下，另一个被断竹桩顶着，身体被断竹刺穿，惨不忍睹。

刘久训看到树下的新坟，眼珠滴溜溜地转了几圈。刚才在屋子旁边看到一座新坟，这里又出现一座新坟，难道说，黄文泽和两个和尚中死了两个人？联想到释空被打得那么惨，刘久训觉得应该是释空死了。

为了证实自己的想法，刘久训拿起一根断竹，扒拉着新坟。很快，他把释空的遗体刨了出来。龙泽空也在一边冷冷地看着刘久训的动作，看到他把释空的遗体刨了出来，忍不住问道："刘君，你这是什么意思？"

刘久训停下手里的活儿，对龙泽空也说了自己的想法。龙泽空也不断点头，对刘久训竖着大拇指夸道："哟西，哟西。这么说来，那三个人死了一个？"刘久训有些迟疑地说："目前可以确定死了一个和尚。但那屋子旁边还有一座新坟，不知道里面埋的是什么人。"

龙泽空也说："你的意思，他们三个人，有可能死了两个？"刘久训不敢肯定："只有把那座坟刨开看看，就知道他们到底是死了一个还是两个人了。"龙泽空也不再说话，仔细地打量着现场的情景。

这时，木村正一带着三个人走了过来，其中一个人的脸用黑纱蒙着，只露出两只眼睛。龙泽空也看到蒙面人，立即垂手低头。刘久训看到龙泽空也这般模样，估计这个蒙面人是这群前来增援者的头领，也赶紧像龙泽空也那样，大气不敢出一口。

蒙面人看了看现场，低声问龙泽空也是怎么回事，龙泽空也简单地把事发经过讲述了一遍。蒙面人一边听，一边不时地看着刘久训。龙泽空也讲完后，蒙面人沉吟了一会儿，叫身后两个日本人把死去的两个忍者就地安葬，然后带着龙泽空也和木村正一以及刘久训走向屋子。

刘久训跟在三个日本人后面来到屋子旁，看到有几匹马，还有两个日本人以及两个被绑着的人。那两个人，一个是黄天杰，一个是把他打晕的黄文秀。

黄天杰看到刘久训，两眼冒火，狠狠地骂道："刘久训，你这个败类！"刘久训嘻嘻地笑着道："黄天杰，你也有今天！"刘久训走到黄文秀身边，怒气冲冲地说道："丫头，你居然敢把我打晕！现在你落在我手里，看我怎么收拾你！"说着，刘久训挽起袖子就想打黄文秀。黄天杰怒吼道："刘久训，你敢动我女儿！"那个蒙面人随即厉声喝道："放肆！"旁边一个日本人过来把刘久训拉住。

刘久训只得冲着黄文秀骂道："丫头，你等着，我会好好收拾你的。"黄文秀挑衅般看着刘久训："你来呀，只要你敢动我一根指头，姑奶奶一口咬死你！你这个败类，混蛋！"黄天杰对黄文秀说："文秀，不要理他。"

蒙面人径直走进屋里，坐在椅子上。龙泽空也和木村正一把刘久训带进屋里，三人站在蒙面人跟前。蒙面人对刘久训说道："刘君，小泉太郎他们四个人呢？"刘久训就把二龙寨一事告诉了蒙面人。蒙面人听后，低声说道："这一下子，我们就损失了六个人！要不是我们增援及时，刘君，恐怕你也没命了吧？"

刘久训皮笑肉不笑地哼哼了两声说道："多亏了你们及时赶到。有了你们，这下不愁木棉袈裟抢不到手了！"蒙面人大声吼道："废物，全都是一群废物！"刘久训吓得赶紧收声，浑身轻微地颤抖着。

过了一会儿，蒙面人缓和了语气问道："刘君，接下来我们该怎么办？我想听听你的意见。"刘久训拍着胸脯说道："接下来的事情就太简单啦！一来，我们现在兵强马壮，人多势众；二来，拿着木棉袈裟的人，估计最多就只有两个人了，竹林里死了一个和尚，屋子旁那座坟里还不知道埋的是谁。如果也是一个和尚，那就只剩下那个叫黄文泽的人了。我们这么多人，难道还对付不了他一个？"

蒙面人没有搭话，对木村正一说："去把那座坟打开，看里面埋的究竟是什么人。"木村正一拿着锄头走了出去。很快，木村正一进屋说，坟里埋的是一个老头。

蒙面人有些不解地问道："刘君，那个老头也是他们一伙的？"刘久训摆摆手说："不是，不是。那老头是这个屋子的主人，被我们杀了。没想到黄文泽他们居然还有心情把老头给埋了。"蒙面人点了点头，似乎自言自语地说："他果然是个很仁义的人。"刘久训听到蒙面人这话，心中好生奇怪，但又不敢问。

等蒙面人不再说话，刘久训说道："现在事情清楚了。死去的那个和尚会武功，是被我打死的。剩下的两个人中，只有黄文泽会武功，另一个和尚只会念经。木棉袈裟，就在那个和尚身上背着。只要我们追上去，把黄文泽杀了，木棉袈裟就必定是我们的了。"

蒙面人皱着眉头看了看刘久训，指着屋外的竹林说道："这么大一片竹林，你怎么知道他们往什么地方去了？"刘久训胸有成竹地说："这很简单，我知道他们要把木棉袈裟送到峨眉山去。而且……"

说到这里，刘久训靠近蒙面人，低声说道："而且，我知道他们的行走路线!"蒙面人问道:"路线?你是怎么知道的?"刘久训有些得意地说:"这是死去的那个和尚告诉我的。他们不敢走大路,只能走小路。但不管怎么走,他们都会经过一个地方。只要我们事先到那个地方设伏,他们就只有投降!"

蒙面人问道:"这么看来,你已经有办法了?"刘久训嘿嘿笑了两声说道:"你们不是抓了两个人吗?其中一个叫黄天杰,是黄文泽的父亲。另外一个,是黄文泽的妹妹。只要我们如此这般……黄文泽就只有乖乖地把木棉袈裟送给我们了!"

蒙面人不放心地继续问道:"你觉得有绝对把握?"刘久训立起身来,拍着胸脯说道:"绝对有把握!没有把握,我就自杀谢罪!"蒙面人叫龙泽空也把地图拿出来,让刘久训把路线描出来。蒙面人沉吟了一会儿,站起来说道:"好,就按刘君说的去办!龙泽空也、木村正一,你们带着大岛次郎和刘君一起去!"

龙泽空也和木村正一领命,准备出发。蒙面人又说:"我在这里等候你们的好消息。对了,你们记住:可以把黄文泽打伤,但不能把他打成重伤,更不能打死!谁要是违反我的命令,我绝对饶不了他!"

黄文泽和释能没有从竹林穿过去,而是沿着竹林边的另一条路,继续朝三江镇进发。由于刚下过雨,山路泥泞湿滑,他们走得很吃力,速度也慢了许多。尤其是释能,刚刚遭受失去释空的打击,情绪非常低落,脚下没劲,跌倒多次。但在黄文泽的带领下,释能仍坚持往前走着。黄文泽预计,照这种速度走下去,又绕了不少弯路,天黑的时候,可能才会走到三江镇。

经过竹林一战,黄文泽感觉自己遇到紧急情况时,处置经验还是缺乏了不少。他一边走,一边总结着经验教训。尽管他自认为成熟老练了许多,但仍然容易冲动。在屋子里的时候,虽然看到了忍者的身影在屋前晃动,但如果沉住气,固守在屋子里,也许不会陷入被动中。

从释能被网兜住悬在半空这事可以看出,忍者和刘久训是早有预谋的,在竹林里设下了机关陷阱,就等着他们钻进去。而他们逃离屋子进入竹林,正好中了他们的诡计。如果没有下雨,在竹林里,他还可以凭借自己的超强听力,发现不对劲的地方,释空也就可以避免被竹箭暗伤。释空受伤,大大削弱了己方的力量,并导致了释空被刘久训打死。

如果固守在屋子里,三人协防一致,忍者和刘久训要想攻进来,是需要付出巨大代价的。他们也不可能放火烧屋,因为木棉袈裟在自己一方,如果有什么损毁,也是对方所不愿意看到的结果。投鼠忌器,木棉袈裟在自己手里,为什么不可以充分利用这一点,让对方有所顾忌呢?即使不能安全地将木棉袈裟送到峨眉山,也可以选择与木棉袈裟共存亡的策略来应付对方!一旦木棉袈裟有什么闪失,对方也将空手而归,一无所获。黄文泽暗下决心,如果在接下来的路程中,再次遇到日本人的话,就采取这种方式。

还有,黄文泽觉得自己功力还不够,下手不够狠。如果在面对两个忍者的时候,能痛下杀手,在最短的时间内干掉他们,就可以腾出时间解救释空了。日本人虽然是难以应对的劲敌,但如能以拼死相战的决心对战,日本人不一定能占得到什么便宜。

眼下,释空已死,就剩下自己和释能两人。而释能又不会武功,落在自己肩上的担子将更重了。木棉袈裟能否顺利地被送到峨眉山,从某种角度来说,全靠自己了。黄文泽的心沉甸甸的,他感受到了从未有过的压力。而这种压力,没有人可以帮他分担。

父亲原本想和他一起护送木棉袈裟,但父亲在二龙寨被刘久训打伤,已经不可能再继续护送下去了。妹妹黄文秀虽然很想和他一起行动,但父亲需要人照顾,而且妹妹毕竟是个女孩子,在和凶残的日本人对战中,不一定能占到上风,说不定还会成为日本人手中的砝码。与其如此,还不如不让她参加。想必父亲也是这个意思吧。

虽然刚下过雨,但空气仍然比较闷热,一路走来,衣服仍然是湿的,有一股淡淡的馊臭味。黄文泽哪里还顾得了这么多,眼下最要紧的是赶路。这条路,黄文泽以前走过。

那次,父亲带着他去三江镇拜访朋友。本来可以走大路,但父亲为锻炼他的意志和脚力,故意带着他走山路。据父亲说,三江镇那个朋友,是原来资州袍哥会的一个牌把大爷,叫张云会。当年大闹资州鼓楼坝刑场时,张云会和另一个牌把大爷与师叔张道文负责在笔架山佯攻水南要塞,成功地吸引了资州城里不少兵力,为劫刑场立下了不小功劳。

后来,张云会带着手下袍哥,跟着父亲一起参加革命,转战多地。在叔叔黄天民死后,父亲解甲归田,张云会和几个袍哥弟兄跟着离开部队,搬到了三江镇。父亲和张云会等几个生死袍哥弟兄一直都有往来,每年总要相互探望几次。

　　黄文泽合计，如果到了三江镇，可以去找张云会。在他家住一晚，明天一早就朝太平渡奔去。只要在太平渡过江，往前走一段路，就进入峨眉山下了。到了峨眉山，找到德光禅师，把木棉袈裟交给他，此行的任务就算圆满完成了。

　　想到这里，黄文泽感觉浑身稍稍轻松了一些。他停了下来，等后面的释能跟上来后，指着前面说："我们再翻过两座山，就到桫椤峡谷了。穿过峡谷，再走一段路，就是三江镇。晚上我们就在我父亲的朋友家住宿，明天一早出发，中午就能进入峨眉山了。"

　　释能用衣袖擦着满脸的汗水，喘着气，皱着眉头看着前方，若有所思地问道："峡谷？为什么我们一定要从峡谷里经过？"黄文泽解释说："三江镇坐落在山里面，四周都是山，桫椤峡谷是进入三江镇的必经之路。不管走小路还是走大路，都必须从峡谷经过。"

　　释能哦了一声，又问道："除了峡谷，还有别的路可以走吗？"黄文泽明白释能的担心："当然可以不走峡谷，还有一条路，但绕得太远了。那条路我没走过，只是听说过，据说要绕三四倍的路程。如果我们走那条路的话，估计走到半夜才能走到三江镇。你放心，有我在。再说了，桫椤峡谷是进出三江镇的必经之路，路上人来人往，不会有什么事的。"

　　释能听黄文泽解释了这么多，也就不再多说什么，对黄文泽说道："既然如此，那我们继续走吧。"黄文泽看到释能脸色不大好，关切地问道："你没事吧？还能坚持走下去吗？要不我们休息一下？"

　　释能摇摇头说："不用休息了，赶路要紧。我没什么，能坚持下去。"黄文泽见释能如此坚强，心中涌过一阵感动，指着前方说："那我们走到峡谷口再休息。"

　　黄文泽和释能转过一座山后，终于看到前方的峡谷入口了。黄文泽小跑一段山路，来到大路上，释能也跟着跑了过来。两人把鞋子上的泥土在大路边的草丛里擦拭了一阵，感觉脚上轻松了不少。

　　黄文泽指着峡谷口说："这就是桫椤峡谷。"释能抬眼望去，这个峡谷，就像是有人用一把巨大的斧头砍出来似的，峡谷两边，是陡峭的山壁。从峡谷底部到山顶，有八九十米。峡谷两边，长满了桫椤树。桫椤树顶部的叶子，像一把大伞一般撑开着。

释能从来没见过长得这么奇怪的树，不禁问道："桫椤树是什么样的树？"黄文泽挠了挠脑袋说："我也不是很清楚。以前听父亲说过，好像说是这种树的树叶，是已经灭绝了的恐龙最喜欢吃的。因为这个峡谷里到处都是桫椤树，所以当地人就把这个峡谷叫作桫椤峡谷。"

释能又问道："为什么其他地方没有这种树呢？"黄文泽摇着头说："我也不知道，真是奇怪得很，好像就只有这个峡谷才长了这种树，其他地方都没有。"释能望着峡谷问道："这个峡谷有多长？"黄文泽说："估计有四五里的路程，过了峡谷，前面的地势就平坦了。"释能自言自语地说道："这么长啊？难道我们就在这样的地方走那么长的时间？"

黄文泽听释能这么说，原本稍稍轻松的心情，又有些紧张起来。但他坚信，桫椤峡谷里人车往来频繁，谅也不会有什么危险，就拍了拍背上的大刀说："不用担心，有我呢，这把大刀可不是背着玩儿的。"

释能不再说什么，和黄文泽慢慢朝峡谷走去。脚下的路，因为平时车马往来频繁，路中间留下了两条辙印，以及一些马蹄印迹。黄文泽看到，湿润的路面上，有数行新鲜的马蹄印迹，就对释能说："你看，这些马蹄印还是新鲜的，说明刚刚有人进了峡谷。"释能点点头，与黄文泽并排着向前走去。

进入峡谷后，黄文泽感觉气温一下子降低了不少。刚下过雨，桫椤树树叶上沾着雨滴，蝉儿在树叶中鸣叫，昆虫在草丛中跳来跳去。黄文泽一边走，一边警惕地注视着四周。

渐渐地，黄文泽察觉峡谷里的氛围有些不对劲。按说，此时还在下午，峡谷里应该有行人和车马往来。但自从他和释能到了大路上后，老长时间，都没有见到一个人影。地上虽然有数行马蹄印迹，但从印迹来看，都是朝峡谷里走的。

而且，从峡谷里蝉儿的鸣叫声来听，只有峡谷口那一段路的蝉儿在叫，前方的峡谷似乎很安静。这个峡谷里的路，不是直的，而是曲折的。难道说，三江镇发生什么事情了？为什么前方没有人朝这边过来？

想到这里，黄文泽不禁看了看释能，发现释能也一脸狐疑地看着他。黄文泽停下脚步朝四周看了看，悄声对释能说："我觉得有点不对劲。你别走了，假装在路边解手，我到上面去一趟。"黄文泽把路边山壁上一个山洞对释能指了指，释能意会，点了点头。

黄文泽四下看看没人，以最快的速度，悄无声息地攀爬上去，进入那个山洞。山洞不大，比一间屋子大不了多少，里面满是石头。黄文泽解开包袱，把木棉袈裟取出来，小心地藏在一块石头后面，又用另一块石头掩着。无论从什么角度看，都难以发现异常，除非把石头搬开。

黄文泽藏好木棉袈裟后，钻出山洞，把脚印等痕迹清除掉，快速地落到大道上。释能轻声问道："好了吗？"黄文泽点点头，两人继续往前走。黄文泽的想法是，如果在峡谷里遇到什么事情，即使他和释能遭遇了不测，也能保证木棉袈裟不被抢走。今后要是有人在山洞里发现了木棉袈裟，那也是落在中国人的手里。如果一路顺畅地通过峡谷，可以在晚上夜深人静时再回来取走。怀着无比悲壮而轻松的心情，黄文泽和释能加快脚步朝峡谷里走去。

转过一个弯，两人不由得停住了脚步。黄文泽被眼前的一幕惊呆了，预感中的事情，果然发生了！释能看到眼前的情景，也惊得满脸苍白，呼吸急促。

就见前方不远处的两棵树上，黄天杰和黄文秀嘴里塞着东西被绑在树上，刘久训和三个穿黑衣服的男子站在一边，正虎视眈眈地看着黄文泽和释能。黄文秀看到黄文泽，拼命地挣扎着，嘴里呜呜呜地叫着。黄天杰面无表情，但神情中透着哀伤和痛苦。

刘久训指着黄文泽，哈哈大笑道："小子，愣着干吗？过来呀！"黄文泽两眼喷火，怒视着刘久训，没有动。刘久训把手一挥，大岛次郎拔剑放在黄天杰的脖子上。

刘久训向前走了两步，对黄文泽大声吼道："举起双手，过来！"释能拉着黄文泽的衣服，焦急地说："你不能过去啊！"黄文泽低声地说："我不能不去，那边是我父亲和妹妹，我不能让他们受苦。你放心，我们走一步看一步。"

刘久训又指着释能说："还有你，那和尚，把那小子身上的包袱解下，连你身上的包袱，一起送过来！"释能跺着脚说："不能过去，我们往后跑吧！"黄文泽摇头说："跑不了，先按他说的去做。"

释能叹了口气，把黄文泽身上的包袱解下来，和着自己的包袱，提在手里，跟着黄文泽慢慢朝前走去。龙泽空也和木村正一持剑分别走到释能和黄文泽身边，把剑架在黄文泽和释能的脖子上，龙泽空也把黄文泽背上的大刀取下来，拿在手里。

　　刘久训见黄文泽和释能都被控制住，高兴得蹦了起来，三步换作两步跑到释能跟前，一把抢过两个包袱，迫不及待地翻找起来。黄文泽冷眼看着刘久训，心中暗笑不已，同时也在庆幸自己早有准备。

　　刘久训翻找了一番，没有发现木棉袈裟。他有些着急了，把两个包袱里的东西全都抖了出来，一件一件地抖开看，还是没有木棉袈裟。刘久训气得哇哇大叫，跳到黄文泽跟前，一把揪住黄文泽的衣领，声嘶力竭地吼道："木棉袈裟在哪里？说！"黄文泽慢条斯理地回答道："你就别做梦了！"

　　刘久训气得嘴都歪了，放开黄文泽，跳到释能面前吼道："和尚，你们把木棉袈裟藏在什么地方了？"释能闭着眼，看都不看刘久训一眼。黄天杰看到刘久训这副模样，脸上露出了笑容。黄文秀也长长地舒了一口气，笑嘻嘻地看着气急败坏的刘久训。

　　刘久训见黄文泽和释能都不说木棉袈裟在哪里，气得想对两人大打出手。龙泽空也制止刘久训说："这里不可久留，还是把他们带到一个安全的地方，再慢慢拷问。"刘久训点点头，龙泽空也和木村正一拿出绳索，将黄文泽和释能捆绑起来。

　　刘久训和三个日本人带着黄天杰、黄文泽、黄文秀和释能爬上山壁的一个山洞里。这个山洞比较大，里面也是大大小小的石头。黄天杰因为身上受了伤，加上两手被反绑着，进了山洞后，被推倒在一块石头上。黄文秀也被扔在靠近黄天杰的石头上，她看到父亲躺在石头上不能动弹，走过去用身体把黄天杰扶起来。木村正一在一旁看着他们，也没有制止。

　　黄天杰坐起来后，看到身下的石头有棱角，示意黄文秀掩护他，悄悄地挪到石头棱角前面，小心地将反绑着双手的绳子在棱角上摩擦着，想把绳子磨断。黄文秀明白父亲的意图，挺直身子把黄天杰遮住。

　　刘久训挽起袖子，走到释能面前，抬手就是几个耳光。释能的脸顿时红肿了起来，但他强忍着疼痛，一声不吭，闭着眼，念着经。黄文泽在一边大叫道："刘久训，你别动他，有什么冲我来！"刘久训狠狠地吼道："小子，你别急，等会我再收拾你！"

　　刘久训把释能提起来，对着他的肚子打了几拳。释能疼得脸都变形了，弯着腰，但就是不发一言。黄文泽看得怒火中烧，站起来就要朝刘久训扑去，龙泽空也一把按住黄文泽，用脚朝黄文泽膝盖后窝踢去。黄文泽站立不稳，单腿跪倒在石头上，不停地挣扎着。

刘久训把释能推倒在石头上，对着释能的脸又是几个巴掌，释能的嘴角流出了鲜血。刘久训一边打，一边问道："和尚，说不说？不说我打死你！"释能坐在石头上，慢慢睁开眼，对着刘久训笑了笑，笑得刘久训心中发毛。

刘久训弯着腰，两眼瞪着释能问道："你笑什么？你真的不怕死？"释能两眼如炬地看着刘久训笑道："人生在世，就是受苦受难。死，有什么可怕？你让德清住持功德圆满，圆寂而去，我正想和他一起去西天极乐世界呢。"

刘久训看到释能的双眼，充满了宁静和淡泊。他有些害怕，连忙直起身子，对着释能就是一脚，把释能踢翻在地。随后，刘久训又对释能踢了几脚，嘴里大骂道："老子还是第一次看到不怕死的和尚！你不说木棉袈裟在哪里，老子今天就成全你！"

黄文泽看到释能在地上打了几个滚后，躺在那里不动了，急得大吼道："刘久训，别打了！来，来打我呀！"龙泽空也看到刘久训对释能下毒手，担心把释能打死，连忙对刘久训叫道："刘君，别把和尚打死了，留着他还有用。"刘久训朝释能又踢了一脚，转身朝黄文泽走来。

走到黄文泽跟前，刘久训也不说话，抬脚就朝黄文泽踢去，黄文泽被踢翻在地。黄文秀在一边大叫道："不许打我哥哥！"刘久训对黄文秀嬉皮笑脸说道："丫头，心疼你哥哥了？你别急，等会我还要收拾你呢！"黄文泽从地上坐起来对刘久训说道："你如果是男人，就别和我妹妹过不去！你有什么招数，都冲我来！老子眨一下眼睛，就不姓黄！"

刘久训抬手朝黄文泽一个巴掌打去："你小子死到临头了，嘴巴还这么硬！算你小子运气好，竹林里没把你弄死。今天你要是不把木棉袈裟藏在什么地方说出来，这个山洞，就是你和你老爹、你妹妹的葬身之地。明年这个时候，就让你老娘一个人来祭悼你们！"

黄文泽冷笑道："刘久训，亏你还是盘破门的弟子！你自己好好看看，你勾结日本人，在二龙寨把你哥哥打伤。如今，又对我们下毒手，今后你还有什么脸面在江湖上混？日本人到底给了你什么好处，让你为他们卖命？"

刘久训怒骂道："你少来教训我！老子的事情，不用你管。今天你必须说出木棉袈裟藏在什么地方，不然休怪我翻脸无情。"黄文泽嘲讽道："你早就没有脸了，还怎么翻？你倒是翻给我看看呢。"

刘久训气得把皮带抽下来，对着黄文泽劈头盖脸就是一顿暴打。黄文泽的身上，很快被打得血迹斑斑。黄文秀看到黄文泽被打得如此狠，忍不住哭了起来。黄天杰在一边一直没吭声，他在努力地磨绳子，希望早点磨断，好寻机出手。

黄文秀的哭声，更加激起了刘久训的暴行，把黄文泽打得更狠了。黄文泽自始至终没有吭一声，一直昂着头，怒视着刘久训。刘久训打到最后，汗水淋漓，喘着粗气，用皮带指着黄文泽说："你到底说不说？"黄文泽挑衅般看着他说："你最好把我打死，那样的话，木棉袈裟就再也没有人知道在哪里了。"

刘久训气得在原地打了几个转，想办法如何把黄文泽的嘴撬开。他想到昨天小泉太郎对付释空的招数，就对龙泽空也说了自己的想法。龙泽空也摇摇头说："你把他打得这么狠，他都没说，我看还是算了吧。再说了，不是有命令，不许把他打成重伤吗？另外想个办法。"

刘久训碰了一鼻子灰，看到黄文秀哭得梨花带雨，眼珠一转，指着黄文秀对龙泽空也说道："龙泽君，要不我们从她那里想想办法？"龙泽空也明白刘久训的意思，哈哈大笑起来，对刘久训竖着大拇指说道："你的，果然有办法。大岛，你不是一直想玩女人吗？这里有现成的了。"

在洞口警戒的大岛次郎闻言，嘿嘿笑了几声，走了进来。刘久训说："大岛君，好好享受吧！"木村正一拍了拍大岛次郎的肩膀说："你小子有艳福！赶快玩，完了我来接着玩。"大岛次郎把剑丢在地上，一边解开衣服一边说："你别急，先好好看着，我让你开开眼界！"

大岛次郎走到黄文秀身前，把她提了起来，朝一边推去。黄文泽看情势不对，挣扎着要朝大岛次郎扑去，但被刘久训和龙泽空也死死按住，不能动弹。黄天杰此时绳子已经磨断了一半，他也急了，站起来拦住大岛次郎，厉声吼道："你要干什么？"大岛次郎一脚把黄天杰踢倒在地，木村正一走来，把黄天杰拖到一边，用剑指着黄天杰，但眼睛却一直盯着大岛次郎。

大岛次郎把黄文秀推倒在石头上，脱下衣服，然后扑到她的身上，撕扯着她的衣服。黄文秀一边拼命挣扎，一边大骂。但她两手被反绑着，怎么也没有办法把大岛次郎掀开。很快，黄文秀胸口的扣子被扯开了两颗，露出一大块洁白的肌肤。

黄文秀大声哭叫着，身子乱动，但大岛次郎将她死死压住，她的反抗渐渐就快无济于事了。刘久训一边笑嘻嘻地看着大岛次郎的举动，一边对黄文泽逼问道："说吧，木棉袈裟到底在哪里？说了，就放了你妹妹。"

黄文泽怒吼道："刘久训，你这个断子绝孙的狗东西，你这辈子休想看到木棉袈裟一眼！"刘久训见黄文泽还不屈服，气得对大岛次郎大叫道："大岛君，赶紧下手啊！"木村正一也叫了起来："大岛，你到底行不行啊？不行的话，让我来！"

黄天杰趁木村正一的注意力放在大岛次郎身上之际，加速手上的动作，也顾不着石头的棱角把手磨伤了。就在受到刺激的大岛次郎把黄文秀的裤子撕烂的那一瞬间，黄天杰感觉到绳子有些松动了，他两手一用力，暴喝一声，绳子应声而断。

黄天杰随即对着木村正一就是一个扫堂腿，将毫无提防的木村正一扫翻在地。木村正一大叫一声倒在地上，手里的剑落在一边。黄天杰上前用左手将剑拿起，朝大岛次郎扑去。龙泽空也在一边看得真切，对着大岛次郎大喝道："大岛，小心背后！"

大岛次郎听到木村正一的叫声，又听到龙泽空也的警告，知道大事不妙，从黄文秀身上侧滚下来。此时，黄天杰手里的剑已经刺到大岛次郎跟前。大岛次郎也不是一个简单角色，他把黄文秀朝自己这边拉过来，挡在剑前。黄天杰连忙将手一抖，剑锋偏转，刺在石头上，激起几点火花。

大岛次郎躲过黄天杰一剑后，把黄文秀又朝一边推去，一个翻挺站了起来，伸手就去夺黄天杰手里的剑。黄天杰来不及抽剑，也顾不上江湖道义，抬脚朝大岛次郎胯下踢去。大岛次郎没提防黄天杰会使出这一招，胯下被踢个正着，疼得两手捂着裆部，嗷嗷直叫在原地跳动着。

龙泽空也在向大岛次郎发出警告的同时，立即提剑朝黄天杰杀去。黄天杰刚把大岛次郎打退，就看到眼前人影晃动，连忙举剑相迎，与龙泽空也战在一起。黄文秀看到父亲和日本人战成一团，欺辱自己的大岛次郎正捂着裆部在身边蹦跳着，她将牙一咬，顾不上衣不蔽体，站了起来，抬腿朝大岛次郎狠狠踢去。大岛次郎连忙将身一躲，想用手去抓黄文秀，结果手刚松开，裆下又是一阵钻心的疼痛，只得继续捂着，躲避着黄文秀的进攻。

刘久训看到受了伤的黄天杰居然把绑着两手的绳子挣开，并与日本人战在一起，吓得呆住了。黄文泽见龙泽空也朝父亲进攻，趁机用腿朝刘久训下盘扫去。刘久训站立不稳，一个仰翻，结结实实地摔在石头上，屁股摔得生疼，连忙用手摸着屁股哇哇大叫起来。黄文泽站起来，抬腿又朝刘久训踹去，刘久训在地上打了几个滚，躲开黄文泽的攻击。但黄文泽步步紧逼，刘久训滚到一块石头下，被挡住后路，无处可退。

刘久训只得用手去挡黄文泽的脚。黄文泽的左脚被刘久训挡住，他没有把脚抽回来，任由刘久训抓住，右脚使劲往地上一蹬，整个身体弹了起来，将全身的力量集中在左脚上，朝刘久训压了下去。刘久训哪里扛得住黄文泽如此大的力量，两手一软，黄文泽的左脚踩在了他的胸口。与此同时，黄文泽的右脚落在了他的肚子上。刘久训大叫一声，疼得五官都挤在了一起。

黄文泽根本不给刘久训翻身的机会，他趁势将右腿一弯，右膝盖顶在了刘久训的胸口。刘久训大声惨叫着，两手乱抓，在黄文泽身上抓出了几道血印。黄文泽受痛，身子本能地晃动了几下。刘久训抓住机会，把黄文泽从身上拱翻下来，随即爬了起来。

黄文泽侧躺在地上，充分利用腿功出击。刘久训刚爬起来，还没站稳，又被黄文泽的腿扫翻在地。黄文泽一个鲤鱼打挺弹跳起来，两腿弯曲，两个膝盖朝刘久训胸口顶下去。就听到嘎嘣一声响，刘久训的肋骨被压断了几根。刘久训嘴里冒出鲜血，两手朝黄文泽乱抓着。黄文泽整个身子压在刘久训身上，不让他有任何翻身机会。

木村正一被黄天杰打倒在地，脑袋正好碰在石头上，当时就晕了过去。等他苏醒过来时，看到洞里正打作一团。大岛次郎被黄文秀踢得满洞乱跳，龙泽空也和黄天杰正在拼死大战，刘久训被黄文泽压在身下乱叫。木村正一用手摸了摸后脑勺，感觉湿漉漉的，把手放在眼前一看，全是鲜血。

木村正一一个激灵，翻身爬了起来，准备去增援龙泽空也。他刚站起来，就感觉两眼冒金星，整个人昏沉沉的，身子晃了几晃。正在和龙泽空也打斗的黄天杰，眼睛余光瞅到了木村正一。他明白，如果木村正一参战，他必然很难应付。因为右肩膀昨天在二龙寨被枪打伤，他的右手无法用力，一直都是左手持剑在拼战。左手毕竟没有右手灵活，他感觉有些吃力了。

黄天杰用剑挡过龙泽空也的进攻，抬脚踹中龙泽空也的肚子。龙泽空也吃痛，往后倒退了两步。趁着这个空隙，黄天杰把手中的剑朝木村正一掷去，剑正中木村正一胸口。木村正一惨叫一声，两手抓着剑，身体晃动了几下，扑通一声倒在石头上。

刘久训恍惚中听到木村正一的惨叫，一下子清醒了过来。他忍住剧痛，浑身迸发出巨大的力量，两手抓住黄文泽的双肩，使劲往旁边一扯，黄文泽被拉倒在地上。刘久训翻身爬起来，扑到黄文泽身上，举起拳头朝黄文泽的脸上打去。黄文泽将头一偏，刘久训一拳打在石头上，疼得他连忙把手缩回来使劲地甩着。就在这时，刘久训感觉到头上轰的一声，两眼一黑，眼珠朝上翻了几下，浑身发软，身子往旁边一歪，倒在了地上。

黄文泽转头，看到释能举着一块石头，发疯似的扑到刘久训身上，拼命地砸着刘久训的脑袋。刘久训的脑袋很快血肉模糊，面目全非了。黄文泽一个鱼跃站起，看到龙泽空也持剑朝释能袭来。

黄文泽蹬着石头腾身而起，又借助旁边一块较高的石头蹬踏一下，两脚在空中相互交替着，踢向龙泽空也。龙泽空也急忙把剑抽回来，想要横空劈向黄文泽的双脚。但他的动作慢了一步，黄文泽的左脚踢到了他持剑的手腕，右脚踢在他的肩头。龙泽空也手腕吃痛，将剑一撒，向前跟跟跄跄几步，扑倒在地上。

黄天杰在把剑掷向木村正一的同时，身子也跟着飞了过去。他将剑从木村正一的身上抽出来，看到黄文泽在与龙泽空也打斗，就去帮助黄文秀。大岛次郎此时已经从疼痛中慢慢恢复过来，尽管身上挨了黄文秀很多腿，但黄文秀的功力还不足以对他造成致命的威胁。

大岛次郎刚才为了侮辱黄文秀，把剑丢在了地上，面对黄文秀的攻击，只得赤手空拳应对。黄天杰挥舞着剑，将大岛次郎逼退数步，把黄文秀拉过来，用剑将绑着她的绳子挑断，说道："快去帮你哥！"黄文秀顾不上衣衫不整，朝黄文泽跑去。

黄文泽对黄文秀大声喊道："剑，剑！在你脚下！"黄文秀停下一看，脚下果然有一把剑，那是刚才龙泽空也丢下的。黄文秀把剑拿起来，跑到黄文泽跟前，割断捆在黄文泽手上的绳子。黄文泽手上得到自由，见龙泽空也朝洞口爬去，而洞口的石头上，正放着他的那把大刀。

黄文泽看到父亲左手持剑正在力斗大岛次郎，估计父亲难以支持，就对黄文秀说："你去帮助爸爸，这边有我！"黄文秀本来就不想撇下大岛次郎，一心想要亲手杀了他，现在得到黄文泽的授意，二话没说，挥着剑就去找大岛次郎报仇了。

黄文泽三步并作两步，在洞中石头上闪转腾挪，几下到了洞口，拿起大刀。龙泽空也手里的剑被踢脱后，也是想把大刀抢到手，结果没想到被黄文泽抢先了。龙泽空也哇哇大叫，站起身来，举着一块石头朝黄文泽砸去。黄文泽用大刀一挡，石头发出当的一声清脆响声，落在地上。

黄文泽不等龙泽空也再去捡石头，举着大刀，兜头盖脸朝龙泽空也砍去。龙泽空也连忙往旁边躲闪，但他忘了脚下到处是石头，不比平地。没退几步，龙泽空也脚下踏空，往后就倒。黄文泽冲上去，使出浑身的力气，把大刀舞得呼呼作响，将龙泽空也罩在刀风中。

龙泽空也最初还能躲闪，但没几下，左肩头就被黄文泽砍中。龙泽空也左手无法发力，勉强用右手挥舞着，想要把大刀抓住。黄文泽将手腕一翻转，大刀挽了一个旋，把龙泽空也的右手黏住。然后，黄文泽用刀顺着龙泽空也的手腕削下去，龙泽空也的整个右手掌被削了下来，鲜血喷涌而出。

龙泽空也惨叫数声，不再抵抗，左手捂着右手手腕，斜靠在石头上，喘着粗气。黄文泽将刀尖抵着他的胸口，叫道："死到临头，还不服气？"龙泽空也嘴角露出一丝冷笑，猛地将身子往前一倾。黄文泽来不及抽刀，大刀捅进了龙泽空也的胸口。龙泽空也嘴里涌出一股鲜血，随后两眼渐渐失去光泽，身子软软地往后靠在石头上，两手一撒，再也没了动静。

此时，黄天杰和黄文秀已经将大岛次郎打翻在地。黄天杰不再参战，拿着剑在一边看着。黄文秀嘴里一边骂着，一边朝大岛次郎逼去。大岛次郎浑身上下伤痕累累，整个人成了血人。他不断朝后退缩，嘴里叽叽咕咕嚷着什么。

黄文秀走到大岛次郎跟前，用剑指着他骂道："你这个禽兽，竟敢欺辱姑奶奶！今天我要让你付出代价，让你知道欺辱我的下场！"说着，黄文秀用剑朝大岛次郎裆下刺去。大岛次郎惨叫一声，捂着裤裆在地上打着滚。黄文秀浑身颤抖着，流着泪，等大岛次郎疼得抽搐不止时，上前一剑刺进他的胸口。大岛次郎仰面朝天，没了声息。黄文秀把剑扔在地上，放声痛哭。

整个洞里除了黄文秀的哭声，还有扑哧扑哧的声音。黄文泽转头一看，释能还举着石头在砸刘久训。黄文泽走过去，用手托住石头。释能抬头看到是黄文泽，两手松开石头，从刘久训身上滚落下来，瞪着一双血红的眼睛，急促地喘着气。

黄文泽把石头放下，扶起释能，让他坐在石头上。黄天杰也把黄文秀扶了过来，黄文秀把被撕开的衣服穿好，小声地抽泣着。这时，就见黄天杰身子晃动了几下，黄文泽连忙上前把他搀扶着。黄天杰脸色蜡黄，肩膀受伤处不断流血，朝黄文泽摆了摆手说道："此地不宜久留，我们赶紧走！"

黄文泽把父亲交给黄文秀搀扶着，自己扶着释能，四人跌跌撞撞地朝洞外走去。走到下面的大路上，黄文泽看到路边拴着四匹马，是刘久训等人刚才骑进峡谷的。黄文泽把父亲扶上一匹黑马，问道："爸，现在我们往哪里去？"黄天杰伏在马上，手指前方说："去三江镇，找张云会。"

黄文秀帮助释能骑上马后，自己也翻身上马。黄文泽看到父亲伤势严重，就让黄文秀牵着另一匹马，自己拉着父亲所骑的黑马缰绳，快步朝三江镇方向走去。

走出一里多路，忽然听到前方传来杂乱的脚步声。黄文泽心中一凛：难道又有日本人来增援了？黄文泽回头看骑在马上的父亲，发现父亲两眼紧闭，似乎已经昏了过去。黄文秀也是神情紧张，唯有释能两眼呆滞，像个木头人一样。黄文泽停了下来，把大刀握在手里，做好了拼命的准备。

很快，前方的路上拥出几名手拿武器的男子。走在前面的是个六十多岁的老头，身材魁梧，一脸络腮胡，英武逼人。黄文泽看到老头，心中大喜，连忙叫道："张叔，张叔，是我，黄文泽！"那老头，正是张云会。

张云会听到黄文泽叫他，连忙跑过来，看到黑马上昏迷的黄天杰，大惊失色地叫道："文泽，这是怎么回事？"黄文泽答道："我们刚和日本人干了一仗，父亲昏迷了！"张云会把手一挥："赶紧到我家去！"

第九章◎夜半魅影

黄天杰是练武之人，昨天在二龙寨受的枪伤，经过二龙寨的袍哥处理后，虽然不能像正常人那样活动自如，但也无大碍，只需将养数日，即可痊愈。在峡谷山洞中，黄天杰为救黄文秀，拼着老命与日本人厮杀，动了真气，使得肩膀上的伤口迸裂，流血过多，最终导致昏迷。幸亏张云会带人及时赶到，把他送到家里紧急救治，黄天杰这才缓缓醒来。

黄天杰拉着张云会的手，感激地说："老哥哥，多亏了你呀，要不然我可能就见不到你了。"张云会说："舵把子，你这是哪里的话！我来迟了，没能帮你们杀日本人，真是惭愧得很。"黄天杰很是不解地问道："你们为什么到峡谷来了?"张云会说："这话说来就长了。"

桫椤峡谷是进出三江镇的必经之路，当然也有另外一条山路可以进出，不过一般人都不愿意走山路，毕竟要绕很多路。中午那场大雨，把很多人堵在了三江镇。下午雨停后，急于外出的人开始向峡谷进发。

但那些心急的人走到峡谷，看到前方有四个凶神恶煞般穿黑衣服的人把守着路，还有一男一女被绑在树上。大家不敢再往前走，生怕遭遇意外，纷纷返回三江镇，聚在镇口议论纷纷。

张云会正在家中闲坐喝茶，一个弟子跑来报告了这个事情。张云会觉得事情很是蹊跷，不知道峡谷中的那些人是何方神圣。虽然资中的袍哥会早因黄天杰参加革命而无形中解散了，张云会的牌把大爷身份，也成了历史，但他当年和黄天杰一起解甲归田搬到三江镇后，三江镇的父老乡亲，都把他作为当地德高望重的人对待。无形之中，张云会成了三江镇的守护者。

张云会搬到三江镇后，收了一些徒弟，也把维持三江镇的安宁作为己任。这么多年来，三江镇一向太平无事，也没有谁敢来三江镇惹是生非。今天怎么突然冒出这么一个事情来了？这不是明摆着不把他放在眼里吗？要是大家都因为害怕而不敢走出三江镇，今后这事传出去，他的江湖名声就算毁了。

张云会越想越觉得事情不对劲，连忙召集了几个弟子，抄起家伙冲向峡谷，看看到底是什么人敢跑到三江镇的地盘为非作歹。一行人进入峡谷后，正巧碰到了黄天杰等人。

黄天杰听后，笑着说："你呀，还是当年那个脾气。都一把年纪了，应该安享清福才是。"张云会摇摇头说："那可不行。喝一方水吃一方饭，就得为当地出一把力。要不然，我活着还有什么意思？舵把子，你不在罗泉镇好好待着，怎么和日本人干上了？"

黄天杰看了看黄文泽，黄文泽就把围绕木棉袈裟发生的事情告诉了张云会。张云会听后，气得咬牙切齿："这个刘久训，真是我们袍哥中的败类，耻辱！我今后要是碰到他，一定把他杀了！"

黄文泽指着在一边默不作声的释能说："张叔，不用你劳心，刘久训已经被释能禅师干掉了。"黄文泽接着把山洞中发生的事情，简单告诉了张云会。张云会对释能肃然起敬，走到释能面前说道："释能禅师，你真是太厉害了，感谢你帮我们袍哥人家除掉了一个祸害！"

释能面无表情，似乎没听到张云会的话。黄天杰叹了口气说："禅师长期在宁国寺修为，平时扫地都担心伤了蝼蚁的命，今天亲自杀了刘久训，想必对他的刺激太大了。我们也不要过于打扰他，先让他平息一段时间再说吧。"

张云会点点头，表示理解释能此时的表现和反应。黄文泽对父亲和妹妹为什么落在刘久训等人手里，很是疑惑，看到黄文秀此时虽然双眼还有些红肿，但情绪基本上已经平和下来，就问黄文秀究竟是怎么回事。

黄文秀轻轻地抽了抽鼻子说："都怪我不好，没有把爸爸照顾好。"黄天杰轻轻地挥了挥手说："这不怪你。当时那种情况，我们只能束手就擒，不可能还有第二个选择。你就给大家说说当时的情况吧。"

黄天杰和黄文秀在二龙寨与黄文泽、释能、释空分手后，在二龙寨两个袍哥的护送下，朝罗泉镇而去。黄天杰肩头受伤，骑在马上不能快跑，只能慢慢地走着。黄文秀是个生性好动的人，见这么走着，很不自在，就策马在前面小跑着，然后停下来等着黄天杰等三人到了，又继续往前小跑。黄天杰知道女儿是个静不下来的人，任由她像个小孩子一般玩耍。

四人走到一处山下，黄文秀策马一口气跑到山上，骑在马上四处看着风景。看得差不多了，她朝山下去与黄天杰等人会合。刚到半山腰，就听到山下突然传来咴溜溜的马叫声，接着看到路边闪出几个黑衣人，将黄天杰三人围住。那两个袍哥似乎中了暗器，来不及拔枪，就从马上跌落下来。

随即，黄文秀听到父亲大声叫喊"文秀，快跑"，就见一个黑衣人将父亲从马上拖了下来。黄文秀被眼前发生的事情惊呆了，愣了几秒后，想起父亲刚才的叫喊声，连忙提起缰绳，掉转马头准备往山上跑。她还没把马头转过来，就见一个黑衣人箭一般从山下朝她冲来。

黄文秀心中着急，使劲地用马鞭拍着马屁股，催促白马快些跑。由于是上坡路，白马要奔跑起来需要时间，速度有些慢。这时，那个黑衣人已经冲到白马前面，将黄文秀拦住。黄文秀挥着马鞭朝黑衣人打去，黑衣人伸手将马鞭拉着，然后用手枪对准黄文秀。

黄文秀知道，武功再好，也敌不过手枪，只得放弃反抗。黑衣人示意黄文秀下马，黄文秀只能听从对方的吩咐。黑衣人押着黄文秀回到山下，与那群黑衣人会合。黄文秀看到，那两个袍哥脖子上鲜血直流，已经死去，黄天杰两手被反绑着，坐在地上。黄天杰看到黄文秀，摇了摇头，没有说话。

一个黑衣人将黄文秀的手也反绑起来，把她推到黄天杰身边。黄文秀两眼含泪看着黄天杰，黄天杰轻轻地说道："别反抗，谅他们也不敢对我们怎么样，我们走一步看一步。"黄文秀点点头，明白父亲的意思。

一个蒙面人把手一挥，率先朝前走去。两个黑衣人来到黄天杰和黄文秀跟前，用黑布将两人眼睛蒙上、嘴巴堵着，然后把他们弄到马上，跟着蒙面人朝前走。不久，下起了大雨。但这一行人没有停下，而是在雨中继续行进。

也不知走了多久，走了什么路，雨渐渐停了。又走了一段路程后，黄文秀感觉到马匹停了下来，有人把她从马上放到地上，扯开了蒙着眼睛和堵着嘴巴的黑布。黄文秀适应了一段时间后，看到自己身处在一片竹林中，附近是一间屋子。过了一会儿，就看到刘久训跟着三个黑衣人从竹林里走了出来。

黄天杰按捺不住心中的怒火，对着刘久训骂了起来。刘久训想教训黄文秀，被蒙面人呵斥住了。刘久训跟着蒙面人进了屋子，过了一会儿，刘久训出来，和三个日本人带着黄天杰和黄文秀骑马来到桫椤峡谷。刘久训等人把他们绑在了树上，似乎在等着什么。不久，他们就看到了黄文泽和释能出现在眼前……

黄天杰等黄文秀说完后，对张云会说道："老张啊，看来我真的要在你这里住上两天了。"张云会豪爽地说道："舵把子，你这话就真的太见外了。以前我请你到我这里来住几天都请不到，现在好了，我巴不得呢。你想住多久就住多久，一天三顿饭我还是管得起的。"

黄天杰摇摇头说："不用那么麻烦，就两天。等文泽他们完成任务后，我们就回罗泉去。"张云会心生疑问："任务？什么任务？"黄文泽就把护送木棉袈裟的事情告诉了张云会，张云会一拍大腿说道："这有什么难的！这里离峨眉山已经不远了，我马上召集人，明天一早出发，护送你们到峨眉山去，中午就能到达。"

黄天杰说："老张，不能这样做。"张云会瞪大眼睛问道："为什么？我的人有刀有枪，还怕了那几个日本人不成？"黄天杰说："不是怕不怕的问题，是我们这个任务，不能让更多人知道。一来我们要绝对保证木棉袈裟被安全送到峨眉山，二来我们不能因为这个事情，让更多的弟兄牵扯进来。现在，因为这个事情，已经死了不少弟兄。"

随后，黄天杰就把自己的分析说了出来。日本人这次源源不断地派出多批人马前来抢夺木棉袈裟，二龙寨死了四个日本人，竹林杀了两个，桫椤峡谷山洞连刘久训在内也死了四个，不可谓损失不惨重。尽管如此，还有包括蒙面人在内的四个日本人在一路跟踪，这些人说不定什么时候就冒出来了。

从几次与日本人交手的情况来看，这些日本人个个武艺高强，更为重要的是，他们手里有剑有枪。一旦交起手来，即使人数再多，也难以占到什么好处。二龙寨死伤那么多袍哥弟兄，就是最好的证明。而且，越到后面，出现的日本人武功似乎越高强，也就越难对付。

在这样的情况下，如果大张旗鼓地护送木棉袈裟往峨眉山去，不是在吸引日本人注意吗？日本人在暗处，如果使起坏来，那不知道要让多少弟兄白白丢了性命。所以，这事只能悄悄进行，最好的办法，是人越少越好，改变行进路线，神不知鬼不觉地把木棉袈裟送到峨眉山。

说到这里，黄天杰说："老张啊，如果日本人没有把木棉袈裟抢到手，说不定还要来继续找我的麻烦呢。到时，我在你家，你肩上的担子就很重了。"张云会明白黄天杰的意思，大声说道："有我老张在，谁敢来我家闹事？日本人来一个灭一个！"

黄文泽听了父亲的分析后，彻底明白了父亲的意思。护送木棉袈裟这个事情，牵扯到的人越少越好，尤其不能给三江镇带来任何不良影响，不能打破三江镇固有的宁静。想到这里，黄文泽站起来对黄天杰说："爸，您和妹妹在这里有张叔照顾，是很安全的。我和释能禅师还有任务在身，我们就不能继续留在这里了。"

张云会愕然道："什么？你们要走？天都快黑了，你们往哪里走？"黄天杰说："老张，你别拦着他们。他们有任务在身，不比我这个一身轻松的老头子。文泽，你记住，无论如何，都要把木棉袈裟安全送到峨眉山。另外，还要把释能禅师保护好，不能让他受到任何伤害。"

黄文秀看到黄文泽压力如此巨大，向黄天杰说道："爸，您就让我陪着哥哥去吧！"黄天杰摇着头说："你不能去，人多目标大，你还是留下来保护我好了。"黄文秀两眼含泪，欲言又止。黄文泽对黄文秀说："妹妹，你在这里好好照顾爸爸。爸爸现在伤势不轻，再也不能让他受到任何折腾了。"

黄文秀只得点点头说："哥，那你多保重啊！"黄文泽故作轻松地笑了笑说："没事，没事。"说着，黄文泽站起身来，就要告辞。张云会拦住黄文泽，态度坚决地说："文泽，无论如何，你们得把晚饭吃了再走。舵把子，我这个要求不过分吧？"黄天杰想了想说："好吧，吃完饭，就让他们走。"

吃过晚饭，黄文泽和释能带着张云会准备好的干粮，与黄天杰父女和张云会等人告别。临走前，释能突然向张云会提出一个请求——给他一把刀。张云会有些愕然："你会武功？"释能淡淡地说了两个字："防身。"张云会还想说什么，黄天杰在一边向张云会示意，张云会不再说什么，叫人拿了一把大刀给释能。

此时，天色已经黑了下来，月亮挂在上空。黄文泽没有急着赶路，他知道释能因为在山洞里杀了刘久训，受到的刺激太大，情绪还没有完全稳定下来，赶夜路是不可能的事情。另外，如果贸然赶夜路，万一碰到那另外四个日本人拦截，情况就糟糕了。

当下最要紧的事情，是找一个地方先休息一个晚上，明天一早再赶路。对此，黄文泽心中早有打算。他在走出桫椤峡谷时，看到峡谷口的山壁上有一个很隐蔽的山洞。如果晚上在那个山洞歇息，应该是很安全的。日本人的嗅觉再怎么灵敏，也不会想到他们会在山洞里过夜。再说了，木棉袈裟还留在峡谷的那个小山洞里，得趁着夜色取回来。

释能一直一言不发，任由黄文泽带着他走。黄文泽也没和他多说什么，带着他来到那个山洞前。那个山洞果然比较隐蔽，洞口较小，只容一个人进出。洞里不深，里面空气干燥，非常适合过夜。

黄文泽把释能带进洞里，安置好后，说道："你就在这里先休息吧，有我在，你不用担心。"释能点点头，盘腿坐在一块石头上，将大刀放在身边，闭目念经。黄文泽走出山洞，借着月光，左右察看地形，以便万一发生变故能在第一时间撤离山洞。

看完地形后，黄文泽心中有了底。他坐在洞口的一块大石头上，开始盘算明天向峨眉山进发的线路。按照此前的路线，进入峨眉山要渡过岷江，德清禅师给释能、释空的路线是在太平渡过江。但现在看来，日本人一直在后面紧紧追踪，如果还走太平渡的话，可能还会遭遇日本人。要想躲过日本人，只能改道走另外一条路过江。

黄文泽在脑子里默了一遍，发现要想尽快进入峨眉山，可以从罗汉渡过江。罗汉渡离太平渡不算太远，渡江后，也可以很快进入峨眉山。路程绕不了多少，但却可以摆脱日本人的跟踪。即使如此，也得特别小心谨慎才是。

日本人的跟踪本领，黄文泽在东北时是领教过的。特别是在竹林的遭遇战，黄文泽真的不知道日本人凭什么知道他们要从竹林经过。他们没有走大路，而是走的山路，日本人怎么就知道他们走的哪条山路呢？黄文泽想不明白，只能暗暗告诫自己，接下来的路程要特别谨小慎微，千万不能留下任何蛛丝马迹。

黄文泽把路线反复琢磨、确定万无一失后，抬头看看天，又摸出怀表看看时间，此时已是深夜 11 点过，该去取回木棉袈裟了。他走进山洞，看到释能靠着洞壁，怀里抱着大刀，似乎已经睡着了。他没有惊动释能，悄悄下山朝桫椤峡谷走去。

月光下的峡谷，除了昆虫的鸣叫声，没有其他任何动静。黄文泽走过下午激战的那个山洞下时，情不自禁地抬头看了看那个山洞，心中生出无限感慨。走了一段路，来到刘久训和日本人拦截他们的地方，撒落在地上的衣物还在。黄文泽把衣物捡起来，包裹好，背在身上。

到了藏木棉袈裟的那个山洞下，黄文泽四下看了看，确定安全后，纵身跃上山壁，几步来到山洞口。黄文泽没有急于进洞，而是站在洞前，再次四下张望。静立了一会儿，黄文泽才转身，准备进洞取木棉袈裟。

他刚迈动一步，眼前的一幕让他身上的毫毛顿时竖立了起来！只见洞中有两个鸡蛋大的发亮的东西在晃动，随即闻到一股腥味。洞里是什么东西？黄文泽把大刀拔了出来，做好了打斗准备。

黄文泽的两眼紧紧地盯着那两个发亮的东西，听到洞里传出窸窸窣窣的声音。借着月光，他似乎看到洞里那东西是一条巨蟒，那两个发亮的东西，是巨蟒的两只眼睛！这个地方，怎么会有如此巨大的一条蟒蛇呢？在下午藏木棉袈裟的时候，他在洞里可没有发现有任何不对劲的地方啊！

黄文泽和巨蟒对峙了一会儿后，感觉到洞里那条巨蟒在游动着。突然，一阵腥风从洞里吹出来，风里夹杂着沙子。黄文泽本能地朝洞边一闪，避免风沙吹进眼里。风过后，黄文泽再次朝洞里看。奇怪的是，洞里的那条巨蟒不见了！

黄文泽以为看花了眼，使劲地眨了眨眼睛，定睛再看，洞里哪里还有什么巨蟒！这时，黄文泽隐约看到洞壁有亮光在晃动，他顺着亮光的方向看去，发现是手中的大刀在月光的照射下，将光反射到了洞壁上。他灵机一动，慢慢地调整着大刀，顺着反射的光线，把洞里重新看了一遍，洞中的确已经没有任何东西了。

黄文泽非常惊讶，难道刚才看花了眼睛？可明明看到洞里有两个东西在发亮呀，那不是巨蟒是什么？而且，也的确有一股带着腥味的风从洞里吹出来。峡谷里一直都没有风吹动，山洞不大，哪里凭空来的风？这风还是从山洞里朝外吹的，真是太奇怪了！

黄文泽呆呆地站在洞前，突然想起父亲昨天说的有关宁国寺的事情。当年端方派宝廷去宁国寺夺木棉袈裟，在地洞里遭遇巨蟒，未能成功。后来德清禅师想把木棉袈裟取出来，释能下到地洞却什么也没有看到，顺利地把木棉袈裟取了出来。难道说，刚才看到的那条巨蟒，是保护木棉袈裟的神物？

他虽然不相信人世间有什么鬼神，但刚才那一幕实在让他难以相信。为了安全起见，他握着大刀，一步步朝山洞里走去。山洞里什么动静都没有。他走到藏木棉袈裟的地方，蹲下身用手去摸，摸到了那个包裹。他把包裹提在手上，慢慢退出山洞。到了洞口，他把包裹轻轻解开，木棉袈裟完好无损。黄文泽长长地出了一口气，把木棉袈裟放进包袱里，将大刀插回鞘中。

这时，黄文泽才发现自己已经浑身是汗。他用手抹了抹脸上的汗水，解开衣服扣子，用衣服扇着风，想让自己凉快一些。他刚扇了几下，就听到峡谷里似乎传来一阵脚步声。他竖着耳朵倾听，果然，前方的昆虫鸣叫声停止了，那阵脚步声越来越近。

这么晚了，难道还有客商往三江镇而去？但黄文泽听出，那阵脚步声显得较为轻盈，不像是一般人那么沉重。很显然，这种脚步声，是练武之人所特有的。黄文泽心中一凛，难道……

他连忙将身子蹲下，密切注视着下方的动静。很快，他看到四个人走了过来。四人一言不发，行色匆匆，一身黑衣，其中一个人蒙着脸、披着披风。想到父亲和妹妹下午被几个日本人劫持，其中一个蒙着脸，黄文泽忽然明白过来，这四个人，就是还在追踪木棉袈裟的那四个日本人！

只是，这么晚了，他们为什么来到峡谷？要到什么地方去？想到父亲和妹妹还在三江镇张云会家中，黄文泽心中不由得一紧。难道这些日本人还要去找父亲和妹妹的麻烦？或者是以为他和释能在张云会家中，想趁着夜深人静之际，到张云会家中抢夺木棉袈裟？黄文泽觉得事态严重，决定先暗中跟踪这些日本人，再做出决断。

他等那四人走出一段距离后，跳到路上，悄悄地跟在后面。前面那四个日本人似乎因为急着赶路，没察觉到后面有人在暗中跟踪。四人走到下午发生激战的那个山洞下站住了。一个日本人走到一棵树前，仔细查看一番后，指着上面的山洞说了几句，四人朝那山洞爬了上去。

黄文泽远远地看着，暗自惊叹日本人的追踪本领。想到一路上日本人不断从眼前冒出来，原来他们都在沿途做了特殊记号，让后面的援兵能准确地追上来。黄文泽等了一会儿，估计四人都进了山洞，就来到山洞下的位置，看到山洞对面的山壁上有一块大石头。

黄文泽像一只猿猴一般灵巧地爬了上去，躲在石头后面，朝对面的山洞望去。只见山洞里，有两束亮光在晃动。黄文泽知道，那是手电筒发出的光亮，他在东北的时候见过那玩意儿。

日本人一边在山洞里走来走去，一边说着什么。借着手电筒的光线，黄文泽看到，两个日本人在搬动着刘久训和三个日本人的尸体，应该是在洞中安葬他们。想到三个日本人远死在这么一个地方，死后也只能如此简单地安葬，黄文泽不觉有些感慨。但他不同情他们，尤其刘久训，身为中国人，却助纣为虐，卖国求荣，甘当汉奸，葬身山洞，这都是他咎由自取，罪有应得。

那个蒙着面的日本人，一直站在山洞口没动。黄文泽估计他是这些日本人的头领，他为什么要蒙着面？有什么不可告人的秘密吗？还是担心被人认出来？难道他不是日本人？黄文泽仔细打量着那人的身形，虽然披着披风，但可以看出，此人个子较高，身材有些干瘦。

看着看着，黄文泽忽然觉得这个人的背影有些熟悉，但又一时半会想不起来了。难道是他当年在东北时认识的一个日本人？他从东北回来后已经快五年了，有些记忆开始模糊。他在脑子里努力地回忆那些有过交往的日本人，但无论怎么回想，都难以有一个清晰的印象。

就在黄文泽冥思苦想之际，山洞中的日本人似乎已经安葬完同伙的尸体，一起站在那个蒙面人身边。四人在洞口站立了一会儿，那个蒙面人率先转身走出山洞。黄文泽连忙将身子隐藏在大石头后面，不敢抬头张望，生怕引起对方的注意。

直到那四个日本人走到谷底大路，黄文泽才偷偷地抬起头来，关注着他们的动向。只见那四人没有朝三江镇方向走去，而是沿着来路返回。黄文泽等他们的脚步声彻底消失在峡谷那头后，才从大石头后面站起来。

回到山洞，黄文泽看到释能蜷缩在地上，头枕着包袱睡得正香，怀里仍然抱着那把大刀。黄文泽摇了摇头，把自己包袱里的衣服拿出来，轻轻地盖在释能身上。夜已经很深了，经过一天两次激战的黄文泽，却一点没有睡意，更没有感觉到疲倦。尽管在山洞中被刘久训折磨得浑身是伤，但那都是皮肉之伤，毫不碍事。

想到明天还将继续上路朝峨眉山进发，不知道还会发生什么不可预知的事情，黄文泽还是强迫自己要休息。他在洞口盘腿而坐，调整呼吸，将丹田之气慢慢运行全身，感觉身体没有任何问题。然后，他闭上眼睛，想让自己进入睡眠状态，但不知为什么，他的脑子里全是过去在东北的事情。那些事情，现在回忆起来，似乎是一场梦，一场本不该发生的梦。

八年前，20岁的黄文泽揣着父亲写给安广南的书信，在奉天找到镇守一处战略要地的安广南。已经当上团长的安广南念着旧情，把黄文泽留在身边当少校副官。黄文泽初来乍到，年纪轻轻就当上了少校军官，而且还是团长的身边人，这让很多人对他刮目相看，但没有谁表示不服气。

他们都知道，黄文泽是黄天杰的儿子。而且，黄文泽不是公子哥儿，他不仅武艺高强，为人处事也非常得体。很多人看到黄文泽，都夸赞说"老子英雄儿好汉"，不愧是黄天杰的儿子。

时间一长，黄文泽和大家都混熟了。黄文泽很快就发现一个奇怪的现象，安广南已经快40岁的人了，却仍然单身一人。黄文泽最初以为他在外面有女人，因为其他军官在外面找女人已经成为一种风气，但通过长时间的观察，安广南生活作风非常好。

黄文泽私下向军中的盘破门弟子和袍哥打听，他们有的说不知道，有的叫他去问安团长。黄文泽哪敢去向安广南打听他的隐私，只得把好奇心压在心头。直到有一次，他才终于明白安广南单身的真正原因。

那是11月的一天晚上，安广南把黄文泽叫去陪他喝酒。喝到最后，安广南明显醉了。安广南醉眼蒙眬地看着黄文泽，叹了口气说道："你今年都20岁了，当年我见到你的时候，你才3岁。"黄文泽笑着说："是啊，我现在还有一点点印象，但印象已经很模糊了。"

安广南端起酒杯又喝下一口酒，似乎自言自语地说道："17年了，她已经死了17年了。现在想来，时间过得真是太快，一切都仿佛在昨天一样……"黄文泽听着安广南突然说起这些莫名其妙的话来，有些摸不着头脑，忍不住问道："她，她是谁？"

安广南抬头看着黄文泽说道："她，她是你姑姑。"黄文泽大惊，忽然想起死去的姑姑黄天秀，难道安广南和姑姑有什么关系不成？黄文泽没有说话，睁大眼睛看着安广南。安广南又喝下一杯酒，用手擦了擦嘴说："你也不是小孩子了，时间过去这么长，今天难得我们有闲心坐下来喝一杯。你知道吗？今天是你姑姑的忌日。"

黄文泽这才想起，每年到了这天，父母都要去姑姑的坟头烧纸。今年到了奉天，他居然忘了这事，不由得心中一阵内疚，只得使劲地点点头。安广南就把当年在资中鼓楼坝劫刑场的经过告诉了黄文泽。黄文泽以前只是隐约听母亲说起过姑姑死的时候很年轻，但姑姑是怎么死的，母亲一直没给他说，父亲更是只字不提。现在安广南把事情原原本本地说了出来，黄文泽才终于明白是怎么回事。

黄文泽心情沉重，没想到姑姑的死，后面隐藏着那么多曲折的故事。安广南说完，惨然地笑了笑说："不瞒你说，我当年第一次看到你姑姑的时候，就喜欢上了她。但我知道，她喜欢的不是我，是你的叔叔张春生。要不是张春生，你姑姑不会死的。"

黄文泽恍然大悟："难怪你一直单身，是因为……"安广南打断黄文泽的话说："是的，我的心中已经有了你姑姑。这么多年来，你姑姑一直把我的心占得满满的，容不下别人了。为了她，我宁可单身一辈子。我想，这就是命吧。"

黄文泽很是感动，他没想到，平时看起来不苟言笑的安叔叔，心中居然藏着这么多事情。他对姑姑的情，姑姑或许至死都不知道，但他仍然如此执着地爱着姑姑。人世间的爱情，如能达到这种境界，真是太感天动地了。

安广南接着说道："我们这一辈人，可能就这么完了。你知道我现在最后悔的事情是什么吗?"黄文泽摇摇头，他的确不知道。安广南说："我最后悔的事情是，当初没有及时地向你姑姑表白我对她的倾慕之意。现在想来，也许当时我表白了，她也不会答应，说不定还会把我痛骂一顿。但是，如果我当时真的说出来了，她虽然拒绝了我，但她临走的时候，心中还会有一些安慰，至少这个世界上还有一个喜欢她的男人。我知道，你姑姑临死前，一定非常绝望，她是带着痛苦走的。当时下那么大的雨，四周子弹横飞，我坐在水地里，就那么抱着她，我感觉特别无助，真想有颗子弹飞来把我打死，我正好可以跟着她一起走。但老天就是不长眼睛，让我活着受煎熬……"

安广南说着，流下了眼泪，忍不住抽泣起来。黄文泽的眼睛也模糊了起来，他能想象，当时的情景该是何等的感天动地。安叔叔对姑姑一片痴心，姑姑如果泉下有知，也当含笑知足了。可惜，姑姑和安叔叔阴阳相隔，他们再也没有机会在一起了。

安广南情绪稍稍平息下来后，对黄文泽说道："所以，每年的今天，我都要祭悼她。今年你来了，我就把你喊来陪我喝喝酒。这个事情压在我心里很多年了，我没有向谁说起过。今天向你说了后，我感觉好多了。"黄文泽点点头说："安叔叔，你把心里话说出来，肯定会好受多了。我非常理解你的心情，我现在多么希望姑姑还在人世啊。"

安广南摆摆手说："人死如灯灭，想要再续前缘，就看来世有无机会了。但是，这都是安慰人的话，没有用。文泽，你今后如果遇到一个好姑娘，一个值得和她过一辈子的好姑娘，我送你一句话：一定要勇敢地表白，要好好地珍惜她，不要让她受到任何委屈！"

黄文泽连忙说："我，我还小呢……"安广南正色道："你已经20岁了，不小了。缘分说到就到，不容你慢慢去想。不管怎么说，你记住我刚才给你说的那句话就行了。千万不要学我，后悔一辈子，所有的痛苦都只有自己默默承受。那是一种疼痛啊，疼得你生不如死……"

当时，张作霖已死，但日本人仍在奉天活动，四处交好。黄文泽经袍哥弟兄介绍，与一些喜欢武术的日本人结识，大家经常在一起玩耍、切磋武艺。但他严守部队纪律，从来不在日本人面前说起部队的任何事情。那些日本人和他结交，似乎没有什么目的，只是切磋武艺，也不打听部队的事情。

1931年夏天的一个晚上，黄文泽从一个日本人家中出来，回军营去。走到一个街头拐角处，突然听到前方传来一个女孩子的哭泣声，同时还有几个男人的嬉笑声。黄文泽心中一凛，难道有人在调戏良家妇女？

黄文泽循声赶去，果然看到四个男子正围着一个姑娘在动手动脚，那个姑娘蜷缩在墙角，用手护着身体左右躲闪。黄文泽大怒，冲过去大吼一声："住手！"那四个男子见黄文泽穿着军装，想要孤身一人英雄救美，笑着骂道："你小子想找死吗？赶紧滚回你的军营去，这里没你的事！"

一个男子摇摇晃晃走过来，满身酒气地拍着黄文泽的肩膀说："小兵哥，大爷今天心情好，你就别来搅和大爷的好事。等大爷完事后，可以把这个娘们赏给你玩。"黄文泽气得肺都要炸了，抓住男子的手，将他反解起来，然后飞起一脚，踢翻在地。

另外三个男子见黄文泽动手，都停止了调戏姑娘，骂骂咧咧地朝黄文泽围了过来。黄文泽也不搭话，在三个男子之间左冲右突，几下就把他们打得在地上叫爹喊娘。黄文泽也不想继续出手，冲着四人大吼："还不快滚？"四个男子连忙翻身爬起来，相互搀扶着跑远了。

黄文泽走到那个姑娘面前，看到姑娘浑身发抖，衣衫不整，满脸泪痕地低声哭泣着。黄文泽不由得顿生怜意，把身上的衣服脱下来盖在姑娘身上，轻声问道："你家住哪里？我送你回去。"姑娘的眼睛躲躲闪闪地看了黄文泽一阵，才用手指了指前面。黄文泽把姑娘扶着，把她送到家门口。直到姑娘进屋关上了门，他才离开。

第二天上午，黄文泽走出军营，看到门口一个姑娘朝自己走来。那姑娘长相清秀，身材高挑，笑起来嘴角露出两个小酒窝，特别的甜美。黄文泽心下狐疑，这是谁呀？就见姑娘从包里拿出一件衣服递给他说："谢谢你昨晚救了我。这是你的衣服，我来还你的衣服。"

黄文泽这才想起，眼前这个姑娘，就是昨晚救下的那个姑娘。黄文泽奇怪地问道："你怎么知道我在这里？"姑娘抿嘴笑了笑，指着军装说："这上面写着你的部队番号呀，我虽然不知道你是谁，但我到这里来等候，总会把你等出来的。"黄文泽有些不好意思地挠了挠头。昨晚把衣服脱下来盖在姑娘身上，结果忘了叫她还给自己。

黄文泽很是抱歉地说："实在不好意思，还让你专门跑一趟来还我的衣服。"姑娘又笑了，笑得黄文泽心里有些慌乱，他不得不承认，她笑起来实在太好看了，黄文泽的心中不禁泛起一阵涟漪。姑娘大大方方地说道："我叫张晶晶，你呢？"黄文泽连忙把自己的名字告诉了她，姑娘点着头说："文泽，文华天泽，很好听的名字。"姑娘和黄文泽说了一阵话后，就说有事先走了。

黄文泽回到军营，感觉心里有些空落落的。看到那件军装，他的眼前总是浮现出张晶晶那如花儿一般灿烂的笑脸。黄文泽明白，他喜欢上她了。但他又有些害怕，没想到安叔叔的话果然应验了，感情说来就来，不会让你提前有什么准备。

后来，张晶晶又主动跑来找黄文泽玩，黄文泽也应邀去张晶晶家里做客。渐渐地，黄文泽和张晶晶熟悉起来。交往中，黄文泽得知，张晶晶母亲早亡，她以前在北京念书，后来父亲生病，她只得中断学业回到奉天照顾父亲。没想到，父亲去年冬天还是撒手而去了，留下她一个人。她搬到城里，平时靠给一个日本人的小孩教中文过日子。那天晚上，她上完课回家，没想到遇到四个流氓，幸亏黄文泽及时赶到救了她。

黄文泽被张晶晶悲惨的身世感动了，没想到这么一个好姑娘，在这个世上竟然如此无亲无故。现在世道不太平，张晶晶这个弱女子，要想生存下去，是多么的艰难。黄文泽暗自发誓一定要保护她，不让她受到任何伤害，因为他已经无可救药地爱上了她。

安广南看到黄文泽和张晶晶交往，鼓励黄文泽赶紧向张晶晶表白。但黄文泽每次看到张晶晶，刚刚鼓起的勇气又消失了。张晶晶也感受到了黄文泽对她的感情，虽然黄文泽没有说什么，但她知道黄文泽的心意。只要有空，她就把黄文泽叫到家里，给他做好吃的。

黄文泽每次到张晶晶家里，就帮着她干活。黄文泽有时也把张晶晶带到军营，张晶晶每次都瞪着好奇的大眼睛，到处打量着，觉得眼前的一切都是那么新奇，缠着黄文泽问这问那，黄文泽都是有问必答。

两人情侣般的生活过得非常甜蜜。黄文泽暗自盘算着，等春节的时候，就向安广南请假，带张晶晶回罗泉镇老家一趟，向父母家人公开他和张晶晶的恋情。所以，他平时在给家里的信中，从来没提过张晶晶。他也请求安广南暂时不要向父亲提及此事，到时好给家里一个惊喜。安广南明白黄文泽的心思，满口答应了。

好景不长，日本人突然发动"九一八"事变，整个奉天乱成一团。安广南虽然接到了"不抵抗"的命令，但他压下命令，对日军进行了坚决的抵抗。炮火中，安广南带头冲锋陷阵，被一颗子弹击中头部，壮烈牺牲。安广南一死，部队很快被打散。

黄文泽冒死把安广南的遗体从阵地上背回来，匆匆安葬好后，换了一身平民衣服，跑去找张晶晶。等他跑到张晶晶家里的时候，眼前的情景让他肝肠寸断。张晶晶的家已被炸毁，张晶晶不知所踪。黄文泽发疯似的四处寻找，都没有找到她。后来好不容易碰到张晶晶的一个邻居，邻居说张晶晶当时在家里，好像被炸死了。

心灰意冷的黄文泽只得怀着惆怅的心情，随着逃难的人群进入关内，辗转回到罗泉镇。他没有把自己和张晶晶的这段情事告诉家里任何人，独自默默承受着巨大的痛苦。他终于明白安广南为什么一直单身的原因了，原来，一个男人的心只要被一个女人闯进去后，就再也容纳不下别的女人了。五年来，无论怎样，他都难以忘记张晶晶。在梦中，他无数次梦到她。对她的思念，他无法挥去，注定将陪伴一生。

"打死你，打死你，你这个坏蛋！"迷迷糊糊中，黄文泽突然听到释能在大声叫嚷着，不由得清醒过来。他转头看去，看到释能躺在地上，两手乱挥，嘴里含混不清地说着什么。黄文泽知道，释能在说梦话。

　　黄文泽叹了口气，轻轻地摇了摇头。看来，释能在山洞中把刘久训砸死，受到的刺激太大了。要想消除影响，唯一的办法就是时间。只要时间一长，他就会慢慢淡忘，然后逐渐恢复正常。

　　释能说了一阵梦话后，又安静下来睡了过去。黄文泽看看时间，已经快到深夜两点了。再过三四个小时，天就亮了，得赶紧休息。黄文泽挪到洞壁，坐着靠在石头上，很快就昏沉沉地睡了过去。

第十章◎痴情向东流

"黄施主,黄施主!"耳边传来释能轻轻的呼唤声,黄文泽睁开眼睛,看到外面天色发亮,释能弯着腰,正看着自己。黄文泽翻身爬起来,伸了伸懒腰,使劲地眨巴着眼睛,努力让自己尽快清醒过来。

释能已经把包袱背在身上,出神地望着外面。黄文泽发现释能脸色凝重,两眼发红,似乎没有休息好。看到黄文泽收拾妥当,释能从包袱里拿出干粮递给黄文泽,两人一边吃一边走出山洞。按照黄文泽的计划,今天要走另外一条线路,不用从三江镇经过,而是爬上峡谷,从峡谷上面的一条路,绕开三江镇,直奔罗汉渡。

天刚亮不久,时间尚早,加上走的山路,人烟稀少,一路上几乎没遇到什么人。尽管昨天下了一场大雨,但山路大多是石子路,倒也显得干爽。释能仍然少言寡语,默默地在黄文泽后面走着。

黄文泽以为释能是因为昨天在山洞里把刘久训砸死,精神上受到刺激而导致情绪低落,所以没把释能的表现放在心里。按照计划,今天如果一切顺利的话,就可进入峨眉山。只要进入峨眉山,再打听一下,就可以找到德光禅师了。黄文泽感觉心情轻松起来。为防备日本人跟踪尾随,他改变了行进路线。即使日本人跟上来,也可凭借山间地形灵活行进,将日本人甩掉。

昨晚去取木棉袈裟遇到的奇怪现象,再次涌上脑子。他想把这个事情告诉释能,木棉袈裟有神物护佑,不会被日本人抢走的,也好以此给释能鼓鼓劲。黄文泽回头看释能,释能此前一直跟在后面不到一丈远的距离,现在落下有两三丈远了。黄文泽发现释能走得有些吃力,看看时间,该休息一下了。

黄文泽停下来,等释能走上来后,指着路边的一块石头说:"禅师,先休息一下。"释能也没搭话,坐下擦了擦脸上的汗水。黄文泽把水壶递给释能喝了几口,就把昨晚取木棉袈裟遇到巨蟒的事情告诉了释能。释能听后,赶紧起身,跪在地上,两眼含泪,双手合十,嘴里念念有词。黄文泽吓了一跳,也站了起来,不知所措。

释能跪了一会儿才起身，用衣袖擦了擦泪水说道："佛祖保佑，木棉袈裟一定能平安到达峨眉山。"黄文泽见释能有此想法，心中也大为欢喜："是啊，我们今天加把劲，到了峨眉山就好了。"释能点点头说："无论如何，就是拼了我的命，也要让木棉袈裟平安。"

黄文泽觉得释能这句话有些奇怪，不由得注意地看了看释能。他这才发现，释能呼吸沉重，脸色发红，浑身不断地冒汗。虽然天气正值盛夏，但此时的山间，气温并不高，即使一路在行走，他也不至于热成这样。黄文泽上前用手在释能额头摸了摸，吓得叫了起来："你的额头怎么烫成这样？你生病了？"

释能也用手摸了摸额头，故作轻松地说："没事，没事。可能有点风寒，我们继续走吧。"说着，释能抬脚就朝前走去。黄文泽发现释能脚步有些虚浮，身子微微有些晃动。黄文泽知道，释能已经病了，只是他一直在坚持着。黄文泽在路边找了一条树枝，用大刀削掉枝丫，追上释能，交给他。释能接过木棍，朝黄文泽感激地点点头，继续朝前走。黄文泽担心释能出事，让他走在前面，自己断后，随时关注着释能的情况。

两人一前一后走了一段距离。黄文泽心中合计，从山洞出发到现在，基本上走了一半的路程了。但他发现，释能的情况正在朝糟糕的方向发展。隔着老远，他都能听到释能沉重的呼吸声，脚步也越来越慢，浑身的汗水已经把衣服打湿了一大片。

突然，释能脚下一晃，木棍丢在一边，整个人倒在地上。黄文泽快步上前，把释能半扶起来，就见释能双眼紧闭，已经昏迷了过去。黄文泽再用手摸了摸释能的额头，比此前更烫手了。再摸释能的身体，也是浑身发烫。黄文泽把水壶拿出来，给释能灌了几口。释能似乎被水呛住了，剧烈地咳嗽了起来。

黄文泽见释能苏醒过来，又惊又喜。惊的是，释能病得如此严重，余下的路程还有那么长，该如何是好？喜的是，释能没有一直昏迷过去，要不然的话，在这前不着村后不着店的地方，不知该如何是好。

释能两眼无神地看着黄文泽说："黄施主，我，我没事。你放心，我一定能走到峨眉山的。如果我实在走不动了，你就把我扔下，一个人去峨眉山找我师叔，把木棉袈裟交到他的手里。"

黄文泽摇着头说："你别再说了，我无论如何都不会丢下你。你先休息一会儿，我再想想办法。"黄文泽把释能扶到路边一棵树下坐着，让他斜靠在树上。

黄文泽站起来，四下里打量了一番。

这个地方，离罗汉渡还有两三个小时的路程，但离太平渡只有一个多小时了。如果还按原计划向罗汉渡行进，估计释能难以坚持得下去。而且，释能病得这么厉害，必须要赶紧看医生吃药，否则病情加剧，就有生命危险。当下之计，只能改变线路，尽快赶到太平渡，然后找个地方安顿好释能，让他吃药休养。至于耽误行程，那也是没有办法的事情，不可能让释能为此把命给丢了。

而且，经过自己这么修改行进线路后，说不定还能迷惑日本人，让日本人最后不知道自己到底走的哪条路。再说了，进入太平渡，那里商贾云集，集市发达，人烟密集，即使日本人跟踪而至，想要下手，也得有所顾忌。这么想定后，黄文泽决定立即向太平渡进发！

释能喝了水，休息了一阵后，精神好多了。黄文泽对释能说道："太平渡离这里比较近，一个多小时就能到达。到了太平渡，我给你找个医生看看病，把药吃了，休养一下就好了。"释能摇着头说："不用看病吃药，我能坚持走下去。"黄文泽说："你别管这么多，我心中有数。"

释能拄着木棍，艰难地站了起来。黄文泽想扶他，释能示意他能行。黄文泽又想让他把包袱和刀给自己背，但释能坚决不同意，黄文泽只得作罢。释能果然说到做到，一直咬牙坚持。黄文泽看着释能的背影，眼睛有些湿润。病得如此严重，还能坚持走下去，这需要何等的毅力啊！

两人一路紧追慢赶，中午时分，终于到了太平渡。坐船渡过岷江后，黄文泽找了一家客栈，选了一间临近街道的二楼客房把释能安顿下来，给他的额头敷上热毛巾降温。然后，黄文泽到客栈附近的药店把药买回来，让客栈老板帮忙煎药，到时送到客房里。

黄文泽回到客房，看到释能躺在床上还在昏睡。黄文泽没有打扰他，坐在凳子上，倒了一杯水，慢慢地喝了几口。从一路上的情况来看，无论是渡江、住店，还是买药、回客栈，黄文泽都下意识地观察着四周，根本没有察觉到任何异样。

难道说，是因为不断更改行进路线起了作用？还是日本人根本就没料到他和释能会在太平渡住下来？或者说，日本人已经跑到峨眉山等着他们去自投罗网了？但是，日本人怎么会知道他们的目的地是峨眉山呢？尽管日本人一路跟踪阻截，但他们的目的地却一直是秘密。就目前在太平渡暂停下来的情况来说，他们不仅可以西去峨眉山，还可以北上成都。行踪不定，或许正是今天一路顺利的原因。

现在最大的问题是，释能的病究竟能否尽快好转起来。如果释能就此病倒，黄文泽不可能丢下释能不管。如此一来，就得在太平渡耽搁一些时间后才能赶往峨眉山。但以释能的性格，他不可能会在太平渡待多长时间。黄文泽不禁看了看释能，释能似乎比此前的情况好多了，呼吸平和，脸色也没有那么潮红了。

不一会儿，店家把熬好的药水端进屋来。黄文泽用两只碗来回倒着，药水很快从滚烫变成温热。黄文泽把释能唤醒，把药碗送到释能手里，释能一口气把药水喝了下去。黄文泽用手摸了摸释能的额头，虽然还在发烫，但已没有此前那么厉害了。

黄文泽安慰释能道：“你再休养一下，就会好起来的。”释能刚喝下药，满头大汗，精神好了一些，摇着头说：“没事，不用休养，我能坚持下去。这里离峨眉山已经不远了，事不宜迟，我们还是赶紧出发吧。”说着，释能就要下床。黄文泽连忙制止说：“不要着急，你刚喝了药，药性还没发挥作用呢。”

释能哪里肯听，执意起床。他刚站起来，身子就晃了几下。黄文泽赶紧把他扶住，让他坐到床上。释能见病得如此厉害，伤心地用拳头捶击了几下大腿：“黄施主，看来我一时半会还真的动不了。时间紧急，麻烦你带着木棉袈裟去峨眉山找德光师叔。”

黄文泽明白释能的意思，摇着头说：“我不会丢下你不管的。”释能着急地说：“你就别管我了！现在我们已经过了岷江，再往前走一段路，就到了峨眉山下。要不这样，我在这里等着你，你把木棉袈裟交给德光师叔后再回来找我，如何？”

黄文泽说：“现在日本人正在四处找你，我如果丢下你一个人，到时日本人找上门来了，你怎么办？”释能拿起枕头下的大刀说道：“我有刀在手，难道我还怕了他们？昨天我不是把刘久训给砸死了吗？我已经开了杀戒，也不再在乎什么佛门禁忌了。”

黄文泽见释能说这话的时候，脸上满是落寞的神情，就安慰他道：“你想得太多了。所谓杀戒，是禁止故意杀生。你昨天是在为民除害，刘久训死有余辜，你做得很好。如果佛祖开眼，他会赞同你的做法的。”释能自顾看着大刀说道：

"是他们逼我的，我现在不怕任何人了。日本人敢来，我就敢出手！"

黄文泽正想对释能鼓励一番，忽然听到街上传来一阵嘈杂声。他顿时警觉起来，竖着耳朵仔细聆听。很快，他听到一个女人的哭叫声，还有几个男人嘻嘻哈哈的笑声。黄文泽走到窗前，把窗户打开往街上看去。只见街上，几个男子正对一个抱着包袱的女人动手动脚。女人护着包袱，左右躲闪，披头散发地哭着。

黄文泽不禁皱起了眉头，光天化日之下，在大街上出现地痞流氓调戏良家妇女的事情，这太平渡也不太平啊！他生平最恨的就是这种事情，不然当年也不会在奉天出手相救张晶晶。以黄文泽的性格，他早就跑下去搭救了。但现在情况不同，他得保护好释能。而且，日本人随时都可能出现，自己切不可因一时冲动而暴露了行踪。

黄文泽再三想过后，觉得还是不管这个闲事为好。他叹了口气，想把窗户关上。就在这时，黄文泽看到，一个男人扑了上去，一把将那个女人抱住，两手在女人身上乱摸。女人惊叫了起来："救命，救命啊！"黄文泽心中一惊，这个女人的声音怎么这么熟悉？

那个男人不断地调戏女人，旁边两个男人笑得前仰后合。附近聚集了不少看热闹的人，个个脸上满是愤怒的神情，但谁也没有上前制止。女人被男人紧紧地抱着，男人把她往一边拖去，女人拼命挣扎。男人似乎有些猴急，一把将女人拦腰抱起来，女人头往后一仰，脸露了出来。黄文泽把女人的脸看得真切，不觉一股气直往脑门上涌——晶晶！没错，是张晶晶！她怎么在这里？

黄文泽来不及多想，大叫道："晶晶，我来了！"两手在窗户上一撑，身子腾空跃起，跳出了窗户。两脚一挨地，黄文泽就朝抱着张晶晶的男子冲了过去。张晶晶听到黄文泽的声音，两脚狂蹬，双手乱抓，也大叫起来："文泽，快来救我呀！"

黄文泽飞身上前，一把抓住那个男子的肩膀，用脚朝男子的腿踢去。男子吃痛，往后一仰，两手将张晶晶撒开。黄文泽一把接住张晶晶，把她搂在怀里。旁边看起来是同伙的两个男子见状，挽着袖子朝黄文泽逼了过来。

黄文泽没有放开张晶晶，飞起两腿，将两个男子踢飞。那个欺负张晶晶的男子从地上爬起来，哇哇大叫着朝黄文泽冲过来，毛手毛脚地就想打黄文泽。

黄文泽看他出手毫无章法，知道这种街头地痞就仗着一股狠劲横行乡里，心中冷笑两声，站着不动。待男子的拳头打到面前，黄文泽伸手将他的拳头捏住，然后一用劲，男子想把拳头收回，但无论如何都动弹不了，只得不断地跺着脚，疼得呼天抢地。

黄文泽见他疼得差不多了，这才把手松开。男子捂着手在原地转了几圈，泪水都疼出来。另外两个男子见黄文泽不是个好欺负的人，吓得大叫一声，转身就跑。那个欺负张晶晶的男子见同伴抢先跑了，也跟着落荒而逃。四周看热闹的人，都哈哈笑了起来。一个大妈对黄文泽说道："哪里来的地痞流氓，居然跑到太平渡来撒野了！小伙子，打得好，打得好！"

黄文泽没有理睬众人，看张晶晶仍然在一个劲地哭泣，拥着她走进客栈，上楼进了客房。此前，释能看到黄文泽跃出窗户，就挣扎着扑到窗户上，紧张地看着黄文泽解救张晶晶。看到黄文泽和张晶晶进了房间，释能坐在床上，不知所措。

黄文泽向释能介绍张晶晶，释能机械地点了点头，又木然地坐着。黄文泽看到释能如此反应，忽然醒悟过来，释能是出家人，自己此刻仍然搂着张晶晶不放，实在不大雅观，连忙把张晶晶松开。

但他和张晶晶生死离别，两人都有很多话需要倾诉，如果当着释能的面，必然让释能更加尴尬。黄文泽走到门外，叫来店家，说要另外开一间客房。店家把黄文泽和张晶晶带到斜对面的一间客房，就关上门退下了。

黄文泽和张晶晶久别重逢，两人相视无语泪四行，然后紧紧地搂在了一起。张晶晶似乎受了巨大的委屈，忍不住号啕大哭起来。黄文泽也陪着掉泪，他知道，她五年来一定历经千辛万苦，应该让她好好地宣泄一番，把心中的委屈全部倾倒出来。

黄文泽真是做梦都没有想到，居然会在太平渡这个地方遇到张晶晶！他百感交集，一时之间，也不知该如何表达自己的心情。兴奋？意外？激动？似乎都有。五年来的相思，一直以为是阴阳相隔的怀念。而今，张晶晶这么一个大活人出现在面前，这应该不是梦，而是真实的现实。

黄文泽偷偷地用手掐了掐脸，有疼的感觉。既然会疼，那说明不是梦。幸福来得如此突然，黄文泽真不敢相信。难道说，是自己的思念感动了老天，老天给毫无准备的他送来了这么一个大惊喜吗？

黄文泽用手轻轻地拍打着张晶晶的背部，张晶晶在黄文泽无声的安慰中，渐渐停止了哭泣。黄文泽把张晶晶松开，用手轻轻地捧着她的俏脸，看到她的脸上带着憔悴，心疼地用手擦拭着她的泪水。张晶晶两眼哭得通红，含情脉脉地看着黄文泽，任由他爱抚着。

　　看了一会儿，张晶晶破涕为笑，又使劲地搂着黄文泽说道："我可把你找到了！"黄文泽鼻子又一阵发酸，点着头说："我们再也不分开了！"张晶晶幸福地嗯了一声，搂着黄文泽，半天没有说话。

　　黄文泽搂着张晶晶，两人坐到凳子上。黄文泽倒了一杯水，张晶晶接过去，大口地喝着。黄文泽心疼地说："慢点喝，别那么着急。"张晶晶放下水杯，用手理了理头发，看着黄文泽说："你，你这些年过得还好吗？"

　　黄文泽摇了摇头说："不好，一点也不好。我天天都在想着你。"张晶晶扁了扁嘴说："我不听假话。"黄文泽抓着张晶晶的手说："真的，我不骗你。"张晶晶幽幽地说："你的孩子多大了？"黄文泽有些摸不着头脑："孩子？什么孩子？我一直都是单身一人呢，你怎么问这个问题？"

　　张晶晶扑哧一声笑了："傻瓜，我不这么问我怎么问？难道我问你成家了没有？"黄文泽这才恍然大悟，也笑了起来："你呀，还是那么含蓄。不瞒你说，五年来，我因为心中有你，一直没有考虑过成家的事情。我以为你被炸死了，我就下定决心终身不娶。"

　　张晶晶眼睛发亮，直直地盯着黄文泽问道："你说的是真的？"黄文泽两眼迎着张晶晶火辣辣的目光，坚毅地说："是真的，绝对没有骗你。"张晶晶的泪水又掉了下来："我就知道你是真心对我好。现在看来，我这五年来受的苦，是值得的。"

　　黄文泽连忙伸手去擦张晶晶的泪水："别哭，别哭了。我们现在不是又在一起了吗？你应该高兴才是。"张晶晶经黄文泽这么一说，破涕为笑地说道："我是真的没有看错你。要不是发生九一八事变，我们现在的孩子都应该可以叫爸爸妈妈了吧？"

　　黄文泽听张晶晶这么一说，心中不觉甜蜜了起来："是啊，说不定都有两三个孩子了呢。"张晶晶听得一脸娇羞，捏着拳头打在黄文泽身上说道："你太坏了！谁给你生孩子呀！"张晶晶的拳头打在黄文泽身上，黄文泽感觉到从来没有过的舒泰，也不躲闪，嘿嘿地笑了起来。

张晶晶停下拳头，娇嗔地睐了黄文泽一眼："你还傻笑！"黄文泽觉得张晶晶从来没有这么妩媚过，忍不住一把搂住张晶晶，将脸紧紧地贴在她的脸上，幸福的感觉弥漫着整个房间。张晶晶任由黄文泽搂着，亲着，像一只温顺的小绵羊一样。

过了良久，黄文泽才又把张晶晶松开。看着张晶晶蓬头垢面的样子，心疼地说："你这五年是怎么过来的？你怎么到这里来了？"张晶晶叹了口气说："说来话长。"黄文泽说："说吧，我听着呢。"

张晶晶说，九一八事变发生后，她看到满大街的人都乱哄哄地逃跑，第一反应就是去黄文泽所在的军营找黄文泽。等她跑到军营一看，整个军营都被日本人炸毁了，地上满是死去的士兵，找不到一个活的。

张晶晶急得哭了起来。她不相信黄文泽就这么战死了，活要见人死要见尸，无论如何，都要把他找到。她顾不上害怕，挨个地翻找着尸体，希望能找到黄文泽，但又怕看到黄文泽。终于找完了，没有发现黄文泽。她这才长长地舒了一口气，浑身瘫软地坐在地上。

既然没有发现黄文泽的尸体，那黄文泽去哪里了呢？张晶晶根本没有想到，此时的黄文泽，正在满大街地找她。这时的奉天城，已经乱成一团。黄文泽去了哪里，她根本无法得知。

张晶晶失魂落魄地往家里走去。结果发现，家里已经被炸成一片废墟，左右邻居家也是断壁残垣。她呆呆地站在废墟前，不知所措。忽然，她听到附近有人在喊救命。跑过去一看，是邻居老太太被压在一根房梁下。她找来工具，把老太太救了出来，背着她到了医院。

医院里，满是伤员。张晶晶看到医护人员忙不过来，就帮着他们照顾伤员，同时也照顾受伤的邻居老太太。这么一忙，晃眼就过去了几天。黄文泽到处寻找张晶晶，就没想到去医院找她。而黄文泽此时已经从张晶晶的一个邻居嘴里得知，张晶晶可能被炸死了，于是心灰意冷随着人群进关转道回资中罗泉镇老家了。

张晶晶看到医院情况稳定下来，自己也没必要再在医院待下去了。她回到一片废墟的家里，从废墟中翻找出一些物品。她坐在废墟前，思考着自己的将来。她始终坚信，黄文泽没有死，还活着。她父母已死，在这个世界上，虽然她和黄文泽还没有媒妁之言，但她知道，黄文泽是她唯一的亲人了。无论如何，即使历经千辛万苦，都要把他找到。

张晶晶决定去找黄文泽。但到哪里去找黄文泽呢？张晶晶想起，黄文泽曾经对她说他是四川人。既然如此，那就到四川去找黄文泽。但四川那么大，黄文泽又没有具体说是四川哪个地方的人，如果去四川，那不是大海捞针吗？但张晶晶觉得，即使是大海捞针，也要去捞一捞，不然这辈子死不瞑目。

于是，张晶晶开始了漫长的寻人之旅。因为家里被炸毁，钱财都埋在废墟中，只有几件衣物随身，张晶晶只得一边靠着帮人打零工，一边朝四川行进。有时找不到零工挣钱，为了不让自己被人欺负，张晶晶故意蓬头垢面，衣着破烂，像个叫花子一般。她睡过桥洞，啃过别人吃剩的馒头，在深山老林里遭遇过饿狼，用脚一步一步在四川各地寻找黄文泽，打听他的消息。

时间一年又一年过去了，张晶晶走过了四川多个地方，都没有打听到黄文泽的消息。但她仍然没有灰心，没有失望，她坚信自己的毅力一定能感动老天。走到太平渡附近，她听说此处已经离峨眉山不远了，就想去峨眉山拜佛。峨眉山是普贤菩萨的道场，她希望自己的诚心能感动菩萨，让她早日找到黄文泽。如果仍然找不到，她就在峨眉山出家，削发为尼，终身陪伴青灯木鱼。

到了太平渡，她渡过岷江后，在码头把脸洗干净。不巧被三个男子看到，他们对她起了色心。她发现事情不妙后，一路逃跑，终究还是在大街上被三个男子缠住。要不是黄文泽及时出现，说不定就被那三个地痞给欺负了。

黄文泽一边听张晶晶讲述，一边心中伤心难过。他没想到，张晶晶为了寻找他，经历了这么多艰难险阻。同时，他也感到惭愧，以为张晶晶死了，就那么轻而易举地放弃了寻找。五年来，他只是在不断地思念，梦中不断地梦到她。他觉得自己欠她太多了，今后一定加倍偿还。

黄文泽拉着张晶晶的小手，坚毅而愧疚地说："晶晶，现在好了，我们终于重逢了。从今以后，我再也不会离开你。"张晶晶满脸甜蜜地说："我也不会再离开你了。文泽，我，我饿了……"

黄文泽这才猛然想起，两人只顾着倾诉离别之苦，忘了午饭时间已经过去多时。他连忙站起来说："你在这里等着，我去找店家弄些饭菜来。"黄文泽匆匆走出去，叫店家弄些饭菜送到客房里。黄文泽又来到释能住的客房，看到释能正躺在床上休息。

释能喝过药后，果然好多了。黄文泽问释能想不想吃点东西，释能摇头说不想吃，只想早点动身去峨眉山。黄文泽安慰释能说："晶晶饿坏了，我先陪她吃点东西。吃完后，我们就出发。"释能点点头，表示理解。

回到房间，黄文泽看到张晶晶已经打来半盆水，正在用毛巾仔细地洗着脸。洗过脸后，要不是一头乱蓬蓬的头发，张晶晶基本上恢复了娇俏的容貌。看到黄文泽目不转睛地看着她，张晶晶有些不好意思地说，等把饭吃了，歇息一下就去洗澡，换身新衣服，开始新的生活。黄文泽听得心里甜蜜蜜的。

店家很快把饭菜端到客房，黄文泽叫张晶晶赶紧吃饭。张晶晶也不客气，狼吞虎咽地吃了起来。黄文泽心疼张晶晶，叫她慢些吃。张晶晶不好意思地说，她已经很久没有吃过这么香的饭菜了。黄文泽也吃了一些，觉得有些口渴，端起水杯喝了几口水。

慢慢地，黄文泽感觉一股倦意涌了上来。他使劲地眨了眨眼睛，觉得头昏沉沉的。张晶晶此时已经吃好了，摸着肚子满意地说着"好饱，胀坏了"。黄文泽看到张晶晶吃得如此满足，心中非常高兴。张晶晶站了起来，在房间里走动着。黄文泽的目光随着张晶晶移动，他发现眼睛模糊起来，张晶晶的身影由一个变成了两个，两个变成了数个。

黄文泽为了不让自己睡过去，强撑着用手支起脑袋。张晶晶走动了一阵，发现黄文泽不对劲，连忙走过来，摇着黄文泽焦急地问道："文泽，你怎么了？"黄文泽嘟哝道："我，我有些困，想睡觉……"说着，黄文泽一头倒在桌子上，昏沉沉地睡了过去。

迷迷糊糊中，黄文泽感觉有人在推他。但他头脑昏沉，趴在桌子上困得不想动弹，低声嘟哝道："晶晶，我太困了，让我再睡一会儿。"过了一会儿，黄文泽忽然感觉到头顶被人泼了冷水，一个激灵，抬起头来，看到释能站在身边，手里拿着木盆。

黄文泽的视线仍然有些模糊，他用手使劲地揉了揉，把头上、脸上的水抹了几下，感觉头脑渐渐清醒起来。释能看到黄文泽如此模样，似乎大出了一口气说道："你终于醒了。"黄文泽又是愠怒又是惊讶，愠怒的是释能居然用这种方式叫醒他，惊讶的是释能为什么要用这种方式叫醒他？

黄文泽压住心中的怒气，沉着脸问道："你为什么朝我泼水？"释能焦急地说道："我叫了你半天，你都没醒。没有办法，只有这样了。"黄文泽心中一惊："我为什么会睡着？而且睡得这么沉？到底是怎么回事？"

思索间，黄文泽突然想起张晶晶，四处张望，可房间里哪里有张晶晶的身影？黄文泽腾的一下站起来，尖声问道："晶晶呢？晶晶去哪里了？"释能颤抖着说："她，她走了……"

黄文泽看着释能，两眼圆睁："什么？她走了？她去哪里了？"释能用手指着外面说道："她，她和三个男人，一起走了……"张晶晶为什么和三个男人在一起？黄文泽暗叫糟糕，不自觉地用手摸了摸身上，原本背在身上的包袱已经不翼而飞！

木棉袈裟！包袱里有木棉袈裟啊！黄文泽吓得脸唰的一下白了："禅师，你看到我的包袱了吗？"释能摇着头说："没有，我进来就没看到你身上背着的包袱。我估计，是他们带走了。"

他们？他们是谁？黄文泽脑子里闪过日本人的影子。难道说，是张晶晶勾结日本人，把木棉袈裟抢走了？张晶晶到底是怎么回事？她为什么要这么做？是被日本人胁迫了吗？这么说来，她一定有危险！黄文泽来不及多问释能什么，对释能用命令式的口吻说道："你就在这里等着，不要乱走，我去追赶他们！"

释能欲言又止，但黄文泽已经冲出了客房，连刀都没有带上。到了楼下客栈门口柜台处，黄文泽看到店家正在打着算盘记账，冲过去问道："店家，刚才那三男一女从哪里走了？"店家看到黄文泽神情慌张，以为他遭了贼，也有些慌张，连忙指着门口说道："他们朝那边走了，刚走不久，赶紧追，还来得及……"

店家还没说完，眼前就不见了人影。黄文泽沿着店家说的方向一路狂追，可前方哪里还有他们的影子？黄文泽没有停下，他基本上已经确认，夺走木棉袈裟的就是日本人，张晶晶到底是被胁迫还是和日本人一伙的，目前无从得知。黄文泽心如刀绞，只有追上张晶晶，才能明白真相。

日本人把木棉袈裟抢走，必然要想办法渡过岷江，不可能还朝峨眉山方向而去。那么，他们逃跑的方向，应该是在码头。黄文泽脑子里快速地思索和判断后，朝码头追去。

快到江边的街道上，一个被撞垮的摊子前，摊贩一边收拾货品一边大声叫骂："什么人哪，跑那么快，是要回家奔丧吗?"黄文泽停下来问摊贩："大叔，谁把你的摊子撞了? 是不是三男一女?"摊贩点点头说："就是他们，我追了几下，跑不过他们。要是被……"

黄文泽打断他的话问道："他们朝什么方向跑了?"摊贩指了指左边："他们顺着江岸朝那边跑了! 小伙子，你帮我追上他们，我要他们赔偿我的损失!"摊贩自顾说着，抬头再看，就见前方一个身影晃了几晃就不见了。摊贩惊得停下手里的活儿，自言自语道："我的妈呀，跑这么快，今天遇到神仙了吗?"

黄文泽顺着江岸拼命地追着。远远地，他看到前面有四个人在飞奔，其中一个就是张晶晶! 黄文泽大叫道："站住，你们给我站住!"那四人根本不予理睬，跑得更快了。黄文泽心中一沉，如果张晶晶是被胁迫的，她听到叫喊后，肯定会想办法停下来。可她根本没有反应，反而跟着加速逃跑!

黄文泽看得没错，跑在前面的那四个人中，的确有一个是张晶晶，她的身上背着装有木棉袈裟的包袱。一个叫青木圭吾的日本人看到黄文泽追了上来，焦急地问道："怎么办? 要不要我停下来阻拦他?"张晶晶一张俏脸冷峻如霜，指着前面说道："不用! 前面有竹排，我们抢竹排渡江。快!"

前方的江岸边，两个船工正从一个竹排上卸木头和竹竿。青木圭吾对身边一个叫白石优太的日本人叫道："白石，我们去抢竹排!"两人把剑拔出来，脚下加劲，箭一般朝竹排扑去。

两个船工见青木圭吾和白石优太挥舞着剑凶神恶煞地冲过来，吓得转身就跑。青木圭吾到了竹排跟前，用剑砍断系着的绳子，白石优太跳到竹排上，将竹排上的木头和竹竿噼里啪啦地推到江里。青木圭吾拿起一根竹竿，将竹排撑离江岸。此时，张晶晶和另外一个叫佐藤直树的日本人已经跑到江岸。佐藤直树也拿起一根竹竿，跳到竹排上，帮着用力地撑竹排，竹排很快驶离江岸，朝江心驶去。

张晶晶站在竹排上，看到黄文泽越追越近，而此时竹排已驶离江岸有近10米远了。即使黄文泽跑到卸木头和竹子的地方，竹排离他也有快20米远的距离了。无论如何，黄文泽都只有眼睁睁地看他们远去。

张晶晶不禁长长地舒了口气。要不是她用此妙计，木棉袈裟哪能这么轻易地到手! 只是，看着黄文泽越来越清晰的面孔，她的心中还是有些隐隐作痛。

但她重任在身，没有办法，只能将一颗破碎的心留给他了。

实际上，张晶晶的真实名字叫深川晶子，不是中国人，是日本人。她才两三岁的时候，就随着父母到了中国东北。她在东北长大，能说一口地道的东北话。同时，她也接受了日本的间谍教育和武士道教育，不仅掌握了诸多间谍术，也学到了一身武艺。

长大后，张晶晶被派往奉天当间谍，任务是摸清驻扎在奉天的中国军队的布防情况。为了掩饰身份，她取了一个中国名字，叫张晶晶，父母双亡，独自一人在奉天为日本人家的小孩当家庭老师。

九一八事变前，日本间谍组织一心想把安广南所部的布防情况摸清楚，但身为团长的安广南警惕心非常强，平时不许任何陌生人进入军营。间谍组织通过一些日本武士，结交了安广南的副官黄文泽。但黄文泽和日本人交往，只切磋武艺，其他一概不谈。

日本间谍组织见这种方式无法奏效，就起用张晶晶，想用美人计把黄文泽拖下水。于是，他们设计了一出好戏，让黄文泽半夜在街头英雄救美，张晶晶由此成功地接近了黄文泽。

张晶晶编造的凄惨身世，果然打动了黄文泽的恻隐之心。黄文泽对张晶晶的身份一点也没有怀疑，反而和张晶晶越走越近，还带着张晶晶进入军营四处参观。因为黄文泽是黄天杰儿子的缘故，加之多年前暗恋黄天秀，安广南对黄文泽结交的女友一点也没有怀疑，反而看到黄文泽收获了爱情而为他感到高兴。

张晶晶通过在军营的所见所闻，把情报告诉了间谍组织。间谍组织把情报上报给正在策划发动军事进攻的日本军部。张晶晶的任务基本完成后，间谍组织为了不引起黄文泽的怀疑，指示张晶晶继续与他交往。九一八事变发生后，日本军队根据此前掌握的情报，向安广南所部发起精确打击和猛烈进攻，导致安广南所部很快被打垮，安广南壮烈殉国。

九一八事变后，张晶晶趁着日军炮火进攻之际，在家里引爆炸弹，造成被日军炮弹击中的假象。然后，张晶晶归队，开展其他间谍行动。但张晶晶在和黄文泽相识的几个月里，对黄文泽的确产生了好感。尽管间谍组织有严格的纪律要求，但张晶晶仍然无可救药地喜欢上了黄文泽。

张晶晶牵挂着黄文泽的安危，曾经偷偷地跑到安广南所部的军营去寻找过黄文泽，但没有找到。后来，她通过间谍组织得知，黄文泽没有被打死，而是在四处寻找她。张晶晶曾萌发过去找黄文泽的念头，但她最终控制住了自己的冲动。而且，擅自行动也是间谍组织所不允许的。黄文泽寻找张晶晶未果，只得入关，张晶晶对此非常清楚，只得把对黄文泽的感情深深埋在心底。

张晶晶一直在华北进行间谍活动。她有个哥哥叫深川经二，也是个间谍。后来，她和哥哥都接到命令，到四川进行间谍活动，到了重庆。岩井英一派深川经二和其他三个日本人以日本民间人士的身份前往成都，叫她在重庆待命。没想到深川经二在成都遭遇大川饭店事件，被人打死。张晶晶痛不欲生，发誓要为哥哥报仇。

岩井英一暗中给了深川经二一封书信，叫他与刘久训接头，把刘久训抢来的木棉袈裟带回重庆。不料，深川经二走后的第二天上午，刘久训就来电说，他不敢擅自闯入宁国寺去抢夺木棉袈裟，要求岩井英一给他增派人手。

岩井英一派小泉太郎带着三个黑龙会成员前往资中与刘久训会合，直接冲进宁国寺把木棉袈裟抢走。结果，小泉太郎四人在二龙寨被杀。岩井英一大发雷霆，把张晶晶叫来，叫她带领一帮武士间谍前往资中，无论如何也要把木棉袈裟抢到手。

张晶晶知道黄文泽是资中人，这次前往资中，她百感交集，不知能否碰到黄文泽。路上，她得到确切消息，保护木棉袈裟的江湖人士，就是黄天杰和黄文泽父子！张晶晶最初有些不知所措，时隔五年，没想到两人会以如此的身份再次相见！

但张晶晶很快冷静了下来，如今她和黄文泽各为其主，她是日本人，是间谍，不能感情用事，必须要以任务为重。她不想和黄文泽打照面，所以就用黑纱蒙住脸庞。她也不希望黄文泽被打死，就下令手下人，在交手中只许把黄文泽打伤，不许取他的命。无形中，她的这个命令，让手下人多了一些顾忌，不敢对黄文泽下狠手，反而让黄文泽把他们干掉了。

抓住黄天杰和黄文秀后，张晶晶知道他们是黄文泽的亲人，没有伤害他们一根毫毛。刘久训希望用黄天杰和黄文秀作为人质，逼迫黄文泽就范，张晶晶觉得是个好办法，可以不费吹灰之力就把木棉袈裟抢过来，就同意了刘久训的意见，叫他和另外三个日本人带着黄天杰和黄文秀去桫椤峡谷设伏。

但她没想到的是，黄文泽和黄天杰、黄文秀居然把刘久训和三个日本人都干掉了，成功地逃了出去。张晶晶在竹林那户人家等了许久，都没等到刘久训等人归来。她感觉事情不妙，寻着踪迹，深夜带着三个日本人前往峡谷。果然在山洞看到，刘久训等人已经被打死。

青木圭吾和龙泽空也是表兄弟，看到龙泽空也被打死，气得暴跳如雷，发誓要找黄文泽报仇雪恨，但被张晶晶喝住。黄文泽和释能今天上路后，很快就被他们发现了。他们一路跟踪，青木圭吾多次提出在路上下手，杀掉黄文泽和释能，把木棉袈裟抢过来。但张晶晶坚决不同意。

在张晶晶内心深处，她不想与黄文泽硬碰硬地对战，不想让黄文泽有个三长两短。硬的不行，只能来软的。他们尾随黄文泽和释能进入太平渡后，看到释能因病住进客栈，黄文泽忙前忙后。张晶晶想出一个妙计，乔装打扮一番后，叫三个同伙假装地痞，跑到黄文泽住的客栈那条街道故技重演。

黄文泽果然出手救下张晶晶，两人久别重逢，自然分外亲热。张晶晶向黄文泽编造了五年来的经历，黄文泽深信不疑。趁着黄文泽外出叫店家准备饭菜之机，张晶晶向茶壶里放了迷药。黄文泽喝过茶水后，很快就昏迷了过去。

张晶晶确认黄文泽昏迷不醒后，向等候在客栈中的三个同伙发出信号。三个同伙冲进释能住的房间，准备抢夺木棉袈裟。谁知释能正巧下楼到后院上厕所去了，三人在释能房间翻找一通，没有找到木棉袈裟。

三人跑到张晶晶所在的房间，张晶晶这才发现黄文泽身上一直背着包袱。她把包袱从黄文泽身上解下来，木棉袈裟果然在里面。青木圭吾见木棉袈裟到手，拔剑想杀黄文泽为龙泽空也报仇。张晶晶厉声喝止，青木圭吾只得悻悻住手。四人拿到木棉袈裟，匆匆跑出客栈。张晶晶不知道的是，他们从黄文泽所在的房间出来的时候，被从厕所回来的释能发现了。

按照此前的计划，一旦木棉袈裟得手，张晶晶一行就立即渡江飞奔回重庆。他们一路狂跑，结果把路边的摊子撞垮，正好给后面追赶的黄文泽指明了追踪方向。张晶晶没想到黄文泽这么快就追了上来，正好前方有一个竹排可以渡江，她拒绝了青木圭吾留下来阻击黄文泽的建议。只有抓紧时间渡江，黄文泽就是有三头六臂，都无法把木棉袈裟抢回去了。

张晶晶站在竹排上，看着越来越近的黄文泽，两眼含泪。她对黄文泽的感情，从此也将彻底画上句号。她在心中默默念道："文泽，我欺骗了你，一辈子都对不起你。如果还有来生，就让我们成为一个国家的人，成为普通人，没有你死我活的争斗，到时我们再好好地相爱一场吧！"

第十一章 ◎决战金顶

黄文泽追过来的时候，竹排离江岸已经有 20 多米远了。黄文泽跺着脚，撕心裂肺地大叫道："晶晶，这到底是怎么回事？"张晶晶木然地看着黄文泽，没搭理他，而是用命令式的口吻对三个同伙低声说道："加快速度，赶紧划！"

黄文泽见张晶晶对自己不闻不理，彻底明白了张晶晶和日本人是一伙人，气得仰天大吼。张晶晶看到黄文泽痛不欲生的样子，不忍再看，转过身去，一个劲地催促同伙赶紧划竹排。

黄文泽没料到，短短时间里，他和张晶晶之间的关系就发生了这么大的转变，不由得爱极生恨，对她充满了仇恨，恨不得把她抓住痛骂一通。但黄文泽很快冷静了下来，看着越来越远去的竹排，觉得必须采取行动，先把木棉袈裟抢回来再说。否则，木棉袈裟可能就真的成为日本人的了。他环顾四周，看到旁边堆着木头和竹竿，脑里灵光一闪，决定拼死一搏。

黄文泽抓起几根木头，使尽全身的力气朝江中抛去。木头落入江中，借着惯性先后朝竹排冲去。然后，黄文泽拿起一根又长又粗的竹竿，插入江中坐实。他把竹竿放下，退后数步，低吼一声，猛地朝前飞奔。跑到竹尖处，两手抓住竹尖，将脚一跺，腾身跃起，像撑竿跳一般，整个身子借着竹竿的弹性，飞在半空，随后朝江中落去。

在朝江中下落时，黄文泽瞅准还在江中游动的木头，将脚落在木头上。不等木头没入江中，他又用脚使劲一蹬，腾身飞起，向前落到另一根木头上。如此几番，黄文泽蜻蜓点水般在江中的木头上闪挪，最后使劲一跃，跳到了竹排上！

黄文泽这几个动作，一气呵成，只有短短几秒钟时间。竹排上的张晶晶等人，被黄文泽这番举动惊得目瞪口呆。黄文泽跳上竹排那一瞬间，竹排受到巨大的外力冲击，平衡被打破，整体朝黄文泽落脚的方向倾斜，另一头翘了起来。坐在那一头的青木圭吾毫无提防，整个人飞了起来，落到了江中。

张晶晶和另外两个日本人，连忙下蹲，才没有被颠簸下竹排。但他们的自保耽搁了应对黄文泽的时间，黄文泽的双脚落在竹排上，随着竹排没入水中，身体的重心朝前倾斜。黄文泽借势往前跑了两步，来到白石优太身旁。白石优太大骇，想要拔枪。但他的手刚把手枪抓住，就被黄文泽一脚踢入江中，手枪落到江里。

此时，竹排上还剩下张晶晶和佐藤直树。佐藤直树弓着身子拔剑朝黄文泽劈来。黄文泽刚把白石优太踢进江中，身子还没有站起来，见佐藤直树持剑劈来，在竹排上一个翻滚，躲过一剑，随即站了起来。不等佐藤直树把剑抽回来，黄文泽凌空飞起一脚，将他也踢进了江中。

三个日本人相继被踢入江中，在水里不断扑腾挣扎。张晶晶来不及出手相救，拾起划船用的竹竿，抢着朝黄文泽扫过来。黄文泽也不躲闪，伸手硬生生地接住竹竿，与张晶晶对峙着。张晶晶想把竹竿抽回来，怎么也抽不动。

黄文泽两眼如剑射向张晶晶，从牙缝里挤出几个字："这，到底，是，怎么，回事？"张晶晶又急又气，尖叫道："你别问我，我什么都不知道！"黄文泽冷笑道："几年没见，你居然和日本人勾结在了一起！"张晶晶不再说话，两手抓着竹竿，身子顺着竹竿朝黄文泽逼过去，飞起一脚踢向黄文泽。

黄文泽将竹竿举起来，竹竿另一头戳在竹排上，张晶晶的攻势顿时被化掉。张晶晶身形不稳，连忙又抓住竹竿，将竹竿挑起来，与黄文泽继续对峙起来。竹排没有了划动的动力，慢慢地朝下游飘去。

江中的三个日本人看样子水性不强，在奔腾的江流中扑腾一番后，各自抓着水中的木头，狼狈地挣扎着。木头在江中翻滚着，他们经常脱手沉入水中，又不断地冒起来抓木头。眼看再这么下去，他们只有葬身江中喂鱼了。

张晶晶见同伙如此下去不是办法，只有尽快打倒黄文泽，才有机会去救他们。张晶晶心中着急，不由得将手一松。黄文泽全身力量都抓在竹竿上，没想到张晶晶会撒手，重心不稳，身子往后一仰，晃了几晃，都没有稳住。

眼看黄文泽就要落入江中，张晶晶于心不忍，扑上去伸手把他拉住。黄文泽被张晶晶拉住后，在竹排上站稳了。张晶晶此时离他很近，黄文泽看到她身上佩着短剑，趁她还没和自己拉开距离，右手把短剑拔出来，顺势用剑轻轻一挑，把她背着的包袱带子挑断，然后左手接住包袱，抢夺了过来。

包袱在手，黄文泽心中大为宽慰，赶紧将身往竹排另一边跳去，与张晶晶保持了一段距离。这一切都发生在瞬间，张晶晶根本来不及反应。发现包袱被黄文泽抢过去后，她的脸色顿时苍白起来。

张晶晶气急败坏地叫道："还给我！"说着，就朝黄文泽扑过去，想把包袱抢回来。黄文泽冷笑道："你就别做梦了！"两人随即在竹排上打斗起来。尽管黄文泽对张晶晶满腔的爱已转为恨，但他还是不想下重手伤害张晶晶。而且，刚才张晶晶出手救他，他感觉她不是那么冷血的女人。

两人正在打斗中，就听到有人大声喊道："黄施主，我来了！"随即，就看到上游一条小船飞也似的朝竹排划来。船上有两个人，一个人在使劲地划船，释能提着大刀站在船头。

小船驶到三个日本人落水处，三个日本人想用木头去阻拦小船，以便把小船抢到手。那个划船的人举着竹竿朝三人不断戳去，戳得三人哇哇大叫，连忙躲闪。小船摆脱三个日本人的阻挠，很快来到竹排边。

黄文泽大喜，没想到释能来得这么及时。那个划船的人，黄文泽这才看清楚，原来是此前碰到的那个摊贩。不知道释能用了什么法力，居然把他拉来增援了。

张晶晶数次想把黄文泽手里的包袱抢夺过来，但都无法得逞。见黄文泽来了援兵，心中更是着急。黄文泽见张晶晶出手越来越重，知道她已经顾不上那么多了，铁了心要把木棉袈裟抢去。

黄文泽用短剑把张晶晶逼退两步后，瞅准时机，将手里的包袱朝释能一扔，大叫道："接住！"释能把手里的大刀一丢，两手张开，把包袱接个正着。黄文泽看到释能接住包袱，又叫道："快走！"摊贩也不多话，抢起竹竿使劲划动，小船很快离开竹排，朝江岸驶去。

张晶晶急得大叫，不顾一切地朝黄文泽扑过来。黄文泽见她来势汹汹，也不想和她正面交手，想要跳到竹排的另一方。谁知他脚下一用劲，把竹排翘了起来。张晶晶脚下一晃，没站稳，扑通一声，掉入水里。

黄文泽没想到自己这一举动会把张晶晶颠入江中，想要伸手去抓她，已经来不及了。张晶晶落水后，两手在水里扑腾着，身子不断地沉下去又冒起来。冒出来的时候，张晶晶嘴里嚷道："救我，救……"随即又沉了下去。

黄文泽大惊，没想到张晶晶居然不识水性。他想下水救她，又怕她是在使诈，就忍住了，拿起竹竿朝她伸过去。张晶晶再次冒出水面，两手抓住竹竿。黄文泽把她拖到竹排边，张晶晶脸色苍白，两手攀着竹排，似乎已经没有力气爬上来。黄文泽也顾不上她是否在使诈，伸手抓着她的胳膊，把她从水里提到了竹排上。

张晶晶趴在竹排上，不断地发呕，嘴里冒出一股股江水。黄文泽冷眼看了看她，叹了口气说道："我真是自作多情了。没想到你居然用如此卑鄙的手段来骗我，枉我这么多年来对你的日夜思念。如今看来，一切都是假的。我也不想再问你什么，你和我已经不是同一条路上的人。我想告诉你的是：木棉袈裟是中国的，绝对不可能让日本人抢去！你，好自为之吧！"

说完，黄文泽把短剑扔在竹排上，跳入江中，朝江岸游去。江岸上，释能和那个摊贩已经在那里等着了。黄文泽上岸后，回头看到竹排上，张晶晶仍趴在那里作呕，三个日本人还在水里扑腾着。

释能要把装着木棉袈裟的包袱递给黄文泽，黄文泽摇着手说："你带着吧。"释能也没说什么，把包袱紧紧地系在背上。黄文泽把释能递过来的大刀背上后，对摊贩抱拳说道："多谢大叔出手相助！"

摊贩也连忙抱拳说道："不用谢！袍哥人家，从不拉稀摆带！"黄文泽没想到摊贩居然是袍哥，但此时来不及多说，只得说道："后会有期！"说完，带着释能匆匆离开。

黄文泽深知，张晶晶等人一定不会善罢甘休，他们还会再次追上来。只有和释能尽最大可能赶往峨眉山，把木棉袈裟交给德光禅师，才算顺利完成任务。

走了一会儿，黄文泽突然听到后面那个摊贩叫道："二位留步！"黄文泽停了下来，回头看到摊贩跑了上来。摊贩来到跟前问道："二位要往哪里去？"黄文泽回道："我们有十万火急的事情，要去峨眉山。"摊贩皱着眉头说道："此去峨眉山还有一段路程，你们靠脚走，可不是办法。"

黄文泽知道摊贩说得有理，但不靠脚走，难道飞过去？摊贩似乎看出了黄文泽的心思，说道："我有两匹马，如果不嫌弃，我可以把马借给你们。"黄文泽大喜，有些不相信自己的耳朵："大叔，你……"

摊贩拍着胸脯说道："袍哥人家，就是要救人于危难之际。刚才这位师父已经给我说了，日本人从资中一路上追杀你们到这里。我没有什么可帮你们的，那两匹马，你们到了峨眉山把事情办完后，再还给我就是了。"

黄文泽拉着摊贩的手，激动地说："大叔，你的大恩大德，太让我……"摊贩不等黄文泽说完，挣脱黄文泽的手就朝前走去："我家就在前面，我现在就去给你们备马。"到了摊贩家，摊贩把马牵出来，手脚麻利地装上马鞍，黄文泽和释能翻身上马，告别摊贩，朝峨眉山疾驰而去。

黄文泽发现，释能已经毫无病意。难道说，释能在客栈喝下那碗药后就痊愈了？其实，释能仍在病中，只不过他靠着坚强的意志在强撑着而已。人就是这样的，一旦有了毅力，即使再艰苦再困难，都会迸发出超强的力量。

很快，黄文泽和释能来到峨眉山脚下。但又有一个重大的问题摆在面前：峨眉山这么大，到哪里去找德光禅师？释能也意识到了这个问题，他到附近的一个寺庙去打听，庙里的僧人告诉他，德光禅师太难找了，不过他有时会在后山喂猴，有时在金顶出现，没有准数。

释能把打听到的消息告诉黄文泽，黄文泽决定：到后山去找德光禅师，如果找不到，就去金顶找！黄文泽把马匹交给僧人代为看管后，带着释能朝后山而去。

路上，释能告诉黄文泽，他在太平渡客栈谢绝黄文泽一起吃饭的邀请后，躺在床上休息了一会儿。可能是喝了中药水，他有些内急，就到客栈后院去上厕所。上完厕所，他原路返回。

就要上楼的时候，释能忽然看到三个男子急匆匆地朝他住的客房奔去。他惊出一身冷汗，连忙躲在柱子后面观望。很快，那三个男子从他的房间出来，朝黄文泽和张晶晶所在的房间走去。不一会儿，那三个男子和张晶晶从客房里出来，下楼走出客栈。

释能感觉不妙，以为黄文泽可能被他们杀了，急忙跑到黄文泽所在的客房。推开门一看，黄文泽趴在桌子上睡得正香。他上前使劲地推，但黄文泽没有醒来。情急之下，他看到旁边有个木盆，木盆里有水，正是此前张晶晶留下的洗脸水。他顾不上那是脏水，端起木盆就朝黄文泽当头泼去，终于把黄文泽弄醒了。

黄文泽醒来后，叫他待在客房里，就去追赶张晶晶。释能在客房里转了几圈，觉得不能这么干等，得去帮助黄文泽，毕竟对方是四个人。要是黄文泽有个三长两短，木棉袈裟就更难以夺回来了。释能把黄文泽留在客房里的大刀带上，回到自己的客房，发现房间里被翻得一片狼藉，幸好包袱还在。

释能背好包袱，下楼结了账，问明黄文泽追赶的方向，就沿路追了过去。

追了一阵，释能不知道黄文泽去了哪里，就在路边向一个摊贩打听。那个摊贩，正是此前黄文泽遇到的那个摊贩。摊贩听说黄文泽是去追赶日本人后，豪气大发，也不做生意了，带着释能追了上去。

两人没追出多远，就看到两个船工跑过来。摊贩见两人神情异常，就拦住他们问是怎么回事。两个船工把他们遭遇四个人抢竹排的事情告诉了摊贩，摊贩似乎是久经江湖之人，判定日本人一定要过江，就划着自家的小船，带着释能往下游赶去。

黄文泽听了释能的讲述后，对摊贩很是敬佩。今天要不是这个摊贩，他们哪里能这么容易地摆脱日本人并顺利进入峨眉山。等把木棉袈裟交给德光禅师后，回到太平渡，一定要好好感谢他。黄文泽这才想起，还不知道摊贩叫什么名字呢！

两人经过清音阁、一线天，进入后山。路边出现了三三两两的猴子，猴子们龇牙咧嘴地看着黄文泽和释能，一点也不害怕生人。想到山下僧人说的话，黄文泽和释能一边走，一边大声叫喊"德光禅师"。他们的声音在山谷中回荡，但就是没有看到德光禅师的身影。

一路上，两人也没遇到什么游人，连个问话的人都没有。他们不知道的是，后山因为尚未过多开发，路途艰险，一般的游人都在前山游览，很少有人走后山这条路。两人没有寻着德光禅师，也不气馁，一路走一路喊，希望德光禅师能听到他们的喊声。

黄文泽和释能走上一个山坡后，黄文泽忽然听到山下传来猴子的吱吱吱叫声，显得很慌乱。回头一看，只见原本蹲在路上的猴子纷纷向路边的树木上逃窜。随即，黄文泽看到一个黑衣人挥舞着剑快速地朝他们奔来。

黄文泽大惊，那个黑衣人，不正是在太平渡岷江上，被自己第一个踢进江中的日本人青木圭吾么？黄文泽抽出大刀，站在路中央，对释能急促地说道："你赶紧带着木棉袈裟走，我来断后！"

释能也看到了山下的青木圭吾，很是着急："我到哪里等你呢？"黄文泽指着金顶的方向说："你往金顶去，到那里去找德光禅师！我把他们解决了，就来找你！"释能点点头，两眼含泪地说道："那你多多保重！我把师叔找到后，就来帮你！"释能把大刀拿在手里，朝金顶方向匆匆而去。

黄文泽目送释能走远后，回头再看，青木圭吾已经跑到近前。山路崎岖狭窄，加上又是上坡路，黄文泽横刀守在路中间，果真有"一夫当关万夫莫开"的气概。只要能把青木圭吾拖住，给释能尽可能多的时间，释能就有机会找到德光禅师。

青木圭吾被黄文泽第一个踢下竹排后，一直在江中扑腾。张晶晶被黄文泽拉上竹排，趴在竹排上过了好一阵才慢慢恢复过来。而此时，黄文泽和释能早就不见了踪影。

竹排向下游飘了一段距离，青木圭吾等三人也没了什么力气，抱着木头随着江水往下飘，但仍在竹排的后面。张晶晶划着竹排，把青木圭吾等三人一个一个捞上来后，大家一起把竹排往岸边划。上了岸后，四人检查了一番武器，除了白石优太的手枪掉入江里，其余三人的手枪都进水哑火，无法再用，幸好大家的剑都还在身上。

体力充沛的青木圭吾向张晶晶请战，他率先去追赶黄文泽和释能，张晶晶同意了。青木圭吾跑到太平渡上一家客栈里偷出一匹马，朝峨眉山方向追去。凭借敏锐的嗅觉，青木圭吾一路跟踪到了后山，远远地听到前方传来黄文泽和释能呼喊德光禅师的声音。青木圭吾精神为之大振，拔出剑来，使出浑身的力气朝前狂奔。

到了黄文泽跟前，青木圭吾也不搭话，举剑就向黄文泽刺去。黄文泽挥动大刀，将剑轻轻一挡，不等青木圭吾收剑再发招，主动把大刀往前一捅，刺向青木圭吾的胸部。青木圭吾来不及撤剑应招，只得往后连退几步。但他忘了脚下是阶梯，这么一退，脚踩虚了，一时控制不住重心，接连往后退了下去好几米，用手抓住路边的灌木，才把身形稳住。

青木圭吾窝了一肚子的气。在太平渡被黄文泽追赶时，本想留下来与他决斗，以报表兄龙泽空也被杀之仇，但被张晶晶给阻止了。在江上，还没来得及与黄文泽交手，又被他颠下竹排，喝了一肚子的江水。如今，好不容易把黄文泽追上，刚交上手，就吃了一个亏，险些连人带剑滚下山去。

青木圭吾稳住身形后，挥舞着剑哇哇叫着朝黄文泽冲上来。黄文泽以逸待劳，等他冲到跟前，用大刀架住剑，飞起右脚朝他踢去。青木圭吾已有准备，将身一矮，黄文泽那一脚从他的头顶飞过。不等黄文泽收脚，青木圭吾左手成拳，朝黄文泽的左膝盖打去。

黄文泽看得真切，抽身往上一级阶梯跳去，躲过了青木圭吾的袭击。同时，黄文泽抽刀顺势朝青木圭吾的手砍去，青木圭吾吓得连忙把手往上一扬，避开了刀锋。两人就这么一来二往，在山路上战开了。

此前逃到树林里的猴群，看到黄文泽和青木圭吾在山路上斗作一团，觉得很是新奇，纷纷跑过来看热闹。峨眉山的猴子被人称为灵猴，一直受到游客的喜爱，它们看了一阵后，学着两人的打斗动作，互相玩斗了起来。猴群叽叽喳喳叫着，把树林里的鸟儿惊得乱飞，热闹非凡。

黄文泽没有闲心去看猴群的打闹，他发现这个对手并不是那么容易对付的角色，想要在短时间内把他干掉，还得花费一番工夫。在青木圭吾凌厉的攻势下，黄文泽且战且退，两人来到一处悬崖的栈道上。

这里本没有路，为了方便行走，就在悬崖上用木头做成栈道。栈道比较简陋，加上年久失修，不少地方有断处，这也是后山绝少有游客来往的原因之一。这处栈道较长，栈道下是几百米的悬崖，要是摔下去，绝对没有生还的希望。

黄文泽自小生活的资中罗泉镇，虽然没少走过山路，但这种栈道，还很少走过，更别说在这种路上与人拼死决斗了。青木圭吾受过严格训练，身子灵巧，在栈道上似乎并没有受到什么影响。

青木圭吾见黄文泽与自己打斗时，心有顾虑，不时要注意脚下，不由得士气大振，加快进攻，希望尽快把黄文泽打倒。

黄文泽此时已是满头大汗，但他咬紧牙关，继续与青木圭吾周旋，力图尽快通过栈道，再作打算。青木圭吾似乎看出了黄文泽的意图，紧紧跟着他，寻找机会。黄文泽无法摆脱，只得不断转身化解青木圭吾的进攻。

黄文泽再次把青木圭吾的进攻化解后，朝前猛跑几步，谁知最后一脚踩下去，木头一声脆响，被硬生生地踩断，黄文泽整个人朝下陷去。正好山壁有一根木藤，黄文泽连忙抓住木藤，同时用刀砍在支撑栈道的横梁上，吸了一口气，轻喝一声，身子借力往上一蹿，重新站在了栈道上。

而这时，青木圭吾的剑已经到了面前。黄文泽无法躲避，抽刀回挡也来不及了，就将手里的木藤甩去阻挡。木藤被剑刺着，断成两截，黄文泽手里的木藤在空中晃动着。黄文泽灵机一动，抖着木藤，将剑缠住。与此同时，黄文泽将刀抽了回来，朝青木圭吾的肩头砍去。

青木圭吾抽剑抽不了，只得将身子往山壁方向一靠，躲过黄文泽的一刀。

黄文泽见青木圭吾的剑无法抽回去，把木藤一松，手迅即伸上前去，抓住剑柄，使劲一倒转，将剑刺向青木圭吾。青木圭吾没料到黄文泽会使出如此冒险的一招，想再要躲闪，但身子已经贴在山壁上了，无法后退，剑直直地刺进了他的胸口。

黄文泽得手后，果断地将手一撒，青木圭吾惨叫一声，往后退了几步，一脚踏空，摔倒在栈道上。黄文泽上前两步，一刀捅在青木圭吾的肚子上。青木圭吾又是一声惨叫，两脚乱蹬，身子在栈道上翻滚着，跌下了悬崖，惨叫声在山谷里回荡。

黄文泽靠在山壁上，大口大口地喘着粗气，用手抹着脸上的汗水。就在这时，他听到山谷中有人用日语大喊着"青木"。不好，还有日本人！黄文泽不敢继续在栈道上停留，转身朝前飞奔。

喊着"青木"的人，是白石优太。青木圭吾主动请缨打前锋去后，张晶晶很不放心，叫白石优太赶紧跟着他去追赶黄文泽。白石优太没去偷马匹，沿着青木圭吾的方向跑了一阵后，看到前方来了一个牵着马的商人，马上驮着货物。白石优太冲上去把商人打倒，把马上的货物掀下来，骑上马就去追赶青木圭吾。

但他毕竟还是晚了一些时间。等他沿着青木圭吾沿途留下的记号追进峨眉山后山时，听到了青木圭吾的惨叫声。白石优太一边叫着"青木"，一边朝前追来。到了栈道，他看到栈道因为打斗一片狼藉，上面血迹斑斑，黄文泽和释能已经不见了踪影。

白石优太没有停留，继续沿着栈道往前追赶。黄文泽此时已经跑过栈道，来到一片地势较为平坦的地方。他没有再往前跑，他得继续阻击追赶的日本人，必须给释能足够的时间。释能抱病在身，尽管凭着一股毅力在前行，但他绝对不可能行动迅速。

黄文泽坐在路边的一块石头上歇息，调整气息，想尽快把体力恢复过来。中午和张晶晶在太平渡的客栈里用餐，他没有吃多少。经过岷江上一战，又骑马飞奔到峨眉山，加上才和青木圭吾狠斗了一场，体力消耗实在太大了。而干粮又在释能身上，他无法补充能量。

路边的小溪流水声引起了黄文泽的注意。他站起来，走到小溪边，用手捧着溪水贪婪地喝了几口，又用水洗了一把脸，顿时感觉神清气爽起来。溪水冰凉，要是能跳进溪水里洗一个澡，那才是一件非常痛快的事情。但此时日本人逼近，哪里还有机会，只得作罢。

白石优太越来越近，黄文泽也没有搭理，继续蹲在溪边用水洗手。白石优太轻功了得，几下跳到了黄文泽身边，举剑朝黄文泽劈去。黄文泽抓起大刀相迎，两人在溪边战成一团。

白石优太的长处在轻功上，剑术比青木圭吾差远了。但白石优太善于利用长处，不与黄文泽硬斗硬地对战，而是在岸边的石头上跳来跳去，寻到机会就朝黄文泽进攻。

几招下来，黄文泽大致对白石优太的本事有了了解。黄文泽的轻功也不差，但他此时体力大不如平常，无法与白石优太一起展开轻功对战，而是采取了不变应万变的策略，密切注视着白石优太的进攻。只要白石优太一进攻，黄文泽就用密集的刀法进行封堵，然后伺机展开反攻。

渐渐地，两人从岸边打斗到了小溪里。黄文泽站在没膝的溪水中，很快全身上下就湿透了。冰凉的溪水让黄文泽浑身舒泰，感觉到体力正源源不断地恢复着，不禁越战越勇。

白石优太在石头上跳挪了一阵，见捡不到什么好处，就跳下石头，在溪水中与黄文泽周旋。黄文泽发现白石优太似乎并不急于与自己交战，不时发出各种怪叫声。黄文泽最初以为这是白石优太在打斗中的一种习惯，后来猛然明白过来，张晶晶和另外一个日本人还没现身，他们一定在前来增援的路上。眼前这个对手，很有可能就是在等待他们的到来。到时，自己要面对三个对手，情况就大大不妙了！

只有尽快干掉这个对手，才有可能应付另外两个对手。黄文泽暗叫好险，手下立即用劲，主动朝白石优太攻击起来。白石优太也察觉到了黄文泽的意图，又展开轻功跳挪开来，伺机朝黄文泽进攻。

黄文泽急于进攻，无形中露出不少破绽。白石优太瞅准机会，从石头上跳过来，舞着剑朝黄文泽劈来。黄文泽大骇，想要抽刀回挡，已经来不及了，连忙躲闪，但左胳膊还是被剑劈中，划破了一条长约10厘米的口子，鲜血流了出来。

黄文泽大怒，冲上去把白石优太从石头上逼到溪水里，大刀卷起溪水，发出啪啪啪的声音。黄文泽发现，大刀卷起的水滴，有时犹如暗器一般打向白石优太。不由得灵机一动，故意用大刀去卷拍溪水，水滴不断地击向白石优太，有的水滴打在白石优太的脸上，白石优太不得不躲闪着。

趁着白石优太躲闪的机会，黄文泽怒喝一声，将大刀横转，用宽阔的刀身使劲地拍打溪水，溪水犹如两块白练般飞起来。黄文泽迅速地倒转大刀，将如白练般的溪水卷住，然后往前一推，溪水打向白石优太的脸部。白石优太下意识地用剑阻挡，但剑身太窄，大部分溪水扑在他的脸上，迷住了眼睛。

白石优太本能地闭住眼睛，用手去抹眼皮上的水滴。如此一来，白石优太身前毫无防护，露出了巨大的空隙。黄文泽见计奏效，举刀飞奔上去，捅进了白石优太的肚子，又把刀拔了出来。白石优太惨叫一声，把手中的剑一撒，往后连退几步，两手捂着肚子，跌坐在溪水中。

黄文泽继续进攻，上前踩住白石优太的胸脯，挥刀朝他的脖子上一抹。白石优太的脖子被抹出一道口子，鲜血喷涌而出。白石优太的身子抽搐了几下，随即软软地躺在溪水里，再也没有动弹。白石优太的鲜血，混着溪水朝山下流去。

又干掉了一个日本人，黄文泽长长地出了一口气。他放眼四顾，整个山间见不到任何一个人影，张晶晶和另外一个日本人看样子还没赶到。黄文泽用溪水把大刀洗干净，跳到岸上，朝金顶方向奔去。

走到洪椿坪，黄文泽突然看到释能从一棵大树后闪了出来。黄文泽有些愠怒地问道："你怎么在这里？"释能似乎没有听到黄文泽的责备，满脸关切地问道："追赶我们的日本人怎么样了？"黄文泽将刀插在地上，一屁股坐在石阶上说："两个日本人都被我干掉了。"

释能看到黄文泽左胳膊受了伤，血把衣服都染红了。连忙打开包袱，拿出一件衣服撕成条布，给黄文泽包扎伤口。黄文泽看到包袱里的干粮，也不客气，伸手拿过来就狼吞虎咽般地吃了起来。释能给黄文泽包扎好后，呆呆地看着他。黄文泽把干粮递过去说："你也吃一点，不然体力跟不上。"

释能把干粮还给黄文泽说："你吃，我这里有。"说着，释能把包袱里的干粮拿出来，小口小口地吃了起来。黄文泽吃了干粮后，感觉肚子好受多了，环顾四周，见这里绿树成荫，茂密繁盛，不由得皱着眉头说道："不知道德光禅师现在在哪里啊？"

释能停止了吃干粮，叹了口气说："看来，我们只有到金顶去找他了。"黄文泽站起来说道："我们不要再耽搁时间了，赶紧去金顶。日本人还在后面追赶我们，我给你断后。"释能把手里的干粮塞给黄文泽说："你再多吃一点。要是在金顶也没找到师叔呢？"

黄文泽说："那我们就沿着山路到深山里走！德光禅师是得道高僧，他一定住在深山里！"释能点点头，眼里闪着泪花，拉着黄文泽的手说："黄施主，这一路多亏有了你，不然的话……"黄文泽连忙摆着手说："别的不要多说了，走吧！"

张晶晶和佐藤直树循着青木圭吾、白石优太留下的踪迹，一路朝峨眉山追去。过了太平渡集镇，两人遇到一个商人坐在路边伤心地骂着，货物洒满一地，旁边有几个当地人围着看热闹。张晶晶停驻片刻，得知商人驮货物的马匹被人抢走，心中明白了几分，估计是青木圭吾或者白石优太干的事情。

张晶晶和佐藤直树身穿黑衣，从岷江中爬出来不久，衣服还是湿的，恐怕引起当地人注意，不敢过多停留，继续往前追赶。佐藤直树看到张晶晶一直沉着脸不说话，知道她正处在极度愤怒中，也不敢多话。但他清楚，如果就这么靠步行，估计到天黑才能追到峨眉山，得想办法弄两匹马才行。

佐藤直树一边走一边四下张望，可巧看到路边有一家店铺，店铺门口拴着两匹马。佐藤直树大喜过望，用手指了指马匹，张晶晶微微点点头，径直朝前走去。佐藤直树等张晶晶走过后，跑过去麻利地解开缰绳，跳上一匹马，拉着另一匹马朝前飞奔。经过张晶晶身边时，张晶晶飞身上马，两人绝尘而去。

张晶晶和佐藤直树飞奔到了峨眉山，按白石优太留下的记号，朝后山追去。走过猴区，两人来到山脚下的溪边。佐藤直树突然看到溪水颜色有些发红，蹲在溪边，用手捧起溪水尝了几口，脸色大变对张晶晶说："是血。"张晶晶的脸色变得越发难看起来。佐藤直树不等张晶晶发话，一边叫着"青木、白石"，一边拔剑朝前冲去。

张晶晶跟在后面，心里忐忑不安，不知道上面究竟发生了什么情况。一方面，她希望黄文泽被青木圭吾和白石优太制伏了，这样的话，把木棉袈裟重新抢过来，就是很容易的事情了。另一方面，她很清楚，黄文泽不会那么容易被制伏，一定会拼死相搏。那么，此前受到命令不许杀死黄文泽的青木圭吾、白石优太就可能会吃亏，溪水中的血，或许就是他们两人或两人中的一人的。

很快，张晶晶就听到前方传来佐藤直树的叫喊："白石死了！"张晶晶悬着的心终于放了下来。看来，黄文泽果然厉害，他还活着。但白石优太已死，青木圭吾一直没有消息，估计也是被黄文泽杀了，自己这方的力量又小了不少，要想把黄文泽制伏，不是那么容易的事情。

从内心深处来说，她实在不忍心让黄文泽倒在自己面前。张晶晶心中爱恨交织，但最终理性战胜了情感，她是日本人，必须要为祖国效劳。无论如何，即使只剩下她一个人，也要把木棉袈裟夺过来，完成祖国交给她的任务！今天不行，就明天；明天不行，就后天；后天不行，就一直缠着黄文泽他们，一定要把木棉袈裟弄到手才心甘！

佐藤直树没有等待张晶晶的到来，他把白石优太从小溪中拖到岸边，朝白石优太的尸体鞠躬致敬后，顾不上去找青木圭吾，就去追赶黄文泽了。追到洪椿坪，他看到地上有干粮的碎屑和大刀插在地上的痕迹，知道黄文泽两人可能在此停留了一会儿。

佐藤直树一路往前追，追到了雷洞坪。远远地，他看到前方的山路上，有两个人在快速地移动。佐藤直树用日语大叫道："站住！"随即，不顾一切地追了上去。

黄文泽看到又一个日本人追上来，但没看到张晶晶的身影。释能神情紧张，黄文泽说道："这里离金顶已经不远了，你先走！按我们此前说的去做，我来拦住这个日本人！如果遇到有游客，叫他们赶紧躲开。"释能点点头，双手合十说道："阿弥陀佛。黄施主，多多保重！"

黄文泽来到一片稍微平坦的空地，握刀在手，等待日本人的到来。他抬头看看天空，太阳已经没有此前那么耀眼，碧空万里，偶尔几朵白云点缀其间，看起来让人心旷神怡。这里果然是佛门圣地，只可惜已经发生和将要发生流血冲突，实在是对佛门的一种玷污。

但黄文泽对日本人的杀戮，是充满正义的，如果佛祖有灵，应该会赞同他的做法。接下来，又将是一场恶战。黄文泽身上已经挂彩，尽管伤势不重，但他发现，左手没有此前利索，多多少少还是有些影响。

张晶晶至今还没现身，不知道她的壶里到底卖的是什么药。短短几个小时的时间，发生了太多的事情。黄文泽的情感经历了大起大落，一腔苦闷无处宣泄。五年来的相思，居然换来这样的结果！他不知道张晶晶到底怎么了，在岷江竹排上，她什么都不说。尽管当时他一时气愤说了不再问她，但这个谜团在心里憋得难受，等会再见到她，无论如何都要把事情问清楚。否则的话，他一辈子都不会心安。

黄文泽耳朵突然一动，他分明听到，一股带着低沉的破空啸声朝自己袭来。他立即循着啸声袭来的方向挥动大刀，挽起一片刀幕。就听当的一声脆响，大刀挡住一个铁制暗器，迸出一星火花，随即消散。

黄文泽随即看到佐藤直树接连几个飞跃，舞着剑，朝自己凌空袭来。黄文泽也不举刀相迎，将此前暗握在手里的一块小石子朝佐藤直树打去。佐藤直树没提防黄文泽也会暗器，在空中连忙将劈向黄文泽的剑抽回去挡暗器。但佐藤直树的动作还是慢了半拍，小石子擦着他的左颧骨飞过，擦破了脸皮。

佐藤直树落到地上，感觉脸上火辣辣的疼，用手一摸，有血迹。佐藤直树恼羞成怒，没想到自己用暗器袭击黄文泽，被他用大刀挡住；飞身劈砍，又被他以牙还牙，用暗器擦破脸皮。佐藤直树生平最爱的就是自己的脸，容不得半点伤害，脸上长一颗小痘痘，都要躲在家里不出来见人。现在脸皮被擦破，还有血迹，今后必然要破相，这让佐藤直树恼怒不已。

佐藤直树怪叫一声，双手举剑，朝黄文泽快速进攻。黄文泽感觉对方下手沉重，剑术精湛，又是一个剑道高手，相比在成都与自己交手的深川经二，差不了多少。面对佐藤直树的步步紧逼，黄文泽发现他心气虚浮，急于把自己打倒，犯了大忌。黄文泽避实就虚，以消耗对方的体力为目的，游走在对方左右，然后伺机进攻。

黄文泽的这个招数果然起到了作用。佐藤直树和黄文泽对战了一阵后，喘息声越来越重，手脚上的动作也渐渐慢了下来。毕竟，从太平渡一路追踪到雷洞坪，这期间消耗的体力是巨大的。佐藤直树感觉浑身虚汗直冒，老是拿不下黄文泽，心中更是着急。

佐藤直树不知道张晶晶为什么还不现身。要是她现在来增援，两人对付黄文泽，胜算就大大的有了。但佐藤直树不敢把希望寄托在张晶晶身上，他必须尽快把黄文泽制伏，不然就可能像白石优太一样被黄文泽干掉。

佐藤直树和黄文泽对峙了一阵后，举起剑哇哇地叫着，朝黄文泽又冲了过来。黄文泽早已瞅准脚下有一块石子，用左脚尖轻轻勾起，右脚一踢，石子像箭一般射向佐藤直树的右膝盖。佐藤直树的右膝盖被打中，一个踉跄，连忙把剑插在地上，这才没有摔倒，半跪在地上。

黄文泽不等他有所动作，快步上前，用脚狠狠地踢向他的下巴。佐藤直树刚半跪在地上，还没来得及把头抬起来，下巴就被黄文泽踢个正着，几颗牙齿从口中飞出来，整个人也被踢得往后翻转一圈，脸朝下趴在地上。

佐藤直树哇哇地吐了几口鲜血，一张脸立刻肿了起来。他顾不上疼痛，翻身爬起来，舞着剑朝黄文泽扑过来，一副同归于尽的样子。黄文泽怎么可能让他得逞，用刀把地上的泥土挖起来，朝佐藤直树的脸上打去。佐藤直树的嘴巴因为疼痛一直大张着，泥土飞进了他的嘴里。他忙不迭地往外吐着，但仍然朝黄文泽继续冲去。

黄文泽等他冲到近前，往旁边一闪，用刀砍向他的肋部。谁知佐藤直树耍了一个花招，冲到黄文泽近前，突然将剑一转，剑锋把黄文泽的左大腿划出一条血口子。黄文泽没料到佐藤直树居然如此强悍，忍着疼痛，趁佐藤直树背身过去，一刀砍在他的背上。这一刀砍得佐藤直树惨叫一声，把剑撒开扔在一边，扑在地上，背后鲜血直流。

黄文泽走过去，逼近佐藤直树。佐藤直树在地上艰难地爬着，扭头看到黄文泽，抓起一把泥土朝他撒去。黄文泽用刀把泥土挡住，一脚踏在佐藤直树的腰部，倒转刀把，就要结果他的性命。

就在这时，只听有人大喝一声："住手！"黄文泽回头一看，张晶晶已经站在了面前。黄文泽看到张晶晶，心中发乱，停止了手上的动作，朝佐藤直树踢了一脚，佐藤直树在地上翻了几个滚，蜷缩在地上不断地呻吟。

张晶晶冲着佐藤直树大声吼道："别号叫了，不要丢大日本帝国的脸！"佐藤直树果然乖乖地不再叫唤，一张脸因为疼痛，已经扭曲变形。黄文泽冷笑道："看来，你果然是日本人，我真的是看走眼了。"

张晶晶叹了口气说道："文泽，我知道对不起你。但我也是没有办法，不得不这样的呀！"黄文泽大怒，吼道："什么没有办法？你知道我的感受吗？考虑过我的感受吗？我被你欺骗了，被你们日本欺骗了！我算什么？我就是一个小丑，被你们玩弄在股掌之间，还浑然不觉，你们，你们太……"

黄文泽愤怒了，不知道说什么是好，声音哽咽，两眼含泪。张晶晶咬了咬嘴唇说道："我知道你心中的愤怒，把我杀了都不解恨。事到如今，我也没有什么好隐瞒的，你不是一直都想知道究竟是怎么回事吗？我都告诉你吧。"然后，她就把自己如何成为日本间谍，用计靠近黄文泽，获取安广南所部的军事机密等原原本本说了出来。

黄文泽安静地听着，他压根没想到，自己犯下了这么大一个错误。这个错误，直接导致了安叔叔之死，导致了那么多弟兄送了命。黄文泽不禁又是震惊又是内疚，他指着张晶晶又吼了起来："你知道我这么多年是怎么过来的吗？多少个日夜，我在梦中惊醒。想到你，我常常泪流满面。我一直单身，就是因为你已经把我的心占满了，别的任何女人都替代不了你在我心中的位置。我更没想到，时隔多年，我们再次见面，你居然是用此卑鄙的手段来欺骗我！我真的是太傻了，太傻了……"

黄文泽仰天大吼，似乎想要把心中的愤懑全部宣泄出去。张晶晶见黄文泽如此，心如刀绞，等黄文泽稍稍平息一些后说道："文泽，我对你的伤害如此之深，这辈子都无法弥补。要是有来世，我们一定开开心心地在一起……"

黄文泽冷笑起来，全身都颤抖着："来世？你就别做梦了。我再也不想看到你了，就当我这辈子从来没有遇到过你。你走吧，我不想让你死在我的刀下。你不知道，我现在是多么痛恨日本人。我从东北回来后就发誓，今后遇到做坏事的日本人，看到一个杀一个，绝不留情！"

张晶晶也冷笑起来："什么叫做坏事？我是日本人，为了大日本帝国的利益，我可以牺牲一切！"黄文泽把手中的大刀一挥："你的意思是说，你今天一定要和我拼个你死我活了？"张晶晶摇着头说："我不想两败俱伤。木棉袈裟也不是中国的，是从天竺传到中国的。既然如此，为什么不能让木棉袈裟去日本呢？我们日本比中国更敬奉佛教，木棉袈裟到了日本，会得到更好的供奉，总比在中国藏着好呀！"

黄文泽怒道："你少在我面前花言巧语！木棉袈裟是中国的圣物，绝对不可能被你们抢去。如果你们是诚心敬奉，就不会采取这种强盗式的抢夺手段，而是正大光明地通过合法合理的方式来迎奉。你好好想一想吧，为了抢夺木棉袈裟，你们费了多少心思，死了多少人！要不是我在成都从被我打死的日本人身上发现那封密信，木棉袈裟说不定就真的被你们抢走了！"

张晶晶闻言，大惊失色，声音颤抖着问道："什么？你在成都打死了一个日本人？"黄文泽点点头说："明人不做暗事，那个日本人死有余辜。你可以把这

412

个事情告诉给你的组织，他们可以找我报仇，我随时奉陪！"

张晶晶两眼含泪，怒目圆睁，尖叫道："你知道打死的是谁吗？他叫深川经二，我叫深川晶子，他是我的哥哥！"黄文泽怔住了，没想到张晶晶和那个日本人居然是兄妹关系。随即，黄文泽心中感到一阵舒畅，一种从未有过的报复快感："看来，你们兄妹作恶太多，他死在我的手里，是他应得的报应！"

张晶晶把短剑拔了出来，咬牙切齿地说道："我们之间，已经情断义绝！黄文泽，我今天不但要把木棉袈裟拿到手，还要为我哥哥报仇雪恨！"说着，张晶晶挥舞着短剑，朝黄文泽刺来。黄文泽也不多话，拿起大刀，与张晶晶战在一起。

张晶晶此时对黄文泽全无情意，一心只想为哥哥报仇，下手招招狠毒，直取黄文泽要害。黄文泽见张晶晶如此拼命，知道两人已经彻底恩断义绝，抖擞着精神，不断瓦解着她的攻势。

两人拼斗了一阵，黄文泽偶然发现，此前躺在地上的佐藤直树，已不见了踪影！黄文泽大惊，看到佐藤直树提着剑，正跌跌撞撞地朝金顶而去。尽管他被自己打伤，但要是让他追上释能，手无缚鸡之力的释能，肯定不是他的对手，那木棉袈裟岂不就落在了日本人手里？

黄文泽不敢再和张晶晶恋战，得赶紧把佐藤直树追上，将其干掉，才能保证释能的安全。黄文泽虚晃一刀，抽身就朝佐藤直树追去。张晶晶识破了黄文泽的企图，紧追不舍，不断向黄文泽进攻，将黄文泽缠住。

黄文泽哪肯让张晶晶的阴谋得逞，只得且战且退，不顾腿上受伤，一个劲地追赶佐藤直树。佐藤直树也发现黄文泽在追赶自己，咬着牙拼命往上跑。很快，佐藤直树到了金顶，看到释能正在金顶上扯着嗓子大喊"德光师叔"。

释能在雷洞坪与黄文泽分手后，使出浑身的力气往金顶跑。他明显感觉体力已经不支了，他的病没有好多少，这一路走来，全靠一股毅力支撑着。但他知道，黄文泽在身后与日本人拼死搏斗，就是在为他争取更多时间，以便及时找到德光师叔。

释能气喘吁吁地爬上金顶，夕阳照在身上，风吹得浑身发冷。金顶上人影杳无，想找个人打听都找不到。他急得团团转，只得四处跑动着，大声喊着"德光师叔"。

就在这时，他看到一个黑衣人提着剑走上了金顶。释能连忙把大刀握在手里，紧张地看着他。佐藤直树看到释能，心中狂喜，怪叫着，朝释能扑过来。刚走两步，背上的伤口被什么东西击中，佐藤直树大声惨叫，倒在地上翻滚。

击中佐藤直树的，是黄文泽从地上捡起的一块石头。他眼看难以追上佐藤直树，只得回身将张晶晶逼退两步，从地上捡起一块石头，朝佐藤直树使劲地扔去。黄文泽只顾袭击佐藤直树，给了张晶晶一个进攻的机会。她用短剑向黄文泽刺去，眼看就要刺中黄文泽的胸部，想到黄文泽中剑后绝无生还可能，不禁心中一软，将剑稍稍往上一抬，短剑刺中了黄文泽的左肩膀，但刺得不深。

尽管如此，黄文泽的左肩膀顿时流出了鲜血，很快把衣服染红了。黄文泽捂着肩膀，怒视着张晶晶。张晶晶没有后退，继续挥剑朝黄文泽进攻。黄文泽往旁边一闪，跳到了路边的石头上。黄文泽不知道的是，身后就是舍身崖。张晶晶朝黄文泽步步紧逼，两人一边打斗一边朝舍身崖而去。

却说释能，看到佐藤直树倒在地上翻滚，提着刀就奔了过来。他很清楚，如果让这个日本人活着，自己一定打不过他，木棉袈裟就会被他抢去。所以，只有先下手为强，把他杀掉，才能免除威胁。

尽管昨天下午在桫椤峡谷砸死了刘久训，但释能毕竟没有这么面对面地用刀杀过人。他握着刀，哆嗦着走近佐藤直树。看着佐藤直树扭曲得像个魔鬼一般的脸，释能心中一阵颤抖。他闭着眼，把心一横，举着刀，大叫一声，朝佐藤直树砍去。

释能刚砍到一半，刀就无法动弹了，同时感觉肩头一紧。他睁眼看到，佐藤直树狞笑着站在面前，一只手抓着刀刃，鲜血直流，另一只抓着自己的肩膀。释能大惊，使劲地想抽刀，但抽不动。这时，佐藤直树飞起一脚朝他踹来，他被踹倒在地。但他的手一直死死地把刀握着，倒地时，大刀还在手里。

释能翻身爬起来，举起大刀朝佐藤直树砍去。佐藤直树又是一脚，把释能手里的大刀踢飞。释能站立不稳，跌倒在地上。佐藤直树上前抓起释能，举了起来，然后朝前一扔，释能重重落地，只觉心中不断翻腾，口里发甜，吐出一大口鲜血。

佐藤直树满脸血污，一直狞笑着。他再次向前，把释能抓起来，又想扔下去。释能人在半空，手本能地乱抓，抓到了佐藤直树背上的伤口。佐藤直树受痛，把手一撒，释能再次跌落在地上。释能被摔得眼冒金星，差点晕过去。

但他强忍疼痛，两手抱住佐藤直树的右小腿，狠狠地咬了一口。佐藤直树疼得大呼小叫，抬脚把释能踢开。释能感到浑身的骨架都散了，躺在地上无法动弹，大口大口地喘着粗气。佐藤直树在原地跳了几下，扑过来骑在释能身上，伸手去解他身上的包袱。

释能拼命挣扎，佐藤直树冲着释能的头就是几拳，释能被打得失去了知觉，停止了反抗。佐藤直树大喜，站了起来，趔趔撞撞地把在一边的大刀拿在手里，走到释能身边，用刀划断包袱带子，把包袱拿在手里。佐藤直树解开包袱，看到木棉袈裟，不禁狂笑了起来。

此时，黄文泽和张晶晶两人身上已经各有多处伤痕。黄文泽浑身像个血人一样，体力严重透支，但他仍强撑着，与张晶晶拼斗。张晶晶披头散发，一张俏脸满是血迹。她把黄文泽逼到悬崖边，喘着粗气叫道："你投降吧，我不想杀你！"

黄文泽弯着腰，用刀拄着石头支撑着身子，瞪着张晶晶，冷笑道："你还在做梦！你有本事，就把我杀了，我绝对不会恨你。"张晶晶咬牙切齿地说道："死到临头，你还这么嘴硬，那我就成全你！"

说着，张晶晶再次向黄文泽进攻，黄文泽举刀相迎。张晶晶用剑刺中黄文泽的手腕，黄文泽的刀砍在张晶晶的肩头。黄文泽受痛，大刀落在石头上。张晶晶捂着肩膀，用剑指着黄文泽说："你已经没有武器了，我看你还能撑多久！"

黄文泽两手一拍，摆出一个仙鹤迎客的姿势说道："我倒要看看，是你的日本剑术厉害，还是中国的拳头硬！"张晶晶摇了摇头，举剑又朝黄文泽袭去。黄文泽赤手空拳，力尽闪挪腾移之能事，与张晶晶打斗起来。

张晶晶毕竟手里有剑，黄文泽身上很快又添了几处伤痕。张晶晶把黄文泽逼在悬崖边，黄文泽难以躲闪。张晶晶把剑再次劈向黄文泽，黄文泽本能地往后退，不料一脚踏空，身子往后仰去，两手在空中乱舞，眼看就要跌下去。

关键时刻，张晶晶的心再次软下来，伸手去拉黄文泽的手。黄文泽的手虽然被张晶晶抓住，但整个人已失去重心。张晶晶被黄文泽巨大的力量拉动着，跟着他扑了过去。两人立即从石头上直端端地朝悬崖跌落了下去！

佐藤直树看到黄文泽和张晶晶跌下悬崖，愣得嘴巴半天都合不拢，浑然不知身边多了一些不速之客。等他回过神来，才发现前后左右，有数十只猴子围着他，像看热闹一般盯着他。佐藤直树愣住了，连忙把木棉袈裟抱在胸前，瞪着眼，龇牙咧嘴，两脚乱踢，想把猴群吓跑。

就听一只猴子吱吱吱叫了几声，猴群呼的一下冲了过来，有的抱着佐藤直树的腿，有的爬到他的身上，有的跳到他的肩头，有的抢着拳头朝他打来。佐藤直树的伤口被猴子抓着，疼得大声惨叫，跳来跳去，想把猴子们抖落下去。

猴群似乎像受过训练一般，把佐藤直树拖向悬崖边。一只看样子是领头的公猴，瞅准时机，冲过来，一把将佐藤直树抱在胸前的包袱抢了过去。佐藤直树大怒，想去抢回来。但公猴此时已跳到了老远的地方，看着佐藤直树，抓耳挠腮地嬉笑着。

佐藤直树还想扑过去，但猴子们把他拖着，无法动弹。慢慢地，佐藤直树被猴群拖到悬崖边。一只猴子发出一声尖厉的呼啸，其他猴子一起发力，把佐藤直树甩下了悬崖。猴子们看到佐藤直树被扔下悬崖，欢叫着跳成一团。

释能缓缓苏醒过来，看到一位须发皆白的僧人走了过来。释能下意识地感觉到，这位老僧人，一定就是德光师叔。他挣扎着想站起来，但无法站稳，只得盘腿坐着，两眼含泪地看着老僧人。

那只抱着包袱的公猴看到老僧人过来，跑过去，两手举着包袱，送到老僧人面前。老僧人接过包袱，摸了摸公猴的脑袋。其他猴子见状，又是一阵欢跳。老僧人来到释能面前，释能双手合十说道："师叔，您终于来了！"

老僧人惊讶地问道："你是？"释能说道："师叔，我是资中宁国寺德清住持的座下弟子释能。"老僧人点点头，转身对站在一边的那只公猴指了指后方，做了一个手势，那只公猴似乎明白了意思，带着几只猴子跑了过去。

老僧人对释能双手合十说道："阿弥陀佛，我就是德光。释能，这究竟是怎么回事？"释能把此番到峨眉山来找他的事情简单说了一遍。德光不住地叹息摇头，给释能察看了一番伤情说："你伤势太重，需要休养，随老衲去吧。"释能答道："任凭师叔吩咐。"

这时，就见黄文泽跌跌撞撞地走了过来。原来，黄文泽和张晶晶跳下舍身崖时，在下落的过程中，他的手无意中抓住崖石间的一棵小灌木，才没有跌落下去。黄文泽借助小灌木稳住身体，贴在悬崖上，一点一点地爬了上来。

看到德光，黄文泽扑通一声跪倒在地。德光把他扶起来，释能说："黄施主是资中盘破门的弟子，此番弟子前来峨眉山，一路上全靠黄施主鼎力相助。"德光对黄文泽施礼道："黄施主，你辛苦了。你对佛门的贡献，必将被后人记住。"黄文泽摇摇头说："只要木棉袈裟有好归宿，我做什么都愿意。"

大家说了一阵，就见此前那只公猴带着几只猴子，抬着一个用草藤编制的简易担架过来。黄文泽把释能扶上担架，德光吹了一声口哨，一大群猴子拥了过来，抬的抬，扶的扶，竟把担架抬了起来。德光和释能向黄文泽双手合十道别后，从金顶另一个方向朝深山走去。

重任完成，黄文泽感觉浑身无比轻松。尽管身上伤痕累累，但他浑然不觉。他来到舍身崖前，百感交集。此时，夕阳西斜，霞光万丈。黄文泽突然惊喜地发现，在下方的山间，出现了一个发亮的光圈，随着自己身形的晃动，光圈中的人影也在晃动。

佛光，那是佛光，传说中的峨眉佛光！黄文泽两膝一软，面向佛光，长跪不起。

黄文泽历尽艰辛护送木棉袈裟到了峨眉山，回去后，又将遇到怎样的事情？请看《盘破门·决战长江》